BASTEI
LÜBBE
STARS

Tine Wittler

Jahrgang 1973 (einer der besten!), lebt als freie Autorin in Hamburg-Ottensen (wo sonst?). Ihre ganz persönliche Horstphase hat sie überwunden (Gott sei Dank) und engagiert sich seitdem ehrenamtlich für Horst-Opfer bundesweit (sehr lobenswert).

Tine Wittler

Die Prinzessin und der Horst

Horst go home

BASTEI LÜBBE STARS

BASTEI LÜBBE STARS
Band 77036

Vollständige Taschenbuchausgabe

Bastei Lübbe Stars in der Verlagsgruppe Lübbe

Lektorat: Karin Schmidt
Einbandgestaltung: Gisela Kullowatz
Titelbild: getty-images / Digital Vision
Satz: hanseatenSatz-bremen, Bremen
Druck und Verarbeitung: GGP Media GmbH, Pößneck
Printed in Germany, August 2005
ISBN 3-404-77036-6

Sie finden uns im Internet unter
www.luebbe.de

Der Preis dieses Bandes versteht sich einschließlich
der gesetzlichen Mehrwertsteuer.

Tine Wittler

Die Prinzessin und der Horst

BASTEI
LÜBBE
STARS

Für Martyn
in Liebe und Respekt.

»Dieses Buch handelt überwiegend von psychisch und physisch deformierten Menschen, deren emotionales Leid sich in schockierendem sozialen Fehlverhalten manifestiert.«

ALMUTH KOOK,
Co-Autorin und – trotz allem – noch immer beste Freundin

Zur Warnung und Belehrung!

Sollte irgendwer versuchen, aus dem folgenden Material Rückschlüsse auf real existierende Personen zu ziehen, dann muss ich ihm leider sagen: Ich will das nicht. Alles ist natürlich frei erfunden, und zwar so frei, dass es verdammt anstrengend war.

Hamburg, im Juni 2001 TINE WITTLER

1.

Eske.

Mona schreibt jetzt ein Buch. Sagt sie. Ausgerechnet Mona schreibt ein Buch. Ich kann kaum glauben, dass es mich treffen muss. Mona nervt sowieso ständig. Sie selbst erwartet immer, dass man sich um sie kümmert, aber auf meine Gesundheit nimmt sie überhaupt keine Rücksicht. Es tat meiner wirklich schlimmen Erkältung gar nicht gut, nach einem 14-Stunden-Arbeitstag nachts um halb eins bei Dauernieselregen zu einer Bücherverbrennung an die Elbe gezwungen zu werden. Es ist immerhin Ende Oktober. Ich musste mit. Ich wäre sonst eine schlechte Freundin gewesen. Jetzt bin ich fast eine tote Freundin, nachdem wir eine halbe Stunde in der Nässe vergeblich versucht haben, Feuer zu legen. Danach saßen wir eine weitere halbe Stunde am Wasser, um die Papiere ihres Möchtegernlovers in die Elbe auf eine Reise ohne Wiederkehr zu schicken. Wäre es nicht so windig gewesen und hätte ich nicht günstig auf der Windseite gesessen (was ich aufgrund meines dünnen Büro-Outfits zunächst als eher ungünstig betrachtet hatte), hätte ich jetzt vermutlich auch noch einen Hörsturz von Monas Schreianfall.

Trotzdem war diese ganze Aktion ein Schritt in die richtige Richtung, um sich von dem Psycho zu trennen. Ich wollte dann eigentlich noch mein Leergut im Container neben dem Parkplatz loswerden, das ich seit Wochen mit mir rumkutschiere, aber Mona meinte, das wäre der Situation nicht angemessen, und aus dramaturgischen Gründen sollte ich das ihr zuliebe unterlassen. Ich habe das sofort eingesehen, weil es mittlerweile zwei Uhr nachts war und sich womöglich Anwohner gestört gefühlt und mein Kennzeichen gemerkt hätten. Danach konnten wir dann endlich ins Familieneck und uns mit Whisky aufwärmen.

Mona Rittner ist leider meine beste Freundin. Deshalb erwartet sie, dass ich ihre Schreibblockaden mit ihr durchstehe, wenn sie jetzt ein Buch schreibt. Das tut sie erst seit zwei Tagen, aber ich bin jetzt schon angeätzt. Immerhin hatte Mona in diesen zwei Tagen auch schon zwei Schreibblockaden. Normalerweise könnte ich vielleicht sagen, verschon mich mit deinem Buch und mit den Schreibblockaden, und such dir andere Freunde, aber so einfach ist das nicht. Dieses Buch ist ja nicht einfach nur ein Hobby für die unterbeschäftigte moderne Frau, sondern die schriftliche Verarbeitung von Liebeskummer. Und sich dem Liebeskummer von Freundinnen zu widmen ist nun mal die allererste Pflicht und vorrangigste Aufgabe einer ebensolchen. Mit anderen Worten: Ich bin gefangen in einem Teufelskreis.

Mona.

In München eine Citibank zu finden war nicht leicht. Genau genommen war es schwieriger, als einen moralisch gefestigten Talkgast dazu zu bewegen, One-Night-Stands als Notwendigkeit für eine gesunde Persönlichkeitsentwicklung zu betrachten. Mir völlig unbekannte Geldinstitute mit Namen, die penetrant nach Geldwäsche rochen, gab es massenhaft. Aber das gesuchte, mir stets ein Gefühl von Schuldbewusstsein vermittelnde blaue Schild tauchte einfach nirgendwo auf. Mir blieb nichts anderes übrig, als einen Bayern anzusprechen. Es sei denn, ich wollte weiter ziellos hier herumstolpern und Gefahr laufen, am Ende total ausgelaugt einem bei der Konkurrenz angestellten Geldautomaten zusätzliches Geld für einen mickrigen Papiertransfer in den Rachen zu stecken. Erst später sollte ich erkennen, dass diese Verfahrensweise meinem Seelenheil durchaus zugute gekommen wäre, denn nur die Konkurrenzmaschine verschweigt höflich den Kontostand, weil man sich ja schließlich noch nicht so gut kennt.

Ich begann nach einem Opfer Ausschau zu halten und entschied mich bald für die Bedienung in einem billigen Café. Sie war jung, hatte dunkle kurze Haare und bewegte sich wie eine, der es egal ist, zu spät zu kommen. Aber sie sah freundlich aus. Und nicht sehr bayrisch. Also setzte ich mich auf einen der Plastikstühle vor dem großen Schaufenster und bestellte einen Milchkaffee. Den gab es nicht. Ich nahm vorlieb mit dem normalen Schwarzen, kippte die Plastiksahne hinein und rauchte dazu meine Kaffeezigarette. Obwohl es um mich herum eine Menge zu sehen gab und ich etwas zu erledigen hatte, kramte ich mein Buch hervor. Es war ein sehr gutes Buch über bindungsphobische Männer, und es ließ sich meiner vorsichtigen Interpretation nach nicht leugnen, dass ich ein solches Exemplar gerade an der Hand hatte. Das gab ich nur ungern zu. Ich war schließlich eine, die ihr Leben im Griff hatte. Eine, die sich von Männern nicht ins Bockshorn jagen ließ und sich mit mehr oder weniger emotional verkrüppelten ebensolchen gar nicht erst beschäftigte. Hatte ich jedenfalls gedacht. Aber manchmal vertut man sich eben. Also war das Wasser auf meine liebeskranken Mühlen. Was da stand, kam mir so verflixt bekannt vor! Im Moment war ich gerade beim mittleren Stadium einer bindungsphobischen Beziehung angelangt, und ich war, gelinde gesagt, entsetzt. Jeder zweite Satz trieb mir den Schweiß auf die Stirn. Aber darauf nahm ich keine Rücksicht. Ich las weiter. Ich musste rational an dieses Problem herangehen, das erschien mir mittlerweile das einzig Richtige. Dann fiel mir wieder ein, dass ich auch deshalb ein Problem hatte, weil ich kaum mehr Bargeld bei mir trug. Ich war ein bedauernswertes Geschöpf, eindeutig. Also packte ich das Buch weg, zahlte und erkundigte mich bei der netten Bedienung nach der nächsten Citibank-Filiale. Sie schickte mich in die Sonnenstraße.

Die Sonnenstraße war alles andere als sonnig. Im Gegenteil: Sie war ein Moloch und schleppte viel zu viel Verkehr auf sich herum, der gesäumt wurde von der vermutlich längsten Baustelle der Welt. Überall rumorte und krachte es, und die Verkehrsführung machte so wenig Sinn, dass sich alle dagegen wehrten und aneinander gerieten und sich anbrüllten. München machte mich, was das betraf, sowieso verrückt. Zu Hause in Hamburg bewegte ich mich sicher und schlau, aber hier brachten mich die Straßenbahngleise und die unverschämt willkürlich angelegten Fußgängerüberwege immer völlig aus dem Konzept. Die Sonnenstraße jedenfalls war gemeingefährlich. Ich musste an Niels denken und wie er mir erzählt hatte, dass er vorzugsweise an solchen mehrspurigen Straßen wohnen wollte. Straßen, die jeden vernünftigen Menschen verrückt machen und an denen man sich, wenn überhaupt, nur unter der Voraussetzung eines todesähnlichen Schlafes sowie einer Dreifachverglasung niederlässt. Damals war mir noch nicht bewusst geworden, wie offensichtlich er damit seine ständige Bereitschaft zur Flucht ausdrückte. Dabei hatte Niels es fast wortwörtlich so gesagt.

Aber ich hatte ja nicht hören wollen. Nicht hören und nicht sehen. Wer nicht hören will, muss fühlen. Ha. Dabei hätte ich wirklich von allein drauf kommen können.

Die Eingangshalle zur Bankfiliale war grottenhässlich, aber ich war ja auch nicht zu meinem Vergnügen dort. Am Automaten zog ich schnell vierhundert Mark, bevor ich es mir anders überlegen konnte. Laut Kontostand war ich ein Sozialfall. Ein arbeitsloser Sozialfall, um genau zu sein. Auch das noch. Aber das war mir für den Moment egal. Sie hatten es ja nicht anders gewollt in der Krawallredaktion. Pah. Die würden schon noch erkennen, dass ihnen mit mir ein guter Fang durch die Lappen gegangen war. Niels war mit mir übrigens auch ein guter Fang durch die Lappen gegangen. Ich hätte ihm zuliebe das eben gezogene Geld sofort in einen Haufen Tickets fürs Weserstadion investiert. Westkurve, Ostkurve, VIP-Lounge – wo auch immer Niels gewollt hätte. Schade nur, dass ich nie dazu gekommen war, ihm das zu sagen. Was jetzt? Fest stand: Ich wollte etwas kaufen. Ich hatte Urlaub, Zeit und Geld in der Tasche, und es waren noch mindestens vier Stunden bis zu meiner Verabredung. Also nahm ich die nächste Bahn zurück zum Marienplatz.

Neben mir hatte jemand seinen Walkman bis zum Anschlag aufgedreht. Danke für den Tipp. Ich würde also Musik kaufen gehen. Ein heikles Thema! Insbesondere im Zusammenhang mit Männern darf die Bedeutung von Musik keinesfalls unterschätzt werden. Meine einstmalige Affäre Guido zum Beispiel, die nicht nur ein Geschmacks-, sondern auch ein Potenzproblem hatte, womit ich aber ganz gut klargekommen war, stand auf Heavy Metal. Er war Pharmareferent, sechsunddreißig Jahre alt und besaß eine schwarz furnierte Schrankwand mit Chromscharnieren und Glastüren, die einen das Fürchten lehrte. Das hätte mich von Anfang an stutzig machen sollen. Auf einem kleinen Ausflug in seinem Opel Omega (ein Dienstwagen, aber das macht es nicht besser) unternahm ich irgendwann ein kleines Experiment und spielte ihm die legendären Chemical Brothers vor. Er trommelte dazu quietschfidel auf dem Lenkrad herum und machte gar nicht den Anschein, als würde ihm missfallen, was er hörte. Trotzdem zog er es gleich darauf vor, Menschen, die unter Zuhilfenahme jeglicher Elektronik Musik produzierten, übelst zu beschimpfen. Danach beschallte er mich »zum Ausgleich« mit Schwermetallmusik unerträglichsten Grades. Damit war er gnadenlos durchgefallen. Zwei Tage später machte ich Schluss.

Ganz besonders eigensinnig in Sachen Musik war auch Florian, mein derzeitiger Münchner Gastgeber und ehedem meine erste große Liebe. Kennen gelernt hatte ich ihn auf der Uni. Ich war neunzehn gewesen und jung und unerfahren. Und nicht ganz dicht, was Florian betraf. Jedenfalls sahen das all meine Freundinnen so. Florian und ich hatten eigentlich auch nur Freunde sein wollen. Aber dann verliebte ich mich in ihn, irgendwie, und wir stiegen miteinander ins Bett. Diese Reihenfolge an sich war super, aber gebracht hatte mir das Ganze letztendlich doch nur eine Menge Ärger. Ich war Florians Erste gewesen und er damals noch viel unerfahrener als ich. Ein Wunder, dass wir überhaupt irgendwas auf die Reihe gekriegt hatten. Sextechnisch. Aber wenigstens hatte ich so die Genugtuung, dass ihn unser erstes Mal bis an sein Lebensende verfolgen würde. Ich erinnere mich noch genau, welche Platte auflag, als wir zum ersten Mal miteinander schliefen: Tasmin Archer mit »Sleeping Satellite«. Dazu grabbelte Florian nervös nach einem Kondom in einem roten Plastiktischmülleimer. Kurz darauf gestand ich ihm meine Liebe, ein gnadenlos selbstzerstörerisches Unterfangen, und zum ersten Mal musste ich richtig fiesen Liebeskummer einstecken. Florian ertrug das nicht, jedenfalls verschwand er daraufhin einfach aus meinem Leben. Von wegen Freunde. Ha.

Erst im November 1999 kreuzte er unter dubiosen Umständen wieder auf. Mittlerweile empfand ich das als Glücksfall, obwohl ich Florian zwischendurch am liebsten den Kopf abgerissen hätte. Oder ein anderes Körperteil. Aber bei wem hätte ich sonst dieser Tage in München unterkriechen sollen? Was die Musik betraf: Früher hatte er mich mit gregorianischen Gesängen gefügig gemacht, das versetzte meine Mitbewohner im Studentenwohnheim von Anfang an in Angst und Schrecken. Mich ehrlich gesagt auch, aber damals konnte ich wohl einfach nicht anders. Florian arbeitete jetzt als Konzertmanager für Klassik in einer etablierten Agentur, trug Sachen, die man bügeln musste, und sah sich gerade nach einer Eigentumswohnung um. Dazu braucht man wohl nicht mehr viel zu sagen. Sei's drum. Ich würde ihm als Gastgeschenk eben Musik kaufen. Ein Zeichen wahrer Freundschaft, besonders, da er keinen Plattenspieler mehr besaß und ich daher einen dieser verketteten Mega-CD-läden würde betreten müssen. Und die waren mindestens so schlimm wie Supermärkte. Sie machten mich einfach wahnsinnig! Aber vom Wahnsinn war ich ja eh nicht mehr weit entfernt, also stieg ich hinunter in die Kellergewölbe einer WOM-Filiale.

Dort war ich mit Abstand die Älteste. In den Schlangen an der Kasse standen junge Mädchen, denen es offensichtlich nicht genügte, von brutal dynamischen Privatsendern mit kunterbunten Charts und Clips und Clipcharts ruhig gestellt zu werden. Hinter den Kassen rackerten geduldig milchgesichtige Bürschchen, echte Kellerexistenzen. Sie waren schon jetzt viel zu routiniert, um die über den Tresen wandernden Schöpfungen auch nur eines Blickes zu würdigen. Sie verzogen keine Miene, egal, was ihnen vorgelegt wurde.

Ich versuchte, mich zu orientieren. Den Sortierungsgepflogenheiten des Hauses konnte ich keinerlei Logik abgewinnen, obwohl ich mir wirklich Mühe gab. Angestrengt und mit zusammengekniffenen Augen schlenderte ich von Pop zu Dance zu Soul zu Hip-Hop und wieder zurück, und als ich bei den Neuerscheinungen schließlich das 95er-Album von Moloko stehen sah, wurde mir bewusst, dass das so nichts werden würde. Es war Juli 2000, Herrgott noch mal! Mir war zwar klar, dass in München die Uhren anders gingen, aber *so* anders? Die hatten Nerven. Gleich hinter Jazz gab es einen kleinen Tresen, über dem an Nylonfäden das Schild »Information« baumelte. Dahinter schlug sich ein gelangweilt dreinschauender Mittzwanziger in einem Band-T-Shirt mit der Blödheit der Kundschaft herum. Er hatte den kompletten Bestand des Geschäfts hinter seiner hohen Stirn eingebrannt, jedenfalls winkte er sofort ab, als ich ihm erklärte, was ich suchte. Für andere Sachen in der Richtung schickte er mich in eine Rubrik, die »Club Culture« hieß. Ohne Scheiß. Da ging ich hin und erwachte erst wieder, als ich mit fünf Platten im Arm vor dem Anhörpult anstand. Natürlich waren alle Abspielplätze besetzt, und hinter jedem von ihnen hatte sich bereits eine beträchtliche Schlange gebildet. Ich wartete.

Nach einer Viertelstunde war meine Geduld am Ende. Ich weiß nicht, irgendwie war ich wohl einfach nicht in der richtigen Stimmung. Solche Tage gibt es, und plötzlich war ich gar nicht mehr scharf darauf, mir Sachen anzuhören, die mir schon allein wegen der Idioten um mich herum wahrscheinlich überhaupt nicht gefallen würden. Ich beschloss, zwei von den fünf Platten einfach so zu kaufen. Also brachte ich die ausgemusterten CDs zurück und griff im Vorbeigehen wie ferngesteuert nach den Propellerheads. Schon wieder etwas, das mich an Niels erinnerte. Verdammte Axt. Ob er das Tape, das ich ihm damals aufgenommen hatte, überhaupt noch besaß? Egal. Für Sentimentalitäten war jetzt keine Zeit. Das Gastgeschenk für Florian war wichtiger. Schließlich fütterte er mich seit Tagen durch. Mühsam nährt sich das Eichhörnchen. Tapfer klemmte ich mir die CD unter den Arm. So würde wenigstens mal ein bisschen Schwung in Florians Bude kommen. Am Abend zuvor hatte ich feststellen müssen, dass er sogar dann klagende Streicher bemühte, wenn er mit seinem Mitbewohner Marmelade kochte. Was für eine abstruse Kombination!

Überhaupt hatte Florian mit seinem Mitbewohner mal wieder voll ins Schwarze getroffen. Ich hatte gleich Bescheid gewusst, als ich am ersten Tag meines Aufenthaltes in München die Küchenschränke auf ihren Inhalt inspiziert und das Vollkornzeug gefunden hatte, mit dem Bengt, so hieß der Mitbewohner, sein Brot backte. Ich hatte bei dieser Gelegenheit auch überlegt, ob ich Florians Kontoauszüge noch schnell gegenlesen sollte, es dann aber gelassen. Schließlich war ich nicht mehr in Florian verliebt, und sein Kontostand ging mich nichts mehr an. Zum Glück. Jemand, der seine Kontoauszüge in der Küche aufbewahrt, hat doch sowieso nicht mehr alle Tassen im Schrank. Ich fand es völlig hirnrissig: Da hatte dieser Bengt einen sicherlich gut bezahlten Vollzeitjob, der ihn bestimmt anstrengte, jedenfalls machte er immer einen etwas ausgelaugten Eindruck, und zusätzlich belastete er sich auch noch mit so etwas wie Brotbacken! Ein Brot-selber-Bäcker! Ich war felsenfest davon überzeugt, dass ich mich in so einen niemals würde verlieben können. Diese Ansicht musste ich zumindest im Hinblick auf Bengt später revidieren. Das hätte ich mir denken können, denn ich war ja zu diesem Zeitpunkt bereits mit einer an Debilität grenzenden Verbohrtheit einem Blümchen-niedlich-Finder verfallen. Niels. Und diesen Bengt fand ich ab einem gewissen Punkt plötzlich auch irgendwie toll.

Es passierte, als ich mit ihm und Florian zum Open-Air-Kino im Westpark verabredet gewesen war. Als wir von dort aufbrachen, war es dunkel, und wie auf Kommando setzte ein feiner warmer Nieselregen ein. Florian schob sein Rad, Bengt saß auf seinem drauf und fuhr so langsam wie er konnte neben uns her. Als außerordentlich korrekte Verkehrsteilnehmer hatten sie ihre Fahrradlampen angemacht. Die Dynamos surrten wegen unserer geringen Geschwindigkeit nur zaghaft vor sich hin, und ihre zwei Lichtkegel arbeiteten sich auf dem Sandpfad stetig vorwärts. Links von uns war eine Art Spielplatz angelegt, lang und schmal wie der Weg, der an ihm entlangführte. Er war trostlos und von einem halbhohen Gitterzaun eingefasst, der mir noch nicht mal bis zu den Knien ging. Deshalb sah er nicht aus wie ein Spielplatz, sondern wie das Gehege eines Streichelzoos, und das sagte ich auch. Wir machten uns darüber ein bisschen lustig und überlegten, ob wir ein »Bitte-nicht-füttern«-Schild aufhängen sollten.

Dann sagte Bengt plötzlich: »Guckt mal, meine Lampe hat Grübchen!«

Und das war es. Es war diese Art Sätze, wegen deren sich Frauen in Männer verlieben, ob sie nun ihr Brot selber backen oder nicht. Irgendwie traf er mich ins Herz. Außerdem stimmte es einfach: Zwei kleine helle Punkte, einer links und einer rechts, begleiteten den Lichtstrahl vor dem Rad. Ich war gerührt und dachte über diesen Moment auch noch nach, als ich schon längst dampfend vom warmen Regen in der U-Bahn saß.

Wann hatte ich mich eigentlich in Niels verliebt? Ich wusste es nicht mehr. Ich konnte mich einfach nicht mehr daran erinnern. Ich konnte mich ja noch nicht mal mehr daran erinnern, wie es war, *nicht* in Niels verliebt zu sein. Vielleicht war es der Moment gewesen, in dem wir uns gestritten hatten und er mir dann aus einer Bar eine kleinlaute, herzzerreißende Entschuldigung schickte. Zu diesem Zeitpunkt hatten wir uns noch nie im Leben gesehen. Vielleicht war es auch der Moment gewesen, als ich bei unserem ersten Treffen müde geworden war und er daraufhin meinen Kopf zu sich herangezogen und ihn auf seine Schulter gelehnt hatte und mich einfach nicht mehr loslassen wollte. Als er mich Wochen später zum ersten Mal küsste, steckte ich schon so tief in der Scheiße, dass mir die Beine wegsackten. Irgendwann war er einfach da gewesen, und es hatte alles ganz simpel angefangen. Im Grunde war Eske schuld, wie immer. Ich hatte den Vater ihrer Kinder gesucht und das totale Chaos gefunden.

Eske und ich hatten miteinander studiert, waren aber jahrelang aneinander vorbeigerannt. Im Nachhinein waren wir darüber froh, denn wenn wir uns schon früher getroffen hätten, wären wir wahrscheinlich überhaupt nicht mehr zum Studieren gekommen und heute nicht da, wo wir sind. Anfangs schien Eske mir immer ein bisschen aufgekratzt. Ich brauchte eine Zeit, bis ich begriffen hatte, dass das ihr Normalzustand war, auch wenn sie, was das Studium betraf, ein beeindruckendes Phlegma an den Tag legen konnte.

Männern fiel an Eske vermutlich in erster Linie ihre enorme Oberweite ins Auge. Mit ein wenig chirurgischem Geschick hätte man aus ihrem und meinem Busen zwei prima Paare nach »Fit-for-fun«-Manier zusammenschrauben können. Aber wie das so ist, hatte bei uns beiden die Ungerechtigkeit voll zugeschlagen. Eskes Brüste waren nach landläufigen Maßgaben eindeutig zu groß für sie und meine für mich eindeutig zu klein. Dabei hätte ich mindestens Eskes Körbchengröße benötigt, um den Dimensionen vom Rest meines Körpers auch nur annähernd gerecht zu werden. So aber war ich einfach eine runde Blonde, die noch nicht mal ein Mordsdekolleté vorweisen konnte, was ja manchen Männern genügt hätte, um großzügig über alles andere hinwegzusehen.

Eske war kleiner als ich und zum Glück auch um einiges leichter, aber als schlank ging auch sie nicht durch, jedenfalls nicht nach heutigen Idealen. Von daher passten wir hervorragend zusammen, weil wir beide ständig vollauf damit beschäftigt waren, uns um solche Ideale nicht zu scheren. Wir rauchten und soffen und tranken nicht genug Wasser und schliefen meistens auch nicht ausreichend und legten uns höchst selten Gurkenscheiben aufs Gesicht, und es grenzte an ein Wunder, dass wir nach dem Studium einer geregelten Arbeit nachgingen.

Eske hatte sehr eigenwillige Haare, die ihr manchmal kreuz und quer um den Kopf standen, und einen Mund, der eigentlich zu schmal war, den sie aber zu einer spitzenmäßigen Flunsch verziehen konnte. Ihre Augen waren graublau, aber ich fand, sie waren einfach nur blau. Besonders wenn die Sonne hineinschien. Sie konnte müde sein und total erschöpft und wirklich blass und verkatert und schlecht gelaunt, aber ihre Augen strahlten auch dann noch. Es gab Momente, da fand ich sie einfach nur wunderschön, und es gab Momente, da hätte ich ihr nonstop eine reinhauen können. Ich wusste, dass es ihr mit mir genauso ging, und deshalb waren wir beste Freundinnen geworden. In einem Punkt unterschieden wir uns allerdings kolossal: Eske hatte bereits einen beträchtlichen Kinderwunsch entwickelt, den sie ihrer Umwelt in regelmäßigen

Abständen in Erinnerung rief. Vorzugsweise sülzte sie mich damit zu. Ich war ja ihre Freundin. Ich hatte keine Wahl. Ich musste es mir anhören. Sie bemühte dann gern die berühmte biologische Uhr und klang wie die etwas biedere Kolumnistin einer Frauenzeitschrift, die sich zwischen Kinderwunsch, Karriere und Älterwerden zerreibt. An besonders schlimmen Tagen beschäftigten wir uns mit der Namenssuche für ihre kleinen Hosenscheißer. Mit so etwas konnte man nie früh genug anfangen, fand Eske. Im Sommer '99 wurden ihre Mutterfantasien extrem: Sie faselte permanent vom totalen Familienglück, zu dem ihr nur noch der passende Mann fehlte. Ansonsten war die Sache für Eske geritzt. Ihr dreißigster Geburtstag im August hatte die Situation nicht unbedingt gebessert, und irgendwann war das Maß voll. Ich beschloss, etwas zu unternehmen. Die Kompetenzen für ein solches Vorhaben besaß ich durchaus, denn trotz zeitweiliger Schwierigkeiten sah ich mich als so gut wie verheiratete und beziehungserfahrene Frau. Crispin und ich wohnten ja sogar zusammen. Ganz klar: Ich war die ideale Kupplerin für Eske.

Am Anfang beschränkte ich mich darauf, ihr Kontaktanzeigen aus der Morgenpost vorzulesen. Diese Strategie führte nicht zum gewünschten Erfolg. Das lag einerseits daran, dass das Profil der MOPO-Inserenten bei genauerer Prüfung unseren Ansprüchen nur selten standhielt. Zum anderen erforderten Kontaktanzeigen ein gewisses Maß an Initiative: Man musste darauf antworten, möglichst originell, und dann am besten auch noch ein wirklich gutes Foto beilegen, damit das Unternehmen überhaupt eine Chance auf Zweckerfüllung – also Treffen und Kindermachen – hatte. Das aber war eine schwierige Sache, denn *wirklich* gute Fotos von einem selbst sind erfahrungsgemäß so selten wie Männer ohne Psychohau. Außerdem blieb bei solchen Aktionen der Inserent anonym, während Eske zu einem gewissen Grade ihre Identität hätte preisgeben müssen, und das wäre durch das beigelegte Foto nicht besser geworden. Man hat schon Pferde kotzen sehen: Hinterher stand man auf irgendeiner Medienparty rum und fühlte sich von einer Gruppe fremder Arschgesichter beobachtet oder sogar ausgelacht und wurde das dumpfe Gefühl nicht los, dass einer von ihnen vielleicht der aus der Zeitung war, der seinen Freunden gerade am eigenen Beispiel klarmachte, warum das mit dieser Anzeige eine Schnapsidee, wenn nicht gar der blanke Horror gewesen sei. Dieses Risiko war Eske einfach zu groß, und ich konnte das verstehen. Wäre noch die Möglichkeit geblieben, eine eigene Anzeige aufzugeben, aber das grenzte unserer Meinung nach zu sehr an eine Art Verzweiflungstat: Eske war schließlich erst dreißig und nicht fünfunddreißig, und so nötig hatte sie es dann doch nicht. Diese Alternative schied aus.

Dann entdeckte ich das Internet. Oder vielmehr den Chatraum einer Frauenzeitschrift. Hier trieben sich rund um die Uhr suchende Singles herum, die nur darauf warteten, gepflückt zu werden. Unsere Probleme schienen gelöst! Hier konnte in aller Ruhe vorsortiert werden. Voller Elan stürzte ich mich in die Arbeit. Dabei gab ich mir die größte Mühe: Wer Kommafehler machte, schlüpfrig wurde oder sich als humor- respektive hirnamputiert erwies, flog gleich wieder raus. Ebenso all jene, die das Gespräch mit »Und was machst du sonst so – außer chatten?« oder »m, 180, 80, dunkle Haare, braune Augen, sportliche Figur, 19 x 5, und du?« eröffneten. Ich besorgte einen Ordner und legte hier die Steckbriefe aller in Frage kommenden Kandidaten ab. Diesen Ordner musste ich, wenn ich in der Redaktion war, noch nicht einmal verstecken, denn so etwas war dort nicht ungewöhnlich: Mehrere Kolleginnen hatten eine Ablage »mögliche Sexpartner« auf ihrem Schreibtisch. Eine von ihnen war sogar so dreist, darin die firmeninterne Telefonliste aufzubewahren. Also fiel mein Gebaren nicht weiter auf.

Es ist kaum zu fassen, welche Abgründe sich in dieser Zeit vor mir auftaten: Ich traf auf Männer, die an Skurrilität und Dämlichkeit sogar die gestörtesten Talkgäste in den Schatten stellten. Nächtelang führte ich in dieser obskuren Welt Charakterstudien durch und nahm dabei Identitäten an, vor denen ich mich selbst gruselte. Manchmal schoss ich dabei zugegebenermaßen über das eigentliche Ziel hinaus, dann loggte ich mich zum Beispiel als »Karrierefrau_mit_Hängebrüsten« ein und ließ die Puppen tanzen. Ich war entsetzt und entzückt zugleich! Crispin war nur entsetzt und überhaupt nicht entzückt, weil ich jede freie Minute am Rechner verbrachte, aber ich erklärte ihm, dass ich Eske den Freundschaftsdienst schuldig wäre und wir unter den gegebenen Umständen einfach mal selbstlos sein müssten. Gesund war das Ganze nicht, meistens musste ich mich während dieser Aktionen betrinken, um ein ihnen angemessenes Niveau zu erreichen. Dazu kamen Schlafmangel, zu viele Zigaretten und zu wenig Sex, aber das war mir die Sache wert.

Nach anderthalb Monaten Dauerchat war die Ausbeute trotzdem mager: Eske war wählerischer als erwartet, und so blieb Mitte Oktober schlussendlich nur einer übrig, den wir uns zu einem Date bestellten. Er hieß Uwe, war Mitte dreißig, Programmierer, wohnte direkt um die Ecke, kaufte bei Aldi und hatte eine Menge wirklich lustiger Geschichten auf Lager, mit denen er uns per E-Mail blendend unterhalten hatte. Deshalb bekam er den Zuschlag. Wir verzichteten vor der Verabredung sogar auf die Zusendung eines Fotos. Klar, dass uns das zum Verhängnis wurde. Uwe war tatsächlich amüsant, aber keineswegs ein für unsere Pläne zulässiger Genpool! Er wirkte irgendwie quadratisch, von den Haaren waren nicht annähernd so viele übrig, wie wir uns das gewünscht hätten, seine Brille entbehrte jeglichen Geschmacks, und sein Gesicht erinnerte an einen Rollmops. Er war gutmütig und hatte Humor, keine Frage, und er kaufte auch anstandslos eine Menge Drinks, aber Uwe war halt einfach raus, und das merkte er schnell und betrank sich daraufhin hemmungslos. Wir wollten uns keine Blöße geben und hielten auf seine Rechnung eifrig mit, aber als Eske später seinen rechten Arm um die Schulter und ich seine linke Hand im Nacken hatte, wussten wir, es war Zeit zu gehen. Diese Operation war eindeutig gescheitert, und als ich in der Nacht nach Hause kam, sagte ich Crispin, dass ich ihn liebte. Und wie froh ich wäre, dass er kein Uwe war.

»Ich bin auch froh«, sagte Crispin. »Dass du keine Eske bist. Sonst hätte ich dich vielleicht noch immer nicht gefunden.«

Nach diesem Erlebnis war ich aus verständlichen Gründen ein paar Tage ziemlich unmotiviert, was meine Mission betraf, aber die Hoffnung auf Eskes zukünftiges Familienidyll siegte. Sie hatte es einfach verdient, glücklich zu sein. Schon wenig später loggte ich mich nach Feierabend wieder ein in den Markt der virtuellen Möglichkeiten. Diesmal traf ich ihn.

Er nannte sich »Rockster«, und ich hatte ihn schon öfter in diesem Chatraum herumhängen sehen. Er verhielt sich meistens ruhig. Genau genommen hatte er noch nie öffentlich etwas von sich gegeben. Das hieß entweder, dass er sein Glück bereits gefunden hatte und nur über die Flüsterfunktion mit irgendwelchen anderen Trantüten kommunizierte, oder dass er sich, sozusagen als stiller Beobachter, einfach nur über die Blödheit und die Rechtschreibfehler der anderen amüsierte. Letzteres wäre mir sympathisch gewesen. Ich meine mich zu erinnern, dass ich ihn zuerst ansprach – wahrscheinlich mit so was atemberaubend Originellem wie »Bist ja auch wieder da«. Völlig vermurkst. Aber er antwortete. Vier, fünf Sätze dauerte unsere Konversation, und sie war bestimmt das Belangloseste, das man sich vorstellen kann. Ich stöhnte vermutlich über den Job und er darüber, dass er Hunger habe. Dann verabschiedete er sich – in die Mensa (Student? Student, also immerhin kein Vollidiot), wie er sagte, und ich fuhr den Rechner runter und dann nach Hause. Hätte ich gewusst, was da soeben in mein Leben getreten war, ich hätte sofort gekündigt, mir eine Papiertüte über den Kopf gestülpt und den Rest meiner Tage zurückgezogen in irgendeiner gemütlichen Käserei auf der Alm verbracht. Konnte ja niemand ahnen, dass ausgerechnet der hier nie in Eskes Ordner landen würde, sondern in meinem eigenen.

Die Tage nach der ersten Begegnung mit dem Rockster blieben ruhig, zumindest was das Privatleben betraf. Eske und ich waren noch immer schwer damit beschäftigt, den Uwe-Schock zu verarbeiten. In der Redaktion hatten wir beide viel zu tun. Wir standen kurz vor den nächsten Aufzeichnungen. Mir fehlten noch immer Gäste, die sich in der Sendung gegenseitig wirklich überzeugend und voller Inbrunst vorwerfen würden, Schweine zu sein. Also recherchierte ich mir tagsüber die Finger wund und war abends zu nichts mehr in der Lage als ein bisschen vor mich hin zu wohnen. Crispin war viel unterwegs bei Kunden und in der Werkstatt, ich bekam ihn kaum zu Gesicht, aber solche Phasen waren völlig normal. Ich hatte schon lange beschlossen, mir keine Gedanken darum zu machen, solange nur Crispins Müllberg auf unserem Esstisch weiterhin wuchs. Das war ein untrügliches Zeichen für die Stabilität unseres gemeinsamen Lebens.

Crispin sammelte alles, was nicht niet- und nagelfest war.

Papierschnipsel, halb leere Blättchenbriefe, alte Tabakhüllen, Schrauben, Briefe, Sonnenbrillen, seltsame Werkzeuge, oftmals nicht ungefährlich, leere Verpackungen mit irgendwelchen Notizen drauf und andere Dinge ohne wirkliche Daseinsberechtigung landeten jeden Abend beim Hosentaschenausleeren auf dem Tisch. Im Laufe einer Woche wuchs dieser Haufen auf bedrohliche Höhe, weil ich jeden Abend wenigstens *versuchte,* die Grundfläche der Müllhalde einzugrenzen, indem ich die Sachen zusammenschob und stapelte, damit man morgens überhaupt seine Kaffeetasse fand. Einmal an den Tisch stoßen genügte völlig, um das gewagte Gebilde zum gaumäßigen Einsturz zu bringen. Ich fand das höchst enervierend und motzte oft genug herum, aber Crispin saß die Problematik einfach aus, behauptete jedes Mal, er hätte mit dem Aufräumen und Sortieren schon längst angefangen und verfiel dann wieder in tagelanges müllseliges Schweigen.

Wenn ich die Sachen wegräumte und auf seinen Schreibtisch legte, der eh schon zusammenzubrechen drohte, gab das meistens einen Höllenärger, denn natürlich fehlte dann plötzlich irgendetwas Wichtiges, das selbstverständlich ich, und nur ich, aus lauter Boshaftigkeit in den Müll geschmissen hatte, um Crispin zu ärgern. Nee, is richtig. In Extremfällen warf er mir sogar vor, ich würde ihm keinen Raum zur Entfaltung gönnen mit meinem Ordnungswahn, der nun wirklich keiner war. Ich wollte doch nur den Tisch benutzen können! Aber ich glaube, solange das unser einziges Problem war, führten Crispin und ich wirklich eine gute Beziehung. Auch wenn wir beide zu viel zu tun hatten. Crispin besonders. Die Leute rannten ihm mittlerweile die Bude ein, und sie begannen, lange Wartezeiten in Kauf zu nehmen, um einen echten Crispin in der Bude stehen zu haben.

Er entwarf ja auch wirklich gute Sachen. Nicht nur sehr stabile Esstische. Ich saß in diesen Tagen meistens allein dran, aber so war das eben. Es war okay. Und es war Spätherbst. Draußen wurde es langsam ungemütlich. Die Tage, an denen Eske und ich im offenen Käfer in die Redaktion brausen konnten und uns dabei nach Thelma-und-Louise-Manier mit flatternden Kopftüchern und riesigen Sonnenbrillen köstlich amüsierten, waren erst mal vorbei. Die Wintersaison begann, und damit hatte Eske mit ihrem Stinkegolf Fahrdienst.

Derzeit redete sie sich gerade ein, entgegen unserer Prinzipien gesünder leben zu wollen, und war dementsprechend schlecht gelaunt. Meiner Meinung nach hätte sie zu diesem Zweck als Erstes ihr Auto verschrotten müssen. Das Ding dünstete phasenweise so viel Benzin in den Innenraum aus, dass man nach einer halben Stunde Fahrt völlig benebelt war. Ich hatte ihr deshalb zum Geburtstag neben dem Kicker zum Bundesligastart auch einen Haufen riesiger Wäscheklammern für die Nase geschenkt, die natürlich ungenutzt durchs Cockpit flogen. Halt doch lieber bekifft ins Büro als beknackt aussehen auf der Fahrt. Nur das mit dem gesunden Leben hätte Eske sich unter diesen Umständen wirklich sparen können. Den ganzen Tag stopfte sie Obst in sich rein und war unleidlich, und unser letzter verkaterter Ausflug zur Pommesbude nebenan, dem einzigen Zeichen von überteuerter Zivilisation in der Dulsbütteler Peripherie, schien Monate her. Deshalb sank auch meine Stimmung langsam auf den Nullpunkt. Aber mit dem 27. Oktober folgte die absolute Krönung. Es war ein Mittwoch.

An diesem Morgen schmiss Eske während unserer Fahrt zur Arbeit aus purer Missgunst mein Frühstück aus dem offenen Autofenster. Ich hatte mir ein Franzbrötchen gekauft, weil Mittagessen wegen ihrer Fasterei ja wohl ausfallen würde, und nuckelte auf dem Beifahrersitz unbeteiligt daran herum. Das lag nicht daran, dass mir das Ding nicht schmeckte, sondern lediglich daran, dass ich noch nicht ganz wach war. Das nutzte Eske gnadenlos aus. Sie riss mir völlig unvermittelt das Ding samt Tüte aus der Hand und feuerte es voller Wucht durch das geöffnete Fenster mitten in den Gegenverkehr. Ich wurde stinksauer und regte mich auf. Der Tag war gelaufen! Eske lachte sich scheckig und schrammte deshalb auf dem Rest der Strecke nur knapp an ungefähr fünf bis fünfzehn Auffahrunfällen vorbei. Ich erlitt einen Herzinfarkt nach dem anderen. Dass die blöde Kuh ihre Aktion damit begründete, mir würde es auch mal ganz gut tun zu verzichten, brachte mich noch viel mehr auf die Palme.

Als wir im Büro ankamen, war ich ein Wrack. Eske erzählte allen von unserer lustigen Fahrt und machte mich zum Gespött der Redaktion.

Als ich meine Tasche in die Ecke pfefferte, verkündete ein schepperndes Krachen das Ende meines Kompaktpuders. Eine Katastrophe! Ohne Kompaktpuder sah ich schon nach einer Stunde aus wie ein frisch geölter Babyarsch, nur eben im Gesicht, weshalb ich grundsätzlich nie ohne Puder das Haus verließ. Jetzt war der Puder explodiert, samt Spiegel, und zwar in ungefähr eine halbe Million Einzelkrümel, die die Tasche versauten, die Tasten meines Handys blockierten und alles in allem eine massive Sauerei veranstalteten.

Als Nächstes fand ich auf meiner Mailbox die Nachricht vor, dass Bühnengast 1 nicht in meiner nächsten Sendung aufzutreten gedächte, wenn auch Bühnengast 2 zugegen sei, aber nur durch solch gewagte Konstellationen, und zwar vollständige, machen Talkshows überhaupt Sinn. Noch eine Niederlage! Hunger hatte ich auch. Ich beschränkte mich für den Rest des Tages aufs Hyperventilieren und versuchte gar nicht erst, meine Laune wieder über den Meeresspiegel zu heben. Während der Themenbesprechung knibbelte ich mir drei Fingernägel kaputt und handelte mir böse Blicke von der Redaktionsleitung ein, weil ich Eske mit Papierkugeln aus ihrem Jungsordner bewarf, den sie meiner Meinung nach nicht mehr verdient hatte. Jedes Mal, wenn ich mir einen Kaffee holen wollte, war die Kanne leer, und ich musste neuen kochen. Crispin und ich waren für den Abend verabredet, aber einer seiner Kunden hatte plötzlich und unerwartet Probleme mit einem Büromöbel, an dem am nächsten Tag wichtige Dinge mit wichtigen Leuten besprochen werden sollten, also sagte Crispin mir ab. Kurz: Es war ein Tag zum Abgewöhnen.

Am Nachmittag haute ich mich im Konferenzraum aufs Sofa, rauchte mir die Lunge aus dem Hals und dachte darüber nach, ob ich mich krankmelden und einfach nach Hause gehen sollte. Kopfschmerzen hatte ich schon, kein Wunder nach den vielen Kippen. Doch dann erinnerte ich mich daran, dass ich ja mit Eske gekommen war und kein Auto hatte und mit der Bahn mindestens anderthalb Stunden nach Hause brauchen würde. Also verfiel ich bis achtzehn Uhr in dumpfes Schweigen. Um kurz nach sechs rief ich Bühnengast 1 an und beschimpfte ihn, bis er versprach, mich nie im Stich zu lassen, und danach ließ ich mich von Eske nach Hause fahren. Das tat sie anstandslos, offenbar hatte sie ein schlechtes Gewissen. Wenigstens etwas.

2.

Eske.

Die Tage nach Monas Schreibblockaden sind immer die schlimmsten. Ich komme mit einem Kater in die Firma und versuche einfach nur, den Tag zu überstehen. Ich kriege nichts geregelt, außer es mir mit ein paar Kollegen zu verscherzen, weil ich wieder so unleidlich bin. Mittlerweile habe ich den Eindruck, dass Mona jeden zweiten Tag eine Schreibblockade hat, und ich kann mir in der Firma schon ein Alkoholproblem nachsagen lassen. Natürlich ist nicht jeder Kater ausnahmslos Monas Schuld. Ich bin ein freier Mensch und kann selber entscheiden, wann ich Caipirinha oder Apfelschorle trinke, aber das ist nicht so einfach. Erst wird man als Spielverderber beschimpft, und dann denkt man sich selber auch: Recht haben die anderen, also hoch die Tassen. Dann ist es wieder drei Uhr morgens, man hat mal wieder kein Halten gekannt, und das Geld reicht gerade noch für ein Taxi. Denn wenn man um diese Zeit die anderthalb Kilometer (Rittner behauptet, es seien nur achthundert Meter) zu Fuß gehen würde, wäre man ja noch später zu Hause. Aber man ist ja schließlich vernünftig. Säuferlogik.

Ich bin mir immer noch nicht sicher, wie ich es eigentlich finde, dass Mona jetzt ein Buch schreibt, und dann auch noch über sich. Sicher, eine schöne Beschäftigung und auch mal was ande-

res als ständig in die Kneipe zu gehen, aber mir behagt der Gedanke nicht, dass sie sich womöglich als die tollste Frau, die die Welt je gesehen hat, darstellen könnte. Vermutlich will sie in dem Buch langbeinig und langhaarig sein. Es ist ihr gutes Recht, es ist schließlich ihr Buch.

Genauso ist es allerdings auch mein gutes Recht, die Welt zu informieren, wie Rittner wirklich leibt und lebt. Vermutlich glaubt Mona die Dinge, die sie über sich schreibt tatsächlich, aber die Wirklichkeit sieht anders aus. Rittner ist blond, dick (sie sagt, es sei eine Zwischengröße) und lacht über alles. Und gerade wegen dieser seltsamen Zusammenstellung ist Mona ein Gesamtkunstwerk und einfach großartig. Aber: Sie schreibt ein Buch. Meine große Sorge ist nicht nur, ob meine Leber dadurch dauerhaften Schaden nimmt, sondern auch, wie Mona mich in ihrem autobiografischen Roman darstellen wird. Ich will ja schließlich nicht schlecht dabei wegkommen. Nachher lesen Leute das Buch und denken, ich sei irgendwie geistesgestört oder hässlich oder zu dick oder zu alt. Dieses Buch birgt viele Gefahren für mein Image, denn schließlich bin ich eigentlich intelligent und witzig und sexy und mittelschlank. Natürlich habe ich einige seltsame Eigenschaften, aber wer hat die nicht.

Na ja, nicht wirklich seltsam, aber trotzdem. Ich bin eben Ostfriesin, das lässt sich nicht wegdiskutieren. Damit sind ein sehr eigener Humor und auch eine sehr eigene Freundlichkeit verbunden, die von Nicht-Ostfriesen gerne mal als Unfreundlichkeit ausgelegt wird. Ich bin ein sehr geselliger Typ, das wird von Mona bestimmt auch so dargestellt werden, aber sicherlich maßlos übertrieben. Ich glaube, ich habe eine Novemberdepression.

Mona.

Zu Hause war niemand, nur der Katze, dessen vorwurfsvolles Geschrei schon auf dem ersten Treppenabsatz zu hören war, und wir wohnten immerhin im zweiten Stock. Die Nachbarn mussten denken, wir ließen das arme Tier regelmäßig bis zur Besinnungslosigkeit darben, dabei hatte die Welt selten ein so wohlgenährtes Exemplar gesehen! Der Katze hieß der Katze, weil er weder die Katze noch der Kater war, nicht Fisch, nicht Fleisch sozusagen. Er war ein gefräßiger silbergrauer Perser mit Bernsteinaugen und äußerst eigenwilligen Angewohnheiten. Eigentlich war der Katze, wie alle Perser, schlichtweg zurückgeblieben, aber er machte das durch seinen unvergleichlichen Charme wieder wett. Wenn man ihm an den Schwanz fasste, schmiss er sich sofort auf den Rücken. Das war aber auch das Einzige, was ihm an männlichen Eigenschaften geblieben war. Ansonsten verhielt er sich eher wie ein Mädchen: ziemlich zickig. Ich glotzte ihn oft stundenlang an, weil ich ihn so toll fand, und manchmal glotzte er zurück. Auch wenn wir zeitweise sehr unterschiedlicher Meinung waren, zum Beispiel in Sachen Bürsten, Hinternhaare schneiden (die von dem Katze) oder Spazierengehen auf dem Esstisch, liebten der Katze und ich uns heiß und innig. Ich fand, wir passten wirklich sehr gut zusammen. Trotz aller Streitereien. Wir stritten uns oft, denn wann immer ich zur Tür hereinkam, überschüttete der Katze mich grundsätzlich mit Vorwürfen. Irgendeinen Grund fand er immer: Du kommst zu früh, du kommst zu spät, ich habe Hunger, ich habe gerade auf der Fußmatte gelegen, ich wollte mich gerade auf die Fußmatte legen, es ist keine Fütterungszeit und ich habe trotzdem Hunger und du bist schuld, du hast meinen Spielkorken heute Morgen nicht rausgelegt und, und, und.

An diesem Abend hatte ich keine Lust auf Diskussionen, also warf ich dem Katze gleich etwas auf den Teller, kaum dass ich durch die Tür war. Dann widmete ich mich kurz meiner verpuderten Tasche. Die Situation war ausweglos, weil der Puder in jeder Ritze saß und auf dem schwarzen Nylon Flecken hinterließ, die durch Wässern und Reiben nur noch schlimmer wurden. Deshalb beschloss ich, mir eine neue zu kaufen, schmiss das verhunzte Teil in den Müll und setzte mich an den Esstisch. Aber allein am Esstisch sitzen war an diesem Abend auch scheiße. Ich vermisste Crispin. Ich wäre gern mit ihm zusammen gewesen. Ich wollte Gesellschaft. Also schnappte ich mir eine Flasche Bier, legte die erste Babyfox auf, machte schönes Licht und verzog mich nach oben an den Rechner.

Ich sah den Rockster sofort, und ich hatte kaum den Raum betreten, da sprach er mich auch schon an. Was uns dann ritt, weiß der Himmel. Es muss wohl so etwas wie ein Feuerwerk gewesen sein. Oder eine Art Dreißig-Kilo-Bombe, die explodierte und dabei keine gefährlichen Splitter ausspuckte, sondern Konfetti. Oder berauschende Substanzen. Lachgas. Wir brauchten noch nicht einmal Small Talk, um uns warm zu laufen. Stattdessen landeten wir postwendend in einer filmreifen Szenerie, in der er der Mann war und ich die Frau. Wir stritten uns beim Frühstück über zu weich gekochte Eier, das Aufräumen und das hässliche Kaffeeservice. Ich knallte mit den Türen, als er sich hinter dem Sportteil verschanzte, und warf mit dem Bügeleisen nach ihm. Er beschwerte sich über meine Mutter, dichtete mir eine Affäre mit dem Nachbarn an und schubste mich ins vorgärtliche Blumenbeet, zum Glück nur aus dem ersten Stock, in dem die gemeinsame Eigentumswohnung lag. Ich wurde hysterisch, als er ankündigte, gleich mit seinen

Kumpels in die Kneipe gehen zu wollen, und stürmte ins Schlafzimmer zum Kofferpacken.

Wir überschütteten uns mit Vorwürfen, schrien uns an und zertrümmerten den halben Haushalt. Rein virtuell natürlich, aber so intensiv, dass ich alles um mich herum vergaß. Der Katze konnte völlig ungestört auf dem Esstisch herumwandern und mein Schwarzbrot anfressen. Er nutzte die Situation schamlos aus. Über den Rockster erfuhr ich dabei nicht viel, außer dass er Fußball mochte, einen Kumpel namens Kunz hatte und ein Kraftwerk-Poster besaß. Und eine Art, die mich faszinierte. Alles andere interessierte überhaupt nicht. Mir doch egal, was das für einer war! Aber wir verstanden uns super. Jedenfalls konnten wir uns hervorragend zanken und anbrüllen. Es war, als hätten wir schon seit Jahren zusammen in dieser Eigentumswohnung gesessen und nur auf den Moment gewartet, unsere Energien endlich aneinander auszulassen.

Ich machte mir zweimal fast in die Hose, nur weil ich mich nicht aufraffen konnte, aufs Klo zu gehen. Jede Sekunde war kostbar, ich wollte nichts verpassen! Wir preschten ungestüm vorwärts, immer weiter. Es war lustig, es war dramatisch, es war laut und voller Dynamik und Eigensinn, völlig durchgeknallt eben, und es machte einen riesigen Spaß. Da saß jemand, der gab mir ordentlich Kontra, und dieser Jemand benutzte dazu die gleichen Mittel wie ich! Die gleiche Sprache! Ich fühlte mich herausgefordert und plusterte mich auf. Ich setzte immer noch einen drauf, aber das nutzte mir gar nichts, denn der andere wich nicht zurück, und er gab schon gar nicht auf. Es war wie ein Kräftemessen, bei dem klar war, dass am Ende doch beide gewinnen würden.

Gegen zwei, halb drei hatte ich mich komplett verausgabt, und ich glaube, dem ominösen Rockster ging es ähnlich. Wir nahmen langsam das Tempo raus, schalteten einen Gang zurück, aber wir blieben in der Szene, und als wir uns schließlich voneinander verabschiedeten, war es das Natürlichste auf der Welt, dass ich ihm meine Mailadresse überließ. Seine musste ich gar nicht haben, ich glaube, ich fragte noch nicht einmal danach. Das war völlig unnötig. Ich wusste, dass ich irgendwie schon wieder von ihm hören würde, und wenn nicht, dann eben nicht. Ich hatte einen beschissenen Tag gehabt, aber jetzt war ich ausgepowert, gelassen, fast zufrieden, und ich wünschte mir nichts weiter als mein Bett. In meinem Kopf war noch nicht mal mehr Platz dafür, über diesen Typen nachzudenken. Wenn er denn überhaupt ein Typ war. Vielleicht war »er« auch eine Frau, die sich nur als Kerl verkauft hatte. Gewundert hätte es mich nicht. Rein sprachlich gesehen hätte ich jedenfalls sofort auf eine Frau getippt. Wusste doch jeder, dass Frauen bei so was begabter sind. Als Crispin sich wenig später neben mich legte, bemerkte ich ihn nicht einmal mehr.

Am nächsten Morgen fühlte ich mich außerordentlich gerädert, aber das ging erstaunlich schnell vorbei. Auf der Fahrt ins Büro versöhnte ich mich mit Eske und lachte im Nachhinein sogar über das verlustig gegangene Franzbrötchen. In der Redaktion machte ich einen Kontrollanruf bei Bühnengast 1 und nötigte auch seinem erbosten Widersacher Bühnengast 2 das Versprechen ab, selbst bei drohendem Weltuntergang pünktlich zur Aufzeichnung im Studio zu sein. Dann machte ich noch ein paar Back-up-Schweine zur Reserve klar. Für alle Fälle, denn Schweine sind nun mal Schweine, und sicher ist sicher.

In der Mittagspause riss ich mich zusammen und löste durch einen Ausflug in den Supermarkt das Puderdilemma. Die Entscheidung, welchen ich nehmen sollte, fiel mir leicht. Es gab nur eine Sorte. Und eine Farbe. Alles andere war ausverkauft oder kaputt. Dieser Supermarkt war eindeutig ein Saftladen.

Trotzdem kaufte ich sogar ein paar Lebensmittel ein, was mich mit nicht unerheblichem Stolz erfüllte. Der Tag entwickelte sich recht positiv, und, um ehrlich zu sein, dachte ich nicht ein einziges Mal an das absurde Spektakulum der vergangenen Nacht.

Nach Feierabend ging ich mit Eske im Familieneck Bier trinken und kam gegen Mitternacht ein wenig beschwipst zu Hause an, wo der Katze bereits nahe daran war, mit seinem Gejaule die Feuerwehr auf den Plan zu rufen. Crispin war nicht in der Nähe. Summend setzte ich ihm (also dem Katze) seinen Fraß vor, schmiss zu seiner Belustigung ein paar Mal den Spielkorken durch die Gegend und glotzte ihn an, bis sich auf meinen Kontaktlinsen der Müdigkeitsschleier bemerkbar machte. Ich nahm sie heraus und schminkte mich sorgfältig ab.

Vor dem Spiegel fiel mir wieder ein, was ich am Abend zuvor um diese Zeit getrieben hatte, und ich grinste mich an. Ich sah gar nicht müde aus. Ich fragte mich, wie es dem Rockster heute wohl ergangen war. Also tapste ich duftend und splitterfasernackt die Treppe hoch und schaltete den Computer ein. Ich hatte Post! Der Rockster berichtete, dass er einen unerwartet geilen Tag gehabt hätte. Auch er war nicht müde gewesen und bedankte sich für mein Fairplay, wie immer er das auch meinen mochte. Er sagte mir, dass er sehr angetan sei von dem, was wir da in der vergangenen Nacht fabriziert hätten. Und dann schrieb er noch etwas Seltsames: dass hoffentlich keine Serie draus würde, weil die immer scheiße seien nach guten Pilotfilmen. Da hätte ich ihn schon für bekloppt halten müssen, aber das tat ich nicht. Ich freute mich einfach nur über seine Zeilen und beschloss, ihm am nächsten Tag zu antworten. Als ich diesmal im Bett lag, hatte ich in meinem Kopf doch ein bisschen Platz, um über ihn nachzudenken, und ich nahm mir vor, bald mit Eske darüber zu konferieren. Vielleicht hatte unsere Suche ein Ende. *Eske, bestell das Aufgebot. Und die Hebamme.*

Am nächsten Tag nahm ich die Mail des Rocksters in der Firma noch einmal genauer unter die Lupe, aber die Mailadresse war wie meine bei einem Freemail-Provider beheimatet und gab deshalb keinerlei Aufschluss über seine Identität oder Herkunft. Im Gegenteil, er hatte noch nicht einmal die Endung .de gewählt, sondern das noch unverfänglichere .net. Er konnte also theoretisch auch in der Taiga sitzen oder in der Tundra. Den Unterschied zwischen diesen beiden Gegenden hatte ich schon längst vergessen, obwohl er in Erdkunde einmal oberste Priorität gehabt hatte, so viel wusste ich noch. Ich beschloss, locker zu bleiben, und schrieb irgendeinen Schund zurück. Der Tag zog sich wie Kaugummi. Meine Sendung stand, ich tippte einen Haufen Exposés und Sendeabläufe und zuckte jedes Mal zusammen, wenn das Telefon klingelte, weil das kurz vor einer Aufzeichnung meistens nichts Gutes verhieß. Eske und ich ließen ganz besonders pünktlich den Griffel fallen, denn wir hatten noch etwas auf dem Zettel: Shoppen.

Shoppen war für uns gleichbedeutend mit H&M. Ich hatte mit meiner Zwischengröße in den meisten anderen Läden kaum eine Chance. Nur H&M hatte die Zeichen der Zeit erkannt und bot auch mir hin und wieder Tragbares, das nicht so aussah, als hätte ich es vor ungefähr fünf Jahren aus eingefärbtem Jutesack selbst genäht. Bequem war es nicht, bei H&M einzukaufen. Die Schlangen vor den Umkleidekabinen waren eine Frechheit, aber was will man machen. Alle gingen zu H&M! Hier gab es keinen Klassenfeind, sondern höchstens den Gegner am Wühltisch.

An diesem Abend war unsere Einkaufstour allerdings nicht

von Erfolg gekrönt. Es war völlig egal, was wir uns überzogen, wir sahen darin einfach scheiße aus. Punkt. Zum Glück ging es uns *beiden* so. Ich hätte es nicht ertragen, wenn Eske etwas gefunden hätte und ich nicht. Wenigstens hatte ich einen Freund, dem ich ein paar Socken hätte kaufen können, aber es gab nur noch welche mit debilen Comicfiguren drauf, also ließ ich es sein.

Frustriert investierten wir unser Geld lieber in einen anständigen Drink. Kettenrauchend hockten wir vor unseren Cocktails und beschwerten uns über H&M. Besonders Eske motzte ohne Unterlass. Dabei wurden ihre Beschwerden immer allgemeiner und bezogen sich schließlich auf alles und jedes in ihrem Leben. Ich wusste, was das bedeutete: Entweder würde sie jetzt wieder mit der Kindernummer anfangen, oder sie würde mich aus großen Kulleraugen angucken und fragen: »Sag mal, findest du mich eigentlich – sexy?« Diese Frage war ich schon gewohnt. Sie erfolgte allerdings normalerweise *vor* dem Ausgehen, wenn wir mit Anziehen und Schminken fertig waren und zusammen die letzte Zigarette vor dem Aufbruch rauchten. Ich versicherte ihr dann meistens, dass ich sie wahnsinnig sexy fände, damit wir das Thema beenden konnten.

Allerdings hatte Eske manchmal ein Händchen für äußerst geschmacklose Textilien. In der Redaktion sagte man ihr lange nach, sie sei die Frau mit den Klamotten, die eigentlich nie hergestellt wurden. Eske trug diese Sachen selbst dann noch mit Würde, wenn unsere Kollegin Valerie bei ihrem Anblick zu hyperventilieren begann, was nicht weiter dramatisch war, denn Valerie hyperventilierte oft und besonders gern im Zusammenhang mit Stilfragen. Valerie war eine dralle Blondgefärbte mit einer Schmollschnute und einer Vorliebe für Accessoires, die aussahen wie aus einer Barbieausstattung. Ihr Leben drehte sich hauptsächlich um Diäten, Trennkost, neue Outfits und billige Barbieaccessoires. Sie war die einzige Frau, die ich kannte, die mit 24 schon bei ihrem Alter log und tatsächlich Slimfast ausprobiert hatte. An Eske hatte Valerie einen Narren gefressen, obwohl diese unter normalen Umständen allein schon angesichts ihrer Kleidungswahl kaum als adäquater Umgang in Frage gekommen wäre. Aber unter Valeries und meinem Einfluss lernte Eske ziemlich schnell, Klamotten, die eigentlich nie hergestellt wurden, von Klamotten mit Daseinsberechtigung zu unterscheiden.

Das sagte ich Eske, als sie jetzt, wie zu fünfzig Prozent erwartet, tatsächlich das Sexy-Thema anschnitt. Obendrein machte ich ihr noch einen Haufen anderer Komplimente. Ich hoffte, so um die Kindernummer herumzukommen, aber da war nichts mehr zu machen. Die nächsten zwei Stunden wurde alles, was ich sagte, gegen mich verwandt, denn ich hatte ja einen Mann und hätte jederzeit glücklich schwanger werden können, wenn ich nur gewollt hätte. So sah Eske das jedenfalls.

Ich versuchte alles, um sie aufzuheitern. Das volle Programm: Ich kaufte ihr noch eine Caipirinha und rechnete ihr vor, wie viele Jahre sie zum Kinderkriegen noch Zeit hätte. Ich erwähnte beiläufig, wie fertig unsere Ex-Kollegin Inka ausgesehen hätte, als ich sie das letzte Mal traf, und dass daran bestimmt das Baby schuld wäre und dass der Vater des Kindes sich wieder von Inka getrennt hätte, woran bestimmt erst recht das Baby schuld wäre. Ich versicherte ihr, dass der Richtige für ein Kind schon noch kommen würde und dass, nein, ihr *Ex* das bestimmt nicht gewesen wäre.

Als das nichts half, versuchte ich ihr klarzumachen, wie gut sie überhaupt ohne Mann dran war. Ich ging mit ihr all unsere männlichen Freunde und Bekannten durch und rief ihr in Erinnerung, dass die meisten von ihnen ernsthaft gestört waren und nur ein Klotz am Bein und dass der ohne Macke, das war lediglich einer, von uns schon vor längerem das Prädikat »unsexy« erhalten hatte.

Der Einzige, der psychisch stabil *und* sexy war, gehörte mir, aber das zu erwähnen fand ich in dieser Situation unklug. Musste ich auch gar nicht. Eske kam von ganz allein drauf. Das erforderte einen erneuten Richtungswechsel. Ich zählte ihr alle negativen Seiten einer Langzeitbeziehung auf, die mir so einfielen. Vom Dreck über die Schnarcherei über den Ärger mit der Haushaltskasse über die Zankerei bis hin zur ständigen Verpflichtung.

»Und der Sex wird irgendwann auch langweilig«, fügte ich noch hinzu und fand, dass ich mir damit das beste Argument bis zum Schluss aufbewahrt hatte.

Weit gefehlt: »Man kann aber wenigstens sagen, man *hat* welchen!«, heulte Eske auf, »und man könnte schwanger werden. Man *könnte*!«

»Mann kann das schon mal gar nicht«, beschied ich und seufzte. Da war wirklich Hopfen und Malz verloren. Wir nuckelten an unseren Strohhalmen und schwiegen uns an. Mir war eindeutig der Stoff ausgegangen, und Eske stocherte missmutig in ihrem Glas herum.

Also spielte ich meinen letzten heimlichen Trumpf aus. »Unter Umständen haben wir doch noch einen Braten in der Röhre«, verkündete ich und schnalzte mit der Zunge. »Ich war wieder auf Mission.«

»Och nöö«, machte Eske. »Internet?«

»Hmm«, surrte ich verheißungsvoll.

»Uwe zwei bestimmt«, konstatierte Eske trocken und fingerte eine Zigarette aus der Schachtel.

»Glaub ich nicht«, erwiderte ich und machte eine bedeutungsschwangere Pause. »Der ist *anders*.«

»Wie alt?«, fragte Eske.

»Keine Ahnung«, gab ich zu.

»Beruf?«

»Keine Ahnung. Student wahrscheinlich.«

»Woher, wie sieht er aus?«

»Weiß nicht.«

»Du willst mich doch verarschen.« Eske schnippte ein Stück Plastikfolie vom Tisch.

Ich gab alles. »Nein, echt nicht. Aber er kann wahnsinnig toll schreiben und sich ausdrücken, und er hat einen ziemlich coolen Humor.«

»Den hatte Uwe auch«, schnappte Eske.

Ich rollte mit den Augen und bemühte mich um einen vorwurfsvollen Ton. »Du musst den Typen auch eine Chance geben!«

»Sehr witzig«, grunzte Eske. »Also los, was ist das für 'ne Nummer?«

Ich erzählte ihr, was ich wusste. Mir war klar, dass das nicht viel war, aber es war besser als nichts, und es regte Eskes Fantasie an. Meine auch, aber ich sollte ja nur die Vorhut sein, das war meine Aufgabe, und ich gedachte sie ernst zu nehmen. Letztendlich kamen wir überein, dass ich den geheimnisvollen Unbekannten ein bisschen genauer unter die Lupe nehmen sollte.

Das war leichter gesagt als getan. Übers Wochenende passierte nicht viel. Ab Montag gingen eine Menge Mails hin und her, aber informationstechnisch war die Ausbeute mehr als mager. Immerhin: Wir begannen bald, auf dem Dienstweg miteinander zu kommunizieren. Der Rockster war kein Student mehr. Statt über die anonymen Freemail-Adressen zu gehen, benutzten wir beide unsere Mailprogramme am Arbeitsplatz. Das war einfacher, als sich ständig bei einem Provider einzuwählen. Der Rockster hing wie ich den ganzen Tag vor einem Computer. Nonstop. Bürohengst. »Wie Ihr seht, erlaube ich mir, Euer Hoheit Hofadresse zu wählen«, hatte er geschrieben, als er mir zum ersten Mal direkt an den Redaktionsserver antwortete. Er wusste jetzt meinen Nachnamen und den Namen meiner Firma, und ich wusste seinen Nachnamen und den Namen seiner Firma. Und dass sein Vorname mit N begann. Sein Arbeitgeber war irgendein Autozulieferer, das konnte ich gerade noch herausfinden, aber wo der Rockster genau saß, während er mir schrieb, das war mir noch immer unbekannt. Die Mailadresse endete auf *.es* – Spanien. Ich jagte den Firmennamen im Internet durch ein paar Suchmaschinen, aber ich fand nicht heraus, ob und wo diese Firma in Deutschland überhaupt ansässig war. Trotz aller Neugier, ich fragte nicht weiter nach und verzichtete auf intensivere Recherchen. Das wäre gegen die Regeln gewesen. Solche Sachen waren tabu, dessen schienen wir uns einig.

Wir schrieben uns die hirnrissigsten Sachen, schickten uns gegenseitig die Überschriften des Tages aus der Zeitung, ließen den anderen am Tagesablauf teilhaben, entwarfen zwischendurch immer wieder ähnliche Szenarien wie bei unserer ersten Begegnung und lästerten über Kollegen, aber alles, was darüber hinausging, blieb im Dunkeln. Ich wusste nicht, wo er wohnte, was er mochte und was er hasste. Ich wusste nicht, ob er zweiundzwanzig war oder achtundvierzig und ob er eine Freundin hatte oder verheiratet war. Ich wusste nicht, ob er gern las oder ob er seine Freizeit hauptsächlich damit verbrachte, an seinen Fußnägeln zu pulen, oder ob er vielleicht Udo-Jürgens-Fan war. Ich wusste auch nicht, ob er Moonwashedjeans trug oder im Alter von acht mal einen schweren Verkehrsunfall gehabt hatte. Letzteres muss ich im Nachhinein übrigens ernsthaft in Betracht ziehen. So bekloppt wird man nicht von allein. Aber ich hatte ja noch keine Ahnung.

Zu dieser Zeit wusste ich nur, dass ich fast süchtig wurde nach seinen durchgeknallten Zeilen. Aus ihnen konnte ich lesen, dass der Rockster überdurchschnittlich intelligent sein musste, gut Französisch sprach und ein wenig Spanisch und in Rechtschreibung nahezu perfekt war. Das darf man keinesfalls unterschätzen: Es gibt nichts unsexieres als Männermails, die vor Kommafehlern und »dasss« mit zu vielen sss strotzen, und das tun sie meistens. Da sieht man mal, wie unfähig die deutschen Männer in Wirklichkeit sind. Sogar Crispin konnte ja mittlerweile mit Kommata umgehen, und das, obwohl er Engländer war und noch gar nicht so lange in Deutschland. Wenn Crispin trotzdem mal Fehler machte, war das nicht unsexy. Es war niedlich. So niedlich, dass ich manchmal Tränen darüber lachte. Und Crispin so sehr dafür liebte, dass es wehtat. »In Schwarz und Weiß alle der Farben aus dem Regenbogen sind«, hatte er zum Beispiel einmal auf eine Karte geschrieben, die in einem riesigen Blumenstrauß steckte, »und in diese Blumen alle meiner Liebe für dich ist.« Darunter war ein kleiner gezeichneter Wurm mit einer Sprechblase über das Papier gekrochen. »Tschüs«, sagte der kleine Wurm, weil Crispin für ein paar Tage wegfuhr, »tschüs, aber nicht für lange«.

Auch der Schreibstil vom Rockster war alles andere als unsexy. Obwohl er offensichtlich Deutscher war. Obendrein hatte der Typ auch noch eine Menge Sprachwitz. Dafür hatte ich eine Schwäche.

Es dauerte deshalb nur wenige Tage, bis ich mich völlig an die Gegenwart des Rocksters gewöhnt hatte. Ich begann, mich auf seine Mails zu freuen, und ich begann, ihn zu vermissen, wenn ich während der Bürozeiten länger als zwei, drei

Stunden nichts von ihm hörte. Wenn ich in der Redaktion war, wusste ich ihn immer in der Nähe. Die ganze Sache war im Grunde natürlich völlig schwachsinnig: Ihr fehlte Hand und Fuß und Verstand wahrscheinlich auch. Wir waren einfach nur Bauch. Er war schneller und unvorsichtiger als ich. Schon bald streichelte er mir die Stirn, wenn ich Kopfschmerzen hatte, oder pustete mir in den Nacken, wenn ich einen Durchhänger bekam. Das passierte mir in diesen Wochen öfter. Die ständigen Zechtouren machten sich bemerkbar, und es rollte mal wieder eine Kündigungswelle durch die Redaktion. Man konnte die Uhr danach stellen: Wenn einer ging, wollten auf einmal alle. Wie beim Domino. Oder bei den zehn kleinen Negerlein.

Mittlerweile waren wir notorisch unterbesetzt, und das bedeutete Mehrarbeit für alle. Fast jeden Tag schmiss ein weiterer die Klotten hin, dann wurden Notkonferenzen einberufen und die Sendungen neu verteilt. Die Choleriker hatten Hochkonjunktur, die Stimmung war extrem explosiv.

Wenigstens konnte ich Eske für diese fatale Situation verantwortlich machen. Ohne sie hätte ich gar nicht in diesem Stall rumsitzen und per Mail ausgiebig Realitätsflucht betreiben müssen, um überhaupt mal rauszukommen. Es war eindeutig Eskes Schuld gewesen. Wie immer. Sie hatte uns erst auf die dumme Idee gebracht, in diesem Laden überhaupt anzufangen und unsere Schnäpse künftig mit der Zusammenstellung fragwürdiger Gesprächsrunden zu verdienen. Ich hatte dafür sogar die Popstars sausen lassen. Dabei hätten die in der Popstarredaktion mich nach meinem Praktikum ganz gern behalten. Na ja. Jetzt war es dafür zu spät. Aber Eske und ich ließen uns von der Kündigungswelle erst mal nicht anstecken. Wir waren schlichtweg zu faul, uns etwas Neues zu suchen.

Stattdessen hielten wir uns an die schönen Seiten, die die Redaktion zu bieten hatte. Das war vor allen Dingen das Catering an Aufzeichnungstagen. Manchmal gingen wir aus lauter Langeweile runter ans Büfett. In diesen Tagen hielten mich nur der Rockster und seine sehnsüchtig erwarteten Mails davon ab, ungefähr fünfzehntausend Kalorien am Tag zu mir zu nehmen. Er sorgte für willkommene Abwechslung. Crispin gegenüber hatte ich in dieser Angelegenheit kein schlechtes Gewissen. Was tat ich schon? Ich hatte Kontakt mit einem anderen, der meiner besten Freundin einen Stall voll Kinder machen sollte, sonst nichts, und dieser Kontakt fand auf eine reichlich abstruse Art und Weise statt. Virtuell. Er war ja quasi gar nicht vorhanden. Was sollte also passieren? Das Ganze war ein Spiel! Es war nichts anderes als ein kleines Spiel, und ich war mir ziemlich sicher, dass es keine Konsequenzen geben würde. Wahrscheinlich verhielt ich mich dem Rockster gegenüber auch so, denn er drehte mächtig auf. Ab und zu erstattete ich bei Eske Bericht, aber seit Uwe schien sie nicht mehr allzu viel Vertrauen in meine kupplerischen Fähigkeiten zu haben. Trotzdem hielt ich an dem Gedanken fest, dass der Rockster nicht für mich war. Ich hatte ja Crispin.

Im Laufe der zweiten Woche drückte der Rockster mir seine Telefonnummer aufs Auge. Erst schrieb er, er würde sie mir jetzt noch nicht geben wollen, hinterher würde ich sie nur dazu nutzen, gleich mit ihm Schluss zu machen. Schon am nächsten Tag fragte er mich, ob ich sie nicht doch wollte. Ich ignorierte das, also gab er sie mir am Tag darauf unaufgefordert. Jungs halt. Ich hatte erst überlegt, ihn damit matt zu setzen, dass ich seine Telefonnummer ohne ihn rausfand. Er stünde schließlich im Telefonbuch, hatte er in einer Mail stolz verkündet, um meinen Ehrgeiz anzustacheln. Wow. Super Sache. Aber in welchem? Sein Nachname war nicht selten, das hatte ich schon gecheckt, und seinen Vornamen wusste ich noch immer nicht. Ich hätte mich *wirklich* reinhängen und doch noch die Firma recherchieren und mich da durchfragen können, aber das war mir dann doch zu peinlich.

War ja auch gar nicht mehr nötig. Ich hatte seine Nummer auch so erhalten. Es war eine Mobilnummer. Wieder kein Anhaltspunkt, was seinen Aufenthaltsort betraf. Ich jagte die Nummer in der Redaktion sofort durch die Rufnummeridentifizierung. Sie war nicht verzeichnet, keine Überraschung, das waren Mobilnummern selten. Ich speicherte die Nummer in meinem Handy. Unter R wie Rockster. Für alle Fälle. Wer wusste schon, wann ich sie noch brauchen würde.

Freitag verplapperte der Rockster sich dann, als er verkündete, es ginge später auf die Autobahn. In die Heimat zum Freimarkt. Dazu schickte er mir die Abbildung eines albernen Lebkuchenherzens. »Süßer Teufel«, stand darauf. Entzückend. Freimarkt also. Bremen! Seine Heimat, das konnte nur Bremen sein. Ich rief sofort bei der Touristeninformation an und ließ mir bestätigen, dass in Bremen auch wirklich Freimarkt war. Bingo. Jetzt wusste ich eine ganze Menge mehr. Ich schlussfolgerte:

a) Der Rockster arbeitete irgendwo in Autonähe zu Bremen, sodass es sich lohnte, übers Wochenende dorthin zu fahren. Spanien schied definitiv aus.

b) Er konnte so alt nicht sein. Typen, die für gesellschaftliche Großereignisse wie eine Kirmes noch in die »Heimat« fuhren, hatten dort höchstwahrscheinlich Saufkumpane und Familie sitzen. Irgendwo mussten sie ja zu solchen Anlässen unterkriechen. Diese Erkenntnisse korrespondierten mit

c) Er benutzte die Ausdrücke »Heimat« und »zu Hause«. Daraus schloss ich, dass dort sein Jugendzimmer auf ihn wartete, einschließlich Ikea-Schreibtisch und Mama. Er hatte sich also vermutlich noch nicht mit seinen Eltern überworfen und war daheim nach wie vor willkommen.

Aus a) bis c) wiederum leitete ich ab, dass er nicht wirklich ein schlechter Mensch sein konnte, durchaus weltliche Seiten hatte und Kontakte auch auf herkömmliche Art und Weise zu pflegen wusste. Diese Erkenntnisse beruhigten mich. So viel Zeit, wie dieser Typ mit mir verplemperte, hatte ich schon mehrfach überlegt, ob er sonst nichts zu tun und keine anderen Freunde hatte. Ich gefiel ihm, ohne Frage, aber an diesem Freitag übertrieb er meiner Meinung nach maßlos in seinen Anspielungen über die Intensität unserer Beziehung. »Ich bin vielleicht ein bisschen verl ... verladen, verloren, verlebt?«, schrieb er in seiner nächsten Mail. Es war nicht schwer zu erraten, was er damit eigentlich sagen wollte. Außerdem war auch er recherchetechnisch nicht untätig geblieben. Ganz entgegen aller stillen Übereinkünfte. »Wie ich erfahren hab, dass Ihr in Hamburg sitzt, ist bei mir der Punk abgegangen«, setzte er am Nachmittag noch einen drauf. Damit war ich eindeutig überfordert. Um mich ging es hier schließlich nicht. Ich sagte nichts dazu und ließ ihn ziehen.

Das Wochenende wurde angenehm. Am Samstag bekam ich einen Haushaltskoller und verausgabte mich völlig bei dem Versuch, alles auf einmal zu machen: Waschen, Bügeln, Badezimmer putzen, Betten frisch beziehen, Kühlschrank auswischen, Altglas wegbringen, Post sortieren und so weiter und so fort. Hinterher saß ich völlig geschafft und nass geschwitzt am Esstisch, rief Eske an und teilte ihr mit, dass ich soeben den Entschluss gefasst hätte, bei der nächsten Gehaltserhöhung sofort eine häusliche Pflege zu engagieren.

»Dann sollten wir heute Abend noch mal einen trinken gehen, solange du dir das noch leisten kannst«, meinte sie pragmatisch, und natürlich hatte sie Recht.

Den Sonntag verbrachte ich friedlich mit Crispin. Wir standen spät auf und wohnten vor uns hin, bis auch die letzten Spuren des samstäglichen Putzwahnsinns endgültig beseitigt waren. Es war seltsam: Zweimal Kaffee kochen, einmal Croissants essen, Guardian und Bild am Sonntag zerpflücken – das Geheimnis liegt in der Mischung – sowie diverse Male Plattenwechseln genügten völlig, um die Bude wieder in ihren ursprünglichen Chaoszustand zu versetzen. Wenigstens war der Esstisch halbwegs nutzbar, denn ich hatte Crispins Müllstapel wie jede Woche unauffällig auf den Fußboden befördert. Wir redeten nicht viel an diesem Sonntag, es war still und gemütlich.

Am frühen Abend quetschten wir uns zusammen aufs Sofa. Da hielten wir es nicht lange aus und verzogen uns bald nach oben ins Bett. Ich ließ für den Sex sogar die Lindenstraße sausen, aber ich hatte ja Eske. Sie würde mir berichten können. Der Rockster fiel mir erst wieder ein, als ich mir später den Wecker für Montagmorgen stellte. Ich war viel zu träge, um am Rechner noch mal nach Post zu sehen, aber ich freute mich auf den nächsten Tag und seine Mails. Das war Besorgnis erregend, wenn nicht sogar schlichtweg krank, denn wenn man sich auf Montag freut, kann man sich genauso gut erschießen.

An genau jenem Montag fuhr ich allein im Käfer zur Arbeit, Eske hatte frei. Ich durchquerte gerade den Taubentunnel, als mein Handy klingelte. Es war Florian. *Der* Florian. Der Florian, nach dem ich mir wie eine Bescheuerte die Augen ausgeheult hatte. Dieser Florian rief mich jetzt an. Einfach so, als wäre nichts gewesen. Fünf Jahre, nachdem er sang- und klanglos aus meinem Leben verschwunden war, jedenfalls was seine Sicht der Dinge anging. Ich auf der anderen Seite hatte ja lange genug gebraucht, um ihn zu vergessen. Mich traf fast der Schlag.

»Was willst *du* denn?«, fragte ich verblüfft.

Florian kam gleich zur Sache. »Was machst du Freitagabend?«, wollte er wissen. Verflixt, seine Stimme hatte sich während der ganzen Zeit nicht ein bisschen verändert.

»Freitag?« Was lief denn *hier* ab? Ich begriff nur schwer, was offensichtlich vonstatten ging: Ich, Mona Rittner, wurde von meiner einstmals größten Liebe zu einer Verabredung genötigt, und ich war mir verdammt noch mal reichlich unsicher, ob mir das überhaupt behagte. Zuvor hätte ich für diese Situation getötet, jetzt fiel sie mir in den Schoß, aber ich hätte ebenso gut ohne sie leben können.

»Äh – wieso?« Ich muss ziemlich dämlich geklungen haben. Es ist aber auch echt schwer, etwas Intelligentes von sich zu geben, wenn man nur von Idioten umgeben ist.

»Ich bin in Hamburg«, sagte Florian, »ich würde dich gern sehen.«

»Hm-hm«, machte ich. »Was machst'n hier?«

»Ich muss Ute ein paar Sachen bringen. Sie ist wieder nach Hamburg zurück.«

»Ute?« Der Name sagte mir was. »Ach ja, deine Freundin.«

»Exfreundin«, stellte Florian einen Tick zu schnell klar.

»Ach«, sagte ich. Hatte der kleine Schleimscheißer also seine Beziehung versägt.

»Sie ist schwanger.«

»Herzlichen Glückwunsch«, antwortete ich verwirrt.

»Von einem anderen«, fügte Florian hinzu.

»Oh«, machte ich. Darauf wusste ich nicht viel mehr zu sagen. Aber ich dachte mir meinen Teil. Das war ja wohl die Höhe. Kaum hatte seine Alte sich von einem anderen einen Braten in die Röhre schieben lassen, besann sich dieser Scheißkerl auf mich und schlug mir nichts, dir nichts wieder meine Umlaufbahn ein. Einfach so.

»Also, was ist?«, drängte Florian. »Ich lande um vier und bin danach bei Ute.«

»Ja, gut«, sagte ich hilflos, »ich koch uns was.«

»Kann ich bei dir übernachten?«

Auch das noch. Der hatte Nerven. »Das kriegen wir schon irgendwie hin.«

»Das ist super. Also dann bis Freitag.«

Nachdem Florian aufgelegt hatte, starrte ich entsetzt auf mein Telefon, bis ich von hinten angehupt wurde. Die Ampel war längst auf grün gesprungen. *Was bitte hatte ich da gerade getan?!* War ich von allen guten Geistern verlassen? Warum hatte ich den Typen nicht mit Schimpf und Schande vom Hof gejagt? »Ich koch uns was.« Rittner, du hohle Nuss! Ich hatte doch eindeutig den Schuss nicht gehört. Wenn das mal nicht nach »Ja gern, Schatzi, ich hab seit Jahren auf diesen Tag gewartet und bin jederzeit verfügbar, wenn du willst, wisch ich dir hinterher auch noch den Arsch ab« geklungen hatte! Ich war nicht ganz dicht, so viel war klar. Gleichzeitig machte ich mir vor Schadenfreude fast in die Hose. Florians Beziehung war im Arsch. Und ich war seine erste Anlaufstelle in dieser Situation. Nüchtern betrachtet war das natürlich eine Frechheit, aber irgendwie gefiel mir die Vorstellung.

Früher oder später kriegt man sie halt alle dran, dachte ich später im Büro, als ich vom Schreibtisch nach draußen starrte. Es war schon wieder dunkel geworden und viel zu gemütlich zum ernsthaften Arbeiten. Wer will das schon. Silke hatte im Supermarkt eine ganze Kiste Mandarinen gekauft, wir pellten eine nach der anderen, verteilten die Schalen und damit ihren Geruch im ganzen Raum und hatten im Fernseher MTV eingeschaltet. »Und dich kriegen wir auch noch«, sagte ich und tippte auf den Bildschirm, als eine weitere Mail vom Rockster eintraf. Es war höchste Zeit, ihn auf die Plätze zu verweisen. Ich wollte keine Komplikationen. Ich wollte meine Mission erfüllen, und der Tag war aufregend genug gewesen. Also eröffnete ich ihm in meiner Antwort kurz und schmerzlos, dass er der Vater von Eskes Kindern sei. Er nahm es gelassen. Kurz vor Feierabend bekam ich folgende Mail:

Betreff: Vaterschaft

So habt ihr euch also entschieden. Aber glaub nicht, dass du mir so leicht davonkommst. Das mit Eske geht meinetwegen klar, nur wirst auch du mich zum glücklichen Vater machen müssen. Ach ja: Was wird es denn?, fragt Papa in spe, der jetzt erst mal anständig mit Mineralwasser feiern geht.

P.S.: Antwort per SMS, stp.

Mineralwasser? Ein Anti-Alkoholiker? Ich runzelte die Stirn. Das gefiel mir gar nicht, und ich war mir sicher, dass auch Eske davon mit Sicherheit nicht begeistert sein würde. Immerhin, wenigstens wurde der Kerl langsam ungeduldig aufgrund der ungenutzten Telefonnummer. Ich hatte sie jetzt schon vor Tagen erhalten und noch keinerlei Anstalten gemacht, sie auch zu gebrauchen. Er hatte meine Nummer natürlich noch nicht. Nach einer SMS zu schreien war deshalb eindeutig ein geschickter Schachzug von ihm. Ich stopfte mir noch ein paar Mandarinen in den Hals und packte dann meinen Krempel zusammen. Es war Zeit für zu Haus.

Auf dem Weg zur Parkgarage rief Eske an.

»Na, Prinzessin?«, fragte sie, »was geht?«

»Wie, was geht? Es ist Montag, und ich hab gearbeitet. Also geht jetzt heimfahren und fernsehen und pennen. Wenn überhaupt.«

»Nix«, machte Eske. Sie hatte sich an ihrem freien Tag offensichtlich blendend erholt. »Lass uns einen trinken gehen.«

Ich stöhnte. »Ich bin viel zu müde.«

»Na los, ein Drink.«

»Ich will heute Abend nur ein bisschen wohnen und früh schlafen gehen«, protestierte ich und wusste im gleichen Moment, dass meine Chancen auf einen solchen Verlauf des Abends schon jetzt rapide gesunken waren.

»Ach komm, jetzt so 'ne kleine lecker Caipi zum Feierabend, schön billlichbilllich, ist doch noch Happy Hour«, lockte Eske.

Ich begann zu bröckeln. »Zahlst du?«, fragte ich.

Jetzt stöhnte Eske. »Na gut«, knurrte sie dann.

Ich lachte vergnügt. »Dann komm ich auch. Aurel also?«

»Aurel«, bestätigte Eske, »wie lange brauchst du?«

»Dreiviertelstunde bestimmt. Also Viertel nach sieben frühestens.«

»Okay, Viertel nach sieben, bis gleich.«

Die Strecke von der Redaktion nach Hause führte mich einmal quer durch das Herz der Stadt: durch das Dulsbütteler Niemandsland, am Einkaufszentrum Hamburger Straße vorbei, dann das schicke, aber meines Erachtens todlangweilige Uhlenhorst gestreift und geradewegs auf die Außenalster zugebrettert. Das Hotel Atlantic links liegen gelassen, und dann folgte der schönste Teil der Strecke: der kurze Weg über die Lombardsbrücke. Sie bot eine wunderbare Sicht auf die Binnenalster. An Herbst- und Winterabenden sah man von hier die reichen hanseatischen Bauten inmitten Hunderter von Lichtern, die sich auf der Alster spiegelten, und im Sommer sich brechende Sonnenstrahlen auf der Wasseroberfläche und den typischen grünen Hamburger Dächern. An diesem Punkt fühlte ich mich immer richtig behaglich heimatlich, und an jenem Abend ganz besonders.

Schön!, schoss es mir durch den Kopf, und irgendwas in mir schwappte über. Das hatte ich ab und zu beim Autofahren, dann überkam mich dieses undefinierbare Glücksgefühl. Man liest ja manchmal von Leuten, denen das Herz angeblich vor Freude hüpft, und in diesen Momenten ging mir das tatsächlich so. Dann musste ich grinsen und fing meistens an, mit mir selbst zu reden und mir zu erzählen, wie schön doch eigentlich alles war. Auf der Lombardsbrücke passierte das überdurchschnittlich oft, und dann noch auf den Elbbrücken und unten am Elbwanderweg. Na ja, und in der Kneipe natürlich.

Als ich jetzt euphorisiert über die Brücke rollte, wollte ich an diesem Gefühl gern jemanden teilhaben lassen. Es hätte eigentlich Crispin sein müssen, aber mir fiel der Rockster ein. Weiß der Henker, warum. An der nächsten roten Ampel griff ich nach meinem Handy und schrieb ihm eine Nachricht. »Und jetzt: linkerhand die Alster«, tippte ich, »sehr malerisch. Massenhaft Taufwasser!« Das schickte ich per Knopfdruck auf die Reise. Jetzt hatte er meine Telefonnummer.

Als ich im Aurel ankam, war Eske noch nicht da. Es war früh, aber wegen der Happy Hour war der Laden auch um diese Zeit gut frequentiert. Die Happy Hour bezog sich hauptsächlich auf Caipirinhas, die in Halbliterbottichen serviert wurden und ordentlich reinknallten. Besonders viel Spaß machte der Laden deshalb im Sommer. Besonders wenig Spaß hingegen machte er am Wochenende, wenn die Vorortler kamen und einem schon durch ihre bloße Anwesenheit die Samstagslaune verdarben. Die Atmosphäre im Aurel war nett, aber nicht ganz so locker wie gegenüber im Familieneck. Fanden jedenfalls Eske und ich. Im Eck hatten wir Heimspiel, schon allein deshalb, weil ich hier während des Studiums einmal die Woche die Bar geschmissen hatte und noch immer ab und zu meine Lieblingsplatten auflegte. Ich kannte also Hinz und Kunz und Krethi und Plethi und den Besitzer und sämtliche Stammgäste. Im Eck konnten Eske und ich uns unsanktioniert völlig danebenbenehmen, wenn uns danach war. Dort geriet niemand aus der Ruhe, wenn wir nur noch Schwachsinn von uns gaben oder anderweitig lästig wurden. Das passierte nicht oft, aber es passierte, und danach stand vor allen Dingen eines fest: dass es mindestens einer von uns am nächsten Tag verdammt schlecht gehen würde.

3.

Eske.

Das Buch scheint vergessen. Aber wer weiß: So leicht lasse ich mich nicht ins Bockshorn jagen. Ich schreibe einfach weiter. Sozusagen auf eigenes Risiko. Aber es ist schon ein starkes Stück, was sich Rittner leistet. Der neueste Grund, warum sie angeblich nicht schreiben kann, ist eine Krankheit. Natürlich ist es nicht schön, wenn man ins Krankenhaus muss, um sich ein Organ entfernen zu lassen, aber jammern nützt nichts. Jedenfalls ist Mona jetzt nur noch am Jammern. Das verlorene Liebesglück und die bald verlorene Galle. Im Januar kommt sie ins Krankenhaus. Da gehört sie auch hin. Es kostet mich viel Geld im Familieneck, ihre Jammerei zu ertragen. Mittlerweile lasse ich anschreiben. Außerdem muss ich meine Sorgen ertränken. Denn wenn Mona ihre Galle los ist, ist mit ihr sicher nicht mehr gut Kirschen essen, mit anderen Worten Schnappes trinken. Ein langweiliger und unangenehmer Mensch wird sie werden. Eine Partybremse. Eine Horrorvorstellung. Eigentlich ist sie jetzt schon kaum zu ertragen. Und ich will mit ihr über Silvester auch noch in den Urlaub. Vielleicht kann ich mich mit finanziellen Engpässen rausreden, weil das Familieneck am Jahresende abrechnen will.

Nachtrag
Das war es dann ja wohl. Der Urlaub ist abgesagt. Mona ist doch wirklich das Allerletzte. Wegen ihrer blöden Krankheit

hat sie es verpasst, rechtzeitig ihren Urlaubsantrag abzugeben, und jetzt hat sie Urlaubssperre. Na super. Und alleine will ich da nicht hin. Ich hatte mich so gefreut. Jetzt habe ich sogar einen Abend in der Kneipe deswegen geweint. Wenn man was getrunken hat, lassen sich Emotionen eben nicht mehr so gut beherrschen. Immerhin habe ich aus der Not eine Tugend gemacht und meinem Exfreund, der mit uns im selben Flieger gesessen hätte, erzählt, dass ich ihn so bekloppt finde, dass ich es nicht zwölf Stunden in einem Flieger mit ihm aushalten würde und deswegen meinen Flug absage, da müsse man dann konsequent sein. Außerdem, vielleicht ist es ganz gut, wenn ich nicht allein bin mit Rittner, solange sie ihre Galle noch hat. Hinterher passiert wieder irgendwas, und ich bin schuld.

Mona.

Diesmal sollte ich diejenige sein, der es am nächsten Tag schlecht ging, aber das wusste ich noch nicht, als ich mir im Aurel eine Caipirinha bestellte. Ich hatte mir fest vorgenommen, sauber zu bleiben und nach einem Feierabenddrink sofort die Bar zu räumen. Entspannt lehnte ich mich an den Tresen. Die Musik war angenehm. Mono. Total romantisch. Klang irgendwie französisch. War's aber gar nicht. Ich versuchte ein bisschen damit anzugeben, dass ich den Text konnte, und sang demonstrativ mit. Der Typ hinter der Bar zeigte sich nicht sonderlich beeindruckt. Ignorant. Dann kam Eske durch die Tür, und ich sammelte beim Barkeeper weitere Minuspunkte, indem ich ihn wiederholt losschickte zum Caipirinha mischen. Das Leben ist kein bunter Teller, er machte sich zähneknirschend an die Arbeit. »Na?«, begrüßte ich Eske.

»Na?«, machte sie zurück. Eine blöde Angewohnheit, aber wir wurden sie einfach nicht los. »Wie isses denn wohl?«

»Och jo«, meinte ich und wiegte den Kopf, »ganz gut soweit.«

»Wie war's in der Redaktion?«

»Nicht besonders spektakulär. Recherche und Füße hoch. Ganz entspannt eigentlich. Und bei dir?«

Eske begann unverschämt zu grinsen. »Wie so freie Tage so sind. Bis elf gepennt, dann schön gefrühstückt, mit Krabbensalat und so. Danach war Antje zum Tee da. Dann Mittagsschläfchen ...«

»Okay, reicht schon«, unterbrach ich sie, »schon kapiert. Gib dem mal Geld.« Der Keeper hatte auch ihren Drink fertig.

»Wat mutt, dat mutt«, sagte Eske und zahlte.

Wir suchten uns einen Platz an einem der Stehtische. »Schmeckt«, sagte ich zufrieden und steckte mir eine Zigarette an.

»Aber hallo«, sagte Eske, und für eine Weile rauchten und tranken wir, ohne zu reden.

»Ganz schön voll hier für diese Zeit«, sagte ich schließlich.

»Mmmmmh«, machte Eske.

»Wir sind ja geistreich heute«, konstatierte ich.

»Biste müde?«, fragte Eske.

»Geht so. Ich wüsste nicht, wovon.«

»Dann kann's ja nur besser werden.«

»Nee, is richtig.«

»Wie spät isses?«

»Erst Viertel vor acht.«

»Cool, ich hol uns noch einen. Is ja noch billichbillich!«

Ich ging wieder bestellen, auf in die zweite Runde. Sie machte uns munterer, und ab der dritten Caipirinha wurden wir albern. Für meine guten Vorsätze von vor einer Stunde hätte

Eske jetzt sicherlich kein Verständnis mehr gehabt, abgesehen davon war es dafür längst zu spät, also verschwendete ich lieber keinen weiteren Gedanken mehr daran. Stattdessen erzählte ich von Florians Anruf.

»Ich dachte, von dem hast du so lange nichts gehört?«, wunderte sich Eske.

»Hab ich ja auch nicht«, erklärte ich ihr, »das ist ja das Interessante dran.«

»Und was soll das, dass er dich jetzt auf einmal anruft? Hat seine Freundin mit ihm Schluss gemacht oder was?«

So war Eske. Ich biss auf meinen Strohhalm. »Volltreffer.«

»Was für ein Idiot«, meinte Eske abfällig. »Ich nehme an, du hast ihn in die Wüste geschickt.«

»Nee. Er kommt am Freitag zum Essen und will auch noch bei mir übernachten.«

»Hast du 'ne Macke? Mit Crispin oder was, schön zu dritt? Wie stellst du dir das denn vor?«

Das hatte ich mich auch schon gefragt. »Weiß ich noch nicht«, sagte ich. »Irgendwas wird mir einfallen müssen. Ich muss das nicht haben, dass die aufeinander treffen.«

»Wird sich wohl kaum vermeiden lassen, wenn er bei dir pennen will.« Eske tippte sich an die Stirn. »Man kann es sich auch kompliziert machen. Weiß Crispin von ihm?«

Crispin wusste. Ich hatte am Anfang gehörige Schwierigkeiten gehabt, mich wirklich auf ihn einzulassen, und das war eindeutig Florians Verdienst gewesen. Kennen gelernt hatte ich Crispin während meines Studiums in Großbritannien. Ich hatte von Anfang an ganz oben auf seinem Zettel gestanden, aber erst vier Wochen vor meiner Rückkehr nach Hamburg verliebte ich mich auch in ihn. Manchmal glaube ich, sich glücklich zu verlieben macht nur Spaß, wenn es dann wegen des Verliebtseins ein massives Problem mit irgendetwas anderem gibt. Das schweißt zusammen. Ist hingegen kein Problem in Sicht, verliebt man sich halt unglücklich. Crispin und ich waren glücklich verliebt, also brauchten wir ein Problem, und wie schön, da war es ja schon, ich musste zurück nach Hamburg. Ein Jahr lang lebten wir eine knisternde Long-Distance-Liebe. Davon hatte Crispin irgendwann die Schnauze voll. Er warf sein komplettes Leben über Bord, packte seinen Uraltgolf voll mit Platten und Büchern und zog zu mir. Er hatte keine Deutschkenntnisse, kein Geld und keine Ahnung, was er jetzt machen würde, aber er hatte mich. Ich war dreiundzwanzig und er siebenunddreißig, und es war Sommer und Crispins ältester Sohn gerade mal vier Jahre jünger als ich.

Trotzdem: Es lief. Crispin fand sogar meine Schwangerschaftsstreifen am Bauch schön, obwohl ich nie schwanger gewesen bin, und das kann man ja heutzutage von keinem Mann mehr erwarten, der nicht selbst tausend Leichen im Keller oder zumindest eingewachsene Fußnägel hat. Als ich Crispin von Florian berichtet hatte, war das der intimste Moment gewesen, den wir bis dahin erlebt hatten, ein Spätherbstabend. Das war einfach die Jahreszeit für solche Dinge. Wir hatten miteinander geschlafen und lagen danach rauchend und schweigend im Bett. Draußen wurde es dunkel, und es war so still, dass wir nur unsere Lippen an den Zigarettenfiltern und das Knistern des Tabaks hörten und unseren Atem. Ich fühlte mich so geborgen wie noch nie in meinem Leben, drückte meinen Kopf in Crispins Achselhöhle und atmete seinen Geruch ein. Er roch so gut wie keiner zuvor, und ich war so voller Gefühle, dass ich dachte, ich würde gleich platzen. Crispin richtete sich auf und beugte sich über mich. Er sah mich lange an und fuhr mit seinem rechten Zeigefinger über mein Profil. Als sein Finger auf meinen Lippen angekommen war, küsste er mich. Ich starrte ihm ungläubig in die Augen, mir wurde fast schwindlig.

»I would die for you«, flüsterte Crispin in diesem Moment.

Auf Deutsch konnte er so was noch nicht, und das machte die Sache noch dramatischer. Es war eindeutig zu viel, und ich fing hemmungslos an zu schluchzen. Nicht weil ich unglücklich war, sondern vor lauter Glück und Liebe und unbekannten Gefühlen, die mich mit Wucht überrollten. Danach redeten wir die ganze Nacht. Crispin erfuhr von Florian und davon, wie sehr mich diese Geschichte verletzt hatte und wie sehr auch er mich deshalb würde verletzen können, und Crispin erzählte mir von der Zeit, als ihm die Trennung von seiner Frau nicht nur seine Söhne und sein Haus, sondern sein ganzes bisheriges Leben genommen hatte. Er war daraufhin ein Jahr lang in seinem Auto durch die walisischen Hügel gefahren, um es wiederzufinden. Seine Geschichte beeindruckte mich wahnsinnig. Als wir kurz vor dem Morgengrauen noch einmal miteinander schliefen, klammerten wir uns aneinander und weinten beide. Obwohl ich so verliebt und glücklich war, bekam ich in dieser Nacht zum ersten Mal riesige Angst, Crispin zu enttäuschen.

»Kannst du dir denn vorstellen, dass da noch mal was läuft zwischen dir und Florian?«, erkundigte sich Eske jetzt.

»Nee«, sagte ich, »um Gottes willen. Ich bin doch nicht blöd.«

»Na ja«, machte Eske und zog skeptisch die Oberlippe hoch. »Jedenfalls will ich nichts hören, wenn hinterher irgendwas ist. Dann bist du selbst schuld.«

»Ja ja.« Auf solche Diskussionen wollte ich mich lieber nicht einlassen. »Ach ja«, sagte ich, »ich hab dem Dingsda übrigens gesteckt, dass er der Vater deiner Kinder ist.«

»Und? Was sagt er?«

»Dass das klargeht.«

»Na, ich weiß ja nicht«, meinte Eske. »Wie macht er sich sonst so?«

»Er wollte auf die gute Nachricht mit Mineralwasser anstoßen gehen.«

»Oha.«

Ich hatte es ja geahnt, Eske war alles andere als entzückt.

»Was'n das für einer«, maulte sie.

»Sieh's positiv«, sagte ich, »er kann immer auf das Kind aufpassen, wenn du einen trinken gehst, und wenn ihr zusammen wo feiern geht, dann kann er fahren.«

»Der feiert bestimmt erst gar nicht«, prophezeite Eske düster, und damit war auch dieses Thema erledigt.

Gegen halb zehn liefen wir rüber ins Familieneck, die Happy Hour im Aurel war vorbei. Im Eck trafen wir Rocko und Thomas. Die waren noch schlimmer als Eske und ich. In meiner mittlerweile vierjährigen Eck-Laufbahn hatte es vielleicht vier Abende gegeben, an denen ich die beiden hier nicht getroffen hatte. Das machte für jedes Jahr genau einen Abend. Rocko war ein Schluckspecht vor dem Herrn. Bei den Mengen, die er regelmäßig an Alkohol verdrückte, wunderte man sich, dass er überhaupt noch besoffen wurde. Als ich während meiner Schichten hinterm Tresen seine Rechnungen zu Gesicht bekam, fragte ich mich ständig, wie er sich obendrein auch noch eine Wohnung leisten konnte. Aber er war ein selbstständiger Werbefilmfuzzi und verdiente nicht schlecht. Wahrscheinlich hielt er die Löhne seiner Mitarbeiter niedrig, indem er sie regelmäßig im Familieneck mit Tequila abfüllte und ihnen einredete, mehr brauche man nicht zum Glücklichsein. Für Rocko schien das zuzutreffen. Er konnte diese Theorie ruhigen Gewissens vertreten. Thomas war Architekt und ein anderer Schlag, ruhiger irgendwie und nicht ganz so fixiert auf Schnaps. Ich hatte einen stillen Draht zu ihm, der mehr auf Blicken und Gesten beruhte als auf Worten. Wir mochten uns. Rocko war eher nach Eskes

Geschmack, und die beiden teilten von Zeit zu Zeit mehr miteinander als nur Tequila, was ja auch völlig okay ist. Wirklich sexy waren weder Rocko noch Thomas, aber diese Sorte Mann war im Familieneck sowieso eher selten. Das war eine Art Grundsatzentscheidung gewesen: Wir hatten bei der Wahl unserer Stammkneipe dem grundsätzlichen Unterhaltungswert und nicht den sexy Boys den Vorzug gegeben. Valerie, für die das eine untrennbar mit dem anderen zusammenhing, hatte das nie begriffen, aber man kann eben nicht alles haben.

Wir waren kaum durch die Tür, da orderte Rocko schon die erste Runde. Das funktionierte bei ihm exakt wie in den auf dubios getrimmten Hinterhofkneipen schlechter Fernsehserien: Nicken in Flaschenrichtung, Finger hoch, in diesem Fall vier, erwartungsvoller Blick, nochmaliges Nicken mit leicht gönnerhaftem Gesichtsausdruck, und schon griff der Barkeeper nach den Tequilagläsern. Also stiegen wir um auf Bier und Tequila und setzten uns zu den Jungs ans Fenster. Viel zu erzählen hatten wir uns nie, jedenfalls nichts Aufregendes, unsere Gespräche waren meistens mehr aus der Not geboren, aber lustig. Eske hielt sich an Rocko, und Thomas und ich schwiegen uns mehr an als dass wir sprachen, aber das war angenehm. Ich hörte der Musik zu, baumelte mit den Beinen und sah nach draußen. Es war die Zeit der großen Pärcheninvasion: Kino war aus, und Hand in Hand oder Arm in Arm schlenderten die Kinogänger jetzt wohin auch immer. Ich überlegte, wann ich mit Crispin das letzte Mal im Kino gewesen war. Es kam mir ziemlich lange her vor, dabei war das einmal unsere liebste gemeinsame Unternehmung gewesen und das schönste Kino der Stadt gerade mal zwei Türen weiter. Auf einen Schlag war ich frustriert, und der nächste Tequila kam mir gerade recht. Danach ging alles rasend schnell: Ich betrank mich in einem Höllentempo, bis alle Pärchen aus dem Familieneck und überhaupt von der ganzen Welt verschwunden waren. Das verschaffte mir klarere Sicht, und gegen eins wankte ich zugedröhnt nach Hause.

Crispin lag oben und schlief. Er atmete tief und regelmäßig. Beim Schuheausziehen im Flur warf ich meinen Schlüsselbund von der Kommode, daraufhin grunzte er erschrocken und murmelte irgendetwas in seiner Fantasiesprache, die er nur im Schlaf beherrschte. Crispin behauptete immer, es wäre estonisch, aber ich bezweifelte das. Ich bemühte mich, so wenig Lärm wie möglich zu machen. Unser neues Zuhause hatte keine Türen, nach unserem Wegzug vom Kastanienplatz lebten wir quasi in einer 130-Quadratmeter-Einzimmerwohnung. Ganz bescheiden, haha. Aber wir waren jung (na ja, ich zumindest) und die Bank gab uns das Geld, und wir hatten nun mal beschlossen, dass es an der Zeit für einen Nestbau gewesen war. Vorsichtig schlich ich auf Zehenspitzen zum Kühlschrank. Ich brauchte dringend einen halben Liter Mineralwasser. Mindestens. Ich trank in großen Schlucken und strich kurz dem Katze über den Kopf. Er saß vor dem Herd, maunzte und glotzte mich vorwurfsvoll an.

»Geh schlafen, Schnucki«, forderte ich ihn leise auf und gähnte. Mir fiel mein Telefon ein. Ich kramte es aus der Tasche, um zu überprüfen, ob ich Post hatte. Vom Rockster war keine Antwort gekommen. Seltsam. Wo er es doch vorher so eilig gehabt hatte! Dann aber besann ich mich auf unsere herkömmliche Kommunikationsform und schaltete den Computer ein. In meinem Briefkasten lag eine sehr, sehr lange Mail, und die war nicht schön.

Beim ersten Durchlesen begriff ich überhaupt nichts, außer dass der Rockster irgendwie mächtig sauer war. Als Frau und als das, wofür ich ihm als Exempel gestanden hätte, wäre ich erst mal gestorben, schrieb er und noch mehr durchgeknalltes Zeug, und er würde mich von nun an bis auf weiteres als seine kleine Schwester führen und erst mal wieder dichtmachen.

Ich musste das Ding dreimal lesen, bis mir die Zusammenhänge dämmerten: Die Tatsache, dass ich ihn an Eske verschachern wollte, hatte ihn wirklich getroffen. Ich war wie vor den Kopf geschlagen. Das hatte ich nun wirklich nicht erwartet. Im ersten Moment war ich fast so was wie gerührt. Der machte sich richtig Gedanken! Damit war er mir weit voraus. Gleichzeitig fand ich das reichlich übertrieben. Wo war die Basis für so was? Aber es war ein schönes Gefühl. Obwohl es mich erschreckte. Die Intensität seiner Offenheit erschreckte mich, und dass er seine Verletzlichkeit so offen zeigte. Ich hätte mich lieber erhängt, als so etwas jemandem preiszugeben, den ich kaum kannte. Es schien, als hätte ich eine Art Macht über ihn erlangt, aber eine, die ich nicht an mich genommen hatte, sondern die mir zugefallen war.

Je länger ich darüber nachdachte und je öfter ich die Mail durchlas, desto unverschämter fand ich es von ihm, so einen Alarm um die Sache zu machen. Er hatte einen regelrecht beleidigten Ton angeschlagen und tat gerade so, als hätte ich ihn zwei Tage vor der Hochzeit mit seinem Kumpel Kunz betrogen. Das ärgerte mich. »Der hat doch nicht mehr alle Nadeln an der Tanne«, murmelte ich. Trotzdem beförderte ich die Mail zur nüchternen Untersuchung noch schnell in die Redaktion. Dann schleppte ich mich ins Bett.

Als ich am folgenden Tag ins Büro kam, warteten schon die nächsten Vorwürfe auf mich. Der Rockster wollte mich schuldbewusst sehen:

Betreff: (Die Betreffzeile war leer. Das hatte es noch nie gegeben.)

Ich warte immer noch auf eine vernünftige Presseerklärung. Du hast den Gang rausspringen lassen, dich aus dem Verkehr gezogen. Ich will ehrliche Gegner und keine, die sich verpissen!

»Phht«, machte ich und schlug mit der flachen Hand auf den Monitor. Das ging jetzt wirklich zu weit. Wo war sein Humor geblieben? Ich zog Eske zu Rate. Ich druckte die beiden Mails aus und gab sie ihr zu lesen.

»Holla«, konstatierte Eske nach der Lektüre.

Ich sah sie erwartungsvoll an.

»Da fühlt sich ja einer richtig ans Bein gepisst«, sagte sie und legte die beiden Zettel stirnrunzelnd zurück auf den Tisch.

»Und? Hat er einen Grund dazu?«, bollerte ich. Noch nicht mal der Kaffee schmeckte mir. Ich hatte einen Mordsschädel.

»Hmm«, machte Eske, »kommt drauf an, wie man's sieht. Der scheint das ja ziemlich ernst zu nehmen, der Gute.«

»Dazu hat er doch wohl überhaupt kein Recht«, brauste ich auf, »meine Güte! Was denkt der denn? Der tut so, als hätte ich ihm wer weiß was angetan! Als hätten wir was miteinander!«

»Wie hättest du denn reagiert, wenn er dich seinem besten Kumpel empfohlen hätte?«, fragte Eske.

»Ich hätte mich drüber amüsiert und mir dessen Vorzüge aufzählen lassen.«

»Aber als Unverschämtheit hättest du's doch empfunden.«

Eske musste immer alles besser wissen.

»Der hier findet das jedenfalls gar nicht lustig«, fügte sie überflüssigerweise hinzu. »Hoffentlich haste dir da kein Kuckucksei ins Nest geholt. Hinterher ist das so ein Psycho. Weißt du eigentlich mittlerweile, wie er aussieht?«

»Nö«, sagte ich. Ich hatte keine Ahnung.

Über so weltliche Sachen hatten wir noch nie gesprochen. Sicher, meine Fantasie schlug so langsam Purzelbäume. Es war immerhin möglich, dass er ein Kauz mit fliehendem Haaransatz, Brille, roten Bäckchen und schlecht sitzenden Bundfaltenhosen war. So ein bisschen wie Flip aus der Lindenstraße. Die Reinkarnation des Horror-Blind-Dates. Deshalb verschwendete ich an dieses Thema lieber keine Gedanken, soweit mir das möglich war. Ich verdrängte es gut, dass der Rockster ein auch körperlich existierender Mann war oder zumindest so was in der Art mit vielleicht krummen Füßen oder spärlichem Bartwuchs oder einem Bierbauch oder Schweißflecken unter den Armen wie unser Moderator Fritjof Holland. Ich wollte das gar nicht wissen. Ich wollte lieber, dass es so blieb, wie es war. Ein Foto zu verlangen war mir die ganze Zeit über noch nicht einmal ernsthaft in den Sinn gekommen. Irgendwie war in diesem Fall eh alles so anders. Und außerdem, vielleicht wäre es genau andersrum gewesen. Vielleicht wäre ich für ihn die Reinkarnation des Horror-Blind-Dates, weil er nur auf piekdünne Frettchen stand. Nein, ich hatte keine Ambitionen, in dieser Sache in absehbarer Zeit Informationen auszutauschen. Und überhaupt. Der Rockster war für Eske, verdammt. Ich hatte eine Mission!

»Eigentlich ist es süß, dass er das so ernst nimmt. Das heißt doch, dass du ihm irgendwie was bedeutest.« Jetzt schlug Eske sich auch noch auf seine Seite! Ich fasste es nicht.

»Das ist doch Kinderkacke! Außerdem, hallo, aufwachen, der ist nicht für mich, der ist für dich!«

Das amüsierte Eske. Sie lachte. »Nee, is richtig«, sagte sie. »Glaubste ja wohl selber nicht. Dazu regst du dich viel zu sehr auf. Behalt du den mal.« Sie machte eine wegwerfende Handbewegung und fegte dabei den Aschenbecher über den Tisch.

»Wahrscheinlich ist er besitzergreifend und eifersüchtig«, fuhr sie fort. »Das sind keine besonders guten Erbanlagen. Ich bin jedenfalls raus.«

Ich schnaubte und zündete mir eine Zigarette an. »Auf *die* Tour streut der sich eh nie. Was soll ich denn jetzt tun?«

»Denk dir was aus«, sagte Eske, zuckte mit den Schultern und stand auf.

Sie war mal wieder eine immens große Hilfe.

Ich ging zurück an meinen Schreibtisch und machte mich an eine passende Antwort für den Rockster. Mir fiel nichts wirklich Schlagkräftiges ein. Ich fühlte mich ausgehebelt und hatte so eine Art Fünf-mal-fünf-Meter-Brett aus massiver Eiche vorm Kopf. Mindestens. Mein Sprachzentrum war gelähmt. Das war der Kater. Scheißschnaps. Und außerdem konnte ich mich nicht entscheiden, ob ich mich bei ihm entschuldigen oder ihn ankacken sollte. Schließlich bat ich schlichtweg um Abbitte und machte ihn darauf aufmerksam, dass ich ihn einfach nur erfolgreich so einer Art Persönlichkeitstest unterzogen hätte. Die Antwort kam postwendend.

Betreff: Stauauflösung

War zugegeben eine ziemlich simple Prüfung, der du mich da ausgesetzt hast. Respekt. Wusste nicht, dass du mich so verletzen kannst. Puste also wieder Wind in die gemeinsam gesetzten Segel.

Ich atmete tief durch. Wie machte dieser Mensch das bloß, dass mir nur wegen ein paar Worten das Herz überging? Mir wurde heiß, als ich den letzten Satz las, und ich spürte, wie es unter meinen Haarwurzeln zu pochen begann. Zum Glück konnte ich das auf den Schnaps schieben, auch wenn ich genau wusste, dass es in Wirklichkeit mein schlechtes Gewissen war. Ab sofort würde ich einen von uns beiden also belügen: entweder den Rockster, wenn ich ihn in dem Glauben ließe, an der Sache mit Eske wäre nichts dran gewesen. Oder mich selbst, wenn ich daran festhielt, der Rockster würde mir nichts bedeuten. Beides war eindeutig gelogen. Und Crispin belog ich wahrscheinlich sowieso schon längst. Ich saß in der Klemme. Do you know what it feels like for a girl? Ich nahm zwei Aspirin und beklagte mich beim Rockster über meinen jämmerlichen Zustand, und für den Rest des Tages tröstete er mich mit eigenhändig geschnürten Survivalpacks. Er machte mir Tee, nahm mir meine Zigaretten weg, packte mich in die Nachmittagssonne auf eine Parkbank, riet mir, Müller ProCult in mich hineinzuschütten und abends einen Haufen Kartoffeln zu essen. Zwischen uns war alles wieder gut. Aber jetzt wusste ich, ich musste höllisch aufpassen. Und er wusste das auch.

Mittwoch war alle Vorsicht wieder vergessen. Wir mailten, bis die Server qualmten. Crispin ging am Abend auf ein Konzert, das mich nicht interessierte, und ich hatte mich mit Karo verabredet, meiner Busenfreundin Nummer zwei. Oder vielmehr Nummer eins. Karo war zuerst da gewesen, vor Eske. Zwischen uns hatte es gleich gefunkt. Sie hatte einen ganzen Wasserfall von langen, weichen dunklen Haaren und ein rundes Gesicht mit riesengroßen runden Kulleraugen, und ich war, seit wir uns zum ersten Mal getroffen hatten, immer ein bisschen verliebt in sie. Wäre ich ein Mann gewesen, ich wäre sofort für Karo gefallen, und dieses Gefühl wurde stärker, je länger ich sie kannte. Sie wohnte mittlerweile im Schanzenviertel, brütete über ihrer Magisterarbeit und hielt sich mit einem Bürojob bei einem Fotografen über Wasser.

An diesem Abend wollte sie für mich kochen. Karo konnte fantastisch kochen! Ich freute mich auf unser Treffen, aber an pünktliches Schreibtischräumen war gar nicht zu denken. Bei mir brannte der Schuh. Ablauf und Moderationen für meine Aufzeichnung am nächsten Tag mussten zum x-ten Mal umgeschrieben werden. Die Redaktionsleitung konnte sich einfach nicht entscheiden, ob es eine Trash-du-kriegst-gleich-einen-in-die-Fresse-Schweinesendung werden sollte oder eine Tränen-es-ist-alles-so-furchtbar-Schweinesendung. Beide Varianten waren mir recht. Mittlerweile kristallisierte sich allerdings mehr so ein Zwischending heraus. Beruhigend zu sehen, dass andere Leute auch nicht immer wussten, was sie wollten. Beschwingt arbeitete ich vor mich hin. Zwischendurch fiepte mein Telefon, der Rockster saß schon in der Mensa, mampfte und erstattete per SMS Bericht über die Vorteile von festkochenden Kartoffeln. Für Kartoffeln schien er eine Schwäche zu haben. Für SMS-Nachrichten auch. Und für eine Mensa, von der ich noch immer nicht wusste, in welcher Stadt sie stand. Ich fragte mich, ob der Rockster dort an der Kasse wohl ehrlich war und als verdienender Gast bezahlte, oder ob er vorgab, doch noch Student zu sein und nur seinen Ausweis vergessen zu haben. Obwohl. Vielleicht brütete er ja noch über seiner Abschlussarbeit. Oder hatte sich am Ende gar für irgendetwas eingeschrieben, nur um immer billig in der Mensa essen zu können. Schlitzohr. Aber in diesem Fall hatte er wenigstens Abitur.

Gegen neun stellte ich mein Auto in der Lagerstraße ab und kraxelte die Treppen zu Karos Wohnung hoch. Sie empfing mich schon im Treppenhaus.

»Monchen!«, rief sie und breitete die Arme aus. »Komm rein, mein schwer arbeitendes Häschen! Geht's dir gut?«

Ich nahm sie in den Arm und ließ mich von ihr in die Küche schieben.

»Siehst ja nicht so frisch aus«, meinte Karo und zog den Korken aus der Weinflasche.

»Mmmh«, machte ich und stellte meine Tasche ab. »Ich war gestern Nacht mit Eske im Viertel unterwegs.«

»Hast wieder gesoffen, was?«

»Ich befürchte es.«

»Na prima. Immer, wenn wir uns treffen, bist du fertig und müde«, maulte Karo.

»Aaaach, das wird schon wieder.« Ich brauchte nur ein paar Minuten, um den Redaktionsstress abzuwerfen.

»Trotzdem 'n Wein?«, fragte Karo.

»Na klar. Wie geht's dir?«

»Ach, Monchen. Nicht so gut. Ich hab mich gestern mit Immo gestritten.«

»Schon wieder?«

»Es ist aus, Monchen. Ich kann das nicht mehr.«

Es war aber auch eine verflixt komplizierte Geschichte zwischen den beiden. In Immo hatte Karo sich vor über einem Jahr Hals über Kopf verliebt, und er sich auch in sie. Der Haken an der Sache war, dass er seit über acht Jahren eine Freundin hatte und sich einfach nicht dazu durchringen konnte, sie zu verlassen. Karo traf ihn nur selten, aber sie und Immo hatten gemeinsame Bekannte. Deshalb war es nach jedem tränenreichen dramatischen Schlussmachen nur eine Frage der Zeit, bis sich ihre Wege wieder kreuzten. Die guten Phasen dauerten im Schnitt so ungefähr drei bis fünf Verabredungen, dann stritten sie sich, weil einer von beiden die Situation nicht mehr ertragen konnte, und zurück blieb eine völlig aufgelöste Karo.

»Was ist passiert?«, wollte ich wissen.

»Ach, es ist alles so schrecklich. Er hatte mich zu einem seiner Konzerte eingeladen. Ein echter Fortschritt, das hat er noch nie getan. Ich hab mich wahnsinnig gefreut. Und gestern hat er mich wieder ausgeladen, weil seine Freundin kommt. Ich war wahnsinnig sauer.«

»Kein Wunder«, stimmte ich zu. »Und dann?«

»Ich hab zu ihm gesagt, dass ich ihn nie wiedersehen will.«

»O weia.«

Karo hatte das schon viermal zu ihm gesagt. Gebracht hatte es bisher nichts.

»Weißt du, Monchen, ich hab immer das Gefühl, dass ihn meine Situation gar nicht interessiert. Immer redet er nur davon, wie schwierig das alles für *ihn* ist.«

»Es ist schwierig für euch beide«, sagte ich diplomatisch.

Als richtig *richtig* beste Freundin hätte ich jetzt auf Immo und seinem Egoismus und danach auf Männern im Allgemeinen herumhacken müssen, aber ich fand, aus dem Alter waren wir so langsam raus. Die Situation *war* eben für beide schwierig. Für Karo, die vor lauter Liebeskummer schon richtiggehend dünn geworden war, und für Immo, der Angst vor einer Entscheidung hatte, nicht mit Karo konnte, aber auch nicht ohne sie, und mit zwei Frauen heillos überfordert war. Dabei war man ja schon mit Karo allein oft genug heillos überfordert. Ich kannte Immo kaum, aber ich wusste, dass zwischen den beiden wirklich ein spezieller Film ablief. Ich hielt Immo noch nicht mal für ein feiges Schwein, auch wenn er wahrscheinlich eins war.

»Die ganze Geschichte tut dir nur weh«, fügte ich nach einer Pause hinzu und hob mein Weinglas. »Letztendlich bist du besser ohne ihn dran. Komm, wir trinken auf eine bessere Zukunft.«

So was sagte sich immer leicht, wenn man nicht emotional verwickelt war. Wir tranken, und Karo holte den Auflauf aus dem Ofen. Die Kartoffeln und das Gemüse hatten genau die richtige Konsistenz. So kriegte das nur Karo hin, mir gelang es jedenfalls nie. Kochtechnisch war ich eine absolute Null. Logisch. Wo doch das Einkaufen schon so schwierig war bei meiner Supermarktphobie. Außerdem zerkochte mir meistens alles. Die Einzige, die darauf stand, war Eske. Eske liebte Zermanschtes aller Art. Wir zerpflückten während des Essens noch ein wenig die verfahrene Immo-Situation, aber irgendwann wollte Karo nicht weiter darüber sprechen.

»Lass uns über was anderes reden«, sagte sie, »das Thema macht mich ganz krank. Erzähl du mal. What's new, pussycat?«

Ich machte es spannend und spielte verheißungsvoll mit meinem Weinglas. In der Tasche fiepte mein Telefon. Ich ignorierte es. »Rate mal, wer mich angerufen hat.« Ich schnalzte mit der Zunge und grinste Karo an. Dann stieß ich so eine Art Opernarie aus. Gregorianische Gesänge waren nicht unbedingt meine Stärke, aber Karo begriff sofort.

»Ach du Scheiße«, sagte sie und zog an ihrer Zigarette. »Ist nicht dein Ernst, oder?«

»Doch, mein voller Ernst. Florian Wiener hat sich von seiner Alten getrennt. Sie kriegt'n Kind von 'nem anderen, und er kommt am Freitag nach Hamburg.«

»Ist ja ganz schön hart.« Karo kippte einen großen Schluck Wein in sich hinein. Sie schüttelte sich.

Ich kicherte. »Was jetzt genau?«

»Na, die Geschichte. Hat sie ihm ja ordentlich Hörner aufgesetzt.«

»Er hat's ja auch nicht anders verdient«, meinte ich befriedigt.

»Na ja. Trotzdem ganz schön hart. Und eine Frechheit, dann gleich wieder bei dir auf der Matte zu stehen. Wie lange hast du nichts von ihm gehört?«

»Knapp vier Jahre?«

»Hmm. Und ihr seht euch, wenn er in Hamburg ist?«

»Jepp. Ich hab ihn zum Essen eingeladen.«

»Spinnst du? Und was ist mit Crispin?«

»Das ist das Problem.« Ich riss die Augen auf. »Kannst du Crispin am Freitagabend nicht unter deine Fittiche nehmen?«

»Mona! Du hast Humor!«

»Bitte.« Karo und Crispin verstanden sich blendend. Eigentlich sah Karo ihn in letzter Zeit öfter als mich.

Sie zog die Augenbrauen hoch. »Du willst Crispin das aber nicht verschweigen, oder? Also, dass Wiener kommt.«

»Nein. Aber ich muss mit Florian allein sein. Zumindest für eine Weile.«

»Was hast du vor?«, fragte Karo misstrauisch.

»Ihn betrunken machen und dann abblitzen lassen. Ist doch klar«, erklärte ich. »Rache muss sein. Ich hab noch eine Rechnung offen mit dem Kerl. Und bei Florian Wiener geht die Liebe durch den Magen. Verrätst du mir ein Rezept?« Ich konnte sie schlecht darum bitten, auch noch für mich vorzukochen.

»Unter einer Bedingung«, sagte Karo.

Mein Telefon fiepte schon wieder. »Die da wäre?« Ich hätte ihr sogar meine Plattensammlung überschrieben. Offene Rechnungen wollen beglichen werden. Meine jedenfalls. Basta.

»Keine Sperenzchen mit Florian Wiener. Du bleibst hart. Noch nicht mal knutschen. Alles klar?« Karo konnte sich offenbar hervorragend daran erinnern, was für einen verheerenden Einfluss dieser Mann einmal auf mich gehabt hatte. Kein Wunder. Damals war die Welt auf mich herabgestürzt, und Karo hatte mich aus den Trümmern wieder ausgebuddelt. Mir schien das Lichtjahre her zu sein. Sie sah mich prüfend an. Ich hielt ihrem Blick stand.

»Alles klar«, antwortete ich. Wenn's nur das war. »Sonst hätte die Aktion ja überhaupt keinen Sinn.«

»Das will ich meinen. Monchen, du gehst echt über Leichen!«

»Was bleibt mir anderes übrig?«

»Ich geh mit Crispin in die Nachtbar«, seufzte Karo.

»Danke.« Ich war erleichtert. »Und was soll ich kochen?«

Wir berieten die Menüfrage. Karo schlug einen Auflauf vor, aber ich fand, es sollte etwas Besonderes sein. So eine Art Henkersmahlzeit. Schließlich einigten wir uns auf Fisch mit Zitronensauce und Spinattagliatelle. Das einzig Gewagte daran war die Zitronensauce, aber Karo gab mir idiotensichere Instruktionen. Ich konnte es kaum abwarten, den Kochlöffel zu schwingen. Und hinterher würde ich Florian Wiener einen damit überbraten. Während Karo auf dem Klo war, fiepte mein Telefon schon wieder. Ich holte es aus der Tasche und sah nach. Drei Nachrichten vom Rockster. Er fragte mich, wo ich steckte, dann vermutete er, ich sei wieder irgendwo versumpft, und schließlich fragte er, ob er einen Krankenwagen schicken solle. Ich lachte und hackte ihm eilig eine Antwort zusammen. Dass ich nicht versumpft, sondern lediglich bis zum Anschlag mit gutem Essen vollgestopft war und höchstens mein Bauch behandlungsbedürftig sei.

»Gab's Kartoffeln?«, fragte er postwendend und legte seine Hände auf meinen Bauch.

»Wer schreibt'n dir da immer?«, fragte Karo, als sie aus dem Bad zurückkam.

»Lange Geschichte«, wich ich aus und unterdrückte ein Gähnen. »Erzähl ich dir ein andermal. Er ist der Vater von Eskes Kindern.«

»Hä?«

»Ach, egal.« Dabei ließ ich es bewenden. Das Ganze war viel

zu schwierig zu erklären, jedenfalls in meinem derzeitigen Zustand. Ich kippte vor Müdigkeit fast vom Stuhl. Warum nicht mal ein süßes Geheimnis? Nobody has to know. Karo und ich plauderten noch ein wenig über dies und das, dann machte ich mich auf den Heimweg. Der Rockster brachte mich per SMS ins Bett. Ich schlief extrem kartoffelig.

Die Aufzeichnung am nächsten Tag wurde ein Traum. Mord und Totschlag, Zeter und Mordio. Endlich mal wieder. Schon die erste Kombi war nicht schlecht, aber die Bühnengäste 4 bis 6 rissen alles raus. Sie brüllten sich an, dass die Studiowände wackelten. Fritjof war völlig von der Rolle und gab es irgendwann auf, sich einmischen zu wollen. Stimmung!

Die Geschichte war aber auch zu herrlich: Da rannte ein Typ durch die Gegend, der nach eigener Aussage alles knallte, was nicht bei drei auf den Bäumen war. Das hatte von Anfang an viel versprechend geklungen. Ich hatte daraufhin aufwändige Extremrecherche veranstaltet und war auf eine Frau gestoßen, mit der er sich angeblich vergnügt hatte. Das erzählte er zumindest seinen Kumpels. Diese Frau, Mandy, saß jetzt auf der Bühne und herrschte den verdutzten Kerl an, er hätte ja noch nicht mal einen hochgekriegt und sie hätte allein deshalb selbstverständlich *nicht* mit ihm gepoppt. René rastete völlig aus. Seine Stimme überschlug sich, er kreischte regelrecht und fuchtelte wild herum. Die Tonleute waren fassungslos, so was hatte es schon lange nicht mehr gegeben.

»Was willst *du* denn?«, keifte René, »rasier dich erst mal. Du weißt ja gar nicht, wie du *riechst*!« Mandy hielt immer schön fein dagegen. Ebenso laut und ebenso schrill. *So* müssen Talkgäste sein! Das Publikum grölte, und ich lag unterm Tisch vor Lachen. Die Chefin vom Dienst schwankte zwischen Begeisterung und Besorgnis und gab mir aus der Regie aufs Ohr, ich möchte doch bitte dafür sorgen, dass René nach seinem Auftritt von den Securityleuten in Empfang genommen würde. Er sah aber auch wirklich so aus, als würde er gleich jemanden töten wollen. Zu allem Überfluss fiel ihm dann ganz nach Plan auch noch sein bester Freund in den Rücken, der einen auf Moralapostel machte und die fehlenden Gummis in Renés vielzähligen Fickgeschichten anprangerte. »Wenn ich was trage beim Sex, dann ein Grinsen im Gesicht und sonst nichts«, verkündete René daraufhin. Bingo. Den Satz hatte ich zwei Stunden mit ihm geübt. Damit hatte er endgültig verloren. Das Publikum stürzte sich auf ihn wie die Geier aufs Aas. Sagenhaft. Nach der Aufzeichnung war ich nass geschwitzt und ging als Allererstes nach René sehen, aber der war noch nicht mal sauer. Er war zwar tatsächlich versucht gewesen, Mandy nach dem Auftritt ein paar hinter die Löffel zu geben, aber mittlerweile hatte er sich halbwegs beruhigt. Als ich ihm sagte, dass sein Auftritt allererste Sahne gewesen war, plusterte er sich auf wie ein Gockel.

»Wennde ma wieder was hast, ruf mich an«, meinte er zum Abschied mit stolzgeschwellter Brust und schlug mir jovial auf die Schulter. Ich konnte ihn aber auch wirklich guten Gewissens weiterempfehlen. Ich würde ein bisschen was piepsen müssen, aber hey, so what, im Endeffekt war es der Sache nur dienlich. Leute mit Balken auf den Augen sehen ja auch immer viel gefährlicher aus als die ohne.

Als ich wieder nach oben in die Redaktion kam, wurde ich gebührend gefeiert. Alle gratulierten, und ich nutzte die Gunst der Stunde, um mir für den nächsten Tag gleich freizunehmen. Es war sowieso besser, am Tag nach einer Aufzeichnung erst mal nicht erreichbar zu sein. Für alle Fälle. Mein Team machte sich vom Acker, und nach dem ganzen Tamtam setzte ich mich an meinen Schreibtisch und atmete tief durch. Ich war glücklich. Verdientermaßen, fand ich. Mit dieser Sendung war ich wieder rehabilitiert. Die davor war eine mittlere Katastrophe gewesen mit Talkgästen, die das Maul nicht aufkriegten und Konflikten, die so klein waren, dass Fritjof mit der Lupe danach suchen musste. Unerfüllte Kinderwünsche waren aber auch wirklich nicht mein Thema. Hätte mal lieber Eske machen sollen. Diesmal hatte ich Schwein gehabt. Im wahrsten Sinne des Wortes. Der Rockster hatte mich geduldig durch den Tag begleitet, mir die Daumen gedrückt, den Rücken gestärkt und das Händchen gehalten. Er hatte mir Glück gebracht. Ich las all seine Mails des Tages noch mal durch. Sie waren zweifelsohne sehr liebevoll. Dann rief ich Crispin an, um von meinem durchschlagenden Erfolg zu berichten. Er war stolz auf mich.

Um halb zwölf war ich zu Hause, stieß mit ihm an und erzählte ihm von Florians bevorstehendem Besuch. Von meinem Plan erzählte ich nichts. Trotzdem legte Crispin die Stirn in Falten. Wenn er das tat, erinnerte er mich immer an Gismo, den kleinen freundlichen Gremlin. Der einzige Gute seiner Art. Ich musste lachen und rieb meine Nase an seinen Bartstoppeln. »Mach dir keine Sorgen«, sagte ich zu ihm, »es droht bestimmt keine Gefahr.« Danach fiel ich todmüde ins Bett. Es war ein sehr schöner Tag gewesen. René poppte zu diesem Zeitpunkt übrigens gerade im Hotel Maritim Bühnengast 8.

Freitag war der große Tag. Florian Wiener würde sein blaues Wunder erleben. Ha. Ich stand gegen halb zehn auf und fing gleich mit den Vorbereitungen an. Als Erstes ging ich einkaufen: Rotbarsch frisch vom Markt am Kastanienplatz, Zitronen, Spinat, Pasta. Eine Menge Wein. Und Crispins Lieblingsschokolade. Für den nächsten Tag, wenn alles vorbei wäre. Damit hatte ich das Schlimmste hinter mir. Dachte ich jedenfalls. Wie blöd kann man sein. Gegen Mittag hatte der Rockster auf meinem Handy schon wieder eine Ringfahndung eingeleitet. Ich ließ ihn wissen, dass ich frei hätte. Von da an fiepte mein Telefon ständig. Er schien wieder mal nichts zu tun zu haben im Büro, und ich kam fast zu gar nichts mehr. Ständig hackte ich wie eine Bescheuerte auf dem Handy herum, um ihm zu antworten. Es war pervers. Wenn ich mal für eine halbe Stunde nichts von mir hören ließ, schoss er gleich irgendwelche niedlichen Sachen hinterher. Am Ende nahm ich das Telefon sogar mit unter die Dusche. Total krank. Der freie Tag artete dadurch fast schon in Stress aus, aber gegen vier war die Bude in Schuss, die Kochzutaten lagen schnippelbereit neben dem Herd, ich hatte frisch rasierte Beine und eine Quarkmaske im Gesicht. Seufzend und ehrlich erleichtert haute ich mich aufs Sofa und warf die Flimmerkiste an. Meiser. Hach, ich liebte Talkshows. Berufskrankheit. Ich sah aber nicht wirklich hin, sondern sinnierte über Florian. Und über den Rockster. Wie sollte das bloß weitergehen? Sollte es überhaupt weitergehen? So langsam musste dem Ganzen doch mal die Abstraktion genommen werden. Sonst smsten wir uns noch tot. Reelles war angesagt. No risk, no gain. Oder so ähnlich. »Ex im Flieger nach Hamburg«, schrieb ich dem Rockster also, »deshalb nervös.«

Die Antwort kam sofort. »Lad deinen Seelenmüll woanders ab.« Bäng.

Ich war fassungslos. Ich wurde so wütend, dass mir die Hitze ins Gesicht stieg. Es brannte lichterloh. Was für ein Arschloch.

»Okay. Also ab auf die Halde«, hackte ich schäumend ins Telefon. Fuck off. So einer war definitiv nicht zumutbar. Nicht für mich und erst recht nicht für Eske. Schade eigentlich.

Danach war Ruhe. Keine Post mehr. Ich verdrängte den einen Idioten und bereitete mich auf die Ankunft des anderen vor. Ich putzte Spinat, rieb Zitronen und versuchte, die Auflaufform in einen halbwegs appetitlichen Zustand zurückzuversetzen. Sie war lange nicht benutzt worden, auf der weißen Keramik hatten sich rostrote Flecken eingebrannt. Ich zerfetzte bei der Aktion einen ganzen Topfkratzer und ruinierte mir sämtliche Fingernägel. Scheißendreck. Ansonsten konnten sich meine hausfraulichen Qualitäten an diesem Tag wirklich sehen lassen. Ich deckte den Tisch hübsch und dekorierte ein Holzbrett mit Zitronen- und Orangenscheiben. Darüber rieb ich frischen Ingwer. Absolutely herbstlich. Die Wohnung und ich dufteten um die Wette.

Die Klamottenfrage war schwierig. Ich hatte definitiv zugenommen, seit Florian und ich uns das letzte Mal gesehen hatten. Kunststück, nach vier Jahren. Also entschied ich mich für Schwarz. Sehr beeindruckend zum Blondblond, schlicht und ergreifend. Dafür konnte ich make-up-mäßig richtig zulangen. Besondere Betonung legte ich auf meinen Mund. Wenn schon meine Figur die Typen nicht lang hinschlagen ließ – mein Mund konnte es. Das wusste ich. Und die Zähne. Ich hatte Rotz und Wasser geheult, als ich vor ein paar Monaten zum ersten Mal in ihnen hatte herumbohren lassen müssen. Sie waren ziemlich weiß und ziemlich gerade und damit insgesamt mehr als ziemlich nett.

Gegen acht war ich mit allem fertig und hing nervös am Fenster rum. Ich suchte schöne Musik raus und brachte mich so langsam in Stimmung. Die Sinnlichkeit in Person. Ha. Extrem verführerisch. Heute Abend würde es Wiener Würstchen mit Senf geben. Ob ich den Fisch schon in den Ofen schieben sollte? Lieber nicht.

Es war die richtige Entscheidung, es nicht zu tun, Wiener war zu spät. Immerhin rief er um Viertel vor neun an und gab Bescheid, dass er erst um neun loskäme. Ich machte einen

Kontrollanruf bei Karo. Sie und Crispin waren gerade im Begriff zu essen. Beide bestens versorgt. Karo wünschte mir verschwörerisch viel Glück.

Um halb zehn machte ich Florian die Tür auf. Ich fiel fast vom Glauben ab. Er trug einen weißen Leinenanzug mit Weste, offenem Mantel und in der rechten Hand einen braunen Zwanzigerjahrelederkoffer. Er sah aus wie eine Sparversion von Lou Bega in »Mambo Number Five«. Total verstrahlt. Das, was ich zugenommen hatte, hatte er abgenommen. Er schien größer zu sein als noch vor vier Jahren. Das war natürlich der pure Schwachsinn. Meine Wahrnehmung war schon durch seine bloße Anwesenheit gestört. Ich rieb mir die Augen.

»Hallooo«, flötete Florian, stürzte auf mich zu und begrub mich unter seinem weißen Leinen.

»Hallo«, krächzte ich.

Ich machte mich von ihm los und versuchte meine Unsicherheit zu überspielen, indem ich mich umdrehte und vorneweg in die Wohnung stürzte. Ich bot ihm einen Platz an, nahm ihm den Mantel ab, sah kurz nach dem Fisch und reichte dann Wasser und Wein. Florian sah sich um. Er war beeindruckt. Sein Glück. Er beobachtete mich eine Weile in meinen blinden Aktivitäten auf, vor und unter dem Herd. Mir fiel ständig was runter. Ich setzte das Pastawasser auf und rührte den Spinat um. Dann setzte ich mich ihm gegenüber, und wir prosteten uns zu.

»Zum Wohle«, sagte ich und lächelte. Aber nur so halb. Verführerisch eben.

»Auf unser Wiedersehen«, erwiderte Florian. »Es scheint dir gut zu gehen«, sagte er dann. »Du siehst gut aus.«

»Danke«, hauchte ich. »Schicker Anzug.«

»Ich dachte, ich mach mich mal fein für den Anlass«, entgegnete Florian.

Nee, is richtig. Das Gespräch plätscherte so dahin. Wir klopften die üblichen Lebensbereiche ab: Job, Magisterarbeit, die letzten vier Jahre im Allgemeinen, Kommilitonen, was macht eigentlich und so weiter und so fort. Beziehung klammerten wir erst mal aus, die Zeit war noch nicht reif. Der Fisch war gelungen. Das und der Wein machten mich langsam locker. Ich begann, mich zu amüsieren. Florian lachte viel, wir tauschten alte Geschichten aus. Nach dem Essen redeten wir sogar über uns.

»Du hast dich benommen wie ein Arsch«, sagte ich ehrlich. »Ich war richtig sauer auf dich. Ich sollte es noch immer sein. Und Karo kann dich jetzt erst recht nicht leiden.«

Florian guckte betroffen. »Männer sind Schweine«, sagte er dann. Wenigstens blieb er bei der Wahrheit. »Es tut mir Leid.«

»Egal«, meinte ich und schenkte Wein nach.

Warum er so lange verschwunden war und neben unserer Liebesgeschichte auch noch unsere Freundschaft in den Wind geschossen hatte, erörterten wir nicht weiter. Ich ließ mir stattdessen die Geschichte mit Ute erzählen. Florian litt darunter wie ein Hund und hatte das Ganze längst nicht verdaut, das war offensichtlich. Die Alte war allein in den Urlaub geflogen und hatte sich auf Malle von einem Mitreisenden schwängern lassen. Jetzt war sie zu dem Typen nach Hamburg gezogen. Die zwei würden überhaupt nicht zusammen passen, erklärte Florian nachdrücklich. Ute rannte gerade selbstverständlich volle Kanne in ihr Unglück. Mit ihm wäre ihr das nicht passiert, klarer Fall.

Ich sagte nicht viel, sondern hörte einfach nur zu. Dabei bemühte ich mich, auf keinen Fall zu mitleidig auszusehen. Es kann durchaus sein, dass mein Gesichtsausdruck phasenweise ins Spöttische umschlug, denn von Zeit zu Zeit geriet Florian komplett aus dem Konzept und begann zu stottern. Dann sah ich ihn aufmunternd an und machte Sachen mit meinen Lippen, um sie in Szene zu setzen, oder zog ganz besonders lasziv an meiner Zigarette. Bei allem, was ich tat, beobachtete ich mich quasi selbst. Diese Fähigkeit war ein Phänomen. Ich beherrschte sie nur, wenn ich mich auch gefühlsmäßig wirklich unter Kontrolle hatte, und das hatte ich. Ich hatte keine Fantasien, Florian gleich die Klamotten vom Leib zu reißen oder so was, obwohl der Anzug nichts anderes verdient gehabt hätte. Aber wütend war ich irgendwie auch nicht auf ihn. Ich war einfach froh, ihn zu sehen. Er hatte mir gefehlt. Karo würde mir den Kopf abreißen.

Florian rauchte normalerweise nicht, aber jetzt kramte er eine Zigarre aus seiner Westentasche und zündete sie an. Es sah zum Schießen aus. Ich verschluckte mich. Florian klopfte mir auf die Schulter, und wir stolzierten durch die Wohnung. Ich zeigte ihm dies und das. Er legte den Arm um mich und sah mir in die Augen. »Es ist sehr schön, dich wiederzusehen«, meinte er. Wie schwach war das denn bitte schön? Es war halb zwölf. Nach dem ursprünglichen Konzept höchste Zeit, das Würstchen langsam heiß zu machen. Dabei war ich mir gar nicht mehr so sicher, ob ich das Ding wirklich durchziehen wollte. Ich war aber auch einfach zu gutmütig. Trotzdem, ich verhielt mich nach Plan und machte mich mit einem verheißungsvollen Blick von Florian los. Sanft, aber bestimmt. Super. In diesem Moment fiepte mein Telefon. Ich griff danach. Der Rockster. Mein Gott, was für ein Timing! Ich war baff. Er saß zusammengesunken irgendwo in einer Bar, hatte sich offenbar stundenlang das Hirn zermartert und entschuldigte sich jetzt kleinlaut.

»Sogar der Barkeeper hat Mitleid mit dem Häufchen Idiot«, schrieb er.

»Och Schnuckchen«, entfuhr es mir, als würde ich mit ihm reden und ihn trösten.

Ich wollte ihn anfassen. Zum ersten Mal wollte ich ihn in diesem Moment anfassen und ihm über die Wange streicheln und ihm auch körperlich nah sein. Und ihn vor allen Dingen nicht an Eske abtreten. Es zog in meiner Magengegend. Hoffentlich nicht der Fisch.

»Was denn?«, fragte Florian indiskret.

Meinetwegen sollte er fragen. Vielleicht gar nicht so schlecht. Sollte er ruhig sehen, wie viele Eisen ich im Feuer hatte. Ich erzählte Florian vom Rockster. Ich redete mich richtig in Rage. Meine Wangen glühten, als ich zu beschreiben versuchte, was passierte. Ein relativ hoffnungsloses Unterfangen. Wenigstens gab Florian sich Mühe, zu begreifen. Vielleicht war es unhöflich, ihn mit einem anderen Kerl vollzubräen. Aber ich hatte ja noch einen gut. Dann war *das* eben meine Rache. Außerdem war er ja jetzt wieder mein Freund. Es war seine gottverdammte *Pflicht*, mir zuzuhören.

»Verstehst du das alles?«, fragte ich am Schluss fast schon flehentlich.

Florian fühlte sich genötigt, mir einen Rat zu geben. »Äh«, machte er und versuchte sich zu sortieren. »Klingt ganz schön verkorkst«, meinte er dann.

Na super. Und das ausgerechnet aus *diesem* Mund. Ich versuchte, nicht zu lachen, und biss mir auf die Unterlippe.

»Der Typ hat jedenfalls einen gehörigen Schuss weg.«

Ach, Florian.

»Ich an seiner Stelle hätte dich schon längst angerufen. Der ist schon irgendwie ziemlich verknallt. Aber irgendwas stimmt da nicht.«

So weit war ich auch schon.

»Vielleicht hat er eine Freundin«, mutmaßte Florian.

Ich seufzte. »Die Zeit löst alle Rätsel«, meinte ich dann.

Ich wollte jetzt nicht mehr weiter darüber nachdenken. Action war angesagt. Ich wollte raus und überredete Florian dazu, im Aurel mit mir Caipirinha trinken zu gehen. Es war kurz nach eins. Vorortler-Alarm-Zeit, aber das war mir schnurzpiepe. Wir machten uns auf den Weg. Im Aurel war es rappelvoll. Wir amüsierten uns köstlich. Florian war keine Caipirinha gewohnt, so viel stand fest. Schon nach der zweiten fasste er mir unter den Rock. Er war einer dieser Menschen, die im betrunkenen Zustand frivol werden. Sonst der Spießer vor dem Herrn, aber wenn er einmal losgelassen! Er flüsterte mir unanständige Sachen ins Ohr, und ich kicherte und lief rot an bis unter die Haarwurzeln. Die Leute guckten schon. Gar nicht so unanregend, die Sache. Aber ich ließ nicht zu, dass mehr passierte.

Wir hauten einen halben Monatslohn auf den Kopf und schwankten gegen halb fünf nach Hause. Ich zog auf dem Weg meine Schuhe aus. Meine Füße taten weh. Es war der 19. November. Halt, nein, der 20. November. War ja schon Samstag. Brrrr. Ich gehörte doch auf die Geschlossene. Florian auch, er klappte bei den Autos die Rückspiegel um, drückte die Antennen rein und spielte Klingelmännchen. Dazu kicherte er dämonisch.

»Lass das«, zischte ich. »Ich *wohne* hier.« Kicher kicher. Meine Fresse. Ich zog ihn am Ärmel weiter und war heilfroh, als ich ihn durch die Haustür geschoben hatte. In der Wohnung ließ sein Elan schlagartig nach. Er hätte oben im Gästebett auf der dritten Etage schlafen sollen, aber es war völlig utopisch, ihn da noch irgendwie hochzukriegen. Die schmale Treppe hatte kein Geländer. Mit dem Hochkriegen hätte Florian bestimmt auch sonst Probleme gehabt. Ich beobachtete amüsiert, wie er sich rücklings aufs Sofa fallen ließ. Es ächzte und schrappte mehrere Zentimeter über das Parkett. Na bravo.

Ich ging aufs Klo. Als ich wiederkam, schnarchte Florian, dass sich die Balken bogen. Ich zog ihm die Schuhe aus, schob ihm ein Kissen unter den Kopf und deckte ihn zu. Dann setzte ich mich auf die Sofakante und betrachtete ihn. Er schmatzte. War mein Plan jetzt gescheitert oder nicht? Ich hatte keine Ahnung. Alles in allem war er eh für den Katz gewesen. Ich war einfach nicht abgebrüht genug für so was. Eine bittere Erkenntnis. Mir blieb nur der Triumph, ihn unter den Tisch gesoffen zu haben. Und das Wissen, dass sich mein Sehnen nach ihm wirklich in Luft aufgelöst hatte. Nein, ich war nicht mehr verliebt in Florian.

Als Crispin nach Hause kam, fand er mich selig grinsend auf einem Bein um den Kühlschrank hüpfend. Ich feierte meinen Sieg. Crispin feierte mit. Er sah erleichtert aus.

Das Aufwachen am nächsten Tag war grausam. Grausamst, um genau zu sein. Crispin war schon weg, als ich mich endlich traute, die Augen aufzumachen. Letzteres verursachte eine Mörderexplosion in meinem Kopf. Immer ich. Florian war auch schon wach und fuhrwerkte unten im Küchenbereich herum. Ich quälte mich aus dem Bett und fiel fast die Treppe runter. Dabei hatte ich mir eigentlich geschworen, dass Florian Wiener mich in *diesem* Zustand nicht mehr zu Gesicht bekäme. Ich verschwand im Bad und sah in den Spiegel. Meine Haare standen kreuz und quer vom Kopf. Ich kniff die Augen zusammen und fuhr mir durch die Frisur. Oder vielmehr durch das, was davon übrig geblieben war. Wenigstens hatte ich kein verklebtes Haarknäuel am Hinterkopf. Meine Wangen waren leicht gerötet und meine Haut völlig in Ordnung. Fast schon frisch und rosig. Alkohol hat manchmal diesen Effekt. Glück gehabt. Ich trug mein riesiges weißes Opanachthemd. Eines von den vieren. Ich hatte gleich mehrere davon gekauft, weil sie mir so gut gefielen und so gemütlich waren. Bei Weiß muss man ja oft wechseln, und außerdem waren die Hemdchen extrem figurfreundlich. Schon allein deshalb hatte sich die Investition gelohnt. Ich konnte sie nach Lust und Laune bis zum Bauchnabel aufknöpfen, ohne dass man zu viel sah. Dann blitzte je nach Bewegung ein Hauch von Haut und Rundung durch. Definitiv sexy. Erst recht in Verbindung mit den Manschetten und dem Kragen, die im gleichen Karomuster abgesetzt waren. Bieder und unschuldig trifft offenherzig. Ein Traum. Ich warf mir eine Ladung Wasser ins Gesicht und schrubbte unmotiviert an meinen Zähnen herum. Damit war ich salonfähig. Ich rückte noch einmal das Hemd zurecht und tapste Richtung Kaffee. Meine Füße platschten auf dem Parkett.

»Hey hey Sonnenschein«, sagte Florian. »Guten Morgen!«

Er lächelte mich an, legte mir die Hände auf die Hüften und gab mir einen Kuss auf die Wange. Seine Hände waren warm. Es fühlte sich komisch an mit so wenig Stoff zwischen ihm und mir.

»Morgen«, nuschelte ich.

Dann verlor ich die Besinnung. Jedenfalls kann ich es mir nicht anders erklären, dass ich mich widerstandslos von Florian auf den Mund küssen ließ. Mein Vernunftzentrum war komplett blockiert. Ich stand original in der Wohnung, die ich mit meinem Liebsten teilte, und knutschte mit dem unsexiesten Mann unter der Sonne herum. Florians Hände strichen auf meinen Hüften auf und ab, dann wanderten sie zielstrebig Richtung Hintern. Ihr Druck wurde schnell stärker. Meine Arme hingen in der Gegend herum. Ich bewegte mich nicht. Ich versuchte verzweifelt, Oberwasser zu behalten.

Ich drehte meinen Kopf zur Seite, versuchte, Florians Lippen auszuweichen. Nicht konsequent genug, er biss mich in den Hals. Die letzten Jahre schossen mir durch den Kopf, Crispin, Karos Belehrungen, Florians Abgang, mein Kummer. War ich wirklich in der Lage dazu, mit diesem Typen noch mal ins Bett zu gehen? Scheiße. Ich war.

Ich weiß, es ist keine Entschuldigung, aber Florian verführte mich nach allen Regeln der Kunst. Er kannte meine Schwachstellen, als hätte er sie erst gestern noch bearbeitet, und er nutzte sie gnadenlos aus. Verflucht noch eins. Ich gab auf. Ich kapitulierte. Ich legte meine Hände auf Florians Arme. Sie fühlten sich weich an. Crispin war muskulös, alles an ihm war fest und geformt. Florian war unsexy. Frauen müssen weich sein, Männer nicht.

Ich war nicht mehr in der Lage, diese Erkenntnis an mein Vernunftzentrum weiterzuleiten. Die Blockade. Florian wurde leidenschaftlicher. Er trug Boxershorts und ein T-Shirt. Ich bekam genau mit, wie unter den Shorts die Schwellkörper Samba tanzten. Das erfüllte mich mit Genugtuung. Meine Fresse, was war ich für eine alberne, inkonsequente und unmoralische Idiotin! Florian schob langsam mein Hemd hoch, bis er nackte Haut zu fassen bekam. Hätte ich doch den unteren Knopf zugemacht! Vielleicht wäre das dann alles nicht passiert!

»Du fühlst dich so gut an«, murmelte er mir ins Ohr, »so vertraut.«

Damit war mein Wille endgültig gebrochen. Ich schwieg, ich musste über meine Schwäche nicht auch noch reden, aber ich krabbelte mit meinen Händen ebenfalls unter sein T-Shirt. Warm, warm, warm. Hot, hot, hot. Wenig später schrappte das Sofa wieder übers Parkett. Wir hechelten alles durch, was wir uns in der fernen Vergangenheit gegenseitig beigebracht hatten. Ich konnte mich nicht recht konzentrieren, es war taghell und ich splitterfasernackt, es gab noch nicht einmal eine schützende Bettdecke, und meine Komplexe siegten über meinen

Sex, egal, wie doll ich die Augen zumachte. An einen Orgasmus war gar nicht zu denken.

Irgendwann erreichte ich die selbstreflexive Phase, wie am Abend zuvor während unserer Gespräche. Ich beobachtete mich also dabei, wie ich mit Florian Wiener schlief. Ein grandioses Schauspiel. Er kapierte nichts, er war im Vollrausch. Ich ließ ihn. Mittlerweile wollte ich Komplikationen nur noch aus dem Weg gehen.

Schließlich fiel er auf mir zusammen. Er kam mit Wucht, unter mir bildete sich eine kleine Pfütze. Als er wieder bei Sinnen war, suchte er nach dem Muttermal auf meinem Schamhügel, das ihn schon immer begeistert hatte. In einem Brief hatte er mir einmal eine ganze Abhandlung darüber geschrieben. Es reichte. Ich zog ihn zu mir hoch und bat ihn, mir die Decke zu geben, die unter dem Sofa lag. Ich rollte mich hinein. Florian saß auf der Sofakante und streichelte unter der Decke meinen Bauch. Ich gab die Erfüllte auf einer bebenden Bühne. Selig sind die Hirnamputierten. Prost Mahlzeit.

Wir blieben eine Weile so. Ich fragte Florian nicht, was er dachte. Sein Gesicht sprach Bände, er hatte genossen. Irgendwann ging er. Ich brachte ihn zur Tür, er küsste mich zum Abschied und verschwand mit einem verschwörerischen Zwinkern im Treppenhaus. Ich zog die Decke enger um mich, schleppte mich zurück auf das Sofa, legte mich hin und starrte in die Luft. Glückwunsch, Rittner. Bravo. Eins A. Cooler Shit. Gut gemacht. Die große Siegerin, ja? Ich fühlte mich beschissen. Jeder Knochen tat mir weh. Selbst schuld.

»Schlampe«, hämmerte es in meinem Kopf.

»Quatsch«, hämmerte es von der anderen Seite. »Du hast doch alles voll im Griff. Du hast es ihm endlich gezeigt. Im Grunde genommen hast du Crispin ja noch nicht einmal wirklich betrogen. Jedenfalls nicht vom Kopf her, das ist doch das

Wichtigste. Du hast einfach nur gemacht, was Männer seit Jahrhunderten machen: Vögeln um des Vögelns willen.«

Klar. Nee, is richtig. Man kann sich Sachen auch schönreden.

Das war so eine Art Talent von mir. Mein Optimismus ging viel zu oft so weit, dass ich die Realität völlig aus den Augen verlor. In Sachen Geld zum Beispiel. Wenn ich schlechten Gewissens meinen Schuldenberg betrachtete, aber trotzdem wieder heimlich zum Geldautomaten schlich wegen H&M oder anderer unnötiger Sachen, dann überlegte ich mir meistens, was wäre, wenn ich mein Studium nur mit einem Haufen Schulden hätte durchziehen können.

Die Gründe für so was konnten ja vielfältig sein: die Eltern arm wie Kirchenmäuse, Streit mit ihnen oder eine begrenzte Intelligenz, die das Jobben nebenbei nicht zuließ zum Beispiel. Ich aber hatte lediglich ein paar Semester Bafög zurückzuzahlen, irgendwann. Ich hatte mal gelesen, dass ein abgeschlossenes Studium wie meins 250.000 Ditscher kostete, und da war ich ja nun echt günstig bei weggekommen. Wenn ich mir das vorrechnete, waren meine beiden bis zum Anschlag und darüber hinaus überzogenen Konten ein Witz dagegen. Ich musste dann kein schlechtes Gewissen mehr haben, weil es ja hätte sein können, dass diese Schulden noch vom Studium stammten und somit schlicht eine positive Investition in die Zukunft waren.

So ging es mir auch in anderen Bereichen. Wenn ich unglücklich war, gab es immer irgendwas, an dem ich mich wieder aus dem Dreck ziehen konnte, es sei denn, ich *wollte* unglücklich sein. Karo fand das an mir phänomenal, aber ich wünschte mir manchmal, es wäre nicht so. Es machte mich oberflächlich, befürchtete ich. Dabei war ich das doch gar nicht. Ich wollte es jedenfalls nicht sein. Aber ich war eben

Meisterin im Verdrängen, auch wenn ich mich dabei immer selbst beobachtete.

Seit ich für die Fritjof-Holland-Show arbeitete, war das noch schlimmer geworden. Da sah ich jeden Tag, was für Probleme die meisten Leute *wirklich* hatten. Mein Gott, die hatten dermaßen die Kacke am Dampfen, dagegen war ich geborgen wie in Mutters Schoß! Ein echtes Glückskind! Ich war noch nie vergewaltigt worden, mein Vater hatte mich weder verprügelt noch missbraucht, meine Mutter war keine Säuferin und hatte mich auch nicht ins Heim abgeschoben. Ich hatte keinen krankhaft eifersüchtigen Kerl zu Hause, der mich einsperrte oder mein Handy kontrollierte, und ich hatte auch keine ehemals beste Freundin, die im Dorf Lügen über mich erzählte und dafür sorgte, dass alle anderen mich schnitten.

Ich war nicht mit fünfzehn schwanger geworden und ohne Abschluss von der Schule gegangen, und ich hatte jetzt immer noch keine Kinder, auch keine, mit denen ich nicht klarkam, sodass das Jugendamt sie mir wegnehmen wollte. Ich hatte weder Krebs noch Aids noch Hämorrhoiden. Ich war ja noch nicht mal schwul! Ich war sechsundzwanzig, berufstätig, halbwegs gebildet, halbwegs hübsch, halbwegs gesund und hatte eine halbwegs glückliche Beziehung. Gut, meine Figur war nicht der Brüller, und das nervte mich auch oft genug, aber hey, perfect is boring. Ich hatte Freunde, gute Freunde, konnte Probleme vernünftig angehen und darüber reden und musste dafür nicht in die Fritjof-Holland-Show gehen. Kurz: Ich war absolut privilegiert, das war mir in dieser Zeit klargeworden. Ich konnte denken und Dinge gegeneinander aufwiegen, und das war nun wirklich nicht mein Verdienst. Es hätte auch anders laufen können, das führte mir der Job immer wieder vor Augen.

Deshalb regte es mich immer maßlos auf, wenn ich auf Parties oder sonstwo Leute traf, die schon zwei Minuten nach dem ersten »Prosit« ein beiläufiges »Und was machst du so?« auf einen abschossen und dann den Abdreher kriegten, wenn man »Talkshowredakteurin für Fritjof Holland« sagte. Darauf folgte in der Regel abwertendes Geschimpfe über Voyeurismus und verkaufte Seelen, Sensationsheischerei, unterirdisches Niveau und strohdumme Talkgäste.

Ich hatte versucht, ein paar dieser Leute zu missionieren und ihnen meine Sicht der Dinge darzulegen. Zum Beispiel, dass sie mal darüber nachdenken sollten, weshalb sie sich überhaupt in der Lage sähen, diese Sache zu bewerten und zu durchschauen. Da landete man nämlich ganz fix bei Marx. Angeblich schlaue Leute besaßen den Nachteil, dass ihre Schläue bei den dummen Leuten aufhörte. Da wurden sie dann meistens nur ungerecht und polarisierend, weil *sie* konnten sich ja ins Café setzen und die »ZEIT« lesen und ein kluges Gesicht machen und über billige Talkshows wettern, in die *sie* nie gehen würden. Dabei hatten sie in Wirklichkeit noch nie darüber nachgedacht, *warum* sie so schlau waren. Wahrscheinlich hatten sie nämlich einen ähnlichen Lebenslauf wie ich und die Möglichkeit gehabt, das Schlausein zu lernen. Eine sehr erschöpfende Angelegenheit, diese Diskussionen. Ich glaube, die meisten verstanden meine Argumentation nicht wirklich, aber sie taten oft wenigstens so und ließen mich dann in Ruhe.

Außerdem konnte ich solche Leute sowieso nicht mehr ernst nehmen. Sie schimpften zwar übers Billigfernsehen, aber sie guckten es trotzdem. Ich hatte ein paarmal bei Einspielern kleinere Rollen übernommen, wenn es darum gegangen war, jemanden reinzulegen, und das hatten immer alle gesehen und sprachen mich noch Wochen später darauf an. Als ich einmal bei »Peep!« im Publikum gesessen hatte oder Karo zum Witze erzählen in einer Fritjof-Sendung gewesen war – genau das gleiche Spiel.

»Ich hab zufällig reingezappt.«

»Ich war an diesem Tag krank.«

»Normalerweise guck ich das nie.«

Ja ja. Klar. Soviel dazu. Im Grunde benutzten diese ganzen Klugscheißer die Sendungen nämlich einfach nur dazu, wozu sie auch gedacht waren: damit *sie* sich besser fühlten, weil *sie* diese Probleme nicht hatten und sich ordentlich darüber aufregen konnten. Bingo. Irgendwoher mussten die Mörderquoten ja kommen in einer Zielgruppe, in der schon lange Schulpflicht herrschte.

Zum ersten Mal seit langem konnte mich mein Glückskinddasein in diesem Moment nicht wirklich überzeugen. Die Rechnung, die ich jetzt auf dem Sofa aufzustellen versuchte, wollte irgendwie nicht aufgehen, so sehr ich meine Gedanken auch drehte und wendete. Es war eindeutig: Ich hatte mich verraten und verkauft und Crispin dazu, nur um des Gefühls willen, begehrt zu werden und ein bisschen Macht auszuüben über einen, der seine Macht über mich schamlos ausgenutzt hatte. Und letztendlich hatte Florian von meinem dusseligen Spielchen jetzt auch noch was gehabt. Im Gegensatz zu mir. Vielleicht muss man offene Rechnungen doch einfach irgendwann vergessen? Ich wünschte, ich hätte es getan. Jetzt hatte ich doppelt bezahlt, statt einzutreiben. Scheiß Inflation. Gegen Florian fühlte ich keinen Groll, wie auch, der Groll ging allein gegen mich. Crispin. Fuck. Ich versuchte, meine Gedanken zu ordnen. Eske rief an.

»Wie lief's mit deinem Gspusi?«, wollte sie wissen.

Damit erwischte sie mich völlig auf dem falschen Fuß. »Öh«, machte ich.

»Mona?«, bölkte Eske prüfend in den Hörer.

Ich hielt ihn weit weg und rollte mit den Augen.

Eske regte sich am anderen Ende auf. »Hab ich's nicht gleich gesagt?«, echauffierte sie sich.

Ich war jetzt schon erschöpft. Was war ich doch für ein Waschlappen. »Ich erzähl dir später davon, okay?«, bat ich sie.

Ich musste Zeit gewinnen. Zeit war Raum, war Abstand, war Selbstbeherrschung. Die würde ich brauchen, um zu erklären, warum mir diese Scheiße mit Florian hatte passieren können. In Eskes Augen war Florian eine Niete. Eigentlich hatten die Leute immer *alle* meine Männer für Nieten gehalten. Nur Crispin hielten sie für einen Traum. Ich seufzte. Jetzt fiepte auch noch mein Handy. Rockster-Alarm. Haste einen, haste alle. Bullshit. Nein, nicht auch der noch. Jungs, macht euch weg. Ich grübelte vor mich hin. Schließlich dämmerte ich weg und schlief zwei Stunden.

Als ich aufwachte, hatte ich den Entschluss gefasst, Crispin die Eskapade nicht zu beichten. Dieser Entschluss festigte sich, als ich unter der Dusche stand. Ich musste ihn mit der Geschichte nicht auch noch zum Horst machen. Mein schlechtes Gewissen strafte mich mit Kopfschmerzen. Das hatte ich wohl verdient. Nur Crispin, den hatte ich bestimmt nicht verdient. Es musste was schief gelaufen sein bei der göttlichen Partnervergabe. Ich rief ihn an und teilte ihm mit, dass ich uns später etwas kochen würde. Er freute sich. Crispin war sehr genügsam. Er aß alles, was man ihm vorsetzte. Auch Zermanschtes, und was anderes würde ich heute bestimmt nicht zustande kriegen. Dann wusch ich ab, packte mich aufs Sofa und stellte die Glotze an. Der Rockster beschwerte sich über Mörderstaus auf der Autobahn. Der war ja scheinbar ständig auf Achse.

»Was bist'n auch immer unterwegs? Ich lieg gemütlich auf'm Sofa, und nachher gibt's lecker Essen«, schrieb ich ihm zurück. Na ja. Zermanschtes lecker Essen. Na und?

»Bin ich auch eingeladen?«, fragte der Rockster.

Ich grinste. »Na klar«, antwortete ich, »aber bring Schnaps mit.«

Ich hatte gerade den Reis aufgesetzt, als Crispin durch die Tür kam.

»Toll, es riecht schon gut«, meinte er.

Ich gab ihm einen Kuss auf die Wange. »Siehst müde aus«, sagte ich.

»Ich habe so viel zu tun«, erklärte Crispin, »und in der Werkstatt herrscht das totale Chaos. Ich musste drei Stunden aufräumen, bevor ich überhaupt anfangen konnte.«

Ich lachte. Diese Problematik war mir bekannt. »Jungs unter sich«, konstatierte ich.

»An *mir* liegt das nicht«, maulte Crispin.

Er teilte sich die Werkstatt mit zwei anderen. Die waren zwar ähnlich kreativ, aber auch genauso unorganisiert wie er.

»Wie läuft's denn mit den beiden?«, fragte ich.

»Ich habe keine Ahnung, was da los ist«, seufzte Crispin. »Ole redet seit Monaten davon, dass er aufhören und was anderes machen will. Aber es passiert nichts.«

»Jetzt entspannst du dich erst mal, und gleich gibt's Essen«, beschied ich und schenkte Wein ein.

Dann legte ich die Sneaker Pimps auf und zündete die Kerzen an. Low Place Like Home. No place like home. Mein Telefon fiepte. Ich hatte vergessen, es auf lautlos zu stellen. Crispin verdrehte die Augen. Ich sah mir die Nachricht nicht an. Wir aßen. Erst als Crispin vor dem Kaffee kurz im Bad verschwand, schnappte ich mir mein Telefon. Ich war in der richtigen Stimmung, sie alle zum Teufel zu jagen.

»Bin am Gänsemarkt«, stand da unter der Nummer vom Rockster. »Wo muss ich hin?«

Mir fiel fast die Zigarette aus der Hand. Augenblicklich fing mein Herz an zu rasen. Eine riesige Stresswelle überrollte mich.

Mir brach der Schweiß aus. Ach du Scheiße. Wie bitte? Ich hörte die Vöglein zwitschern. Da ging der gemütliche Abend dahin. Fuck. Auch das noch. Ich hatte doch noch nicht einmal Zeit gehabt, Florian zu verdauen! Ich verstand jetzt, warum der Rockster auf der Autobahn gewesen war. Und ich blöde Kuh hatte ihn quasi auch noch eingeladen! Er hatte bestimmt gedacht, ich würde seine Andeutungen peilen. Ich aber hatte nichts gerafft, überhaupt nichts, und jetzt stand er fast schon vor der Tür und erwartete, freundlich empfangen zu werden. Ich war wie vor den Kopf gestoßen und hatte keine Ahnung, was ich tun sollte. Zum Teufel jagen! Los, zum Teufel jagen! Von wegen.

Ich stand auf, stellte das Telefon auf lautlos und legte es um die Ecke auf die Kommode. Ich schob das Problem einfach ein paar Meter weiter, aber das half mir überhaupt nichts. Ich brauchte Zeit, aber ich hatte keine. Der Rockster wartete auf eine Antwort, und Crispin stand hinter mir. Er strich mir über den Nacken und legte den Arm um mich. Angriff ist die beste Verteidigung.

»Und? Was hast du heute Abend noch vor?«, erkundigte ich mich lässig.

»Wieso?«, fragte Crispin erstaunt zurück. »Ich hatte angenommen, wir bleiben zusammen zu Hause!«

Dazu habe ich dir ja auch allen Anlass gegeben, dass du das annehmen konntest, dachte ich. »Ich habe Eske versprochen, vielleicht noch mit ihr auf eine Party zu gehen«, erklärte ich dann, »aber das steht noch nicht ganz fest.«

»Wann steht das denn fest?« Crispin war enttäuscht, das konnte ich sehen.

»Ich ruf sie gleich mal an«, sagte ich ausweichend. Nur: Wie um alles in der Welt sollte ich das jetzt bewerkstelligen? Eske wusste natürlich nichts von ihrem Glück und unserer Verabredung. Ich musste sie einweihen! Aber wie? Ich konnte mich schlecht zum Telefonieren ins Bad einschließen. Das wäre sofort aufgefallen. Crispin und ich hatten keine Geheimnisse voreinander. Na ja, jedenfalls war es so bis zu diesem Tag.

Polternd stapelte ich die Teller neben der Spüle. Am liebsten hätte ich mich in einem Loch verkrochen. There's no way out. Elizabeth, my dear, sangen die Stone Roses. Ich holte das Telefon und rief Eske auf ihrem Handy an. Ich betete, dass sie schalten würde.

»Hallo?«

Wo auch immer Eske sich aufhielt, musste es ziemlich lustig sein. Jemand lachte und schrie. »Hallo«, sagte ich. »Ich wollte mal fragen, was denn jetzt mit der Party ist.«

»Party? Was'n für 'ne Party?«

»Na, die *Party*«, sagte ich beschwörend. Scheiße, Scheiße, Scheiße.

»Hab ich was verpasst?«, fragte Eske. »Drehst du jetzt völlig durch oder was?« Sie raffte nichts.

Ich stöhnte.

»Ich bin auf dem Spieleabend bei Mark, das weißt du doch.«

Bullshit, das hatte ich total vergessen. »Und wann wollen wir los?« Bitte, Eske. Sie musste einfach die Verzweiflung aus mir raushören!

»Spinnst du? – Moment mal.«

Ich hörte es im Hintergrund rödeln.

»Lass mich mal durch«, zischte Eske.

Dann war es ruhiger um sie herum.

»So, Baby«, sagte sie. »Jetzt pack mal aus.«

»Mennoooooo!« Ich hatte das Gefühl, Crispin hätte schon längst Lunte gerochen. Er hing auf dem Sofa und blätterte im Designreport.

Jetzt stöhnte Eske. »Ich glaube, ich beginne zu verstehen«, sagte sie.

Ich atmete auf.

»Also der Reihe nach. Kannst du frei sprechen?«

»Nein.«

»Hält dir jemand eine Knarre an den Kopf?«

»Nein.«

»Schön, immerhin. Crispin?«

»Ja.«

»Okay. Und du musst also dringend weg und brauchst eine Ausrede, richtig?«

»Ja, und du auch.« Keinen Fehler machen. Bloß nichts Falsches sagen.

»Wie, ich auch?« O Mann. *Eske.*

»Vielleicht findest du ja auf der Party den Vater deiner Kinder.«

Ein Königreich für diese Eingebung.

»Aaaaah«, machte Eske in der ihr eigenen Art. »Ich verstehe. Der Typ ist in Hamburg.«

»Sehr gut«, sagte ich.

»Und du willst ihn treffen, und ich soll mit.«

»Jaaaaa. Wo ist denn die Party?«

»Ich hatte mir meinen Abend eigentlich ganz anders vorgestellt.«

Jetzt bitte nicht rumzicken, Eske. Sei eine Freundin. Sei lieb. Hilf mir. Bitte hilf mir.

»Du bist ganz schön am Arsch, oder?«

»Ich bin müde. Aber ich hab's ja versprochen«, sagte ich.

Eske japste. »Na gut«, erklärte sie dann. »Unter einer Bedingung: Erst spiel ich noch ein bisschen. Hohenzollernring 1, geh mir entgegen, so um elf. Sonst ruf mich an.«

»Okay«, willigte ich ein. Um elf. Das war erst in knapp zwei Stunden. Es war Viertel nach neun.

»Bis später.«

Ich legte auf. Das Telefon war feucht von meinen Händen. Es zeigte an, dass ich schon wieder Post hatte. Ich sah nach.

»Was'n jetzt?«, hatte der Rockster geschrieben. »Willste mich veräppeln oder was?«

Natürlich war er verärgert. Klar. »Nö«, tippte ich hastig, »erhole mich von dem Schock. Moment.«

Ich steckte das Telefon in meine Hosentasche und ging rüber zu Crispin.

»Eske und ich treffen uns um elf«, sagte ich. »Sei mir nicht böse, aber ich hab's versprochen.«

»Hmmm«, machte Crispin.

Ich ertrug seine Anwesenheit nicht länger. Ich steckte eindeutig in der Scheiße. Ich belog ihn nach Strich und Faden, und ich hasste mich dafür. »Ich geh duschen«, sagte ich und schloss mich im Bad ein. Ich sank auf den Klodeckel und versuchte, meine Gedanken zu ordnen. Was für ein Durcheinander. Sodom und Gomorrha. Ich zog das Telefon aus der Hosentasche.

»Hör auf, dir die Haare zu machen, und komm her«, forderte der Rockster mich auf. Haha.

»Kann erst so ab elf«, schrieb ich, »vorher Freundin mit Liebeskummer verarzten. Prioritäten halt.«

Schon wieder eine Lüge. Aber bei dieser hatte ich kein schlechtes Gewissen. Der Typ war ja selbst schuld. Ihn hatte es nie interessiert, ob es Männer gab in meinem Leben, die vielleicht die älteren Rechte hatten. Er hätte ja nur fragen müssen.

»Außerdem: Komm du doch her«, ergänzte ich. Ich sah es gar nicht ein, für den Typen durch die halbe Stadt zu gurken.

»Also gut«, kam zurück, »wo muss ich hin?«

»Altona/Ottensen«, antwortete ich, »weitere Instruktionen folgen. Eske kommt auch.«

Der Kerl sollte sich bloß nicht einbilden, ich hätte meine Mission aus den Augen verloren. Nach diesem ganzen Theater würde ich mich jedenfalls weigern, bei seinen und Eskes Blagen die Patenschaft zu übernehmen. Kostet doch alles bloß Geld.

Ich hatte noch eine Menge Zeit, deshalb beschloss ich, ausgiebig Schönheitspflege zu betreiben. Damit ging ich Crispin aus dem Weg, und es würde mich ruhiger machen. Und schöner natürlich. Ich zog mich aus und drehte den Wasserhahn auf. Unter der Dusche schloss ich die Augen. Mir war schlecht vor Aufregung. Ich lehnte mich an die Wand. Dann putzte ich mir unter dem Wasserstrahl die Zähne. Zähne putzen machte mich klarer im Kopf. Vielleicht waren meine Zähne deshalb so gut. Weil ich immer Zähne putzen ging, wenn was nicht stimmte.

Als ich nackt vor dem Spiegel stand, rutschte mein Selbstbewusstsein in den Keller. Der kriegt doch 'n Anfall, wenn der dich sieht, sagte ich mir und war drauf und dran, die Sache abzublasen. Aber die Neugier siegte. Curiosity killed the cat. Eine dreiviertel Stunde später, als ich angezogen war und Lippenstift auflegte, fühlte ich mich schon wieder zuversichtlicher. Mein Gesicht war hübsch, basta, daran gab es nichts zu rütteln. Ich seufzte und probte ein Lächeln. Es gelang mir mehr schlecht als recht. »Zusammenreißen, Mona«, befahl ich mir.

Crispin hatte PJ Harvey aufgelegt. Ein schlechtes Zeichen. Dieses Album hörte er, wenn es ihm nicht gut ging. Er lag zwischen einem Haufen Platten, rauchte und starrte Löcher in die Luft. Der personifizierte Vorwurf. Das machte mich gleich wieder aggressiv, aber ich holte mir trotzdem eine Zigarette vom Tisch und setzte mich neben ihn.

»Morgen Abend machen wir es uns schön, ja?«, sagte ich hilflos.

»Mmmm«, machte Crispin.

Ich verfluchte mich innerlich. Ich tat ihm weh, das sah ein Blinder mit Krückstock. Scheiß Internet. Wir rauchten. Es war kurz nach halb elf. Schließlich hielt ich die Spannung nicht mehr aus. Ich gab Crispin einen Kuss und wollte aufstehen, aber er hielt mich fest und schlang die Arme um mich. Diese Umarmung war kein Genuss, sie war die Hölle. Ich hatte das Gefühl, ich müsste mich losreißen, aber ich verharrte wie erstarrt. Dann machte ich mich los.

»Ich geh jetzt, Schnucki«, sagte ich, stand auf und holte meine Stiefel. Bloß raus. Ich schnappte mir Jacke, Schlüssel, Geld und Telefon und sah zu, dass ich Land gewann.

4.

Eske.

Das Buch ist wieder auf Platz eins von Monas und meiner Interessenbestsellerliste und hat den Alkohol auf Platz zwei verdrängt. Mona hat sich ein Laptop fürs Krankenhaus besorgt und schreibt wieder. Sie macht also ernst mit ihren guten Vorsätzen fürs neue Jahr. Ich habe ihr eine gute Flasche Wein ins AK Altona mitgebracht, aber Mona darf im Krankenhaus nicht rauchen, und sie sagt, ohne Rauchen würde ihr Saufen keinen Spaß machen. Und so sitzen wir da und überlegen uns Titel für ihr Buch. Nach diversen Titeln wie zum Beispiel »Das Buch über den, der wo immer so doof zu mir war«, »Das Luder«, »Prinzessin am Abgrund« oder »Mein Kampf«, um nur einige zu nennen, hatte Mona dann doch endlich Lust zu trinken, und wir haben uns auf Zimmer 12 gut einen gezwitschert. Das Fenster war natürlich die ganze Zeit auf, damit es nicht so nach Qualm stinkt. Das Ende vom Lied war, dass ich mir vom Krankenhaus ein Taxi nehmen konnte und am nächsten Tag gleich wieder hin musste, um mein Auto abzuholen. Ich blieb aber standhaft, trank nichts und las lieber Monas bisherige literarische Ergüsse. Danach hätte ich zwar Schnaps gebraucht, aber nach dem, was ich gelesen hatte, wollte ich Mona eigentlich nie wieder besuchen.

Der Grund ist der, dass dieses Buch überhaupt nichts mehr mit der Wahrheit zu tun hat. Nicht, dass die Wahrheit wirklich spannend wäre, aber ich fühle mich schlecht dargestellt. Auf diese Art und Weise werde ich nie einen Freund finden. Die müssen ja nur das Buch lesen, mich auch nur ansatzweise darin erkennen, und weg sind sie, die potenziellen Väter meiner Kinder. Und überhaupt, viel zu viel künstlerische Freiheit. Wo bleibt denn da Monas erstes Interesse, die Verarbeitung von Liebeskummer? Der wird nicht besser, wenn man sich lustige Geschichten über alle möglichen Bekannten ausdenkt und dann auch noch glaubt, die würden sich freuen, was sie nicht tun werden, wenn sie das Buch gelesen haben. Ich habe langsam kein Verständnis mehr und ärgere mich über das viele versoffene Geld, das ich eigentlich nur Mona zuliebe ausgegeben habe.

Mona.

Es war kalt draußen und regnerisch. Ich zog mir die Kapuze über den Kopf und marschierte Richtung Hohenzollernring. Ich ging schnell. Die frische Luft tat mir gut. Eske kam mir nicht entgegen. Ich rief sie an.

»Wir sind noch in der letzten Runde«, erklärte sie, »komm einfach schnell hoch. An der Klingel steht Holz.«

Das passte mir gar nicht, die Zeit lief, aber ich war wirklich nicht in der Position, um aufzumucken. »Na gut«, sagte ich schwach. Ich war supergenervt.

Ich bog in den Hohenzollernring ein und stieg nach ein paar Minuten hoch in den zweiten Stock von Haus Nummer 1. Mark machte mir auf. Eske saß mit ihm und zwei anderen Jungs um den Tisch und war augenscheinlich im Begriff, den Sieg davonzutragen. »Nur noch fünf Minuten«, krähte sie.

Mark drückte mir ein Glas Wein in die Hand, einen Stuhl gab es nicht mehr, also stand ich die nächsten Minuten wie bestellt und nicht abgeholt in der Küche und verfolgte halbherzig das Gegröle am Tisch. Dann hatte Eske gewonnen. Ich atmete auf.

»Dann woll'n wir mal«, sagte sie, erhob sich und quetschte sich an Mark vorbei. »Ich wär gern noch geblieben, aber die junge Dame hier hat sich ja was anderes in den Kopf gesetzt.«

»Was denn?«, fragte Mark neugierig und sah mich an.

»Jungs abschleppen«, entgegnete Eske an meiner Stelle und zog ihre Jacke an.

»Gar nicht wahr«, protestierte ich, aber ich musste grinsen.

»Ja ja«, sagte Mark, und die beiden anderen Kerle lachten.

Was gab's da zu lachen?

»Also tschüs. Wenn ihr wollt, könnt ihr ja später nachkommen«, meinte Eske zu ihnen und ging raus auf den Flur. »Wir sind irgendwo im Viertel«, fügte sie hinzu und drehte sich fragend zu mir um. »Aurel oder Eck. Oder?«

Ich nickte.

»Also!«

Wir winkten Mark noch mal zu und stiefelten die Treppen runter. Vor der Tür sah Eske mich zum ersten Mal richtig an.

»Was ist *das* denn jetzt bitte für eine Aktion?«, wollte sie wissen.

»Warte mal kurz.« Es war an der Zeit, den Rockster zu briefen. »Wo steckste jetzt?«, tippte ich, dann hakte ich mich bei Eske unter und zog sie über die Straße. »Ich hatte keine Ahnung davon«, erklärte ich ihr, »ehrlich nicht. Er schrieb mir auf einmal, er wäre in Hamburg und wo er denn jetzt hin müsste.«

»Spinnt der? Denkt der, du hast sonst nichts zu tun auf der Welt, als auf ihn zu warten? Wie krank ist das denn?«

Ich seufzte. »Indirekt hat er sich sogar angemeldet, ich hab's nur nicht gepeilt.« Hilfe, jetzt verteidigte ich ihn sogar schon.

»Ta! Wann und wo treffen wir ihn?«

»Ich dachte, im Eck. Wegen Heimspiel und so.«

»An sich ist das ja eine schlaue Entscheidung, aber was heißt, ich dachte?«

»Na ja, wir stehen in Kontakt, aber ich habe keine Ahnung, wo er jetzt ist.«

»Na bravo.«

Wir liefen die Friedensallee hinunter und unterhielten uns über Mark und Co. Nebenbei lauschte ich permanent auf das Fiepen meines Telefons, aber es passierte nichts, also zog ich es alle paar Meter aus der Jackentasche und sah nach. Ich überprüfte mindestens fünfmal, ob ich vielleicht aus Versehen die Lautlostaste gedrückt hatte. Das hatte ich natürlich nicht, aber das Telefon schwieg. Als wir noch fünfhundert Meter vom Familieneck entfernt waren, hielt ich es nicht mehr aus.

»Willste mich jetzt versetzen oder was?«, blaffte ich in die Tastatur.

Die Antwort kam, als wir schon im Familieneck standen und unser Bier in der Hand hielten. Es war voll und warm, Samstag halt, und ich war so nervös, dass meine Augenlider flatterten.

»Keine Angst«, schrieb der Rockster. »Bin schon in Altona, aber Akku war leer. Musste erst andocken. Also, wohin?«

»Familieneck«, schrieb ich.

Rocko und Thomas machten sich über mich lustig, weil ich nur Augen für mein Telefon hatte.

»Friedensallee, Ecke Bahrenfelder«, fügte ich noch hinzu. Ich war gespannt, ob der Kerl das überhaupt finden würde. Ottensen konnte kompliziert sein für Ortsunkundige. Sehr kompliziert. Als ich die Nachricht losschicken wollte, bekam ich fast einen Herzinfarkt. Mein Telefon hatte plötzlich keinen Empfang mehr. Ich brach in Panik aus.

»Was mach ich'n jetzt?«, jammerte ich verzweifelt und drückte wie eine Irre auf meinem Handy herum.

»Ruhig Blut«, meinte Eske. Sie hatte mittlerweile den Ernst der Lage gepeilt und machte mir noch nicht einmal mehr Vorwürfe wegen des versauten Spieleabends.

Ich war aber auch wirklich ein Wrack.

Sie nahm mir mein Telefon aus der Hand und hielt mir ihres entgegen. »Da haste. Der Empfang ist völlig okay.«

»Danke.«

Es war mir zu doof, weiterhin Rockos und Thomas' blöden Sprüchen ausgesetzt zu sein, also verzog ich mich auf die Toilette, um den Rockster von meinem Malheur in Kenntnis zu setzen. Ich stand tatsächlich auf dem Klo, hörte fremden Frauen beim Pinkeln zu und bearbeitete wie eine Bekloppte die Telefontasten. Viel zu oft tippte ich daneben. Fehler am laufenden Band. Und das mir. Meine Fresse. Mir wurde deutlich, wie sehr ich mich zum Affen machte. Ich hätte nur die Nummer wählen müssen, an die ich schon so viele Nachrichten geschickt hatte, dass ich sie seit Tagen auswendig kannte, und den Rockster ganz einfach und simpel ins Eck lotsen können. Aber nein! Ich traute mich einfach nicht. Wir waren jetzt schon so weit gekommen ohne die Stimme des anderen, es hätte fast was von Kaputtmachen gehabt, da jetzt zwischenzufunken. Ich verschrieb mich bei jedem dritten Buchstaben. »Empfang zickt«, fügte ich nach der Adresse entnervt hinzu, »bei Problemen Meldung an diese Nummer. Ist Eskes.« Ich holte noch einmal den Puder aus der Hosentasche, reparierte mein Gesicht und zog mir die Lippen nach. Ich sah verschreckt aus wie ein Huhn, wenn's donnert. Dann ging ich zurück zu Eske. Das Warten machte mich wahnsinnig. Bei jedem, der durch die Tür kam, hielt ich die Luft an. Eske erzählte irgendwas. Ich machte viel zu oft »hmhm« und glotzte im Raum herum.

Schließlich fiel mir ein Typ auf, der am Tresen stand und auf seine Bestellung wartete. Er schielte immer wieder auf sein Telefon in der linken Hand und sah sich ab und zu neugierig um, aber er machte keine Anstalten, seinen Standort zu wechseln. Wie sollten wir uns überhaupt erkennen? Ich schlug mir innerlich an die Stirn. Telefon. Natürlich. Telefon. Ich legte Eskes Handy demonstrativ auf das zum Tisch umfunktionierte Ölfass. Ich sah mich wieder um. Der Typ stand noch da, aber er starrte auf unseren Tisch. Dann kam er herüber. Er hielt sein Telefon hoch und grinste uns fragend an. Ich nickte. Wir hatten uns gefunden.

Ich sagte so was wie »Das ist Eske, und ich bin Mona« oder so ähnlich und versuchte, cool zu wirken.

»Niels«, sagte er und drehte sich höflich zu Eske.

Er war relativ groß, einsfünfundachtzig oder so, schlank, fast schon dünn, und hatte kurz geschorene blonde Haare. Er trug dunkelblaue Jeans und einen Pulli und eine dunkelblaue Jeansjacke. Einer von denen, die einem nicht auffallen. Ich weiß nicht, ob man ihn als gut aussehend bezeichnet hätte, hässlich war er jedenfalls nicht. Er sah aus wie ein großer Junge. Ein Bubi, würde Eske später urteilen. Seine Gesichtszüge waren gleichmäßig, keine Brille, keine offensichtlichen Schönheitsfehler. Aber seine Haut sah aus, als wäre sie wahnsinnig empfindlich. Wie bei so nordischen Typen manchmal, leicht rau, an manchen Stellen ein wenig gerötet, besonders um den Mund. Neurodermitis-Kandidat. Sein Mund gefiel mir. Eske riss das Gespräch an sich. Ich war ihr dankbar dafür. Ich musste mich erst mal wieder selbst auf die Reihe kriegen. Das war er also.

Je länger ich ihn betrachtete, desto irrealer schien mir das, was zuvor zwischen uns abgelaufen war. Das war also der Rockster. Das war der Typ, der mich die letzten drei Wochen auf

Schritt und Tritt begleitet, nach dessen Mails ich mich gesehnt und dessen Mails ich verflucht hatte. Jetzt, wo er mir so nah war, schaffte ich es endlich, die Sache mit der Distanz zu betrachten, die ich von vornherein hätte walten lassen sollen. Das, was sich hier abspielte, war ganz normal. Es war keine dramatische Liebesgeschichte. Es waren keine Pauken und Trompeten und Engelsgesänge. Er war ganz normal, ich war ganz normal, Eske war ganz normal. Drei normale Leute, die sich an einem ganz normalen Samstag in einer ganz normalen Kneipe miteinander unterhielten. Eske und er sprachen über Fußball. Davon verstand ich nicht viel, und ich ertappte mich dabei, wie ich, statt mich auf den Rockster und Eske zu konzentrieren, schon wieder in der Gegend herumstierte und quer durch den Raum sogar ein bisschen mit Thomas schäkerte. Irgendwie war ich erleichtert.

Das war's, sagte ich zu mir selbst, das Kapitel ist vorbei. Du und der Rockster und Eske, ihr werdet jetzt einen netten Abend miteinander verbringen. Vielleicht werdet ihr sogar Freunde, und ihr werdet noch im Laufe dieser Nacht anfangen, über all die Mailgeschichten zu lachen. Vom alten Zauber wird nicht viel übrig bleiben, aber, hey, ist doch genau der richtige Zeitpunkt. Der Abend war schwierig genug. Lieber so als weitere Komplikationen.

Das dachte ich und wurde von Minute zu Minute entspannter. Der Rockster und Eske schienen sich gut zu verstehen. Potzblitz. Vielleicht hatte ich doch noch Erfolg mit meiner Mission! Sie mussten ja nicht gleich Kinder miteinander machen. Diese Gedanken beschäftigten mich minutenlang. Ich war nahezu weggetreten. Ab und zu drehte der Rockster fragend den Kopf zu mir herum. Wahrscheinlich um nachzusehen, ob ich überhaupt noch da war. Dann grinste er mich verschwörerisch an, und ich grinste zurück. Eske hin, Eske her, wir hatten eine gemeinsame Geschichte, von der niemand hier im Raum etwas wusste. Das verband uns. Niemand konnte sie uns nehmen, und wir hatten sie genossen. Da waren wir uns einig. Wenn das hier ihr Ende war, dann war es ein nettes Ende. Plötzlich bekam ich mördergute Laune.

Ich mischte mich in das Gespräch ein und provozierte einen Themenwechsel. Zeit, den Rockster ein bisschen auf die Schippe zu nehmen. Und zwar mit unserem Vaterschaftstest. Den hatten Eske und ich entwickelt, um ihm alle Männer zu unterziehen, die wir in durchzechten Nächten kennen lernten. *Wenn* wir denn mal welche kennen lernten. Spätestens der Test sorgte dafür, dass sie nicht blieben. Er diente dazu, die Bildung und das Potenzial der Kandidaten zu überprüfen. Eske wollte schließlich schlaue Kinder und einen schlauen Mann.

Der Test war simpel gestrickt. Er bestand aus drei Hauptaufgaben: Allgemeinbildung, literarisches Wissen und Grammatik. Rechnen war uns nicht so wichtig, das konnten wir auch nicht, und wir wollten nichts überprüfen, worin wir am Ende unterlegen wären, wenn es zu einer Diskussion käme.

Bei der ersten Aufgabe legte der Rockster sich noch mächtig ins Zeug. Es ging um die fünf neuen Bundesländer samt Hauptstädten und Ministerpräsidenten. Für die korrekte Benennung von deren Parteibuch gab es Extrapunkte. Der Rockster behauptete allen Ernstes, Halle an der Saale wäre die Hauptstadt von Sachsen und Kurt Biedenkopf der Ministerpräsident von Thüringen, aber immerhin. Er spielte amüsiert mit, gab sich alle Mühe beim Raten und ließ sich anstandslos von uns korrigieren, wenn wir ihm hämisch seine Unzulänglichkeiten entgegenschleuderten. Als er als Nächstes ein Gedicht aufsagen sollte, begann der Rockster, die Sache albern zu finden. Aber wir ließen nicht locker. Das sahen wir gar nicht ein.

»Komm schon. Irgendwas wirst du doch wohl auf der Pfanne haben«, lockte Eske und warf sich theatralisch in Pose. »Rainer Maria Rilke. Der Panter«, kündigte sie an und trug inbrünstig das komplette Werk vor. Ohne Verhaspler, ohne Stocken. Die Jungs vom Nebentisch waren schwer beeindruckt.

Ich rezitierte daraufhin den ersten Teil von Schillers Glocke, den ich noch zusammenkriegte.

Aber aus dem Rockster war nicht ein einziger Reim herauszuholen. Noch nicht mal »Zicke, zacke, Hühnerkacke«.

Je länger wir bohrten, desto mauliger wurde er. Er gab uns das Gefühl, wir wären alberne Hühner, aber Eske und ich genossen das. Wir *waren* alberne Hühner, und konsternierte, verunsicherte Begleiter waren von jeher ein Kompliment für uns gewesen, solange wir sie höchstpersönlich verunsichert hatten. Wir ritten noch ein wenig darauf herum, aber irgendwann war der Punkt erreicht, an dem uns auch das keinen Spaß mehr machte. Wir gaben auf. Zum dritten Teil des Tests, der Definition des Plusquamperfekt – samt Beispiel –, kamen wir nicht mehr. »Durchgefallen«, fassten wir zusammen und wollten uns schier totlachen. Ausweichende Blicke und schiefes Grinsen vom Rockster. Wir scherten uns nicht drum, sondern zerrten ihn ins Aurel zum Caipirinhatrinken. Auch daran fand der Rockster keinen Gefallen. Er trank den ganzen Abend alkoholfrei.

»Muss ja noch fahren«, erklärte er, als ich ihn darauf ansprach. Hätte ich ihn mir mit Haut und Haaren einverleiben wollen, wäre ich spätestens jetzt enttäuscht gewesen, denn Abstürzen war nur gemeinsam schön. Aber so fand ich ihn sehr vernünftig und pflichtete ihm beflissen bei.

Im Aurel war es dunkel wie immer. Wir ergatterten einen Tisch im hinteren Teil, ein Teelicht flackerte uns ins Gesicht. Die Lautstärke im Laden zwang uns zur Nähe. Wir steckten die Köpfe zusammen. Eske hatte beschlossen, dass es an der

Zeit war, die Smalltalkphase zu verlassen. Sie versuchte, den Rockster nach allen Regeln der Kunst auszuquetschen. Ich verfolgte ihre Bemühungen aufmerksam und guckte gespannt mit aufgerissenen Augen mal nach links zu Eske, mal nach rechts zum Rockster.

Es blieb beim Versuch. Der Rockster war gerissen. Auf keine einzige Frage bekamen wir eine vernünftige Antwort. Er wich geschickt aus und drehte es jedes Mal so, dass Eske schließlich diejenige war, die berichtete. Ich spickte ihre Erzählungen lediglich mit ein paar Details. Ich fühlte mich gut unterhalten und hatte überhaupt nicht das Gefühl, dass irgendetwas falsch lief, und ich war überzeugt davon, dass Eske sich ebenso amüsierte wie ich mich.

Auf direkte Fragen weigerte sich der Rockster glatt zu antworten. Wir bekamen noch nicht einmal zu hören, was genau er beruflich machte, und seine Familienverhältnisse blieben völlig im Dunkeln. Mir gab das nicht zu denken. Dass er nicht von der Stütze lebte, wusste ich ja schon. Er spielte mit uns. So sah ich das. Aus Jux.

Außerdem hatte ich ihn ja schon anders erlebt. Offener. Viel offener. Auf eine andere Art und Weise zwar, aber auf eine viel intensivere. Eske verdrehte die Augen, und ich schüttelte den Kopf, aber ich lächelte. Vielleicht war das seine Art, sich interessant zu machen. Wenn ja, so begann das bei mir langsam zu wirken. Subtil, aber es begann zu wirken.

Immerhin, einen wichtigen Charakterzug hatte der Rockster schon längst preisgegeben, ohne es zu wollen: Er war launisch. Launischer als eine Gewitterfront, die sich letztendlich doch nicht zu Blitz und Donner aufraffen konnte. Seine Launen kamen und gingen, wie sie lustig waren, von einem Moment zum anderen. Er konnte von einem Ohr bis zum anderen grinsen, dann fand ich ihn sogar sexy. Er hatte dann so was

Schelmisches, Verschmitztes, Verschlagenes. Jungenhaft eben, wie einer, der es faustdick hinter den Ohren hat, es aber nie böse meint. Dieses Grinsen konnte ihm jedoch von einer Sekunde zur anderen aus dem Gesicht fallen, dann wurde sein Gesichtsausdruck sofort mürrisch und abweisend. Ich fand diesen abrupten Wechsel faszinierend. Ich begann, mich von ihm angezogen zu fühlen. Dann ging der Rockster aufs Klo.

»Na, was sagste?«, fragte ich Eske.

»Das is'n Psycho«, kam es von ihr wie aus der Pistole geschossen.

»Hä?«, machte ich perplex. »Der ist doch ganz nett.«

»Das is'n Psycho«, wiederholte Eske. »Der hat 'ne Macke. Guck dir den doch an! Der bringt doch keinen vernünftigen Satz raus!«

»Ich find ihn nett«, beharrte ich.

Eske zuckte mit den Schultern. »Wenn du meinst«, erwiderte sie lapidar. »Für mich hat der jedenfalls 'nen ziemlichen Hau weg.«

Nachdem der Rockster vom Klo zurück war, begann sich das Blatt langsam zu wenden. Eske wurde müde, und je müder sie wurde, desto besser verstand ich mich mit dem Rockster. Schließlich erzählte ich ihm von Prinzessin Horst.

»Prinzessin Horst« war ein kleines Pixi-Buch. Als ich klein gewesen war, hatte ich von diesen Minibüchern einen ganzen Haufen besessen. Mit nichts konnte man mir eine größere Freude machen als mit einem Pixi-Buch. Es war fast schon egal, was drinstand. Meistens stand sehr wenig drin, weil sie ja so klein waren. Außerdem, vorlesen mussten sowieso die anderen. Aber Pixi-Bücher hatten bunte Bilder und waren leicht verdauliche Kost, das war mir schon damals wichtig gewesen. Meine Leidenschaft für diese Zwergenliteratur hatte ich vor kurzem wiederentdeckt. Bei einem Freund fand ich »Prinzessin Horst«. Darin ging es um ein Königspaar. Der König wünschte sich nichts sehnlicher als einen Sohn, und als die Königin endlich schwanger wurde, gab es Freudenfeste im ganzen Königreich. Die Enttäuschung für den König war groß, als das Kind geboren wurde: Es war ein Mädchen. Aber der König wusste sich zu helfen. Er taufte die kleine Prinzessin kurzerhand auf den Namen »Horst«. Er liebte seine kleine Horst über alles, und schnell machte sein Beispiel im ganzen Land Schule. Die Untertanen begannen, ihren Mädchen Jungennamen zu geben. Es gab sogar erwachsene Frauen, die ihre Namen im Nachhinein änderten. »Ingo Müller aus Augsburg ist die schönste Frau im Königreich«, konnte man zum Beispiel bald in den Klatschspalten der Morgenzeitung lesen.

Wenig später war die Königin wieder schwanger, und sie gebar einen Jungen. Der König blieb sich treu und tat wieder was Durchgeknalltes: Er taufte den kleinen Prinzen auf den Namen »Daniela«. Auch das wurde zur Mode in dem kleinen Königreich, bis das ganze Land schließlich voll war von Männern mit Frauennamen und Frauen mit Männernamen. Niemanden störte das, denn alle hatten ja schon Zeit gehabt, sich an den Gedanken zu gewöhnen, und es klappte ganz vorzüglich. Horst und Daniela hatten eine glückliche Kindheit und wurden noch nicht mal verspottet.

Wirklich eine heile Welt in den Pixi-Büchern. Ich fand die Geschichte großartig, obwohl sie bei genauerer Betrachtung einen Haken hatte: Dinge anders zu benennen änderte nicht unbedingt ihre Substanz, aber das zu erkennen, dazu musste man wohl erwachsen sein. Mit so einer Nummer können jedenfalls nur Kinder und Könige durchkommen.

Ich war nach der ersten Begegnung mit Prinzessin Horst sofort losgerannt und hatte versucht, sie stapelweise einzusacken, aber Fehlanzeige. In jeder Buchhandlung, in der ich aufkreuzte, war jemand schneller gewesen und hatte Prinzessin Horst schon mitgenommen. Das erzählte ich dem Rockster, und er lachte.

Ganz unbeabsichtigt holte ich auf diesem Wege sogar eine Information aus ihm heraus: Er kam gar nicht direkt aus Bremen, sondern aus einem Kaff in der Nähe, Walkenhorst, und spaßeshalber und weil's kürzer war, nannte er seinen Heimatort oft einfach nur »Horst«. Damit hatten wir einen Punkt zum Anknüpfen. Ich kannte Walkenhorst. Wenn man von meinem Heimatort Richtung Bremen fuhr, kam man direkt daran vorbei. Wir machten große Augen. Nur eine gute Autostunde voneinander entfernt waren wir aufgewachsen! Eske begann sich zu langweilen und gähnte. Das einstmals unbedingt zu Vermeidende hatte sich letztendlich nicht vermeiden lassen: Eske war raus. Sie verabschiedete sich. Ich blieb mit dem Rockster zurück. Es war halb drei.

Von dem Moment an, als der Rockster und ich allein miteinander waren, änderte sich unsere Art, miteinander umzugehen. Es war kein dramatischer Einschnitt. Es war vielmehr so, als wäre Frieden eingekehrt. Keine Show mehr, Leute, geht nach Hause, es gibt nichts mehr zu sehen.

Wir sprachen nur noch wenig. Wir saßen einfach so da, ließen die Beine baumeln und beobachteten einvernehmlich den sich leerenden Laden. Ich war noch nicht mal betrunken. Ich hatte etliche Biere gehabt und zwei Caipirinhas, aber meine innere Stimme sagte mir, dass es nicht der rechte Moment war, sich im Schnaps zu verlieren. Wenn mein Unterbewusstsein das beschlossen hatte, konnte ich einen Tanklaster Tequila in mich hineinkippen, ohne dass wirklich was passierte.

Wir leerten unsere Drinks und beschlossen dann ohne viel

Aufhebens, ein Haus weiter in die Blaue Bar zu ziehen. Auf dem kurzen Weg dorthin gab es nicht viel zu sehen oder zu erklären. Wir redeten kaum und liefen entspannt nebeneinander her. Sogar aus der Blauen Bar hatten sich die meisten Vorortler bereits verzogen. Jetzt, fand ich, war die Schonfrist endgültig vorbei. Ich wollte endlich wissen, mit wem ich es zu tun hatte.

Ich brachte das Gespräch auf alle möglichen Dinge: Literatur, Kino, Musik, Kunst, solche Sachen. Viel war da nicht zu holen, zumindest gab sich der Rockster so. Ins Theater ginge er nicht, sagte er, Kino ganz selten mal, und lesen, na ja. »Näääà«, machte er auf solche Fragen meistens und lachte.

Dass zumindest das mit dem Lesen schlichtweg gelogen war, sollte ich später noch herausfinden. Ich bohrte und bohrte, aber nichts schien ihn wirklich zu begeistern. Außer Fußball und seinem Kumpel Kunz. Der Rockster war Werder-Bremen-Fan und hing bei jedem Heimspiel im Stadion herum, und dieser Kunz war der einzige Mensch außer ihm selbst, dessen Existenz den Rockster zu beschäftigen schien, ja die er überhaupt bemerkte. Niemand sonst tauchte auf: keine Kollegen außer Idioten, keine Freunde außer Kunz, keine Freundin außer mir, keine Geschwister, erst recht keine Schwester namens Horst, noch nicht einmal eine Mutter. Ich wusste nicht, was ich davon halten sollte. War er autark – oder einfach nur egoman und völlig daneben, was soziale Kontakte betraf? Er schien niemanden zu brauchen. Das beeindruckte mich. Krassomat. Ich war das genaue Gegenteil, ich hatte kein Talent zum Alleinsein, es machte mich depressiv. Ich erzählte von meinen Freunden. Von Karo, von Eske und von durchgeknallten Kolleginnen wie Valerie. Dann war es fünf, und die Barfrau begann, um uns herum die Tische abzuräumen.

»Ich glaube, wir werden gleich rausgeschmissen«, bemerkte ich. Schlauer Satz. Jahrelange Erfahrung.

Der Rockster antwortete nichts, aber er schaute mich erwartungsvoll an.

»Was sagt die Kondition?«, fragte ich betont lässig, »wollen wir noch weiter?«

»Wenn du weißt, wohin?«, entgegnete er und grinste.

Da war wieder dieser Gesichtsausdruck. Er ähnelte dem eines Jungen, der gerade seiner Schwester einen halb verfaulten Laubfrosch unter die Bettdecke gesteckt hat und voller Vorfreude das Gekreische erwartet, wohl wissend, dass es dafür später ordentlich eins hinter die Löffel geben wird. Ich grinste zurück.

»Ist doch klar. Auf den Kiez«, verkündete ich und griff nach meiner Jacke.

Wir liefen zu seinem Auto. Ich zeigte dem Rockster, wo ich zu Hause war. Mein Gemüsehöker, meine Bank, mein Plattenladen, alles da. Das Viertel zeigte sich von seiner besten Seite. Es war ruhig, hübsch ausgeleuchtet und fast menschenleer, nur hier und da waren noch ein paar Halbwracks unterwegs, die friedlich den Weg nach Hause oder zum letzten Absacker angetreten hatten. Der Rockster fuhr einen BMW vom Format Familienkutsche. Zu groß für einen, der allein war. Der Wagen war nicht neu und kein Angeberschlitten, aber er war eindeutig zu groß. Ich hätte den nicht einparken wollen. Ich sprach ihn darauf an.

»Das muss sein«, erklärte er, »im Auto muss man wohnen können.«

Komischer Typ. Aber sein Wagen war bequem. Ich versank im Sitz und fühlte mich sofort sicher wie in Mutters Schoß. Das war selten, denn als Beifahrerin vertraute ich nur drei Menschen: meinem Vater, meinem Freund Alf und Crispin. Neben allen anderen, insbesondere aber neben Eske, war ich pausenlos unentspannt.

»Eine neue Stoßstange: fünfhundert Mark«, pflegte Eske zu sagen, wenn mir wegen einer ihrer unerwarteten Vollbremsungen mal wieder der Arsch auf Grundeis ging, »sie immer noch überraschen zu können: unbezahlbar.«

Ich lotste uns auf die Reeperbahn. Dabei beobachtete ich den Rockster aus den Augenwinkeln. Er fuhr leicht vorgebeugt, sein Rücken berührte kaum die Lehne, und er streckte den Kopf nach vorn. So was sah normalerweise absolut scheiße aus, aber in diesem Fall ging's. Trotzdem kicherte ich in mich hinein. Ich fühlte mich wohl.

Wir parkten in der Hopfenstraße. Ich wusste genau, wo ich mit dem Rockster hingehen wollte. In den Kometen. Einer der winzigsten, aber auch einer der spannendsten Läden auf dem Kiez. Miniklein, plüschig rot und um diese Zeit voll gestopft mit den Übriggebliebenen des Abends, die ebenso bunt waren wie die Kieznächte selbst. Aus den Boxen dröhnte irgendwas Rockiges. Der DJ war der Einzige, der noch darauf abging wie ein Zäpfchen, alle anderen waren schon zu kaputt. Oder zu intoxiniert. Wir verzogen uns in meine Lieblingsecke. Hier hatte man Lederpolster im Rücken und unterm Arsch, am Tisch prima Metallstangen zum Füße draufstellen und die beste Sicht über das Geschehen. Ich trank noch ein Bier, der Rockster stieg auf Kaffee um. Dann begann er zu reden.

Er redete. Er sprach in ganzen Sätzen, und er gab etwas von sich preis. Um genau zu sein, gab er so viel von sich preis, dass es mich schier umhaute. Er erzählte vom vorherigen Abend, als Florian bei mir in Hamburg gewesen war. Als er mich angeherrscht hatte, ich möge meinen Seelenmüll für mich behalten. Er war danach ausgeflippt aus Wut auf sich selbst und seine verletzenden Worte. Er war blind durch die Nacht gerannt und hatte zum Nachdenken draußen in den Novemberhimmel gestarrt, bis er fast festgefroren war. Er berichtete von Stürmen und selbstzerstörerischer Wut und grenzenloser Angst. Sie waren erst besser geworden, als er beschlossen hatte, die Sache aus eigener Kraft wieder gerade zu rücken.

Es klang wie in einem schlechten Film, aber es jagte mir Schauer über den Rücken. Er walzte mich nieder. Er überfuhr mich mit seinen Gefühlen, die mir viel zu groß erschienen für eine Geschichte, die ich im Vergleich zu ihm für so klein gehalten hatte und die noch nicht einmal für mich gedacht gewesen war. Ich schämte mich im Nachhinein fast dafür. Ich hielt mich krampfhaft an meinem Bier fest. Es schmeckte fade und schal. Der Rockster legte sich vor mir offen wie ein Buch. Ich hätte ihn zertrampeln können, wenn ich gewollt hätte. Ein paar lächerlich machende Worte hätten ausgereicht, aber er vertraute mir. Er setzte ein grenzenloses Vertrauen in mich. Er zog sich vor mir aus, legte sich auf den Rücken und gab sich hin, dass sich die Balken bogen.

Plötzlich fühlte ich mich lächerlich mit meinem Stolz, den ich immer so hochhielt und der so etwas nie zugelassen hätte. Alles drehte sich. Ich wusste nichts zu sagen. Ich fühlte mich überfordert und hatte einen Kloß im Magen. Gleichzeitig durchzog mich ein unbeschreibliches Glücksgefühl. Scheißendreck. Uhr zurückdrehen. Bitte. Bitte lass das nicht geschehen. Tu's nicht. Das macht nur Ärger. Hör auf, Niels. Hör weg, Mona. Aber Niels hörte nicht auf, und ich konnte nicht weghören. Er starrte auf den Tisch und knibbelte an einer leeren Flasche herum.

»Ich hab Kunz davon erzählt«, sagte er dann. »Der meinte auch, mein Gott, das muss wohl Liebe sein.«

Ich fiel fast von der Bank und überlegte kurz, ob ich mich verarscht fühlen müsste. Ich sah Niels an, und ich wusste, das musste ich nicht. Es dauerte lange, bis ich wieder etwas sagen konnte. Ewigkeiten, so schien es mir. Ich war ein Hase in der Falle, und die Falle war zugeschnappt, und wenn ich jetzt nichts unternahm, dann würde ich neben großen Augen und riesigen Ohren auch noch eine lange Nase bekommen. Ich räusperte mich und rückte auf dem Polster ein Stück weiter nach hinten. Raum gewinnen, Festigkeit, Halt. Schließlich überwand ich meine Feigheit.

»Ich bin in einer Beziehung«, sagte ich. »Du hast nie gefragt; was hätte ich machen sollen? Weißt du was? Wir sind echt bescheuert. Alle beide.«

Stille.

»Das ist ja zum Glück dein Problem, nicht meins«, sagte Niels dann.

Fast klang es kühl, fast klang es überheblich. Fast klang es erleichtert. Vielleicht hatte es ein Witz sein sollen. Er lachte gequält. Ich wollte ihm eine reinhauen. Ein Witz. Klar, ein Witz. Niels stupste mich von der Seite an.

»Hm?«, machte er fragend und sah mir geradewegs in die Augen.

Ich würde noch lernen, dass das seine Art war, mit schwierigen Situationen umzugehen: Er stupste einen an, mit der Nase oder dem Ellbogen oder womit auch immer, machte fragend »Hm?« und schob damit allen anderen die Verantwortung für das zu, was danach passierte.

»Hm«, machte ich zurück und schwieg.

Es war kurz nach sieben Uhr morgens, und jetzt wurde ich schlagartig todmüde. Ich ließ kurz meinen Kopf auf Niels' Schulter fallen, um es ihm zu zeigen. Als ich mich wieder zurückziehen wollte, schoss sein rechter Arm hervor und drückte mein Gesicht an sich. Bestimmt und unbeholfen zugleich, es tat fast weh. Niels' Jeansjacke war rau und kühl, aber ich fügte mich. Ich lehnte mich an ihn an. Es fühlte sich schön an. Ich gab das Denken auf. Wir saßen da wie Teenager, die nicht wissen, wohin mit ihren Händen. Wir trauten uns nicht, uns zu bewegen. Dann gingen wir frühstücken.

Auf der Reeperbahn gab es ein 24-Stunden-Lokal mit einer Frühstückskarte. Dort jetzt einzulaufen war wie ein Trip zurück in die reale Welt. Grelles Licht, Spitzendeckchen auf braunen Holztischen, Menschen, die fast wach aussahen, und eine gnadenlos muntere Bedienung. Das Licht tat mir weh in den Augen, und ich mochte gar nicht darüber nachdenken, wie ich wohl aussah. Bestimmt hatte ich wegen meiner Kontaktlinsen rubinrote Augen, meine Wimperntusche hatte sich wahrscheinlich bereits auf den Weg Richtung Kinn gemacht und der Rest des Zaubers ganz aus dem Staub. Ich hatte keinen Hunger; ich hatte das Gefühl, nie wieder etwas essen zu können, aber ich hatte Durst. Wahnsinnigen Durst. Nacheinander schüttete ich eine Schale Milchkaffee, ein großes Mineralwasser, einen Orangensaft und noch ein Mineralwasser in mich hinein. Niels bestellte Käsebrötchen. Der Mann hatte Geschmack. Draußen war es bereits hell. Wir sahen zu, wie die Reeperbahn langsam schlafen ging. Danach starrten wir uns an. Scheißendreck, wir saßen einfach nur an diesem verfatzten Tisch mit dem verfatzten Spitzendeckchen und starrten uns in die Augen.

Irgendwann waren sich unsere Köpfe so nah, dass meine Stirn an seiner lehnte. Ich fühlte seinen Atem auf meiner Haut. Zwischen seinen Mund und meinen passte gerade noch ein Streichholz, und hätte jemand eins dazwischengehalten, es wäre sofort sprühend in Flammen aufgegangen. Aber wir küssten uns nicht. Nicht ein einziges Mal. Wir probten die Selbstbeherrschung, und wir waren uns beide im Klaren darüber. Wir glotzten, sonst nichts, und sich nicht zu küssen war in diesem

Moment fast noch schöner, als es zu tun. Aufregender. Ahnender. Küssen hätte die Spannung genommen, aber wir wollten die Spannung. Wir wollten sie beide. Wir glotzten, sonst nichts. Ich hatte noch immer aufgehört zu denken. Ich dachte nicht, ich liebte mit den Augen. Ich hätte Niels aufgegessen, wenn mir nicht schon so schlecht gewesen wäre.

Dann wollte ich ins Bett. Es war halb zehn. Ich war durch, aus, vorbei, ich konnte nicht mehr. Irgendwann ist auch mal Schluss. Niels legte den Arm um mich, und wir liefen zum Auto. Er war so schön groß. Dieses verdammte Gefühl von Geborgenheit. Ich kannte das nur von Crispin. Es bei einem anderen zu spüren verwirrte mich. Ich begann wieder zu denken und bekam schlagartig ein schlechtes Gewissen. Niels fuhr mich nach Hause. Er setzte mich an der Straße ab. Ich zögerte kurz, bevor ich ausstieg, aber wieder unternahmen wir nichts. Ich stieg einfach aus, beugte mich noch einmal durch die offene Tür zu ihm und sah ihn an.

»Gute Fahrt«, sagte ich.

»Schlaf schön«, sagte Niels.

Ich schlug die Autotür zu, drehte mich um und ging. Nein, ich ging nicht. Ich rannte. Ich rannte über den Parkplatz, die Treppen hoch, bis zur Wohnungstür. Leise schloss ich sie auf. Ich begann schon im Flur, mich auszuziehen. Ich hatte Angst, Crispin zu begegnen. Diese Angst war völlig unnötig, er war nicht da. Wahrscheinlich schon wieder in der Werkstatt. Der Katze jaulte sich den Wolf, aber ein kurzer Blick auf die leere Dose Katzenfutter neben der Spüle überführte ihn sofort der Lüge. Er hatte schon gefrühstückt.

»Schnauze«, befahl ich ihm. Er sah mich mit großen Augen an, maunzte kläglich und zog beleidigt von dannen. Ich plumpste ins Bett. Das Telefon legte ich neben mich. Ich hatte in diesem Moment keine Ahnung, ob ich jemals wieder von Niels hören würde, aber ich wünschte es mir. Dann schlief ich ein.

Als ich aufwachte, war es kurz vor drei. Mein Kopf hatte das Format eines Heißluftballons, und mein Körper war der Korb und baumelte unkontrolliert untendran. Ich ächzte leise und blieb regungslos liegen. Alles fiel mir wieder ein. Niels. Die vergangene Nacht. Was für eine verrückte Geschichte. Ich wusste nicht, ob ich lachen oder weinen sollte. Ich tastete nach meinem Telefon. Nichts. Mir wurde heiß. Ich hatte Angst. Bitte, lass es nicht vorbei sein. Mein Durst war unerträglich, also stand ich auf und ging zum Kühlschrank. Crispin hatte den letzten Schluck Saft eliminiert. Ich fluchte und hängte mich kopfüber an den Wasserhahn. Dann ging ich duschen und Zähne putzen.

Langsam wurde ich klarer im Kopf. Je wacher ich wurde, desto mehr dachte ich an Niels. Jeder Moment der vergangenen Nacht zog durch mich hindurch. Ich hatte Sehnsucht nach ihm. Noch bevor ich mich abtrocknete, schickte ich ihm eine Nachricht. Ich versuchte, ihn zu wecken, indem ich ihn an der Nase kitzelte. Keine Antwort. Ich wunderte mich, aber ich blieb zuversichtlich. Irgendwie konnte ich mir nicht vorstellen, dass es das gewesen sein sollte. Mein Instinkt sagte mir, die Geschichte würde weitergehen. Ich wollte, dass sie weiterging. Mir wurde klar, dass ich jetzt eine Frau zwischen zwei Männern war. Das klang dramatisch. War's ja auch. Wie in einem schlechten Film. Sicherheit und Gewohnheit versus Schmetterlinge. Ich hatte jetzt eine Menge Probleme. Wie schön. Endlich mal wieder.

Die nächsten zweieinhalb Stunden wurden zur Hölle. Um mich abzulenken, machte ich einen auf Hausfrau. Ich überlegte, ob ich Eske anrufen sollte, aber ich hatte keine Lust, über die Sache zu reden. Ich wollte sie für mich behalten, wenigstens für den Moment. Ich wollte allein sein und über meine Probleme nachdenken.

Um kurz vor sechs bekam ich endlich eine Nachricht von Niels. Er war gerade aufgewacht nach drei Stunden Schlaf zu Hause und zwei Stunden Dösen am Autobahnrand. Während der Fahrt nach Horst waren ihm die Augen zugefallen. »Musste rechts ran und abtauchen«, schrieb er. »Zuhaus erst mal nicht gepennt. Lieber über uns gewacht. Auskosten. Selige Tagträume.« Ich hätte schreien können vor Glück.

Am Montagmorgen sprang ich wie von der Tarantel gestochen aus dem Bett. Ich hatte lange geschlafen. Schon um halb zehn hatte ich mich wieder hingelegt, ich war gar nicht erst richtig wach geworden. Crispin hatte mir meine Version von der harten Partynacht sofort abgekauft, als er nach Hause gekommen war. Er überließ mich meinem Katerleiden.

Während ich oben im Bett lag und Crispin unten über Zeichnungen brütete, hatten Niels und ich romantische Nettigkeiten miteinander ausgetauscht, so lange, bis ich ganz beduselt gewesen und über einer seiner letzten Nachrichten eingeschlafen war. Niels hatte einen komischen Rhythmus drauf: Er blieb immer bis zur letzten Minute in Horst und stand dann in der Nacht von Sonntag auf Montag gegen vier auf, schwang sich in seinem Schiff auf die Autobahn und saß schließlich pünktlich zu Arbeitsbeginn an seinem Schreibtisch nahe Hannover. Ich konnte darüber nur den Kopf schütteln. Ich hätte das nie geschafft. Brrrr.

Während seiner Fahrt in dieser Nacht hatte er mir immer wieder ein paar Worte geschrieben. Er deckte mich zu, streichelte mich in den Schlaf und wachte über mich. Mein Nachrichtenspeicher war total voll gestopft, und nachdem ich ihn ausgeräumt hatte, fiepte das Telefon weiter. Guten Morgen, guten Morgen. Endlich mal ein guter Morgen. Eske und der Stinkegolf standen schon an der Kreuzung und warteten auf mich. Japsend ließ ich mich auf den Beifahrersitz fallen.

»Moin«, grüßte ich und guckte fröhlich.

»Moin«, entgegnete Eske. Sie wollte sauer sein, aber sie musste auch grinsen. »Du bist genau acht Minuten zu spät.«

»Ich weiß«, sagte ich gut gelaunt, »tut mir Leid. Ich hab getrödelt.«

»Wie immer«, ergänzte Eske und ließ den Motor an.

Für ein paar Minuten tuckerten wir schweigend Richtung Innenstadt.

»Soooo«, setzte Eske dann an. »Jetzt erzähl mal. Was haste noch gemacht mit dem Psycho?«

»Oooch, wir waren noch lange unterwegs. Ich war um neun zu Haus oder so.«

»Holla.« Eske staunte nicht schlecht. »Lass mich raten. Geknutscht?«

»Nö«, verkündete ich stolz. »Noch nicht mal das.«

»Wieso denn nicht? Ich denke, er hat dir gefallen?«

Was Eske bloß immer von mir dachte. »Hat er ja auch.« Wie sollte ich erklären, was vorgefallen war? Ich entschied mich für die Dreisekundenkurzfassung. »Es ist *ernst*«, sagte ich.

Eske bremste abrupt.

Meine Tasche rutschte mir vom Schoß. Ihr Inhalt ergoss sich in den Fußraum. »Manno. So'n Scheiß«, fluchte ich und versuchte, beim Wiederanfahren die Fliehkraft zu überwinden, um das Zeug zusammenzuklauben. Dabei bemerkte ich mal wieder, dass ich offenbar der einzige Mensch auf dieser Welt ohne Bauchmuskeln war. Eine niederschmetternde Erkenntnis. Besonders an einem Montagmorgen.

»Wichser!«, schrie Eske und zog eine Grimasse. »Wieder nur Idioten auf der Straße heute«, konstatierte sie kopfschüttelnd.

Das kannte ich bereits. Wenn Eske auf der Straße war, waren *immer* nur Idioten um sie herum. Sie hätte mal über die Zusammenhänge nachdenken sollen. Ich hütete mich natürlich, das laut zu sagen.

»Also jetzt noch mal. Es ist bitte *was*?«

»Du hast mich schon verstanden. Es ist *ernst*.«

»Da lachen ja die Hühner.«

»Nein, wirklich.«

»Mona, der Typ ist ein Psycho. Lass die Finger davon. Glaub mir. Ich hab das gleich erkannt.«

»Woher willst du das wissen?« Ich klang fast eingeschnappt.

»Mann, weil der nicht alle beisammen hat.«

»Warum nicht?« Ich hatte immerhin mein Telefon aus dem Fußraum gerettet und hielt es geradezu liebevoll in der linken Hand.

Eske stöhnte. »Erstens hat der überhaupt keinen Humor. Du hättest mal sehen sollen, wie er während des Tests geguckt hat.«

»Das *hab* ich doch gesehen«, protestierte ich.

»Also. Dann weißte ja Bescheid. Na gut, um ehrlich zu sein, am Anfang fand ich ihn ja auch noch ganz nett. Bisschen langweilig, aber okay. So diese Smalltalknummer hatte er ja noch ganz gut drauf. Aber spätestens im Aurel musste man diesen Eindruck dann wirklich korrigieren.«

»Wieso glaubst du, dass er ein Psycho ist?« Ich nestelte zwei Zigaretten aus dem Fußraum und zündete sie an. Eine davon reichte ich Eske.

»Komm, Mona, wenn man den was gefragt hat – der hat doch keinen vernünftigen Satz rausgekriegt. Der kann noch nicht mal normal sprechen! Dies wollte er nicht sagen, und das wollte er nicht sagen. Als ich mich nach seiner Familie erkundigt hab, hast du da sein Gesicht gesehen? Da ist ihm alles rausgefallen. Als hätte ich ihn gefragt, ob er sich morgens oder doch lieber abends einen runterholt.«

»Eske, bitte.« Nach so was stand mir wirklich nicht der Sinn. No Sex please.

»Ist doch wahr«, ereiferte sie sich. »Und dann immer diese Ausflüchte. Nee, also wirklich, der hat 'ne Macke. Erst dachte ich, vielleicht ist das nur so'n Egotouch irgendwie, aber glaub mir, das ist eher eine komplette Vollmeise.«

»Als du weg warst, ging's eigentlich«, sagte ich halbherzig. Objektiv betrachtet hatte Eske Recht. Das wusste ich, aber ich wehrte mich dagegen. Ich wollte an Niels' Zurechnungsfähigkeit glauben. Dafür suspendierte ich sogar meine eigene vom Dienst.

»Ach ja? Worüber habt ihr denn gesprochen?«

»Och, über dies und das. Ich weiß jetzt immerhin, dass er in der Nähe von Hannover arbeitet und irgendwas Technisches studiert hat. In K ... – warte – ... Kaiserslautern. Nee, Karlsruhe. Ach, irgendwas mit K jedenfalls.«

»Wow.« Eske tippte sich an die Stirn. Machen Sie eine typische Handbewegung. »Ich bin beeindruckt. Du hast doch genau so'n Hau weg wie dieser Niels. Also echt. Aber das machst du schon ganz richtig«, fügte sie süffisant hinzu, »*ihn* machst du damit bestimmt glücklich. Der steht doch drauf, wenn ihn eine anhimmelt. Das braucht der doch.«

Die Zigarette schmeckte mir nicht. Ich drückte sie aus. »Und? Hab ich ihn angehimmelt?«, fragte ich entsetzt.

»Na ja.« Eske warf mir einen kurzen Blick zu.

Als sie sah, wie sehr ich erschrak, lachte sie.

»Nein, beruhige dich, Prinzessin, das hast du nicht. Zugegeben, du warst absolutely charming, viel zu nett für den. Aber angehimmelt hast du ihn nicht.«

»Na, Gott sei Dank«, sagte ich.

»War ja wohl auch nix da zum Anhimmeln«, ergänzte Eske mit Genugtuung. »Also, jedenfalls ist er 'n Psycho. Alles klar?«

»Ich will ihn aber wiedersehen«, jammerte ich. »Irgendwie ist er was Besonderes. Das spüre ich.«

»Papperlapapp. Manchmal glaube ich, du gehörst auf die Geschlossene. Wie läuft's mit Crispin? Wieder besser? Halt dich lieber an den. Der ist wenigstens psychisch stabil.«

Manchmal konnte Eske echt unsensibel sein. »Ich möchte nicht darüber sprechen«, schnappte ich.

Eske wechselte so spontan die Spur, dass mir die Luft wegblieb. »So«, sagte sie, »und jetzt aufwachen. Komm, wir hören unser Lied.«

Sie schob die Kassette rein. Propellerheads, On her Majesty's Secret Service. Großartig. Wir waren uns wieder einig.

Als ich in der Redaktion den Rechner anwarf, hatte Niels mir bereits geschrieben. Er nahm mich in Empfang und schob mir einen Kaffee hin. Ich schrieb ihm zurück und verabredete mich mit ihm für ein verschwiegenes Tete-à-Tete unter Kollegen in der Teeküche.

»Und was sagt Kunz?«, fragte ich noch. Die Meinung von Freunden war in solchen Angelegenheiten nicht zu unterschätzen, das hatte man ja soeben an Eske gesehen.

»Kunz hat natürlich vermutet, dass ich auf Außentermin sein würde«, schrieb Niels zurück, »war dementsprechend begeistert.«

Na bitte. Niels war kein Psycho. Er hatte seinem besten Kumpel schon Bericht erstattet. In vernünftigen, kompletten Sätzen am Ende noch. So schlimm konnte es also nicht sein.

Ich klickte triumphierend auf *»Print Message«*. Das musste Eske sehen. Ich drückte mich vorm Sichten meiner Sendung.

Der Sichtplatz war ganz weit weg von meinem Bildschirm, am anderen Ende der Redaktion, und ich wollte viel lieber mit Niels schäkern und verliebt sein. Ich warf einen Blick auf die Schnittdispo. Ich war erst am Mittwoch fällig. Perfekt. Die Schweine konnten warten. Ich wartete ebenfalls, auf Mails von Niels. Ich schwebte auf Wolke Sieben und schlich pfeifend durchs Büro, wenn ich wieder eine Antwort abgeschickt hatte. Ich versuchte, mich durch sämtliche Klatschblätter der Republik zu arbeiten, aber ich konnte mich noch nicht einmal aufs Lesen konzentrieren. Es reichte gerade mal für die »Bild der Frau«. Menschen, Tiere, Sensationen. Ich ging zu Eske und hielt sie von der Arbeit ab. Das war nicht schwer, sie hatte auch keine Lust.

Wir besetzten den Konferenzraum, rauchten Kette und hörten uns relaxed das Gemotze der anderen an. Dieser Tage sprangen die Talkgäste wieder ab wie die Patienten einem Arzt nach Kunstfehler mit tödlichem Ausgang. Eske und ich hatten unsere nächsten Aufzeichnungen erst kurz vor Weihnachten. Wir waren aus dem Schneider, jedenfalls solange in unseren eigenen Teams nicht der Schuh brannte.

Am frühen Nachmittag änderte sich der Ton von Niels' Mails. Er klang missmutig und lustlos.

»Was'n los?«, fragte ich.

»Ach, nur Stümper hier«, antwortete er. »Außerdem gestern Abend noch 'n Eigentor geschossen. Muss dich aber nicht beschäftigen, war mein Fehler ganz allein.«

Klar, dass Niels mit diesem Kommentar das genaue Gegenteil erreichte. Ich war neugierig. Ich war schließlich nicht umsonst Krawallredakteurin geworden. *Jetzt* wollte ich mich natürlich erst recht damit beschäftigen. Ich wollte wissen, was passiert war.

Niels zierte sich, aber gegen Abend rückte er endlich damit raus. »Also gut. Habe gestern in der Kneipe noch Kunz eine deiner Mails gezeigt«, schrieb er. »›Wenn mal 'ne Party is, sach Bescheid‹, hat Kunz daraufhin gesagt. Ärgere mich halt über mich selbst. Das war wie 'n Schlag vor den Bug. Wie wenn man ein Pferd zu früh auf die Rennbahn schickt.«

Ich runzelte die Stirn. Ich verstand, was Niels damit sagen wollte. Es war mir ja mit Eske ähnlich gegangen. Weder sie noch dieser Kunz konnten schließlich ahnen, was für einen abgefahrenen Film wir schoben.

Am Abend normalisierten sich Niels' Zeilen, soweit das auf dem beschränkten Raum von 160 SMS-Zeichen zu erkennen war. Er schickte aus der Mensa erneute Lobgesänge auf Kartoffeln. Das nahm ich ernst und kochte mir zu Hause auch welche, mit Kräuterquark. Lecker. Später gammelten wir gemeinsam herum. Niels lud mich auf seine Tigerdecke zum BFBS-Hören. Damit hatte er bei mir noch einen Stein mehr im Brett. Ich hatte lange kein BFBS mehr gehört, obwohl das die beste Möglichkeit war, sich einen authentischen britischen Akzent und ein hervorragendes Musikwissen anzueignen. Überhaupt hatte ich lange nicht mehr mit Verstand Radio gehört. Das taten wir jetzt. Ich lag auf dem Bett und versuchte, nebenbei zu lesen, aber ich behielt nicht ein Wort. Jedes Mal, wenn mein Telefon fiepte, konnte ich danach wieder von vorn anfangen. Crispin kam gegen zehn. Ich stand noch einmal auf und trank Tee mit ihm. Niels brachte mich ins Bett. Eine Frau zwischen zwei Männern. Ha.

Dienstag konnte ich mich nicht länger vorm Sichten drücken. Ich sprang zwischen Sichtplatz und Rechner hin und her und tanzte auf zwei Hochzeiten gleichzeitig. Niels und die Schweine. Meine Sendung begeisterte mich aufs Neue, und ich schickte Niels euphorische Abhandlungen über diesen Höhepunkt bundesrepublikanischer Fernsehgeschichte. Drei Mal piepsen mindestens! Abends saß ich mit glänzenden Augen am Schreibtisch und malte mir aus, wie ich den Quotensieg davontragen würde. Ich sah mir die Quotenverläufe der vergangenen Wochen an und tippte auf mindestens dreiundzwanzig Prozent in der Zielgruppe. Dann klingelte mein Telefon. Eine Hannoveraner Nummer erschien im Display und verschwand gleich wieder. Ich rief sie mit einem Tastendruck wieder auf. Das konnte nur Niels gewesen sein.

»Was 'n?«, mailte ich ihm amüsiert.

»Och«, antwortete er, »hatte grad unheimliche Lust, mit dir zu telefonieren.«

»Mach doch«, schrieb ich zurück, und er rief wieder an.

Wir telefonierten lange. Hinterher hatte ich heiße Ohren. Wir sprachen über alles Mögliche, aber nicht über uns. Wir waren eben wirklich alle beide bescheuert. Wie ich schon gesagt hatte.

Mittwochabend kamen wir nicht zum Telefonieren. Weihnachtsfeier der Redaktion. Fritjof war mal wieder in Terminschwierigkeiten und hatte sie deshalb schon auf den 24. November angesetzt. Früher Vogel fängt den Wurm. Er hatte alle eingeladen, sich auf seine Kosten den Bauch voll zu schlagen, und zu diesem Zweck ein ganzes Kellerrestaurant angemietet. In der Redaktion war deshalb den ganzen Tag Schmalhans Küchenmeister. Alle hungerten, um Fritjof richtig zu schröpfen. Die Mikrowelle in der Teeküche war völlig verwaist.

Gegen halb acht saßen knapp dreißig aufgebrezelte Redakteure, Volontäre und Praktikanten um den großen Tisch und warteten auf Fritjof. Das war das Einzige, das er und ich gemeinsam hatten: Wir kamen beide ständig zu spät. Mit dem Unterschied, dass Fritjof prominent war und ich nicht. Auf ihn wartete man Stunden, wenn es sein musste. Das hätte *ich* mir nie erlauben können. An diesem Abend trieb er es auf die Spitze: Statt um acht kam er um kurz nach zehn. Zu diesem Zeitpunkt waren alle schon besoffen. An irgendwas hatten wir uns ja halten müssen. Ohne Fritjof kein Menü, aber dafür eine Karaffe Wein nach der anderen. Immer rein damit, und das auf nüchternen Magen. Die Folgen kann man sich denken.

Obwohl Eske und ich Fritjof gar nicht so gut leiden konnten, waren wir schwer begeistert, als er endlich eintraf. Er wurde grölend empfangen und hielt eine Rede, die vor lauter knurrenden Mägen kaum zu verstehen war.

Die Lage entspannte sich erst wieder, als das Essen kam. Alle hauten ordentlich rein.

Nach dem Essen wurde die Stimmung immer ausgelassener. Die Sitzordnung lockerte sich, man flatterte hierhin und dorthin. Der allgemeine Betrunkenheitsgrad stieg unaufhörlich. Insbesondere Bärbel war außer Rand und Band. Sie schmiss sich allen Kerlen an den Hals. Jedem Mann, der in ihre Nähe kam, schlang sie ihre Federboa um den Hals und gurrte. Ein starkes Stück.

Hajo, der Redaktionsleiter, flüchtete vor ihr schließlich zu uns, und die Katastrophe nahm ihren Lauf. Eske begann, Intimitäten aus meiner letzten Gehaltsverhandlung vor ihm auszubreiten. Es war nicht zu fassen. Ich stieß ihr unter dem Tisch mit dem Stiefel ans Schienbein.

»Aua«, keifte sie, »brauchst mich gar nicht so zu treten!« O Herr, lass Hirn vom Himmel. Ich grinste gequält und versuchte, das Thema zu wechseln. Hajo fand das Derzeitige allerdings interessant und bat Eske um weitere Informationen, die sie eigentlich gar nicht wissen durfte. Ich betrachtete mich als gekündigt. Es war soweit. Der soziale Abstieg! Ausgerechnet Bärbel rettete mich. Sie setzte sich auf Hajos Schoß und vernebelte ihm mit ihrer Federboa die Sinne. Ich zerrte Eske aufs Klo und schiss sie ordentlich zusammen.

»Ist dir klar, dass du gerade meine Karriere zerstört hast?«, schrie ich sie an.

»Wieso?«, lallte sie und hielt sich am Papierspender fest. »Was 'n mit dir los?«

Meine Fresse. Ich hätte sie am liebsten kopfüber in die Kloschüssel getunkt. »Kannst du nicht *einmal* deine Klappe halten?«

»Was 'n los? Was hab ich 'n gemacht? Hicks.«

Ich hicks dir auch gleich einen. Verdammte Axt. Ich verließ wutschnaubend die Toilette und bemühte mich, Eske und Hajo für den Rest des Abends aus dem Weg zu gehen. Zu sehen gab es genug. Valerie hatte sich in der Zwischenzeit mit Imke gestritten, und ihre gemeinsame Teamchefin Nicole hatte sich eingemischt, um zu schlichten. Das fand Valerie so unmöglich, dass sie Nicole jetzt ein paar aufs Maul geben wollte. Das Gekreische war groß. Alle amüsierten sich prächtig, bis auf Fritjof. Er war stocknüchtern und hielt es für gesünder, zu fliehen.

Der nächste Tag war schwer zu bewältigen. In der Redaktion blieb es mucksmäuschenstill. Nur ein gelegentliches Stöhnen und Ächzen ließ darauf schließen, dass überhaupt jemand anwesend war. Achtzehn von uns hatten sich ins Büro geschleppt, der Rest hatte sich krankgemeldet oder freigenommen. Wir waren alle sehr ruhebedürftig. Klingelnde Telefone wurden so lange mit Gemecker quittiert, bis sämtliche Mailboxen aktiviert waren. Wichtige Gespräche wurden auf den nächsten Tag verschoben.

Der Konferenzraum war leer, niemand mochte rauchen. Nur die Pommesbude hatte Hochkonjunktur. Eske und ich gingen schon um halb zwölf in die Mittagspause, obwohl wir erst um elf in der Redaktion angekommen waren. Auf dem Rückweg hielt mich Bille vom Empfang an.

»Mona, Post für dich«, rief sie mir vom Telefon aus zu, während sie mit der linken Hand den unteren Teil des Telefonhörers abdeckte und die Augen verdrehte. Irgendjemand kaute ihr gerade das Ohr ab und ließ sich nicht abwimmeln. Sie wies auf einen Umschlag, der zu groß für mein Postfach gewesen war und obendrauf lag.

»Danke.« Ich griff ihn mir und sah auf den Absender. Er kam von Niels.

»Was is'n das?«, erkundigte sich Eske.

»Von Niels«, sagte ich und drückte den Umschlag an mich. Ich hatte Herzklopfen.

Angesichts unserer angeschlagenen körperlichen Verfassung sahen Eske und ich uns nicht in der Lage, zu Fuß in den vierten Stock zu laufen. Wir warteten geduldig auf den Aufzug. Wenigstens hatten wir heute eine Entschuldigung dafür.

»Was mag das sein?«, fragte Eske.

»Ich weiß nicht«, antwortete ich. »Keine Ahnung. Aber wir werden's ja gleich wissen.«

»Psycho-Post«, sagte Eske.

Sie verstand überhaupt nichts.

Oben angekommen, drehte ich den Umschlag einen Augenblick lang in den Händen. Niels hatte nichts, aber auch gar nichts davon verlauten lassen, dass ich Post von ihm erwarten dürfte. Ich riss den Umschlag auf und schielte hinein. Ein Stadtmagazin. Ein Stadtmagazin von Hannover. Was sollte ich denn damit? Ich zog es aus dem Umschlag, und ein Pixi-Buch fiel auf den Fußboden. Prinzessin Horst.

Was für ein wunderbarer Tag! Ich begann augenblicklich, Glückshormone auszuschütten. Ich las Prinzessin Horst. Von vorne nach hinten, von hinten nach vorn, immer wieder. Ich rannte durch die Redaktion und ging allen auf die Nerven, bis sie Prinzessin Horst ansahen und höflich Begeisterung kundtaten. Ich hielt Prinzessin Horst sogar dem Geschäftsführer unter die Nase. Er machte einen Kontrollgang durch die Redaktion. Wahrscheinlich wollte er sich selbst ein Bild vom Ausmaß der vorabendlichen Ausschweifungen machen. Dann schrieb ich an Niels. Er freute sich darüber, dass ich mich so wahnsinnig freute, und ich war verliebt wie noch nie zuvor. Das Leben war ein Tanz, und für mich war es Rock 'n' Roll. Leidenschaftlich, exzessiv, laut, rücksichtslos. So war das Leben. Alles andere war egal. Niels. »Dieses Büchlein gehört«, stand auf der ersten Seite vorgedruckt, und darunter hatte er geschrieben: »Prinzessin Mona«. Ja, ich war eine Prinzessin. Eine wachgeküsste Prinzessin. Ich wusste jetzt, was ich wollte. Ich wollte Niels. Ich wollte ihn ergründen mit all seinen Geheimnissen. Ich wollte seine Launen kennen lernen und wissen, was in ihm vorging. Crispin war meilenweit weg.

5.

Eske.

Über Monas Buch will ich nichts mehr wissen. Immerhin ist sie gesundheitlich wieder so hergestellt, dass ich kein schlechtes Gewissen habe, ihr schlechtes Gewissen schamlos auszunutzen. Rittner lädt mich jetzt viel ein. Da trinkt man dann gleich doppelt so gerne bzw. doppelt so viel. Ich gehe jetzt auch häufiger mal mit ihr essen. Rittner kann zwar nur Gemüse zu sich nehmen, aber das heißt ja nicht, dass sie mein Gericht nicht wenigstens bezahlen kann. Ich trinke zum guten Essen gerne viel guten Wein. Durch den geplatzten Urlaub hat sie ja auch viel Geld gespart, das sie sonst sowieso nur bei H&M lassen würde. In meine Figur finde ich es sehr viel besser investiert. Und meinen seelischen Schaden kann man mit Gold sowieso nicht aufwiegen. Abgesehen davon ist es Monas einzige Chance, mich auf ihre Kosten abzufüllen, bis ich willenlos bin, denn nur dann kann ich das Gelaber über ihr Buch noch ertragen. Am nächsten Tag fühle ich mich immer schlecht. Hoffentlich ist der Februar bald vorbei. Zum Glück ist es ein kurzer Monat. Dieses Buch macht eindeutig Kopfschmerzen.

Mona.

Abends telefonierten wir wieder. Niels rief mich zu Hause an, und ich bleute ihm ein, meine Festnetznummer sofort wieder aus seinem Telefonbuch und seinem Gedächtnis zu streichen. Es war das erste und für eine ganze Zeit lang auch das letzte Mal, dass meine Beziehung thematisiert wurde. Ich ignorierte meine verzwickte Situation, und Niels war scheinbar dankbar dafür. Über eine Woche ging das so, nonstop. Verliebte Mails am Tag, stundenlange Telefonate am Abend. In unseren Gesprächen gab es keine heißen Liebesschwüre. Die brauchten wir nicht. Niels zeigte mir nur durch angedeutete liebevolle Bemerkungen seine Zuneigung, und ich ließ ihn immer wieder wissen, wie anders er war als alle anderen, die ich kannte. Das genügte uns. Wir sprachen nicht über ein Wiedersehen, und wir sprachen nicht über eine Zukunft. Niels hatte dabei eine Angewohnheit, die ich nicht so recht zu deuten wusste: Er sprach von mir und von sich selbst auffallend oft in der Dritten Person. Auch in seinen Mails.

»Das hat sie aber wieder schön gesagt«, »er ist halt total von der Rolle«, solche Sachen.

Ich erzählte Eske davon.

Es war Wasser auf ihre Mühlen. »Ich sag's doch«, schlussfolgerte sie, »der Typ is'n Psycho. Der kommt mit sich selbst nicht klar. Der kann eben nicht über seine Gefühle sprechen.«

Sie war von der Geschichte längst hochgradig genervt und machte sich Sorgen um mich und Crispin. Zu Recht. Ich redete mich mit einer Menge Arbeit heraus und kam oft erst gegen Mitternacht nach Hause. Das war nicht unnormal, solche Phasen gab es im Job, Crispin schöpfte keinen Verdacht. Aber ich merkte, wie ich ihm gegenüber immer verschlossener wurde.

Seine Anwesenheit wurde zur Belastung, und gleichzeitig gab Niels mir immer wieder Rätsel auf. Ich dachte ein paar Mal darüber nach, die Sache voranzutreiben, aber ich hatte Angst. Ich hatte Angst, mit meiner Ungeduld alles kaputtzumachen, deshalb sagte ich nichts.

Ich war so glücklich mit Prinzessin Horst, dass ich Niels auch etwas schenken wollte. Ich hatte gerade »High Fidelity« ausgelesen, also machte ich es wie Nick Hornby: Ich nahm ein Tape auf. Es sollte zwei Ansprüchen genügen: Zuallererst sollte es eine Liebeserklärung sein. Andererseits durfte es keinesfalls zu sentimental klingen, da standen Jungs wie Niels nicht drauf, und ich eigentlich auch nicht. Das ganze Wochenende über raufte ich mir vor meinem Plattenspieler die Haare. Die Auswahl fiel mir nicht leicht. Es war ein Tanz auf dem Vulkan. Ich zog eine Platte nach der anderen aus dem Regal und schrieb unzählige Tracklisten, die ich immer wieder verwarf. Der Verstärker lief heiß, während die Nadel auf Scheiben herumkratzte, die ich längst verloren geglaubt hatte. Es war wie mit der Philosophie: Je länger ich wühlte und auf den essenziellen Grund der Sammlung vorzustoßen versuchte, desto verzweifelter wurde ich.

Als schließlich zumindest eine grobe Stoßrichtung erkennbar war, versuchte ich die Tracks abzumischen, aber ich war komplett aus der Übung. Irgendein Übergang ging immer schief, dann konnte ich wieder von vorn anfangen. Als ich endlich fast die erste Seite fertig hatte, rief Florian an. Er rief seit seinem Besuch in Hamburg überhaupt auffallend häufig an, aber das konnte mich nicht mehr aus dem Konzept bringen. Wenigstens etwas, das ich auf der Reihe hatte.

Ich ging ans Telefon und verpasste den Moment für den nächsten Liedwechsel. Ich hätte mich nie mit Florian einlassen sollen. Ich konnte die ganze Seite wieder in die Tonne kloppen und von vorn anfangen. Ich brüllte erst Florian an und dann das Mischpult und schließlich den Katze, der auf der nackten DJ Krush spazieren ging. Er konnte gar nichts dafür, er hatte keine andere Wahl gehabt, auf dem Fußboden war schlichtweg kein Platz mehr. Schließlich gab ich auf und knickte das Vorhaben Abmischen. Ich nahm einfach nur eine normale Kassette auf, ganz durcheinander. Ich entschied völlig spontan, wonach mir als Nächstes der Sinn stand. Auf Aktualität nahm ich dabei keine Rücksicht. Am Schluss las sich die Trackliste wie folgt:

Seite A

1. Happy Suicide – David Byrne und Vijaya Anand (aus dem Soundtrack zu »Blue in the Face«, ein Zehn-Minuten-Epos, deshalb passte hinterher gar nicht mehr so viel drauf auf diese Seite)
2. On her Majesty's Secret Service – Propellerheads (dazu brauche ich nicht mehr viel sagen, ich kam von diesem Stück einfach nicht los, es rumpelte ordentlich und machte gute Laune)
3. In Deep – Red Snapper (damit bewies ich meine Begeisterungsfähigkeit für musikalische Innovationen, die, in der falschen Stimmung aufgelegt, nicht nur gewöhnungsbedürftig klangen, sondern richtiggehend nerven konnten)
4. Fear and Love – Morcheeba (einfach niedlich und vom Text her eindeutig)
5. Numb – Portishead (kein Kommentar)
6. Hymn of the big Wheel – Massive Attack (eine logische Weiterentwicklung aus 5.)
7. Glory – Portishead (das wichtigste Stück von allen)

Seite B:

1. Inhaler – Hooverphonic (Beats zum drin Versinken, eine Eröffnung, die mattsetzen konnte)
2. Blush – Bows (zu diesem Track hatte ich keine besondere Beziehung. Er fiel mir einfach in die Hände. Mut zum Risiko)
3. Post-modern Sleaze – Sneaker Pimps (sooo schön. Entspann dich einfach, denn alles wird gut)
4. History Repeating – Propellerheads feat. Miss Shirley Bassey (der einzige Track auf der Welt, dem es nichts anhaben konnte, für eine Autowerbung missbraucht zu werden)
5. Friction – Morcheeba (Reibung, Reibung, Reibung – das war doch die Situation hier)
6. So long – Taste of Joy (Proud Girl, stall your tongue – ich dachte ja gar nicht daran!)
7. Man with the silver Gun – Alexander Veljanov (ein Lied, das zu Niels passte: Einsamer Cowboy reitet in den Sonnenuntergang)
8. The Rockery Part 2 – Baby Fox (Gänsehautmusik)
9. To Ulrike M. – Doris Days (damit zeigte ich politisches Engagement und meine Vorliebe für drollige Samples)
10. 4.35 in the morning – Saint Etienne (halb fünf morgens war meine favorisierte Zeit, um über Niels und mich nachzudenken)
11. Sister Curare – Kid loco (zum Abschluss was Lustiges: die Chronologie eines Banküberfalls vom coolsten Bankräuber der Welt, mindestens so cool wie Niels und ich)

Ein bisschen nostalgisch, die Nummer, immerhin schrieben wir Ende 1999. Aber schön. Das fand Niels auch. Er hörte sich das Tape Stück für Stück an, immer dann, wenn er im Auto saß. Bevor er losfuhr, schrieb er mir oft schon, dass er sich auf die

Fahrt freute. Es dauerte drei oder vier Tage, bis er alles gehört hatte. Auch in diesem Punkt waren wir unterschiedlich wie Tag und Nacht: Ich wäre sofort eingetaucht in das Ding, hätte mich ins Bett gepackt, es komplett durchgezogen und dabei von Liebe geträumt. Ich musste es ja auch immer gleich übertreiben.

Niels war anders. Er ließ alles nur häppchenweise an sich heran. Gerade so viel, wie er ohne größere Anstrengung verkraften konnte. Ich hatte das Gefühl, das war ziemlich wenig. Ich hatte keine Ahnung, ob er verstand, was ich ihm eigentlich sagen wollte: *Give me a reason to love you*. Wie gesagt, das wichtigste Stück von allen war das letzte Stück auf der ersten Seite. Das Ende vom Anfang. Der Anfang vom Ende.

Zwei Tage, nachdem er mein Tape erhalten hatte, wurde Niels zur Weihnachtsfeier seiner Abteilung abkommandiert. Er war deshalb furchtbar schlecht gelaunt und den ganzen Tag pissig. Er gab mir zu verstehen, dass ich ihn am besten einfach in Ruhe lassen sollte, trotzdem maulte er mir noch während der Fahrt dorthin pausenlos auf mein Handy. Wieder war mir seine extreme Reaktion zunächst völlig unbegreiflich, aber gegen Ende des Tages, als ich mir noch einmal ein paar alte Mails von ihm vorknöpfte, entdeckte ich langsam System in der Sache:

Verpflichtungen aller Art, selbst die angenehmen, schienen ihn schlichtweg fertig zu machen. So fertig, dass er dann nur noch sich selbst im Kopf hatte und völlig dichtmachte. In diesen Situationen war er unerreichbar für alles und jeden und erst recht für mich.

Ich fand in diesen Tagen noch etwas heraus: Niels hatte am gleichen Tag Geburtstag wie Crispin. Was für ein Albtraum. Sogar Eske pfiff durch die Zähne, als ich ihr davon erzählte. Ich hatte stundenlang stumpf auf meinem Schreibtisch herumgestiert, nachdem ich Niels das Datum aus den Rippen geleiert hatte. Von diesem Moment an glaubte ich nicht mehr an Zufall, sondern an Schicksal. Es gab keinen Zweifel mehr: Das mit uns hatte sein sollen. Ich war gefallen, weil es so vorgesehen gewesen war. Ich war fast erleichtert, mich machtlos fühlen zu dürfen.

Sonntag hielt ich es nicht mehr aus. Ich musste Niels wiedersehen. Unser erstes Treffen war mittlerweile zwei Wochen her. Ich bat ihn, am Nachmittag mit mir spazieren zu gehen. Es war nicht viel Zeit, abends war ich mit Crispin bei Freunden zum Essen eingeladen. Ich konnte das unmöglich absagen, es stand seit Wochen fest. Niels stimmte zu. Er wollte kommen, aber um zwei war er immer noch in Horst. Er hatte die Ruhe weg, während ich fast verging vor Ungeduld. Crispin brütete über seinen Steuern.

Um halb drei stand Lukas vor der Tür und überredete mich dazu, mit ihm auf den Weihnachtsmarkt zu gehen. Lukas war *definitiv* ein Psycho. Ich hatte ihn während meiner Schichten im Familieneck getroffen. Erst fand ich ihn irgendwie sexy, hauptsächlich wegen seiner Narbe im Gesicht. Auf so was stand ich. Mit der Zeit stellte sich allerdings heraus, dass er immens gestört war. Beziehungsunfähig, egoman, unzuverlässig und streckenweise so großkotzig, dass einem schlecht werden konnte. Trotzdem, irgendwie zogen wir uns an. Einmal waren wir kurz davor gewesen, etwas miteinander anzufangen, aber wir hatten rechtzeitig die Notbremse gezogen. Glück gehabt. Lukas konnte mich auf die Palme bringen wie kein anderer. Wenn wir zusammen ausgingen, ätzten wir uns oft dermaßen an, dass wir uns hinterher genervt gegenübersaßen und kein Wort mehr miteinander sprachen. Trotzdem taten wir es immer wieder. Auch an diesem Sonntag. Ich hatte keine Lust, mich zu langweilen und auf Niels zu warten, also stimmte ich zu. Weihnachtsmarkt. Warum auch nicht.

Gemeinsam riefen wir Jan an. Er war derjenige, den Eske und ich als einzigen Mann in unserem Bekanntenkreis außer Crispin für psychisch stabil hielten. Und für unsexy. Deshalb kam ein Techtelmechtel mit ihm auch für Eske nicht in Frage. Aber Jans Freundschaft war mir wirklich wichtig. Wir berieten uns in Sachen Beziehung und eröffneten uns gegenseitig jene Einsichten ins andere Geschlecht, die uns sonst verwehrt geblieben wären. Harry und Sally ohne Bettgeschichte, Freunde fürs Leben. Es funktionierte eben doch. Ich liebte Jan wirklich. Außer wenn er sich mit Lukas verbrüderte und die beiden gemeinsam auf mir rumhackten, wie an diesem Nachmittag. Ich ärgerte mich dann jedes Mal, dass ich sie überhaupt miteinander bekannt gemacht hatte. Letztendlich war *ich* die Leidtragende. Jetzt standen sie am Glühweinstand um mich herum, versuchten, mich betrunken zu machen, und rissen Witze auf meine Kosten. Niels hatte mir soeben zu verstehen gegeben, dass er jetzt losfahren würde. Ich freute mich wie ein Kind und war gleichzeitig so nervös, dass ich meinen Glühwein auf dem Stehtisch verschüttete.

»Pass doch auf«, zickte Lukas mich an und zog seine Handschuhe aus der Pfütze.

»Mona ist verlie-hiebt, Mona ist verlie-hiebt«, sang Jan und legte den Arm um mich.

Ich schüttelte ihn ab und zog die Schultern hoch. »Das ist überhaupt nicht witzig.«

Lukas roch sofort Lunte. »Wie – verliebt?«

»Mona ist verlie-hiebt«, machte Jan wieder.

Lukas lachte sein fieses Besserwisserlachen, und Jan gab unaufgefordert den Teil der Geschichte zum Besten, den er kannte. Es war nur ein kleiner Teil, weil ich noch nicht dazu gekommen war, ihm die Einzelheiten auseinander zu setzen, deshalb klang das Ganze ziemlich lächerlich.

Lukas machte sofort einen auf moralisch. »Mona, wenn du für so was Crispin abschießt, rede ich nie wieder ein Wort mit dir. Dann ist dir wirklich nicht mehr zu helfen«, belehrte er mich.

Ich hatte langsam die Schnauze voll davon, dass alle immer zuerst an Crispin dachten. Karo hatte mir deshalb am Tag zuvor auch schon wieder die Hölle heiß gemacht. Alle dachten an Crispin, aber niemand peilte, dass auch *ich* bis zu den Ohren in der Scheiße steckte. Ich ging sofort in die Luft. »Weißt du was, Lukas? Du hast doch von so was überhaupt keine Ahnung«, fuhr ich ihn an. »Verfatz dich. Echt.«

»Was sind wir empfindlich«, wunderte sich Lukas und äffte mich nach.

Ich hasste ihn dafür.

Jan versuchte, mich zu beruhigen. »Es wird schon alles gut«, sagte er beschwichtigend, strich mir über die Wange und gab Lukas durch Blicke zu verstehen, dass er lieber vorsichtig sein sollte. »Frauen«, bemerkte er noch.

Er meinte es bestimmt gut, aber es brachte das Fass zum Überlaufen. Ich war stinksauer und drehte den beiden demonstrativ den Rücken zu. Neben uns stand ein älteres schwules Paar. Kurze graue Haare, gepflegt, Harmonie pur. Bestimmt seit Jahrzehnten glücklich miteinander. Idylle. »Männer sind scheiße«, sagte ich zu ihnen und hob meinen Glühweinbecher. »Prost.«

Die beiden grinsten und nickten verständnisvoll.

»Eine Frau zwischen zwei Männern«, bemerkte Lukas erklärend und zog eine Grimasse.

Er machte sich eindeutig über mich lustig und benutzte dazu auch noch meine Worte. Blasphemie.

Die beiden Schwulen guckten neugierig.

»Ich möchte nicht darüber sprechen«, sagte ich zu ihnen.

Ich sah auf die Uhr. Noch eine Stunde vielleicht, dann würde ich Niels wiedersehen. Ich hatte weiche Knie. Lukas holte neuen Glühwein.

»Ich möchte keinen Glühwein mehr«, protestierte ich, »ich will Kakao.« Ich wollte nüchtern bleiben. Keine Vernebelung. Ich wollte Niels unverzerrt.

»Schnickschnack«, sagte Lukas und bestellte drei mit Schuss.

Ich nippte an meinem, bis er kalt war. Lukas konnte mich mal. Ohne Jan wäre ich gestorben. Er hatte längst gemerkt, wo der Hase lang lief. Ich lehnte mich an ihn und versuchte, Haltung zu bewahren. Wir standen uns die Beine in den Bauch. Ich ignorierte Lukas' dumme Sprüche. Er kam immer wieder auf das Thema zurück. Halt's Maul, Lukas. Endlich fiepte mein Telefon.

»Wo soll ich hin?«, fragte Niels.

»Richtung Aurel«, schrieb ich, »beim Eck, wie letztes Mal.«

Lukas musterte mich, wie ich auf das Telefon einhackte. Dann machte er einen Kussmund und schmatzte mehrere Male in die Luft.

»Okay, das reicht«, sagte ich. Ich drehte mich um und ließ ihn einfach stehen.

Jan rannte hinter mir her. »Mach dir nichts draus«, sagte er, »du weißt doch, wie Lukas ist.«

»Allerdings«, entgegnete ich wütend.

»Du?«, fragte Jan. »Darf ich noch 'n Stück mitkommen? Ich will ihn mal sehen.«

Du meine Güte. Wir waren doch nicht im Zoo. »Ungern«, antwortete ich.

»Los«, bettelte Jan, »ich bin so neugierig. Bitte.«

Ich gab nach. »Aber nur kurz. Du verziehst dich sofort.«

»Ist gebongt«, versprach Jan.

Er hielt Wort. Als wir am Aurel ankamen, stand Niels' Auto schon am Straßenrand und er davor. Wir strahlten um die Wette. In einem Höllentempo stellte ich Niels und Jan einander vor. Es war, wie wenn der Brautvater dem Bräutigam die Zukünftige anvertraut. Eine feierliche Übergabe. Dann ließ Jan uns allein.

Niels nahm mich in den Arm.

»Na?«, grinste er und drückte mich kurz an sich.

»Na?«, machte ich zurück. Ich hatte Beine wie Wackelpudding. Ich hätte beim besten Willen nichts Geistreicheres zustande gebracht, also versuchte ich es gar nicht erst. »Komm, wir fahren an die Elbe«, schlug ich vor, als ich wieder sprechen konnte.

»Also los«, sagte Niels.

Wir stiegen ins Auto. Ich war heilfroh, als ich saß. Ich freute mich wahnsinnig darauf, gleich mit Niels am Elbstrand entlangzuflanieren. Das hatte etwas Normales. Es war etwas, das Pärchen taten, und das wollte ich: mich mit ihm als Pärchen fühlen.

Während der kurzen Fahrt wusste ich nicht so recht, wohin mit meinen Händen und mit meinen Augen. Ich saß ins Polster gedrückt wie ein verschüchtertes Karnickel. Niels hatte das Problem nicht, immer, wenn der Verkehr es zuließ, drehte er den Kopf zu mir, musterte mich und grinste mich an. Es störte mich nicht. Immerhin schien er zu mögen, was er sah. Wir fanden sofort einen Parkplatz am Museumshafen, das war selten für einen Sonntagnachmittag im Dezember, an dem es nicht regnete. Wir stiegen aus. Dabei merkte ich, dass sich der Reißverschluss an meinem rechten Stiefel geöffnet hatte. Ich stützte mich mit der einen Hand am Auto ab und zog ihn hoch.

Als ich mich sortiert hatte, stand Niels schon einige Meter entfernt. Er hatte sich nach mir umgedreht und wartete auf mich. Jetzt breitete er seinen linken Arm aus und ging mir wieder ein paar Schritte entgegen. An diesen Moment würde ich mich noch Monate später erinnern können. Die Selbstverständlichkeit, mit der er mich an sich zog und umfasste, haute mich um. Ich schlüpfte in seinen Arm, als hätte ich mein Leben lang nichts anderes getan. Ich vergrub meine Nase in seiner Jacke. Dann zogen wir los.

Wir waren kaum eine Viertelstunde unterwegs, da wurde es schon wieder dunkel. Ich wurde langsam ruhiger, aber im Griff hatte ich mich immer noch nicht. Deshalb redete ich ohne Punkt und Komma. Ich erzählte von der Weihnachtsfeier und von Eskes Fauxpas, ich berichtete vom Job und noch eine Menge anderer Horrorgeschichten. Niels hörte amüsiert zu. Von Zeit zu Zeit fragte er nach Details, aber er sprach kaum über sich. Dabei hatte ich mir fest vorgenommen, ihm eine Menge wertvoller Informationen zu entlocken. Ich wollte ihn vorsichtig dazu bringen, mir Dinge über sich zu erzählen, über seine Familie, vergangene Beziehungen und unglückliche Lieben. Aber ich kriegte die Kurve nicht.

Unser Gespräch blieb oberflächlich. Ich war so froh, einfach nur bei ihm zu sein, dass ich meine guten Vorsätze schnell von mir schob. Es war kalt, aber Niels war warm, und ich zeigte ihm meine Lieblingsplätze an der Elbe. Die Strandperle natürlich und den Findling, an dem sich beim Elbtunnelausbau erst vor kurzem ein Bohrer namens Trude die Zähne ausgebissen hatte. Jetzt lag der Koloss am Elbstrand herum und tat so, als könnte er kein Wässerchen trüben, obwohl er allen eine Menge Ärger gemacht hatte.

Wir liefen um ihn herum, und ich erklärte Niels, dass ich früher mit meinen Eltern immer Sonntagsradtouren zum Dicken

Hannes nach Achterndiek hatte machen müssen. Das war der Findling in unserer Gegend. Ostwestfalens ganzer Stolz. Es gefiel Niels, dass ich auch ein Landei war. Wie er. So etwas schien ihm wichtig zu sein. Für kurze Zeit taute er auf und berichtete aus Horst, von »seinem« Iren, wo er mit Kunz ab und zu einen trinken ging, und dass Kunz ihm im Moment gehörig auf die Nerven ging, weil er ihn immer in Hannover besuchen wollte.

»Aber Besuch ist doch was Schönes«, sagte ich.

»Ich kann Besuch nicht leiden«, antwortete Niels. »Der will dann immer was, und man muss ihn unterhalten. Näääh.« Dann machte Niels wieder dicht.

Ich übernahm erneut das Reden. Auf dem Rückweg gingen wir oben an der Övelgönne entlang. Wer hier ein Häuschen besaß, der hatte seine Schäfchen im Trockenen. Die meisten der Hütten waren noch nicht einmal protzig, sondern schlichtweg niedlich. Wir sahen in die erleuchteten Fenster und motzten ein wenig herum, weil *wir* uns so etwas nicht leisten konnten.

»Aber für 'n Kaffee wird's noch reichen«, meinte Niels.

»Ich zeig dir das Landunter«, sagte ich, »da ist sonntags immer Elektrokuchen.«

»Was ist da?«

»Elektrokuchen. Nette Musik und lecker Kuchen«, erklärte ich.

»Klingt gut«, erwiderte Niels.

Erst kurz vor dem Landunter fiel mir ein, in welcher Situation ich mich befand. Was, wenn mich jemand hier sah mit Niels? Ich gehörte zu Crispin! Wenn ich mit jemandem Arm in Arm an der Elbe spazieren gehen sollte, dann mit ihm. Das Landunter war *unser* Terrain, Crispins und meins. Wenn ich da hinging, traf ich immer jemanden, den ich kannte. Und der mich kannte als Crispins Mona. Ich war unvorsichtig gewesen.

»Hoffentlich ist es da nicht so voll«, sagte ich. »Sonst gehen wir halt aufs Museumsschiff.« Fluchtwege offen halten. Aber dann entschied ich mich für offene Karten. Völlig aus dem Blauen heraus. »Sonst sieht mich noch jemand mit dir«, fügte ich hinzu.

»Wird schon nicht«, entgegnete Niels.

»Hast du 'ne Ahnung«, widersprach ich, »Hamburg ist ein Dorf.«

Das Landunter war pickepackevoll. Ein munteres Sonntagsvölkchen saß vor den großen Fensterscheiben und mampfte Kuchen. Sie kauten und wippten dazu im Takt. Das Landunter lag ein wenig unterhalb des Fußweges. Ich lehnte mich an die Brüstung, die den Fußweg vom Privatgelände trennte, und beugte mich vor, um die Lage zu peilen. Im gleichen Moment trat Niels hinter mich, umschlang mich und legte sein Gesicht an meine Wange. Hatten wir vorher noch als Freunde durchgehen können, so war die Situation jetzt für jeden, der uns beobachtete, sonnenklar.

Dann passierte alles ganz schnell. Im gleichen Augenblick, in dem ich Anja entdeckte, entdeckte Anja auch mich. Sie war nur eine ehemalige Kommilitonin, ich hatte sie lange nicht gesehen, aber wir hatten gemeinsame Freunde und wussten immer, zumindest in gröbsten Zügen, was die andere gerade trieb. Jedenfalls wusste Anja sofort, dass der Typ hinter mir mit Sicherheit nicht Crispin war. Sie tat überrascht, winkte mir zu und lachte, aber trotz der Entfernung konnte ich sehen, wie es augenblicklich in ihrem Kopf zu arbeiten begann. Wo Anja war, waren andere nicht weit. Ich konnte mit Niels *nicht* ins Landunter gehen. Rasch machte ich mich von Niels los, drehte mich um und stürmte den Fußweg hinunter.

»Scheiße«, schrie ich, als ich auf der Straße angekommen

war, und stampfte mit den Füßen auf den Boden. »Was für eine Schnapsidee.«

Niels folgte mir und nahm mich wieder in den Arm. »So schlimm wird's schon nicht sein«, sagte er.

Meine Gedanken schlugen Purzelbäume. Er wusste doch genau, was abging! Er war schließlich nicht doof. Im Gegenteil, ich hatte schon begonnen, ihn für ein verkapptes, unverstandenes Genie zu halten. Warum hatte Niels das getan? Ihm war natürlich klar gewesen, dass die Situation für mich ein Risiko war. Aber statt Rücksicht zu nehmen, hatte er noch einen draufgesetzt und mich durch seine Umarmung in Gefahr gebracht. Wissentlich. Absichtlich? Eine trotzige Zurschaustellung von Besitzansprüchen? Oder doch einfach nur Gedankenlosigkeit? Ich überlegte in einem Höllentempo, während ich auf der Straße stand und ein belämmertes Gesicht machte. Schließlich entschied ich mich für das, was ich glauben wollte. Niels war eben verliebt, und er wollte mir nahe sein, und alles andere war ihm egal. Die natürlichste Sache der Welt. Ich sollte mich lieber freuen, schalt ich mich. Und wenn er Probleme mit Crispin provozierte, dann brächte mich das letztendlich nur näher zu ihm. Vielleicht rechnete er unbewusst so. Das klang plausibel. Ich war halbwegs beruhigt, obwohl ich sicher sein konnte, dass Anja bereits die Buschtrommeln aktiviert hatte. »Komm, wir gehen aufs Museumsschiff«, sagte ich zu Niels und zog ihn an der Hand hinter mir her.

Wir liefen die Holzbohlen hinunter. Klonk klonk, klonk klonk. Wir blieben auf dem unteren Deck. Es war nicht voll, wir bekamen gleich einen Tisch. Wir bestellten Milchkaffee, und dann starrten Niels und ich uns an. Wie bei unserem ersten Treffen vor zwei Wochen, morgens um halb acht auf dem Kiez. Es gab keine Spitzendeckchen auf dem Museumsschiff, aber sonst war alles genauso. Es kribbelte überall, und ich fühlte, wie sich auf meinem Dekolleté brennend rot die hektischen Flecken schneller vermehrten als Einzeller. Niels und ich glotzten, und dabei beugten wir uns langsam beide immer mehr vor, bis unsere Köpfe nur noch Millimeter voneinander entfernt waren. Die Bedienung traute sich kaum, unsere Bestellung auszuliefern. Sie stellte leise die Schalen auf dem Tisch ab und sah zu, dass sie schnell wieder wegkam. Wahrscheinlich sprühten wir Funken, und der ganze Laden hatte Schiss, dass wir jeden Augenblick explodieren würden. Aber wir schürten die Spannung. Wir tranken einen Schluck, dann glotzten wir wieder. Trinken, glotzen, trinken, glotzen. Dann war der Kaffee leer, ich schob meine Schale beiseite, und wir küssten uns.

Mir wurde augenblicklich schlecht. Die Schmetterlinge aus meinem Bauch stiegen mir in den Kopf, sodass mir schwindlig wurde. Ich hätte mich im Grunde sofort übergeben müssen, aber ich hielt durch, der Moment war zu kostbar. Niels' Lippen waren weich. Seine Haut war warm, und er roch gut. Irgendwann nahm ich sein Gesicht in meine Hände und streichelte ihn. Nur ganz leicht. Ab und zu schielte ich nach seinen Augen. Sie waren geschlossen. Wenn wir aufhörten zu knutschen, weil wir Luft holen mussten, glotzten wir uns zwischendurch wieder an. Ich hatte eindeutig Sauerstoffmangel. Eine Stunde saßen wir so da. Knutschen, glotzen, Luft holen. Wenn er mich ansah, lag in Niels' Augen das pure Erstaunen. Wenn ich auch so guckte, dann prost Mahlzeit. Gestörte unter sich. Ich wollte in ihn hineinkriechen. Schließlich hörten wir auf zu knutschen. Wir wussten nichts zu sagen und untersuchten wortlos die zum Lampenschirm umfunktionierte Seekarte auf unserem Tisch. Ich fuhr mit dem Finger die eingezeichneten Routen nach, und Niels betrachtete meine Hand und legte mir von Zeit zu Zeit seinen Zeigefinger in den Weg. Schließlich brach ich das Schweigen.

»Ich muss bald los«, sagte ich, »ich bin verabredet.« Ich sah Niels nicht an dabei. Ich holte mein Telefon aus der Tasche und prüfte die Uhrzeit, es war halb acht. Um acht sollte ich bei Nina sein. Ich rief Crispin an, um mir die Adresse durchgeben zu lassen. »Ich bin noch an der Elbe«, erklärte ich ihm, »ich nehm mir ein Taxi.« Ich wollte mich nicht von Niels trennen, aber ich war feige. Ich wusste, ich würde an diesem Abend sicherlich keinen Spaß mehr haben, aber darum ging es ja wohl nicht. Der Spaß war eben vorbei. Ich hatte eine Verpflichtung.

Trotzdem dauerte es eine weitere halbe Stunde, bis ich mich dazu aufraffen konnte, aufzubrechen. Endlich griff ich nach meiner Jacke.

»Wollen wir?«, fragte ich, und Niels nickte. Als ich aufstand, war soweit alles in Ordnung. Der Boden schwankte, aber hey, wir waren auf einem Schiff. Draußen atmete ich tief durch. Niels ging neben mir her, für ein paar Momente waren wir unsicher, wie es weitergehen sollte. Unsere Intimität war auf dem Schiff zurückgeblieben. Dann sackten mir die Beine weg. Mir wurde kotzübel. Ich taumelte gegen das Geländer und musste mich festhalten, um nicht lang hinzuschlagen. Niels legte mir die Hand auf den Arm.

»Was ist denn mit *dir* los?«, fragte er besorgt. »Alles klar?«

»Geht schon«, nickte ich und versuchte ein Grinsen. »Hast mich halb in Ohnmacht geknutscht«, sagte ich, »das kannste jedenfalls.« Wie schön, dass man mit nur ein paar Worten wirklich alles kaputtmachen kann. Bumm, bumm, bumm. Buchstabenbomber im Angriffsflug. D-Day der dämlichen Silben.

Aber Niels lachte nur und zog mich hinter sich her zum

Auto. »Ich will jetzt nicht wegfahren«, sagte er, als wir auf dem Weg zum Bahnhof waren.

Meine linke Hand lag in seinem Nacken. »Ich weiß«, antwortete ich. »Aber es geht nicht anders.«

Das Essen bei Nina zog an mir vorbei wie ein Film. Ich hatte, wie erwartet, wirklich keinen Spaß daran und stand total neben mir. Mir war immer noch schlecht, und ich hing wie ein Schluck Wasser in der Kurve apathisch am Tisch. Crispin ging davon aus, dass Lukas und Jan mich mit Glühwein abgefüllt hatten, und zog mich damit auf. Ich ließ ihn in dem Glauben.

Nach dem Essen bestanden alle darauf, dass ich noch mit einen trinken käme, aber ich konnte nicht mehr. Ich schob starke Kopfschmerzen vor und sprang auf dem Weg zum 439 in das erstbeste Taxi. Von Niels hörte ich nichts mehr, mein Telefon schwieg. Zu Hause legte ich mich aufs Sofa und sah zu, wie der Katze mir an meinem schwarzen Pulli Fäden zog. Er stand auf meinem Bauch, trampelte mit seinen Pfoten auf mir herum und fühlte sich dabei sehr wohl. Ich kraulte ihn ab und zu unterm Kinn. Er schnurrte wie aufgezogen. Dann ließ er sich auf meinen Bauch fallen und faltete seine Augen zu schmalen Schlitzen zusammen. Ich textete ihn von Niels und Crispin voll.

Mit dem Katze zu reden half mir, meine Gedanken zu ordnen. Wenn man nur mit sich selbst redete, musste man sich nicht wirklich Mühe geben, die Zusammenhänge verständlich auszudrücken. Aber wenn einem jemand zuhörte, und wenn es nur der Katze war, dann konnte man es ja wenigstens versuchen. Also erzählte ich ihm, wie verliebt ich war, aber dass ich keine Ahnung hatte, wie es weitergehen sollte. Ich erklärte ihm, dass ich zwischen zwei Stühlen säße und Niels wollte, aber dass mir der Gedanke Angst machte, Crispin verlassen zu müssen. Ich fragte ihn, ob er mir nicht sagen könnte, warum Niels so ein komischer Kauz sei und was für ein Problem er habe. Ich brauche nicht zu erwähnen, dass mich das nicht wirklich weiterbrachte.

Dann ermahnte ich den Katze noch, dass er in der nächsten Zeit besonders lieb zu Crispin sein sollte, wenn ich es schon nicht konnte. Das fand er unerhört. Er sprang auf den Fußboden und verzog sich ins Badezimmer. Ich war sofort wieder sauer. Sogar der Katze schlug sich also auf Crispins Seite. Karo hielt mir noch immer die Geschichte mit Florian vor und hatte mich am Vortag wegen Niels regelrecht angeätzt. Eske nannte ihn sowieso nur noch den »Psycho« und machte sich mittlerweile nonstop über mich lustig. Sie meinte, dass sie so einen einfach nicht ernst nehmen könnte und dass ich selbst schuld wäre, wenn ich es täte. Aber sie hatte leicht reden. Sie war ja auch nicht so emotional verwickelt wie ich.

An Lukas und Jan mochte ich gar nicht erst denken. Jans Kommentar stand noch aus. Davor gruselte mir jetzt schon. Obwohl, Niels hatte echt nett ausgesehen, als Jan und ich auf ihn zugelaufen waren. Gar nicht wie ein Psycho. Er hatte sich auch einigermaßen vernünftig benommen und ganz normal »Tach« gesagt. Jan konnte echt nicht meckern. Meinem Freund und Friseur Alf hatte ich bisher nichts von der Geschichte erzählt. Vielleicht sollte ich ihn einweihen. Er würde zu mir halten. Außerdem brauchte ich dringend eine neue Frisur.

Alf kannte ich, seit ich siebzehn war. In den letzten Jahren der Oberstufe hatten wir aneinander geklebt wie die Kletten. Mit Alf begann ich, die Nächte durchzumachen und die Tage zu verpennen. Er war ein Jahr älter als ich, und nachts schüsselten wir in seinem scheppernden Auto über die Landstraßen. From Disco to Disco. Er interessierte sich mehr für Jungs als für

Mädchen, das kristallisierte sich in dieser Zeit deutlich heraus. Alf war auch sonst etwas Besonderes: Er wusste schon mit achtzehn, was Loyalität bedeutete. Wir halfen uns gegenseitig mehr als einmal aus der Patsche und hingen in abgedrehten Outfits auf schrägen Partys herum. Ein bisschen zu oft möglicherweise, denn Alf fiel durchs Abitur. Aber das störte ihn nicht im Geringsten. Er brauchte kein Abitur zum Glücklichsein und machte stattdessen eine Friseurlehre. Schließlich ergatterte er seine Traumstelle bei einem Hamburger Friseurguru, und wir waren endlich wieder vereint.

Ich half Alf bei der Wohnungssuche und gab mich als seine Verlobte aus. Die erste Wohnung, die er haben wollte, bekam er sofort. Wer schon mal in Hamburg eine schöne Wohnung gesucht hat, der weiß, was das bedeutet: Wir waren ein Traumpaar. Ab und zu kehrten wir gemeinsam in die Heimat zurück. Dann zogen wir jedes Mal eine massive Show ab. Wir packten unsere Gucci-Klamotten ein – oder vielmehr Alfs, ich besaß keine, für mich waren sie subjektiv betrachtet zu teuer und objektiv betrachtet zu klein –, rollten in gemieteten Superschüsseln auf den Hof und ließen die Diven raushängen. Alf war sehr extravagant. Und weise. Er würde wissen, was zu tun war.

Gleich am Montag rief ich ihn an. Er hatte frei, wie sich das für Friseure gehörte, deshalb bekam ich noch am selben Abend meinen Termin. In der Mittagspause kaufte ich eine Flasche Prosecco, der war förderlich für Alfs kreativen Prozess und für meinen Mut, was die neue Frisur betraf.

Ich fuhr direkt aus dem Büro zu ihm. Er wohnte in St. Georg, um die Ecke vom Hansaplatz. Nicht wirklich eine schöne Gegend. Junkies, Prostituierte, fies aussehende Hunde und noch fieser aussehende Hundehalter. Aber ein freier Parkplatz direkt vor der Tür. Immerhin. Ich schloss die Fahrertür ab, legte den Kopf in den Nacken und blickte hoch zu Alfs Wohnung, aus der laute Musik tönte. Ich drückte mich in den Hauseingang und lehnte mich an die Klingel, bis mir die Schulter schmerzte. Der Türsummer blieb stumm. Keine Reaktion. Ich rief Alf auf dem Handy an. Er ging ran. Ein Wunder!

»Wo bleibst du denn?«, schrie er vorwurfsvoll.

»Ich bin vor deiner Tür«, brüllte ich zurück, »mach gefälligst endlich auf!«

»Ach, guck an«, flötete Alf.

Endlich ging der Türsummer. Ich schleppte den Prosecco und mich die Treppen hoch. Erster Stock nur. Viel mehr hätte ich an diesem Tag auch nicht verkraftet. Alf stand mitten im Wohnzimmer und hielt eine CD-Hülle in der Hand. Madonna auf allen Kanälen.

»Ich liebe diese Platte«, verkündete er und gab mir einen Kuss.

»Tägchen«, sagte ich und hielt die Flasche hoch. »Ich hab Brause mitgebracht.«

»Sehr gut. Holst du uns Gläser?«

Alfs Küche war eine Katastrophe. Neben dem Kühlschrank stapelten sich mannshoch die Pizzakartons. Drumherum standen massenhaft Flaschen. Der Fußboden klebte. In der Spüle lagen ungefähr zwei Dutzend gebrauchter Tee- und Kaffeebecher. Gekocht wurde in diesem Haushalt grundsätzlich nicht, trotzdem sah der Herd aus, als wäre darauf ein halber Zentner ostwestfälische Stippgrütze explodiert. Ich fahndete nach Gläsern und fand keine. Schließlich wusch ich zwei ab, die zwischen den Kaffeebechern im Spülbecken vor sich hin gammelten. Eine Spülbürste besaß Alf schon lange nicht mehr, von einem Geschirrtuch ganz zu schweigen. Viele Vermieter standen ja darauf, ihre Wohnungen an homosexuelle Männer zu vergeben, weil die angeblich so ordentlich und ganz besonders ästhetisch veranlagt sind, aber Ausnahmen bestätigen die Regel. Alf war jedenfalls der chaotischste ästhetisch Veranlagte, den ich kannte. Ich plumpste auf das Gelsenkirchener-Barock-Sofa und schenkte uns von dem Prosecco ein.

»Und? Haste schon eine Idee? Frisurentechnisch?«, fragte ich Alf.

»Versace«, entgegnete er knapp.

Das klang gefährlich. »Aber nicht zu kurz«, sagte ich. Das sagte ich jedes Mal, und Alf antwortete jedes Mal: »Mona. Nerv nicht.«

»Mona, nerv nicht«, sagte Alf.

Ich fügte mich in mein Schicksal. Künstlern widersprach man nicht. Es war vergeudete Energie, sie ließen sich eh nicht dreinreden. Ich kniete mich vor die Badewanne und wusch mir die Haare. Alf hängte mir seinen schwarzen Frisierumhang um, und ich setzte mich auf den Stuhl vor den großen Spiegel.

»Sind ja schon wieder ganz schön im Arsch, deine Futten.« Alf griff mit spitzen Fingern nach ein paar Haarsträhnen und musterte sie kritisch.

Ich seufzte und rollte mit den Augen. Meine Haare waren *immer* im Arsch, wenn ich damit zu Alf ging. So sollte es ja wohl auch sein. Wozu waren Friseure sonst da?

Alf setzte die Schere an. Eine Weile schnippelte er schweigend an mir herum.

Ich betrachtete mich im Spiegel. Ich sah müde aus und hatte ganz kleine Augen. Der schwarze Umhang betonte meine hängenden Schultern, darunter zeichnete sich mein Bauch ab, und meine Fingernägel mussten auch dringend mal wieder gemacht werden. Ich zog die Hände unter den Umhang und setzte mich gerade hin.

»Mona!«, fluchte Alf. »Nicht bewegen!«

»Tschuldigung«, murmelte ich. »Sorry.«

»Tu's nicht wieder«, sagte Alf. »Wir sind in einer kritischen Phase.«

Eine beängstigende Information. Ich bekam sofort Schiss. Alf schnitt meine Haare bestimmt zu kurz. Wenn ich genauer darüber nachdachte, schnitt er sie mir trotz aller Diskussionen jedes Mal zu kurz. Oft ging es mir direkt nach dem Friseurbesuch gar nicht gut, weil ich mich erst an das Neue gewöhnen musste. Das fiel mir generell schwer. Aber im Nachhinein war auf Alfs Frisuren letztendlich immer Verlass. Spätestens nach einer Woche saßen sie wie eine Eins, und ich kam hervorragend damit klar.

»Was ist überhaupt mit dir los in den letzten Tagen?«, erkundigte sich Alf. »Du ziehst ein Gesicht wie sieben Tage Regenwetter, und immer, wenn ich dich anrufe, klingst du genervt. Stress im Job?«

»Nee«, antwortete ich. »Eher Stress mit Crispin.«

»Wieso? Ist was passiert?«

»Ich hab jemanden kennen gelernt«, sagte ich.

»Oh-oh«, machte Alf. »Und Crispin hat's rausgefunden? Das ging aber schnell.«

»Nein«, sagte ich, »er weiß nichts davon. Das ist ja das Schlimme daran. Ich glaube, ich bin verliebt in den anderen. Aber Eske behauptet, der hat einen an der Klatsche. Und zwar ordentlich.«

»Das ist ja bei deinen Kerlen nichts Neues«, bemerkte Alf.

Ich stöhnte auf. Immer die gleiche Leier.

»Na los.« Alf stupste mich mit dem Kamm an. »Erzähl schon.«

Ich erzählte Alf von Niels. Es dauerte lange. Auf das Föhnen nahm ich keine Rücksicht, ich brüllte einfach dagegen an. Alf guckte skeptisch. Hoffentlich wegen der Geschichte mit Niels und nicht wegen meiner neuen Frisur. »Fertig«, sagte er dann, löste den Verschluss des Umhangs und zog ihn mir schwungvoll vom Körper. Versace. Eindeutig. Ich drehte den Kopf und betrachtete mich. Es sah wirklich gut aus. Der Pony war lang geblieben und fiel mir locker ins Gesicht. Ich versteckte mich gern hinter meinem Pony. Die Seiten waren für meinen Geschmack ein bisschen kurz geraten, aber das war ja nichts Neues. Kein Grund zur Aufregung. Ich atmete erleichtert auf. »Danke«, sagte ich. »Schön.« Alf fegte meine Haarspitzen zusammen, während ich im Wohnzimmer Prosecco nachschenkte und das Licht runterdrehte. Gemütlichkeit. Wir setzten uns aufs Sofa und rauchten.

»Hast du denn heute schon von dem Psycho gehört?«, fragte Alf.

»Jetzt fang du nicht auch noch damit an«, beschwerte ich mich.

»Tut mir Leid«, entgegnete Alf, »aber meiner Einschätzung nach hat Eske absolut Recht. Der hat irgendwie einen an der Marmel.«

Na super. Gleich würde er mir raten, mich an Crispin zu halten und Niels zu vergessen. Wie alle anderen. Als Letztes stirbt die Hoffnung.

»Aber spannend klingt's ja schon«, fügte Alf hinzu.

Gott sei Dank. Er verstand mich doch. »Heute haben wir den ganzen Tag normalen Kontakt gehabt«, erklärte ich ihm. »Also na ja, was heißt normal. Für *uns* normal. Gemailt halt.«

»Wie ernst ist dir die Geschichte?«, fragte Alf.

»Wenn ich das wüsste. Ich hab keinen blassen Schimmer. So was hab ich noch nie erlebt.«

»Im Grunde bleibt dir nur eins«, riet Alf. »Abwarten. Die Zeit wird's bringen. Das hat schon meine Oma gesagt, und die hatte immer Recht.«

Ich seufzte. »Abgemacht. Was bleibt mir auch anderes übrig.«

»Ach ja, und wenn du ein Alibi brauchst«, fügte Alf noch hinzu, »ich bin da.«

Ich gab ihm einen Kuss. »Du bist ein Schatz«, sagte ich.

Auf dem Heimweg berichtete ich Niels von meiner neuen Frisur.

»O nein! Nicht die Engelshaare!«, schrieb er erschrocken zurück.

Ich lächelte. »Keine Angst, so kurz sind sie nicht«, tippte ich. Crispin schlief schon, als ich zu ihm ins Bett kletterte.

Am Dienstag hatte mein Team Sendung. Ich übernahm die Regiekonferenz, obwohl ich überhaupt keine Lust dazu hatte. Ich war schlecht vorbereitet. Genervt leierte ich den Ablauf herunter. Ich hatte die Bande nicht im Griff, die Kameramänner bohrten gelangweilt in der Nase, die Tonmänner machten Faxen, und nur der Regisseur protestierte, als ich drei Positionen übersah. Das durfte man von ihm erwarten. Er verdiente ja auch das meiste Geld. Mein Gästebriefing war schlecht, zum Glück waren die Gäste gut; ich brauchte sie nicht anzuschreien.

Die Sendung wurde immerhin mittelmäßig. Fritjof konnte Bühnengast 1 nicht leiden, einen zwanzigjährigen Supermacho namens Murat. Murat war mindestens genauso von sich selbst überzeugt wie Fritjof, und damit hatte er schlechte Karten, denn Fritjof duldete auf seiner Bühne keine Götter neben sich. Er nahm Murat ordentlich in die Zange. Murat schlug sich wacker. Wenn er nicht weiter wusste, grinste er besserwisserisch und nickte herablassend. Das brachte Fritjof noch mehr auf die Palme, aber wenigstens schmiss er Murat nicht raus.

Nach dem Schlussapplaus verließ ich sofort durch den Hintereingang das Studio und ging hoch in die Redaktion. Ich hätte noch bei der Verabschiedung und Abrechnung dabei sein müssen, aber ich konnte keinen Lärm und kein Gekreische und überhaupt keine Leute um mich herum mehr ertragen. Ich checkte meinen Mailaccount. Niels wollte sich später mit mir im Chat treffen. »Wenn du nach Haus kommst, wird's warm sein«, hatte er geschrieben. Ich sah zu, dass ich zu ihm kam. Ich hatte Sehnsucht nach ihm. Es war kurz nach neun.

Um halb elf saß ich endlich am Rechner. Ich konnte Niels schon sehen, er wartete auf mich, und ich kam nicht in diesen beschissenen Chatraum. Er war hoffnungslos überfüllt. Die Leute hatten einfach nichts Besseres zu tun. Mein Telefon fiepte.

»Wo bleibste?«, fragte Niels.

»Ich komm nicht rein«, tippte ich zurück, »ich krieg gleich 'nen Anfall.«

Dann war auch Niels von der Userliste verschwunden. Rausgeflogen. Scheiß Technik. An seiner Stelle erhielt *ich* Zugang. Diese Situation war symptomatisch für unsere ganze Geschichte: Wenn ich drin war, war er draußen und umgekehrt. Wir kamen einfach nicht auf einen Nenner. Ich wartete. Schließlich war auch Niels wieder eingeloggt. Endlich. »Krankenwagen_mit_Blaulicht« nannte er sich. Ich lachte. Das war typisch. »Wegen des Anfalls«, erklärte er, »damit ich dich retten kann.« Wir beschlossen, auf einen virtuellen Spaziergang zu gehen, wieder die Elbe entlang, aber diesmal weiter, bis zum Café Engel an der Teufelsbrücke. Auf dem Weg dorthin alberten wir herum. An der Elbkate kauften wir uns eine Bockwurst, und ich schmierte Niels Senf auf die Nase. Er bestand darauf, dass ich ihm das Zeug wieder ableckte. Verliebte machen sich nun mal gern zum Affen. Schließlich saßen wir zusammen im Café Engel und tranken Kaffee. Es gab nur Kännchen. Ein alter Witz, aber wir lachten uns fast tot darüber. Die Cyberbedienung war kurz davor, uns rauszuschmeißen.

Wir rissen uns zusammen und glotzten uns stattdessen an, dabei machten wir wenigstens keinen Lärm. Schließlich beschrieb Niels, wie er mich wieder küsste. Ich schloss die Augen und erinnerte mich an unseren Sonntag auf dem Museumsschiff. Es nahm mich wirklich mit, und ich fing an zu heulen. Ich saß am Schreibtisch vor meinem Rechner und weinte dicke Krokodilstränen. Es wurde mir alles zu viel. Ich war seit unserem Treffen vor zwei Tagen so aufgewühlt, dass ich kaum geschlafen hatte, und jetzt gingen meine Nerven mit mir durch. Crispin tat mir Leid, weil ich ihn betrog, ich tat mir Leid, weil ich nicht wusste, was ich machen sollte, und Niels tat mir Leid, weil er zur falschen Zeit am falschen Ort gewesen war. Ich beschrieb Niels, wie ich ihm gegenüber im Café Engel saß und schluchzte. Die Situation war höchst dramatisch. Niels wischte mir eine Träne aus dem Gesicht und reichte mir ein Taschentuch, aber sonst äußerte er sich dazu nicht. Von diesem Zeitpunkt an ging es bergab.

Ich merkte bereits am nächsten Tag, dass mal wieder etwas faul war. Niels war wortkarg und pampig. Sein Auto war kaputt. Nichts Schlimmes, nur eine Kleinigkeit, aber das vermieste ihm scheinbar dermaßen den Tag, dass ich mich am Ende kaum mehr traute, ihn anzusprechen. Mit seinem Auto hatte er es irgendwie. Es war nicht poliert und nicht aufgemotzt und nicht besonders sauber oder verhätschelt gewesen, als ich es gesehen hatte, aber wenn irgendwas daran nicht funktionierte, war das für Niels ungefähr so, als würden mir an einem Tag alle Bühnengäste abspringen. Ich versuchte, ihn aufzumuntern. Ich kramte in unserer gemeinsamen Geschichte und förderte die Dinge ans Licht, mit denen er mich an schlechten Tagen aufzupäppeln versucht hatte: die Tigerdecke, Müller ProCult und Kartoffeln. Nichts half.

Schließlich versuchte ich einfach, über seine Launen hinwegzusehen. Wer weiß, was ihm über die Leber gelaufen war. Vielleicht war es ja doch ein Einlauf vom Chef gewesen und der kaputte Auspuff nur ein Vorwand. Auf den Gedanken, dass es mit mir zu tun haben könnte, kam ich jedenfalls nicht. Ich hoffte auf den nächsten Tag und darauf, dass die Gewitterfront sich wieder verziehen würde.

Meine Rechnung ging nicht auf. Am Donnerstag wurde es schlimmer. Es gab keinen Guten-Morgen-Gruß. Auf meine Mail antwortete Niels erst mittags. Im Vergleich zu seinen Zeilen von vor einer Woche klang seine Post jetzt wie von einem völlig Fremden. Niels war wie ausgewechselt. Seine Sätze waren kühl und abgehackt, alle Zärtlichkeit, alle Anteilnahme war aus ihnen verschwunden. Ich begann, nervös zu werden, und wollte von ihm wissen, was los war. Er müsse sich um andere Dinge kümmern, erklärte er, und dass er Zeit bräuchte. Zeit wofür? Für die anderen Dinge? Oder dafür, über uns nachzudenken? Ich begann zu stochern. Ich musste wissen, was los war. Die Prinzessin in mir schlug sich an die Stirn und zeigte mir mehr als einmal den Vogel, aber ihre schärfste Konkurrentin behielt Oberwasser. Diese Konkurrentin war Prinzessin Horst. Sie lag vor mir auf dem Schreibtisch und flehte um meine Geduld. Ich erhörte sie.

Trotzdem brachte mich abends kein Niels ins Bett. Stattdessen stritt ich mich mit Crispin. Nicht, weil Crispin etwas falsch gemacht hatte, sondern weil *ich* mich streiten *wollte.* Über herumliegende Socken oder Wäsche, die seit Tagen in der Waschmaschine vor sich hin schimmelte oder was weiß ich. Crispin verstand die Welt nicht mehr. *Ich* verstand mich und mein Verhalten sehr wohl, mir war klar, dass ich nur um des Provozierens willen provozierte, aber ich war nicht in der Lage, es abzustellen. Ich *wollte* es noch nicht einmal. Ich brachte Crispin so weit, dass er im Loft eine Tür zertrümmerte. Dabei hatten wir doch nur zwei davon. Er trat gegen die Bürotür, dass das Holz splitterte und die Klinke danach noch schiefer hing als der Haussegen.

Freitag war ich ein Wrack. Jede Stunde, so schien es, hatte 300 Minuten. Mindestens. Mein Handy schwieg, mein Mailserver schwieg, ich schwieg. Eske schwieg nicht. Ich hatte schon morgens schlechte Laune. Als ich Eske während der Fahrt ins Büro dazu aufforderte, ihre Klappe zu halten, hielt sie das für einen Scherz.

»Soll ich lieber singen?«, fragte sie und schob unser Tape in den Recorder. Diesmal ertönten nicht die Propellerheads, sondern Aerosmith. Laute Gitarren. Kotz. Alles hat seine Vor- und Nachteile und jede Kassette zwei Seiten. Die hier war für meine Verfassung eindeutig die Falsche.

Im Büro konnte ich mich nicht konzentrieren. Ich hatte einen Sendeablauf zu korrigieren. Missmutig schob ich die Positionen hin und her und verlor am Ende völlig den roten Faden. Genervt ging ich eine Zigarette rauchen. Während ich im Konferenzraum aus dem Fenster starrte, steckte Julie ihren Kopf zur Tür herein.

»Telefon«, sagte sie.

Auch das noch. »Wer denn?«, fragte ich gelangweilt. Ich war nicht willens, ein Gespräch entgegenzunehmen, das kein Happy End versprach.

»Die Uni«, sagte Julie.

Hoppla. Ich wartete seit Wochen auf die Benotung meiner Magisterarbeit, die ich neben dem Job weggehackt und sogar abgegeben hatte. Wat mutt, dat mutt. Jedenfalls hatten meine

Eltern das so gesehen. Ich legte mich in dieser Angelegenheit lieber nicht mit ihnen an. Sie hatten mein Studium schließlich mitfinanziert. Ich wollte ihnen keine Gelegenheit dazu geben, ihr Geld zurückzuverlangen. Ich hatte schließlich schon genug Schulden. Aber seit wann wurden die Noten telefonisch mitgeteilt? Ich kannte niemanden, dem eine so bevorzugte Behandlung zuteil geworden war. Ich runzelte die Stirn. Die Sache musste einen Haken haben. Vielleicht war die Uni in Flammen aufgegangen und meine Magisterarbeit mit ihr. Vielleicht waren die aber auch so begeistert, dass sie mich bitten wollten, einen Vortrag zu halten. Ha. So oder so, die Sache war es wahrscheinlich wert, ihr persönlich auf den Grund zu gehen.

»Mona?«, fragte Julie. Sie stand immer noch zwischen Tür und Angel. »Was soll ich'n sagen? Bist du in einer Besprechung, oder was?«

»Nee. Bin schon unterwegs«, antwortete ich, drückte die Zigarette aus und beeilte mich, an meinen Schreibtisch zu kommen.

Es war die Wehling aus dem Sekretariat.

»Frau Rittner?«, fragte sie höflich. »Ein Glück, dass wir Sie unter dieser Nummer noch erreichen. Sagen Sie, sind Sie umgezogen?«

»Ja, aber schon vor Monaten«, erklärte ich. Scheiße. Ich erahnte das Dilemma. Der Nachsendeantrag, den ich nie abgegeben hatte. Er lag auf dem Grund irgendeiner Tasche und war vermutlich nicht einmal mehr als Nachsendeantrag zu erkennen.

»Ihr Zeugnis ist zu uns zurückgekommen. Unzustellbar. An welche Adresse soll ich es schicken?«

»Äh«, machte ich. Also doch die Note. Ich nannte meine neue Anschrift. »Haben Sie das Ding jetzt gerade vorliegen?«, fragte ich dann.

»Genau. Ich steck's heute noch in die Post.«

Es war Freitag. Die Entfernung, die das Zeugnis zurückzulegen hatte, war ein Klacks, aber ich bezweifelte, dass die Deutsche Post sie in einem adäquaten Tempo bewältigen würde. Ich wollte nicht mehr warten. Nicht bis Samstag und erst recht nicht bis Montag.

»Könnten Sie nicht mal reingucken und mir die Note sagen?«, bat ich.

Zögern am anderen Ende. »Das darf ich eigentlich nicht.«

»Ich weiß. Aber ich warte doch schon so lang, und Sie würden mir wirklich einen großen Gefallen tun. Ich bin so neugierig.«

Die Wehling lachte.

Sie hatte bereits bei meiner Immatrikulation vor sechseinhalb Jahren das Sekretariat geleitet, aber ich glaube nicht, dass sie sich an mich erinnerte.

»Das sind sie alle.«

»Bitte«, flehte ich. »Bitte, bitte, bitte. Ich hab wirklich einen schlechten Tag. Vielleicht wird er dadurch ja besser.«

»Sie sind aber optimistisch.«

Was blieb mir anderes übrig? »Was bleibt mir anderes übrig«, sagte ich und kniff die Augen zu.

»Na gut«, entschied die Wehling. »Warten Sie mal kurz.« Sie legte den Telefonhörer nicht zur Seite, und ich hörte auch kein Papierrascheln. Nur das Klackern einer Tastatur. Klar, die hatten das bestimmt alles gespeichert. Die Wehling konnte den ganzen Tag durch Studentenschicksale surfen, wenn ihr danach war. Gescheiterte und Gefeierte.

Zu welcher Fraktion würde ich gehören?

»Frau Rittner? Herzlichen Glückwunsch. 1,3 in der Magisterarbeit. Endnote 1,7.«

Ich ballte die Faust. Das hatte ich auf einer Postkarte gesehen, die bei Karo jahrelang am Kühlschrank gehangen hatte. *We can do IT.* Ich sprach die Wehling heilig und brüllte einmal »Einsdrei« durch die Redaktion. So ein Nettoeinkommen würde ich mit *dem* Examen nie wieder nach Hause bringen. Ich tänzelte zu Eske und überbrachte die frohe Botschaft. Sie war beeindruckt. Alle waren beeindruckt, also stürzte ich in den Supermarkt und kaufte elf Flaschen Sekt. Für jedes Semester eine. Sie sollten alle was davon haben.

Wieder in der Redaktion, hängte ich mich ans Telefon und informierte Crispin und meine Eltern. Mama war ganz aus dem Häuschen. Ich auch. Zwei Stunden feierte ich. Erst stieß ich mit allen Kollegen an, dann nur noch mit Eske, und schließlich blieb ich allein übrig. Die anderen hatten zu tun. Ich schenkte mir einfach zwei Gläser Sekt ein und prostete mir selbst zu. Ich fühlte mich großartig. Ich war wieder auf der Sonnenseite. Niemand konnte mir etwas anhaben. Auch Niels nicht, der noch immer schwieg. Kurz entschlossen berichtete ich ihm von meinem Erfolg. Diesmal wurde auch ich pampig. Ich konnte es mir erlauben. »Also«, schloss ich, »wenn du mir den Goldenen Schuss geben willst: Tu's jetzt. Ich könnt's verkraften heut'«. Dann lehnte ich mich zurück und nahm noch einen Schluck Sekt. Die Antwort kam postwendend.

Betreff: Weißes Tuch

Nix da. Hier wird nicht geschossen. Er wird sich schon wieder einkriegen. Glückwunsch zum Goldenen Examen! Hätt auch nichts anderes von dir gedacht.

Ich atmete erleichtert auf. Niels wollte also nicht Schluss machen. Ich hatte ihm das Messer in die Hand gegeben, aber er ließ es nicht auf mich herabsausen. Er nahm es mir aus der

Hand und steckte es weg, damit sich niemand daran schnitt. Seine Biestigkeit hatte wahrscheinlich wirklich nichts mit mir zu tun. Der Tag war gerettet. Ich beschloss, ihn einfach ölen zu lassen. Er würde sich schon wieder einkriegen, wie er geschrieben hatte. Abends nötigte Eske mich dazu, ihr einen Drink nach dem anderen auszugeben. Sie hatte mit ihrer Magisterarbeit noch nicht einmal angefangen und musste ihr schlechtes Gewissen betäuben. Im Aurel war es voll und heiß. Ich war blendend gelaunt und ging mit meinem Examen hausieren. Nach einer Stunde war jeder im Laden informiert, ob er wollte oder nicht. Eske und ich standen vorn neben dem Tresen und kommentierten die Bestellungen der Gäste. »Kiba« und »Milchkaffee« bedachten wir mit viel sagenden Blicken und hochgezogenen Augenbrauen. Kiba war was für Mädchen und Weicheier. Erst recht am Freitagabend. Wir begannen zu raten, wer welches Getränk bestellen würde. Hatten wir Recht, johlten wir und beklatschten uns selbst. Mit diesem Gebaren machten wir uns nicht nur Freunde. Tresenmann Gerrit war schon nach kürzester Zeit hochgradig genervt.

»Macht mal Platz«, bollerte er, wenn er sich mit dem Tablett an uns vorbeidrückte, um Gläser einsammeln zu gehen. »Ihr steht im Weg.«

»Tsss«, zischten wir und kniffen Gerrit in den Hintern. Sexy. Um ihn noch ein bisschen mehr zu verärgern, bestellten wir unsere Drinks von da an ausschließlich bei ihm und ließen uns bei jeder Caipirinha Zucker nachfüllen. Niels erwähnte ich Eske gegenüber mit keinem Wort. Sie wollte ein paar Mal davon anfangen, aber ich hatte keine Lust, mir die Laune zu verderben. Es war eindeutig ein gelungener Abend.

6.

Eske.

Das Buch stagniert. Eigentlich wollte Mona ihren Liebeskummer literarisch verarbeiten, nun hat sie mal wieder erklärt, endgültig mit dem Typen fertig zu sein. Ich freue mich jedes Mal für sie und nehme das ansonsten nicht mehr besonders ernst. Sie beteuert trotzdem, beim Buch nur eine kleine Kunstpause einzulegen, was ich ihr wirklich glaube, denn schließlich hat sie in den letzten Tagen nur sehr wenig Zeit für ihr Werk gehabt. Eine Feier jagt die nächste, und der Frühling steht vor der Tür. Außerdem sind Mona und ich nicht nur hoffnungsvolle Jungautorinnen, sondern auch Gesangstalente, was wir erst kürzlich sehr ausgiebig auf einem Karaokeabend beweisen konnten. Vielleicht wollte das Publikum nur freundlich sein, aber ich denke, ich war wirklich gut. Zumindest war ich mit Leidenschaft dabei, und die Performance ist ja schon die halbe Miete zu einem gelungenen Auftritt. Mona hat bald Geburtstag. Ich werde ihr ein Karaokeständchen bringen. Da wird sie sich freuen.

Man sollte sowieso immer noch etwas anderes in petto haben und sich nicht nur auf eine Kunst konzentrieren, das gilt besonders in Monas Fall. Ihre Sätze sind zu lang und zu unübersichtlich und sowieso etwas zu blumig für meinen Geschmack. Vor allen Dingen am Anfang. Rittner behauptet jetzt, sie hätte sich im Verlauf ihrer künstlerischen Entwicklung schon längst für kürzere Sätze entschieden und endlich ihren Stil gefunden. Trotzdem: Meiner Meinung nach kommt sie nicht auf den Punkt. Ich habe ihr das natürlich nicht gesagt. Das überlasse ich lieber anderen. Es kann nicht zusätzlich noch meine Aufgabe sein, ein Buch zu kritisieren, zu dem ich eine Kurzgeschichte schreibe, und womöglich würde eine Kritik die Schreibblockade nur verstärken. Übrigens meine ich mit »Kurzgeschichte« an dieser Stelle kein literarisches Genre. Ich meine damit einfach »eine kurze Geschichte«, beispielsweise im Vergleich zu »ein langes Buch«. Ich finde das völlig korrekt und fachlich unanfechtbar, wenn man es erst mal erklärt hat. Das musste sogar Mona einsehen. Sie sollte sich lieber an die eigene Nase fassen und nicht versuchen, durch unqualifizierte Bemerkungen über meine Stilmittel ihre eigenen schriftstellerischen Mängel zu übertünchen. Demnächst legt Mona ihr bisheriges Werk einer gnadenlos ehrlichen Freundin vor, und dann werden wir ja sehen.

Mona.

Das Wochenende ohne Niels war richtig scheiße. Ich hörte nichts von ihm. Samstag fand ich es noch okay, aber ab Sonntagnachmittag verfiel ich in eine tiefe Depression. Ich schleppte ständig mein Telefon mit mir herum und musterte es von Zeit zu Zeit auffordernd, aber es blieb stumm. Crispin ging ich aus dem Weg, soweit das möglich war auf unseren hundert Quadratmetern. Ich war fies und feige. Und nicht zuletzt deshalb extrem schlecht gelaunt. Noch nicht einmal die Lindenstraße konnte mich aufmuntern. Als Eske anrief, um mit mir auf die gelungene Rache von Mutter Beimer an Erich Schiller anstoßen zu gehen, lehnte ich ab.

»Was ist denn mit dir los?«, fragte Eske entrüstet. »Gestern bist du auch schon zu Hause geblieben. Dabei war's doch Freitag so lustig. Sollten wir noch mal machen. Bist du krank? Oder pleite?«

»Krank«, log ich.

»Was haste denn?« Eske klang interessiert. Das Elend anderer Leute war eine ihrer Leidenschaften.

Ich seufzte. Crispin saß am Esstisch und las. Ich konnte Niels mit keinem Wort erwähnen. »Ach, ich weiß auch nicht«, redete ich mich halbherzig heraus. »Irgendwie alles doof halt im Moment.« Crispin sah von seiner Zeitung hoch und zog eine Grimasse. Er hatte längst geschnallt, dass irgendetwas nicht stimmte, aber er ließ mich in Ruhe. Warum nur hatte er so viel Geduld mit mir?

»Das hat nicht zufällig was mit diesem Psycho zu tun, oder?«, lauerte Eske.

»Na ja. Vielleicht«, sagte ich.

Eske stöhnte. »Dass dich dieser Spacken immer noch beschäftigt! Ich glaub's nicht, echt«, echauffierte sie sich. »Vergiss den Spinner. Du hast Wichtigeres zu tun. Zum Beispiel mit mir ins Familieneck gehen.«

»Heute nicht«, entgegnete ich matt. »Wirklich, ich kann nicht. Ich bleibe ausnahmsweise einfach mal daheim.«

»Langweilerin«, meckerte Eske. »Unverschämtheit.«

»Man muss auch mal an seine Gesundheit denken«, antwortete ich und legte einfach auf.

Wenig später fiepte mein Telefon doch noch. Ich sprang wie angestochen vom Stuhl. Crispin beäugte mich misstrauisch. Es war nicht Niels, der mir geschrieben hatte. Es war Eske. Sie beschimpfte mich als Versagerin und Kibatrinkerin. Meinetwegen. Ich gab Crispin einen entschuldigenden flüchtigen Kuss auf die Stirn und kletterte nach oben ins Bett. Ich wollte nichts mehr davon hören.

Montag wurde es nur noch schlimmer. Erst war ich zuversichtlich. Ich tat so, als wäre alles wie immer, und teilte mir beim Zähneputzen sogar mit Crispin das Waschbecken. Im Büro begrüßte ich Niels mit einer wirklich netten Mail. Zurück kam nur Gemotze. Langsam wurde ich wütend. Was bildete sich dieser Kerl ein? Erst machte er mich heiß und baggerte an mir rum, und jetzt sorgte er dafür, dass ich mir total bescheuert vorkam. Missmutig stocherte ich in zerstrittenen Nachbarschaften herum. Kein dankbares Thema. Ich würde definitiv Schwierigkeiten bekommen, die Sendung voll zu kriegen. Meine Recherchen waren mindestens so erfolglos wie meine Versuche, Niels ein paar liebevolle Worte zu entlocken. Kein Nachbar wollte mit mir sprechen, genau wie Niels. Extrem genervt verließ ich pünktlich um sechs die Redaktion. So wie es aussah, würde ich in den nächsten Wochen noch genug Überstunden schieben.

Zu Hause kam ich mir vor wie aufgezogen. Ich erledigte, was erledigt werden musste: den Katze füttern, abwaschen, Guardian und Bild am Sonntag entsorgen, Tee kochen. Der Kühlschrank war leer. Ich hatte sowieso keinen Hunger. Ich legte mich aufs Sofa und zog mir Seifenopern rein. Die Leute da hatten auch eine Menge Probleme, obwohl sie gar nicht so aussahen. Sehr tröstlich. Dann fiepte mein Telefon. Die Nachricht kam von Niels. Sie hatte drei Buchstaben.

AUS, stand da. Mit Punkt. In Großbuchstaben. Sonst nichts. AUS. AUS. AUS. AUS. AUS? Bitte *was*? Hallo? Geht's noch?

Entschuldigung? Ich drehte augenblicklich völlig am Rad. Das Herz schlug mir bis zum Hals und presste den Rest meiner Eingeweide in völlig falsche Richtungen. Meine Hände zitterten, wieder sackten mir die Knie weg. Mir war schlecht. Ich ging ins Bad und übergab mich. AUS? Wie jetzt? Nein, das musste ein Witz sein. So was konnte er doch wohl nicht bringen. Oder? Ja, Niels war gestört. Ich leistete innerlich Abbitte bei Eske. Aber *so* gestört? Ich war fassungslos. In meinem Kopf fuhr alles Karussell. Ich lachte hysterisch. Dann wurde ich wütend. Ich war blind vor Wut. Ich schrie das Telefon an. Ich griff danach und rief Niels an. Er saß im Auto. Wie immer.

»Sag mal, was soll das denn?«, blaffte ich ihn an. Meine Stimme überschlug sich fast. Ich klang tausend Mal authentischer als die Schnecken aus den Seifenopern. Scheiße, ich war wirklich emotional verwickelt. »Hast du sie noch alle? Bist du bescheuert?«, keifte ich.

Niels lachte verlegen.

Ich wurde noch wütender. Ich hatte mich kaum noch unter Kontrolle. Jemand hatte mir meinen Ledergürtel um die Brust gezogen und zog ihn so fest, dass ich kaum atmen konnte. Ich musste mich setzen. Ich wäre sonst umgekippt. Zack, da lag sie. Ich wollte nicht umfallen.

»Es geht nicht anders«, sagte Niels. Er klang ruhig. Und so verdammt selbstsicher. »Du kommst eindeutig zu früh.«

»Bitte was?« Ich verstand nur Bahnhof.

»Du kommst zu früh. Das passt im Moment nicht in meinen Lebensplan.«

»Lebensplan?« Lebensplan? Plan? Niels hatte einen *Plan*? Das war mir neu. Eske würde sich totlachen. Ich war fassungslos. Ich war fassungslos, und ich war mächtig stinkig. Ich konnte keinen klaren Gedanken fassen. Ich wollte nicht lockerlassen. Ich konnte nicht lockerlassen.

»Erklär mir, warum«, sagte ich verzweifelt. »Was stimmt nicht? Bitte erklär's mir. Ich verstehe dich nicht.«

Niels druckste verlegen herum.

Ich hätte ihm am liebsten eine reingehauen. Ich ballte die Faust. Meine Augen füllten sich mit Tränen. Meine Haut brannte. Meine Hände waren kalt und feucht. Ich bohrte weiter.

»Es ist wegen meiner Beziehung. Ist es, weil ich eine Beziehung habe?«

»Nein«, sagte Niels. »Es hat nichts mit dir zu tun.«

Nee, klar, ist richtig. *Natürlich* hatte es nichts mit mir zu tun. Wie auch? Ich gehörte ja nicht dazu. Die Entscheidungen wurden hier ohne mich getroffen. Alles klar. Danke, du Arschloch. Coole Nummer, echt. Supergeil. Hätte ich nicht gerade schon gekotzt, spätestens jetzt wär's soweit gewesen. Aber da war nichts mehr in mir. Nichts, was durch meinen Hals passte jedenfalls. Der Klumpen in meinem Bauch hatte sich verkapselt und schwoll auf Fußballgröße. Ach, Werder grünweiß.

»Also was jetzt?«, herrschte ich Niels an.

»Aus«, sagte er. »Aus eben. Geht nicht anders. Das wär sonst ja wie die Königskinder. Da hab ich keinen Bock drauf.«

Königskinder. Ausgerechnet. Ich hielt mich am Sofa fest. Mir war schwindlig. Der Katze maunzte mich an. Ich schob ihn mit dem Fuß weg. Lasst mich alle in Ruhe. Ich schwieg. Niels schwieg auch. Ich konnte nicht mehr denken. Ich bekam ja noch nicht einmal mehr Luft. »Na schön«, sagte ich. Ich legte auf und fing an zu heulen.

Alles an mir wurde so durchgeschüttelt, dass ich schon nach wenigen Minuten völlig erschöpft war. Ich wusste nicht, was ich denken sollte. In mir herrschte das totale Chaos. Ein heilloses Durcheinander. Wie bei den Hottentotten. Niels, ich, Crispin, Wenns und Abers und Vielleichts, Königskinder und Hofnarren, alle waren da und rockten sich munter durch meine Gehirnwindungen. Ich saß im Dunkeln auf dem Fußboden. Mein Telefon hatte ich übers Parkett geschleudert. Es lag hinter dem Benjamini und wurde von dem Katze misstrauisch beobachtet. Nein, Katze, es bewegt sich nicht mehr, das Telefon. Vertrau mir. Glaub mir, es bewegt sich nicht mehr. Oder vielleicht doch? Das Ganze konnte doch nicht Niels' Ernst sein. Das war doch keine Art. Es war auch nicht seine Art. Das war nicht der Niels, der mich mit seinen wunderbaren Worten so lange bearbeitet hatte, bis ich gefallen war, ohne Rücksicht auf Verluste. Ohne Rücksicht auf Crispin oder mich oder irgendwen sonst. Und jetzt war ihm jedes Wort zu viel? Königskinder. Königskinder lieben sich! Sie haben massenhaft Probleme und böse Stiefmütter und unaufschiebbare Regierungsgeschäfte zu erledigen und vergiftete Äpfel zu entschärfen, aber sie lieben sich doch! Daran zog ich mich auf. Ich weinte, dann hoffte ich, dann weinte ich wieder. Ich erinnerte mich an die Liebeskummerkamera. Eske hatte sie eingeführt.

»Wenn man Liebeskummer hat«, hatte sie mir erklärt, »dann muss man sich immer so verhalten, als würde einen eine Filmkamera verfolgen. Man muss mit hochgeschlagenem Kragen im Regen spazieren gehen, sodass sich die Tränen mit den Regentropfen vermischen, und sich dazu die traurigste aller Musiken vorstellen. Alles in schwarzweiß natürlich. Das muss man richtig auskosten. Und danach geht es einem besser.«

Es regnete nicht, also ging ich auch nicht spazieren. Ich griff nach der Kopie von dem Tape, das ich Niels aufgenommen hatte, und legte sie ein. Ich machte kein Licht. Trotzdem nahm ich die Karte von Crispin ab, die ich neben unserem Bett an der Wand festgepinnt hatte. Die mit dem kleinen Wurm. Tschüs. Tschüs, aber nicht für lange. Oder doch? Dann nahm ich meine

Kontaktlinsen aus den roten Augen, bevor sie wegschwammen, und weinte mich in den Schlaf. Am nächsten Morgen würde ich bestimmt prima aussehen.

Prima war gar kein Ausdruck. Ich sah so zum Kotzen aus, dass mir beim ersten Blick in den Spiegel ein wirklich verzweifeltes Ächzen entfuhr.

»Alles in Ordnung?«, rief Crispin von draußen. Er war schon wach und auf dem Sprung.

»Ja«, rief ich betont munter zurück.

Crispin riss die Badezimmertür auf. Ich steckte mein Gesicht unter den Wasserhahn. Ich will dich nicht sehen, Crispin. Ich kann dich nicht ansehen. Nicht jetzt.

»Ich muss los«, sagte er und blieb erwartungsvoll neben mir stehen.

Bitte geh, Crispin. Ich ließ das Wasser laufen und kam mit dem Gesicht nicht hoch. »Mmmhmmmh«, summte ich, winkte mit der rechten Hand und prustete demonstrativ vor mich hin.

Crispin legte mir seine Hand auf den Rücken und küsste mir den Nacken. Ich verkrampfte mich und bekam eine Gänsehaut. Aufhören. Weg hier. Raus. Bitte. Danke. Als Crispin die Wohnungstür zuzog, lehnte ich mich an die Wand und schloss die Augen. Die Kacheln waren kühl. Dann stieg ich unter die Dusche. Überall Wasser.

Ich kam natürlich zu spät. Eske trommelte auf dem Lenkrad herum.

»Du nervst«, sagte sie. »Ich hab viel zu tun. Außerdem siehst du scheiße aus.«

»Sei lieb zu mir«, bat ich sie. »Ich hab Liebeskummer.«

»Schon wieder Zoff mit Crispin?«

»Nein.«

»Ach du scheiße, der Psycho.« Eske rollte mit den Augen.

»Ich hab gestern eine SMS von ihm gekriegt«, erklärte ich. »Sie hatte drei Buchstaben. A-U-S.«

»Holla«, entfuhr es Eske. »Wie galant.«

»Und wie«, bestätigte ich und starrte nach draußen. Liebeskummerkamera-Wetter. Endlich. Es regnete. Die Scheibenwischer quietschten. »Du brauchst neue Scheibenwischerblätter«, bemerkte ich.

Eske zog die Augenbrauen hoch und sah mich an. »Du brauchst ein neues Gehirn«, sagte sie. »Und ein Lifting gleich dazu. Du siehst echt schlimm aus.«

»Vielen Dank«, entgegnete ich. »Ich hab die halbe Nacht geheult.«

»Darauf wäre ich nie gekommen.«

Sehr witzig.

»Ich hab doch gleich gesagt, dass das ein Psycho ist.«

»Wenn du das noch *einmal* sagst, kotz ich dir vor die Füße.«

»Wehe«, sagte Eske. Immerhin hielt sie jetzt den Mund. Aber nicht für lange. »Habt ihr danach nicht noch mal miteinander gesprochen?«, fragte sie. Jetzt klang sie fast mitfühlend.

Ich schniefte schon wieder. »Doch. Ich hab ihn angerufen und ihn angeschrien, aber es war nichts aus ihm rauszuholen. Er hätte keinen Bock auf Königskinder, hat er nur gesagt. Weiß der Teufel. Ich hab keine Ahnung, was in seinem kranken Kopf vorgeht.«

»Königskinder?« Eske runzelte die Stirn. »Sei froh«, erklärte sie dann überzeugt. »Jetzt mal ganz im Ernst, der Typ ist wirklich nichts.«

»Das hilft mir nicht«, erklärte ich trotzig. »Ich liebe ihn. Ich bin wirklich unglücklich.«

»Willste 'n Schnaps?«, fragte Eske.

»Du bist doof«, antwortete ich. Ich musste lachen. Gleichzeitig schluchzte ich. Es klang interessant.

Eske lachte auch. »Kopf hoch«, sagte sie. »Es wird nichts so heiß gegessen, wie es gekocht wird. Wenn er ein echter Psycho ist, kommt da noch was nach. Hand drauf.«

»Meinst du?«

»Ja. Aber du solltest zusehen, dass er dir bis dahin am Arsch vorbeigeht. Er ist es nicht wert.«

Bis wir auf den Parkplatz rollten, regte Eske sich über ihre nächste Sendung auf. Ich hörte ihr nicht zu. Ich hatte mein eigenes Problem. Zwei, um genau zu sein, und sie fingen beide mit N an. Die Nachbarn und Niels. Wenigstens war Niels nicht mein Nachbar. Er saß hundertfünfzig Kilometer entfernt. Sein Glück.

Die ganze Woche über bekam ich keinen Fuß an die Erde. Es war völlig egal, was ich anpackte, alles ging schief. Die Nachbarn hetzten mir ihre Anwälte auf den Hals. Sie drohten mit einstweiligen Verfügungen. Ich arbeitete wie eine Bekloppte, allein schon, um Crispin aus dem Weg zu gehen. Eske hatte es schon am Mittwoch aufgegeben, mich aufmuntern zu wollen. Sie bot mir nicht mal mehr Schnaps an. Ich hing verbissen an meinem Schreibtisch, mein Team traute sich kaum noch, den Mund aufzumachen. Abends ging ich früh ins Bett und weinte, wenn ich allein war. War Crispin da, war es noch schlimmer. Ich hätte ihm so gern alles erzählt, aber ich traute mich nicht und rechtfertigte meine miese Laune mit der Arbeitssituation. Crispin kannte mich besser, aber er fragte nicht nach. Vielleicht hatte er ebenfalls Angst. So wie ich.

Die Liebeskummerkamera wurde zu meinem ständigen Begleiter. Ständig surrte und klickte es in meinem Hinterkopf. Ich sah alles nur noch schwarzweiß. Bei jeder Kleinigkeit rastete ich aus. Von Niels hörte ich nur noch einmal, spätnachts, als ich völlig groggy aus der Redaktion gekrochen kam. Draußen hatte es tatsächlich geschneit, der Himmel war klar, und die Sterne machten sich einen Spaß daraus, mich herausfordernd anzufunkeln. Ich nahm die Herausforderung an und blieb eine Zeit lang draußen stehen, bis mir die Kälte fast die Zehenspitzen amputierte. Schließlich tippte ich Niels eine Nachricht. Kurz nur. Dass die Sterne so schön waren und er mir fehlte.

»Bitter«, schrieb er zurück, »bitter. Alles so leer.«

Das gab mir den Rest. Als am Samstag endlich meine letzte Sendung vor der Weihnachtspause abgedreht war, konnte ich nicht mehr. Die Nachbarn hatten mich richtig gearscht. Die Sendung wurde zwar voll, aber sie wurde nicht gut, und im Familieneck hatten sie eine Fahndungsmeldung aufgehängt. Es war Monate her, dass ich eine ganze Woche nicht dort aufgelaufen war. Man vermisste mich. Ich vermisste Niels.

Der 20. Dezember war mein erster Urlaubstag. Zum ersten Mal seit Tagen hatte ich morgens Lust, aufzustehen. Keine Ahnung, woran das lag. Crispin war nach Wales gefahren. In die alte Heimat, zu den Schafen, Freunde besuchen über Weihnachten. Den Sonntag hatte ich im Bett verbracht und traurige Musik gehört und geheult. Vielleicht hatte ich jetzt einfach die Schnauze voll davon, mich selbst zu bemitleiden und Niels hinterherzutrauern. Vielleicht war es auch die Aussicht auf anderthalb freie Wochen. Oder doch schlichtweg Weihnachten. Kann ja sein. Jedenfalls stand ich auf, zog meinen Lieblingspulli an und spazierte durchs Viertel. Die Luft war kalt und frisch. Ich atmete tief durch. Sämtliche Leute rannten kopflos durch die Gegend, aber *ich* hatte alle Zeit der Welt. Ein wunderbares Gefühl.

»Siehst ganz gut aus, Prinzessin«, sagte Eske, als ich sie auf einen Kaffee im Insbeth traf. »Wurde ja auch Zeit«, fügte sie noch hinzu. »Fing schon an, mir Sorgen zu machen. Warst die ganze letzte Woche nicht zu gebrauchen.«

»Lass uns heute Abend ins Eck gehen«, schlug ich vor.

»Yes«, schrie Eske begeistert und hob ihre rechte Hand.

Wir klatschten uns ab.

»Endlich kommst du wieder zu Verstand«, grinste sie.

Das war leider eine komplette Fehleinschätzung. Als Eske gegangen war, wurde mir langweilig, und ich holte mein Telefon heraus. Langeweile ist nicht nur doof, sie verblödet scheinbar auch. Erst recht in Verbindung mit halbwegs guter Laune. Ein paar Sekunden geistiger Umnachtung genügten völlig, um mich zurück ins Chaos zu beamen. Ich schrieb an Niels. Die Prinzessin in mir tobte, aber das war mir egal.

Niels antwortete sofort, als ich ihn auf einen Fantasiekaffee einlud. Als wäre nichts gewesen. Er rückte näher, und wir schlürften gemeinsam aus dampfenden Schalen. Wie früher. Wie vorher. Ich konnte mein Glück kaum fassen. Vielleicht würde doch alles gut werden. Vielleicht war er zur Vernunft gekommen. Vielleicht war er doch der Richtige. Der Eine. Vielleicht musste ich ihm nur mehr Zeit geben. Noch mehr Zeit. Vielleicht hatte er die ganze Zeit nur Angst gehabt. Vor dem großen Unbekannten. Vor dem X-Faktor. Vielleicht war *ich* für ihn der X-Faktor! Wow.

In Minutenschnelle hatte ich mich Niels wieder ausgeliefert, mit Haut und Haaren. Ich saß im Insbeth und grinste debil vor mich hin. Gut, dass Eske schon weg war. Mein Telefon fiepte nonstop, als wollte es die letzten Tage aufholen. Ich zog mir den Unmut der anderen Gäste zu. Es war mir egal. Ich lachte sie an, und sie lachten zurück und verziehen mir. »Junges Glück«, bemerkte ich entschuldigend und zuckte mit den

Schultern. Meine Tischnachbarn nickten verständnisvoll. Ich kaufte ihnen einen Sekt. Keiner wollte Kiba. Ich hatte plötzlich so viel Energie, dass ich alles auf einmal erledigen wollte. Ich meldete mich bei Niels zum Weihnachtsshopping ab. Auf dem Weg ins Einkaufszentrum rief Florian an.

»Ich wollte nur mal fragen, wie's dir so geht«, trompetete er mir fröhlich ins Ohr.

Meine Fresse, hatte der Antennen. »Gut geht's!«, zwitscherte ich zurück.

»Was macht dein Psycho?«, wollte Florian wissen.

Er war selbstverständlich im Bilde. Ich hatte ihn irgendwann angerufen. Ich hatte Trost gebraucht von jemandem, der wusste, was Niels durch die Lappen ging. Ich grinste. »Der ist soeben wieder aufgetaucht, der Psycho«, erklärte ich. Der Stolz in meiner Stimme war nicht zu überhören.

»Hä?«, machte Florian.

»Er ist wieder da«, sagte ich noch einmal. »Wir sind wieder glücklich.«

»Was?«, fragte Florian wieder.

Ein Lieferwagen bretterte haarscharf an mir vorbei. Ich stand wippend auf dem Bordstein. Ich war unsterblich. »Wir sind wieder *glücklich*!«, schrie ich übermütig ins Telefon.

»Wie kommt *das* denn?«

»Was weiß denn ich. Jedenfalls ist er wieder da.«

»Also ehrlich: Der spinnt total«, konstatierte der unsexieste Mann unter der Sonne. Es war nicht das erste Mal.

»Meinetwegen«, antwortete ich. »Ich auch wahrscheinlich.«

»Was ist mit Crispin?«, fragte Florian.

Crispin. Ich seufzte. »Ich möchte nicht darüber sprechen«, antwortete ich dann.

»Na dann. Hör mal, ich muss Schluss machen«, sagte Florian, »halt mich auf dem Laufenden, ja?«

»Frohes Fest«, salutierte ich, drückte die rote Taste und stürzte mich ins Getümmel.

Ich ließ ungefähr drei Monatsgehälter im Viertel und kaufte sogar für Leute Geschenke, die ich seit Monaten nicht gesehen hatte, weil ich sie gar nicht leiden konnte. Heute konnte ich alle leiden. Alle, alle, alle. Ich war kurz davor, auf die Bank in der Mitte der Fußgängerzone zu klettern und mir mit Michael-Jackson-Stimme ein *»I love you!«* herauszupressen, aber ich konnte mich gerade noch so zusammenreißen. Ein paar Meter vor mir ging Aram, der Wirt vom Familieneck. Er würde mir am Abend nichts mehr zu trinken geben, wenn er mich jetzt schon für besoffen hielt. Dieses Risiko wollte ich nicht eingehen. Für Niels kaufte ich kein Geschenk. Mir fiel nicht ein, was. Einen Werder-Fanshop gab es in Altona nicht. Als ich abends im Eck Eske traf, sah sie mir sofort an, dass etwas passiert war.

»Sag, dass das nicht wahr ist«, sagte sie kopfschüttelnd. Sie war entsetzt.

Ich legte ihr den Arm um die Schulter und küsste sie auf die Wange. »So wahr ich hier stehe«, verkündete ich und bestellte Schnaps. Ich stand nicht mehr lange.

Die nächsten drei Tage waren traumhaft. Alles, was zuvor geschehen war, verdrängte ich meisterhaft. Niels und ich feierten ein Festival der Liebe. Wir begleiteten uns auf Schritt und Tritt. Alle Zweifel, alle Fragen waren wie weggeblasen. Ich summte nonstop vor mich hin. Eske erklärte mich für wahnsinnig, und Alf fragte mich, ob ich vielleicht schwanger wäre. Das brachte mich auf einen Gedanken. Ich dachte darüber nach, ob ich ein Kind von Niels wollte. Das hatte ich mir noch bei keinem wirklich überlegt. Ich dachte darüber nach, wie der kleine Niels mit seinem Papa im Weserstadion herumhängen und mit Marco Bode trainieren würde. Und danach würde ich dem kleinen Racker aus Prinzessin Horst vorlesen. Mein Gott, ja! Ich wollte mit Niels schlafen. Ich wollte wissen, wie es war, von ihm gestreichelt zu werden, überall. Ich setzte die Pille ab. Gleich am Dienstag. Nur für alle Fälle. Crispin hatte ich seit Wochen nicht mehr angefasst. Es ging einfach nicht. Wir hatten nicht darüber gesprochen. Ich hatte es mir ein paar Mal vorgenommen, eigentlich jeden Tag, abends, wenn er nach Hause gekommen war, aber die Bremse in meinem Kopf verbot mir den Mund. Ich bekam Pickel wegen des plötzlichen Hormonentzugs. Am glücklichsten war ich in diesen Tagen, wenn ich allein war. Nicht nur wegen der Pickel. Wenn ich allein war, konnte mir niemand reinreden. Außer Niels.

Für die Feiertage fuhren Alf und ich in die Heimat. Zum Dicken Hannes und den Eltern. Ich warf Lukas die Wohnungsschlüssel in den Briefkasten. Er musste den Katze füttern die nächsten Tage. Er war der Einzige, den ich kannte, der über Weihnachten in Hamburg blieb. Ich hatte keine Wahl. Und nicht viel Vertrauen in Lukas, aber letztendlich machte er alles gut. Es ging schließlich um ein Lebewesen. Da war sogar Lukas vorsichtig.

Auf der Autobahn Richtung Bremen jubilierte ich innerlich. Ich würde Niels wiedersehen. Schon bald. Niels hatte kein Wort darüber verloren, aber eine Frau spürt so etwas. Ich setzte Alf an der Kreuzung ab.

Zu Hause war es wie immer. Ich freute mich, meine Eltern zu sehen, aber schon nach zwei Stunden gingen wir uns gegenseitig auf den Geist. »Räum deine Klamotten weg«, schimpfte mein Vater, und meine Mutter regte sich darüber auf, dass ich keine anständigen Nachthemden besaß. Nur so Opadinger. Sie hätte mich bestimmt am liebsten in fleischfarbener Spitze gesehen. Kotz. Mütter. Wie immer, wenn ich nach Hause kam, inspizierte sie mit Argusaugen mein Gepäck. Dabei kamen ihr die besten Geschenkideen. Fleischfarbene Nachthemden, neue Socken und Reiseföhns. Super. Wie gut, dass schon Heiligabend war. Keine Chance für sie, noch irgendwas zu kaufen. Halleluja. Eltern. Die hatten Sorgen! Unmöglich. Ich reagierte gereizt, als Papa mich ins Arbeitszimmer zitierte. Er eröffnete mir, dass er nicht länger meine Unfallversicherung zu zahlen gedächte, weil ich ja mittlerweile ganz anständig verdienen würde. Ich rollte mit den Augen. Für was für einen Scheiß sollte ich eigentlich noch alles Geld ausgeben? Unfallversicherung. Pah. Wieso? Ich war doch unsterblich! Unsterblich verliebt! Aber verwundbar, zugegeben.

Niels hatte seit Stunden nichts von sich hören lassen. Er musste längst in Horst sein. Ich latzte ihm einen Notruf nach dem anderen rüber, aber nichts passierte. Zum Glück konnte ich nicht allzu lange darüber nachdenken. Meine Mutter verbreitete Heiligabendpanik. Sie hielt mich auf Trab und schickte mich auf die üblichen Botengänge. Keller, Bier und Wasser holen. Garten, Kompost wegbringen. Erste Etage, Magisterzeugnis aus der Tasche kramen. Für die stolzen Eltern. Wieder Keller, Putzeimer organisieren. Mama war in der Küche die Suppe übergekocht. Ständig schleppte ich irgendwelches Zeug hin und her.

»Das Haus ist zu groß«, beschwerte ich mich bei Mama. »Sind so weite Wege.«

»Faules Stück«, sagte sie, »hol lieber noch ein paar Flaschen Wein aus dem Keller. Fürs Essen.«

Als es soweit war, war mir der Appetit vergangen. Niels blieb verschollen.

In der Nacht schlief ich schlecht. Die Zeiten, in denen mich Weihnachtsgeschenke glücklich machten, waren endgültig vorbei. Ich war nun mal kein Kind mehr. Ich war eine erwachsene Frau, und die war höchstens froh, wenn sie zu Weihnachten keine fleischfarbenen Nachthemden geschenkt bekam. Ich hatte Glück gehabt. Kein Nachthemd. Ein Kofferset. Nicht schlecht. Damit konnte ich Niels in Horst besuchen. Für ganz lange. Für immer. Ich hatte noch immer nicht begriffen, dass ihm alles, was länger als eine Woche dauerte, einen Mordsschrecken einjagte.

Als morgens noch immer keine Post auf meinem Handy angekommen war, hatte ich eine Eingebung. Ich schickte mir selbst eine Nachricht. Sie erreichte mein Telefon nicht, dabei war dieser Weg doch nun wirklich nicht weit. Ich wartete eine Stunde, dann rief ich den Mobilfunkanbieter an. Das ganze Netz war zusammengebrochen. *Alle* Mobilfunknetze waren zusammengebrochen. Die Server waren hoffnungslos überlastet. Alle schickten sich Weihnachtsgrüße per SMS, die nie ankamen. Stau auf der Datenautobahn. Gau vielleicht sogar. Das würde eine Menge Ärger geben. Familien würden sich bekriegen und jahrelange Freundschaften zerbrechen. Der Fluch der Technik. Mir und Niels würde das nichts anhaben können. Wir waren ja schlau. Ich wartete geduldig. Am Nachmittag kam endlich Post.

»Lange nichts gehört«, schrieb Niels, »hatte richtig Angst um dich. Dachte, wird sich doch nicht versägt haben auf der Autobahn, die Kleine?«

Ich schmolz dahin. Niels hatte Angst um mich gehabt. Wie süß. Er liebte mich, und ich liebte ihn noch viel mehr. Ein blöder Fehler. Ein ganz blöder Fehler.

Am zweiten Weihnachtstag fuhr ich Alf besuchen. Dabei brach mir auf der B 428 die Tachowelle. »Krrrrk«, machte es plötzlich, und der Geschwindigkeitsanzeiger bewegte sich keinen Fatz mehr. Der Kilometerzähler auch nicht. Darüber freute ich mich, wegen des Wiederverkaufswerts, obwohl ich bezweifeln musste, dass das Auto nach mir jemals wieder jemand haben wollte. Ich hatte es innerhalb von anderthalb Jahren schon ziemlich geschrottet. Frau am Steuer, Ungeheuer. Hahaha. Als ich Niels davon erzählte, begann er gleich, in seiner Werkzeugkiste zu kramen. Ich hatte es ja gewusst, wir würden uns wiedersehen. Am 27. Dezember.

Bis zum frühen Nachmittag wusste ich nicht, ob es klappen würde mit unserem Treffen. Ich hatte Niels gleich morgens geschrieben, dass ich ihn sehen wollte. Er ließ mich zappeln und amüsierte sich über meine Ungeduld. Schließlich verabredeten wir uns für den Abend auf dem Marktplatz. War ja nicht weit von Horst. Um acht wollte Niels da sein. Ich war sofort wieder nervös wie ein Bühnengast 1 mit sieben Konfliktpartnern. Ich hätte einen Schnaps gebraucht, aber Papas Kräuterbrühe war mir zu eklig. Sie hieß »Tante Hedwigs«, und Papa hatte am Heiligen Abend nach dem Essen die halbe Familie damit außer Gefecht gesetzt. Viel zu spät stellten wir fest, dass er schlichtweg das Prinzip nicht verstanden hatte.

Ein Nachbar brachte uns drauf, der am zweiten Weihnachtstag vor der Tür gestanden hatte, um ein frohes Fest zu wünschen. Er bekam auch ein Gläschen vorgesetzt, und *ihm* war die Sache gleich spanisch vorgekommen. Er hatte mit Schnaps aber auch eine Menge Erfahrung. Er machte Papa darauf aufmerksam, dass »Tante Hedwigs« eine Kräuteressenz war, die man mit Korn verlängern musste. Das hatte Papa übersehen. Konnte ja mal passieren. Vielleicht hatte Papa das auch mit Absicht getan, um Tante Gerlinde röcheln zu hören. Tante Gerlinde war starke Raucherin und röchelte eh schon. Papa fand das amüsant. Er freute sich dann insgeheim, dass er selbst nur noch drei Zigarillos am Tag rauchte. Das hatte Mama durchgesetzt. Je mehr Jahre sie auf dem Buckel hatte, desto militanter wurde sie. So etwas stand mir wahrscheinlich auch bevor. Watch out, Niels.

Mit »Tante Hedwigs« war Gerlindes Röcheln tatsächlich noch viel extremer geworden. Es war ja schön und gut, wenn Papa sich daran ergötzen wollte, aber dass er damit auch noch den Rest der Familie gefährdete, ging zu weit. Ich konnte nur hoffen, dass es wirklich ein Versehen gewesen war. Uns war jedenfalls allen schlecht gewesen. Nur meine Schwester fand's geil. Das war typisch für sie. Als wir klein waren und mit Mama zum Einkaufen fuhren, hat Sanne sich an der Tankstelle immer an die Zapfsäule gestellt und den Benzingeruch eingeatmet. Wie ein brasilianisches Müllkippenkind beim Terpentinschnüffeln. Immer rein damit in die kleinen Lungen. Sie fand das cool. Mama hatte daraufhin große Angst, sie würde eines Tages am Bahnhof Zoo landen. Ich konnte das irgendwie verstehen. Da war ich noch spießig. Sanne war nie spießig gewesen. Sie hatte schon als Vierzehnjährige volltrunken im einzigen Kreisverkehr unseres Ortes übernachtet. Mitten in den Blumen. Zur Belustigung der Nachbarn, die schadenfroh unsere Mutter darüber informierten, so schnell es ging. Mama kochte gerade Hühnerfrikassee, als die Nachricht sie erreichte. Sie verschluckte sich daraufhin an einem Hühnerknochen und musste ins Krankenhaus. So schnell kann's gehen. Von der eigenen Tochter ins Grab gebracht. Obwohl, Mama hat überlebt. Sanne auch, aber sie hatte zwei Monate Hausarrest. Das kam für sie einem langsamen Tod gleich. Strafe muss sein.

Um kurz vor vier rief Mama mich zum Bettlaken zusammenlegen. Ausgerechnet. Ich hasste Bettlaken zusammenlegen. Außerdem hatte ich wirklich Besseres zu tun. Mich schön machen zum Beispiel für Niels. Zu Hause fühlte ich mich immer irgendwie hässlich. Ich weiß nicht, woran es lag. In Hamburg, in meiner gewohnten Umgebung, war meistens alles in Ordnung, aber zu Hause war ich ständig unzufrieden mit mir. Vielleicht lag es daran, dass ich einfach nicht mehr in diese dörfliche Umgebung passte. Wer weiß. Das war jedenfalls mit ein Grund dafür, warum ich nach drei oder vier Tagen bei meinen Eltern immer drei Kreuze schlug und mir den Ast abfreute, wenn ich mit dem Auto oder der Bahn die Elbbrücken passierte. Das war das Zeichen, dass ich mich wieder als Mensch fühlen durfte. Als attraktive Großstädterin. Beim Bettlaken zusammenlegen verplapperte ich mich. Ich wusste im gleichen Moment, dass ich die Schnauze hätte halten sollen.

»Ich bin halt aufgeregt. Ich habe heute Abend eine Verabredung«, hatte ich gesagt, als mir zum vierten Mal das gleiche Bettlaken aus den Fingern gerutscht war.

Mama schrie sofort Zeter und Mordio. »Eine Verabredung? Mit jemandem hier aus dem Ort? Mit einem *Mann*?«, keifte sie. »Und was ist mit Crispin?«

Meine Eltern liebten Crispin. Wäre es nach ihnen gegangen, hätte ich ihn schon längst geheiratet. Papa hätte mich mit Wonne an ihn abgeschoben, in der Gladener Kirche vor allen Leuten. Crispin war ja auch nett anzusehen. Und so patent. Das wussten mittlerweile alle im Ort, seit Crispin meinem Vater beim Ausbau seines Partykellers geholfen hatte. Wenn meine Eltern jetzt mit ihren Kumpels da unten zusammensaßen und sich einen zwitscherten, stießen sie regelmäßig auf Crispin an. Meine Eltern waren mächtig stolz auf ihn. Auf mich auch. Gezwungenermaßen, weil ich so einen abgekriegt hatte.

»Jetzt reg dich nicht auf«, erklärte ich Mama, »das wird sich schon alles wieder einrenken.« Ich wollte die Situation entschärfen, aber da hatte ich mich geschnitten.

»Simona.«

O weh. Es wurde ernst. Sie nannte mich Simona. Si-Mo-Na.

»Crispin ist so ein toller Mann! Es ist doch nicht zu fassen! Das kann nicht dein Ernst sein!«

»Mama! Noch ist nichts entschieden!«

»Man entscheidet sich vorher und nicht mittendrin! Du kannst nicht auf zwei Hochzeiten gleichzeitig tanzen! Was ist das für einer? Ich sag's dir gleich, den brauchst du gar nicht hier anzuschleppen!«

»Das hab ich auch gar nicht vor«, schnappte ich. Meine Nerven.

Mama schrie weiter. »Ich lass den hier nicht rein! Der hat Hausverbot! Ich will den hier nicht sehen! Niemals! Wer immer es auch ist! Ich glaub es nicht! Meine Tochter!«

Ich ertrug es nicht. Was dann geschah, war ebenfalls kaum zu ertragen, aber ich konnte nichts dafür. Es brach einfach aus mir heraus. Ich fing schon wieder an zu heulen. Sechsundzwanzig Jahre alt und steht beim Bettlaken zusammenlegen vor der eigenen Mutter und heult. Wegen eines Mannes. Wegen zweier Männer. Mama erschrak zu Tode. Ich auch. Ich konnte mein Verhalten überhaupt nicht orten, aber ich weinte weiter. Schließlich saß Mama auf dem Sessel, und ich kniete vor ihr und hatte meinen Kopf in ihrem Schoß und ihre Hände in meinen Haaren, und sie ließ mich weinen. Ich weinte um Crispin. In diesem Moment wurde mir zum ersten Mal klar, dass wir vermutlich wirklich keine Chance mehr hatten. Ich hatte es vergeigt.

Ich erzählte Mama nicht viel von Niels, und sie fragte nicht weiter nach. Ich war ihr dankbar dafür. Sie wusste, dass eine Menge dahinter stecken musste, wenn ich deshalb vor ihr heulte, aber sie ließ die Sache ruhen. Sie entschuldigte sich dafür, dass sie so ausgerastet war. Sie brauchte es nicht zu erklären. Ich verstand sie. Sie hatte ja Recht. Alle hatten Recht. Crispin war der Mann fürs Leben. Und ich war eben eine Selbstmordkandidatin. Ich hielt es nicht länger zu Hause aus. Ich fuhr zu Alf. Um sechs war ich bei ihm. Er merkte nicht, dass ich geheult hatte. Ein gutes Zeichen. Alf hatte einen Blick für so was. Ihm waren schon öfter irgendwelche Models hinter den Kulissen zusammengekracht. Liebeskummer und dann Gucci spazieren führen oder Versace, das ging eben einfach nicht zusammen. Damit hatten sogar Profis Probleme. Ich hatte Glück, meine Augen waren nur ein wenig glasig, und ich hatte mir eine Menge Schminke ins Gesicht gespachtelt. Wir saßen auf dem Sofa herum, hörten Musik und tranken Prosecco. Das brachte mich langsam wieder unter die Lebenden.

Dann war es Zeit, zurück zu fahren und Niels zu treffen. Ich hatte Herzklopfen und Schwitzhände. Gut so. Selbst schuld. Ich sprach mit Alf ab, dass wir uns später in der Gladener Dorfdisco treffen würden. Da war um die Weihnachtszeit immer die Hölle los. Ehemalige auf allen Kanälen. Untragbar eigentlich, aber ich wünschte mir, dass Alf Niels kennen lernte. Auf seine Menschenkenntnis war ebenso viel Verlass wie auf seine Frisuren.

Niels war schon da, als ich auf den Marktplatz rollte. Jetzt hatte er mich entdeckt. Er winkte mir zu und kam mir entgegen. Ich blieb am Auto stehen. Er nahm mich nicht in den Arm. Ich knuffte ihn in die Seite. Er knuffte zurück. Wenigstens etwas. Wir gingen zusammen in die Dorfschänke. Eine andere Wahl hatten wir nicht. Die Dorfschänke war die einzige akzeptable Gaststätte am Ort. Deshalb war es extrem gefährlich, hier einzukehren. Wie gesagt, das halbe Dorf kannte Crispin, und die Dorfschänke war jedermanns Stammkneipe. Ich schlich mit

Niels durch den Schankraum nach oben auf die Balustrade. Die Schänke war ein altes Bauernhaus, und da, wo früher Heu und Stroh gelagert hatte, konnte man jetzt unter niedrigen Balken sitzen. Auf der schmalen Treppe blickte ich nicht nach links und nicht nach rechts. Augen zu und durch. Ich war inkognito unterwegs und konnte nur beten, dass mich niemand sah. Ich hatte Glück, jedenfalls schrie niemand lauthals meinen Namen durch die Bude. Oben musste Niels den Kopf einziehen. Wir saßen über Eck am Tisch. Ich hatte mal irgendwo gelesen, dass es nur dann wahre Liebe war, wenn sich der Verehrer *neben* einen setzte und nicht gegenüber. Nur dann wollte er nämlich wirklich nah bei einem sein. Da war es doch erfreulich, über Eck zu sitzen.

Es dauerte eine Zeit, bis Niels und ich uns wieder aneinander gewöhnt hatten. Bis dahin fummelte abwechselnd einer von uns an irgendwelchen Sachen auf dem Tisch rum, an der Getränkekarte, am Weihnachtsgesteck, am Aschenbecher oder an der Kerze. Meine Hände verschwanden in den Ärmeln meines Pullis. Ein untrügliches Zeichen dafür, dass ich nicht entspannt war. Aber Niels war genauso unsicher wie ich, dadurch bekam ich langsam Oberwasser. Ich sah ihn an und musste grinsen, er sah mich an und musste grinsen, und beim zweiten Getränk hielten wir Händchen und pusselten aneinander herum. Ich genoss Niels' Gegenwart sehr. Wir steckten die Köpfe zusammen, und ich erzählte. Keine Intimitäten. Mehr so vom Vorweihnachtsstress und den Nachbarn und Eske. Dann kamen Wieses die Treppe hoch. Freunde von meinen Eltern. Hätte mich auch gewundert. Grundschullehrer, beide. Alte Kollegen von Papa. Hingen auch ständig in seinem Partykeller herum und schossen sich die Rübe weg aus Frust über dumme Kinder und noch dümmere Landespolitik.

»Habe ich schon erwähnt, dass ich dem Bildungsbürgertum entstamme?«, fragte ich Niels und nickte in Wieses Richtung.

Sie nahmen ausgerechnet am Tisch neben uns Platz. Ach hallo Mona, hallo Frau Wiese, auch mal wieder hier, ja, ja, ist ja schön, da freuen sich die Eltern, genau, aber lange bleibt ihr ja nie, ja, ja, immer zurück in die Großstadt, wie geht's denn der Schwester, gut soweit, ach na ja, Ihr seid ja jung, hihi, ja, ja. Nee, ist richtig. Maul jetzt. Grete Wiese starrte irritiert auf Niels' Hände in meinen und bemühte sich, es danach nicht mehr zu tun, aber es gelang ihr nicht. Die Neugierde guckte ihr aus beiden Ohren, und ich wusste genau, dass sie spätestens morgen Mama anrufen würde. Mir war es egal. Nach mir die Sintflut. Sollten sie sich doch die Mäuler zerreißen. Vielleicht sollte ich das Gerücht streuen, dass ich jetzt in einer Kommune lebte. Oder in Wirklichkeit lesbisch war und mir für den Besuch in meinem Heimatort immer jemanden aus einer Begleitagentur kommen ließ, damit die Leute keinen Verdacht schöpften.

Viel Geld hätten die in der Agentur für Niels nicht nehmen können. Er sprach nicht viel. Aber er streichelte ständig meine Hand und grabschte an meinen Fingern herum, und wenn ich sie zurückzog, um einfach mal eine Zigarette zu rauchen oder mich an der Nase zu kratzen, dann griff er sofort wieder danach und packte sie zurück auf sein Bein oder seinen Arm oder wohin auch immer, Hauptsache auf ihn drauf. Es war, als hätte er Angst, ich würde ihn nie wieder anfassen, wenn er mich einmal losließe. Es berührte mich. Dann stieg mir die Hitze in den Bauch und ins Gesicht, und ein wohliges Gefühl breitete sich in mir aus. Von Zeit zu Zeit war auch das Kribbeln wieder da.

Ich fragte mich, ob es Niels genauso ging, aber ich traute mich wieder nicht, ihn zu fragen. Es war wie in den Artikeln der Frauenzeitschriften, in denen breitgetreten wird, wie schwierig die Kommunikation zwischen Mann und Frau eigentlich ist. Ich hatte es erst nie glauben wollen, dass es diese Probleme wirklich gab. Wahrscheinlich glaubte es keine Frau, solange sie nicht mindestens fünfundzwanzig war, weil man bis zu diesem Alter eh nur Idioten kennen lernte, mit denen man gar nicht sprechen *wollte*. Deshalb glaubte man, die Kommunikation wäre kein Problem. Bis zu einem gewissen Alter konnte man die Männer ja auch einfach nur anschreien, und dann war es gut. Aber je älter ich wurde, desto mehr wurden diese Probleme in den Frauenzeitschriften auch zu meinen Problemen. Jetzt wusste ich endlich, was der Begriff »Zielgruppe« bedeutete.

Gegen halb elf eisten wir uns voneinander los, zumindest, bis wir aus der Dorfschänke raus waren. Ich bat Niels, draußen auf mich zu warten, und ging aufs Klo. Unten saßen mittlerweile noch mehr Leute, die ich kannte. Ich wollte nicht mit ihnen sprechen. Ich wollte ganz schnell wieder zu Niels. Ich setzte meine Kapuze auf und tat so, als würde ich niemanden sehen. Sehr unauffällig. Das würde ihnen wieder Spaß machen. Die Rittner hält sich für was Besseres. Ja, ja, wir haben's ja immer gewusst. Und ihr Freund war diesmal auch nicht dabei, der hat sie bestimmt abgeschossen. Kein Wunder, wer will so eine schon. Und zugenommen hat sie auch schon wieder. Hihi. Zu viel auf'm Fischmarkt gewesen. Das kommt davon, wenn man unbedingt in die Großstadt muss. Leckt mich. Trotzdem, Heimat war Heimat, und ich wusste ja, wie Niels bei so was drauf war, also zeigte ich ihm das Dorf. Auf dem Rückweg zum Marktplatz klingelte mein Telefon. Alf war in der Dorfdisco angekommen. Er wartete verzweifelt auf uns.

»Ihr kommt jetzt sofort hierher«, befahl er mir, »oder ich sterbe. Hier sind alle Idioten versammelt. Ich brauche dich.«

Ich ließ mich nicht lumpen und verfrachtete Niels in meinen Käfer. Niels' BMW konnten wir unbesorgt vor dem Kaufhaus stehen lassen. Den hätte wahrscheinlich selbst dann niemand mitgenommen, wenn wir ein fettes Schild »Zu verschenken« drangehängt hätten. Hätte schlichtweg niemand gesehen, das Schild. Wäre ja um diese Zeit keiner mehr dran vorbei gekommen. Wir gurkten durch die Nacht. Das »Fun« lag etwa sechs Kilometer außerhalb des Ortskerns. Fun for you, fun for me. Na ja. Eine Frage der Interpretation.

Der Schuppen war brechend voll. Alle waren da. Mein halber Abiturjahrgang drückte sich in den Ecken herum und betrank sich. Es gab ein großes Hallo. Alf freute sich, als er uns sah. Er brüllte mir schon von weitem etwas entgegen, das ich nicht verstand. Um ihn herum war ein Pulk von Leuten versammelt. Man kannte sich. Niels wurde zwar überrascht gemustert, aber freundlich aufgenommen. Fand ich zumindest. Man stieß mit ihm an und richtete auch die eine oder andere Frage an ihn, das meinte ich aus den Augenwinkeln zu sehen, aber er hatte mal wieder keinen Spaß. Er lehnte an der Wand und langweilte sich. Ich versuchte, ihn zu unterhalten, aber ich wurde ständig weggerissen von Leuten, die ich lange nicht gesehen hatte und die alle irgendwas wollten. Vielleicht war es ein Fehler gewesen, mit Niels hierher zu gehen. Auf der anderen Seite hätte er sich wirklich ein bisschen mehr Mühe geben können. Mir zuliebe. Niemand sprach mich auf ihn an, wahrscheinlich ahnten die anderen, dass da der Hase im Pfeffer lag. Es hätte eh keiner die Zeit gehabt, sich die Geschichte anzuhören. Alle mussten schnell trinken, denn im »Fun« gab es noch Gin Tonic für drei Mark fünfzig. Geschenkt. War ja Weihnachten.

Trotzdem, letztendlich war mir Niels wichtiger als der Gin. Und als die anderen Pappnasen sowieso. Ich nahm ihn bei der

Hand und zerrte ihn nach oben ins »Fun«-Kino. Alf sah uns grinsend hinterher.

Das Kino war ein kleiner Raum mit einer Leinwand, Stuhlreihen und schrägem Boden, sodass die ganz Betrunkenen hier regelmäßig auf die Fresse flogen. Das war oft interessanter als der Film. Geschickt gemacht von den Besitzern. Pure Absicht natürlich. Showdown *vor* der Leinwand. So konnte sich niemand über die Filme beschweren. Der Raum war ungemütlich, es war verqualmt, statt Teppichen lag PVC auf dem Fußboden, seltsame Wandmalereien. Der Charme eines Jugendzentrums, wie im ganzen »Fun«. Von unten wummerten die Bässe gegen den Boden, der Film lief viel zu laut, welcher auch immer es gewesen sein mochte, Tarrantino wahrscheinlich, wie immer. Wir ließen uns in die hinterste Stuhlreihe fallen und knutschten hemmungslos. Es war weder romantisch noch bequem. Die Stühle waren durch Stahlstangen voneinander getrennt, und eine davon bohrte sich in meine Taille und tat mir weh, während ich mich zu Niels hinüberbeugte. Aufhören wollten wir trotzdem nicht. Beide nicht. Wir knutschten, und mein Verstand setzte aus. Niels' Hand lag auf meinem Hals und streichelte ihn, knapp unter dem Ohr. Ich legte meine Hand in seinen Nacken. Ich wollte Niels nicht wieder loslassen. Alf hatte dafür kein Verständnis. Irgendwann stand er vor uns.

»Na, ihr Turteltauben?«, platzte er in unsere Knutscherei und sah auf uns herunter. »Wie isses denn wohl? Bald mal nach Hause? Ist gleich vier. Ich bin müde.«

Scheiße. Vor diesem Moment hatte ich den ganzen Abend die meiste Angst gehabt. Was jetzt? Ich konnte Niels ja wohl wirklich nicht mit nach Hause nehmen. Ich hatte keine Ahnung, was er von mir erwartete. Wäre er mit mir gekommen, wenn ich es ihm angeboten hätte? Wollte er zurück nach Horst fahren? Betrunken war er nicht. Oder wollte er mit mir wach bleiben? Nur: wo? Ich sah Niels fragend an, und er guckte fragend zurück.

»Hm?«, machte er und stupste mich mit der Nase an.

Da war es wieder. Die Verantwortung hatte also ich. Ich seufzte und sah hoch zu Alf.

»Ich mach euch einen Vorschlag«, verkündete Alf. »Ihr fahrt mich nach Hause, und dafür könnt ihr bei mir pennen. Im Gästezimmer.«

Alf, du Guter. Ich weiß nicht, ob er realisierte, wie dankbar ich ihm war. Ich reichte ihm die Hand, und er zog mich vom Stuhl. »Danke«, sagte ich verschwörerisch.

Alf grinste wieder. Er war mein Held.

In Alfs Elternhaus schlichen wir uns auf Zehenspitzen in die obere Etage, die sich mittlerweile Alfs Bruder mit seiner Freundin Heike teilte. Es stellte sich heraus, dass das, was Alf uns als »das Gästezimmer« angeboten hatte, in Wirklichkeit Heikes Zimmer war, aber Heike war im Urlaub. Wir setzten uns in die Küche. Alf stellte einen edlen Grappa auf den Tisch. Ich sagte nicht nein, ich hatte mich den ganzen Abend wirklich zusammengerissen, und sogar Niels trank mit. Ich bestaunte die riesigen Weingläser in der Vitrine. Sie waren dickbäuchig, aber gleichzeitig elegant und filigran. Es waren die größten Weingläser, die ich je gesehen hatte. In jedes von ihnen passte bestimmt eine ganze Flasche. Dekadent. Alf gab noch ein paar Anekdoten aus unseren Jugendtagen zum Besten. Dann war es fünf, und wir unterdrückten alle drei permanent das Gähnen. Wir konnten kaum noch aus den Augen gucken.

»So, Schluss«, sagte Alf schließlich, »gehen wir pennen. Ich zeig euch das Zimmer.«

Es war urgemütlich. Mit Schräge und Dachfenster. Wie bestellt standen ein sechsarmiger Kerzenständer und eine dimmbare Stehlampe bereit. Niels zog seine Schuhe aus und warf sich aufs Bett. Ich stand fasziniert vor dem kleinen Bücherregal an der Wand. Es war nicht lang, höchstens einen Meter, aber auf diesem einen Meter stand komprimiert alles herum, was mich jemals beeindruckt und meine humanistische Bildung gefördert hatte. Momo. Stefan Zweigs Schachnovelle. Harry Mulischs Entdeckung des Himmels. Schopenhauer, Die Welt als Wille und Vorstellung. Der kleine Prinz. Das Tagebuch eines Trinkers und das Tagebuch des Adrian Mole. John Irving, gleich drei Mal. Ausweitung der Kampfzone. Und so weiter und so weiter. Nur Prinzessin Horst fehlte. Aber irgendwas fehlt ja immer. »Wow«, sagte ich ehrfürchtig. Wieder ein Zeichen. Niels und ich waren füreinander bestimmt. *And any fool could see, you're the best thing that happened to me.*

»Guck dir das mal an«, forderte ich Niels auf.

Er kam zu mir herüber, legte von hinten die Arme um mich, und gemeinsam inspizierten wir das Regal. Auch Niels kannte eine ganze Menge der Bücher. Es stimmte nicht, dass er nicht las. Er las viel. Die Briefe zwischen Frisch und Dürrenmatt, die kannten wir beide nicht. Ich zog sie aus dem Regal und blätterte darin. Niels bugsierte mich zum Bett.

»Dann lass uns was lesen«, sagte er und legte sich wieder hin.

Ich warf ihm das Buch in den Schoß und bückte mich, um meine Stiefel auszuziehen. Schräg. Ich hatte gar nicht das Bedürfnis, an ihm herumzupacken und ihn auf der Stelle zu vernaschen. Ich konnte mir in der Tat nichts Schöneres und Richtigeres vorstellen, als einfach nur nah bei ihm zu liegen und mit ihm in Dürrenmatts Briefen zu stöbern. Ich krabbelte zu ihm. Wir lagen eng beieinander. Mein Kopf ruhte in seinem Arm. Mit der linken Hand hielt ich das Buch. Niels wandte sich mir zu und rutschte mit seinem Gesicht ganz nah an meins. Sein rechter Arm lag auf meinem Bauch. Ich konnte durch den Stoff hindurch ganz genau seine Wärme spüren. Ich war glücklich. Niels sah auch glücklich aus.

Er betrachtete mich, während ich aus den Briefen las. Ich bekam kaum mit, was ich überhaupt von mir gab. Es war dummerweise auch nicht sonderlich spannend. Der Dürrenmatt schien letztendlich doch ein reichlich langweiliges Leben gehabt zu haben. Und Sprachwitz hatte er auch nicht. Er ritt zum Beispiel, wenn er an seinen Kumpel Max schrieb, nicht *einmal* auf dessen Nachnamen herum. Ich hätte das ständig getan und meine Briefe jedes Mal mit »Du bist doch nicht mehr ganz *frisch*« begonnen oder geschlossen. *Witzig.* Journalistisch betrachtet war das unprofessionell. Für seinen Namen kann man nichts, war mir beigebracht worden. Trotzdem. Unter Freunden, warum nicht. Was hatten sich Niels' Eltern wohl dabei gedacht, als sie Niels mit *ie* angemeldet hatten? Ich las weiter vor, aber die Briefe waren wirklich langweilig. Mit der Zeit war es doch unsere Nähe, die spannender wurde. Und die Frage nach dem »Was jetzt«. Ich ließ das Buch sinken.

»Hm?«, machte Niels und rieb seine Nase an meiner.

Ich schloss die Augen. Bitte nicht. Nicht schon wieder. Ich wollte nicht mehr verantwortlich sein. Ich wollte, dass *er* endlich Verantwortung übernahm. Am Anfang hatte er schon einmal alle Verantwortung getragen. Ganz zu Beginn, als er mich mit seinen Worten und Gefühlen bombardiert hatte, ohne dass ich es überhaupt gewollt hatte. Da war ich noch weit weg gewesen von ihm. Er aber hatte immer engere Kreise um mich gezogen und schließlich die Schallmauer durchbrochen. Ich wollte, dass er den Weg weiterging. Dass er stark war und ich endlich schwach sein durfte.

Wir sahen uns an. Endlich küsste er mich. Ich atmete seine Nähe ein. Augenblicklich wurde mein Kopf bleischwer. Die Müdigkeit. Aber ich wollte nicht schlafen. Keiner von uns beiden wollte schlafen. Es war wieder eine stille Übereinkunft. Diese Nacht war zu kostbar zum Schlafen. Wir wollten unsere Sinne aneinander schärfen und sie nicht ins Delirium entlassen. Wie die Löwen kämpften wir gegen unsere Müdigkeit an. Wir küssten uns, zart, vorsichtig. Ganz vorsichtig. Ich hatte ein Stück Glas zwischen den Fingern.

Wie eines von den Weingläsern, das Genuss versprach, aber so hautdünn war, dass es bei der geringsten Erschütterung zerbrach und zu einer gefährlichen Waffe wurde. Wie viel Druck würde es vertragen? Ich beschloss, es herauszufinden. Ich wollte nicht mehr lesen, sondern Niels anfassen. Nicht nur seine Hände, seinen Hals und sein Gesicht, sondern auch seinen Bauch, seinen Rücken, seine Arme. Aber Niels ließ es nicht zu. Als ich meine Hand auf seine Hüfte legte, zuckte er förmlich zusammen und zog sich augenblicklich zurück. Ich war verwirrt. Wieder verstand ich nur Bahnhof. Ich musste mich bewegen, mein Arm war eingeschlafen.

Ich änderte meine Position. Dabei rutschte mein Oberteil hoch, und Niels' Hand landete auf meinem nackten Bauch. Er konnte es nicht ertragen. Vielleicht *wollte* er es nicht ertragen. Sofort verschwanden seine Finger von meiner Haut. Umständlich zog Niels den Stoff wieder darüber. Ich wollte mich nicht entmutigen lassen. Ich schob meine Hand auf seinem Rücken unter den Pullover. Niels' ganzer Körper stand unter Spannung.

»Hey«, hätte ich am liebsten beruhigend zu ihm gesagt, »keine Angst, ich tu dir schon nichts.«

Aber Niels war doch verdammt noch mal kein geprügelter Hund! Er war ein Mann. Ich ließ meine Hand eine Weile auf Niels' Rücken ruhen. Dann bewegte ich leicht die Finger. Ich kam mir vor wie eine Vierzehnjährige. Mir war heiß. Niels' Haut war rau. Sie fühlte sich an wie Schleifpapier.

Das ist die Lösung!, schoss es mir durch den Kopf. Schuppenflechte, Neurodermitis, was auch immer, aber das ist die Lösung, der Typ ist bis obenhin vollgeballert mit Komplexen, kein Wunder, dass er Schiss hat.

Das war nicht nur plausibel, das war genial, und vor allem hatte es nichts mit mir zu tun. Das musste es sein!

Zeig ihm, dass es dich nicht stört, hämmerte es in mir, zeig ihm, dass es dich nicht stört und dass es egal ist, und wenn er ein offenes Bein hätte oder einen Auswuchs am Kopf.

»Hey«, sagte ich jetzt wirklich so unbefangen wie möglich, »was hast'n da?«

»Wie – was hab ich da?«, brummte Niels unwillig. Er wollte unbeteiligt klingen.

»Die Haut ist ganz rau«, antwortete ich.

»Hab ich noch gar nicht gemerkt«, sagte Niels abweisend.

Nee, is richtig. Klar. So ein Schwachsinn. Ich glaubte Niels kein Wort. So was merkte man, da war ich mir sicher. Aber da hatte ich meine Erklärung. Oder zumindest etwas entdeckt, an das ich glauben konnte, um es mir zur Erklärung zu machen. Es gab nur ein Problem: Die Erklärung funktionierte nicht. Sie stank nach Dr. Sommer. Wir waren nun mal keine vierzehn mehr. Meine Erklärung hinkte. Deshalb packten mich jetzt Frust und Ratlosigkeit. Ich wurde traurig. Ich konnte Niels nicht mehr küssen. Schließlich schlief er ein, und ich passte auf ihn auf. Ich hielt ihn im Arm und betrachtete ihn. Seine geschlossenen Augenlider. Die Stirn. Hätte ich doch gewusst, was dahinter vorging. Sein Mund mit dem trotzigen und gleichzeitig verletzlichen Zug. Dann konnte ich nicht mehr gegen die Müdigkeit ankämpfen, aber das, was mich umnebelte, war kein entspannter Schlaf, es war ein unglückseliges Dösen.

Als ich die Augen wieder aufschlug, sah ich geradewegs in

die von Niels. Jetzt hatte er über mich gewacht. Er lächelte mich an. Wenig später dämmerte er wieder weg. Wir teilten uns die Schichten wie ein eingespieltes Team. Doch das Spiel zermürbte mich. Das hier war keine Spannung mehr, die auf den erlösenden Knall hinauslief. Das hier war unerträglich. Es war wunderschön, und es war die Hölle. Ich fiel noch einmal in unruhigen Schlaf, für eine Stunde vielleicht, aber schon bald lag ich wieder wach. Ich hatte einen furchtbaren Schädel. Nicht vom Schnaps, sondern vom Denken und Verzweifeltsein. Das war ungewöhnlich. Niels war endgültig weg vom Fenster, aber er schlief so unruhig, dass ich mich schließlich von ihm löste und ein Stück abrückte. Ich versuchte ein paar Mal, ihm beruhigend eine Hand auf den Körper zu legen und ihn zu streicheln, um ihn wissen zu lassen, dass ich da war, aber im Schlaf reagierte er darauf nur noch heftiger abweisend. Draußen war es schon hell. Ich stand auf und zog meine Stiefel an.

Als ich den linken Reißverschluss hochzog, wachte Niels auf.

»Was machst'n du?«, fragte er perplex.

»Ich fahr nach Hause«, sagte ich. »Ich kann das hier nicht mehr. Ich kann nicht schlafen.«

Niels schwieg.

»Du bleibst einfach hier und siehst zu, dass du noch ein bisschen Schlaf kriegst«, erklärte ich ihm, »und ich stell mich zu Haus unter die Dusche. Dann geht's mir besser, und ich komm so gegen elf wieder und hol dich. Dann gehen wir was frühstücken, okay?«

»Hmm.« Niels war alles andere als erfreut.

Mir passte es ja auch nicht, aber ich hätte nicht eine Sekunde länger in diesem Raum bleiben können. Ich konnte Niels nicht erklären, warum. Ich griff nach Schlüssel und Jacke und ging zur Tür. In dem Moment, als ich meine Hand auf die Türklinke legte, ballerte Niels mir seine ganz persönliche Krönung des Ganzen um die Ohren.

»Kommst du auch wirklich wieder?«, fragte er.

Bäng.

Er klang ängstlich und verletzt. Wie ein Häufchen Elend lag er im Bett und sah mich an.

Es brach mir das Herz. Ich drehte mich schnell wieder um. »Natürlich komme ich wieder«, sagte ich schwach.

Dann ergriff ich die Flucht.

Draußen holte ich tief Luft. Es war kalt und frisch und still. Der Käfer war von einer feinen perlenden Feuchtigkeit überzogen. Ich fuhr, als wäre der Teufel höchstpersönlich hinter mir her. Der kaputte Tacho war mir völlig egal. Alles war mir egal. Außer Niels. Ich wusste überhaupt nicht mehr, was ich denken sollte. Niels, wo ist dein Problem? Angestrengt versuchte ich, einen klaren Gedanken zu fassen. Es gelang mir nicht, und es wurde dadurch nicht besser, dass zu Hause die Haustür aufflog, kaum dass ich auf den Hof gerollt war. Ich hatte für die letzten Meter extra den Motor ausgestellt, um niemanden zu wecken, aber Mama hatte offenbar die ganze Nacht mit dem Nudelholz hinter der Tür gelauert. Jetzt begann sie mich anzuschreien. Wo ich herkäme, und ich hätte ja wohl anrufen können, und ich wäre rücksichtslos, und sie hätte die ganze Nacht kein Auge und so weiter und so weiter. Im Bademantel stand sie da und keifte mich an, in einer Lautstärke, dass mir die Ohren schlackerten. Was sollten die Nachbarn denken? Ich fand, das musste ich mir nicht bieten lassen mit meinen sechsundzwanzig Jahren, und drückte mich wortlos an ihr vorbei. Ich wollte nur meine Ruhe, aber Mama folgte mir in mein Zimmer und schimpfte weiter. Natürlich hackte sie auch wieder auf Niels herum und auf der Moral. Jetzt half alles Durchatmen nichts mehr.

»Ich war bei Alf, okay?«, schrie ich zurück. Laut.

Mama schwieg verdattert. Ihre Tochter wurde selten laut. Schon gar nicht so früh morgens. Das war eindeutig das Terrain meiner Mutter.

Aber Mamas Sprachlosigkeit währte nicht lange. Sobald sie wieder Luft hatte, keifte sie weiter, bis vom Flur Papas verschlafene Stimme erklang.

»Was'n hier los?«, fragte er. Er steckte stirnrunzelnd den Kopf durch die Zimmertür.

»Deine Tochter ist soeben erst nach Hause gekommen, und jetzt wird sie auch noch frech«, verkündete Mama und stemmte ihre Arme in die schmalen Hüften.

Ich wunderte mich immer, wie so was wie ich jemals aus ihr hatte rauskriechen können.

»Ich hab die ganze Nacht nicht geschlafen vor Sorge!«

Ja ja. Mir kommen die Tränen. Ich hatte auch die ganze Nacht nicht geschlafen. Vor Verzweiflung. Und daran war ich nicht gewöhnt. Im Gegensatz zu Mama. Sie hatte zehn Jahre lang nichts anderes getan, als jede Nacht vor Sorge nicht zu schlafen. Dafür sah sie eigentlich ganz gut aus. Im Gegensatz zu mir. Ich fühlte mich wie ausgekotzt.

Papa stand noch immer in der Tür.

»Deine Frau hat mal wieder einen Gluckenanfall«, erklärte ich ihm gereizt. »Ich fasse es nicht. Ich bin sechsundzwanzig, und meine Mutter lauert mir frühmorgens an der Tür auf, um mich anzubrüllen!«

Papa rollte mit den Augen. Er war Kummer gewohnt.

»Sie war mit einem anderen *Mann* unterwegs«, zeterte Mama.

Papa sah mich überrascht an.

Ich verdrehte die Augen und schüttelte den Kopf.

»Spiel nicht die Unschuldige«, zickte Mama.

Das war's. Ich konnte mir das nicht länger anhören. Ich stürzte ins Badezimmer, schnappte mir meine Zahnbürste und polterte die Treppen hinunter. Ich ging in den Keller zum Duschen. Unter die Gästedusche. Jawohl. Ich war hier definitiv nur zu Gast.

Ich schlug mit den Türen, so laut es ging. Es war mir ernst, und jeder sollte es wissen. Die Tür zum Partykeller stand offen. Die Bar, die Crispin mit Papa gebaut hatte, stand vorwurfsvoll mitten im Raum. Wäre sie ein Mensch gewesen, sie hätte mich garantiert auch noch angeschrien. Das Wasser wurde nicht warm. Meine blöden Eltern duschten wahrscheinlich auch gerade. Alle hatten es auf mich abgesehen. Kaltes klares Wasser. Vor mir kroch eine Spinne aus dem Ausguss. Vor Schreck fiel mir eine Kontaktlinse aus dem Auge. Ich rettete sie in letzter Sekunde vor dem Abgang in die Gladener Kanalisation und mich vor dem endgültigen Kollaps. Das Wasser half, obwohl es so kalt war. Oder gerade weil es so kalt war.

Langsam wurde ich ruhiger. Ich duschte ausdauernd. Das Wasser wurde immer wärmer. Aus lauter Wut fing ich schon wieder an zu flennen. Heulsuse, Heulsuse. Heul doch. Schluss. Meine frischen Klamotten und das Schminkzeug hatte ich oben gelassen. War ja auch ein überstürzter Abgang gewesen. Aber man muss Prioritäten setzen; ohne frische Wäsche und Make-up würde ich heute nie einen Fuß auf die Erde kriegen, deshalb schlich ich an der Küche vorbei wieder ins Obergeschoss. Hoffentlich begegnete ich Mama nicht. Sie klapperte geschäftig mit den Kaffeebechern. Die sollte sich bloß nicht einbilden, ich würde jemals wieder mit ihr Kaffee trinken. Ich zog einen Rock an. Mir war danach. Ich war eine Frau, ganz egal, wer mich von der Bettkante stieß. Und ich schminkte mich sorgfältig. Prinzessinnen trugen alles mit Würde und

Contenance. Auch die beschissensten Situationen der Welt. Dann stürmte ich wieder aus dem Haus. Ich knallte die Haustür zu, so laut ich konnte. Aufstehen, liebe Nachbarn, Weihnachten ist vorbei, jetzt werden hier andere Saiten aufgezogen. Meine Zahnbürste hatte ich mitgenommen. Für Niels.

Ich war zu früh dran. Es war kurz nach zehn. Seit meiner Flucht waren erst knapp zwei Stunden vergangen. Trotzdem fuhr ich direkt zu Alfs Haus. Heike machte mir die Tür auf.

»Ich dachte, du bist im Urlaub?«, fragte ich verwundert.

»War ich ja auch«, erklärte Heike und deutete auf einen Koffer, der im Flur an der Wand stand. »Ich bin eben wiedergekommen.«

»Äh«, sagte ich. »Wie unangenehm. Dein Zimmer wird gerade von jemand anders beschlafen.«

Heike lachte vergnügt. »Hab ich schon gesehen«, sagte sie, »nicht schlimm. Muss ja wieder ein rauschendes Fest gewesen sein, der liegt da wie tot. Wer immer es auch ist. Alf pennt auch noch. Komm, ich koch uns erst mal einen Kaffee.«

Ich ließ mich von Heike am Ärmel die Treppe hochziehen.

»Du reist ja auch mit sehr leichtem Gepäck«, bemerkte sie.

»Hä?« Ach so, die Zahnbürste. Ich hielt sie hoch und drehte sie in der Hand. »Seine Zähne soll man immer pflegen«, sagte ich. Ein Zitat aus »Pretty Woman«. Der Streifen hatte übrigens einen schönen Regiefehler: Als die Roberts dem Gere einen bläst, hat der in einer Sekunde die Krawatte gelöst und in der nächsten wieder einen akkuraten Knoten am Hals. Dumm gelaufen. So blöd sind wir dann doch nicht. Nice try. Die vergangene Nacht war wahrscheinlich auch ein Regiefehler gewesen. Irgendjemand hatte schlichtweg vergessen, »Action« zu schreien.

Oben angekommen, machte ich die Tür zu Heikes Zimmer auf und schlich auf Zehenspitzen hinein. Vor dem Bett blieb ich stehen. Niels hatte mir den Rücken zugedreht. Ich konnte sein Gesicht nicht sehen. Ich hätte ihn gern angefasst, aber mein Stolz war zurück, also ließ ich es.

»He«, sagte ich leise.

Niels wachte sofort auf. »Hmm?«, machte er und drehte sich zu mir um.

Ich lächelte ihn an. »Morgen, Kröte«, sagte ich. »Gleich gibt's Kaffee. Hier, zum Zähneputzen, wenn du willst. Ist meine.«

Ich legte die Zahnbürste auf die Kommode neben der Tür und ging zurück in die Küche. Heike und ich warteten, dass der Kaffee durchlief, und plauderten ein wenig. Heike erzählte von ihrem Urlaub, und ich machte ihr Komplimente wegen ihres Bücherregals. Nach Niels fragte sie nicht. Irgendwie schien Niels niemanden sonderlich neugierig zu machen. Sie fanden ihn alle uninteressant. Nur ich war so blöd, auf so was reinzufallen. Heike hatte uns gerade den ersten Becher Kaffee eingeschenkt, als Niels mit der Zahnbürste in der Hand über den Flur kroch und im Bad verschwand.

»Was zum Teufel habt ihr denn gestern getrieben?«, fragte Heike.

»Fun«, sagte ich nur und nippte am Kaffee.

»Alles klar«, grinste Heike. »Und? Alle da?«

»Alle alle«, bestätigte ich. »Es war die Hölle, wie immer.«

»Ihr habt es ja nicht anders gewollt«, sagte Heike. Da hatte sie Recht.

Als Niels in die Küche kam, erschrak ich. Er sah schlecht aus. Aus dem großen Jungen war über Nacht ein unattraktiver fertiger Typ geworden. Seine Haut sah schlechter aus als je zuvor. Die verwaschenen schwarzen Jeans wirkten ungepflegt und schlotterten ihm um die Knie. Das Zähneputzen hatte nicht viel gebracht, die Zähne waren gelb. Wie die Haare. Die waren auch gelb, irgendwie. Der ganze Typ sah scheiße aus. Völlig abgefuckt. Ich musste mich zusammenreißen, um Niels nicht zu offensichtlich schockiert anzustarren. Gegen ihn war ich eine strahlende Schönheit an diesem Morgen.

»Komm, setz dich her, Kaffee ist fertig«, sagte ich und nahm meinen Fuß vom freien Stuhl.

Schüchtern schlurfte Niels in die Raummitte und setzte sich. Seine Schultern baumelten in der Gegend herum. »Was hat sie sich schon wieder hübsch gemacht«, sagte er und grinste schief.

Er war definitiv noch nicht wach, und er sah so zum Kotzen aus, dass ich mich für einen Moment ernsthaft fragte, warum ich mich mit so etwas überhaupt herumschlug. Wie unsexy! Meine Fresse, war der unsexy. Einen Augenblick lang war ich wieder Herrin meiner selbst. Ich erklärte Niels für unattraktiv und einen Psycho und mich für entliebt und geheilt. Aber mein Glück währte nicht lang. Schon Sekunden später hatte ich wieder Mitleid mit dem Häufchen Elend auf dem Stuhl vor mir und beschlossen, dass ich Niels retten musste. Hat Mutter Teresa auch Bekloppten geholfen? Ich jedenfalls würde Niels helfen. Ich würde ihn retten und dafür sorgen, dass es ihm gut ging und er nie wieder so beschissen aussehen müsste.

Von Alf war nichts zu sehen und zu hören. Nach dem Kaffee versuchte ich, mich von ihm zu verabschieden, aber aus seiner stockdunklen Rumpelkammer kam nur ein mürrisches Ächzen. Ich zog Niels zum Auto. Zeit zum Frühstücken, aber es war wie verhext. Im Kaff nebenan, dem Ort, wo ich zur Schule gegangen war, war nichts zu wollen. Das einzige Café hatte vor einem halben Jahr dichtgemacht, und Stehcafé im Kaufhaus schied aus. Wir konnten uns ja kaum auf den Beinen halten, da hatten wir in einem Stehcafé wirklich nichts zu suchen.

Schließlich landeten wir in einer Kneipe, wo die ortseigenen Alkoholiker in Trainingsanzügen aus Ballonseide und mit geröteten Gesichtern schon um diese unchristliche Zeit lamentierend vor ihrem Bier an der Theke hockten. Sie musterten uns eingehend und machten blöde Witze. Ich hätte ihnen am liebsten mit den Spitzendeckchen das Maul gestopft. Die gab es hier auch. Spitze Spitzendeckchen. Frühstück gab es nicht, aber dafür super Mittagstisch. Kartoffelsuppe mit fettigen Würstchen. Genießen Sie unsere gutbürgerliche Küche in gediegener Atmosphäre. In verqualmter Atmosphäre mit lauter Idioten. Ich hätte sofort wieder kotzen können.

Niels löffelte schweigend seine Suppe. Ich konnte von meiner nicht viel essen und schob sie bald wieder von mir. Ich legte meine Hände auf den Tisch. Ich wünschte mir, Niels würde danach greifen. Er tat es nicht. Er ließ mich am ausgestreckten Arm verhungern. Dann fuhr ich ihn zu seinem Auto. Ich bot ihm an, mit mir zu kommen. Ich wollte am Nachmittag Sanne besuchen, und die hatte eine Menge durchgeknallter Freunde und Mitbewohner. Niels hätte hervorragend zu ihnen gepasst. Sie wohnte eine gute Autostunde entfernt, aber ich wollte mit dem Zug hinfahren; in meinem Zustand war es keine gute Idee, aktiv am Straßenverkehr teilzunehmen. Niels überdachte die Option sorgfältig. Er legte die Stirn in Falten und murmelte auf dem Beifahrersitz leise vor sich hin. Schließlich lehnte er ab.

»Ich seh zu, dass ich zurück nach Horst komme«, sagte er, als wir mit dem Käfer auf den Parkplatz neben dem Kaufhaus einbogen. »Aber ich bring dich noch zum Bahnhof.«

Auch das noch. Wie dramatisch. Eine schicke Abschiedsszene. Romantische Bahnhofstristesse. So etwas war also nach Niels' Geschmack! Am besten noch mit einer dampfenden Lokomotive, vor der bereits der rotblau uniformierte Schaffner steht und seine goldene Trillerpfeife langsam zum Mund hebt.

In melancholischer Kulisse. Jahrhundertwende, nicht viele Reisende im kleinen Gladener Bahnhof. Männer mit kleinen edlen Koffern, Frauen mit langen Kostümen und Hüten, ein kleines Mädchen mit geflochtenen Zöpfen und einem Matrosenkragen am Kleidchen, das auf dem Bahnsteig mit einem Hund spielt. Schwenk auf das Bahnhofsgebäude, ein müder Fahrkartenverkäufer hinter einer Glasscheibe. Er sortiert Silbermünzen. Wenige Meter entfernt ein Mann. Zoom. Close-ups von einem traurigen, aber Haltung bewahrenden Niels mit zitternder Oberlippe, der vielleicht anders *will*, aber nicht anders *kann*, weil ihn die Ehre oder andere viktorianische Pflichten rufen. Und dann: Umschnitt auf den ungeduldig schnaufenden Zug und auf mich, wie ich meine Röcke raffe und elegant das Abteil besteige, um mich dann noch ein letztes Mal umzudrehen und ihm einen sehnsuchtsvollen, aber keuschen Blick zuzuwerfen. So stellte Niels sich das wahrscheinlich vor. Der Kerl hatte doch wirklich einen Sprung in der Schüssel. Aber wenigstens hatte er Fantasie.

7.

Eske.

Rittner ist nicht mehr zu bremsen. Sie schreibt und schreibt und schreibt. Normale Gespräche, falls sie jemals möglich waren, gibt es nicht mehr. Den Gipfel der Unverschämtheit hat sie neulich erreicht. Sie hat mich anlässlich ihres achtundzwanzigsten Geburtstages zum Frühstück eingeladen. Zur Wiedergutmachung all ihrer Verfehlungen mir gegenüber. Dachte ich. Das habe ich mir noch gefallen lassen. Aber wir haben ein wirklich ärmliches Mahl zu uns genommen. Mona meint wohl, nur weil sie ein Organ weniger hat, darf ich auch nichts mehr essen. Und dann holt sie ihre Papiere raus und fängt einfach an zu schreiben und ignoriert mich und meinen Hunger. Das Ende der Fahnenstange war erreicht, als sie auf dem Klo war und ich als gute Freundin mich derweil damit beschäftigte, ihr schriftstellerisches Werk fortzusetzen. Ich finde, dass dem Buch eine gehörige Portion Blut fehlt. Also flocht ich flink ein paar sehr blutige Sequenzen ein. Und Mona? Kommt zurück, kriegt einen Tobsuchtsanfall und streicht alles durch. Ich bin natürlich sofort gegangen. Wenn Rittner nüchtern ist, ist sie einfach unerträglich. Ich habe die Nase voll. Ich wollte doch nur helfen.

Mona.

Am 30. Dezember fuhr ich mit Alf zurück nach Hamburg. Das Auto war vollgepackt bis unters Dach. Weihnachtsgeschenke, unter anderem der Kofferset, das eine Menge Platz wegnahm. Ich hatte es irgendwie auf die Rückbank gequetscht, wo es genau vor dem Plastikfenster des Stoffdaches stand und mir die Sicht nahm. Es würde lustig werden auf der Autobahn, so ohne Tacho und ohne Sicht. Aber endlich hatten Alf und ich Zeit, über Niels zu reden. »Und?«, fragte ich Alf. »Wie findest du ihn?«

Alf sah mich schräg von der Seite an. »Hmmm«, sagte er.

»Na los«, drängte ich ihn. »Sag schon.«

»Viel gesprochen hat er ja nicht gerade«, bemerkte Alf.

»Na ja«, entgegnete ich. »War ja vielleicht auch ein bisschen blöd für ihn, die Situation. Er kannte doch keinen.«

»Trotzdem«, beharrte Alf. »Ich habe wirklich versucht, mit ihm zu reden. Viel kam da nicht. Der ist dir überhaupt nicht gewachsen. Mir natürlich auch nicht.«

»Es müssen ja nicht alle Helden sein«, schnappte ich. Immer diese überzogenen Erwartungen. Also wirklich.

Alf guckte erstaunt. »Hallo? Jetzt reg dich doch nicht gleich auf! Du hast mich nach meiner Meinung gefragt, und da hast du sie. Was ist denn überhaupt gelaufen zwischen euch? Ist Heikes Zimmer um eine scharfe Nummer reicher?«

»Nein«, bölkte ich gereizt. »Nichts ist gelaufen. Es war total krank.« Ich erzählte Alf von der Nacht, während wir über die Dörfer gurkten. »Und dann bin ich in den verfickten Zug gestiegen und sofort eingepennt«, schloss ich meinen Bericht.

Alf wiegte den Kopf. »Sorry, Mona«, meinte er dann, »aber Eske hat in der Tat völlig Recht. Der hat einen an der Marmel.«

»Wieso?«

»Typen können doch sonst nicht genug kriegen vom Poppen. Und wenn er dich noch nicht mal anfassen konnte – mein lieber Schwan. Klingt nach schwerer Störung.«

»Was denn für eine?«, fragte ich.

»Irgendwas Frühkindliches«, mutmaßte Alf. Er grinste. Er nahm mich auf den Arm. Er verstand gar nichts von Psychologie. Sackgesicht.

»Vielleicht lag es an *mir*«, sagte ich verzweifelt. »Vielleicht wollte er nur *mich* nicht anfassen, und normalerweise hat er damit gar kein Problem.« Niels' Zurückweisung hatte in den vergangenen zwei Tagen erheblich an meinem Selbstbewusstsein genagt.

»Das glaubst du doch wohl selber nicht«, widersprach Alf entrüstet. »Immerhin bist du trotz allem ein ganz schön heißer Feger.«

Ich schluckte. Trotz allem. Damit meinte er meine Figur. Ich guckte auf meinen Bauch. »Sexy?«, fragte ich zweifelnd.

»Na klar, Puppe«, meinte Alf. »Und denk doch mal über diesen ganzen anderen Krempel nach, der abgelaufen ist. Am Anfang stürzt er sich da rein wie ein Bescheuerter, ohne dich je gesehen zu haben, und faselt einen von Liebe. Das allein ist doch schon völlig verquer gedacht.«

»Er hat halt *Gefühl*«, sagte ich hilflos.

»Schnickschnack«, antwortete Alf, »Humbug. Meinetwegen, renn in dein Unglück, wenn du willst, aber sag hinterher nicht, ich hätte dich nicht gewarnt. Wenn's zu spät ist.«

»Findest du ihn gut aussehend?«

»Mona, also echt.«

»Ich mein das ernst. Ja oder nein?«

»Mein Fall wäre er nicht. Sexy ist er auf keinen Fall, wenn du *das* meinst.«

»Wohl«, protestierte ich.

»Nein«, beschied Alf, »nein, nein, nein. Nicht sexy. Allenfalls sympathisch.«

»Du bist gemein.«

»Ich bin nicht gemein. Ich sehe die Realität. An Crispin kommt er jedenfalls längst nicht heran.«

Das musste ja kommen. »Das musste ja kommen«, maulte ich.

»Du hast mich um meine Meinung gefragt«, resümierte Alf unbeeindruckt, »und da hast du sie. Gestört und unsexy. Aber, mach doch, was du willst.«

»Mach ich auch«, trotzte ich beleidigt und kramte eine Zigarette aus dem Handschuhfach. Dabei warf ich einen Blick auf das Telefon. Es hatte in der Zwischenzeit gefiept. Unbemerkt.

»Konzentrier dich auf den Verkehr«, schimpfte Alf.

Ich hatte bei dem Versuch, die Post zu lesen, fast eine Verkehrsinsel gerammt. »Tschuldigung«, rechtfertigte ich mich, »ich will ja nur meine Post lesen.«

»Von wem ist sie? Von dem Schizo?«

»Von dem bitte *was*?« Das war ja toll. Jetzt war Niels nicht mehr nur ein Psycho, sondern schon ein Schizo. Das wurde ja immer schöner.

»Na, von dem Schizo. Der ist schizophren. Ich sag's dir.«

Ich war empört. Aber gleichzeitig wusste ich, dass Alf in diesem Moment genau das Wort benutzte, nach dem ich seit Wochen gesucht hatte. Schizo. Die zwei Seiten. Die zwei Gesichter. Wie die Seiten einer Münze. Niels hatte von allem zwei. Ein verliebtes Gesicht und ein abweisendes, eine mitfühlende Art und eine mürrische, ein warmes Herz und ein kaltes. Ein Dazwischen gab es nicht, ein gutes Mittelfeld war nicht drin, anders als beim Fußball, und man wusste bei ihm nie, welche Seite gerade oben lag. Was würde mich heute erwarten?

Ich schielte angestrengt auf das Telefon, während ich geduldig den Trecker vor uns umschiffte, der nur zu seinem Vergnügen unterwegs war. Auf dem Anhänger saßen dick eingepackte Bauern, die die Schnapsbuddel kreisen ließen und ausgelassen grölten, als wir an ihnen vorbeizogen. Der Fahrer vom Trecker tat mir Leid. Er saß ganz mutterseelenallein da vorn und hatte keinen Schnaps. Aber er machte trotzdem ein fröhliches Gesicht. Entweder wurde er verdammt gut bezahlt, oder er besaß ein unumstößlich sonniges Gemüt. Oder den besten Trecker im ganzen Dorf, der ihn mit Stolz erfüllte. Worauf war Niels eigentlich stolz? Ich hatte Glück, er hatte gute Laune.

Er schrieb, dass er am Fenster stünde und nach der Prinzessin Ausschau hielte, und er fragte, wo ich jetzt wäre. Niels wollte mich sehen. Ich war erstaunt. Mit so etwas hatte ich nicht gerechnet. Bis zur Autobahnauffahrt nach Walkenhorst waren es noch gut dreißig Kilometer. Ich war mir nicht sicher, ob ich Niels' Post richtig verstand. Ich verließ mich lieber nicht darauf. Hinterher meinte er es gar nicht so. »Wie meinen?«, tippte ich hastig zurück. Ein Auge im Verkehr, ein Auge auf der Tastatur.

Alf beobachtete mich misstrauisch. »Na? Was spricht es?«, fragte er.

Ich griente. Damit hatte Alf sich verraten. *So* schlecht konnte er gar nicht über Niels denken. Die neutrale Form wählte Alf nur, wenn er von Leuten sprach, die er noch nicht so recht einzuordnen wusste. »Ist noch nicht ganz sicher, aber eventuell müssen wir bei Walkenhorst einen kleinen Zwischenstopp einlegen. Die Sehnsucht«, erklärte ich.

Alf stöhnte auf. »Aber nur kurz«, versetzte er sorgenvoll. »Ich muss noch für die Party morgen einkaufen, denk dran. Die anderen flippen aus, wenn ich nichts auf die Reihe kriege.«

Ach ja. Die Silvesterparty. Stimmt ja. Das hatte ich total vergessen. Ich sah auf die Uhr. Es war zwei. »Das schaffen wir locker«, sagte ich.

Mein Telefon fiepte wieder. Niels bestellte uns zu einer Autobahnraststätte. Im ersten Moment war ich enttäuscht. Ich hatte gehofft, ihn zu Hause zu treffen, in Walkenhorst, und dabei etwas über ihn zu erfahren. Mama und der Ikea-Schreibtisch. Kaum etwas war aufschlussreicher als das Jugendzimmer eines Dreißigjährigen.

Auf der anderen Seite – ein konspiratives Treffen auf einer Autobahnraststätte. Wie aufregend! Wie im Film. Wir würden wohl kaum eine schnelle Nummer im Auto schieben, schon allein wegen Alf, aber immerhin, das hatte doch was. Es hatte Stil, zumindest einen Schuss Dramatik. Darauf stand ich.

Ich überließ es Alf, sich um alles Weitere zu kümmern. Als Niels mit genaueren Instruktionen anrief, ging Alf ans Telefon. Er meldete sich mit »Sekretariat Rittner«, und gemeinsam lotsten die beiden mich zu den richtigen Auf- und Ausfahrten. Alf hatte sogar Spaß daran, er verbündete sich mit Niels, und die beiden machten schlechte Witze über mich. Natürlich spielte ich die Beleidigte und redete kein Wort mehr mit Alf, was der über die Standleitung gleich an Niels weiterleitete, sodass die zwei noch einen Grund mehr hatten, sich zu beömmeln. Aber insgeheim genoss ich die Situation. Mein bester Freund verstand sich plötzlich blendend mit dem sexy Boy, in den ich verliebt war, und noch dazu stand ich dabei im Mittelpunkt. Zwar auf äußerst fragwürdige Art und Weise, aber immerhin. Mehr konnte ich wirklich nicht verlangen.

Niels' BMW stand schon auf dem Parkplatz, als wir ankamen. Ich hatte die Ausfahrt fast doch noch verpasst. Wir waren in letzter Sekunde in die Kurve geflogen. Alf war leichenblass. Ich nicht, ich hatte vor Aufregung und vor Käferhitze ganz rote Wangen. Als ich ausstieg, hatte ich schon wieder schlotternde Knie. Niels hatte sich halbwegs gefangen. Er sah um Klassen besser aus als nach unserer verkorksten Nacht. Und diesmal wusste er auch sehr viel besser, was er wollte. Er wollte mich tatsächlich anfassen.

Ganz selbstverständlich legte er den Arm um mich. Wie zuvor an der Elbe. Wir gingen Kaffee trinken, und als wir vor den Tassen hockten, zog er Geschenke aus seinem Rucksack. Für Alf ein Fläschchen Grappa, in Erinnerung an die wilde Nacht. Für mich eine Frauenzeitschrift, die er irgendwo hatte mitgehen lassen, in einem Wartezimmer oder Café oder Flugzeug. Niels las gerne Frauenzeitschriften. Eine Leidenschaft, die wir teilten. Schade nur, dass er daraus scheinbar noch nichts gelernt hatte. Zwischen Titel und erster Seite eingeklemmt steckte eine Postkarte von Walkenhorst. *So schön ist Deutschland!*, hatte Niels hintendrauf geschrieben. Im Adressfeld stand: »Lady Mona«. Ich prustete. Dass Niels mich damit von meinem Thron gestoßen hatte, kapierte ich nicht. Er hatte mich von der Prinzessin zur Lady degradiert, aber ich begriff es nicht. Noch nicht. Für mich war das hier erst der Anfang, für Niels war es bereits seine Abschiedsvorstellung. Und was für eine.

Wir knutschten, bis uns die Luft ausging. Alf blieb die Spucke weg und allen anderen Gästen der Mund offen stehen. Völlig hemmungslos krochen Niels und ich ineinander hinein. Alles war ineinander verschränkt, Arme, Finger, Beine, Füße, Lippen, Zungen. Wir hingen aufeinander, nebeneinander, ineinander. Alf blätterte gelangweilt in der Zeitschrift, während Niels und ich in Hollywoodmanier Liebe feilboten. Am Tisch gegenüber saß eine italienische Familie mit zwei pubertierenden Töchtern, beide schwarzhaarig und rotzfrech. Sie glotzten ungeniert zu uns herüber, stießen sich gegenseitig an und kicherten, und von Zeit zu Zeit blitzte in ihren Augen ein sehnsuchtsvolles Funkeln auf. Ja, schaut her, Mädchen, das ist Liebe, so muss sie aussehen und nicht anders! Die Eltern versuchten zunächst noch, ihre Gören von uns abzulenken, aber sie gaben schließlich auf und taten es ihren Töchtern gleich: Sie starrten uns an, mit einem wissenden Lächeln, und nickten sich verständnisvoll zu. Amore eben. O sole mio.

Ich machte Niels darauf aufmerksam, und ab und zu schielten wir beide unter halb geschlossenen Augenlidern hinüber an den anderen Tisch, zur Freude der beiden Mädchen, die noch mehr kicherten. Niels und ich grinsten dann und machten einfach weiter.

Ich liebte es, wenn Niels zu grinsen begann, während wir uns küssten. Ich konnte es genau fühlen, wenn es passierte. Seine Lippen spannten sich, seine Mundwinkel verzogen sich weit nach oben, und ich folgte ihnen mit meinen Lippen. Spätestens dann musste ich auch grinsen, und Niels fuhr mit seinem Atem über meine Grübchen und steckte sanft die Zunge hinein. Das kitzelte, und ich lachte noch mehr. Um uns herum spielten die Engel mit jubelnden Geigen auf, und dazu tanzten in meinem Bauch und überall kleine Elfen aus diversen Körperflüssigkeiten Lambada. Langsam wurde Alf ungeduldig. Er sah immer wieder auf die Uhr. Schließlich stellte er uns ein Ultimatum.

»Noch fünf Minuten«, sagte er, »sonst klau ich dir die Schlüssel und fahr allein weiter. Und jetzt geh ich mal aufs Klo.«

Alf verschwand. Niels und ich pausierten vom Küssen und sahen uns an. Mein rechter Arm lag auf seinem Rücken und streichelte ihn ausdauernd, natürlich *über* dem Pullover, und Niels hielt meine linke Hand. Er liebte Händchenhalten und Küssen, und er liebte es auch, wenn ich mich an seinem Hals vergrub, aber alles, was darüber hinausging, war weiterhin tabu. Er hatte während der gesamten wilden Küsserei nicht *einmal* versucht, an meinem Rücken oder sonst wo an nackte Haut heranzukommen. Ich ertappte mich dabei, dass ich überlegte, wie wohl die Frauen aussahen, mit denen er bisher geschlafen hatte. Wenn er denn überhaupt jemals mit einer geschlafen hatte. Ich wusste ja noch nicht einmal, ob er schon jemals eine Beziehung gehabt hatte. Dann stupste Niels mich mit der Nase an. Er rieb seine Nasenspitze an meiner.

Nachtigall, ick hör dir trapsen. Diesmal war *ich* schneller. »Hm?«, machte ich, bevor Niels es tun konnte. Sehr geschickt. Ha. Trick siebzehn.

Aber es warf Niels nicht aus der Bahn. »Hm«, machte er zurück und gab mir einen kurzen Schmatzer auf den Mund, und damit hatte es sich mit der Knutscherei.

Als Alf vom Klo kam, saßen wir verlegen nebeneinander am Tisch und warteten auf unseren Abschied. Back to reality. Wooosh.

Alf sah uns erwartungsvoll an.

»Also los dann«, sagte ich betont fröhlich und griff nach der Zeitschrift.

Niels und ich rutschten von der Bank und trotteten hinter Alf her. Ich drückte Alf die Schlüssel in die Hand.

»Geh schon mal vor«, bat ich ihn. »Du musst fahren. Ich hab keine Lust mehr.«

Alf lief zum Käfer. Niels und ich standen unschlüssig vor dem Eingang.

»Also«, sagte ich. Ich fühlte mich hilflos, wie so oft, wenn es um Niels ging. Ich wusste nicht, wohin mit meinen Händen, und vergrub sie in den Hosentaschen. Niels zog sie wieder heraus und nahm mich in den Arm. Die italienische Familie fuhr an uns vorbei. Sie lachten und winkten, und der Vater hupte übermütig. Ich winkte zurück. Wir sahen ihnen hinterher. Ich hätte gern gewusst, ob die beiden Mädchen jemals als Prinzessinnen behandelt werden würden. Ein paar Meter weiter ließ Alf ungeduldig den Motor an und setzte aus der Parklücke.

»Ich muss«, sagte ich verzweifelt.

Niels nickte. »Hmm«, sagte er wieder. Sonst nichts.

Als ich nach Hause kam, hatte Crispin die Karte mit dem kleinen Wurm wieder an die Wand gehängt.

Danach sah ich Niels für drei Monate nicht. Am Anfang dachte ich noch, es wäre wieder nur so eine Phase. Mein beschissener Optimismus verbot mir, etwas anderes zu denken. Das hielt ich zwei oder drei Wochen durch. Dann kam der große Frust. Niels war wieder in seinem Mauseloch verschwunden. Er antwortete nur noch sporadisch auf Nachrichten, wenn überhaupt. Ich war trotzdem nicht dazu in der Lage, mich auszuklinken, obwohl die Prinzessin mir das mehr als einmal befehlen wollte. Sie hätte es am liebsten gehabt, dass ich gar nichts mehr von mir hören ließ. Sie wusste, dass es mir nicht gut tat, wenn ich mich zum Affen machte. Meistens fühlte ich mich hinterher noch schlechter als vorher, wenn ich Niels wieder etwas geschrieben hatte. Ich wollte ihm Reaktionen entlocken, aber diese Reaktionen machten mich letztendlich nur noch fertiger. Sie waren unterkühlt und gleichgültig. Eine Erklärung bekam ich nicht. Es machte mich wahnsinnig. Ich fragte ein-, zweimal nach, aber es gab kein Durchkommen. Ich kam nicht an Niels heran. Sein Schutzschild funktionierte perfekt. Er hatte mich bereits so abgerichtet, dass ich mich noch nicht einmal traute, ihn anzurufen und zusammenzuscheißen. Ich hatte Angst, dass das alles noch schlimmer machen würde. Ich pflegte die Hoffnung und begoss sie mit Tränen und Schnaps. Bevor *sie* sterben würde, dann schon eher ich. Ich soff wie ein Loch. Sogar Eske war fassungslos. Wenigstens hielt sie mir die Hand, als ich Niels an einem Abend offiziell von Psycho in Schizo umtaufte und anfing, mir zu diesem traurigen Anlass Kreuze aus Caipirinha auf die Stirn zu schmieren. Nach der Arbeit traute ich mich kaum noch nach Hause. Crispin gegenüber war ich ständig gereizt. Ich fasste ihn nicht mehr an. Im Februar waren es mehr als drei Monate, dass ich nicht mehr mit ihm geschlafen hatte. Gemeinsame Unternehmungen reduzierte ich auf das absolute Minimum. Crispin blieb seltsam ruhig. Er bedrängte mich nicht, aber irgendwie machte das alles nur noch schlimmer. Ich fasste mir zwei-, dreimal ein Herz und versuchte, ihm alles zu erklären, aber jedes Mal verließ mich in letzter Minute der Mut. Dann riss ich das Ruder herum und schob meine miese Stimmung auf alles, was mir in den Sinn kam: meine Unzulänglichkeiten, Crispins Unzulänglichkeiten, Fritjof Hollands Unzulänglichkeiten. Nur der Katze blieb weitgehend verschont. Außer dass er sich mein Gejammer weiter anhören musste. Die Situation war unerträglich. Nachts heulte ich mich in den Schlaf, tagsüber versuchte ich zu funktionieren. Wie eine Multifunktionsküchenmaschine. Zack, den richtigen Aufsatz drauf, und das Ding brummte wie eine Eins, aber wehe, der passende Aufsatz fehlte, dann war das Teil nicht zu gebrauchen und stand nur unnütz im Weg rum.

Ich stand eine Menge unnütz im Weg herum, weil ich morgens den passenden Aufsatz nicht fand. Eske bändelte seit Silvester wieder mit ihrem Ex an. Sie meinte wahrscheinlich, jetzt, wo *ich* schon so auf die Fresse geflogen war, konnte auch sie gänzlich unvernünftig sein. Nachmacherin. Während sie mir summend Holgers Liebesbeweise unter die Nase hielt, mit denen er täglich die Redaktion bombardierte, ertrank ich am Schreibtisch in meinem eigenen Elend.

Holger schickte Eske pausenlos umgemodelte Comics, in denen Eske und ich die Hauptrolle spielten, und ich hatte in diesen Comics meistens die Arschkarte gezogen. Ich übernahm so glorreiche Rollen wie die Ehefrau von Hägar oder die Spielverderberin Peppermint Patty von den Peanuts. Holger nannte diese Comics die »Daily Anti-Rittners«, und Eske unterhielt damit jeden Morgen auf ihrer speziell eingerichteten Anti-Rittner-Tour durch den Redaktionsflur sämtliche Kollegen. Holger musste sich mit so etwas profilieren, um von seinen eigenen Schwächen abzulenken. Das war jedenfalls meine Theorie. Er passte gar nicht zu Eske. Er war ein Weichei. Ständig krank, ständig müde, ständig unmotiviert und selten betrunken. Eske sah darüber großzügig hinweg. Ich glaube, eigentlich wollte sie nur Holgers Körper. Holger war ungefähr zwei Meter groß und breit wie ein Schrank, Typ Bodyguard, mit einer Mörderplautze und einer Glatze. In seinem Stiernacken rollte sich eine Kopfwurst. Bäh. Aber Eske gefiel das. Sie sagte immer, neben Holgi würde sie sich fühlen wie eine Elfe. Kunststück. Neben Holgi fühlte sogar *ich* mich wie eine Elfe. Damit es nicht so auffiel, dass er selbst dick war, nannte Holger mich »Sumo-Mona« und machte auch sonst ständig schlechte Witze auf meine Kosten. Das hatte er sich bei Eske abgeguckt, und sie bestärkte ihn auch noch darin. Wie sollte es anders sein.

Die Daily Anti-Rittners waren nur die Spitze des Eisbergs. An manchen Tagen konnte ich darüber lachen, aber meistens verschlimmerten sie meine Launen. Die Folge war, dass ich begann, Talkgäste am Telefon zusammenzubrüllen, wenn sie nicht spurten. Ich war mit den Nerven wirklich nicht gut zu Fuß. Nur noch die Krawallsendungen wurden gut, all mein Einfühlungsvermögen hatte sich mit Niels aus dem Staub gemacht, und Hajo zitierte mich mehr als einmal zu sich und wusch mir den Kopf. Die Beleidigungen, die ich durch Holger erfahren musste, genügten ihm augenscheinlich nicht.

Ich ließ diese Gewitter über mich ergehen, zog den Kopf ein, streckte Hajo danach im Flur heimlich die Zunge raus, ging erst mal eine rauchen und kümmerte mich nicht weiter darum. Aber Hajos Anfälle waren wenigstens ein Grund zum Schnapstrinken. Valeries Kündigung auch. Sie verließ Ende Februar überstürzt die Redaktion.

Abends zerrte ich Eske regelmäßig an den Tresen. Mein Schuldenberg wuchs und wuchs. Ich kaufte halb H&M leer und begann sogar, auf eine weitere Filiale auf dem Weg zur Arbeit auszuweichen. Extrem Besorgnis erregend. Karo war sauer auf mich, weil Crispin sich regelmäßig bei ihr ausheulte. Ich behandelte ihn schlecht, weil es *mir* schlecht ging. Am liebsten hätte ich ihn Knall auf Fall verlassen, aber ich fühlte mich verpflichtet. Verpflichtet und verantwortlich. Er hatte für mich alles zurückgelassen, und jetzt wollte ich ihn zurücklassen für nichts? Mein Verstand brachte das nicht übers Herz, im wahrsten Sinne des Wortes. Die Liebeskummerkamera war überall dabei. Außer an der Elbe. Da ging ich erst gar nicht mehr hin. Ich mied die Gegend wie die Pest und verscherzte es mir deshalb auch noch mit Alf und Lukas und Jan, weil ich mich weigerte, sonntags mit ihnen spazieren zu gehen. Seit neuestem interessierte ich mich für Fußball, und am Sonntagnachmittag wartete ich deshalb auf die Ergebnisse der Bundesliga, statt an der Elbe entlangzuflanieren. Der Fußball drängte sogar die Lindenstraße in den Hintergrund. Jetzt stand die Sportschau auf Platz eins meiner persönlichen Fernsehhitliste. Ich freute mich, wenn Werder verlor. Das war so ziemlich mein einziger Spaß in diesen Monaten, und Werder verlor zum Glück reichlich oft.

Mein Ex Florian nahm regen Anteil an meinem Unglück. Er hatte in diesen Monaten das Talent, immer dann anzurufen, wenn es mir besonders schlecht ging und ich auf dem Fußboden lag und traurige Liebeslieder hörte, am liebsten die von Spain. Er roch sofort, wenn wieder Not an der Frau war. Gut, dass ich mich emotional endgültig von ihm getrennt hatte, sonst hätte ich sein Engagement am Ende wieder zu seinen Gunsten interpretieren müssen, aber ich ersparte mir das. Florian tröstete mich und schimpfte auf den Schizo wie ein Rohrspatz. Am Ende mochte ich es kaum noch hören. Meine Mutter fragte jedes Mal nach Crispin und mir, wenn wir telefonierten. Manchmal erzählte ich ihr von unseren Schwierigkeiten, aber meistens legte ich das Thema mit einem »Alles beim Alten« zu den Akten. Ich vermisste Niels so sehr, dass ich manchmal befürchtete, durchzudrehen. Eske sah das genauso. Sie schrie mich regelmäßig an und setzte durch, dass Rocko und Thomas mir keinen Tequila mehr kauften. Daraufhin machte sich sogar Aram Sorgen um mich. Es war ernst. Nächtelang sezierte ich Niels' und meine Geschichte, suchte in seinen Mails nach versteckten Erklärungen für sein Verhalten und nahm Prinzessin Horst mit ins Bett. Ich wusste nicht, was Niels mir gegeben hatte. Aber ich wusste, dass es mir fehlte.

In der ganzen Zeit bis zum April hörte ich nur ein einziges Mal von Niels, ohne dass ich es provoziert hätte. An einem der ersten sonnigen Tage des Jahres schickte er mir einen Frühlingskuss auf mein Handy. Er hatte einen schlechten Tag für so etwas erwischt. Ich war missmutig und genervt und gerade mal wieder wütend auf ihn. Ich hatte in der Nacht zuvor wie so oft seine ersten Mails gelesen und mich darüber aufgeregt, wie er mir erst wochenlang Honig um den Bart schmieren und mich dann dermaßen verarschen konnte.

Als sein Gruß morgens ankam, schnaubte ich und ließ triumphierend die Prinzessin durchstarten. Ich fühlte mich stark. Das war in diesen Wochen ein Ausnahmezustand. Also nutzte ich mit dem letzten Quäntchen Stolz, das mir geblieben war, die Gunst der Stunde und schrieb zurück, dass ich auf so etwas nicht mehr reinzufallen gedächte. Als Niels' Antwort kam, überzeugte sie mich schnell davon, dass dies die einzig richtige Reaktion gewesen war. Er wäre stolz auf mich, schrieb Niels. Pisser. Ich schnaubte wieder. Später fragte ich mich manchmal, was passiert wäre, wenn ich seinen Kuss einfach erwidert hätte. Vielleicht hätte ich mir eine Menge Ärger erspart.

Aber nach diesem Erlebnis begann ich langsam, mich zu bekrabbeln. Die heilende Wirkung von Wut und Sonne. Letztere kam immer öfter hervor, und Ende März traute ich mich zum ersten Mal, im offenen Käfer in die Redaktion zu fahren. Ich sang sogar lauthals vor mich hin. In ein paar Tagen hatte ich Geburtstag, und darauf freute ich mich. Das konnte ich mir erlauben, die Siebenundzwanzig war von der Dreißig ja noch weit genug entfernt.

In der Redaktion hatte ich eine Menge zu tun, und zwei Wochen nacheinander fuhr ich deshalb sogar samstags ins Büro. Eske beschimpfte mich als Streberin, aber ich ließ mich nicht beirren und saß auch am 1. April in der Redaktion. Ich ahnte nichts Böses, obwohl ich gerade mit dem Satan höchstpersönlich zu tun hatte. In meiner nächsten Sendung sollte es um Hexen gehen. Hex, hex, Bibi Blocksberg bei Fritjof Holland. Die Hexen stritten zwar alle ab, etwas mit dem Teufel zu tun zu haben, aber ich hatte natürlich Grimms Märchen gelesen und wusste, was ich zu erwarten hatte. Gerade war ich auf eine selbst ernannte Heilerin gestoßen, die felsenfest behauptete, auf magische Art und Weise längst zerrüttete Beziehungen kitten zu können. Sie würde dafür lediglich ein Foto vom Objekt der Begierde und fünfhundert Mark benötigen. Was für ein Mumpitz. Da konnte man sich den Kerl doch gleich selbst kaufen. Oder für fünfhundert Mark so lange saufen, bis man ihn vergessen hatte. Ich hatte das ja schließlich auch schon geschafft. Fast. Dann fiepte mein Telefon.

Es war natürlich klar, dass die Nachricht von Niels kam. Schon allein wegen der Dramaturgie. Schließlich war ich gerade auf dem besten Wege, ihn nicht nur für doof, sondern auch für unsexy zu halten und mich endgültig von ihm loszusagen. Ich kenne diese Person nicht. Niels' Telefonnummer kannte ich. Sein Name erschien nicht im Display, ich hatte die Nummer selbstverständlich aus meinem Verzeichnis gelöscht. Augenwischerei, denn ich konnte sie auswendig, aber wenigstens ein Versuch. Niemand konnte mir vorwerfen, ich hätte keinen guten Willen gezeigt.

Wieder einmal warf mich Niels' Timing völlig um. Ich rief gleich die ominöse Heilerin an und fragte sie misstrauisch, ob sie etwas damit zu tun hätte. Sie bestritt alles. Ich weiß ja nicht. Es war unheimlich. Und unverschämt von Niels. Er sei in Hamburg, schrieb er, »protestieren Sie jetzt«. Ich protestierte nicht. Die Prinzessin war außer Gefecht gesetzt. Ihr stand vor Erstaunen der Mund offen. Ich lud Niels ein, mit mir Cabrio zu fahren. Ich war eindeutig unzurechnungsfähig. Und das war ein schönes Gefühl, besonders, als Niels zustimmte.

»Hab noch einen Termin«, antwortete er mir, »aber ab fünf bin ich frei.«

Wir verabredeten uns am Altonaer Bahnhof. Gleich danach konnte man jemanden rennen sehen. Mich natürlich, in den Supermarkt nebenan. In die schlecht sortierte, ja quasi nicht vorhandene Kosmetikabteilung. Puder kaufen, mal wieder, wie vor einem knappen halben Jahr Ende Oktober, als Eske mein Frühstück aus dem Fenster geschmissen und ich abends Niels im Chat getroffen hatte, um mit ihm den Haushalt kaputtzuschmeißen. Diesmal hatte ich meinen Puder zu Hause vergessen, und das ging gar nicht.

Auf den letzten Drücker schlüpfte ich durch die Tür. Es war drei Minuten vor vier, und ich war nicht willkommen. Die Blicke der Kassiererinnen waren unmissverständlich. Ich ließ mich nicht ins Bockshorn jagen. Ich hatte einen wirklich wichtigen Grund, die Damen von ihrem Feierabend fern zu halten. Er hieß Niels und war ein Schizo, aber ich fand, er war die Aufregung wert. Man muss ja nicht immer alles begründen können. Ich erstand Puder, Lippenstift und Kaugummi, für alle Fälle. Fast hätte ich noch einen Jägermeister dazugepackt, aber ich riss mich zusammen. Feiern konnte ich immer noch. In acht Stunden hatte ich Geburtstag.

Auf dem Weg zum Bahnhof war ich erstaunlich ruhig. Keine Karambolagen, nur eine überfahrene rote Ampel; sogar den Krankenwagen ließ ich uneigennützig passieren. Ganz friedlich. Ich hatte alles unter Kontrolle. Bis auf meine Fantasie. Sie war siegessicher und spielte mir einen Streich nach dem anderen. Sie suggerierte mir beispielsweise, dass Niels bestimmt gar keinen Termin in Hamburg hatte, sondern nur wegen mir gekommen war, weil er sich endlich für mich entschieden hatte. Ich sah uns schon die verbilligte Partnerdauerkarte fürs Weserstadion beantragen, samt Fördermitgliedschaft bei Werder. Nicht billig, aber hey, alles hat seinen Preis. Ich pfiff vor mich hin und malte mir unsere Zukunft in den rosigsten Farben aus. Natürlich kam alles ganz anders. Scheiß Dramaturgie.

In dem Moment, als ich Niels auf dem Parkplatz stehen sah, verflog meine Selbstsicherheit augenblicklich. Sie verpuffte ungenutzt und ließ mich dastehen wie eine Idiotin. Niels hüpfte zu mir auf den Beifahrersitz. Es klöterte. Er zog zwei Flaschen Becks alkoholfrei aus seiner Jeansjacke.

»Du spinnst«, sagte ich. Ein spitzenmäßiger Auftakt. Das *musste* ja in die Hose gehen.

»Na?«, sagte Niels und grinste sein Schizogrinsen. Genie oder Wahnsinn, ich überlegte noch.

»Na?«, machte ich zurück. Ich glaube, ich klang genervt. Ich war jetzt schon genervt von Niels, weil er mich noch nicht einmal in den Arm nahm. »Dann wollen wir mal«, sagte ich, als hätte ich eine Stechuhr im Nacken. Der Käfer ruckelte beim Anfahren. Mein Kuppelfuß hatte nervöse Zuckungen.

»Schlechte Laune?«, fragte Niels.

»Nein«, erwiderte ich. »Gestresst höchstens. Viel zu tun.«

»Kennt man ja«, kommentierte Niels. Willkommen im Zirkus. Die Arena der Banalitäten.

Ich ließ die Coole raushängen. Es schien mir angebracht. Was der konnte, konnte ich schon lange. Mit dem Unterschied, dass *ich* es immer gleich übertreiben musste. Keine Ahnung, was mich ritt, jedenfalls erzählte ich Niels, ich würde vielleicht nach Berlin gehen. Das war natürlich Humbug. Es hatte nie zur Diskussion gestanden. Ich mochte Berlin noch nicht einmal. Niels sah mich überrascht an, aber er äußerte sich nicht dazu. Außer dass er sagte, er hätte auch die Schnauze voll von den Autoteilen und würde sich nach einem neuen Job umsehen. Ich fragte nicht nach. Der sollte nicht glauben, dass ich mich für sein Leben interessierte. Zuerst einmal sollte *er* sich für *meins* interessieren.

Ich machte Niels darauf aufmerksam, dass mein Tacho immer noch kaputt war. Seine Ankündigung, ihn zu reparieren, hatte er nie in die Tat umgesetzt. Niels lachte verlegen. Das packte ihn an der Ehre. Er hatte ein sehr ausgeprägtes Ehrgefühl. Nur mir gegenüber ließ er die Sau raus. Wir fuhren nach Beesel, immer an der Elbe entlang. Eine schöne Cabriostrecke. Nur voll war es auf der Elbchaussee immer. Auch heute. Wir standen mehr, als dass wir fuhren, und unsere Nasen waren kalt und rot. Es war eben doch noch nicht Sommer.

Ich wartete darauf, dass Niels etwas tun würde, das zu uns gehörte. Dass er mich anfasste oder irgendetwas tat, was mir vertraut war. Er tat es nicht. Ich bekam sofort wieder Angst, dass er es nie wieder tun würde. Warum hatte er sich überhaupt bei mir gemeldet? Was sollte das Ganze? Ausgerechnet jetzt. Verbissen konzentrierte ich mich auf den Verkehr. Ich traute mich kaum, Niels anzusehen. Er lächelte vor sich hin und bestaunte die schnieken Elbchaussee-Villen. Niedlich. Der große Junge.

Die Strecke kam mir ewig lang vor. In Beesel parkten wir in der Nähe des Yachthafens und liefen runter zum Elbstrand. Schweigend stapften wir durch den Sand. Ich hatte solche Sehnsucht nach Niels' Nähe, dass es wehtat, aber in diesem Moment schien es mir, als wären wir mindestens so weit voneinander entfernt wie ich von 90-60-90. Niels musterte mich ab und zu. Ich bemühte mich, entspannt und zufrieden auszusehen. Er schien sich wieder mal absolut sicher zu sein, was er tat. Ich seufzte unbewusst. »Hm?«, machte Niels, aber diesmal stupste er mich nicht an. Ein Glück. Ich wäre sofort umgekippt und im Sand gelandet.

Wir gingen nur ein paar hundert Meter, dann setzten wir uns hin. Der Strand war fast menschenleer. Ich traute mich nicht, an Niels heranzurücken. Schließlich legte ich mich im Sand auf den Bauch und hörte der Elbe zu. Niels saß neben mir und sah aufs Wasser. Weiter draußen tuckerte ein Kutter an uns vorbei. Irgendwo kreischte ein Kind. Seltsamerweise folgte kein schrilles Keifen einer aufgebrachten Mutter.

»Da fehlt doch was«, dachte ich. Es war wirklich friedlich.

»Schön hier«, sagte Niels.

»Hmmmm«, machte ich schläfrig und schloss die Augen.

Dann rückte Niels an mich heran. Er legte seinen Kopf auf meinen Rücken. Mitten in mein Hohlkreuz. Er passte perfekt hinein. Ich erstarrte. Endlich.

Mein Herz klopfte so laut, dass ich dachte, Niels würde sich gleich wegen der Lärmbelästigung beschweren, aber er tat es nicht. Er räkelte sich wohlig, und der Druck seines Kopfes auf meinem Rücken verstärkte sich. Ich spürte die Wärme durch den dicken Stoff und hoffte, dass mein Mantel nicht nach Rauch stank. Er hatte zahlreiche Kneipennächte mitgemacht, und ich war noch nicht dazu gekommen, ihn in die Reinigung zu geben. Ich konzentrierte mich auf meinen Rücken und auf Niels' Kopf und darauf, nicht zu doll zu atmen, um ihn nicht zu verschrecken. Ich wusste ja, wie schreckhaft Niels war. Wir atmeten gleichzeitig, im gleichen Rhythmus, ein, aus, ein, aus. Endlich entspannte ich mich wirklich. Alles war gut. Niels war bei mir. Er war wieder da. Ich fragte ihn nicht, wo er gewesen war. Es war egal. Der Moment zählte, auch wenn ich hoffte, dass er für immer bleiben würde. Ein Widerspruch in sich, aber genauso wie man nicht immer alles begründen muss, muss ja auch nicht immer alles logisch sein. Zum logischen Denken war ich nur noch sehr begrenzt in der Lage. Mein Gehirn war eingefroren. Er sollte nicht zu Ende gehen, dieser Moment, aber er musste. Irgendwann war uns so kalt, dass Niels schon anfing zu zittern. Armer Hase. Ich wollte ihn in den Arm nehmen und ihm meinen Mantel umhängen, aber die Prinzessin schalt mich aus und bestand darauf, dass das *sein* Part wäre. Recht hatte sie.

»Kaffee?«, fragte ich.

»Au ja«, sagte Niels, und wir standen auf. Ich fuhr uns auf die Moldavia.

Die Moldavia war ein uralter Kutter, der schon in den Dreißigern über die Kanäle der Welt geschippert war. Jetzt hatte er in Beesel am Ufer eines Kanals festgemacht. Jockel, ein Altintellektueller oder so was in der Art, hatte das Schiffchen gekauft und zu einem Theaterboot umgebaut. Unter Deck gab es eine Bühne, und auf Deck hatte Jockel ein Café eingerichtet. Eng und urgemütlich. An allen Ecken und Enden knarzte und schwankte es, sobald man sich bewegte. An den Wänden hingen alte Fotografien, und Jockel wohnte vier Meter weiter in einer klitzekleinen Kajüte. Deshalb hatte er mal mächtig Ärger bekommen.

Eine beflissene Behörde hatte das Schiffchen auf Einhaltung diverser überflüssiger Vorschriften gefilzt, weil Jockels Aktivitäten einigen Beeseler Kulturfreunden ein Dorn im Auge gewesen war. Jockel hatte Subventionen beantragt und dem städtischen Theater damit ordentlich ans Bein gepinkelt. In Jockels Schlafzimmerchen fand man Biergläser, die er mangels Platz im Schankraum dort aufbewahrte. Daraufhin wurde ihm vorgeworfen, er würde seine Privaträume gewerblich nutzen. Die Beeseler Lokalpresse verfolgte den Zwist, bis ganz Beesel in zwei Lager gespalten war. Im Zuge der Kontroverse brach Jockel sich den Zeh, als er versuchte, hinter dem Tresen ein weiteres Regal für die Biergläser anzubringen. Daraufhin fielen sämtliche Aufführungen des alljährlichen Kindertheaters aus. Jockel spielte in dem Stück die Hauptrolle, und mit gebrochenem Zeh war er aus verständlichen Gründen nicht in der Lage, das Rumpelstilzchen zu geben. Beesel war um eine touristische Attraktion ärmer. Ein echtes Eigentor. Kulturbanausen. Von dem gebrochenen Zeh hatte Jockel sich mittlerweile erholt, aber dafür war er an diesem Samstagnachmittag extrem gestresst und guckte griesgrämig aus der Wäsche. Niels und ich bestellten unseren Kaffee lieber bei der studentischen Aushilfe. Wir saßen wieder über Eck. Ein Zeichen. Ich redete über meine nächste Sendung und Eskes Liebesglück.

»Dann wäre ich ja eigentlich entlassen«, meinte Niels und grinste mich an.

»*Ich* muss dich entlassen«, sagte ich. »Du bist doch Ritter.«

Dieses Szenarium hatte Niels während unserer ersten Mailkontakte entworfen: Ich war die Prinzessin gewesen und er der Ritter, und er schickte seinen Knappen ständig mit Nachrichten für mich los, bis der kurz davor war, seinen Dienst zu quittieren. Zu viel mittelalterlicher Stress.

»Das stimmt«, sagte Niels, »Ritterehre.«

Ich triumphierte innerlich. Dann bestellte ich mir einen Rotwein. Immerhin hatte ich bald Geburtstag. Niels hatte davon nichts geahnt. Jedenfalls behauptete er das. Er machte sich darüber lustig, dass ich fast ein Aprilscherz geworden wäre. Hätte mich auch gewundert. Ich war mehrere Wochen zu früh auf die Welt gekommen. Bei meiner Geburt war ich sogar leichter gewesen als meine Schwester. Davon war längst nichts mehr zu sehen. Meine Schwester war dünn und sexy. Sie versagte sich aber auch eine Menge und lebte mittlerweile vegan. Statt zu essen kiffte sie. Für mich wäre das nichts gewesen. Dope schmeckte mir nicht. Ich war im Gegensatz zu meiner Schwester rund und deshalb nur für einen ausgewählten Betrachterkreis sexy. Dafür war ich so besserwisserisch, dass mir das über die Jahre hinweg den Spitznamen »Frau Dr. Frühchen Schlau« eingebracht hatte. Insbesondere mit meiner runden Kinderbrille machte ich diesem Namen alle Ehre.

Der Rotwein war lecker. Und er machte mich mutig. Niels machte keinerlei Anstalten, mich zu küssen, also küsste ich ihn. Wir knutschten und knutschten, sodass sogar Jockel bessere Laune bekam. Er beobachtete uns und dachte sich seinen Teil. Ich war glücklich. Schiffe machten mich immer glücklich. Museumsschiffe, Theaterschiffe, Buddelschiffe. Prost. Mach mal die Flasche leer, da muss noch ein Schiff rein. Ich kicherte.

Aber dann machte Niels sich los und sah mir in die Augen. Ich lehnte meine Stirn an seine und starrte zurück.

»Vorsicht«, sagte Niels. »Bei zu viel Nähe verliert man die Übersicht.«

O weh. Schizoalarm. Was wollte er damit schon wieder sagen? *Ich* für meinen Teil hatte meine mühsam erarbeitete Übersicht schon längst wieder verloren. Sie schwamm irgendwo draußen im Dreckwasser und trieb langsam auf die Elbe hinaus. Ich weinte ihr keine Träne nach. Ich sah auf die Uhr. Es war halb acht. Ich hätte längst zu Hause sein müssen. Bei Crispin. Wir waren zum ersten Mal seit langem wieder für den Abend verabredet. Es hatte schließlich alles anders werden sollen, und ich war offiziell lediglich in der Redaktion. Wahrscheinlich hatte Crispin da schon eine Vermisstenanzeige aufgegeben und alle verrückt gemacht. Crispin. Niels. Warum ausgerechnet heute? Ich fluchte innerlich und griff nach meinem Handy. Gleich darauf stellte sich heraus, wie abtrünnig meine Übersicht zu diesem Zeitpunkt *wirklich* war.

»Bin gleich zu Haus«, tippte ich und schickte die Nachricht ab. Dann fiepte Niels' Telefon, und er zog es aus seiner Jackentasche. Ich hatte die Nachricht an ihn geschickt. Von wegen Frühchen Schlau. Scheiße, Scheiße, Scheiße. Niels lachte sich tot. Mir wurde heiß und kalt zugleich, und ich lief knallrot an. Auf meiner Stirn bildeten sich Schweißperlen. Ich konnte es nicht glauben. Das durfte doch wohl nicht wahr sein. Jockel, bitte schmeiß mir ein Bierglas an den Kopf und sag deinen Freunden von der Beeseler Lokalredaktion Bescheid. Auf dem Deck deines Schiffes sitzt die dümmste Kuh aller Zeiten.

»Das muss dir doch jetzt nicht peinlich sein«, sagte Niels.

Nein, überhaupt nicht. Is richtig. *Natürlich* musste mir das nicht peinlich sein. Ich hatte ja lediglich alles kaputtgemacht, was kaputtzumachen war. Am liebsten hätte ich mich sofort vom Schiff gestürzt. Asche zu Asche, Dreck zu Dreck. Trotzdem verließ ich die Moldavia zu Fuß. Das eine will man, das andere muss man. Ich fuhr Niels zum Bahnhof.

Ich hatte aus dem ganzen Theater vor diesem Wiedersehen nichts gelernt. Gar nichts. Ich war wieder verliebt. Daran änderte auch die Tatsache nichts, dass ich an diesem Tag noch etwas Erschreckendes über Niels erfahren hatte: Er fand Blümchen niedlich. *Blümchen.* Also echt. Während der Rückfahrt wollte ich die CD wechseln, und das Radio begann zu plärren. Aus Versehen. Blümchen trällerte, heut wär ihr Tag. Hätte Niels nicht neben mir gesessen, wäre *mein* Tag ab sofort gelaufen gewesen. Ich ächzte und beeilte mich, die neue Platte einzuschieben.

»Was denn«, sagte Niels, »das ist doch niedlich.«

Nee, is richtig. Niedlich. Ganz klar. Ich fand Blümchen nicht niedlich. Eigentlich. Obwohl ich streng genommen sogar selbst ein Blümchen-Album besaß: von Andreas Dorau und den Schröders und diesen ganzen durchgeknallten Leuten. Mir gefiel die Boomerang-Version von Ostzonensuppenwürfelmachenkrebs. Die hatte was. Der Text passte sogar auf Niels und mich:

Wie ein Bom-Boom-Boom-Boom-Boomerang
Komm ich immer wieder bei dir an
Wie ein Boom-Boom-Boom-Boom-Boomerang
Komm ich immer näher an dich ran
Ich flieg, so schnell ich kann
In deine Umlaufbahn
Da bleib ich einfach drauf
Und irgendwann fängst du mich auf.

Die Frage war nur, wer in unserem Fall der Bumerang war. Ich? Oder Niels? Wer kam bei wem immer wieder an? Darüber dachte ich nach, als ich zu Hause auf den Parkplatz rollte. Es war nicht zu fassen, ich dachte über Blümchen-Texte nach. So schnell kann's gehen! Niels trieb mich in den Wahnsinn, während Blümchen kaum volljährig war und sich eine goldene Nase verdiente. Das Einzige, was *ich* in diesem Moment verdient gehabt hätte, wäre ein Schuss aus der Raubtierbetäubungspistole von Hagenbecks Tierpark gewesen. Zu meinem eigenen Schutz, damit ich ins Koma fiele und erst wieder aufwachte, wenn Niels unter falschem Namen mit einer Mega-Blümchen-Plattensammlung am anderen Ende der Welt in einer anonymen Hochhaussiedlung lebte und Blümchen ihre Karriere als Sängerin längst beendet hätte. Es hätte eine sehr sehr starke Ladung aus der Betäubungspistole kommen müssen, denn Blümchen verkündete erst im November 2000, sie würde sich jetzt für eine Weile zurückziehen, weil sie sich als Künstlerin neu definieren wolle, und Niels dachte natürlich gar nicht daran, auszuwandern oder sich einen falschen Namen zuzulegen. Solche Theorien waren eh überflüssig. Es schoss sowieso niemand auf mich. Außer Amor mit seinen Liebespfeilen, haha. Als Niels mir um Punkt Mitternacht auch noch eine Geburtstagsmail aufs Telefon schickte und mich lässig mit »Baby« ansprach, kannte ich kein Halten mehr: Niels war mein Mann. Meine Nummer Eins. Ich musste einen Weg finden, meinen Fehler von vorhin wieder auszubügeln. Und ich musste endlich die Sache mit Crispin auf die Reihe kriegen. Dass ich Niels eine Nachricht geschickt hatte, die eigentlich für Crispin bestimmt gewesen war, war ja wohl mehr als eindeutig gewesen. Auf die Prinzessin wollte ich deshalb ab sofort keine Rücksicht mehr nehmen. Sie fand es lustig, auf zwei Hochzeiten gleichzeitig zu tanzen. Sie hielt das für standesgemäß. Sie wurde gern hofiert, und sie hatte gern die Wahl. Aber wie sollte ich ihr das durchgehen lassen, wo wir doch schon im Supermarkt Probleme hatten mit dem Auswählen?

Am Sonntag blieb mir keine Zeit dafür, mich um diese Fragen zu kümmern. Meine Geburtstagsfeier verlegte ich kurzfristig vom Familieneck ins Better Days auf den Kiez. Ich fand, Aram hatte in den letzten Monaten genug an mir verdient.

Es wurde eine gute Party. Ich stritt mich mit Lukas, weil ich den Schizo wiedergetroffen hatte. Er hielt mir erneut Predigten wegen Crispin. Crispin ahnte nichts davon. Er stand am anderen Ende des Raumes und reichte Karo Platten an. Sie legte auf und spielte alle meine Lieblingslieder. Als ich die Schnauze voll hatte von Lukas' Geseier, ließ ich ihn einfach stehen und ging lieber tanzen und mich um meine anderen Gäste kümmern. Sollte er sich doch selbst vollquatschen. Lukas war beziehungsunfähig. Von dem ließ ich mir nichts sagen. Es würde sich schon alles finden. Niels war wieder aufgetaucht. Alles würde gut werden. Irgendwie. Davon war ich überzeugt. Außerdem war ich jetzt siebenundzwanzig. Fast erwachsen. Ein Grund, richtig auf die Kacke zu hauen. Klassenziel erreicht. Herzlichen Glückwunsch, Frau Rittner, Sie sind versetzt ins achtundzwanzigste Lebensjahr.

Siebenundzwanzig! Herrgott noch mal. Machen Sie was draus. Hören Sie auf, Schizos hinterherzurennen, und basteln Sie lieber an Ihrer viel versprechenden Karriere. Kommen Sie zum Beispiel einfach nicht mehr besoffen ins Büro. Krrrrk. Dafür war es längst zu spät. In wenigen Stunden musste ich schon wieder am Schreibtisch sitzen. Da konnte ich jetzt genauso gut weiter trinken.

Crispin gab vor mir auf und ging gegen drei. Eske verschwand sang- und klanglos irgendwann zwischen halb vier und fünf. Mit ihr hatte ich noch ein Hühnchen zu rupfen. Sie hatte mir tatsächlich eine Fritjof-Holland-Tasse geschenkt. Die Dinger bekamen wir in der Redaktion nachgeschmissen, weil sie niemand kaufen wollte. Wir warfen damit sogar ohne Reue um uns, wenn wir uns abreagieren mussten. Normalerweise profitierte ich von Eskes Sparsamkeit, weil sie ihr Erspartes gern in Schnaps investierte und mich von Zeit zu Zeit daran teilhaben ließ, aber *das* ging wirklich zu weit.

Ich blieb, bis der Letzte gegangen war, den ich kannte. Das gehörte sich schließlich so als Gastgeberin, und es kam mir gelegen. Mein Etat war schon um zwei aufgebraucht gewesen. Ich ließ anschreiben. Man mochte es mir nicht verwehren, ich war das Geburtstagskind und würde anfangen zu heulen, wenn ich nicht das kriegte, was ich wollte. It's my party and I'll cry if I want to. Das verstand auch die Frau hinter der Bar.

Um Viertel nach fünf nahm ich mir ein Taxi nach Hause. Ich war so betrunken, dass ich den Fahrer bat, an der Tankstelle zu halten. Mir war eingefallen, dass ich noch tanken musste. Was du heute kannst besorgen. Erst als ich ausgestiegen war und an der Zapfsäule stand, bemerkte ich, dass ich ja mein Auto gar nicht dabei hatte. Tanken konnte man zum Glück so oder so verstehen, also wankte ich zum Nachtschalter und kaufte mir noch ein Bier und dem Fahrer eine Cola. Ein Teufelszeug, Cola. Das Bier habe ich selbstverständlich nicht mehr getrunken. Ich bewahrte es als Andenken an diese Nacht neben meinem Bett auf. Für Notfälle.

8.

Eske.

Ein neuer Monat hat angefangen. Es kann alles nur besser werden. In der Redaktion ist nicht viel los. Das Sommerloch steht vor der Tür. Ich kann mich voll auf die Streitereien mit Rittner konzentrieren. Sie meint, dass ihr Buch kurz vor der Vollendung steht und fängt an, Literaturagenten für ihr Werk begeistern zu wollen. Ich finde das noch etwas verfrüht und gebe zu bedenken, dass sie vielleicht mehr an dem zu verkaufenden Werk schreiben sollte als halbfertige Produkte zu verscherbeln und sich in Gedanken schon auf einer Lesereise zu befinden. Meine Belehrungen nehmen viel Zeit in Anspruch, da Mona immer schon sehr uneinsichtig war. Ich sage ihr ständig, dass sie auch diese Zeit, in der wir uns streiten, besser auf ihr Buch verwenden könnte.

Natürlich streiten wir uns nur wenig in der Öffentlichkeit, wo wir mittlerweile als Team von jungen Autorinnen auftreten, unsere Werke immer bei uns tragen und im Familieneck kostenlose Leseproben geben. Da wir nicht wirklich wissen, wie mächtig unsere Kneipenkumpanen des Lesens sind und außerdem unsere Goldstücke nie aus der Hand geben würden, lesen wir natürlich vor. Die Reaktionen sind breit gefächert. Von sehr verhalten, wahrscheinlich zu betrunken, um noch Kunst erkennen zu können, bis zu enthusiastischem Gelächter, wahr-

scheinlich in der Hoffnung, von uns einen kostenlosen Drink zu ergattern. Aber wir bestechen unsere Zuhörer nicht und bieten höchstens eine Zugabe unserer Leseproben an. Danach erreichen die besagten Analphabeten meist auf ihre eigenen Kosten den betrunkenen Zustand, der sie davon abhält, ehrfürchtig vor uns in die Knie zu gehen. Da wir uns über unsere eigenen Werke auch beim x-ten Mal Lesen immer noch richtig amüsieren, haben wir in letzter Zeit viele vergnügliche Abende verlebt.

Mona.

Am Dienstag trennte ich mich von Crispin. Der Entschluss war lange überfällig gewesen. Neues Jahr, neues Glück. Ich hatte plötzlich das Gefühl, ich müsste in meinem Leben aufräumen. Unsere Beziehung war das offensichtlichste Chaos. Also fing ich damit an. Crispin war nicht überrascht, als ich damit um die Ecke kam, dass sich meine Gefühle ihm gegenüber geändert hätten. Wir verzogen uns ganz nach oben unters Dach zum Reden. Ich weinte. Crispin war kurz davor. Er griff immer wieder nach seinem Tabak und drehte sich eine Zigarette nach der anderen, die dann im Aschenbecher verglomm, nachdem er zweimal daran gezogen hatte. Seine Übersprungshandlung.

»Ich hab mich die ganze Zeit schon gefragt, wann du es mir endlich sagst«, bemerkte Crispin.

»Warum hast du mich nie darauf angesprochen?«, fragte ich ihn. Da war es wieder, das Frauenzeitschriftenkommunikations-Problem.

Crispin sah mich verzweifelt an. »Angst?«, erwiderte er.

Es tat mir alles so Leid. Ich verfluchte Niels, als ich Crispin so da sitzen sah. Wäre ich ihm doch nie begegnet. Er war seit unserem Treffen wieder scheiße drauf und kanzelte mich regelrecht ab. Ich hatte noch keine Möglichkeit gehabt, meinen Fauxpas von Samstag wieder wettzumachen. Niels wurde schon wieder alles zu viel, und Crispin musste sich von mir so einen Dreck anhören. Aber es war das Einzige, das ich tun konnte, um ihm gegenüber halbwegs fair zu sein. Halbwegs. Von Niels erzählte ich Crispin nicht. Auch die möglichen Einzelheiten der Trennung blieben ungeklärt. Wir hatten genug Mühe, uns mit der veränderten Situation anzufreunden. Es schien irreal. Über vier Jahre, puff. Weg. Das große Fressen. Anfangs hatten wir gar nicht genug voneinander kriegen können. Amore. Die ganz große Liebe. Und jetzt der ganz große Bullshit. Einen Moment lang war ich versucht, alles als einen schlechten Witz abzutun. »Haha, Crispin, das war alles gar nicht so gemeint. Das war ein Witz, tihi. Natürlich liebe ich dich. Komm, lass uns Kinder machen.« Aber was wir hier besprachen, war kein Witz. Noch nicht mal ein ganz besonders fieser britischer. Es war schwierig, darüber zu sprechen.

Die Pausen zwischen unseren mühselig und vorsichtig gestammelten Sätzen reichten für zweimal aufs Klo gehen und fünfmal die Sitzposition wechseln, weil ein Körperteil eingeschlafen war. Ich musste ständig aufs Klo. Ich trank Mineralwasser. Vier Flaschen. Das, was ich nicht gleich wieder ins Bad trug, heulte ich aus. Später lag mein Kopf in Crispins Schoß, und wir dachten erschöpft übereinander nach. Crispin strich mir über die Stirn und wiegte mich wie ein kleines Kind, dabei war ich diejenige, die das für ihn hätte tun sollen. Als wir um sechs ins Bett gingen, schliefen wir noch einmal miteinander. Zum Abschied. Wie in der Nacht vor dreieinhalb Jahren, als ich Crispin von Florian erzählt hatte, hielten wir uns so aneinander fest, dass noch nicht mal der stärkste Mann der Welt geglaubt hätte, uns jemals voneinander trennen zu können. Mein Gefühl von damals hatte mich nicht getrogen. Ich hatte Crispin enttäuscht. Ich war nicht die Richtige für ihn. Ich hielt ihn und wünschte mir die alte Mona zurück. Die, die mit Schizos nichts am Hut hatte und nur Crispin liebte und mit ihm über grüne Wiesen hüpfte und inmitten einer Schafherde zeltete. Es blieb ein Wunsch. Es war vorbei.

»Herrjemine«, entfuhr es Eske erschüttert, als ich am nächsten Morgen nach knapp siebenundzwanzig Minuten Schlaf zu ihr ins Auto kroch. »Was ist denn mit dir passiert?«, fragte sie. »Bist du unter einen Trecker gekommen?«

»So ungefähr«, nuschelte ich. Eske schien frisch wie der junge Morgen. *Mein* Zustand war mehr als Besorgnis erregend. Das bewies ein kurzer Blick in den Spiegel an der Sonnenblende. Kein schöner Anblick. Ich erschrak zu Tode. Schnell wieder zuklappen. »Ich kann nicht arbeiten«, jammerte ich. »Mir geht's schlecht!«

»Schnickschnack«, sagte Eske. »Es ist doch schön, gebraucht zu werden«, beschied sie, seufzte inbrünstig und nahm mit Schwung die rote Ampel. »Was ist denn überhaupt los? Gesoffen?«

»Nein«, klagte ich, »Schluss gemacht.«

»Cool«, entgegnete Eske. »Fuck Schizo. Du hättest ihn überhaupt nicht wiedersehen sollen.«

»Nicht mit dem Schizo. Mit Crispin ist Schluss«, versetzte ich matt und steckte mir zwei Zigaretten in die Ohren. Vorsichtshalber.

»Bist du noch ganz dicht?«, schrie Eske.

Ich hatte es ja geahnt. Die Zigaretten halfen gar nicht. Ich holte sie wieder raus und hielt mir stattdessen mit den Händen die Ohrmuscheln zu.

Eske übertönte auch sie. »Mona, du hast den Arsch offen«, keifte sie. »Das kann nicht dein Ernst sein!«

»Doch«, sagte ich trotzig. »Es ging einfach nicht mehr.«

Eske rollte mit den Augen. »Du bist nicht mehr meine Freundin«, verkündete sie dann. »Alle beneiden dich um Crispin, und du schießt ihn ab. Es ist nicht zu fassen. Ich kann nicht mit einer so dummen Frau befreundet sein. Sorry, aber das geht wirklich nicht.«

»Das *muss* gehen«, nuschelte ich kleinlaut. »Ich dachte, wir gehen heute Abend einen trinken. Ich brauche Ablenkung.«

»Ohne mich«, antwortete Eske knapp. »Wie hat Crispin reagiert?«

»Entsetzt«, sagte ich. »Traurig. Ich bin ja auch traurig. Aber was nicht mehr geht, das geht nicht mehr. Und außerdem bist *du* schuld. Ohne dich hätte ich den Schizo gar nicht getroffen.«

»Das ist ja wohl die Höhe.« Eske schnappte nach Luft. »Und wie soll's jetzt weitergehen bei euch? Wohnungstechnisch und so?«

Ich zuckte mit den Schultern. »Keine Ahnung. Wahrscheinlich bleiben wir erst mal in der Wohnung. Der Vertrag läuft noch über ein Jahr.«

»So'n Quatsch. In spätestens drei Wochen schmeißt ihr euch die Tassen an die Köpfe.«

»Hör mal. Wir sind vernünftige Leute«, protestierte ich schwach.

»Crispin vielleicht. *Du* ja wohl kaum«, stellte Eske fest.

»Hmpf.«

Was sollte ich dazu sagen.

Eske beschimpfte mich den lieben langen Tag. Ich wollte gar nicht mit ihr rauchen, geschweige denn mit ihr reden, aber jedes Mal, wenn ich an ihrem Tisch vorbeischlich, kam sie mit Riesenschritten hinter mir her, um mich zu belästigen. Es machte ihr wirklich Spaß, mich leiden zu sehen. Holger schickte einen besonders fiesen Daily Anti-Rittner. Niels rührte sich nicht. Hätte mich auch gewundert. Er war mal wieder auf Overdose. So langsam gewöhnte ich mich an dieses Gebaren. Männer. Alle gestört und psychisch labil. Bis auf Crispin. Vielleicht hätte es geklappt mit uns beiden, wenn er eine massivere Macke gehabt hätte. Die Müllmacke reichte einfach nicht. Er war nicht neurotisch genug für jemanden wie mich. Er war ja noch nicht mal hysterisch geworden in der vergangenen Nacht. Ach, Crispin. Eske weigerte sich weiterhin, später mit mir auszugehen, deshalb verabredete ich mich mit Lukas. In der Not frisst der Teufel Fliegen. Wir gingen auf den Kiez und machten durch. Ich betrank mich wahnsinnig, und Lukas zerrte mich aufs Klo und schob mir eine Ladung Koks in die Nase. Ich hatte vorher noch nie gekokst. Es machte mich nicht glücklicher. Im Gegenteil. Meine Nase juckte, als hätte ich Niespulver geschnupft, und wenn ich einatmete, fühlte es sich an, als hätte meine Lunge Löcher.

Neben mir an der Bar saß ein Typ im Holzfällerhemd und versuchte, mich in sein Bett zu quatschen. Ich erzählte ihm, dass er keinen Spaß mit mir haben würde, weil ich frigide sei und deshalb gerade von meinem Mann verlassen worden wäre. Jetzt hätte das Arschloch die Kinder entführt und ich säße auf der Straße. Da käme er doch genau richtig, meinte der Typ daraufhin, ich könnte bei ihm schlafen die nächsten Tage, und außerdem müsste man es mir nur mal richtig besorgen, dann würde der Rest schon von allein kommen. Frauen wie ich bräuchten eine starke Hand. Daraufhin kippte ich seinen

Drink auf den Boden, während er auf dem Klo war. Als er wiederkam, wollte er mich deshalb verhauen. Sein Kumpel hatte mich verpetzt. Lukas half mir nicht. Er stand neben mir, würdigte mich keines Blickes und unterhielt sich mit einer blonden, schlecht geschminkten Transe, die sich anschickte, auf dem Tresen einen Spagat vorzuführen. Ich flüchtete nach draußen, ließ mich auf die Treppe sinken und glotzte blöd in der Gegend herum. Dann griff ich nach meinem Telefon und schrieb Niels eine Nachricht. Ich glaube, es war eine Liebeserklärung.

»Spar dir deine Emotionen auf, bis du nüchtern bist«, schrieb Niels zurück.

Hups. Waren wohl ein paar Tippfehler zu viel gewesen in der Liebeserklärung. Pah. Nüchtern? Da konnte Niels lange warten. Heute würde das jedenfalls nichts mehr werden. Und überhaupt nie mehr, wenn das so weiterging. Dann stolperte der Holzfällertyp aus der Tür. Er fiel fast über mich. Es war zu spät zum Wegrennen.

»Tu mir nichts«, fiepte ich und bemühte mich um ein freundliches Gesicht.

Der Typ glotzte mich an, stutzte und bekam einen Schluckauf. Er erkannte mich nicht wieder. Nach zehn Minuten! Hicks. Die Aufmerksamkeitsspanne einer Fruchtfliege. Und so einer wollte sich zutrauen, meine sexuelle Erfüllung zu sein?

»Tihi.« Ich zog eine Grimasse, winkte dem Holzfällerhemd noch einmal zu und schlüpfte zurück in den Laden. So waren Männer. Maßlose Selbstüberschätzung. Passierte aber auch Männern, die gar nicht wie Männer aussahen. Die Transe hatte sich bei ihrem Spagat irgendwas gezerrt und lag jetzt schreiend in der Ecke. Lukas kühlte ihm/ihr das Bein mit einem Geschirrtuch voller Eis. Er kümmerte sich rührend. Wer weiß, was er sich von dieser Nummer noch versprach. Ogottogott. Wie bizarr. Ich hängte mich wieder an den Tresen und ließ mich von dem Kumpel des Holzfällers zu einem Drink einladen.

»Abba nich wechschütten«, ermahnte er mich.

»Wodenkssuhin«, sagte ich entrüstet und trank auf ex.

Auf meinen Ex. Auf Crispin. Ich hatte ihn lieb. Lukas hatte ich auch lieb. Er hatte die Transe endlich ihrem Schicksal überlassen und legte noch ein bisschen Koks nach. Dann überredete er die Tresenfrau dazu, dass wir auch dann noch bleiben durften, als sie schon längst die Stühle hochgestellt hatte und die Kasse machte. Es war neun Uhr morgens. God save the Kiez. Um halb zehn wankte ich nach draußen. Ich rief Eske an.

»Holssu mich ab?«, lallte ich. »Wirmüssndochabeidn. IchbinnaufmKiez.«

»Mona?«

»Jaha!«

»Du liebe Güte. *Wo* bist du?«

»Auf'm Kiez.«

»Seit wann?«

»OchsoseithickszwölfStunn'ungefähr.«

»Heilige Scheiße. Wo genau?«

»IchstehvoreKörriwursbude. Abbadiehamschonzuhicks.«

»Besser ist das«, bemerkte Eske trocken. »Beweg dich nicht. Ich hol dich. Was brauchst du?«

»Sssaahnbürste«, sagte ich und bemühte mich, gerade zu stehen.

»Bis gleich.«

»Jepp!«, grölte ich und legte auf, indem ich irgendeine Taste drückte. Als Eske vorfuhr, plumpste ich unkoordiniert auf den Beifahrersitz. »Moin. Dubisaberschnellmensch«, gähnte ich beeindruckt.

»Boarh«, sagte Eske und hielt sich die Hand vor die Nase. Sie kramte nach einer Zigarette.

»Kannssudienichspäterrauchen?«, fragte ich. »Wennudirdiejetzanstecksdannmussichkotzn.«

»Wenn ich mir die jetzt *nicht* anstecke, dann muss *ich* kotzen«, sagte Eske und kurbelte das Fenster runter.

»Stink ich?«, fragte ich sie.

»Stinken ist gar kein Ausdruck. Du riechst wie ein alter Lappen, der auf dem Schützenfest unterm Zapfhahn gelegen hat.«

»Och«, seufzte ich.

»Mona, hör mal, du kannst doch in diesem Zustand nicht in die Redaktion«, meinte Eske. »Besoffen am Arbeitsplatz, das ist ein Kündigungsgrund!«

»Binnichbesoffn«, erklärte ich. »Zugekokst. Normaal. Sagensedochimmeralle: Kokserbeiemedien. Also.«

»Willst du dich nicht lieber krankmelden? Ich fahr dich auch wieder nach Hause.«

»Nö«, sagte ich, »willmichnichkrankmeldn. Binjagarnichkrank, weißu? Willlieberanmein'Rechner. VielleichsPostvonNielsda.«

»Eines Tages bringe ich dich um«, sagte Eske.

»Glaubichnich«, lallte ich.

Dann machte ich die Augen zu. Ich schlief sofort ein. Eske weckte mich, als wir auf den Redaktionsparkplatz rollten.

»Mona, ich geb dir Deckung. Stütz dich auf mir ab. Aber bitte reiß dich jetzt zusammen. Klar?«

»Jawwwoll«, salutierte ich und gab mir Mühe. Vorsichtig versuchte ich, ein Bein vor das andere zu setzen, ohne in die Rabatten zu fallen.

»Was hast *du* denn?«, fragte Bille vom Empfang, als Eske mich an ihr vorbeischob. »Ist dir schlecht?«

»Ich glaube, sie ist schwanger«, raunte Eske Bille zu, und Bille machte große Augen.

Eske verfrachtete mich in den Lift wie ein unliebsames Paket mit Leberwurst von ihrer Großmutter. Ich kam heil oben an, auch wenn ich gegen die Schalttafel fiel und der Lift daraufhin in jeder Etage anhielt. Eske betete, dass niemand zusteigen möge. Sie hielt sich die Nase zu und verdrehte pausenlos die Augen. In der Redaktion rannte ich alles um. Ständig stieß ich an Tischkanten und an Schränke, die am Tag zuvor bestimmt noch nicht da gestanden hatten. Ich holte mir einen blauen Fleck nach dem anderen und begann erst zu fluchen und dann zu singen. Die anderen tippten sich an die Stirn.

»Mona!«, zischte Eske, als ich vor ihrem Tisch stand und summend die Moderationskarten ihrer Sendung zerpflückte. »*Setz dich hin!* Setz dich verdammt noch mal an deinen Platz und verhalt dich ruhig!«

»Hömma«, entgegnete ich entrüstet, aber schließlich sah ich ein, dass Eske Recht hatte. Außerdem konnte ich mich wirklich nicht mehr auf den Beinen halten. Ich setzte mich an den Schreibtisch und wurde schlagartig still. Ich schlief wieder ein. Alle in der Redaktion verhielten sich vorbildlich, erzählte Eske mir später stolz. Sie hatte sie instruiert. Eske hieß meinen Zustand nicht gut, aber sie hatte erkannt, dass ich zunächst Ruhe brauchte, um für ihr späteres Donnerwetter aufnahmefähig zu sein. Die Kollegen nahmen also Rücksicht. Sie flüsterten nur noch und vermieden es, Talkgäste am Telefon anzuschreien, geschweige denn sich gegenseitig. Steckten Kollegen aus anderen Redaktionen den Kopf durch die Tür und riefen unbedarft etwas in den Raum, ertönte ein vielstimmiges zischendes »Schschsch! Rittner schläft!« Nur wenn Hajo durch die Räume schritt, weckte Eske mich unsanft mit Schlägen auf den Hinterkopf. Was wäre ich in diesen Tagen ohne sie gewesen.

Niels blieb zunächst meilenweit entfernt. Er lebte wieder auf einem anderen Stern. Er machte wieder dicht. Es machte mich unglücklich, aber sein unverhofftes Auftauchen vor meinem Geburtstag hatte dafür gesorgt, dass ich diesmal nicht ganz so verzweifelt auf seinen Rückzug reagierte wie zuvor. Sein Verhalten wurde mir langsam transparent. Niels und ich waren durch ein Gummiband miteinander verbunden, und Niels spannte es, so weit es ging. Sobald es zu zerreißen drohte, gab er im letzten Augenblick nach und ließ es zurückschnellen, sodass wir mit Wucht wieder aufeinander prallten. So war es jetzt schon drei Mal passiert. Vielleicht war es nur eine Frage der Zeit, bis er sich endlich für mich entscheiden und das Gummiband zu den Akten legen würde. Dann könnten wir es vielleicht ersetzen durch reißfeste Paketschnur oder so was. Meinetwegen auch durch selbstzerbröselnde Chirurgenfäden, die würden Niels wenigstens keine Angst machen.

Ich hatte Sehnsucht nach ihm, aber ich war halbwegs optimistisch. Für ein paar Tage kam mir sein Verhalten sogar ganz gelegen. Schließlich hatte ich eine Ex-Beziehung, die ich regeln musste. Crispin und ich versuchten ein paar Mal, nüchtern über die Trennungsdetails zu reden, aber es gelang uns nicht. Meistens waren wir zu müde und saßen dann doch einfach nur gemeinsam auf dem Sofa. Crispin nahm mich von Zeit zu Zeit in den Arm, und ich gab ihm noch immer einen Gutenachtkuss, und eigentlich war alles wie immer. Außer dass wir eben getrennt waren. Geschiedene Leute. Alf hatte es gelassen aufgenommen, aber Karo bekam einen Anfall, als sie davon hörte. Ich hatte also nicht nur bei Eske, sondern auch bei ihr einen schweren Stand. Trotzdem verbrachten wir einen schönen Abend miteinander, weil Immo sich auch gerade mal wieder verhielt wie die Axt im Wald.

Wir lagen zusammen auf Karos Bett, leckten unsere Wunden und dachten darüber nach, wie viel Spaß wir gemeinsam gehabt hatten, als wir noch jung und ungebunden und unvernünftig gewesen waren. Wir hatten damals einfach gemacht, was wir wollten. Ohne Rücksicht. Das schien uns jetzt verdammt lange her zu sein. Wir fühlten uns wie alte Schachteln, und der Rotwein, den wir halb tranken und halb auf Karos Bett vergossen, war in unseren Augen die einzige Verbindung zwischen den damaligen glücklichen Zeiten und unserem jetzigen Elend. Während der dritten Flasche beschlossen wir, gemeinsam auf die nächste Lesbenparty im Fundbureau zu gehen, und schliefen Arm in Arm ein. Das ist das Schöne an Scheißkerlen: Sie sorgen dafür, dass wir Frauen zusammenhalten.

Der 11. April war ein Dienstag. Meine Hexen verhielten sich ruhig, die Aufzeichnung sollte in einer Woche stattfinden, und ich begann, den Ablauf zu schreiben.

»Wann soll ich das denn noch machen?«, bölkte Silke plötzlich von der Tür, schoss an ihren Schreibtisch und fluchte. »Alles Arschfickerlehrlinge hier.«

»Was ist denn los?«, erkundigte ich mich.

»Ach, scheiße. Ich hab übermorgen Sendung. Und jetzt kommen sie auf die Idee, mich auch noch zum Drehen zu schicken morgen. Als wenn ich sonst nichts zu tun hätte.«

Ich horchte auf. Ein Einspielerdreh! Eske und ich liebten Einspielerdrehs. Sie waren selten, aber wir schlugen uns drum, wann immer welche anstanden. Wir fanden es einfach hochgradig amüsant, mit einem Kamerateam durch die Gegend zu eiern, Anweisungen zu geben und irgendwelche Hampelmänner dazu zu bringen, nach unserer Pfeife zu tanzen. Der Haken an der Sache war nur, dass Einspielerdrehs zu dieser Zeit kaum vergeben wurden. Man musste wirklich auf Zack sein, um einen abzugreifen. Ich schielte rüber zu Eske. Sie schrieb verliebte Mails an Holger und hatte Silke nicht gehört. Ich beschloss, sofort zuzuschlagen. »Wo ist das denn?«, erkundigte ich mich beiläufig.

»Irgendwo bei Hannover«, maulte Silke. »Total boring.«

Hannover. Niels. Hannover! Ein Grund, nach Hannover zu fahren! Offiziell! Das war meine Chance, meinen dämlichen Fehler wieder gutzumachen! »Was steht denn da zur Disposition?«, fragte ich. Es war mir egal, was es war. Ich hätte den Dreh auch gemacht, wenn es um DJ Bobo oder ein menschenfressendes Monster mit zwölf Köpfen gegangen wäre.

»Verstrahlte Hausfrauen, die sich nicht vernünftig anziehen können.« Silke verzog angewidert die Oberlippe. »So'ne Nummer vorm Kleiderschrank. Was zieh ich an und so doofe Modenschau halt.«

»Ich mache das«, sagte ich spontan. Ich hoffte zumindest, dass es spontan klang.

Silke sah mich überrascht an. Dann strahlte sie. »Echt? Hast du Zeit?«

»Ich hab doch erst nächste Woche Sendung«, erklärte ich ihr, »und ich bin schon dabei, einen Ablauf zu schreiben. Ich könnte das machen.«

»Mona! Das ist ja ein Traum!« Silke klatschte begeistert in die Hände. »Super. Du bist ein Schatz. Du kriegst gleich die Telefonnummer von denen.«

Ich rief in der Reisekoordination an und gab mein Ticket in Auftrag. Hinfahrt morgens, Rückfahrt ungewiss. Vielleicht würde ich überhaupt nicht wiederkommen! Aber dann brach mir der Schweiß aus. Würde Niels mich überhaupt sehen wollen? Ich schickte ihm eine Mail ins Büro.

»Bin morgen zum Drehen in Hannover«, schrieb ich, »würde dich gern treffen. Gib mal Bescheid.«

Der Bescheid kam postwendend. Er war positiv. »Muss

zwar morgen arbeiten«, antwortete Niels, »aber nach Feierabend hab ich Zeit. Melde dich.«

Ich jubelte. Das wurde ja immer besser. Eine Abendverabredung! Das machte Lust und Hoffnung auf mehr, und ich wurde übermütig. Ich schrieb Niels, dass ich keine Beziehung mehr hatte. Wie so oft hätte ich wahrscheinlich lieber mein vorlautes Maul halten sollen.

Ich bemühte mich, meinen Besuch in Hannover ganz lässig zu sehen. Ich machte am Abend vorher noch nicht einmal Schönheitspflege. Ich fuhr mit unrasierten Beinen, strohigen Haaren und ungeschnittenen Fußnägeln, weil ich fand, dass Niels' und meine Beziehung langsam reif war für die ungeschminkte Wahrheit. Nach einem Dreh sah ich sowieso fertig aus. Ich arbeitete ja mit lauter Laien zusammen. Mit Talkgästen eben. Schlimm genug, aber diesmal wollten sie in der Redaktion obendrein einen Haufen Geld sparen. Ich bekam noch nicht mal ein Kamerateam, sondern sollte mit der Mini-DV selbst drehen. Schöne Scheiße. Schlimmer als einen Sack Flöhe hüten: gleichzeitig auf die Kamera *und* auf drei nervös kichernde Hauptdarstellerinnen *und* den Hund *und* den kleinen Jungen achten, der ständig ins Bild rannte, obwohl er da nicht rein sollte und mir ständig mit seinen Fettfingern auf die Linse patschte, wenn ich mich mal bückte wegen der besseren Perspektive, *und* auf Anschlüsse *und* darauf, in der mit Nippes voll gestopften Wohnung nichts umzurennen, wenn ich mit der Kamera rückwärts lief. Es ging trotzdem eine dämlich dreinschauende Porzellankatze mit goldenem Halsband kaputt, aber die Hauptdarstellerinnen sahen es mir nach. Sie waren sehr freundlich und kochten mir eine Menge Kaffee, bis ich so tatterig war, dass ich die Kamera kaum noch in der Hand halten konnte.

Was die Dreherei betraf, waren die drei sehr talentiert. Jedenfalls machten sie alles mit, ohne zu murren, und das ist ja die Hauptsache. Man muss nun mal Opfer bringen für den Ruhm. Es handelte sich um zwei Töchter, die ihrer Mutter vorwarfen, rumzulaufen wie eine Schlampe. Eigentlich liebten beide die Mama, aber in Sachen Garderobe war sie ein ähnlich hoffnungsloser Fall wie Eske früher. Ich hatte deshalb großes Verständnis für ihre Situation und dafür, dass sie ihrer Mutter in der Öffentlichkeit die Augen öffnen wollten. Jetzt machte Mama vor dem Kleiderschrank Modenschau, während ihre Töchter naserümpfend zusahen und mit spitzen Fingern alles in einen großen Müllsack steckten, was ihnen für ihre Mutter unangebracht erschien.

Es waren abscheuliche Schöpfungen darunter. Teddys und Perlen und ungefähr fünfundachtzig Farben zum Beispiel. Auf *einem* Pullover. Uäääääh. Nicht schön. Gar nicht schön. Valerie hätte sich sofort kreischend und würgend in die nächste Ecke geschmissen. Aber der Rest an sich sah gut aus. Paar Effekte drauf und nette Musik, und ich würde locker eine Minute voll kriegen. *Das* war Billigfernsehen. Obwohl, die Hauptdarstellerinnen bekamen immerhin zweihundert Mark. Jede. Ein karger Lohn, wenn man bedenkt, dass die Wohnung hinterher aussah wie ein Schlachtfeld.

Irgendwann fing der Junge an zu brüllen, weil er nicht ins Bild durfte, also filmte ich ihn zwei Minuten, aber er beruhigte sich nicht wieder, sondern sabberte und schrie in einem fort, und wir brachen ab. Meine Nerven. Mir war es recht, ich hatte genug im Kasten, und jetzt wollte ich nur noch eins: Niels sehen.

Ich ließ mich von einem Taxi abholen und in die Nähe des Hauptbahnhofs fahren. Ich mochte Taxifahren. Es hatte etwas Dekadentes. Ich kam viel zu selten dazu. Vom Familieneck nach Hause lohnte sich das wirklich nicht. Bis zu meinem Bett waren es höchstens hundert Meter. Na ja, zweihundert vielleicht. Eske hatte immerhin um die achthundert Meter zu bewältigen (sie behauptete, es wären anderthalb Kilometer). Nach besonders ausufernden Gelagen besaß sie des Öfteren die Frechheit, sich für diesen mehr als kurzen Heimweg ein Taxi zu nehmen. Es wunderte mich, dass noch kein Taxifahrer ihr den Vogel gezeigt und sie hochkant wieder aus dem Wagen geschmissen hatte. Allerdings hütete sich Eske in diesen Fällen auch davor, ihr Fahrziel zu nennen, bevor sie sich im Auto nicht schon längst häuslich eingerichtet, den Sicherheitsgurt ordnungsgemäß angelegt und damit die Ernsthaftigkeit ihres Anliegens unmissverständlich klargestellt hatte.

Der Taxifahrer setzte mich an einem Studentencafé ab. Orangefarbig gewischte Wände, Grünpflanzen, Spiegel, dunkle Holztische und Glasregale hinter dem Tresen. Völlig uncool. Gut zum Entspannen. Entspannung war genau das, was ich brauchte. Und ein Koffeinfreies Getränk. Ich bestellte Orangensaft und blätterte in den ausliegenden Zeitschriften, unter anderem in einem kostenlosen Stadtmagazin. Ich sah nach, was für atemberaubende Veranstaltungen uns am Abend im Städtchen erwarteten, aber viel war da nicht zu wollen. Es gab ein Kirchenkonzert und die Leningrad Cowboys. Nach beidem stand mir nicht wirklich der Sinn. Die Abendplanung würde also Niels übernehmen müssen. Ich hatte ja wohl schon genug getan für heute. Ich schrieb ihm, wo ich zu finden war, und wartete.

Niels kam gegen sieben. Die Stimmung war gedämpft. Er verhielt sich zurückhaltend und ruhig. Kein Kuss. Keine Berührung. Wie immer zu Anfang ein vorsichtiges Beschnuppern. Es würde schon besser werden. Wir brauchten eben Zeit. Immer noch. Die Treffen davor waren auch jedes Mal ein Aufwärmen und Heißmachen gewesen. Und danach war die kalte Dusche gekommen. Ich wollte heute keine kalte Dusche. Ich hatte die Hoffnung, dass Niels in seiner eigenen Umgebung vielleicht anders wäre. Selbstsicherer oder entspannter oder lustiger, weil er sich auskannte und die Fäden in der Hand hielt und keine Freunde von mir treffen musste und wir keine Angst zu haben brauchten, irgendjemandem zu begegnen.

Aber Niels war nicht entspannt. Er war hibbelig wie ein hyperaktives Kind. Er steckte all seine Energie ins Rumzappeln. Seine schmalen Finger waren ständig in Bewegung. Fürs Reden reichte es nicht. Je weniger Niels sagte, desto aufgekratzter wurde ich. Ich redete ohne Punkt und Komma. Nach einer Stunde war ich völlig erschöpft und hatte ein Kratzen im Hals.

»Lass uns woanders hingehen«, schlug Niels vor.

Ich stimmte zu. Wir gingen zu seinem Auto. Niels räumte die »Bild« und eine Tüte Milch vom Beifahrersitz, um mir Platz zu machen. Ich musste grinsen. Solche Wocheneinkäufe tätigte ich auch. »Schwer shoppen gewesen, was?«, zog ich ihn auf.

»Jo«, sagte Niels, »man gönnt sich ja sonst nichts.«

Er fuhr uns zu einer kleinen Kellerbar. Unhip, aber drollig. Hier schaute im Laufe des Abends alles herein, was Hannover zu bieten hatte. Rocker. Punks. Glatzen. Ein Kegelclub, die Schönen der Nacht und einsame Cowboys. Der arme Barkeeper gab sich alle Mühe, musiktechnisch mit dem ständig wechselnden Publikum Schritt zu halten, aber selbst mit einem exzellenten Repertoire wäre das kaum zu bewerkstelligen gewesen. Hier war das Repertoire alles andere als exzellent. Die Sammlung entpuppte sich als Gruselkabinett. Mike Oldfield, Westernhagen, Modern Talking und die Vengaboys. Und das in *der* Reihenfolge. Ich konnte mir gut vorstellen, wie Niels hier allein am Tresen saß und trübe in sein alkoholfreies Bier starrte, weil ihm wieder eine Laus über die unterforderte Leber gelaufen war.

»Hier war ich damals, als ich vor unserem ersten Treffen so sauer auf mich war und dir die Entschuldigung geschickt habe«, bemerkte er plötzlich unvermittelt.

Wir saßen an der Bar. Ich trank Sekt. Zur Feier des Tages. Sehr witzig. Dieser Streit. Das erste Treffen. Das schien alles so lange her. Ich sah Niels an. Ich versuchte, in seinen Augen etwas Vertrautes zu finden. Ein Zeichen, dass ihm die Sache wirklich etwas bedeutet hatte. Dass *ich* ihm etwas bedeutete. In Niels' Pupillen flackerte es nervös. Dann wich er meinem Blick aus und starrte auf seinen Bierdeckel. Ich wusste, was jetzt kommen würde. Natürlich.

»Hm?«, machte er wie erwartet und stieß mich mit dem linken Arm an.

»Manno«, entfuhr es mir genervt.

Niels guckte erstaunt. »Was denn?«, fragte er.

»Ach, nichts. Schon gut«, erwiderte ich resigniert. Kam doch nichts bei rum hier. Was machte ich überhaupt in diesem Kaff? Ich sah auf die Uhr. Es war kurz vor zehn. In einer Stunde ging der letzte Zug nach Hamburg zurück, wenn ich nicht fünf Stunden in einem Regionalexpress unterwegs sein wollte. Und das musste ja nun wirklich nicht sein.

»In einer Stunde geht der letzte Zug nach Hamburg«, sagte ich.

»Mmmh«, machte Niels.

Ogottogott. Wie viele Brücken musste ich ihm denn noch bauen? Los, sag was.

Niels sagte nichts.

»Ich sollte pünktlich beim Bahnhof sein«, sagte ich verzweifelt.

Nichts.

Niels ließ mir keine Wahl. Ich schlug ihm den Zaunpfahl um die Ohren. »Es sei denn, du gewährst mir Unterschlupf heute Nacht.« Die Prinzessin in mir jaulte auf und verzog sich wie ein geprügelter Hund. Sie war erschüttert.

»Wenn du willst«, sagte Niels halbherzig.

»Was heißt hier, wenn *ich* will?« Langsam war ich mit meiner Geduld am Ende. »Ich möchte *nicht* bleiben, wenn *du* nicht willst, dass ich bleibe«, stellte ich klar.

»Das sehen wir dann«, sagte Niels. »Na los«, fügte er hinzu, »lass uns gehen. Ortswechsel.«

Niels hatte eindeutig Hummeln im Hintern. Irgendwas stimmte hier nicht. Das Stillsitzen fiel ihm extrem schwer.

»Muss dir doch was bieten, wenn du schon mal hier bist aus der Großstadt«, griente er, stand auf und blickte mich erwartungsvoll an. Für einen Moment sah er wieder so aus, wie ich mich an ihn am liebsten erinnerte. Verschmitzt und jungenhaft.

Ich erhob mich ächzend. Ich wäre gern sitzen geblieben. Ich hätte mich vielleicht sogar getraut, ihn endlich anzuschreien und ihn zu fragen, was das Theater sollte. Jetzt trottete ich missmutig hinter ihm her. Aber ich versuchte, es positiv zu sehen. Wie es eben meine Art war. Niels wollte mir etwas zeigen. Das hieß doch immerhin, dass er mich nicht so schnell wie möglich wieder loswerden wollte.

Niels' Vorhaben stand unter keinem guten Stern. Um die Ecke gab es einen Club, in dem die Album-Release-Party eines hiphoppigen Lokalmatadors stattfand. Geheimtipp. Deshalb hatte die auch nicht in diesem Stadtmagazin gestanden. Nicht schlecht. Die Bässe dröhnten uns entgegen. Ich bekam Lust drauf, aber die Türsteher ließen uns nicht rein. »Nur mit Einladung«, bölkten sie. Ich rieb ihnen meinen Presseausweis unter die Nase. Vergebliche Liebesmüh. Sie schüttelten den Kopf. Vielen Dank, ihr Arschlöcher. Ihr seid schuld, wenn es jetzt keinen kleinen Niels gibt, der mit Marco Bode im Weserstadion trainiert. Da drin hätten wir bestimmt super knutschen können. Es knutscht sich gut zu lauten Bässen. Der Rest wäre dann schon von allein gekommen. Davon war ich überzeugt. Aber so? Pffft. Ich streckte den Arschlöchern die Zunge raus und hüpfte aufgebracht vor Niels her.

Er lachte. »Tja«, sagte er. »Pech gehabt.«

»Hmpf.« Ich war es nicht gewohnt, an der Tür abgewiesen zu werden. Scheiße. Was für eine Blamage.

Niels grinste bis über beide Ohren. Die Schadenfreude guckte ihm aus allen Knopflöchern. Wenigstens sah er mich dabei endlich mal ein bisschen liebevoller an. Mild fast. Wie man seinen bekloppten Hund betrachtet, wenn der tollpatschig einer dämlichen Papierkugel hinterherjagt, über seine eigenen Füße fällt und sich dann auf die Schnauze packt.

Als Nächstes schleifte Niels mich in eine Kneipe, die im Fünfzigerjahrestil eingerichtet war. Sie ging über zwei Etagen, und sie war leer. Leer. Da war niemand. Wir rannten einmal durch das ganze Teil. Ich ging aufs Klo. Als ich wiederkam, stand Niels noch in voller Montur im Gang rum.

»Hier is doch nix los«, sagte er, »wir gehen woanders hin.«

Hatte der einen Knall oder was? Langsam zweifelte ich an seinem Verstand. Und an meinem, dass ich das hier mitmachte.

Ich sah auf die Uhr. Entweder fuhren wir jetzt zum Bahnhof, oder ich konnte das mit der Heimfahrt vergessen. Wir stiegen ins Auto und kurvten unmotiviert durch Hannover.

Niels überlegte laut, wo wir hinkönnten.

Ich überlegte laut, ob ich überhaupt bleiben sollte.

Niels half mir nicht bei meiner Entscheidung. Er sagte nicht, dass er mich gern bei sich hätte oder so was. Aber er sagte auch nicht, dass er es *nicht* wollte. Wahrscheinlich wusste er mal wieder selbst nicht, was er wollte.

Schließlich gab ich mir einen Ruck.

»Okay, dann bleib ich halt«, sagte ich. »Dann machen wir jetzt aber auch noch richtig was los.«

Niels guckte fast panisch.

Ich stöhnte innerlich auf. War es die falsche Entscheidung gewesen?

»Ich weiß, wo wir hinkönnten«, sagte Niels dann.

Gott sei Dank. Er fuhr uns zu einem kleinen Club. Von außen sah er geschlossen aus, aber die Tür ging auf. Drinnen hatte eine Lesung stattgefunden, und die war jetzt vorbei. Überall hingen vollgekiffte Leute rum und stierten uns an. Es war sehr heiß und sehr verraucht und sehr dunkel mit sehr hellen Scheinwerfern hier und da. Jugendzentrumambiente. Wie im »Fun«. War mir scheißegal. Ich wollte bleiben. Niels wollte nicht bleiben. Er zog mich wieder raus auf die Straße. Ich folgte ihm kopfschüttelnd. Ich war wirklich gespannt, was als Nächstes kommen würde. Die Leningrad Cowboys? Absolut korrekt. Die Leningrad Cowboys.

Das Konzert fand in einem Großraumschuppen etwas außerhalb statt. Wir waren fast zwanzig Minuten unterwegs. Auf dem Parkplatz war die Hölle los. Der Laden war voll. Ich atmete auf. Ich hoffte auf das Ende der Odyssee. Am Eingang wunderten wir uns allerdings, dass wir keinen Eintritt bezahlen mussten. Momente später wussten wir, warum. In dem Augenblick, in dem wir die Halle betraten, machte jemand das Licht an. Ach, was sage ich. Das Licht? Hunderttausend Lichter! Es tat weh in den Augen. Wir blinzelten uns entsetzt an. Die Roadys standen schon auf der Bühne und begannen abzubauen. Ich stand in einer Pfütze Saft oder Bier oder Hirnflüssigkeit oder Sperma. Es klebte. Überall auf dem Fußboden lagen Zigarettenkippen und zertretene Plastikbecher. Romantik pur. Mir war schlecht. Es war hoffnungslos.

Schweigend packte Niels mich am Arm. Zurück zum Auto, zurück in die Stadt. Wir parkten und bummelten durch ein Gässchen, in dem Niels weitere Kneipenhighlights wähnte. Es war nach Mitternacht. Die Kneipen hatten zu. Die verfatzten Kneipen waren dunkel und dicht. Oder leer. Ich schaffte es gerade noch so, in einer aufs Klo zu gehen, aber nur, nachdem ich höflichst gefragt hatte, ob ich das überhaupt durfte. Der letzte anwesende Stammgast stellte sich mir in den Weg, als ich in den Schankraum stolperte, und er ließ mich erst durch, nachdem die sehr blonde Wirtin in dem sehr rosafarbenen Oberteil und der sehr aparten schwarz-weißen Schleife in der Fickmichpalme auf ihrem Kopf ihre geneigte Zustimmung zu meiner Blasenentleerung erteilt hatte. Meine Blase war völlig aufgebracht. Wäre es nach ihr gegangen, hätte ich alle fünf Minuten aufs Klo stürzen müssen. Die Prinzessin in mir war tödlich beleidigt. Sie konnte nicht fassen, was abging.

»Ich hab's gleich geahnt«, zischte sie mir zu, als ich auf dem Klo meine Hose hochzog. »Das ist eine Katastrophe. Das ist das Ende. Alles geht schief. Es soll einfach nicht sein. Das ist ein Zeichen.«

»Maul«, herrschte ich sie an.

Sie schwieg fortan.

Irgendwo hatte wenigstens noch ein Imbiss auf. Wir holten uns eine Türkenpizza mit allem. Jetzt war es auch egal. Sollte mir doch die weiße Soße auf die Klamotten tropfen und der Salat zwischen den Zähnen hängen bleiben. Mir doch wurscht. Vielleicht erstickte ich auch an dem Ding. Meinetwegen. Aber ich erstickte natürlich nicht. Dafür hatte ich viel zu viel Übung mit Türkenpizza. Mein Viertel war schließlich fest in türkischer Hand. Da waren die Türken überall mit ihren Gemüseständen, Kitschauslagen und Treffpunkten. Letztere nennen sie Kulturvereine, obwohl diese im Vorbeigehen durch die Tür betrachtet immer aussehen, als sollten sie eher »Uschis Partykeller« oder so ähnlich heißen. Mir erscheint das Wort »Treffpunkt« hier am angebrachtesten, auch wenn es nicht schön ist, aber ich habe von türkischer Kultur keine Ahnung, und ich nehme an, »Kneipe« wäre vermutlich das falsche Wort. Türkenpizza gehörte zu Eskes und meinen Grundnahrungsmitteln. Gut, dass es das Zeug sogar in Hannover gab. Die Hannoveraner wollten vielleicht keinen Spaß haben, aber essen mussten sie auch. Abgesehen davon schien hier ja echt der Hund begraben zu sein.

Ich beobachtete Niels, während er seine Pizza herunterschlang. Er schien dadurch gleich bessere Laune zu kriegen. Der alte Türke hinter dem Tresen zwinkerte mir verschwörerisch zu. Wer weiß, was er Niels unter den Salat gemischt hatte. Vielleicht hatte er von Allah einen Hinweis bekommen. Ich sandte dankbare Stoßgebete gen Mekka. Eigentlich konnte es jetzt nur noch besser werden.

In der Tat war uns nach dem Essen das Schicksal ein wenig freundlicher gesonnen. Wir fanden eine Cocktailbar, die noch geöffnet hatte und uns willkommen hieß. Sie lag in einem Wohngebiet. Hier durfte man keinen Lärm machen. Man kann eben nicht alles haben. Ich war sowieso schon viel zu müde zum Rumschreien. Ich sagte zu allem Ja und Amen. Auch zum nächsten gastronomischen Erlebnisbetrieb, einer Eckkneipe in Niels' Nachbarschaft. Hier saßen wir uns gegenüber. Gegenüber, wohlgemerkt. Noch ein schlechtes Omen. Aber Niels freute sich, dass er es endlich mal geschafft hatte, den Laden von innen zu sehen. Ob er sich freute, *mich* zu sehen, hatte er mir noch immer nicht verraten. Immerhin hatte er sich Mühe gegeben, den Abend für alle so angenehm wie möglich zu gestalten. Was für eine Farce. Ich sah durch das Kneipenfenster auf die Straße. Es war eine sehr breite Straße. Drei Spuren in jede Richtung, und es war noch viel Verkehr. Ich fragte mich, wo die Hannoveraner um diese Zeit hinwollten. Wo doch fast alle Kneipen schon zu hatten.

»An *der* Straße möchte ich ja nicht wohnen«, erklärte ich und beobachtete die Autoschlange, die sich an der Ampelkreuzung bildete.

Niels folgte meinem Blick. »Ich find so was gut«, sagte er. »Ich würde am liebsten an so einer Straße wohnen. Wusch, und weg ist man.«

Ich runzelte die Stirn. Ich hatte mir wirklich mal wieder einen Extremfall ausgesucht. Bei Niels *musste* einfach eine Schraube locker sein.

Dann war es nach zwei. Ich gähnte nonstop. Der Dreh steckte mir in den Knochen und Niels' Undurchsichtigkeit. Ich wollte in ein Bett.

Niels sah es mir an. »Aufbruch?«, fragte er.

Ich nickte, und wir fuhren zu ihm nach Hause.

Niels wohnte nicht an einer Hauptstraße, sondern in einem idyllischen Altbau. Zwei Wohnungen auf jeder Etage, dritter Stock. Gepflegt. Mit Herzklopfen stieg ich hinter ihm die Treppen hoch. Gottogott. Was würde passieren? Würde etwas passieren?

Vor seiner Wohnung zögerte Niels. »Du bist die erste Frau, die ich hier reinlasse«, sagte er dann und machte mit einem Ruck die Tür auf.

Niels wohnte schon seit mehr als zweieinhalb Jahren hier! Ogottogott! Jetzt zögerte *ich*.

Was, wenn er mir den Kopf abschnitt? Oder mich an die Heizung fesselte und tagelang quälte? Es wusste niemand, wo ich war. Niemand. Ich griff in der Jackentasche nach meinem Telefon und behielt es in der Hand. Nur so. Dann erklärte ich mir, dass ich Niels vertraute, strahlte ihn an und trat ein.

Das mit den Frauen stimmte nicht ganz. Niels hatte welche reingelassen. Frauen wie Cindy Crawford und Naomi Campbell. Sie hingen provisorisch festgepinnt an den Wänden. Halb nackt selbstverständlich. Kalenderblätter oder so was. Ich schluckte. Na super. Mit denen konnte ich ja auch gerade mithalten. Scheiße. Stand der etwa auf die? Auf Sterilbeautys? Auf verfickte perfekte Sterilbeautys? Dann brauchte ich mich ja wohl kaum zu wundern, wenn er mich nicht wollte. Entgeistert starrte ich auf Claudia Schiffer, die sich hinter der nächsten Ecke in einem Bikini räkelte. Dann begann ich vorsichtig, mich in der Wohnung umzusehen. Die Damen waren daraufhin sofort vergessen. Der Rest schockierte mich noch viel mehr!

Niels besaß keine Möbel. Nichts. In dieser Wohnung gab es noch nicht einmal einen Küchenstuhl! Der Küchenfußboden beherbergte einen wackeligen Tisch, immerhin. Er war vollgestellt mit leeren Flaschen. Darunter ebenfalls eine beeindruckende Leergutsammlung. Alkoholfrei größtenteils. Aber sonst – nichts. Kein Geschirr. Noch nicht mal benutzte Kaffeetassen. Ein einziges Glas stand da. Es war Milch drin gewesen. Das hier war keine Küche, es war ein Altglascontainer. Und Niels' Küche war die Mensa an der Uni, wo er sich nach der Arbeit den Bauch mit Kartoffeln vollschlug. Immer auf der Durchreise.

Ich eierte hinter Niels her. Er war im Schlafzimmer und zog sich die Schuhe aus. Dabei stolperte ich über das Telefon. Es lag auf dem Fußboden im Flur. Ich hielt mich am Türrahmen fest und sah in das Zimmer. Auf dem Boden lag so eine Art

Kindermatratze. Fünfundsiebzig Zentimeter breit. Höchstens. Jedenfalls nichts für einen ausgewachsenen Menschen. Schon gar nicht für zwei. Der Computer stand auf dem hellen Teppichboden. An der Wand ein Tapeziertisch. Darauf lagen vereinzelt ein paar Rechnungen und Unterlagen herum, hier und da noch ein paar Socken oder Klamotten, aber das war's. Keine Fotos. Keine Postkarten oder Ähnliches. Nichts Persönliches. Nichts.

Nichts. Außer Pamela Anderson und dem Kraftwerkposter. Ich schluckte wieder. Das Kraftwerkposter. Klar. Hier hatte Niels also gesessen, wenn wir uns online die Nächte um die Ohren geschlagen hatten. Kein Wunder, dass mich seine Schreiberei so beeindruckt hatte. Hier hatte ihn nichts davon ablenken können, sich nur mit mir und seinen Worten zu beschäftigen. Ich konnte nicht verhindern, dass mir ein Schauer über den Rücken lief. Scheiße, Scheiße, Scheiße. Im Zimmer nebenan hatte Niels immerhin ein paar Kartons aufgestellt und eine Kleiderstange. In diesem Raum landeten jetzt seine Schuhe.

»Ich geh mal aufs Klo«, sagte ich kläglich.

Im Bad standen Shampoo, Duschgel und Rasierschaum, und eine einsame Zahnbürste schmiegte sich verschüchtert an die zusammengeknüllte leere Zahnpastatube. Es war kalt. Es war leer. Und es gab noch nicht mal Klopapier. Verdammt. Auf dem Klo zog ich den Kopf ein. Worauf hatte ich mich eingelassen? Das hier war Schizoalarm erster Güte. Zumindest aber höchst fragwürdig. Wenn nicht gar gefährlich. Ich schlich zurück zu Niels. Er trug eine Decke über den Flur. Da war noch ein Zimmer. Unfassbar. Dreizimmerwohnung für einen allein, aber sich keine Möbel leisten können. Das haben wir gern.

»Was machst'n?«, fragte ich.

»Dein Bett«, sagte Niels und stieß die Tür auf. In dem Zimmer lag eine Isomatte. »Hier schläft Kunz sonst, wenn er mal da ist«, erklärte Niels.

»Wie anheimelnd«, erklärte ich sarkastisch. Das sollte ja wohl ein Witz sein.

»Ich mach dir die Heizung an.«

»Ich will keine Heizung. Ich will lieber bei dir schlafen«, jammerte ich.

Niels sah mich an. »Sei vernünftig«, sagte er. »Lass uns vernünftig sein. Hast doch gesehen. Ist nicht sehr praktikabel.«

Ja, dachte ich bei mir, weil du zu blöd bist, um eine Isomatte eine Tür weiter zu schleifen. Und frühkindlich gestört bist du wahrscheinlich noch dazu.

Ich konnte kaum noch denken. Ich war müde und frustriert. Richtig frustriert. Und schockiert auch. Und erschüttert. Und Niels war mir das größte Rätsel aller Zeiten. Ich stand sprachlos im Raum und blickte durch das Fenster. Draußen war nichts zu erkennen. Die Nacht war rabenschwarz. Straßenbeleuchtung gab es in Hannover offenbar auch nur an ausgewählten Hauptverkehrsadern. Und dieses Zimmer würde in dieser Nacht garantiert keine Hauptverkehrsader mehr werden. Ich fügte mich in mein Schicksal und kramte in meiner Tasche nach dem Röhrchen für die Kontaktlinsen. »Ich komm gleich noch mal wieder«, verkündete Niels und entschwand. Ich blickte ihm fassungslos hinterher. Dann zog ich mich aus. Mein Top und die Unterwäsche behielt ich an. Warm war es hier nicht, und an mir rumpacken würde ja eh keiner. Ich kroch auf die Isomatte und zog mir die Decke bis unter die Nasenspitze. Dann schrie ich nach einem Kissen. Niels brachte mir eins. Er hielt ein Buch in der Hand. Er las also wirklich.

»Au ja«, sagte ich und starrte hungrig auf das Buch. »Lies mir noch was vor.« Ich wollte wissen, womit er sich beschäftigte.

»Okay«, sagte Niels und setzte sich neben mich. »Was möchtest du denn?«

Ich lugte unter der Decke hervor. »Was weiß ich«, sagte ich erstaunt. »Ist doch dein Buch. Ich kenn das nicht.«

»Also gut. Eine romantische Stelle?«

Ich zuckte mit den Schultern. Was sollte das denn jetzt schon wieder?

»Was Romantisches, klar«, bestätigte Niels sich selbst. Dann begann er zu lesen.

Ich schloss die Augen und lauschte seiner Stimme. Es klang gut. Er konnte lesen. Ich entspannte mich augenblicklich. Ich fühlte mich wieder sicher und wohl in seiner Nähe. Wie hatte ich nur Angst vor ihm haben können? Ich rückte ein bisschen an ihn heran und lehnte meinen Kopf an sein Knie. Manchmal, wenn er umblätterte, berührte seine Hand mein Gesicht. Dann hinterließ seine Berührung auf meiner Haut ein sehnsuchtsvolles Brennen.

Nur die Geschichte, aus der Niels vorlas, die war alles andere als romantisch. Niels verwechselte da was. Eindeutig. Es war eine Liebesgeschichte. Aber eine sehr unglückliche. Flotte Biene verliebt sich in komischen Kauz. Komischer Kauz verliebt sich in flotte Biene. Sie trinken zusammen und feiern und machen die Nächte durch und entdecken die Liebe, aber irgendwas stimmt nicht mit ihm. Und dann verschwindet er eines Tages von der Bildfläche. Auf Nimmerwiedersehen. Sie sitzt in seiner Wohnung und wartet auf ihn und hört die traurigen Platten, die er dagelassen hat. Er hat nur seine Hemden mitgenommen, und er kommt nicht wieder. Nie mehr. Sie heult sich die Augen aus, aber sie hört nie wieder etwas von ihm. Stattdessen schleppt sie sich zur Arbeit und auf beschissene Londoner Szenepartys und trauert.

Während Niels las, fühlte ich, wie ich langsam durchdrehte.

Es war *unsere* verfickte Geschichte, die er da vorlas, und er wusste es. Ich hätte ihm am liebsten den Hals umgedreht. Nein. Ich hätte ihn am liebsten auf die beschissene Isomatte gezerrt und ihn die ganze Nacht im Arm gehalten und ihm ins Ohr geflüstert, ganz nah in sein Ohr, dass alles gut werden würde und er sicher war und er sich keine Sorgen zu machen brauchte und dass er meinetwegen durchgeknallt sein konnte wie sonst was, aber dass ich ihn trotzdem ewig lieben würde. Ich versuchte, in Niels' Gesicht zu lesen, aber ich fand nichts. Er las, wie es da stand. Er hatte keine Tränen in den Augen so wie ich. Manchmal lächelte er und sah mich kurz an. Niels. Niels, Niels, Niels. Warum tust du mir das an? Warum tust du dir das an?

»Kann nicht mehr«, sagte er irgendwann.

Endlich hatten wir mal wieder was gemeinsam. »Hmm«, murmelte ich und machte wieder die Augen zu. Ich wollte nicht sehen, wie er jetzt ging. Aber Niels ging nicht. Noch nicht. Er beugte sich zu mir und küsste mich. Bereitwillig schoss ich ihm sofort entgegen. Ich war ausgeschaltet. Willenlos. Ich umschlang ihn.

Dann machte er sich los. »Gute Nacht«, sagte er.

Ich nickte. »Gute Nacht«, erwiderte ich, und Niels schlich aus der Tür. Ich wollte nach ihm rufen. Alles in mir schrie nach ihm, aber ich bekam keinen Ton heraus. Ich weinte mich in den Schlaf.

Am nächsten Morgen konnte ich noch immer keinen klaren Gedanken fassen. Ich war zu müde und zu mitgenommen. Um halb acht fuhr Niels mich zum Bahnhof. Züge von Hannover nach Hamburg gingen um diese Zeit wieder alle naselang. Zum Glück. Wir schwiegen uns an. Ich stieg aus. Er stieg aus.

»Tschüs«, sagte ich und legte meine Hände auf seine Hüften.

Ich stellte mich auf die Zehenspitzen und küsste ihn. Er machte sich stocksteif. Unwillig ließ er meinen Versuch über sich ergehen. Ich gab auf. Ich drehte mich um und stapfte zum Bahnhofsgebäude. Ich sah mich nicht noch einmal um, aber ich wusste, dass Niels mir hinterherblickte und dastand wie ein begossener Pudel.

Im Zug weinte ich wieder. Ich lehnte mein glühendes Gesicht an die Scheibe, während draußen die Landschaft an mir vorbeiflog, und verfluchte mein Leben. Alles tat weh. Der Kopf. Die Augen brannten. Im Bauch ein Ziehen. Im Herzen ein Stechen. Chaos, überall Chaos. Der Schaffner wollte noch nicht mal mein Ticket sehen. Er starrte mich an, als ich schniefend den Kopf hob. Dann schüttelte er fast unmerklich den Kopf, lächelte mich aufmunternd an und zog ohne viel Aufhebens weiter. Die Fahrausweise bitte. Ich hatte das Gefühl, ich führe geradewegs in die Hölle. Aber ich fuhr ja nur zurück in die Redaktion. In diesem Moment war es dasselbe. Und mein Telefon schwieg. Kein Wunder. Der Akku war tot.

Um halb elf saß ich am Schreibtisch. Ich sah nicht gut aus, aber ich konnte mich damit herausreden, dass der Dreh chaotisch gelaufen war, ich den letzten Zug nach Hamburg verpasst, in einer miesen Pension genächtigt und mich auf dem Zugklo zu schminken versucht hätte. Das hatte ich wirklich. Wie nennt man es, wenn sich Blondinen auf einer Zugtoilette schminken? Naive Malerei. Hihi. Klasse. Ich dockte mein Telefon an das Ladegerät einer Kollegin an. Eine besorgte SMS von Crispin. Ich rief ihn an und erzählte ihm die gleiche Lüge wie in der Redaktion. Keine Nachricht von Niels. Trübsinnig starrte ich auf den Monitor. Bevor ich das Drehmaterial vom Vortag zu sichten und mich auf den Schnitt vorzubereiten begann, packten mich Trotz und Ehrgeiz. Und die Hoffnung auf ein Happy

End. Ein Typ, der sich Pamela Anderson an die Wand hängte, musste doch wohl irgendwie zu knacken sein! Ich setzte mich gerade hin und öffnete das Mailprogramm.

»War schön gestern«, tippte ich, »aber ich habe mir überlegt, dass ich bei meinem nächsten Besuch doch gern wilden Sex auf dem Küchenboden mit dir hätte.« Als ich auf *»send message«* klickte, schloss ich die Augen.

Die Antwort kam schneller, als mir lieb sein konnte. Zwei Zigarettenlängen höchstens.

Betreff: Overload

Keine Fisimatenten. Scheißtag hier, alle drehen durch. Over erst mal.

Danach redete er nicht mehr mit mir.

Niels redete nicht mehr mit mir. Er antwortete nicht auf Mails, er antwortete nicht auf SMS-Nachrichten, und anrufen tat er mich schon gar nicht. Ich rief ihn auch nicht an, weil ich zu feige war. Außerdem hielt die Prinzessin an sämtlichen Telefonen Wache. Ich kam nicht an ihr vorbei.

Trotzdem versuchte ich noch zwei Wochen lang, Niels zumindest per Mail eine Reaktion zu entlocken. Es kam keine. Und dann setzte sich die Prinzessin auch auf die Computer. Sie verbot mir, mich von nun an bei Niels zu melden, in welcher Form auch immer. Sie ging mir auf die Nerven, aber ich gehorchte.

Irgendwie überstand ich den April, und irgendwie überstand ich den Mai. Von Frühlingsgefühlen war nicht viel zu spüren. Jedenfalls nicht bei mir. Ich war sehr nachdenklich in dieser Zeit. Ständig grübelte ich über mich und Niels und Crispin und über den Sinn des Lebens. Zunächst redete ich mir noch ein, der Sinn meines Lebens bestünde darin, auf Niels zu warten. Ich ließ unsere Treffen Revue passieren und versuchte, sein Verhalten zu interpretieren. Er hatte einen Knall. Und Angst vor irgendetwas. Wahrscheinlich vor mir. Uaaah. Eske ging wenigstens wieder regelmäßig mit mir aus. Holger war auch nicht mehr der Brüller. Er zeigte langsam erneut sein wahres Gesicht und wurde uninteressant. Eske hatte wegen seines wahren Gesichts schon einmal mit ihm Schluss gemacht. Ich war mir sicher, dass sie es bald wieder tun würde. Eske und ein Weichei, das vertrug sich einfach nicht.

Eske fand es endlich wieder viel interessanter, mit mir zusammen zu sein, statt Holger beim Jammern zuzuhören. Ich jammerte für zwei. Wir diskutierten eine Menge über Männer und Karriere. Der Weltfrieden ging uns am Arsch vorbei. Tagsüber konferierten wir bei Kaffee im Konferenzraum der Redaktion, und abends schütteten wir uns im Familieneck gegenseitig das Herz aus und den ein oder anderen Schnaps hinter die Binde. Eske versuchte mich davon zu überzeugen, dass es nicht meine Schuld war, wenn jemand Angst vor mir hatte. Ich war mir da nicht so sicher. Ich sah Furcht erregend aus, fand ich. Aber das war mir egal.

Zusätzlich zu den ständigen Konferenzen mit Eske gab es in der Redaktion haufenweise Probleme zu besprechen und Zusammenbrüche zu managen. Ich konferierte ständig mit irgendwem über irgendwas. Hauptsächlich waren es Krisensitzungen. Crispin und ich lebten in der Wohnung nebeneinander her. Karo schimpfte oft mit mir. Sie sagte, dass er scheinbar noch gar nicht geschnallt hätte, wie ernst es mir wäre mit der ungemeinsamen Zukunft. Ich saß das Problem einfach aus. Ich hatte keine Lust auf nichts. Nicht auf Wohnung suchen oder zu Eske ziehen oder sonst wie Alarm machen. Eske hätte mich sowieso nicht reingelassen. Außerdem hatte ich die Hoffnung, es würde eines Tages »peng« machen und ich endlich erkennen, dass Crispin mein Prinz war. Die Prinzessin geierte jedenfalls drauf. Sie scharwenzelte mit hängender Zunge um mich herum und rieb sich schon die Hände. Ich konnte sie nicht mehr leiden. Ich konnte mich selbst nicht mehr leiden. Das Gefühl, in meinem Leben weiter aufräumen zu müssen, wurde immer stärker.

Erst versuchte ich, das Problem zu lösen, indem ich mir ein Neues suchte, das alles andere überschatten konnte. Ich begann eine Affäre mit Guido. Sein Potenzproblem hinderte mich daran, über die wirklich wichtigen Dinge nachzudenken. Es stimulierte meinen Forschungsdrang und stachelte meinen Ehrgeiz an. Nachdem es im Juni zum ersten Mal aus dem Weg geräumt worden war, wurde Guido langweilig. Ich ließ es lieber nicht so weit kommen, dass er sich an jemanden gewöhnte, der sein Potenzproblem regelmäßig mit einer Engelsgeduld bearbeitete. Dazu kam diese Sache mit den Chemical Brothers und der Schwermetallmusik. Also machte ich mich vom Acker.

In diesen Tagen dachte ich oft darüber nach, ob Niels wohl auch ein Potenzproblem hatte. Am Ende war ich überzeugt davon, dass er noch nie mit einer Frau im Bett gewesen war. Schlappschwanz. Wenigstens konnte ich mir jetzt einreden, dass er eh nicht in der Lage dazu gewesen wäre, meine Bedürfnisse zu erfüllen. Ich verpasste ihm eine Menge Minderwertigkeitskomplexe und zu Alfs Erbauung zahlreiche frühkindliche Störungen. Wenn Werder Bremen verlor, hatte ich dafür nur noch ein triumphierendes »Pah« übrig.

Ich beschloss, glücklicher Single zu sein, und tat mein Bestes, um mein Einkommen auch wirklich zu verdienen. Ich schuftete wie eine Bescheuerte. Hajo lag im Krankenhaus. Er hatte sich im Studio ein Bein gebrochen. Jetzt war er nicht nur kopf-, sondern auch noch fußkrank. Ein Drama. Die Redaktion ertrank im Chaos. Ich legte Doppelschichten ein und bestellte mir ein Schöner-Wohnen-Abo in die Redaktion. Als die Gewässer Ende Juni wieder ruhiger wurden und die sommerliche Produktionspause vor der Tür stand, wurde ein Volontär zum Chef vom Dienst befördert. Ich wurde nicht befördert. Ich wurde übergangen. Dabei kannte ich mich sogar mit Potenzproblemen aus. Ich war ein Glücksfall für die Redaktion! Das wollte niemand einsehen. Sie ignorierten mich. Meine Stimmung wurde noch mieser, als sie eh schon war. Am 29. Juni ließ ich mich deshalb dazu verleiten, Niels doch noch einmal zu schreiben. Es war immerhin sein Geburtstag. Ich vermisste ihn so. Wenn sie mich schon in der Firma ignorierten, dann könnte *er* ja mal was für mich tun, dachte ich. Ich stand nachts wieder auf dem Parkplatz und starrte in den Sternenhimmel. »Ich scheiß auf die Übersicht«, tippte ich. »Ich habe Sehnsucht. Alles Gute zum Geburtstag, Baby.« Es kam keine Antwort.

Gleich am nächsten Tag kündigte ich. Es war Freitag, der 30. Ich war nicht mehr bereit dazu, in diesem Scheißladen auch nur noch *einen* Handschlag zu tun. Solche Ignoranz muss man nicht auch noch unterstützen. Die Entscheidung fiel so schnell, dass ich mich hinterher selbst fragte, woher sie gekommen war. Aber da war es schon zu spät. Zum Glück lag Hajo noch immer flach. Ich kündigte höchstpersönlich bei der Geschäftsleitung. Kurz und schmerzlos. Wir einigten uns auf fristlos, sozusagen. Resturlaub und raus. Obwohl, *Resturlaub* ist gut. Vier Wochen hatte ich noch gut.

»Reisende soll man nicht aufhalten«, gurrte die Chefredakteurin des Hauses.

Reisen. Warum eigentlich nicht? Aber erst rief ich Hajo an.

»Ich wollte mich nur schnell verabschieden«, sagte ich. Jetzt wurde ich doch ein bisschen wehmütig.

»Das ist aber nett«, sagte Hajo, »schöne Produktionspause. Erhol dich gut. Genieß deinen Urlaub.«

»Nicht Urlaub«, erklärte ich. »Ich habe gerade gekündigt.«

»Oh«, sagte Hajo. Er wirkte betroffen.

»Gute Besserung«, sagte ich und legte auf. Ich war auch betroffen.

Ich weinte sogar ein bisschen, als ich meine Notfallschublade ausräumte und die Zahnbürste einsteckte. Reisende soll man nicht aufhalten. Meine Zweitzahnbürste jedenfalls hatte einen Ortswechsel dringend nötig nach zweieinhalb Jahren in der Notfallschublade.

Auf der anderen Seite hatten Reisende auch ganz gern ein Ziel, wo sich jemand auf sie freuen würde. Ich rief Florian in München an. Ich fackelte nicht lange.

»Ich will dich besuchen«, sagte ich. »Kann ich?«

»Klar«, antwortete Florian und freute sich. »Ich wärm schon mal das Bett an.«

»Spinner«, antwortete ich und freute mich ebenfalls. Man muss sich auch mal was Gutes tun. »Wie ist das Wetter?«

»Schön«, sagte Florian. »Eigentlich ist das Bett schon warm, wenn ich's mir recht überlege. Ich könnte die Zeit auch damit verbringen, dir einen Willkommenskuchen zu backen.«

»Das wäre sinnvoller«, sagte ich, »ich bin schon ganz abgemagert vor Kummer.«

»O nein«, motzte Florian.

Ich grinste. Die Bayern wussten eben noch, was gut war. Ich fuhr nach Hause und packte meinen Rucksack. Dann sagte ich Crispin Bescheid.

»Ich muss den Kopf freikriegen«, erklärte ich ihm. »Ich

weiß noch nicht, wie lange ich bleibe. Aber ich ruf dich wieder an.«

»Gute Reise«, sagte Crispin.

»Alles wird gut«, ergänzte ich und steckte die Zahnbürste ein. Ich erinnerte mich an Weihnachten. Diesmal reiste ich mit schwererem Gepäck. Aber mit leichterem Herzen. Irgendwie.

Florian kümmerte sich rührend um mich. Er musste arbeiten, aber abends verbrachten wir viel Zeit miteinander. Tagsüber flanierte ich durch die Stadt und traf alte Bekannte in ihrer Mittagspause. Medienschaffende, die im Laufe der Jahre von Hamburg nach München übergesiedelt waren. In Hamburg wurde das Eis langsam dünn, jedenfalls was Fernsehen betraf. Sogar »ran« ging nach Berlin. Aber mit Fußball hatte ich ja eh nichts mehr am Hut. Ich traf Jörn, einen ehemaligen Kollegen aus der Popstarredaktion.

»Die suchen übrigens wieder«, sagte er.

Guck an. Ich beschloss, mich sofort darum zu kümmern, wenn ich zurück in Hamburg war. Ich hatte plötzlich große Lust, mich wieder mit Popstars zu beschäftigen. Das war keine einfache Aufgabe, denn Popstars sind launisch, aber sie fanden es prima, wenn zum Dreh oder Interview jemand auftauchte, der auch nicht ganz dicht war. Ich war jedenfalls immer ganz gut mit ihnen klargekommen. Und gegen Talkgäste waren die Popstars ein Kinderspiel. Zurück in die Popstarredaktion! Warum nicht? Das war so beschwingt. Das Leben als Seifenblase! Schillernd bunt und hochglanzpoliert und sehr transparent, wenn man es einmal auf die richtige Größe gebracht hatte. Einfach zu durchschauen. Und wenn es zerplatzte, dann blies man sich einfach eine neue Seifenblase und ein neues Leben auf. Oder man suchte sich einen neuen Popstar, für den man schwärmen konnte und der dann auch irgendwann wieder platzte und gar nicht mehr schillerte. Mit etwas Glück hatte man dann einen erwischt, der wenigstens singen konnte, sodass man seine Platten nicht gleich wegschmeißen musste. Aber das war selten. Die meisten Popstars hatten ein vorgegebenes Verfallsdatum. So wie Niels. Der hatte auch ein Verfallsdatum. Ätsch. Ich war der festen Überzeugung, dass dieses Datum unmittelbar vor der Tür stand. Wie Weihnachten. Das stand ja auch ständig vor der Tür. Nur jetzt gerade nicht.

Niels. Pah. Männer brauchte ich sowieso nicht. Höchstens Florian zum Rücken kraulen. Er war wirklich nett zu mir. Ich saß stundenlang im Englischen Garten, ließ mir die Sonne ins Gesicht scheinen, dachte über meine berufliche Zukunft nach und las. Ich las viel in München. Besonders ab dem sechsten Tag. Da fand ich in einer Bahnhofsbuchhandlung ein Buch, das mir in puncto Niels endgültig die Augen öffnete.

Anfangs sah alles noch ganz harmlos aus. Es ging um Männer, die nicht lieben können. Oder so ähnlich.

Wie lustig, dachte ich, als ich den Klappentext las, amerikanische Hausfrauentherapie für gescheiterte Beziehungen! Genau das Richtige für mich!

Ich kaufte das Buch sofort. Neunzehnachtzig. Geschenkt. *Das* konnte ich mir zum Glück noch leisten. Ich leistete mir überhaupt eine Menge in München, und das, obwohl ich noch nicht mal einen neuen Job hatte. Mein Studium hat eben doch noch zwei Semester länger gedauert, resümierte ich, als ich an der Sonnenstraße vor dem Geldautomaten stand. Immerhin hatte ich mit dem Therapiebuch auch diesmal in Bildung investiert. Und diese Investition lohnte sich immer.

In diesem Fall lohnte sie sich richtig. Es war faszinierend. Das Buch war simpel gestrickt, aber sehr beeindruckend. Es gab viele herzzerreißende Beispiele von Frauen, denen es ähnlich gegangen war wie mir mit Niels. Ich war also nicht die einzig Blöde auf dieser Welt. Und das Problem lag nicht bei mir, sondern bei ihm. Er hatte eine Bindungsphobie. Und was für eine! Eine ernst zu nehmende! Nicht so eine Lalaphobie, die jeder für sich beanspruchen konnte, ob Mann oder Frau. Auch keine mittelschwere, die jeden normalen Kerl zwischen fünfundzwanzig und fünfunddreißig irgendwann erfasste. Nein, Niels hatte eine, bei der einem Angst und Bange werden konnte. Es war Furcht einflößend. Ich erfasste den Ernst der Lage schnell, während ich im Englischen Garten auf einer Bank saß und auf einer Brezn herumkaute. Das Buch machte es mir leicht, denn um die Ermittlung des Störungsgrades im Einzelfall zu erleichtern, gab es neben den Beispielen und dem therapeutischen Einzelgespräch auch noch so eine Art Check-Liste für jeden Abschnitt der bindungsphobischen Beziehung. Mit der größten Sorgfalt ging ich sie durch und kreuzte mit dem Kugelschreiber die einzelnen Positionen an. Eine nach der anderen.

Hat er Probleme, mit Ihnen in einem Bett zu schlafen?, wurde ich gefragt.

»Ja!«, rief ich erstaunt aus.

Ist seine Wohnung ungemütlich und kalt, und sieht es gar nicht so aus, als würde da jemand drin wohnen?

»Ja!«, rief ich wieder. Potzblitz.

Ist es so, dass in seiner Wohnung gar niemand anders schlafen könnte, weil er nur ein Einzelbett besitzt? Obwohl er im heiratsfähigen Alter ist? Oder zumindest in einem Alter, in dem Männer ganz gerne mal poppen?

An dieser Stelle dachte ich kurz nach. Galt die Isomatte als Schlafmöglichkeit? Ich ließ das Feld lieber frei.

Hat er Schwierigkeiten, sich auf Termine festzulegen? Wird er launisch, wenn eine Festlegung von ihm erwartet wird?

Die Weihnachtsfeier. Die Pflichten. Niels' Missmutigkeit. Seine fast schon unverschämte Ruhe vor unseren Treffen, während *ich* längst auf glühenden Kohlen saß. »Ja! Ja, verdammt!«, schrie ich. Die Frau, die neben mir auf der Bank im Englischen Garten saß, zuckte zusammen und ließ vor Schreck ihre Handtasche fallen.

Lügt er Sie an, wenn Sie ihn sehen möchten? Oder wenn Sie ihn um etwas bitten?

Ich erinnerte mich an Niels' Geständnis unten an der Elbe. Daran, wie er gesagt hatte, dass er Reißaus nähme vor Besuch. Ich zögerte. *Mich* hatte er schließlich noch nicht angelogen. Und der nicht reparierte Tacho? Den konnte ich wohl kaum gelten lassen. Schließlich hatte Niels *angeboten*, sich darum zu kümmern. Von ganz allein. Auch wenn er dieses Angebot nie in die Tat umgesetzt hatte. Ich hatte ihn nicht darum gebeten. Sei's drum. Ich machte trotzdem ein Kreuz. Nur ein kleines, schüchternes. Mit einem Fragezeichen.

Hat er Sie am Anfang in den siebten Himmel gehoben? Sie idealisiert und Sie völlig geplättet mit seiner Aufmerksamkeit?

»Jaaaaa«, japste ich und spuckte aus Versehen ein Stück Brezn auf den Boden. Ich war völlig fertig.

Sind intensivere Berührungen problematisch für ihn? Schreckt er davor zurück oder versucht solche Situationen, in denen sie entstehen oder von ihm erwartet werden könnten, zu vermeiden?

Ich schmiss die Brezel wutentbrannt auf den Kies und machte ein fettes Kreuz. Ein ganz fettes. Es ging fast über die halbe Seite.

Wollten Sie am Anfang gar nichts von ihm, und hat er so lange gebohrt, bis Sie nicht mehr anders konnten? Hat er Sie mit der Intensität seiner Gefühle und Äußerungen völlig aus den Latschen gehauen? So, dass Sie erst sogar dachten, der veräppelt Sie vielleicht?

»Ja!«, jaulte ich auf.

Und jetzt redet er nicht mehr mit Ihnen?

»Nein«, schrie ich.

Sehr gut, resümierte das Buch. *Herzlichen Glückwunsch. Sie haben einen Houdini erwischt. Das ist der Schlimmste von allen. Er ist der Entfesselungskünstler unter den Bindungsgestörten. Und der Zerstörerischste. Sie, gute Frau, sind für ihn sozusagen seine Assistentin. Er hat Sie gebeten, ihn zu fesseln. Sie tun es, und schwups!, verschwindet er. Eines Tages wird er vielleicht wiederkommen, aber wir geben Ihnen einen guten Tipp: Sehen Sie zu, dass Sie weg sind bis dahin. Machen Sie sich unerreichbar. Stülpen Sie sich eine Papiertüte über den Kopf und verbringen Sie den Rest Ihrer Tage in irgendeiner gemütlichen Käserei auf der Alm. Sollte diese Käserei wider Erwarten eine Telefonnummer haben, dann geben Sie sie nur Ihrer Mutter. Und verschwenden Sie um Himmels willen keinen Gedanken mehr an diesen Kerl. Er ist hochgradig gestört, und Sie werden ihm nicht helfen können. Es sei denn, Sie sind* richtig *gut und kriegen ihn zu einem Therapeuten, ohne dass er es merkt.*

Ich konnte zwar widerwillige Talkgäste in alle möglichen Sendungen schleifen, aber dass mir *das* gelingen würde, bezweifelte ich. Niels war vielleicht gestört, aber nicht doof. Leider. Ein doofer Niels hätte mir bestimmt mehr Freude bereitet als ein gestörter. Den hätte ich wenigstens unterbuttern können. Aber dann hätte ich ihn wahrscheinlich auch längst nicht so interessant gefunden. Ach, was rede ich überhaupt. Niels war doof *und* gestört, und ich musste das jetzt einsehen.

Wenigstens hatte ich endlich meine Erklärung. Eine, die nicht nach Dr. Sommer stank, sondern nach höchst erwachsenen psychologischen Erkenntnissen. Die Amerikaner kannten sich mit so was aus. Ich brauchte mir nicht mehr das Hirn zermartern mit Wenns und Abers. *Wenn* ich dünn wäre. *Wenn* ich so aussähe wie Claudia Schiffer oder Naomi Campbell oder – uaaah – Pamela Anderson. *Wenn* ich alles ganz anders gemacht hätte. Die Abers fielen auch weg: *Aber* er ist doch so intelligent. *Aber* auch sexy. *Aber* auch interessant. Das wurde jetzt überschattet von dem alles umfassenden *Er ist ernsthaft gestört. Aber* Niels liebt mich doch eigentlich, dachte ich kurz. Er hatte es ernst gemeint. Bestimmt.

Das sagte das Buch auch. Er liebt Sie wahrscheinlich wirklich, stand da.

Ich hielt die Luft an.

Aber er wird Sie nie glücklich machen. Wir haben es Ihnen schon einmal gesagt. Sehen Sie zu, dass Sie wegkommen. Vergessen Sie ihn. Soll er doch andere Frauen verarschen.

Das war wahrscheinlich das einzige *Aber*, das mir noch helfen konnte. Genau. Ich hatte das nicht nötig. Zur Ursache der bindungsphobischen Störung sagte das Buch leider nicht viel. *Aber* Niels war ein Scheidungskind oder so was, jedenfalls lebten seine Eltern getrennt. Das war das Einzige, was ich über seine familiären Verhältnisse jemals erfahren hatte. Der arme kleine sensible Niels. Das hatte ihm wahrscheinlich das Gehirn gebrochen. Die Erkenntnis war hart. Sehr hart. Aber es war ja Niels' Problem und nicht meins. Nicht mehr.

Manchmal, an ganz schlimmen Stellen im Buch, an denen ich mich und ihn eins zu eins oder vielmehr zwei zu zwei wiederfand, weinte ich ein bisschen. Ab und zu auch ein bisschen mehr. Einmal heulte ich sogar eine ganze Nacht. Aber ich hielt durch. Ich las und las und las und schrie ständig »Ja!« und »Genau!« und »Hilfe!«. Auf meine Hilfeschreie reagierte niemand in ganz München. Ignorant, die Bayern. Also half ich mir selbst. Ich prügelte mir das Buch rein. Die markantesten Stellen las ich immer und immer wieder. Immer dann, wenn ich schwach wurde und viel zu nett an Niels dachte.

Manchmal ließ ich mich von Florian ablenken, wenn ich in Stimmung war. Aber andere Münchner versagte ich mir. Ich war schließlich nicht zu meinem Vergnügen hier. Ich war auf Therapie. Deshalb kaufte ich als Nächstes das Buch, aus dem Niels mir in Hannover vorgelesen hatte. Die Parallelen zu unserer Geschichte waren gruselig. Ich musste wieder weinen. Aber so waren Therapien eben. Kein Zuckerschlecken, sondern harte Arbeit. Und das im Urlaub. Trotzdem erholte ich mich. Irgendwie.

Am siebzehnten Juli war die Therapie abgeschlossen. Erfolgreich. Na bitte. Ich wachte morgens auf, Florian war schon im Büro. Es war schönes Wetter. Es war heiß. Und ich konnte mir nichts Schöneres vorstellen, als fünfeinhalb Stunden im ICE zu sitzen und nach Hamburg zurückzufahren und mir einen neuen Job zu suchen. Ich packte meine Sachen, schulterte meinen überfüllten Rucksack und ärgerte mich zum ersten Mal, dass ich so viel eingekauft hatte. Die roten Stiefel nahmen eine Menge Platz weg. Na ja. Ich traf Florian in der Mittagspause und erklärte ihm, dass ich mein Leben wieder im Griff hatte. Dann stieg ich in den Zug. Nur Fliegen ist schöner, aber ich war ja auch mit dem Zug gekommen. Wegen der Spontaneität. Schön, dass ich mir die noch bewahrt hatte mit meinen siebenundzwanzig Jahren. Das können nicht alle von sich behaupten.

Als ich in Altona aus dem Zug stieg, fühlte ich mich gut und stark und zu Hause und voller Energie. Ich hatte niemandem erzählt, dass ich unterwegs war. Ich wollte sie alle überraschen. Crispin damit, dass ich endlich wieder in der Lage dazu war, vernünftig mit ihm zu reden, weil ich einiges gelernt hatte. Eske damit, dass ich sie ins Familieneck einlud, was an sich nichts Neues war, aber diesmal würden wir uns endlich wieder über anständige Sachen unterhalten können und nicht über Schizos.

Karo wollte ich mit den neuen Erkenntnissen überraschen, die bestimmt auch auf Immo anwendbar waren. Die Beziehung mit seiner alten Freundin war doch nur eine Ausrede, um sich nicht mit einer neuen auseinander setzen zu müssen. Alf wollte ich damit überraschen, dass ich dringend einen neuen Haarschnitt bräuchte. Jan damit, eine noch viel bessere gute Freundin zu sein, als ich es jemals gewesen war. Und Lukas damit, dass ich in Zukunft viel mehr Geduld mit ihm haben würde. Er war bestimmt auch ein Bindungsphobiker. Alle krank, die Typen, seit sie nicht mehr mit Lendenschurz und Speer sammeln und jagen gehen konnten. So ein Pech aber auch. Ich grinste und stolperte. Dann gefror mir das Blut in den Adern.

Ich war fast über Niels' Auto gefallen. Es stand auf halber Strecke zwischen Bahnhof und unserer Wohnung und behinderte, auf dem Bürgersteig geparkt, Passantinnen mit Kinderwagen und ahnungslose Leute wie mich. Rücksichtslos wie eh und je. Ich hätte sofort wieder kotzen können.

Ich würgte, aber da kam nichts. Es war mir zu gut gegangen in den letzten Tagen. Ich war viel zu gesund zum Kotzen. Ich hatte sogar weniger geraucht. Also beschränkte ich mich darauf, mich auf das Auto zu stützen, damit ich nicht umfiel. Ich guckte noch mal nach, ob es wirklich Niels' Auto war oder ob mir meine Wahrnehmung einen Streich spielte. Kein Zweifel, das Kennzeichen stimmte. Alles stimmte. Auf der Rückbank lag ein Stadtplan von Hamburg, schon reichlich mitgenommen. *Mein* Stadtplan war mir soeben abhanden gekommen.

Ich wankte über die Straße, als hätte ich noch nie zuvor einen Fuß in das Viertel gesetzt. Unsicher schlich ich um die Häuser. Hoffentlich tauchte der Typ nicht auch noch höchstpersönlich auf! Ich war wie besessen von dem Gedanken, einfach nur heil nach Hause zu kommen. Schneller!, hämmerte es in mir, aber meine Füße weigerten sich. Der Rucksack hing auf mir wie ein tonnenschwerer Buckel. Meine Entspannung war schon wieder völlig im Arsch. Nein!, befahl ich mir. Du hast alles im Griff, Rittner. Du bist die Contenance in Person. Reg dich nicht auf.

Und wie ich mich aufregte. Ich stürzte in die Wohnung. Crispin war nicht da. Nur der Katze. Er freute sich so, mich zu sehen, dass er mir ein paar scheuerte, als ich ihn auf den Arm nahm. Aus Versehen. Katzenliebe. Entzückt strampelte er vor meiner Brust herum und ließ sich unterm Kinn kraulen. Ich drückte ihn an mich und steckte meine Nase in sein weiches Fell. Er maunzte. Ach, Katze. Hunger konnte er nicht haben. Auf dem Boden standen Unmengen von Trockenfutter und fünf Schalen Wasser. Crispin musste mal wieder sehr zerstreut gewesen sein. Das Katzenklo stank zum Himmel. Bäh. Trotzdem ging ich als Erstes schnurstracks zum Telefon und rief die Auskunft an. Ich musste wissen, was hier gespielt wurde. Ich wollte mich davon überzeugen, dass Niels nur zufällig in der Stadt war. Dass er bald wieder verschwinden würde. Und dass er noch in Hannover wohnte. Da gehörte er hin. In seine leere Wohnung. Und nirgendwo anders. Aber ich hatte so eine Ahnung. Sie kroch an mir herauf und setzte mich völlig außer Gefecht. Mein Herz raste. Mal wieder. Niels würde mich noch ins Grab bringen.

»Was kann ich für Sie tun?«

Wie wäre es, wenn Sie die letzten Minuten ungeschehen machen würden? Um meine Würde und mein Leben zu retten? »Ich hätte gern eine Nummer in Hannover«, sagte ich und nannte den Namen. Meine Stimme zitterte. Uäh.

»Tut mir Leid«, sagte die Frau. »Da gibt es einen Eintrag, aber der ist abgemeldet. Da werden Sie wohl niemanden mehr erwischen.«

Ich schluckte. »Gibt es in Hamburg einen Eintrag unter dem Namen?«, fragte ich.

»Ich schau gern für Sie nach«, sagte die Frau.

Das sagten sie seit neuestem alle da. Das war ja wohl selbstverständlich. Ich fummelte nervös am Mischpult herum und trat von einem Bein aufs andere.

»Wie war der Vorname noch?«, fragte die Auskunft.

Die Auskunft fragt, Idiotinnen antworten. »Niels«, krächzte ich.

»Ja, da gibt es einen. Noch nicht so lange, aber immerhin. In der Abbestraße. Die Nummer wird Ihnen angesagt. Schönen Abend noch.«

Nee, is richtig. Schönen Abend noch. Wenn die wüsste. Fassungslos sank ich aufs Sofa. Abbestraße. Das war die Straße, in der Niels' Auto gestanden hatte. Und die war fünfhundert Meter von hier entfernt. War ich im falschen Film? Irgendwas war hier schief gelaufen. *Das* war noch nicht mal mehr Dramaturgie. *Das* war einfach nur noch Scheiße. Das Buch hatte gewarnt, dass am Ende einer bindungsphobischen Beziehung oft ein Umzug stünde. Aber von der guten Frau *weg*, Herrgott noch mal. Nicht zu ihr *hin*. Umzüge von hochgradig Bindungsgestörten sollten polizeilich verboten werden. Und der Alkoholausschank in den eigenen vier Wänden auch. Zum ersten Mal seit Wochen musste ich mich wieder hemmungslos betrinken. Gin pur. Igitt. Niemand erfuhr an diesem Abend, dass ich wieder da war. Die einzige Überraschung war an mich gegangen. Und es hätte alles so schön werden können.

Ich verbarrikadierte mich weitere zwei Tage in der Wohnung. Crispin tauchte nicht auf. Neue Freundin? Jetzt schon? Das glaubte ich nicht. Aber ich rief ihn auch nicht an. Er hatte immerhin an den Katze gedacht. Die fünf Schalen Wasser und das

Futter. Tot war er wahrscheinlich nicht. Ich aber. Fast. Ich versank wieder völlig in meinem eigenen Schlamassel. Ich ging nicht auf die Straße. Ich traute mich nicht. Hinter jeder Ecke vermutete ich Niels. Ich konnte es noch immer nicht glauben. Er *wohnte* jetzt hier. Er hatte tatsächlich die Frechheit besessen, hierher zu ziehen. Hamburg an sich, schön und gut. Kein Problem. Meinen Segen hatte er. Wenn's denn sein musste. Barmbek wäre das Richtige für ihn gewesen. Lauter große Straßen und lauter Gestörte. Aber *mein* Viertel? *Mein Viertel?* Wo ich die Chefin war? Und, noch schlimmer, wo *ich* ihm alles gezeigt hatte?

Ich erinnerte mich an seinen Besuch im April. Der Termin. Natürlich. *Der Termin.* Vorstellungsgespräch wahrscheinlich. An einem Samstag? Oder vielleicht schon eine Wohnungsbesichtigung? Hatte er deshalb so komisch geguckt, als ich gesagt hatte, ich würde vielleicht nach Berlin gehen? Waaaah! Ich bekam überhaupt nichts mehr auf die Reihe. Null. Die Therapie war völlig für den Katz. Mit einem Schlag. Ich war wütend. Gott, was war ich wütend. In der nächsten Minute frohlockte die Prinzessin. Ich hatte lange nichts von ihr gehört.

»Tihi«, sagte sie. »Kannste doch keinem erzählen. Der ist doch wegen dir hier. Sonst hätte er sich woanders ausgebreitet mit seinen Pamela Andersons. Glaub mir. Er ist dir verfallen! Das Happy End steht unmittelbar bevor! Er liebt dich! Auf ins Weserstadion!«

Ich hörte der Prinzessin nur widerwillig zu. Aber sie umgarnte mich regelrecht. Am ersten Tag ließ ich mich noch nicht von ihr einwickeln. Am zweiten Tag sah das schon anders aus. Ich war hin- und hergerissen. Und schon wieder völlig übermüdet. An Schlaf war gar nicht zu denken. Der Gedanke, dass Niels fünfhundert Meter weiter auf seiner Kindermatratze lag, machte mich ganz krank. Ich rief noch mal die Auskunft an.

Diesmal notierte ich mir Haus- und Telefonnummer. Am Abend des zweiten Tages gab ich der Prinzessin nach. Niels liebte mich also doch. So sei es. Dann liebte ich ihn eben auch wieder. Um neun rief Eske auf dem Handy an. Zum ungefähr vierzehnten Mal seit Montag. Diesmal ging ich ran.

»Buuäääh«, heulte ich ihr entgegen.

»Hä?«, fragte sie. »Ist München so furchtbar? Hat Florian kein fließend Wasser, Prinzessin?«

»Nein«, schluchzte ich. »Ich bin schon wieder da. Es ist alles so schrecklich.«

»Ach komm. Was ist los?«, wollte Eske wissen.

»Buuäääh«, machte ich wieder.

»Alles klar«, sagte sie. »Bist du zu Hause?«

»Ja«, schniefte ich.

»Ich komme. Bis gleich.«

»Bring Wein mit!«, rief ich noch hinterher.

Der Gin war längst alle. Aber Eske hatte schon aufgelegt. Gut. Dann tranken wir eben Tee. Tee im Tal der Tränen. Klang eh besser als Wein im Tal der Tränen. Das war ja fast schon ein Wiederholungsfehler. Wein und Tränen. Weinender Wein. Weinwein. Aber mit Wiederholungsfehlern hatte ich ja Erfahrung. Ich war gerade im Begriff, den bisher schlimmsten zu begehen. Ich war schon mittendrin. Ich ließ mich wieder auf Niels ein. Ich machte Tür und Tor für ihn auf. Und zehn Minuten später doch noch die erste Flasche Wein. Von vieren. Eske dachte eben an alles. Geduldig hörte sie sich an, was ich zu berichten hatte. Ihrem Gesichtsausdruck konnte ich entnehmen, dass auch sie alles andere als erfreut war.

»Huiuiuiui«, machte sie.

»Ach du Scheiße.« Pause.

»Kacke.« Pause.

»Meine Fresse.« Pause.

»Uuaah.« Pause. Eske und ich hatten einen sehr ähnlichen Wortschatz.

»Arme Mona.«

So hatte ich das noch gar nicht gesehen. Ich fing wieder an zu heulen. Eske holte mir Klopapier. Taschentücher waren aus. Wir tranken Wein. Im Tal der Tränen.

»Jetzt gibt's nur eins«, sagte Eske. »Du musst Kontakt zu ihm aufnehmen. Sonst machst du dich kaputt.«

»Meinst du?« Ich sah sie verzweifelt an. »Und wenn ihn das wieder in die Flucht schlägt?«

»Dann weißt du wenigstens, woran du bist«, sagte Eske. »Holger weiß das jetzt auch. Holger ist Vergangenheit.«

»Oh«, sagte ich.

Eske seufzte. »Holger war bestimmt auch ein Bindungsphobiker«, versuchte ich sie zu trösten. »Irgendwie.«

»Ich glaube, in diesem Fall war *ich* die Bindungsphobikerin«, sinnierte Eske. »Als er am vorletzten Sonntag sogar zum Fernsehen zu müde war, habe ich ihn rausgeschmissen. Ich habe ihm ein Taxi gerufen und dem Fahrer gesagt, er möchte Holgi ins Bett bringen. Leider hatte ich keine Zeit mehr, ihm ein Schild umzuhängen mit seiner Adresse drauf. Aber der Fahrer wusste ja Bescheid.«

Wider Willen musste ich lachen. Eske. Ich ging zu ihr und umarmte sie. »Ich hab dich lieb«, sagte ich.

»Ich dich auch«, griente sie. »Vorsicht, kipp den Wein nicht um.« Prioritäten. »So, und jetzt schreib dem Schizo. Los.«

»Was denn?«, fragte ich.

»Dir wird schon was einfallen«, entgegnete Eske. »Was weiß ich. Wie es ihm bei uns gefällt. Keine Ahnung. Aber mach ihm gleich klar, dass du der Boss bist.«

»Klar«, nickte ich beflissen und schnappte mir mein Telefon. »Na dann«, tippte ich, »willkommen in Ottensen!«

»Quasi«, kam von Niels zurück. Sofort. Postwendend quasi. Quasi? Sozusagen?

Ich sah ratlos drein.

Eske raufte sich die Haare. »Gestört wie eh und je«, murmelte sie.

»Haste mich nicht gesehen oder wollteste mich nicht sehen?«, schrieb ich zurück. Ich tat einfach so, als wäre er mir irgendwo über den Weg gelaufen. So würde ich gleich herausfinden, ob er mich überhaupt zu grüßen gedachte, wenn ich ihn wirklich irgendwann einmal traf.

»HAB NICHT«, antwortete Niels. In Großbuchstaben.

Wow. Das war ja fast so eine Art Gefühlsausbruch. Ich interpretierte ihn positiv.

Zu Recht, bestätigte Eske. »Dass du schlecht von ihm denkst, will er jedenfalls nicht«, bemerkte sie.

Zu spät, dachte ich.

»Hab den Kopf voll«, schoss Niels hinterher. »Gehirnwäsche.«

War das auch positiv? Gehirnwäsche? »Um mich zu vergessen?«, fragte ich Eske unglücklich.

»Glaub ich nicht«, meinte sie. »Bestimmt wegen des neuen Jobs.«

Das klang plausibel. Ich legte das Telefon zur Seite. Wenigstens hatte er geantwortet. *Er hatte geantwortet.* Und dann auch noch in GROSSBUCHSTABEN. Das war ein großartiger erster Schritt, fand ich.

Eske blieb bis weit nach Mitternacht. Ich las ihr noch ein wenig aus dem Therapiebuch vor. Je mehr sie hörte, desto überzeugter wurde sie, dass doch Holger der Bindungsphobiker war.

»Ich würd mich nie so bescheuert verhalten, nur um zu provozieren, dass jemand die Schnauze voll von mir hat«, kommentierte sie düster, als wir bei der Endstufe der bindungsphobischen Beziehung angelangt waren.

Er will Sie verlassen, aber er will, dass *Sie* dafür die Verantwortung tragen, sagte das Buch dazu.

Genauso hatte Niels es gemacht. Er hatte nie gesagt, was los war. Er hatte immer nur dichtgemacht und sich so ätzend und scheiße verhalten, dass ich ihn einfach für bekloppt erklären *musste.* Er hatte mir ja bei allem die Verantwortung in die Schuhe schieben wollen.

»Ich würde einfach Schluss machen«, fügte Eske hinzu. »Kein Rumgerede. Einfach deutlich sagen. Ganz deutlich. Hab ich ja auch. Na ja, dem Taxifahrer hab ich's gesagt. Holgi hat ja behauptet, er würde schlafen. Selbst schuld. Ätsch. Ach, Männer sind kompliziert.«

Ich nickte wieder.

»Beim ersten Mal«, fiel mir dann ein, »ich glaube, da hat Niels ziemlich deutlich gesagt, dass Schluss sein soll«, grübelte ich laut.

»Papperlapapp«, sagte Eske. »Das zählt nicht. Hinterher war viel zu schnell wieder Alarm. Er hat *Königskinder* ins Spiel gebracht. Ich bitte dich. Bring ihn dazu, es dir noch mal zu sagen. Auf den Kopf zu. Du wirst es nicht schaffen.«

Ich biss die Zähne aufeinander und hoffte, dass Eske eine weise Frau war und Recht hatte. In fünf Wochen wurde sie immerhin einunddreißig. Und ich wollte Niels ja wieder lieben.

Morgens rief ich Crispin an. Er war überrascht, meine Stimme zu hören. Er klang müde. Aber glücklich.

»Wo steckst du denn?«, fragte ich ihn fast vorwurfsvoll. Keine neue Frau. Bitte noch nicht. Es wäre zu früh gewesen.

»Ich habe einen riesigen Auftrag an Land gezogen«, erzählte

er aufgeregt. »Ich baue einen ganzen Bus um. Ich habe sogar Mitarbeiter.«

Gott sei Dank. »Wahnsinn«, sagte ich beeindruckt.

»Wir haben eine ganze Halle im Hafen gemietet«, schrie Crispin ins Telefon. Im Hintergrund rumpelte es fürchterlich. Jemand warf ein Schweißgerät an.

»Ich höre es«, schrie ich zurück. »Du musst mir davon erzählen!«

»Ja«, brüllte Crispin, »bald! Das Problem ist, das Ding soll in fünf Tagen fertig sein! Das ist nicht zu schaffen. Aber wir versuchen's! Ich hab die Isomatte hier!«

Auch Nicht-Bindungsphobikern konnten Isomatten also sehr zu Diensten sein. »Viel Glück«, rief ich.

»Danke! Du fütterst den Katze?«

»Natürlich!«

»Okay! Tschüschen!«

»Äh. Tschüschen.«

Verdattert legte ich auf. Crispin hatte bei einem Telefonat noch nie als Erster Schluss gemacht. Aber ich hatte es ja nicht anders gewollt. Er hatte jetzt sein eigenes Leben. Und ich meins. Darum sollte ich mich so langsam mal wieder kümmern, wenn ich nicht in der Gosse landen wollte. Ich kramte die Nummer von der Popstarredaktion aus dem Schreibtisch. Sie lag unter einer achtlos in die Schublade gepfefferten Niels-Mail. Pfft. Darum würde ich mich später kümmern. Er konnte mir ja jetzt nicht mehr weglaufen. Ha. *Das* hatte *er* nicht anders gewollt. Ich rief in der Personalabteilung an. Bei Doris. Sie hatte damals schon meinen Praktikantenvertrag mit mir gemacht. Manche Dinge ändern sich nie. Ich sagte ihr, dass ich wieder auf dem freien Markt wäre, und ich glaube, Doris freute sich.

»Ich behalte dich im Hinterkopf«, sagte sie erst. Don't call us, we'll call you. Das alte Spiel.

Vielleicht sollte ich mir auch noch das Abendblatt mit den Stellenanzeigen kaufen. Nur für alle Fälle. Hinterher steckte die Popstarwirtschaft in einer Krise. Ich war ja gar nicht auf dem Laufenden. Vielleicht kamen die Leute endlich zur Besinnung und hörten nur noch Musik von anständigen Leuten wie Bob Dylan oder Louis Armstrong oder Johnny Cash oder Keith Jarrett.

»Wann könntest du anfangen?«, fragte Doris dann unvermittelt.

Hätte mich auch gewundert. Natürlich steckte das Popstargeschäft in überhaupt keiner Krise, schalt ich mich. Hatte ich doch in München gerade erst gesehen. Bei WOM.

»Och«, machte ich. Ein paar Tage Urlaub würde ich schon noch gebrauchen können. Aber bei den Popstars ging alles ein bisschen langsamer als im täglichen Talkgeschäft, daran konnte ich mich noch erinnern. Da konnte man sich Zeit lassen. Die Popstars waren ja auch längst nicht so wankelmütig wie gemeine Talkgäste. Sie waren ernsthaft an ihren Karrieren interessiert. Und daran, ins Fernsehen zu kommen. Panik kannten die in der Popstarredaktion nicht. Hier ging *alles* langsamer. Auch das Einstellen und Feuern. »Sofort«, sagte ich also. »Soll ich was schicken?«

»Nö«, sagte Doris. »Wir kennen dich ja noch. Wirst in den letzten drei Jahren ja nicht nur Mist gebaut haben.«

Das konnte man so sehen und so sehen. Ich entschied mich für die karriereförderliche Variante. »Nee«, sagte ich. »Aber ich bin jetzt eine ausgewachsene Redakteurin mit Berufserfahrung.« Und nicht billig, wollte ich erst noch hinzufügen.

Aber Doris verstand auch so. »Hui«, sagte sie. »Na gut. Gib mal deine Handynummer.«

Ich gab die Nummer durch. Dann ging ich frühstücken. Ich brauchte dringend etwas zu essen. Das Letzte, was ich zu mir genommen hatte, waren Montagabend nach meiner Rückkehr ein paar gammelige Kartoffeln gewesen. Ausgerechnet. Etwas anderes gab es nicht. Und heute war Donnerstag. Dienstag und Mittwoch hatte ich nur getrunken. Alkohol hat ja auch Kalorien, aber ich glaube, ich hatte trotzdem abgenommen.

Im Insbeth bestellte ich mir ein Käsefrühstück und starrte nach draußen auf die Straße. Dem Viertel drohte mal wieder der Verkehrsinfarkt. Nach dem Frühstück inspizierte ich das Haus von Niels. Er war bei der Arbeit. Sein Auto war jedenfalls nicht da. Ich rannte um den ganzen Block. Kein Familienkutschen-BMW mit Bremer Kennzeichen. Also konnte ich mich im Viertel wenigstens tagsüber frei bewegen. Nach Lust und Laune. Triumphierend begutachtete ich das provisorisch angebrachte Klingelschild. Niels wohnte ganz oben. Natürlich. Hochmut kommt vor dem Fall. Bäh. Ich rümpfte die Nase.

Im Erdgeschoss des Hauses war ein türkischer Treffpunkt. Die Tür stand offen, und vier Türken, die sich da gerade trafen, glotzten mich an. Einer, der Jüngste, Mitte zwanzig vielleicht, pfiff durch die Zähne. Noch so jung und schon so frech. Ich überlegte, ob ich ihn mir greifen und bestechen und zur Observation abstellen sollte, aber ich beschloss, dass die Zeit dafür noch nicht reif war. Abwarten lautete die Devise. Nach der anfänglichen Panik machte sich in mir jetzt eine seltsame Ruhe breit. Wie gesagt, Niels konnte mir ja nicht weglaufen.

Doris rief mich schon am folgenden Montag an. Wir trafen uns nachmittags zum Gespräch. Ich dachte, es wäre ein Vorstellungsgespräch, aber in Wirklichkeit war es eine Vertragsverhandlung. Ich ging mit einem Vorvertrag in der Tasche nach Hause. Im August würde ich anfangen. Ich würde sogar ein bisschen mehr verdienen als bisher. Dreizehntes Gehalt und so. Cool. In meinem alten neuen Laden investierte man noch in couragierte Mitarbeiter. Solange sie keine Praktikanten waren. Na bitte.

Abends ging ich mit einer Flasche Wein rüber zu Eske. Auf dem Weg zu ihr musste ich an Niels' Haus vorbei. Na ja, ich hätte auch woanders langgehen können, Ottensen war verwinkelt, aber ich sah es gar nicht ein, wegen Niels Umwege in Kauf zu nehmen. In *meinem* Viertel? Pah. Er hatte sich aber auch wirklich strategisch günstig positioniert. Genau zwischen den von mir am meisten frequentierten Gebäuden: Familieneck und Eskes Haus. Mir kam schon wieder die Galle hoch. Mein Körper lief längst auf Sparflamme, weil die ganze Geschichte zu viel für ihn war, aber das wusste ich zu diesem Zeitpunkt glücklicherweise noch nicht.

Ich stieß mit Eske auf meinen neuen Job an. Wir saßen auf dem Balkon und sinnierten über das Leben. Sie hatte auch nur noch ein paar Tage Urlaub. Das eine will man, das andere muss man. Ich für meinen Teil musste auf dem Rückweg wieder an Niels' Haus vorbei. Ganz oben brannte kein Licht. Ich nahm extra Abstand und lief so weit auf die andere Straßenseite, dass ich es ganz genau sehen konnte, aber die oberste Etage blieb düster. Einen Moment lang spürte ich so eine Art Eifersucht.

»Wo der wohl steckt?«, murmelte ich. Doch wohl nicht bei einer anderen *Frau*?

Ich verwarf den Gedanken sofort wieder. Niemand anders wäre so blöd gewesen, den Gestörten freiwillig zu nehmen. Aber es war immerhin Montag. Niels musste morgen arbeiten, verdammt noch mal. Er war schließlich in der Probezeit. Meinen sorgfältigen Berechnungen nach hatte er zum 1. Juli angefangen. Er hatte noch lange, lange Urlaubssperre. Und kam trotzdem erst um kurz vor eins nach Hause. Just in dem Moment, als ich mitten auf der Kreuzung stand und seine beschauliche kleine Straße verlassen wollte. Von wegen sechsspurig. Die hier war halbspurig. Höchstens.

Niels bretterte einfach an mir vorbei. Ich hatte so eine Art Ahnung gehabt und angestrengt auf das Kennzeichen geschielt. Die Scheinwerfer blendeten mich, aber ich hatte es eindeutig erkannt. Scheiße. Er musste mich doch gesehen haben! So viel hatte ich nun wirklich nicht abgenommen, dass man mich urplötzlich übersehen konnte! Ich drehte mich um, aber er fuhr einfach weiter. Ignorant. Arschloch. Pisser. Arschfickerlehrling. Niels! Ich bekam augenblicklich die Krise. Aufgebracht stapfte ich ins Familieneck. Barsch bestellte ich Tequila und Bier. Rocko und Thomas grölten. Ich winkte ab und stürzte den Schnaps runter. Dann machte ich mich über das Bier her. Gott, war ich wütend. Bah. Nach dem Bier ging ich wieder, aber ich wusste nicht, wohin. Automatisch schlug ich den Heimweg ein. Im Hausflur setzte ich mich auf die Treppe. Ich holte mein Telefon hervor.

»Ich wandere aus«, tippte ich. »Dieses Viertel ist zu klein für uns beide.«

Zack. Abgeschickt. Sehr gut. Dann überlegte ich kurz. Eigentlich wollte ich nicht auswandern. Niels war derjenige, der wieder abhauen sollte.

»Aber bevor ich auswander«, schoss ich hinterher, »hau ich dir noch ein paar aufs Maul.«

Huu, das tat gut. Exzellent. Zack, abgeschickt.

»Oder«, setzte ich nach, »ich mach hiermit so lange weiter, bis DU MIR ein paar aufs Maul haust.«

Wow. Großbuchstaben. Großartig. Zack, abgeschickt.

»Und jetzt demoliere ich das Treppenhaus«, schloss ich meine Ausführungen in blinder Wut und trat ein paar Mal gegen die Stufen.

Dann stellte ich das Handy aus und rannte die Treppen

hoch. Außer Atem und völlig erschöpft schloss ich die Wohnungstür auf. Im Flur lagen ein paar verstaubte Stiefel. Crispins Arbeitsschuhe. Crispin war wieder da. Er lag wie tot im Bett. Völlig hinüber. Ich legte mich zu ihm und strich ihm über die Stirn. Arme Maus. Aber Crispin lächelte im Schlaf und brabbelte irgendetwas vor sich hin. Ich glaube, es ging um Schraubengrößen. Dann schlief ich ein.

Als ich mein Telefon am nächsten Morgen wieder anstellte, fiepte es. Niels hatte geschrieben.

»Nö danke, ich komm klar«, stand da. »Was soll sein?«

Ja, was sollte denn sein? Schluss sollte sein. Endgültig. Ich war fest entschlossen. Hilfe, was war ich entschlossen. Und immer noch sauer. Ich hasste Niels. Ich hasste ihn wirklich. Er war es nicht wert. Er hatte alles kaputtgemacht. Niels war scheiße. Punkt. Adieu, Gummiband. Verpiss dich. Mach dich weg. Verfatz dich. Das Gummiband labberte so rum. Ich biss es mit den Zähnen durch. Ganz einfach. Zack, durchgebissen. Sang- und klanglos. Niels würde es noch nicht mal merken. Es war ja nicht gespannt, das Gummiband. Niels saß ja um die Ecke. »Ach, lass mich«, hackte ich missmutig in die Tastatur und löschte seinen psychokranken Müll weg. Crispin war schon wieder unterwegs. Ich seufzte. Er war zu einem Phantom geworden. Aber er hatte mir einen Zettel dagelassen.

Wir hängen, stand drauf. *Noch zwei Tage. Dann sind wir hoffentlich fertig. Küsse. C.*

In der Dusche lag ein Haufen dreckiger Klamotten. Ich kochte Kaffee, spielte ein bisschen mit dem Katze und dachte nach. Ich gab mir weiterhin alle Mühe, Niels zu hassen. Es funktionierte. Es funktionierte erstaunlich gut. Ich rief Eske an und teilte ihr mit, dass es vorbei wäre und ich geheilt. Dann schnappte ich mir das Therapiebuch und schmökerte ein bisschen darin. Es tat gut, Niels' massive Störung in dem Glauben betrachten zu können, unter *so* einem Problem nicht selbst zu leiden. Ich durchschaute alles. Ich war obenauf. Und eine gute Hausfrau würde ich auch noch werden.

Ich fing gleich damit an. Summend baute ich das Bügelbrett auf. Es war hochkompliziert. Alles andere hingegen erschien mir wie ein Spaziergang. Und Niels brauchte ich nicht zum Glücklichsein. Oder? Gottogott. War ich vielleicht auch schizophren? Ich wechselte meine Launen wie andere ihren Stehfuß. Ach was!, sagte ich mir und legte die Sprühstärke bereit. Ich sprühte mir ein bisschen davon aufs Dekolleté. Zack, stark. Super. Um halb neun war ich immer noch am Bügeln. Ich glättete Klamotten, die Wogen und mein Leben. Wie schön.

9.

Eske.

EPILOG
Nachdem ich Rittners Werk lesen durfte – oder musste –, weiß ich es endlich: Ich bin schuld. Wie immer. Ich bin dermaßen von meinem Kinderwunsch beseelt, dass ich alle ins Unglück gestürzt habe. Jetzt, nach gut neun Monaten, kann ich sagen: Es war eine schwere Geburt, aber Mutter und Kind sind wohlauf. Es ist eine Kurzgeschichte geworden. Und Rittner spinnt.

Mona.

Ich bügelte und bügelte. Dann fiepte mein Telefon.

»Quatschen oder was?«, stand da. Und darüber die Nummer von – na klar – Niels.

Hör mal, du Fatzke, das Gummiband ist längst zerfetzt, wollte ich brüllen, aber die Sprühstärke war schon verdampft auf meiner Haut. Binnen Sekunden war ich wieder verzweifelt. Wie betäubt starrte ich auf die Buchstaben. Minutenlang. »Nein, nein, nein!«, schrie ich dann und stampfte mit dem Fuß auf. Der Katze sah mich an, als hätte ich ihm Obstsalat vorgesetzt. Mit Zimt. Der Katze hasste Zimt. Hatte Niels doch das Knacken meines Unterkiefers gehört, als ich nach dem Gummiband geschnappt hatte. Das durfte doch alles nicht wahr sein. Er hatte es scheinbar gerochen, wie ernst es mir diesmal gewesen war. Apropos riechen. Shit. Das Bügeleisen. Hmpf. Glück gehabt. Ich zog es vom Brett. Der Stoff von meinem weißen Top war noch nicht ganz durch. Aber das Top war auch nicht mehr ganz weiß. Ich konnte es verschmerzen. Diesen Scheiß hier konnte ich nicht verschmerzen. Ich rief sofort Eske an.

»Was soll ich tun?«, fragte ich sie keuchend.

»Hingehen«, beschied Eske ruhig. »Für den Seelenfrieden.«

»Was soll ich anziehen?«

»Was Lässiges. Die Kapuzenjacke. Bloß nicht zu schön machen.«

»Wie soll ich mich verhalten?«

»Reserviert und zickig.«

»Kommst du auch?«

»Nein.«

»Kann ich hinterher zu dir kommen, wenn's zu schlimm wird?«

»Ja.«

»Gut. Na dann«, presste ich hervor.

»Mona?«

»Ja?«

»Viel Glück.«

»Danke.« Ich pfefferte das Festnetztelefon aufs Sofa, holte tief Luft und mein Handy und antwortete Niels. Dem Störenfried.

»Gern«, tippte ich. Reserviert und zickig.

»In einer Stunde.« Noch reservierter und viel zickiger.

»Wo treffen wir uns?«

»Herrgott, will nix saufen«, kam von ihm zurück.

Bitte *was*? Hatte ich was übersehen? Bedeutete »gern« seit neuestem »Korn«? Hallo?

»Öhm tja, kenn ja nix. Neutraler Boden. Familieneck?«, schrieb Niels dann.

Erstens: Selbst schuld, wenn du nix kennst, dachte ich. Mit mir würde dir das nicht so gehen, du Piefke. Und Zweitens: neutraler Boden? Im Familieneck? Dass ich nicht lache. Wo sich auf meinen Fingerzeig alle auf dich stürzen würden, um dich zu zerfleischen, wenn ich es wollte? Aram vorneweg? Und wo alles angefangen hat? *Das* nennst du neutralen Boden? Du hast doch einen an der Fünf. Dachte ich. Aber ich schrieb was anderes. Dieser Text war zu lang für eine SMS. »Okay. Viertel nach zehn im Eck«, antwortete ich.

Der Himmel steh mir bei. Der Gang nach Canossa. Der Ritt auf dem Vulkan. Der goldene Käfig. Gutes Stichwort. Ich legte Helge Schneider auf. Wenigstens *etwas* Lustiges. Es gibt Reis. Schüttel dein Haar für mich. Zum Kochen hatte ich keine Zeit mehr, aber ich ging mir wenigstens die Haare machen. Reserviert und zickig. Zickig und reserviert. Und über Helge kichernd. Dann zog ich mir die Kapuzenjacke an.

Niels war schon da, als ich das Familieneck betrat. Er saß auf einem Barhocker und wippte mit dem Knie. Sexy. Ich gab mir alle Mühe, unbeeindruckt zu wirken.

»Na?«, sagte er und grinste.

»Hallo«, krächzte ich. Ich klang, als hätte ich Kreide gefressen.

»Unnu?«, fragte Niels dann ohne Umschweife.

»Wie – unnu?«, bölkte ich.

»Lass uns doch woanders hingehen«, sagte Niels.

Ging *das* schon wieder los! Ich stöhnte innerlich, aber ich drehte mich um und stürzte wieder auf die Straße. Rocko und Thomas sahen mir entgeistert hinterher. Ich hatte sie schlichtweg ignoriert. Das würde mich mindestens sechs bis zehn Tequilas kosten beim nächsten Treffen. Sie würden es schon verstehen, wenn ich es erklärte. »*Das* war der Schizo«, würde ich zu ihnen sagen können. Eske hatte ihnen alles haarklein berichtet. Sie konnte einfach nie ihren Mund halten. Thomas hatte Mitleid mit mir gehabt und die Geschichte ernst genommen. Rocko hatte nur dämlich gegrinst und sich an die Stirn getippt, aber das kaufte ich ihm nicht ab. Er hatte eher so ausgesehen, als stimmte er Niels insgeheim zu. Auch ein Bindungsphobiker.

Als wir die Straße hinunterliefen, fiel mir auf, dass Niels keinerlei Anstalten machte, sich meinem Tempo anzupassen oder dafür zu sorgen, dass es wenigstens so *aussah,* als würden wir freundlich und rücksichtsvoll miteinander umgehen. Mal ging er hinter mir, mal neben mir, mal vor mir, immer in gebührendem Abstand und immer mit dem Blick auf etwas anderem als auf mir. Manchmal lief er mir vor den Füßen entlang, dass ich ihm fast in die Hacken trat. Manchmal trat *er* auch einfach *mir* in die Hacken. Das war noch ein Checklistenpunkt aus dem Buch gewesen. Jetzt, wo Niels wieder so um mich herumscharwenzelte, erkannte ich, dass ich bei diesem Punkt ebenfalls ein fettes Kreuz hätte machen müssen. Die komplette Liste war fast abgehakt, jetzt fehlte nur noch eines: der endgültige Beweis, dass er auch *mich* anlügen würde, um jeglichen Erwartungen aus dem Weg zu gehen. Dass er mich mit einer Ausrede anlog, um sich nicht erklären zu müssen und sich die Tür offen zu halten, wie verfickte Bindungsphobiker es nun mal gern taten, weil sie wussten, dass sie dieses Problem hatten und sich selbst oft nicht verstanden. Mein Instinkt sagte mir, dass Niels mir den Beweis liefern würde. Ich musste es nur schlau genug anstellen.

Also erzählte ich ihm beiläufig von einer Strandparty, die demnächst irgendwann stattfinden würde. An der Ostsee. Wie sich das für eine Strandparty gehörte. Ich fragte ihn, ob er mitkommen wollte. Er zuckte mit den Schultern und grinste mich an. Dann legte ich das Thema zu den Akten, ohne es wieder zu erwähnen. Meine Zeit würde kommen. Nach diesem Treffen würde Niels bestimmt denken, sein Ruf wäre zunächst wieder hergestellt. Und danach gab es für den gemeinen Bindungsphobiker erst mal keinen Grund, sich wieder blicken zu lassen. So sah es jedenfalls das Therapiebuch. Dann war nämlich wieder Zeit für Gummibanding. Dieser Rhythmus war typisch, aber ich konnte ihn jetzt berechnen.

Wir betraten das Gazoline. Es war voll. Also machten wir auf dem Absatz kehrt, liefen zurück und landeten beim Insbeth. Auch voll. Ich wollte sowieso viel lieber draußen sitzen. Es war eine lauschige Nacht. Genau das richtige Wetter für ein weißes Top mit einem braunen Bügeleisenfleck und eine dünne Kapuzenjacke, die den Fleck geschickt verdeckte. Beim Querbeet nebenan war auf dem Bürgersteig ein ganzer Tisch frei. Mit zwei Bänken. Ich machte kurzen Prozess und setzte mich demonstrativ hin.

Niels fügte sich. Wir saßen einander gegenüber. Wir fühlten uns beide unwohl. Er rutschte auf der Bank hin und her. Ich zerfledderte einen Bierdeckel. Wir hielten uns mit Small Talk über Wasser. Die neuen Jobs. Der Umzug. Die Wohnungssuche. Niels hatte gezielt nach einer Wohnung in Ottensen gesucht. Ich fragte ihn nicht, warum. Aber sein Büro lag in der Nähe. Na ja. In der Nähe? Einmal durch den Elbtunnel. In Autobahnnähe. Jetzt, wo Niels *das* betont hatte, hätte ich ihn kaum anschreien und ihm einen Strick draus drehen können, dass er sich ausgerechnet hier eingenistet hatte. Obwohl ich deshalb weiterhin tödlich beleidigt war. Wenigstens würde ich mich mindestens jedes zweites Wochenende halbwegs entspannen können. Dann fuhr Niels immer noch nach Horst, wenn er nicht gerade irgendwo anders unterwegs war, erklärte er mir. Am vergangenen Wochenende war er gerade zu Hause gewesen. Eine wertvolle Information. Ich speicherte sie sofort.

Wir sahen uns kaum an. Ich hatte Angst davor, ihm in die Augen zu blicken und dann gleich wieder in Ohnmacht zu fallen oder die Contenance zu verlieren oder sonst etwas Blödes zu tun. Interessiert musterte ich alle, die vorbeigingen, meine Fingernägel und das Kleingedruckte auf der Zigarettenschachtel. Wenn Niels mich ansah, grinste er meistens. Manchmal machte er auch »Hm?« und reckte mir den Kopf entgegen. Meinetwegen konnte er sich tothmen. Ich hatte nicht vor, mich davon beeindrucken zu lassen. *Er* hatte die Fäden in der Hand. Es war sein Part. Ich war raus. Dachte ich zumindest.

Irgendwann, als es kühler wurde, zogen wir wieder rüber ins Eck. Niels saß neben mir und ließ den Kopf hängen. Als ich ihn so dasitzen sah, krabbelte mir sofort wieder die Liebe in die Füße und tastete sich langsam nach oben. Als sie im Bauch angekommen war, hatte ich verloren. Einer nach dem anderen stürzten sich all meine guten Vorsätze in das Bier vor mir. Mit einem eleganten Kopfsprung. Ich starrte Niels an. Ich verunsicherte ihn damit. Ich konnte nicht anders. Ich starrte ihn an und lächelte und summte. Beim dritten Lied, das ich mitsummte, legte ich die Stirn in Falten und stutzte. Herrjemine. Auch das noch. Es lief sogar eines von meinen Tapes. Ein Mitschnitt von einem Auflegeabend vor zwei Jahren. Das Zeichen.

Give me a reason to love you.

Waaah. Weiß der Henker, was in mir vorging. Wir verabschiedeten uns gegen eins. Vor dem Familieneck. Zu Hause war ich um kurz vor zwei. In der Zwischenzeit standen Niels und ich auf der Straße und tänzelten lauernd umeinander herum und machten endlich blöde Witze übereinander und lachten. Wir verabschiedeten uns fünfmal voneinander, aber Niels *ging* einfach nicht. Er blieb wie angewurzelt stehen, wo er war, oder er pusselte an mir herum. Nach jeder Verabschiedung kamen wir uns näher, bis wir einander umschlichen wie der Katze einen heißen Brei, der ihm schon längst die Tasthaare versengt hatte. Schließlich passte noch nicht einmal mehr ein Katzentasthaar zwischen uns, und wir küssten uns wieder. Nur kurz. Dann beschränkte sich Niels darauf, seine Nase an meiner zu reiben und wieder »Hm?« zu machen. Danach ging ich wirklich. Ich wollte mir die Erinnerung an diesen Moment nicht kaputtthmen lassen. Ich fand, das war mein gutes Recht.

Als ich diesen Abend mit Eske besprach, kamen wir auf keinen grünen Zweig. Ich berichtete ihr von meinem Lügendetektorplan. Sie hieß ihn gut. Sie hoffte, dass damit das Kapitel endlich zu den Akten gelegt würde. Ich ging akribisch vor. Die Bundesliga hatte noch Sommerpause. Ins Weserstadion würde Niels also wohl kaum fahren. Es sei denn, er wollte schon mal Marco Bode impfen wegen des Trainings mit Niels junior. Wo der schon mal Zeit hatte. Also der Bode. Aber das schien mir unwahrscheinlich. Niels wusste ja gar nichts von diesem Vorhaben. Ich hatte ihm nie davon erzählt. Die Frage war trotzdem, ob er das Wochenende in Hamburg oder Bremen verbringen würde.

Meine Chancen standen gut. Wenn Niels seinen Zwei-Wochen-Rhythmus einhielt, dann wäre er übers Wochenende im Viertel. Freitagnachmittag entwarf ich eine SMS, die verdammt nach Rundmail klang. Nach einmal schreiben, fünfzigmal schicken. Party und so, kommt alle, morgen an der Ostsee, es wird lustig, bringt Freunde und gute Laune mit, Drogen könnt ihr auch zu Hause lassen, weil die Natur ist berauschend genug und so. Letzteres schrieb ich vorsichtshalber, damit Niels nicht wieder dachte, er würde da eh nur zwischen lauter Besoffenen und Bekifften herumhängen müssen. Darauf reagierte er zu empfindlich. Ich brauchte lange, um all diese Informationen auf 160 Zeichen zu stopfen.

Dann schickte ich das Ding los. Nicht fünfzigmal, sondern nur einmal. An Niels. Dass auf diese SMS keine Antwort von ihm kam, konnte mich nicht aus der Ruhe bringen. Ich hatte damit gerechnet. Das gehörte quasi zum Plan. Freitagnacht stiefelte ich los und suchte Niels' Auto. Ich setzte mir sogar eine Kapuze auf, natürlich die von einer anderen Jacke, die Niels nicht kannte, um nicht erkannt zu werden. Für alle Fälle. Gott, was war ich schlau. Mit Herzklopfen pirschte ich mich an sein Haus heran und überlegte mir Ausreden, was ich sagen würde, wenn er jetzt plötzlich vor mir stünde. Das gehörte auch zum Plan, obwohl ich noch nicht einmal eine Ausrede gebraucht hätte. Ich ging ja wirklich ständig hier lang. Die Spannung stieg ins Unermessliche. Richtig so. Ich summte die Derrick-Titelmelodie und überlegte, wie ich mit Tränensäcken aussähe und wann es soweit wäre. Mit den Tränensäcken. Das hing ein bisschen davon ab, wie der Plan verlaufen würde. Das Auto stand direkt vor der Tür. Bingo. Niels war in Hamburg und mein Plan gerettet. Ich schielte nach oben. Es brannte Licht. Eine nackte Glühbirne hing da. Vom Rest des Zimmers konnte ich nicht viel sehen, aber das Wenige, was ich sah, war auch sehr nackt. Und gleißend hell. Urgemütlich. Wie es eben Niels' Art war.

Am Samstag setzte ich keinen Fuß vor die Tür, um ihm nicht vielleicht zu begegnen. Das hätte den Plan zerstören können. Aber ich schickte Eske an seinem Haus vorbei in ihrem Stinkegolf. Das Auto stand noch genau da, wo ich es in der Nacht zuvor entdeckt hatte. Um halb vier am Nachmittag startete ich den Hauptteil der Operation.

»Ich fahr gleich los zur Strandparty«, schrieb ich Niels auf sein Telefon, »willste mit?« Dann wartete ich. Niels war zwar sehr intelligent, aber ein paar Minuten würde auch er wahrscheinlich brauchen für eine schlaue Ausrede.

Achtzehn, um genau zu sein. »Bin auf Fehmarn«, antwortete er, »komme erst Sonntagabend zurück.«

»Aha«, sagte ich befriedigt zu mir selbst und klaubte den Sekt aus dem Kühlschrank.

Genau so etwas hatte ich erwartet. Ich wollte gerade den ersten Schluck trinken und bei der Lügenfrage ein riesengroßes Megakreuz in das Buch machen, da fiel mir siedendheiß ein, dass er »auf« Fehmarn geschrieben hatte. Scheiße. Das war ja eine Insel. Hinterher waren da keine Autos erlaubt oder so was. Davon hatte ich schon mal gehört. In einer Fernsehserie. Und das gab es wohl tatsächlich. Inseln, auf denen keine Autos erlaubt waren. Wie sollten die da auch hinkommen. Einen Führerschein brauchte auf diesen Eilanden nur der Inseldoktor wegen der Unpässlichkeiten von Mensch und Tier. Hatte Niels Medizin studiert? Nein. Hinterher war er morgens tatsächlich mit der Fähre oder mit dem Zug oder mit dem Heißluftballon auf oder nach oder in Fehmarn gefahren oder geflogen und mein Plan war völlig für den Arsch! Ich konnte mir zwar nicht vorstellen, dass Niels überhaupt mal ohne sein Auto unterwegs sein könnte, aber wenn auf Fehmarn keine Autos erlaubt waren, dann musste sich dem auch Niels beugen.

Aber ich blieb schlau. Ich rief die Deutsche Bahn an und erkundigte mich, ob es auf Fehmarn einen Bahnhof gab oder wie zum Teufel man da hinkommen könnte. Es gab einen Bahnhof und regelmäßige Verbindungen. Ob auf Fehmarn Autos fahren durften, wusste die Frau allerdings nicht. Sie fragte extra alle hundertzehn Kollegen im ganzen Callcenter oder zumindest tat sie so, weil ich mich nicht abwimmeln ließ, aber ich bekam keine befriedigende Auskunft. Sie hatte bestimmt nur so getan, als würde sie alle fragen. Bei hundertzehn Leuten hätte das doch wohl jemand wissen müssen. Vielleicht gab es dahin sogar einen Autoreisezug wie nach Sylt, und niemand im Callcenter wusste davon und empfahl dementsprechend auch keine Fahrkarten dafür, woraufhin sich die Fehmarner Touristenzentrale wunderte und schloss, dass Fehmarnbesucher keine Autos mochten, und sie letztendlich deshalb verbot. Vielleicht war die Deutsche Bahn schuld, wenn auf Fehmarn keine Autos fahren durften.

Ich war entsetzt ob des Bildungsstands der Callcenter-Agenten von der Deutschen Bahn. Aber ich hatte Wichtigeres zu regeln.

Ich rief Eske an und trug ihr auf, wieder bei Niels vorbeizufahren, sobald es eine halbe Stunde dunkel war. Sie stöhnte, aber sie tat es. Ich sagte ihr, dass ich ihr dafür mein Schöner-Wohnen-Abo aus der Redaktion schenken würde. Bis Eske mich wieder anrief, durchlebte ich die Hölle.

Schließlich klingelte das Telefon. Im obersten Stock hatte Licht gebrannt. Eske war extra ausgestiegen und hatte noch mal nachgeguckt. Und Niels' Auto stand an einer anderen Stelle. Wahrscheinlich war er zusätzlich zur Ausrede noch stundenlang in der Pampa herumgekurvt, um nicht da zu sein, falls ich mich dazu entschlösse, ihn spontan abzuholen. Hätte ja sein können, dass seine Antwort aufgrund technischer Hänger gar nicht bei mir angekommen war. Vielleicht war ihm Weihnachten wieder eingefallen. Der Gau auf der Datenautobahn. Vielleicht befürchtete er auch, ich würde nachgucken kommen, ob er vielleicht *log*. Schließlich wusste Niels ja, dass ich nicht blöd war. Goldenes Examen, sag ich nur. Und Niels war auch schlau. Aber ich war nun mal schlauer. Ich triumphierte. Da hatte ich meinen Beweis. Niels hatte gelogen. Er hatte eindeutig gelogen. Das Therapiebuch hatte Recht gehabt. Niels war *wirklich* ein Houdini. Ein Houdini erster Güte. Zum Glück war ich nicht doof genug, um weiterhin seine Assistentin zu spielen. Ha. Ich hatte mir den Sekt mehr als verdient. Prost. Ich trank. Nach dem zweiten Schluck wich mein Triumphgefühl einer Mischung aus Entsetzen, Mitleid und Fassungslosigkeit. Fehmarn. Fehmarn! Was für ein Hohn, dass Niels sich als Ausrede ausgerechnet Fehmarn hatte einfallen lassen. Fehmarn lag ja wohl in der Ostsee. Das wusste ich mittlerweile. Ich hatte während der Warterei auf Eskes Anruf den Atlas gewälzt. Ausgerechnet das Gewässer, an dem die erfundene Party stattfand, spülte ihm derzeit angeblich die Gischt um die Füße. Wie krank. Wie krank, wie krank. Bloß nicht annähern, bloß keine Nähe zulassen, aber die Verbindung auch keinesfalls ganz kappen. Extremgummibanding. Ogottogott. Es war so einfach zu durchschauen. So offensichtlich. So krank. So krank. Und so erschreckend.

Die nächsten zwei Tage verbrachte ich in einer Art Schockzustand in Eskes Wohnung. Ich trank kannenweise Tee und lag apathisch im Bett herum. Am Sonntag redete Eske auf mich ein wie auf ein krankes Pferd, aber ich hörte ihr gar nicht zu. Meine Gedanken kreisten nur um Niels und mich.

Montag musste Eske wieder arbeiten. Ich blieb bei ihr im Bett liegen. Abends fuhr sie mich über einen fetten Umweg nach Hause. *Fahren.* Achthundert Meter fahren. Meinetwegen auch anderthalb Kilometer. Wir machten ungefähr drei Kilometer draus. Ich wollte nicht in Niels' Dunstkreis gelangen. Nicht annähernd. Am Dienstag war mein erster Arbeitstag in der neuen Redaktion. Ich überstand ihn irgendwie. Ich überstand auch die folgenden Tage irgendwie. Und die folgenden Wochen. Mein Zustand war extrem tagesformabhängig. Manchmal ging es mir gut. Dann war ich fast wie in der Zeit, als ich Niels noch nicht gekannt hatte. Ich sang im Auto und unter der Dusche und feierte Erfolge in der neuen Redaktion und ging mit Eske einen trinken und machte mit ihr Pläne für eine große Reise über Silvester. Südafrika. Hmmmm. An solch guten Tagen überlegte ich sogar, ob Crispin und ich noch eine Chance bekommen würden. Sein umgebauter Bus war eingeschlagen wie eine Bombe. Ich war so stolz auf ihn. Manchmal konnte ich mir dann vorstellen, wieder mit ihm zusammen zu sein und ihn zu lieben. Dann versuchte ich es. Ich versuchte es wirklich. Crispin und ich redeten miteinander. Er wusste noch immer nichts von Niels. Ich wollte noch eine Chance, und Crispin hatte sie verdient.

Aber alle zwei bis drei Wochen kam der große Einbruch. Dann schlug meine Stimmung um, und ich wurde manisch. Manisch depressiv. Ich schlich um Niels' Haus herum. Nachts inspizierte ich sein Auto und suchte nach Spuren seines Lebens, das er ohne mich lebte. Er rührte sich nicht. Wir begegneten uns noch nicht einmal. Das Viertel war offenbar doch groß genug für uns beide. Manchmal stand ich in diesen Phasen nachts um zwei vor Niels' Haustür und strich sanft über das Klingelschild und dachte darüber nach, wie er jetzt da oben auf seiner Kindermatratze lag und schlief. Allein. Tagsüber im Büro wählte ich die Website von Walkenhorst an. Ich packte Niels' Mails in Mappen und las sie immer und immer wieder. Ich verfolgte die Bundesliga. Ich wusste genau, wann Niels im Stadion stand. Wenn ich dann wieder zu Verstand kam, nach ungefähr einer Woche vielleicht, schmiedete ich wilde Rachefantasien. In Gedanken steckte ich ihm Kartoffeln in den Auspuff, brach in seine Wohnung ein und rief seine Mutter in Walkenhorst an. Ich zerpflückte unsere Geschichte, bis sie so zerfleddert war, dass ich selber nicht mehr durchstieg und mich für genauso gestört hielt wie Niels. Vielleicht war ich das auch. Eske behauptete es. Und Eske war eine weise Frau. Sie war mittlerweile einunddreißig und weiterhin Single. Die Zeichen standen darauf, dass sie es auch erst mal bleiben würde. Sie redete nur noch selten über Kinder.

Manchmal überlegte ich, ob Niels das mit Fehmarn vielleicht auch als Zeichen gemeint hatte. Unbewusst. Unterbewusst. Diese Lüge war einfach zu offensichtlich gewesen. Vielleicht eine Art Hilferuf? Weil er mit seinem Problem selbst nicht mehr zurechtkam? Weil er mich eigentlich doch liebte? Weil er nicht wusste, wie er da rauskommen sollte? Mit etwas Glück schnaubte ich in solchen Fällen irgendwann aufgebracht vor mich hin und beschloss, dass Niels sich selbst würde helfen müssen. Mutter Teresa hatte für Bekloppte eben doch nichts übrig, beschied ich dann.

Bis auf einmal. Mitte September fiel mir ein, dass ich Niels noch nie gesagt hatte, wie sehr ich ihn liebte. Zumindest nicht ohne Tippfehler. Ich hatte eine ganz besonders schlimme manisch-depressive Phase. Ich schrieb ihm. Ich schrieb ihm alles auf. Dass ich ihn liebte und dass ich Angst hätte, nie wieder mit ihm reden zu können. Dass ich Angst hätte, er würde mir nicht vertrauen. Dass ich Angst hätte, er würde niemandem auf der ganzen Welt vertrauen. Dass ich Sehnsucht nach ihm hätte. Noch immer. Und dass ich befürchtete, sie würde nie enden. Dass ich wütend auf ihn wäre, weil er ins Viertel gezogen war. Dass ich ihn gleichzeitig so vermissen würde, dass es mich wahnsinnig machte. »Looping« betitelte ich die Mail an ihn. Ich fand, das sagte alles. Diesmal zog *ich* mich vor ihm aus. Es war jetzt umgekehrt. Anders als bei unserem ersten Treffen vertraute *ich* ihm jetzt meine Gefühle an. Ich legte sie ihm behutsam in die Hände und hoffte darauf, dass er es verstünde, mit ihnen umzugehen. Aber das tat er nicht. Niels zertrampelte mich gnadenlos. Seine Antwort war kalt und gefühlsamputiert.

Betreff: Re: Looping

Was nicht ist, ist nicht. Sei stark. Sei eine Frau.

Wenn *du* schon kein Mann sein kannst, entgegnete ich ihm in Gedanken. Da war ich altmodisch. Zwei Tage später begegnete ich Niels auf der Straße, als ich abends um kurz vor acht auf dem Weg ins Sonnenstudio war. Ich wollte mir Hautkrebs holen und ganz früh sterben. Ich wusste noch immer nicht, dass mein Körper sich in Absprache mit meiner erschöpften Seele schon längst für eine andere Variante entschieden hatte. Niels fuhr genau in dem Moment an mir vorbei, als ich gerade die Fahrbahn überquerte. Er hupte und hielt auch noch an, der Idiot. Ich hatte gehofft, er würde mich ignorieren. Wenn er schon so scheiße war, dann wenigstens konsequent, bitte schön. Aber er hupte und hielt und kurbelte das Fenster runter und lachte mich an. Oder aus. Arschloch. Ich ging zu ihm. Zum letzten Mal. Ich brachte einen einzigen Satz heraus.

»Du hast aber spät Feierabend«, lautete er.

Wahrscheinlich. Es klang jedenfalls so. Sicher bin ich mir nicht. Dann drehte ich mich um und sprintete in den nächsten Hinterhof, um mich zu übergeben. Noch einmal kam mir die Galle hoch und alles andere auch.

Im Januar schmissen die Chirurgen im AK Altona meine Galle endgültig auf den Müll. Da war nichts mehr zu wollen. Alles andere klärte sich vorher.

Es dauerte weitere vier Wochen, bis ich mir darüber klar geworden war, dass es so nicht weitergehen konnte. Ich stopfte alles, was mich an Niels erinnerte, in eine alte braune Tasche und verstaute sie ganz hinten im Kleiderschrank. An einem sonnigen Sonntag im Oktober saß ich schließlich mit Crispin im Landunter und erklärte ihm, dass ich ausziehen wollte. Vertrag hin oder her, es musste sich eine Lösung finden lassen.

Wieder ließ ich mich kurz dazu hinreißen, Crispin zu sagen, dass wir nur dann vielleicht noch eine Chance hätten. Die Prinzessin hatte es mir befohlen. Sie hatte Crispin noch immer nicht abgeschrieben. Ich beschloss, dass ich mich von ihr trennen musste. Wir passten nicht mehr zusammen. Eigentlich hatten wir uns schon lange nicht mehr verstanden.

In der folgenden Nacht erzählte ich Crispin von Niels. Endlich. Es hatte ja auch lange genug gedauert, bis ich endlich meinen Mund aufmachen konnte. Wie damals, als ich Crispin von Florian berichtet hatte. Um meine zweite Liebe zu erleben, hatte ich ihm von der ersten berichten müssen. Und um die zweite loszulassen, musste ich ihm jetzt die dritte stecken, die sich schon am nächsten Baum aufgehängt hatte, noch bevor ich mit ihr über die Wiese gerannt war. Crispin hatte echt die Arschkarte gezogen. Aber ich wurde ja immer erfahrener. Nächstes Mal würde es vielleicht schneller gehen mit dem Erzählen. Und beim nächsten Mal würde es auch nicht mehr Crispin sein, der alles abbekam. Ach was. Nächstes Mal. Welches nächste Mal? Drei Lieben reichten. Ich konnte mir nicht vorstellen, noch einmal eine zu haben. Ich konnte mir noch nicht mal vorstellen, noch einmal eine zu *wollen.* Ich erzählte Crispin so viel, wie er ertragen konnte. Wie ich preisgeben konnte.

»Ich weiß zwar nicht, wer er ist«, sagte Crispin schon nach meinen ersten Sätzen, »aber ich hasse ihn. Ich hasse ihn wirklich sehr.«

Ich nickte schniefend. Wäre die Situation nicht so verfahren gewesen und Crispin nicht mein Exfreund, dann hätte ich ihn in diesem Moment wahrscheinlich gebeten, Niels zu verprügeln.

Der Freitag darauf war der 27. Oktober. Schon wieder. Vor genau einem Jahr hatte ich mich mit Niels in der virtuellen Eigentumswohnung gekloppt. Vor genau einem Jahr hatte alles angefangen. Seit genau einem Jahr hing ich jetzt zwischen den Seilen. Bäh. Ich zwang mich dazu, den Tag halbwegs gut gelaunt hinter mich zu bringen. In der Redaktion verzog ich mich mit einem Haufen Archivmaterial an den Sichtplatz. Popstars auf roten Teppichen. Die hatten Spaß. Ihre Gegenwart hinderte mich wenigstens daran, ständig mit einem Auge an meinem Bildschirm zu kleben und auf das »Pling« zu warten, mit dem eingehende Mails quittiert wurden. Es kam den ganzen Tag über nicht eine einzige Mail, noch nicht mal eine verfatzte interne Rundmail. Der Server schwieg verbissen.

Am Nachmittag telefonierte ich mit Crispin. Wir verabredeten uns für die Zwanzig-Uhr-Vorstellung im Kino. Trotzdem dachte ich natürlich mehr als einmal an Niels, verflixte Scheiße. Ich fragte mich, ob er dieses Datum irgendwie wahrnehmen würde, und wusste im gleichen Moment, dass das mit Sicherheit nicht der Fall war und ich eine alberne Kuh.

Nach dem Sichten surfte ich im Internet und sah nach, was sonst noch so los war in der Stadt. Abends fand in der Kulturwerkstatt im Viertel eine Lesung statt. Diese Kulturwerkstatt lag genau zwischen Niels' und meiner Wohnung. Fast auf den Meter genau. Ich hatte die Strecke in einer meiner manischen Phasen abgeschritten und gezählt. Die Lesung passte zu mir und Niels. Sie war fremdsprachig. Aber mit Übersetzer. Moderne Großstadtliteratur mit exotischer Note. Indisch mit

Übersetzer, pakistanisch mit Übersetzer, estonisch mit Übersetzer, was weiß ich. Skurril. Der Übersetzer war bei Niels und mir schon lange überfällig. Ich hatte erst am Vorabend wieder darüber sinniert, ob wir vielleicht zwei verschiedene Sprachen benutzten. Ich hatte sogar »Männer sind vom Mars – Frauen sind von der Venus« gelesen in der Zwischenzeit. Oder andersrum. Völlig egal. Ein Übersetzer wäre jedenfalls nicht das Schlechteste gewesen. Ein Zeichen? Ich tippte mir an die Stirn und ärgerte mich über mich selbst. Nein, natürlich kein Zeichen. So langsam wurde es hanebüchen. Reiß dich zusammen, Rittner.

Es klappte gut für den Rest des Arbeitstages mit dem Zusammenreißen. Na ja. Je nach Interpretation, denn trotz der Verabredung mit Crispin schickte ich Niels eine Mail an seine Freemail-Adresse. Seine Mailadresse im neuen Job hatte ich nie erhalten. Ich hätte sie vielleicht recherchieren können, aber seit ich mich mit den Popstars beschäftigte, recherchierte ich generell nur noch sehr wenig, und in meinen manischen Niels-Phasen zog ich eindeutig die bürgernahe Recherche vor. Die Vor-Ort-Recherche rund um die Abbestraße. Ich fragte Niels, ob er mit mir zu der Lesung mit dem Übersetzer gehen wollte. Nur so. Aus Spaß. Ich wollte auch endlich mal wieder Spaß haben. Wie die Popstars. Ich wollte die Möglichkeit haben, ihn zum guten Schluss mit einem dramatischen Tusch abblitzen zu lassen. Er versagte sie mir. Selbstverständlich erhielt ich nie eine Antwort.

Der Kinobesuch wurde ein Horrortrip. Vor der Szene mit dem Luftröhrenschnitt war ich ja gewarnt worden, nicht aber davor, dass sich in allen anderen Szenen eine Frau in einen abgefuckten Schizo verliebte, der mindestens ebenso gestört war wie Niels. Gut, Niels drückte sich vielleicht nicht seine Fresse am Ofen platt, bis sie verkohlt war, aber abgesehen davon fand ich eine Menge Parallelen, und die wiederum fand ich erschreckend. Ich fiel im Kinosessel immer weiter in mich zusammen. Wenn es besonders schlimm wurde, versuchte ich, an andere Sachen zu denken. Ich ging im Geist die Wohnung durch und begann eine Liste mit fehlenden Dingen aufzustellen. Ich fing im Badezimmer an, aber der Film war leider gut, deshalb kam ich nicht weiter als bis zu Klopapier und Wattestäbchen. Schließlich konzentrierte ich mich schlichtweg darauf, nicht loszuheulen.

Zu Hause wäre ich am liebsten gleich ins Bett gegangen, aber es war noch viel zu früh, und ich hätte nie im Leben schlafen können. In die Kissen zu heulen war auch keine verlockende Alternative, jedenfalls nicht für den Moment. Also setzte ich mich an den Tisch, spielte lustlos mit meinem Schlüsselbund herum und rauchte. Crispin erzählte irgendeine Geschichte. Seine Worte waberten wie Versatzstücke durch den Raum, ich schnitt vielleicht jedes dritte mit – wenn überhaupt. Es dauerte lange, bis er bemerkte, wie abwesend ich war. Er sah mich prüfend an.

»Bist du traurig wegen dem Film?«, fragte er.

Wegen des Films, korrigierte ich ihn in Gedanken und musste im gleichen Moment innerlich bitter darüber lachen. Frau Dr. Frühchen Schlau. Frau Dr. Frühchen Schlau war mit ihrem Latein am Ende. Ich nickte und verlor für einen Moment die Kontrolle. Ich spürte, wie meine Augen schon wieder feucht wurden, und hätte mich am liebsten dafür geohrfeigt. Diesmal konnte ich mit der Oberflächenspannung keinen Blumentopf mehr gewinnen. Im Kino war mir das gerade noch so gelungen. Eine fette Träne bahnte sich ihren Weg über meine rechte Wange. Perfekt für die Liebeskummerkamera. Crispin beugte sich zu mir hinüber. Er nahm mein Gesicht in seine Handflächen und wischte sanft mit dem Daumen die Träne weg. Ich schniefte. Es wäre jetzt das Einfachste auf der Welt gewesen, meine Hände auf seine zu legen, in ihn hineinzukriechen und die Uhr zurückzudrehen. Einen Moment lang hatte ich große Sehnsucht nach ihm. Ich zögerte, aber es ging einfach nicht. Der Sekundenzeiger in meinem Kopf sprang mit einem lauten Klacken auf »zu spät«, und Crispin zog sich zurück. Er stand abrupt auf und griff nach seinem Tabak. Er sah verletzt aus.

»Ich gehe auf Oles Party«, sagte er ruhig und lächelte. Ole redete immer noch davon, dass er vielleicht aufhören wollte in der Werkstatt. »Ich nehme an, du willst nicht mit.«

Ich schüttelte den Kopf. »Es tut mir Leid«, flüsterte ich, und Crispin ging.

Danach war Polen offen. Ich heulte Rotz und Wasser. Sogar der Katze ergriff die Flucht. Meine gesamten Schleimhäute verquollen in Minutenschnelle zu einer breiigen Masse. Auch die Liebeskummerkamera war abgeschaltet, Selbstreflektion war echt nicht mehr drin. Alle möglichen Bilder tanzten in meinem Hirn Samba: Niels und ich vor genau einem Jahr, als wir uns online in der Eigentumswohnung kloppten. Niels und ich bei unserem ersten Treffen. Niels und ich in Beesel. Niels und ich auf unserem virtuellen Spaziergang. Niels und ich im Auto. Niels und ich. Die Heulsuse und das Arschloch. Die Blöde und der Schizo. Die Prinzessin und der Horst. Ich hatte die Schnauze gestrichen voll. Als ich meine Bewegungen endlich wieder halbwegs unter Kontrolle hatte, holte ich mir ein Bier aus dem Kühlschrank, steckte mir eine Kippe in den Hals und starrte ratlos an die Wand. Es war kurz vor elf. Dann klingelte das Telefon.

»Juhu«, flötete Eske, »ich bin endlich durch mit der Aufzeichnung, ich komm jetzt zu dir. Ich fahr gleich los.« Sie hatte in den letzten Wochen kaum Zeit gehabt, sich mit mir oder dem Schöner-Wohnen-Abo zu beschäftigen. Sie arbeitete immer noch für Fritjof. Außerdem war sie erkältet. Aber auf so was hatte Fritjof noch nie Rücksicht genommen. Er hatte uns schließlich alle gewarnt. Gesundheitstechnisch.

»Wie ist es gelaufen?«, wollte ich wissen.

»Erzähl ich dir dann«, sagte Eske und legte auf.

Ich schlich ins Badezimmer. Die Wimperntusche hatte sich in schwarzen Schlieren bis unters Kinn verteilt, und meine Augen waren zwei schmale Schlitze zwischen riesigen geschwollenen Hautlappen. Mit einem Surren meldete sich die Liebeskummerkamera zurück und versetzte mich in die Lage, drehbuchgemäß zu agieren. Ich warf mir eine Ladung kaltes Wasser ins Gesicht, betrachtete mich für einen Moment mit gerunzelter Stirn im Spiegel und beseitigte dann das Grauen, so gut es ging. Es ging zwar nicht gut, aber es ging.

Trotzdem schob sich Eske bei ihrer Ankunft mit einem verächtlichen »Wie siehst du denn aus?«, an mir vorbei. Ich sagte dazu nichts, sondern stellte ihr ein Bier auf den Tisch und ließ mir von der Aufzeichnung berichten. Eske war der festen Überzeugung, man hätte ihr ein Moderatoren-Double untergeschoben: Die Gäste waren scheiße gewesen, die Sendung war scheiße gewesen, nur Fritjof hatte seinen Spaß daran gehabt, Eske trotz allem »Schätzchen« genannt und den Karren aus dem Dreck gezogen. Deshalb war alles halb so wild gewesen, und Eske war sichtlich erleichtert und entspannt.

»Und was ist mit dir so?«, fragte sie mich und rülpste.

»Ich kann rülpsen nicht leiden«, sagte ich.

»Das ist alles?« Eske schob ihre Unterlippe vor und kniff die Augen zusammen.

Ich seufzte. »Heute ist es ein Jahr.«

»Lass mich raten. Schizo?«

»Hmm.«

»Ja, und?«

»Vielen Dank für deine Anteilnahme.«

Eske stützte ihre Ellbogen auf den Tisch und verschränkte die Hände unter dem Kinn. Das war ihre Kampfhaltung. »Ich bitte dich, Mona. Glaubst du nicht, es ist so langsam mal gut? Der Typ ist ein Idiot, basta. Mach dich doch nicht lächerlich.«

»Tu ich das?«

»Na ja.«

»Menno. Ich kann doch nichts dafür.«

»Du kannst wohl was dafür.« Eske verharrte in ihrer Kampfhaltung und holte Luft. »Ich darf noch mal zusammenfassen: Ihr habt euch vielleicht fünfmal gesehen.«

»Sechsmal«, korrigierte ich. Die kurze Begegnung am Auto zählte ich nicht mit. Ich hatte sie schließlich gleich wieder ausgekotzt.

Eske stöhnte. »Meinetwegen auch sechsmal. Apropos Sex, den hattet ihr nie, wahrscheinlich ist er eine Niete im Bett und hat in seinem Leben noch keinen hochgekriegt. Das hast du selber gesagt.«

»Das ist doch nicht so wichtig«, warf ich schwach ein.

»Und das ausgerechnet von dir, ja?« Eske schlug sich an die Stirn. »Also weiter«, fuhr sie fort. »Er ist offensichtlich gestört und zu keiner normalen Kommunikation fähig.«

»Doch. Er schreibt toll.«

»Na super. Was nutzt dir das, wenn er das Maul nicht aufkriegt?«

Ich schwieg.

»Und last, not least«, hob Eske wieder an, »will er dich einfach nicht. Punkt, aus, Ende. Er will dich nicht. *Er will Dich nicht.* Und selbst wenn er dich wollen würde, würde er dich nur unglücklich machen.«

»Das bin ich so auch.«

»Also jetzt reicht's.« Eske knallte ihr Bier auf die Tischplatte. Sie wurde laut. »Ich kann's nicht mehr hören. Du hast echt nicht mehr alle Tassen im Schrank. Weißt du was? Du *willst*, dass es dir schlecht geht. Du bist doch sonst nicht so bescheuert!«

Ich riss die Augen auf.

»Guck nicht so doof«, sagte Eske, »unternimm lieber endlich was.«

Ich schwieg weiter. »Also gut«, sagte ich dann und stand auf. Ich hatte wirklich genug. Meine Gnadenfrist war abgelaufen. Ein Jahr. Scheißendreck, ein ganzes Jahr hatte ich schon an diesen Pisser verschleudert! Meine Gedanken fuhren Achterbahn. So viele Versuche, diesen Schizo loszuwerden, waren schon gescheitert. Was, wenn ich wieder verlor? »Sei stark. Sei eine Frau«, hatte Niels zu mir gesagt. Was für ein Spinner! Vielleicht hatte ich deshalb die ganze Zeit meine Schwäche zelebriert: Aus purem Trotz. Weil ich plötzlich gar nicht mehr stark sein *wollte.* Weil Niels mir gezeigt hatte, wie umwerfend es war, seine Schwächen zu zeigen. Aber musste ich deshalb gleich dabei draufgehen? Schnickschnack. Tinnef. Humbug. Mumpitz! Nein, es gab keine Ausrede. Gefühl war Gefühl, aber jetzt war Schluss. Don't look back in anger.

»Wenn's aber doch nicht anders geht«, knurrte ich mich in Gedanken an und widersprach damit zum ersten Mal den Gallaghers. Auch eine Art Befreiungsschlag. Ich stand noch immer mitten im Raum.

»Und?« Eske war offensichtlich gespannt.

»Mit Kamera oder ohne?«, fragte ich.

»Natürlich mit«, entgegnete sie.

»Okay.« Ich formte meine Hände zu einem Trichter und hob sie an den Mund. »Sommerschlussverkauf bei C & A!«, trompetete ich. »Alles muss raus!« Dann trampelte ich so laut es ging zum Schrank, riss die braune Tasche heraus und entleerte sie vor Eskes Füßen. Zwei Mappen voller E-Mails, das amerikanische Therapiebuch, Prinzessin Horst, die Postkarte, das Hannoverbuch und ein Tape platschten auf das Parkett. Das Therapiebuch klaubte ich aus dem Haufen heraus und schleuderte es Richtung Bücherregal. Das behielt ich lieber. Für Notfälle. Wie das Bier von meiner Geburtstagsparty. Ich hatte es immer noch nicht getrunken. Das ließ hoffen. »Zum Abschuss freigegeben«, erklärte ich und stemmte die Arme in die Hüften.

»Gut, gut«, sagte Eske. »Verbrennen?«

»Verbrennen«, bestätigte ich. »An der Elbe. Und zwar jetzt sofort.«

Eske jaulte auf. Sie hustete demonstrativ. Ihre Erkältung. »Muss das sein?«

Ich sah sie nur an.

»Aber Kassetten brennen so schlecht!« Eske zeigte zweifelnd auf das Tape.

»Kein Problem«, sagte ich, hob es hoch und nahm es aus der Plastikhülle. Dann zog ich andächtig das Band von den Spulen. Der Katze war entzückt. Nach ungefähr acht Metern riss das Band und damit auch mein Geduldsfaden. Ich schmiss das Ding voller Wucht aufs Parkett und trampelte darauf herum, dass es nur so splatterte.

Eske hatte die Arme vor der Brust verschränkt und verfolgte das Spektakel mit kritischem Blick. Dann suchte sie unaufgefordert nach dem Handfeger. Ich klaubte die Unterlagen zusammen und stopfte sie wieder zurück in die Tasche, packte drei Feuerzeuge dazu und zwei Knollen Astra und nahm mein

Cape vom Haken. »Also auf zur Bücherverbrennung«, konstatierte Eske. Sie liebte es, politisch unkorrekt zu sein. »Hast du Brennspiritus oder so was?«

»Nö«, sagte ich, »das wird auch schon so klappen. Los jetzt.«

Die Nacht war wie geschaffen für so eine Aktion. Windig, kalt und nass. Wir bestiegen den Stinkegolf und fuhren runter zum Museumshafen.

»Wohin jetzt?«, erkundigte sich Eske, nachdem wir die Karre abgestellt hatten.

Die Frage hatte ich mir auch schon gestellt, denn am besten sollte der Ort des Geschehens ein geschichtsträchtiger sein. Auf der anderen Seite war es wohl keine gute Idee, in memoriam Knutschen unser kleines Lagerfeuer direkt vor dem Museumsschiff abzufackeln, denn dort war noch Licht. Die Besatzung räumte auf. Und genau das hatte ich jetzt auch vor. Endgültig.

»Dramatischer ist es direkt am Wasser«, gab Eske zu bedenken.

Also stapften wir am Bunker vorbei durch den Sand. Es war wirklich kalt, und ich hatte eindeutig zu wenig an, aber meine Wut und das Bewusstsein, langsam wieder zur Vernunft zu kommen, wärmten mich. Wir liefen nicht weit, nur ungefähr den halben Weg bis zur Strandperle. Es hätte so schön werden können, aber der fehlende Brennspiritus wurde zum Problem. Die Feuerzeugflammen hielten dem Wind nicht stand, und so sehr wir uns und alles andere auch drehten und wendeten, brennen wollte gar nichts.

»Typisch«, fluchte ich. »Der Arsch sträubt sich noch.«

»Aaaach, das wird schon.« Eske blieb tapfer.

Mit vereinten Kräften brachten wir immerhin ein Blatt zum

Glimmen, aber die Glut fiel fast augenblicklich dem Nieselregen zum Opfer.

»Scheiße, scheiße, scheiße«, brüllte ich und kickte eine Ladung Sand in Richtung Wasser.

»Aber schön isses schon«, sagte Eske.

Am anderen Ufer lag angestrahlt der Containerhafen. Auch jetzt, um ein Uhr morgens, rumpelte es dort noch gehörig. Für einige Momente beobachteten wir schweigend die Silhouetten monströser Gabelstapler, die die riesigen Container wie auf einem Spielbrett hin und her schoben. Ich fragte mich, was wohl passieren würde, wenn Niels ausgerechnet jetzt hier vorbeiliefe. Im Film wäre das so, aber mein Drehbuch hatte nun mal seine eigenen Regeln. Im Film hätten wahrscheinlich auch diese verdammten Blätter sofort lichterloh in Flammen gestanden. Oder vielleicht wäre Niels dem zuvorgekommen und in Zeitlupe mit verzerrtem Gesicht auf mich zugerannt. Er hätte herzzerreißend »Neeeeiiiin!« geschrien (Zwischenschnitt: das entzündete Feuerzeug ganz nah am Papier), mir in letzter Sekunde das Feuerzeug aus der Hand gerissen, und in der Schlusseinstellung wären wir uns in die Arme gefallen und in einem leidenschaftlichen Kuss versunken. Diese Vorstellung legte ich schnellstmöglich unter Schwachsinn ab.

»Ich befürchte, wir müssen unsere Methodik überdenken«, sagte ich.

Eske sah das ähnlich. »Ins Wasser schmeißen ist außerdem noch viel cooler«, meinte sie.

Das war auch das Einzige, was uns übrig blieb. Mittlerweile waren die gesammelten Werke ziemlich durchgeweicht.

»Dann aber an der richtigen Stelle«, entschied ich.

Wir rafften unseren Krempel zusammen und latschten zurück zum Museumshafen.

Am Auto legten wir einen Zwischenstopp ein. Eske holte ein altes Bettlaken aus dem Kofferraum. Links vom Steg lag, noch immer hell beleuchtet, das Museumsschiff. Unsere Schritte tönten dumpf auf dem Holz. Als ich nach Niels' erstem Kuss wie von Sinnen und mit wackelnden Knien Hand in Hand mit ihm hier entlang gegangen war, hatte das anders geklungen. Die Zeiten ändern sich eben. Wir gingen rechts runter zum Fähranleger. Eske breitete das Bettlaken über zwei Pollern aus. Wir setzten uns, und ich holte die Flaschen aus der Tasche. Eske köpfte sie mit einem der Feuerzeuge, die uns vorher so kläglich im Stich gelassen hatten.

»Also Prost«, sagte sie und hielt mir die Flasche hin. »Auf die Zukunft.«

Ich erinnerte mich daran, wie ich genau das Gleiche vor knapp einem Jahr zu Karo gesagt hatte. Sie war immer noch emotional verwickelt. Immo war *wirklich* ein feiges Schwein. Am Steg war es windiger als unten am Strand, also machten wir uns schnell an die Arbeit. Laut Drehbuch hätte ich die Sache bestimmt allein zu Ende bringen müssen, aber da hätten wir uns den Tod geholt, also bekam auch Eske einen Stapel Blätter in die Hand. Anfänglich landete jedes von ihnen einzeln in den Fluten. Wir ließen es uns nicht nehmen, laut daraus zu zitieren. Mit jedem Zitat wurde ich wütender. Irgendwann war ich so böse, dass ich begann, die Mails stapelweise zu versenken. Dann war das Hannoverbuch dran. Die flotte Biene und der komische Kauz, los, weg damit. Es tat mir in der Seele weh, Bücher zerstören gehört meiner Meinung nach auf die Liste mit den Sieben Todsünden, und zwar ziemlich weit nach oben, aber besondere Situationen erfordern besondere Maßnahmen, und nach dem ersten Zögern fand ich sogar Spaß daran, das Ding zu zerfetzen. Die Seiten flogen mir nur so aus der Hand und verteilten sich in alle Himmelsrichtungen. Sie gaben eine fulminante Abschiedsvorstellung und tanzten freudig winkend um uns herum, bevor sie sich in die Elbe stürzten und lautlos davontrieben. Die Postkarte – ritsch ratsch, nichts leichter als das, zack, versenkt. Mit Prinzessin Horst tat ich mich schwer.

»Ich bin mir nicht sicher, ob ich ohne Prinzessin Horst leben kann«, jammerte ich und drehte und wendete das kleine Heft in meinen klammen Fingern. Ich schlug die erste Seite auf. *Dieses Büchlein gehört:* stand da vorgedruckt, und darunter, in Niels' Handschrift: *Prinzessin Mona.* Wie gehabt. Die Prinzessin.

»Papperlapapp«, sagte Eske energisch. »Los, weg damit.«

Prinzessin Horst zu zerreißen war mit Abstand das Übelste an der ganzen Sache. Trotzdem: Ich zog es durch. Ich machte einfach die Augen zu und öffnete sie erst wieder, als die Königskinder ein für alle Mal verschwunden waren.

»Sehr gut«, konstatierte Eske, aber ich war noch nicht fertig. Ich stand auf und fing einfach an zu schreien. Ich brüllte den ganzen Museumshafen zusammen und den Containerhafen noch dazu, und weiß Gott, »Arschfickerlehrling« war noch mit das freundlichste Wort, das ich benutzte. Alles, was ich nirgendwo anders losgeworden war, schrie ich in Richtung Monstergabelstapler. Ich führte mich auf wie Rumpelstilzchen und tobte wie von Sinnen über die Planken. Irgendwann ging selbst das vorbei. Ich war leer wie die Bierflasche. »Verfatz dich also«, sagte ich und warf auch sie in die Elbe.

Danach stand ich mit hängenden Armen am Stegrand und schnappte nach Luft. Ich konnte vor Kälte kaum noch meine Finger spüren. Der Wind pfiff durch mein Cape und bauschte es bei jeder Böe auf. Ich war matt und durchgefroren und fast erstaunt, Eske zu sehen. Sie saß geduldig rauchend auf dem Poller.

»Danke«, sagte ich schlicht.

»Schon gut«, erwiderte sie, »für manche Sachen braucht man einfach Publikum.«

»Komm, wir gehen.« Ich hob meine Tasche auf. Eske raffte das Bettlaken von den Pollern und klemmte es sich unter den Arm, und wir stapften zum Parkplatz hoch. Als wir am Auto standen, war ich seltsam klar im Kopf. Ich war traurig, aber auf eine ganz andere Art als in den letzten Monaten. Es war eine freundliche Traurigkeit. Eine Traurigkeit, ohne die ich eine ganze Menge weniger über das Leben gewusst hätte. Ich war wieder auf mich allein gestellt, abgesehen von Eske natürlich und von Karo und Alf und Jan und Lukas, und das war gut so, und ich würde es schaffen. It shouldn't hurt me to be free.

»Eigentlich könnte ich noch mein Leergut entsorgen«, fiel Eske ein, nachdem sie das Bettlaken verstaut hatte. Es war auf zahlreichen leeren Flaschen gelandet.

»Kommt gar nicht in Frage«, protestierte ich. »Nicht jetzt. Das ist der Situation nicht angemessen.« Ich hatte eindeutig schon genug entsorgt.

Eske stöhnte, aber sie sah ein, dass ich Recht hatte.

»Ich werd über den ganzen Scheiß ein Buch schreiben müssen«, erklärte ich spontan und schlug mit Nachdruck die Kofferraumklappe zu.

»Komm bloß nicht auf die Idee, mich darin zu erwähnen.« Eske schloss die Fahrertür auf und warf mir über das Autodach skeptische Blicke zu.

»Nee, ist richtig«, erwiderte ich grinsend und wartete auf das Klacken des Türknopfes. Dann ließ ich mich auf den Beifahrersitz fallen und atmete tief durch. »Lass uns im Familieneck Whisky trinken«, sagte ich.

»Klar, Prinzessin«, antwortete Eske und ließ den Motor an.

»Nenn mich nicht mehr Prinzessin«, sagte ich.

Die Prinzessin hatte ich unten am Fähranleger festgebunden. Sie saß da und fror und schaute uns entsetzt hinterher, aber ich war mir sicher, dass sie bald jemand abholen würde. Prinzessinnen wurden immer gebraucht. Als wir vom Parkplatz rollten, sah ich nur nach vorn. Ich brauchte mich nicht noch einmal umzudrehen. Ich wusste ja, dass es um diese Zeit an der Elbe wunderschön war. Im Familieneck trafen wir übrigens jemanden, der auf der Lesung gewesen war. Sie hatte ohne den Übersetzer stattgefunden. Der Übersetzer war einfach nicht erschienen. Ganz ohne Ausrede. Das ist Dramaturgie.

Ich danke:
Achim, Almuth, Daniel, der Familie und dem Familieneck, Jens, Potti, Steff und Tobias.

www.prinzessinundhorst.de

Tine Wittler

Horst go home

BASTEI
LÜBBE
STARS

»Wer das liest, ist zwar nicht unbedingt doof, aber hinterher auch nicht unbedingt schlauer. Trotzdem, es lohnt sich. In diesem Buch gibt es so viele Bekloppte auf einem Haufen, dass man sich beim Lesen ganz automatisch besser fühlt.«

Almuth Kook, Co-Autorin und weiterhin beste Freundin,
denn manche Dinge ändern sich nie.

Wie in Romanen nun mal so üblich, ist selbstverständlich auch in diesem hier alles frei erfunden, und sämtliche Ähnlichkeiten mit real existierenden Personen oder Ereignissen sind entweder völlig an den Haaren herbeigezogen oder aber total zufällig. Wer mit dem Gedanken spielt, Klage zu erheben, sei darauf noch einmal explizit hingewiesen.

Hamburg, im Dezember 2002 TINE WITTLER

1.

Eske.

Ich habe die Schnauze voll. Eigentlich könnte alles so schön sein: Ich bin frisch verliebt, habe eine tolle Wohnung, einen Wagen, der trotz allem äußeren Anschein funktioniert, sogar einen Job, der mich ernährt, und morgen versuche ich, mir das Rauchen abzugewöhnen. Zu dumm, dass ich auch Freunde habe. Eine beste Freundin namens Mona zum Beispiel. Und exakt hier verdunkelt sich mein kleines Glück.

Mona hat zwar endlich eingesehen, dass es sie und vor allem auch mich zermürbt, wenn sie gedanklich immer noch ihrer verflossenen Liebe hinterherhängt. Das ist schön, das Thema ist überwunden. Aber jetzt ist Mona glücklicher Single. Und das ist mindestens genauso schlimm.

Am glücklichsten war Mona gestern. Wir waren im Familieneck, wo sie mir mitteilte, wie super ihr ihr neues Leben gefalle. Im Laufe des Abends und nach eigentlich gar nicht so vielen Getränken stand Mona dann in der Mitte des Raumes und sang laut ihren eigenen Text zu einer mir unbekannten Melodie. Thematisch ging es darum, wie toll es wäre, ein Single zu sein. Der Beifall war eher verhalten, und ich hatte das Gefühl, dass Mona nicht sehr überzeugend war. Das sagte ich ihr selbstverständlich nicht, denn wer schießt sich schon gerne selber ins Knie. Außerdem brach sie von ganz allein in Tränen aus und wiederholte noch einmal, wie glücklich sie sei.

Zu allem Übel will Mona wieder ein Buch schreiben. Das hat sie schon einmal getan, und ich hatte nur begrenzten Spaß dabei. Denn erstens gab es für lange Zeit kein anderes Thema mehr, und zweitens hatte ich das Gefühl, vom Semialkoholiker zum Schnapsprofi zu werden. Keine schöne Zeit.

Gut, Mona und ich haben sie miteinander durchgestanden. Wie Freundinnen eben, mit Geben und Nehmen (vor allem gegenseitigem Schnapsausgeben und -annehmen). Aber ich kann das nicht schon wieder. Ich bin eindeutig zu alt und auch viel zu reif dafür. Zumindest ist mein neuer Freund dieser Meinung. Vielleicht sollte er mal mit Mona darüber reden. Er ist ja so sensibel.

Mona.

Alles fing damit an, dass Eske mal wieder den Hals nicht voll kriegen konnte. Sie war schuld. Wie immer. Und so was will meine beste Freundin sein!

Wir hatten uns auf einen Feierabenddrink im Familieneck verabredet, als Eske verkündete, sie wolle sich eine andere Wohnung suchen.

Im Grunde war das absurd, denn in unserer Stammkneipe verbrachten wir sehr viel mehr Zeit als zu Hause. Wir hätten uns also eher um eine angemessene Schlafstatt im Eck kümmern müssen als um neue Wohnungen.

Aber Eske legte seit neuestem Wert aufs Repräsentieren. »Ich brauche was, wo ich auch mal jemanden mit hinnehmen kann«, sagte sie und wiegte würdevoll den Kopf.

Ich fragte mich natürlich sofort, wer außer mir das wohl sein sollte, aber ich hielt den Mund.

»Sag doch auch mal was dazu«, forderte Eske mich auf, als ich mich nach Minuten noch immer nicht zu ihren Umzugsplänen geäußert hatte.

»Deine Wohnung ist doch ganz schön«, bemerkte ich also lapidar.

»Sie *war* mal schön«, korrigierte mich Eske. »Jetzt ist sie das nicht mehr. Der Duschabfluss ist total verstopft, die Küche muss gestrichen werden, und der Dreck macht mich einfach fertig.«

»Putz doch einfach mal«, schlug ich vor. »Besorg dir Abflussfrei oder einen Klempner. Und renovier halt. Das tut man normalerweise in solchen Fällen. Aber man zieht doch nicht gleich um.«

Eske schnaubte empört. »Damit, dass ich nicht putze, hat das gar nichts zu tun. Nee. Die Bude ist total verwohnt.«

»Das ist doch wohl *deine* Schuld«, erklärte ich triumphierend. Ich hatte es ja immer gesagt. »*Du* wohnst da. Und das nicht erst seit gestern.«

Eske rollte mit den Augen. »Und überhaupt«, argumentierte sie weiter, »ich brauch was Größeres.«

Ich biss mir auf die Lippe, denn das war schlichtweg gelogen. Eske hatte sich sehr Platz sparend eingerichtet. Sie besaß zwar alles, was man brauchte, aber immer in der kleinsten Variante. Kühlschrank 40 cm, Kleiderschrank 80 cm, Computertischchen 50 cm und so weiter. In ihr Bett (140 cm, immerhin) passten zwar zwei Leute, aber das fand selten statt.

Außer mit Rocko, dem Werbefilmfuzzi, der mit seinem Tequilakonsum im Familieneck die Pacht vermutlich allein finanzierte. Rocko parkte seinen Hintern seit über zwei Jahren von Zeit zu

Zeit über Nacht bei Eske. Aber außerhalb des Familienecks hatten die beiden sich bis heute nicht getroffen.

Und Eske brauchte in ihrem dritten Stock eher einen Aufsitzrasenmäher als mehr Platz.

»Kurz: Es ist Zeit für Veränderung«, schloss Eske ihre Ausführungen. »Neues Jahr, neues Glück.«

Dieser Veränderungsdrang hatte sich schon vorher bemerkbar gemacht: Seit drei Monaten war Eske blond, und zwar noch blonder als ich. Am Anfang war ich entsetzt gewesen, aber mittlerweile hatte ich mich daran gewöhnt und den Plan, mir aus Protest die Haare dunkelbraun zu färben, auf unbestimmte Zeit verschoben.

Mein Friseur und bester Freund Alf hatte mir davon abgeraten. »Mona«, hatte er gesagt, »nerv nicht. Mit braunen Haaren sähest du stinklangweilig aus.«

Also waren Eske und ich uns jetzt noch ähnlicher. Es war erschreckend, aber es war so. Und Rocko und sein Kumpel Thomas nannten uns nur noch »Duo infernale«.

Zu Unrecht, denn sie waren immer noch besoffener als wir, meistens jedenfalls, aber die Bezeichnung schmeichelte uns. Jawohl, so waren wir: Femmes fatales. Ha.

Jetzt zog Eske eine Zeitung aus ihrer Tasche und wedelte damit herum. »Es ist Mittwoch«, sagte sie. »Tag der Wohnungsanzeigen. Wir suchen mir jetzt was Neues.«

Ich seufzte ergeben. »So lange es in der Nähe ist, meinetwegen. Aber du weißt, was das heißt«, warnte ich sie. »Das wird anstrengend.«

»Egal«, sagte Eske und schlug schwungvoll die Zeitung auf. »Ich bin nicht sehr anspruchsvoll. Ich hab schon überlegt, zur Not zieh ich auch mit jemandem zusammen. In so einen Riesenaltbau oder so. Am besten mit einem sexy Boy«, überlegte sie.

»Du spinnst doch.« Ich tippte mir an die Stirn.

»Oder eine Frau mit Kind vielleicht?«, sinnierte Eske weiter.

O Gott. Der unterdrückte Kinderwunsch.

Da war er wieder.

Eskes unterdrückter Kinderwunsch hatte uns schon einmal ins Unglück gestürzt.

Immerhin hatte ich nur deshalb Niels kennen gelernt. Niels, auch Horst genannt.

Jenen Scheißkerl, der mich dazu gebracht hatte, haarscharf am totalen Wahnsinn vorbeizuscheppern und anderthalb Jahre aus Liebeskummer in meinem eigenen Elend zu ertrinken.

Nur damit Eske endlich in Ruhe schwanger werden konnte, hatte ich mich im Internet auf die Fahndung nach einem Vater für ihre Kinder begeben. Ich war nämlich eigentlich eine extrem gute beste Freundin. Im Gegensatz zu Eske.

Und dann hatte ich Niels gefunden.

Woher hätte ich auch wissen sollen, dass *ich* mich in ihn verlieben würde und nicht Eske?

Aber ich hatte keine Chance gehabt. Niels hatte aus der Ferne alle Register gezogen.

Aus Hannover, um genau zu sein, wo er als Ingenieur Autoteile vertickt hatte. Und aus Walkenhorst bei Bremen, wo er seine Wochenenden verbrachte, um zur Abwechslung mal seiner Mutter auf die Nerven zu gehen. Oder die Landluft zu genießen. Die hatte er auch nötig. Völlig verstrahlt, der Gute.

Zu blöd nur, dass es auch auf dem Land Computer gab, mit denen man E-Mails und SMSen verschicken konnte. Scheiß Kommunikationstechnik! Genau die hatte Niels sich zu Nutze gemacht. So lange, bis ich ihm und seinem romantischen Geschwafel hoffnungslos verfallen war. Meine Schwäche für Männer ohne Kommafehler beschleunigte das Geschehen vermutlich sehr.

Nach unserem dritten Treffen hatte ich dann Crispin verlassen, im sechsten Jahr unserer Beziehung. Wegen Niels. Waaaah. Wie bekloppt kann man sein.

Und dann – hatte Niels einfach dicht gemacht.

Auf immer und ewig.

War einfach verschwunden aus meinem Leben.

Zack, weg.

Peng.

An sich eine unmissverständliche Ansage.

Ich hätte mich vielleicht damit abfinden können, wenn da nicht noch was nachgekommen wäre. Etwas, das Niels endgültig zum gestörten Vollhorst machte. Und mich in eine Art mehrmonatigen Schockzustand versetzt hatte.

Ein Umzug nach Hamburg zum Beispiel. Nach Hamburg-Ottensen, um präziser zu sein.

In meine direkte Nachbarschaft.

Und in die von Crispin. Die beiden konnten sich quasi gegenseitig ins Fenster spucken. Und wussten doch nichts voneinander.

Crispin hatte keine Ahnung, dass er ständig Gefahr lief, in die gleiche Hundescheiße zu treten wie unser Trennungsgrund.

Jedenfalls, da wohnte er jetzt, der Horstniels Nielshorst, keine fünfhundert Meter von mir entfernt, und nahm keine Rücksicht auf meine Gebietshoheit und auf meine Nerven, und auf mein Seelenheil schon gar nicht.

Er war einfach da und machte sich breit und tat so, als würde es mich gar nicht geben. Als wäre nie etwas gewesen! Er sprach nie wieder mit mir, nicht ein Wort, während ich verzweifelt versuchte, eine Erklärung für sein Verhalten zu finden, Crispin zu vergessen und vor Eske nicht als mindestens ebenso unzurechnungsfähig dazustehen wie der Horst.

So viel also zu Eskes unterdrücktem Kinderwunsch.

Da meint man es gut und ist hinterher die Gelackmeierte. Sorgenvoll runzelte ich die Stirn.

Eske roch den Braten prompt.

»Nicht was du denkst«, beeilte sie sich zu sagen. »Aber ein bisschen Gesellschaft wäre vielleicht gar nicht verkehrt. Ich könnte das mal wieder üben. Wie das ist mit jemandem. Warum also nicht eine Frau mit Kind?«

Nee, is richtig. Ich sah Eske schon stolz wie Oskar mit einer fremden Brut auf dem Rücken durch Ottensen spazieren. Vielleicht würde sie sogar vorgeben, das Blag sei ihr eigenes. Die Hand an der Wiege. Ich schüttelte mich.

»Los jetzt.« Eske reichte mir den Teil mit den Dreizimmerwohnungen. »Zwei Zimmer übernehm ich«, erklärte sie.

Zwei Zimmer? Ich dachte, sie wollte mehr Platz?

Dumme Ausreden. Sie wollte nicht putzen. Das war alles.

Ergeben bat ich Aram, den Wirt, um zwei Kugelschreiber.

»Auf Wohnungssuche?«, fragte er mitleidig, als er sie uns über den Tresen reichte.

»Jo«, antwortete Eske. »Es ist mal wieder an der Zeit.«

Aram wiegte den Kopf. »Man muss ja auch ans Alter denken«, konstatierte er dann zustimmend.

Eske guckte blöd aus der Wäsche.

»Ist wahr«, fügte Aram erklärend hinzu. »Ich hab jetzt auch eine neue Wohnung. Im Erdgeschoss, auf dem Land. Schnauze voll von dem Zirkus hier. Und da kommt man später im Notfall sogar mit dem Rollstuhl gut rein.«

Praktisch denken, Särge schenken.

Aaaargh.

Ich wohnte auch im Erdgeschoss! So hatte ich das noch gar nicht gesehen. Wow.

»Das ist gut«, antwortete ich ehrfürchtig.

Ich war bestimmt die Einzige in meinem Freundeskreis, die so vorausschauend plante. Ich war beeindruckt.

»Jau«, bekräftigte Eske. »Tucker, tucker, is man drin.«

Dann wandte Aram sich wieder der Inventarisierung seiner Schnapsvorräte zu, und Eske und ich machten uns schweigend an die Arbeit. Ab und zu raschelte das Zeitungspapier.

Angestrengt studierten wir die Angebote.

»3 Zi., 80 qm, Kü., Bad, renov., Nsp., Altb., PVC, Balk., 5. St. o. Fst., 610 Euro netto kalt«, so oder ähnlich lauteten die Anzeigen.

Das meiste verstand ich: 5. St. o. Fst. bedeutete, viel Treppen steigen zu müssen, aber man konnte sich dafür das Fitnessstudio sparen. PVC bedeutete ziemliche Geschmacklosigkeit, war aber recht einfach aus dem Weg zu räumen. Buchstäblich. Nsp. hingegen hieß Nachtspeicherheizung, bedeutete in der Nacht Affenhitze und tagsüber blau gefrorene Hände zu einem horrenden Preis.

Ich war mir nicht sicher, ob Eske so etwas in Kauf nehmen wollte.

»Nachtspeicher?«, fragte ich sie also knapp.

Sie hatte die Augen zusammengekniffen, und dazwischen bildete sich eine tiefe Falte.

Ich schlug ihr mit dem Kugelschreiber zwischen die Augenbrauen. »Lass das«, sagte ich. »So kriegst du nie einen Mann.«

»Du mit *dem* Make-up auch nicht«, versetzte Eske. Charmant wie immer. »Ach ja: Nein.«

Gut. Also keine Nachtspeicherheizung.

Ich strich alle Angebote in Altona mit Nachtspeicherheizung durch. Übrig blieben nur noch vier Wohnungen. Davon brauchte man für eine einen Dringlichkeitsschein, zwei waren maßlos überteuert, und die vierte war ein derartiger Traum, dass Eske sie sowieso nie ergattern würde.

Es war eindeutig eine Pärchenwohnung: Drei Zimmer, fast achtzig Quadratmeter, renoviert, Dielenboden, Dachterrasse (!). Der Preis war akzeptabel. Noch nicht mal Courtage sollte anfallen. Angeblich. Und es gab sogar eine Badewanne.

Das sollte ja wohl ein Scherz sein!

Es war zu gut, um wahr zu sein. Ich war mir sicher, dass die Sache irgendwo einen Haken hatte.

Solche Wohnungen hatten immer einen Haken. Befristete Knebelverträge oder noch keinen Stromanschluss oder die Pflicht, jeden Dienstag und Freitag in der Früh um halb sieben den Müllmännern die Tür aufzumachen zum Beispiel. Ohne Türsummer natürlich.

Der Haken an *dieser* Wohnung lag woanders, aber das begriff ich erst, als ich die Anzeige zum dritten Mal gelesen hatte: »Abbestraße 44«, lautete die Adresse, »Besichtigung Samstag, 14.30 Uhr, Hausverwaltung Behnke.«

Bingo. *Da* war der Haken. In der Abbestraße 46 wohnte Niels. Direkt daneben also nach meinen Berechnungen. Horst-Alarm. Örks.

Mir wurde heiß. Unruhig rutschte ich auf meinem Barhocker hin und her.

Eske hatte noch nicht bemerkt, auf was für einen Schatz ich soeben gestoßen war, und ich gab mir alle Mühe, mir nichts anmerken zu lassen. Ich hatte keine Ahnung, wie ich mich verhalten sollte.

Gut, ich war Eskes beste Freundin. Ihre Wohnkultur hätte mir wichtiger sein sollen als alles andere, das war mir schon klar. Aber auf der anderen Seite – nein, das ging nicht.

Eske konnte auf gar keinen Fall die Nachbarin von Niels werden. Es ging einfach nicht.

Es reichte schon, dass er überhaupt hier im Viertel wohnte. Ich könnte mich nie, nie, nie wieder entspannen bei Eske, wenn sie ausgerechnet dem Horst so dicht auf die Pelle rückte mit ihrer neuen Bleibe. Und das würde sie ja wohl auch nicht wollen. Oder?

Wie auch immer, ich konnte Eske auf keinen Fall davon erzählen. Sie hätte mich für verrückt erklärt, wenn sie erfahren hätte, dass ich auch nur noch einen Gedanken an Niels verschwendete. Eske hatte ihn nicht umsonst immer nur den »Schizo« genannt. Natürlich hatte sie Recht damit gehabt.

Auch wenn ich fand, dass »Horst« immer noch am allerbesten zu ihm passte. Niels war so horstig, das ging auf keine Kuhhaut mehr.

Was sollte man auch von so einem halten?

Mit dem ich im Übrigen noch nicht einmal geschlafen hatte, weil er wie ein geprügelter Hund reagierte, wenn man ihn woanders anfasste als an den Händen oder im Gesicht.

Der drei Jahre lang in seiner leeren Hannoveraner Wohnung gehaust hatte, wo es keine Möbel gab. Noch nicht einmal einen Küchenstuhl.

Der Reißaus nahm, wenn Besuch drohte, und so launisch war, dass er allen damit wehtat. Insbesondere mir.

Und den ich nicht allein deshalb mit Hilfe therapeutischer Fachliteratur schließlich als hochgradigen Bindungsphobiker entlarvt hatte.

Als ich so darüber nachdachte, was ich da überhaupt angestellt hatte, hätte ich mir am liebsten sofort wieder links und rechts ein paar runtergehauen.

»Magere Ausbeute«, seufzte Eske jetzt und schob mir ihren Teil der Zeitung zu. »Hier, drei oder vier kämen in die engere Wahl, aber die sind mir eigentlich alle zu weit weg. Daimlerstraße! Phhht. Wer will da schon hin?«

Ich pflichtete Eske geflissentlich bei. Ich wollte ja auch, dass sie in der Nähe blieb.

»Und was hast du gefunden?«, erkundigte sie sich jetzt und schnappte nach meinem Teil der Zeitung.

Zum Glück hatte ich die in Frage kommenden Anzeigen nicht markiert. Es gab also Hoffnung. Vielleicht würde sie die Wohnung in der Abbestraße gar nicht entdecken!

Das war ein frommer Wunsch. Und dabei blieb es dann auch.

Denn weil ich die Wohnungen mit Nachtspeicherheizung durchgestrichen hatte, fand Eske natürlich schnell, was sie suchte. Mit ihren Röntgenaugen graste sie die Spalten systematisch nach der magischen Buchstabenkombination »O-T-T-E-N-S-E-N« ab.

»Zu teuer«, murmelte sie vor sich hin, während sie die Seite scannte, »zu teuer – zu weit weg – zu teuer – Dringlichkeitsschein, Scheiße – haaaa! Perfekt!«

Entnervt sank ich in mich zusammen. Ich winkte Aram und bestellte mir einen Schnaps.

»Super!«, kreischte Eske aufgeregt. »Hör dir das an: Altbau, 77 Quadrat, Badewanne, Pitchpine-Dielen und – waaaah! Dachterrasse!«

Aufgeregt tippte sie mir auf die Schulter.

»Abbestraße! Welche ist das noch mal? – Ach, ich weiß. Mannomann. Das ist es. Wie cool. Dachterrasse! Die muss ich haben! Mona, du bist mein Glücksbringer.«

Dann streckte sie mir krakenartig ihre Arme entgegen. Ich wusste, was das bedeutete. Oh, nein. Nicht auch das noch.

Ich drehte mein Gesicht zur Seite, aber es war zu spät. Eske beugte sich zu mir hinüber, dass ihre Nase fast an meine stieß, und kniff mir in die Wangen, dass es wehtat.

»Nicht wahr, meine kleine Goldmarie? Du bist doch meine kleine Goldmarie?«

Dabei patschte sie mir mit ihren unegalen Fingern weiter im Gesicht herum. Wie sie das nun mal gerne tat.

Sie wusste genau, wie sehr mich das auf die Palme brachte. Fehlte nur noch, dass sie mich ableckte. Oder mir mit ihrer eigenen Spucke den Bierschaum aus den Mundwinkeln wischte. Wie meine Mutter früher. Nichts hatte ich so sehr gehasst wie den Geruch fremder Spucke an der eigenen Nase.

Bis ich das Küssen entdeckt hatte zumindest.

»Lass das«, herrschte ich Eske an, aber sie grinste nur.

»Prost«, entgegnete sie, lehnte sich zurück und hob ihr Bierglas. »Auf meine neue Wohnung. Samstag gehen wir zur Besichtigung. Du kommst natürlich mit. Du musst mir Glück bringen.«

»Keine Lust«, krächzte ich kraftlos. »Ich will da nicht hin.«

»Klar kommst du mit. Spinnst du?«, motzte Eske. »Willst du mir die Laune verderben? Oder bist du jetzt schon neidisch? Jaja! Da kann dein Garten nicht mithalten. Mit einer Dachterrasse.« Zufrieden steckte sie sich eine Zigarette an.

»Pfft«, machte ich und nahm ihr das Feuerzeug aus der Hand.

Ich war extrem stolz auf meinen Garten. In Ottensen *überhaupt* einen zu besitzen war schon eine Frechheit. Und dann auch noch so viel Platz zu haben, eigene Kartoffeln ziehen zu können, grenzte an Dekadenz.

Aber ich hatte das verdient. Der Umzug in die neue Wohnung war das einzig Positive gewesen, das die Trennung von Crispin mit sich gebracht hatte.

Hatte die Bude im Übrigen nicht gemietet, sondern gleich gekauft. *Ich* war nämlich überhaupt nicht gestört und hatte keine Bindungsphobie und kein Problem damit, Verantwortung zu tragen oder einen Kredit aufzunehmen oder mich sonstwie langfristig zu verpflichten.

Im Gegensatz zu Niels.

»Und überhaupt. Freu dich doch mal mit mir. Was ziehst du für eine Schnute?«, schimpfte Eske weiter. »Den Gesichtsausdruck kenn ich doch. Den hattest du übrigens zum letzten Mal, als wir unten an der Elbe deine Schizo-Memoiren ...«

Ich ächzte. Das waren noch Zeiten gewesen. Damals, im Oktober 2000.

Mit Eskes Hilfe hatte ich alles, was mich an Niels erinnerte, schreiend im Fluss versenkt.

All seine E-Mails, die ich ausgedruckt hatte.

Und vor allen Dingen »Prinzessin Horst«. Das kleine Pixi-Büchlein, das er mir geschenkt hatte und das dazu geführt hatte, dass ich nur noch ihn wollte. Und keinen anderen. Nie wieder einen anderen.

Eigentlich hatte ich gedacht, dass es das gewesen wäre: Zack, Treffer versenkt.

Und danach nie wieder dran denken.

So wie es in der Zwischenzeit aussah, war dieses ehrenwerte Vorhaben nicht von Erfolg gekrönt gewesen. Wir schrieben immerhin Frühjahr 2001. Und was machte ich? Saß im Familieneck und dachte an Niels.

Na prima.

Ich hatte ihn zwischenzeitlich ein paar Mal von weitem auf der Straße gesehen, aber wirklich begegnet waren wir uns nie. Dabei war es extrem schwierig, sich in Ottensen aus dem Weg zu gehen.

Zum Glück hatten wir noch drei Straßenzüge zwischen uns. Und unterschiedliche Stammkneipen.

Weiß der Teufel, wo Niels herumhing. Ins Familieneck traute er sich nicht. Und das sollte auch so bleiben.

Aram und Rocko und Thomas und all die anderen hatten jedenfalls Order, ihn zu verprügeln, wenn er sich jemals blicken ließ. Ich hatte aus diesem Grund sogar von einem ehemaligen Polizeizeichner ein Phantombild anfertigen lassen.

Er hatte Niels extrem gut getroffen. Aram bewahrte die Zeichnung hinten im Kabuff bei den Saftflaschen auf. Für alle Fälle. Gleich und gleich gesellt sich gern.

Eske hatte innegehalten und den Kopf schief gelegt. Jetzt pfiff sie durch die Zähne und schlug sich an die Stirn.

»Aaaah. Daher weht der Wind«, sagte sie. »Abbestraße. Na klar. Schon verstanden. Horst-Alarm.«

Ich nickte. »Ich will da wirklich nicht hin«, wiederholte ich kläglich.

»Reiß dich zusammen«, befahl Eske brüsk. »Der Schizo ist Vergangenheit. Und das nicht erst seit gestern. Ganz egal, wo er wohnt. Vergiss das nicht. Du kommst am Samstag mit. Basta.«

Dann wechselte Eske das Thema.

Sie hatte nicht nur ein Wohnproblem.

»Lesben an die Macht: Männer bringen's nicht!«, hieß die nächste Talkshow, die sie vorbereiten musste, und die Lesbenrecherche machte ihr schwer zu schaffen.

Da war ich doch froh, dass ich mich – obwohl ebenfalls TV-Redakteurin – nur noch darum kümmern musste, Popstars auf den Bildschirm zu bringen. Die waren selten lesbisch, sondern höchstens mal schwul, und das war ja für eine reibungslose Zusammenarbeit nicht unbedingt das Schlechteste.

Eskes Wunsch war mir also Befehl; ich versuchte wirklich, mich zusammenzureißen, und überlegte mir sogar ein paar Recherchetipps für ihre Lesbenproblematik. Mehr als die Frauenkneipe an der Stresemannstraße fiel mir allerdings nicht ein, denn trotz aller aufrichtigen Versuchsanordnungen war ich mit meinen Gedanken woanders.

Nicht im Familieneck, sondern bei Niels.

Ich wollte das nicht, aber es war so.

Scheißendreck.

Es kam mir so vor, als würde er mich beobachten und sich heimlich die Hände reiben darüber, dass er es mal wieder geschafft hatte: Er war wieder da. In meinem Kopf. Die Geister, die ich rief.

Und Eske war wirklich schuld.

Während wir das fünfte Bier in uns hineinkippten, rief Lukas an und lud uns zu seiner Geburtstagsparty ein.

»Super«, sagte Eske vergnügt, »da gehen wir hin.«

»Da gibt's bestimmt wieder nur Korn, Kurze und Cola«, warnte ich sie.

»Ich hasse Cola«, knurrte Eske.

Manchmal hatte sie wirklich eine merkwürdige Sicht der Dinge.

Bis Samstag hatte Eske sich einen regelrechten Schlachtplan zurechtgelegt. Sie war bereit, für die Dachterrasse zu töten. Als sie um halb zwei bei mir eintraf, trug sie einen biederen Rock unter ihrem Mantel sowie einen ganzen Stapel gefälschter Unterlagen unter ihrem Arm: in akribischer Kleinstarbeit geschönte Gehaltsabrechnungen und ein angebliches Empfehlungsschreiben von ihrem bisherigen Vermieter.

Fehlte nur noch die eidesstattliche Versicherung, sie würde nicht rauchen und nicht trinken. Die hatte sie zwar nicht geschrieben, aber als ich mir zum Kaffee eine Zigarette anzünden wollte, nahm Eske sie mir aus der Hand.

»Nicht«, sagte sie. »Sonst stinken wir gleich nach Rauch.«

»Du hast sie doch nicht alle«, erboste ich mich. »Glaubst du, auf so was achten die?«

»Klar«, antwortete Eske. »Die achten auf *alles*. Und deshalb habe ich dir das hier mitgebracht.«

Sie nahm ein kleines Kästchen aus ihrer Tasche. »Da«, sagte sie und überreichte es mir.

Ich öffnete es vorsichtig. Und fiel fast vom Glauben ab. »Perlenohrringe?«, fragte ich entsetzt. »Was soll *das* denn? Hast du einen Knall?«

»Die legst du natürlich an für die Besichtigung«, erklärte Eske ernsthaft. »Es gibt nichts, was Hamburgerinnen seriöser erscheinen lässt als ein paar kleine dezente Perlenstecker unter den blonden Haaren.«

»Du spinnst«, stellte ich fest. »So was trage ich nicht. Warum nimmst *du* die nicht?«

»Weil *ich* schon seriös genug aussehe. Im Gegensatz zu dir. Und jetzt zieh dich endlich um. Wir müssen gleich los.«

»Umziehen?«

Ich sah an mir herunter. Sah anständig aus, fand ich. Keine Löcher, keine Flecken. Und hochmodern. Gewagte Farben jedenfalls. Rosa Pulli, unter dem ein orangefarbenes Top hervorlugte, Jeans und rote Stiefel.

Nur die Perlenohrringe würden nicht dazu passen.

Eigentlich passten Perlenohrringe zu überhaupt nichts.

Außer vielleicht zu marineblauen Blazern mit Goldknöpfen, hellbraunen Mokassins und blasierten Milchgesichtern, die sich durch viel zu viel Solariumbräune alle Mühe gaben, eben nicht mehr milchgesichtig zu wirken.

Wäre ich Immobilienmakler gewesen, ich hätte alle Bräute mit Perlenohrringen sofort auf die schwarze Liste gesetzt. Wusste doch jeder, dass die die Quadratmeterzahl der Wohnung mit dem Lineal nachmessen und bei der Hausverwaltung sofort nach ihrem Einzug neue Lärmschutzfenster beantragen würden.

Aber Eske wollte es nicht anders. Also fügte ich mich in mein Schicksal. Raus aus der Jeans. Ich schnappte mir meine Nadelstreifenhose und das weiße Hemd mit dem Riesenkragen und verschwand im Bad.

Hoffentlich begegnete ich auf dieser Wohnungsbesichtigung niemandem, den ich kannte. Erst recht nicht Crispin. Oder Niels.

»Halt dich beim Make-up zurück«, schrie Eske mir hinterher. »Und such dir anständige Stiefel raus.«

Ich hätte sie umbringen können.

Als wir in der Abbestraße ankamen, war dort bereits die Hölle los. Alles war zugeparkt, die Autos stapelten sich geradezu. Auch Crispins Renault-Kastenwagen stand im absoluten Halteverbot.

Nur Niels' blauer BMW war nirgendwo zu sehen. Ich wusste

auch, warum. Samstag war Bundesliga-Tag. Wahrscheinlich stand Niels also bei Werder Bremen im Weserstadion, feuerte Marco Bode an und stopfte Bratwürste in sich hinein.

Meinetwegen.

Das war eh sein einziger Spaß. Viel mehr hatte ich von ihm nie erfahren. Ich wusste so gut wie nichts über Niels! Er hatte kaum etwas Persönliches preisgegeben.

Und so einem trauerte ich auch noch hinterher. Das muss man sich mal vorstellen.

»Oh, nein«, stöhnte Eske, als nur kurz vor uns ein ganzer Pulk von Menschen im Gebäude Nr. 44 verschwand.

Das Haus war hübsch. Sehr hübsch sogar. Weißer Jugendstil mit großen Fenstern. Niels' Haus, ein grauer, klobiger Kasten, sah daneben aus wie hingeschissen.

»Die wollen bestimmt alle dahin.«

»*Natürlich* wollen die alle dahin«, antwortete ich triumphierend. »Was denkst du denn? Dir war ja wohl klar, dass das hier kein Spaziergang wird.«

Eigentlich hatte ich gehofft, dass Eske noch vor unserer Ankunft die Sinnlosigkeit ihres Vorhabens erkennen und mich stattdessen auf einen Prosecco ins Insbeth einladen würde. Meinetwegen auch auf einen ordinären Milchkaffee.

Aber das würde selbstverständlich nicht geschehen. Ich kannte Eske. Sie würde das Ganze als Herausforderung sehen. Jetzt erst recht.

»Also gut. Auf in den Kampf«, verkündete sie.

Wie ich es vermutet hatte.

Dann öffnete sie schwungvoll die Eingangstür.

Oder vielmehr das herrschaftliche Portal. Die Bude war der Hammer. Geradezu majestätisch. Überall waren Schnörkel: am Geländer der breiten, dunkelbraunen Holztreppe; auf den Bodenfliesen und an der Wand; am Metall der alten Briefkästen.

Die Schnörkel hingen sogar von der Treppenhauslampe, die fast wie ein Kronleuchter aussah und ein schmeichelndes Licht von sich gab. Sehr ungewöhnlich für Treppenhäuser. Und der dicke Knauf am unteren Teil des Geländers war aus Mahagoni gedrechselt. Mindestens.

Das Einzige, was das idyllische Bild störte, war die lange Schlange von Menschen, die sich vom obersten Stockwerk bis an den Fuß des ersten Treppenabsatzes zog.

»Scheiße«, zischte Eske und zog mich hinter sich her ans Ende der Schlange. Skeptisch sah sie nach oben. »Pärchen«, ächzte sie. »Das sind alles nur Pärchen.«

In der Tat. Es *waren* nur Pärchen. Und sie waren verdammt gepflegt. Spießig geradezu. Allesamt.

Aber da konnten wir mithalten. Ich räusperte mich, strich mein Hemd glatt und schob mir die Haare hinter die Ohren, damit man die Perlenohrringe sah.

»Tja«, entgegnete ich. »Wohnraum ist knapp. Da sollte auf über siebzig Quadratmetern ja wohl auch mehr als eine Person wohnen.«

Eske schwieg beleidigt.

Wir warteten. Um Viertel vor drei standen wir immer noch an der gleichen Stelle. Die Schlange hatte sich nicht einen Zentimeter bewegt. Aber sie war nach hinten noch ein wenig länger geworden. Ein paar Leute mussten sogar vor der Tür stehen. Wir müssen draußen bleiben. Wuff.

Hihi.

Langsam machte sich Unruhe breit, und das zuvor unverhohlene Konkurrenzgebaren wich langsam einem kollektiven Gefühl der Ungeduld. Statt sich gegenseitig verstohlen zu mustern, fingen einige sogar an, miteinander zu sprechen.

»Unverschämtheit.« – »Das war bestimmt nur eine Verarschung.« – »Ob da wohl überhaupt noch jemand kommt?« Solche und andere Gesprächsfetzen waberten durch das Treppenhaus.

Es war also noch nicht einmal jemand da, der überhaupt befugt war, uns in die Wohnung zu lassen! Ich verlagerte mein Gewicht zum hundertsiebzigsten Mal auf den anderen Fuß. Eskes Gesicht wurde immer länger. Ich blieb gelassen, mir sollte es recht sein. Ich hatte schließlich alles andere als Bock drauf, dass Eske sich ausgerechnet hier häuslich niederließ.

Dann kam von hinten Unruhe in die Menge. Die Eingangstür hatte sich geöffnet, und durch sie hindurch schob sich an den Wartenden ein Typ mit einem Stapel Zettel unter dem Arm vorbei.

Er sah gar nicht aus wie ein Makler oder ein Verwalter, jedenfalls trug er weder einen billigen Anzug noch einen Aktenkoffer, aber es gab keinen Zweifel.

Er musste es sein, denn er guckte genau so, wie jemand guckt, der einen Haufen Arbeit vor sich hat. Und das auch noch an einem Samstagnachmittag. Wenigstens grinste er dabei noch schief. Gar nicht unsympathisch eigentlich. Fünfunddreißig war er vielleicht. Oder noch ein paar Tage älter. Aber nicht viel.

Eske starrte ihn an, als wäre er eine Erscheinung. Sie glotzte ihm noch hinterher, als er sich schon längst an uns vorbeigedrückt hatte.

Die Wartenden auf der Treppe machten ihm bereitwillig Platz. Übertrieben höflich geradezu. Elende Schleimer.

»Heee«, flüsterte ich Eske zu und stieß sie mit dem Ellbogen an.

Ihr fielen fast die Augen aus dem Kopf, und sie hatte wieder diese unsägliche Falte auf der Stirn.

»Krieg dich wieder ein. Sooo sexy war er auch wieder nicht.«

»Ich kenn den«, sagte Eske. »Ich bin mir ganz sicher. Den kenn ich irgendwo her.«

»Kann doch gut sein«, sagte ich leichthin. »Wahrscheinlich

vertickt der überall in Ottensen Wohnungen und rennt hier ständig durch die Gegend.«

»Nee«, quengelte Eske. »Nicht von hier. Von woanders. Und ich hab schon mal mit ihm gesprochen, das weiß ich. Scheiße, verdammte. So was macht mich wahnsinnig.«

Ich seufzte. »Weiterhelfen wird dir das jetzt eh nicht.«

»Wer weiß«, sinnierte Eske. »Ich denk da noch mal drüber nach.«

Damit verfiel sie in grüblerisches Schweigen, während wir uns innerhalb der nächsten zehn Minuten ungefähr vier Treppenstufen weiter hocharbeiteten. Immerhin.

Der Typ da oben leistete ganze Arbeit. Er ließ sich offenbar nicht stressen, sondern die Interessenten paarweise vortreten. Immer schön eines nach dem anderen.

Ich kramte in meiner Tasche und förderte stolz zwei Äpfel zutage, die ich als Wegzehrung eingesteckt hatte. Das mit der vorausschauenden Planung hatte ich mir gemerkt.

»Da«, sagte ich und hielt Eske den kleineren Apfel hin.

»Nee«, antwortete sie und winkte ab. »Ich ess nur Fleisch.«

Haha. Undankbares Pack.

Die Wohnung schien zu halten, was das Treppenhaus versprach. Jedenfalls hatten die, die wieder runterkamen, ein seliges Lächeln auf den Lippen und hoffnungsvolles Bangen in den Augen.

»Ich hab's«, kreischte Eske plötzlich und riss mich damit jäh aus meinen Gedanken.

Ich hatte an Crispin gedacht, während ich auf meinem Apfel herumkaute. Und daran, dass ich ihn auf dem Rückweg eigentlich besuchen könnte. Nur so. »Hm?«, machte ich desinteressiert.

»Ich hab's«, wiederholte Eske. »Ich weiß, woher ich den kenne!«

»Dann ist es ja gut«, stellte ich fest. »Dann kannst du dich ja jetzt endlich mal entspannen.«

»AC/DC«, sagte Eske versonnen.

»Bitte was?«, fragte ich.

Hatte sie den Verstand verloren?

»AC/DC«, erklärte Eske. »Trabrennbahn Bahrenfeld. Im letzten August. Der hat hinter mir gestanden. Und tierisch abgerockt. Und mir dabei sein Bier über den Rücken gegossen. Das Schwein. Deshalb sind wir ins Gespräch gekommen.«

»Hat er dir wenigstens die Reinigung bezahlt?«

»Quatsch«, sagte Eske entrüstet. »Darauf ist man ja wohl vorbereitet, wenn man zu Angus geht. Da zieht man nichts an, was in die Reinigung muss.«

»Na schön. Dann kannst du ja darauf hoffen, dass der Typ dich gleich erkennt«, entgegnete ich.

Und wünschte mir gleichzeitig, dass gerade das *nicht* eintreten würde. Das hatte mir noch gefehlt: Ein dummer Zufall zu viel, und Eske würde tatsächlich bis ans Ende ihrer Tage direkt neben dem Horst hocken.

Nein, nein und nochmals nein.

»Darauf werde ich nicht nur hoffen«, verkündete Eske jetzt, »dafür werde ich *sorgen*. Halt mal.« Dann drückte sie mir ihre Unterlagen in die Hand, drehte sich um und sprintete die Treppe hinunter.

»Heee!«, brüllte ich verdutzt hinter ihr her. »Wo willst du hin?«

Das Pärchen hinter uns grinste debil. Die hielten uns bestimmt für zankende Lesben. Fantastisch. Trotzig reckte ich ihnen meine Perlenohrringe entgegen. Eine Lesbe mit Perlenohrringen hatte ich noch nie gesehen.

Die hoffentlich auch nicht.

»Bin gleich wieder da«, brüllte Eske zurück, »halt die Stellung!«

Ja ja. Vielen Dank. Die hatte doch echt den Schuss nicht gehört.

Was sie wohl vorhatte? Den Maklertypen mit einer Kiste Bier

bestechen? Dazu eine Runde Luftgitarre spielen und »TNT« grölen?

Das hätte ihn beeindruckt. Keine Frage.

Missmutig verzog ich den Mund. Dann lehnte ich mich an die Wand und langweilte mich. Wenigstens ging es jetzt ein wenig schneller voran. Es war Viertel nach drei, und bald hatte ich immerhin schon den zweiten Stock erreicht. Ich schielte nach oben. Bis zum fünften war es noch ein weiter Weg. Der Nachteil von Dachterrassen.

Als ich im vierten Stock angelangt war, wurde ich langsam unruhig. Am Ende musste ich mich noch allein mit dem Altrocker abgeben!

Altrocker waren noch nie meine Kragenweite gewesen. Auf der anderen Seite waren Eskes Chancen auf die Bude verschwindend gering, wenn nur ich da oben auftauchte. Allein. Ohne Pärchenberechtigung. Und dann auch noch in Vertretung für jemand anderen.

Vielleicht war das die Lösung!

»Trödel ruhig noch ein bisschen«, knurrte ich vor mich hin und setzte triumphierend den linken Fuß auf den ersten Treppenabsatz zum fünften Stock.

Aber da hatte ich natürlich die Rechnung ohne Eske gemacht, die jetzt japsend und keuchend die Treppen heraufhechtete, während sie nach links und rechts entschuldigende Darf-ich-mals abfeuerte.

»Na? Hab ich was verpasst?«, fragte sie und strahlte mich an.

Ich musterte sie fassungslos. Sie hatte sich komplett abgeschminkt, eine dämliche AC/DC-Kappe auf dem Kopf und den Rock gegen alte Jeans eingetauscht.

»Das ist nicht dein Ernst, oder?«, fragte ich.

»Na klar«, sagte sie vergnügt und zog ihren Mantel aus. »Eines steht fest: Wenigstens werde ich auffallen.«

Das würde sie in der Tat, denn sie trug zu allem Überfluss auch noch ein uraltes AC/DC-T-Shirt. Es war so ausgeblichen, dass man den Schriftzug nur noch erahnen konnte. Aber für einen wahren Fan würde das nicht das Problem sein. Und in der Jeans hatte sie ein Loch.

Mir fiel plötzlich auf, wie verdammt unwohl ich mich in dieser Kack-Nadelstreifenhose und dem albernen weißen Hemd fühlte. Ich war sauer.

Eske. Echt.

Dumme Nuss.

»Du hast sie doch nicht alle«, stellte ich mürrisch fest.

Die nächsten Minuten verbrachte ich damit, mir die blöden Perlenohrringe aus den Ohren zu nesteln. Und dann waren wir dran. Geduldig warteten wir in der Wohnungstür auf Zuwendung und Einlass.

»Hallo«, sagte der Maklertyp freundlich, als er das Pärchen vor uns verabschiedet hatte.

»Behnke junior. Ich bin der Verwalter.«

Eske strahlte ihn an. »Hallo«, zwitscherte sie und streckte ihm die Hand hin.

»Hallo«, brummte ich.

Als ich ihm ebenfalls die Hand geben wollte, fiel mir einer der Perlenstecker runter. Er kullerte in eine Dielenritze und verschwand auf Nimmerwiedersehen. Das war's dann wohl gewesen mit der Perlenherrlichkeit.

»Hoppla«, sagte der Verwalter und lachte mich an. Er sah wirklich ganz nett aus. »Was war denn das?«

»Ach, nicht so wichtig«, winkte ich ab und streckte Eske in Gedanken die Zunge raus.

Das hatte sie jetzt davon.

Sie warf mir einen warnenden Blick zu. Dann wandte sie sich wieder dem Verwalter zu.

»Sagen Sie mal«, sagte Behnke junior jetzt und starrte Eske geradewegs auf ihr doofes T-Shirt, »kennen wir uns nicht? Ich glaube, wir sind uns schon mal begegnet.«

Eske lachte, reckte ihm ihre beeindruckende Brust entgegen und deutete auf den verblichenen Schriftzug. Es war viel zu kalt in der Wohnung dafür, nur ein T-Shirt an zu haben. Den Rest kann man sich denken. Der Verwalter bekam Stielaugen.

»Ich glaube auch«, entgegnete sie dann mit einem Augenaufschlag.

Ich stöhnte innerlich auf.

Alles klar. Die Sache war gelaufen. So ein Scheiß. Zerknirscht folgte ich den beiden durch die Wohnung. Sie verstanden sich prächtig.

»Und?«, fragte Behnke junior. »Wollen Sie zu zweit einziehen?«

»Nein«, antwortete Eske. »Ich bin allein. Mona hat mich nur begleitet.«

Pfffft. Diesen Müll musste ich mir nicht länger anhören. Ich ließ die beiden ölen, setzte mich ab und schlenderte auf eigene Faust durch die Zimmer.

Keine Frage, die Wohnung war ein Traum. Die Dielen waren frisch abgezogen. Es roch noch nach frischem Holzstaub. Die hohen Wände waren frisch getüncht, und, was noch viel wichtiger war, alle Details stimmten: Die Lichtschalter waren weiß und nicht ätzend braun, und es hatte auch niemand im Wahn der Fünfzigerjahre-Stromlinienförmigkeit die alten Kassettentüren mit Spanplatten zugenagelt, billige Goldimitat-Türklinken angebracht oder gar die Flurdecke abgehängt. In der Küche klebten sogar noch die Originalfliesen an der Wand, und der Terrazzo-Boden war frisch gewienert.

Ich checkte die Fensterlage. Das Küchenfenster lag zur Straße. An das Wohnzimmer mochte ich gar nicht denken. Aber ich kam nicht drum herum.

»Mona«, rief Eske prompt, »komm her. Das musst du dir ansehen!«

Ergeben zockelte ich ihrer Stimme hinterher.

Eske stand mit Behnke junior auf der Dachterrasse. Obwohl Dachterrasse eigentlich die falsche Bezeichnung war.

Es war mehr so ein überdimensionaler Balkon, der fast so groß war wie das Wohnzimmer selbst. Achtzehn Quadrat mindestens, eingefasst von einer einfachen taillenhohen Betonbrüstung und leuchtend blau gestrichen, auch der Boden. Das Ding sah aus wie ein in der Luft hängender Swimming-Pool.

Cool.

»Ja«, sagte Behnke junior, »das ist das große Plus der Wohnung.«

Ich weiß ja nicht, was der Typ für Wohnungen gewohnt war, aber ich fand, die ganze Bude war ein einziges Plus. Ich lehnte mich an die Brüstung.

Genau gegenüber lag der Kinderspielplatz. Eindeutig ein Haken. Ich machte Eske darauf aufmerksam.

»Das macht doch nichts«, flötete Eske. »Lieber Kindergeschrei als Verkehrslärm.«

»Das sehe ich auch so«, ergänzte Behnke junior, und Eske war entzückt.

Wie die den anguckte! Er war genau ihr Typ. Groß. Breitschultrig. Kinderliebhaber. Und AC/DC-Fan. Das würde ein Nachspiel haben. Da war ich mir sicher.

Ich sah nach rechts. Lauter Balkone.

Und einer davon gehörte zweifelsohne zu Niels.

Ich war mir ziemlich sicher, welcher es war: der zweite ein Stockwerk tiefer. Denn der war leer. Komplett.

Bis auf eine Kiste Beck's Alkoholfrei. Des Horsts Lieblingsgetränk.

Bingo.

Es war der einzige Balkon, auf dem es weder Blumenkästen mit albernen Windrädern noch Regenbogenflaggen noch Plastikstühle gab. Die Situation war eindeutig.

Und Niels hatte sich nicht einen Deut geändert in der Zwischenzeit. Seine Wohnung war garantiert genauso leer und trostlos wie der Balkon.

Die Gemütlichkeit eines neurotischen Bindungsphobikers eben. Eines Extremhorsts. Extrem heimelig.

Meine Laune verschlimmerte sich schlagartig.

»Guck mal, wer da wohnt«, sagte ich zu Eske und nickte zu dem leeren Balkon hinüber.

Eske kniff die Augen zusammen. Ihr Blick blieb an der Beck's-Kiste hängen.

Sie wusste sofort Bescheid und verzog kritisch das Gesicht.

»Ach«, sagte sie nur.

Ihr Glück. Mehr hätte ich auch nicht ertragen.

Endlich bereitete der Verwalter dem Ganzen ein Ende. Er sah auf die Uhr.

»Dann haben Sie ja alles gesehen«, stellte er geschäftig fest und trat zurück ins Wohnzimmer. »Füllen Sie doch bitte einfach diesen Bogen aus. Dann kann ich schon mal die Nächsten hereinbitten.«

»Dann bitten Sie mal«, schnurrte Eske, nahm Behnke junior galant den Zettel aus der Hand und huschte in die Küche.

Über die Spüle gebeugt fing sie an zu schreiben. Wegen der Wellen von der Geschirrablage unter dem Zettel sah ihre Schrift noch tausend Mal krakeliger aus als sonst. Eske fluchte.

»Kann man das lesen?«, fragte sie und hielt mir das Papier unter die Nase.

»Klar«, sagte ich, obwohl ich mir keinesfalls sicher war. Ich wies sie auch nicht darauf hin, dass sie beim Feld »Bankverbindung« wohl besser ihre Kontonummer hätte angeben sollen als lediglich das Wort »vorhanden«.

Das hier war schließlich die letzte Chance für meinen inneren Frieden. Den horstfreien.

»Gut«, sagte Eske. »Und was mach ich damit?«, fragte sie dann und hielt ihre gefälschten Dokumente hoch.

Ich zuckte mit den Schultern. »Die werden sich schon melden, wenn sie so etwas sehen wollen«, antwortete ich.

»Recht hast du«, bekräftigte Eske.

Dann machte sie sich vom Acker, um Behnke junior zu suchen.

Ich lief ihr nicht hinterher. Ich wollte mich gar nicht von ihm verabschieden. Hier hatte ich eh nichts zu melden. Ich war ja nur die Begleitung. Pah.

Außerdem wusste ich irgendwie, dass ich ihn bestimmt bald wiedertreffen würde. Und für den Anfang hatte ich die Schnauze von ihm gestrichen voll.

Auf dem Rückweg hüpfte Eske wie ein Gummiball neben mir her. Ich hatte mich dagegen entschieden, Crispin zu besuchen. Ich wollte lieber ganz schnell nach Hause.

»Das wird was«, frohlockte Eske. »Ich hab's im Gefühl, das wird was. Bestimmt.«

»Wie schön für dich«, entgegnete ich sarkastisch.

»Hossa«, sagte Eske und musterte mich erstaunt. »Was ist denn los?«

»Das weißt du genau«, pfiff ich sie an.

Eske stöhnte. »Mona, das ist nicht dein Ernst. Mein Gott! Und wenn der Horst mein Mitbewohner wäre! Vergiss den Typen endlich! Du bist doch sonst nicht so begriffsstutzig! Idioten sind Idioten sind Idioten!«

»Und von Idioten sollte man sich fern halten«, ergänzte ich. »Da hast du's.«

»Guuuuut«, lenkte Eske ein. »Das wäre wirklich ein blöder Zufall, wenn ich die Wohnung kriegen würde. Aber dann könntest du ihm wenigstens mal eine Stinkbombe auf den Balkon schmeißen. Zur Not würde ich das auch machen. Und noch habe ich die Wohnung ja nicht.«

»Das wird was«, äffte ich sie nach. »Ich hab's im Gefühl, das wird was. Bestimmt.«

»Weißt du was?«, sagte Eske.

Sie hatte einen ganz gemeinen Unterton.

»Dann geh doch nach Hause. Ein bisschen weiter herumjammern. Aber bitte allein.«

Und genau das tat ich dann auch.

Beleidigt rauschte ich ab.

Zu Hause feuerte ich den übrig gebliebenen Perlenstecker in irgendeine Ecke und schälte mich aus der Nadelstreifenhose. Dann legte ich mich ins Bett. Mit dem weißen Hemd.

Als Leichenschmaus kredenzte ich mir eine Packung Kartoffelbrei aus der Tüte. Ich vergaß das Salz. Strafe muss sein. Wenigstens war ich wohl nicht mehr verliebt.

In wen auch.

Am Abend bekam ich eine SMS von Eske.

»Behnke junior hat angerufen«, schrieb sie. »Ich hab die Wohnung.«

Das war ja klar gewesen. So war das also. Schöner wohnen leicht gemacht. Scheiß AC/DC.

Eine halbe Stunde später fiepte mein Telefon wieder.

»Lass uns ins Familieneck gehen. Ich zahle«, hatte Eske diesmal getippt.

Ich antwortete nicht darauf. Es war mir ernst. Und das sollte Eske ruhig merken. Verräterin.

Gegen vier am nächsten Tag rief Alf an. Mein bester Freund. Friseur. Schwul. Natürlich.

»Na, Schnecke?«, posaunte er mir gut gelaunt ins Ohr.

Wie immer am Sonntagnachmittag. Sonntags war es extrem

schwer, mit Alf befreundet zu sein. Während alle missgelaunt über den bevorstehenden Montag stöhnten, zuckte Alf nur mit den Schultern und grinste schadenfroh. Was Friseure können, können nur Friseure.

»Na?«, machte ich zurück.

»Was treibst du?«, fragte Alf.

»Platten sortieren«, sagte ich.

Mein Vater hatte mich vor kurzem zum ersten Mal an sein musikalisches Heiligtum gelassen. Er hatte endlich eingesehen, dass es unverantwortlich war, Vinyl ungespielt im Keller verrotten zu lassen. Sein Plattenspieler war längst im Nirwana verschwunden, und ich war stolz wie Oskar mit vier Tüten voller Kostbarkeiten nach Hause zurückgekehrt.

Jetzt war es an der Zeit, ihnen einen angemessenen Platz im Plattenschrank zuzuweisen. Soeben hatte ich mich dagegen entschieden, die Filmmusiken von Winnetou und Dr. Schiwago in der Kuriositätenabteilung unterzubringen. Stattdessen überlegte ich, eine neue Kategorie zu eröffnen. Ich wollte sie »Melodien für Millionen« nennen.

»Aha«, stellte Alf fest. »Also nichts Wichtiges.«

»Das will ich überhört haben«, entgegnete ich empört. Manchmal hatte Alf wirklich keine Ahnung.

»Schon gut«, sagte er. »Trotzdem. Ich komm gleich rum auf'n Kaffee.«

»Mach das«, antwortete ich ergeben. Manche Dinge ändern sich nie. »Bis dann. Bring Kuchen mit.«

»Verfressenes Biest«, konstatierte Alf und legte einfach auf. Wo er Recht hatte, hatte er Recht.

Summend kümmerte ich mich um die nächste Platte. »Fußball ist unser Leben«, hieß sie. »Es singt die deutsche Fußball-Nationalmannschaft für die Fußball-Weltmeisterschaft 1974.« Verwegen! Amüsiert inspizierte ich das Cover.

Die Spieler darauf trugen adidas. Nichts als adidas. Babyblaue Trainingsanzüge mit Bundfalten in den Hosen. Und schwarze Schuhe mit weißen Streifen. Und vor allen Dingen komische Frisuren. Günter Netzer schielte verlegen auf den Rasen, und Berti Vogts war von allen der Kleinste. Aber auch der Drolligste.

Wie ich schon sagte: Manche Dinge ändern sich nie. Und die Fußball-WM hatten die Deutschen immerhin gewonnen. Das war toll. Nur leider ganz schön lange her.

Ob die Kerle auf dem Plattencover so gut sangen wie sie gespielt hatten, konnte ich nicht beurteilen. Schließlich hatte ich die Platte noch nicht gehört, und ich entschied, mir dieses Highlight für später aufzuheben. »Ha-ho-heja heja he« war jedenfalls kein Songtext, der mich in diesem Moment intellektuell angesprochen hätte. Und so lautete er laut Plattenhülle nun mal. Musik und Text: Jack White, Copyright 1973. Aha.

Solche Lieder also waren geschrieben worden in dem Jahr, als ich das Licht der Welt erblickt hatte. Jetzt wunderte mich gar nichts mehr.

»Von nun an ging's bergab«, sang Hilde Knef im Hintergrund. Ich hätte es mir denken können.

2.

Eske.

Ich mache mir große Sorgen um Mona. Sie scheint wirklich verzweifelt zu sein. Freitag hat sie Manni mit nach Hause genommen. Ich konnte es nicht verhindern. Okay, sie war betrunken, aber das kann auch nicht alles entschuldigen. Ich meine, kann man so betrunken sein, dass man einen Typen mit nach Hause nimmt, der aussieht, als würde er den Sommer auf einem Campingplatz in Nordrhein-Westfalen verbringen? Ich denke nein. Manni wollte schon einmal eine Freundin von mir abschleppen, als er dachte, sie hätte sich willenlos getrunken. Damals habe ich ihm ein Glas Bier über den Kopf gekippt, damit er sie loslässt. Diesmal habe ich versagt. Ich war einfach zu unaufmerksam.

Mona hat wirklich Schwierigkeiten mit dem Alleinsein. Das wird langsam ein Problem für mich, denn ich habe eigentlich kein Problem mit dem Alleinsein und bin es auch ganz gerne mal. Leider komme ich dazu nicht mehr. Mein Freund verlangt viel Aufmerksamkeit, die ich ihm zugegebenermaßen auch gerne gebe. Und dann sind da noch meine anderen Freunde und meine Arbeit und mein Haushalt, und meine Eltern sollte ich wenigstens Weihnachten auch mal wieder besuchen. Und ausgerechnet jetzt verlangt Mona quasi full-time nach mir! Ich versuche ja schon, alles geschickt zu kombinieren: Als meine Eltern neulich zu Be-

such waren, habe ich sie kurzerhand mit ins Familieneck genommen. Meinen Eltern hat das keinen Spaß gemacht, aber ich habe alle meine Freunde und meine Eltern auf einmal gesehen, und keiner konnte sich benachteiligt fühlen. Das ist mir sehr wichtig. Auf Dauer muss sich allerdings etwas ändern. Mona braucht einen neuen Freund.

Mona.

Als eine gute Stunde später Alf vor der Tür stand, hatte ich im Versuch meiner Neukatalogisierung den gesamten Plattenschrank auf den Kopf gestellt. Ich war völlig erschöpft und hatte längst den Überblick verloren.

»Du meine Güte. Was ist denn hier passiert?«, fragte Alf, als er das Chaos im Wohnzimmer sah.

»Ich hab dir doch gesagt, dass ich Platten sortiere«, erklärte ich belehrend.

»Ah ja«, machte Alf und grinste. »Du scheinst wie immer sehr gründlich vorzugehen.«

»Jawohl«, entgegnete ich knapp und nahm ihm den Kuchen aus der Hand. »Lass uns in die Küche gehen.«

Alf zog eine Augenbraue hoch. »Ich glaube nicht, dass uns etwas anderes übrig bleibt«, stellte er trocken fest. »Hier ist jedenfalls kein Platz.«

»Hör auf zu motzen«, sagte ich. »Bei dir sieht's auch nicht besser aus.«

»Aber ich habe mehr Quadratmeter«, konterte Alf, »da verteilt sich das besser.«

Ich schwieg verbissen und setzte Kaffeewasser auf.

»Was'n los?«, fragte Alf. »Schlechte Laune?«

Ich seufzte. »Sonntag. Normal.«

»Mona«, sagte Alf und verzichtete sogar darauf, an dieser für ihn so beliebten Stelle sein unverschämtes Grinsen aufzusetzen. »Daran allein wird's wohl nicht liegen. Ich kenn dich doch.«

Genervt rollte ich mit den Augen und knallte zwei Kaffeebecher auf den Tisch. Ich hatte wahrhaft keine Lust, an mir herumdoktern zu lassen.

»Gib's zu«, sagte Alf dann, »es liegt an Eskes neuer Wohnung. Wegen Niels. Stimmt's?«

Daher wehte also der Wind. »Hat *sie* dich geschickt?«, fragte ich. »Na sag schon. Hat Eske dich geschickt, damit du mich auf den Pott setzt, oder was?«

Alf schwieg. Eindeutig ein Schuldgeständnis.

»Na super«, murmelte ich, griff im Kühlschrank nach der Milch und roch daran. Sie war sauer. Auch das noch.

»Ich geh mal schnell Milch holen«, erklärte ich, schnappte mir meine Jacke und etwas Kleingeld und stürzte aus der Wohnung.

»Hee«, schrie Alf hinter mir her, »das kann ich doch machen.«

»Nein«, schrie ich zurück, »kannst du nicht!«

Dann knallte ich die Haustür zu.

Draußen atmete ich tief durch und kickte eine leere Dose über die Straße. Sie landete in einer Pfütze. Volltreffer.

Ja, ja, ja, Alf und Eske hatten ja Recht. Ich benahm mich albern. Aber ich konnte einfach nichts dagegen tun. Ich kam schlicht nicht dagegen an. Wie sollte ich auch jemanden vergessen, der plötzlich wieder ständig anwesend sein sollte, weil Eske direkt neben ihm hauste?

Ich hatte wieder einen Grund, an Niels zu denken. Und vor allen Dingen, sauer auf ihn zu sein, den Oberhorst.

Und das machte mich nun mal verrückt.

Apropos sauer. Ich hatte fast vergessen, was ich überhaupt wollte. Milch kaufen. Im Kiosk 2000. Hier kaufte wahrscheinlich auch Niels ein, wenn er sonntags etwas brauchte. Aber der brauchte ja eigentlich nie etwas. Schon gar nicht jemanden wie mich.

Blödmann.

Als ich mit der Milch in der Hand die Wohnungstür wieder aufschloss, hatte Alf den Kuchen fein säuberlich in kleine Stücke geschnitten und auf meinem Teller einen Smiley daraus zurechtgelegt. Wider Willen musste ich lachen.

»So«, sagte Alf. »Na bitte, es geht doch. Und jetzt reden wir da mal drüber.«

»Muss das sein?«, fragte ich skeptisch.

»Ja, es muss«, beschied Alf. »Also setz dich verdammt noch mal hin.«

Ich gehorchte.

»Und jetzt beantwortest du mir einfach mal in aller Ruhe ein paar Fragen. Okay?«

»Okay«, antwortete ich schwach. Es würde also doch jemand an mir herumdoktern. Ich hatte es ja geahnt. Widerstand war zwecklos.

»Frage Nummer eins«, hob Alf an und nahm einen großen Schluck Kaffee, »Frage Nummer eins lautet: Hast du wegen Eskes neuer Wohnung so schlechte Laune?«

Was fragte er da noch? Alf hatte mich doch längst durchschaut! Ebenso wie Eske. Was hatten die vor?

Mich ein bisschen quälen? Unter dem Deckmäntelchen der Freundschaft? Wir wollen doch nur das Beste für dich? Krrrk.

»Ja«, sagte ich schlicht.

Alf war unerbittlich.

»Gut«, antwortete Alf. »Und warum genau?«

»Wie, warum genau?«

Meine Fresse. Ich war doch nicht beim Psychiater hier. Es

hätte mich nicht gewundert, wenn Alf als Nächstes die Eieruhr gestellt und mich aufs Sofa gebeten hätte. Stattdessen sah er mich nur durchdringend an. Im Endeffekt kam das aufs Gleiche raus.

»Du hast schon richtig gehört«, bestätigte Alf. »Warum genau.«

»Das kannst du dir ja wohl denken«, sagte ich und rollte mit den Augen.

»Trotzdem«, beharrte Alf und nickte freundlich. »Ich möchte es von dir hören.«

Du lieber Himmel. Schickten sie den seit neuestem in Psychokurse? Der Friseur, dein Freund und Helfer? Und Seelenklempner?

Ich nahm meinen Löffel aus der Kaffeetasse und trommelte damit auf dem Tisch herum, bis Alf ihn mir aus der Hand nahm und im hohen Bogen in die Spüle warf. Mit einem lauten Scheppern landete der Löffel auf einem Weinglas. Es klang nicht so, als hätte das Weinglas dieses Zusammentreffen überlebt.

»Also gut«, sagte ich schließlich und holte Luft. »Ich bin deshalb schlecht gelaunt, weil ich sauer auf Niels bin. Und auf mich selbst. Weil er mich überhaupt immer noch so wütend machen kann. Und weil ich keinen Bock darauf habe, in seinen Dunstkreis zu gelangen.«

Alf nickte wieder. Er wiegte den Kopf hin und her und sah mich auffordernd an. Also redete ich weiter.

»Ich hasse es, ihn in der Nähe zu wissen und doch nicht zu fassen zu kriegen. Es kotzt mich an, demnächst immer seinen Balkon angucken zu müssen, wenn ich bei Eske bin. Und zu denken, dass er in der Wohnung dahinter irgendwo herumspringt und die kranken Dinge tut, die ein Horst nun mal so tut. Es macht mich aggressiv, dass dieses Arschloch mir ständig vor der Nase herumhängt und wahrscheinlich auch noch glaubt, es sei sein gutes Recht«, fügte ich hinzu und pulte an der vollen Milchtüte herum.

»Es *ist* sein gutes Recht«, sagte Alf.

Na prima. Was sollte das denn jetzt werden? Konfrontationstherapie?

»Ist es *nicht*«, brauste ich auf, und ein großer Schwall Milch ergoss sich über den Tisch.

Das weiße Rinnsal bahnte sich seinen Weg am Kuchen vorbei und begann dann, sich an der Tischkante zu sammeln, ohne dass auch nur ein Tropfen auf den Küchenboden fiel. Es lebe die Oberflächenspannung.

Trotzdem. Ich war weiß Gott genug Risiken eingegangen in der letzten Zeit. Also stand ich auf und schnappte mir den Lappen aus der Spüle. Ein Wunder, dass ich mir an den Scherben des Weinglases nicht auch noch die Hand aufschlitzte und mit Blaulicht ins AK Altona gefahren werden musste.

»Das ist *mein* Viertel, und ich will Niels hier nicht sehen«, ereiferte ich mich, während ich auf dem Tisch herumschrubbte. »Manno. Typen, wegen denen ich mich von so was wie Crispin trenne und die danach auch noch ausgerechnet in meine Nachbarschaft ziehen, die sollen dann wenigstens ab und zu mal mit mir reden, verdammt noch mal. Oder wenigstens anrufen zum Geburtstag oder zu Weihnachten und sagen, na, hey, herzlichen Glückwunsch, frohes Fest, wie ist es denn so, tut mir Leid, dass ich so gestört bin, aber wenigstens kann ich es zugeben und darüber sprechen, ha ha.«

»Vergiss es«, sagte Alf.

Das machte mich noch wütender. War ich denn die Einzige in diesem ganzen Saustall, die anständig zu kommunizieren und in Frieden zu leben wünschte?

»Mona«, sagte Alf ernst, »ich werd dir jetzt kurz mal auseinander setzen, wie *ich* die Sache sehe.«

»Ich weiß doch, wie du die Sache siehst«, bölkte ich unwirsch. »Ihr versteht mich einfach nicht.«

»Sehr richtig«, entgegnete Alf. »Wir verstehen dich nicht.«

Na bitte. Ich *war* die Einzige.

Hatte ich es nicht gleich gesagt?

»Niemand auf der Welt würde dich verstehen. Ad 1: Der Typ ist total gestört. Ad 2: Er gibt sich offensichtlich alle Mühe, dir aus dem Weg zu gehen. Und darüber solltest du froh sein. Vielleicht will er einfach nichts mehr mit dir zu tun haben. Vielleicht will er es dir aber auch leichter machen. Das würde immerhin für ihn sprechen.«

Ich schnaubte. »Er weiß genau, dass er es mir *so* auf gar keinen Fall leichter macht. Weil ich auf diese Art immer noch einen Grund dazu habe, über ihn nachzudenken, wenn von ihm nichts kommt. Und genau *das* will er wahrscheinlich. Er ist ein feiger Sack.«

»Genau. Ad 3: Er ist ein feiger Sack und deshalb keinen Pfifferling wert. Sieh's endlich ein: Du wirst keine Erklärung von ihm bekommen. Nie.«

Ich knirschte mit den Zähnen.

Das war der schlimmste Punkt von allen.

Keine Erklärung.

Kein Wort.

Das war das Bitterste.

»Und, Frollein, ad 4: Von Eske zu erwarten, dass sie sich wegen dieses Blödmannsgehilfen *so* eine Wohnung entgehen lässt, ist ja wohl total schwachsinnig.«

»Ich weiß«, seufzte ich. »Ja ja ja, ich weiß. Es tut mir Leid.«

»Was wirst du dagegen unternehmen?«, fragte Alf streng.

»Lieb zu Eske sein«, sagte ich artig.

»Sehr gut«, konstatierte Alf wohlwollend. »Und in Sachen Niels?«

Ich zuckte mit den Schultern. »Keine Ahnung. Nicht mehr an ihn denken vielleicht?«

»Das wäre mal was«, bestätigte Alf. »Er ist es wirklich nicht wert. Denk nicht an ihn. Denk lieber mal an dich. Du hast es nötig.«

Was sollte das denn heißen?

Ich rümpfte die Nase. »Das weiß ich doch alles«, sagte ich schwach. »Mein Verstand ist sich ja völlig im Klaren darüber, was zu tun ist. Aber manchmal habe ich das Gefühl, er schaltet sich einfach aus.«

»So ist das mit der Liebe«, stellte Alf lakonisch fest, und ich wusste wieder einmal, dass er mich eben doch verstand.

Im Grunde hatte er begriffen, wie ernst es gewesen war.

Alf war cool.

»Weißt du, was du brauchst?«, sagte er vergnügt und sah mich herausfordernd an.

»Na?«

»Ablenkung. Lauter Männer, die dir zu Füßen liegen und dich anbeten.«

»Haha«, brummte ich.

Ich war schon lange nicht mehr angebetet worden. Um ehrlich zu sein, machte es mir nach der Geschichte mit Niels auch gar keinen Spaß mehr. Irgendwie hatte ich das Gefühl, die Typen dabei doch immer nur zu bescheißen.

Und vor allen Dingen mich selbst.

Nur mit Karl, das war was anderes.

Das war eine unkomplizierte Geschichte.

Karl und ich holten uns beieinander genau jenes Quäntchen Hautkontakt, das auch ohne feste Beziehung unsere psychische Stabilität sicherte. Ein-, zweimal die Woche vielleicht.

Mich in ihn zu verlieben, das hatte ich lieber sein gelassen. Ich musste mich noch erholen von der Geschichte mit dem Horst sowie der Trennung von Crispin. Es war mein gutes Recht, mich nicht emotional zu verwickeln, und Karl sah das offenbar auch so. Die Sache funktionierte.

Sie funktionierte, weil wir unsere Grenzen kannten: Bis hierher und nicht weiter. Über diese Grenzen waren wir uns von Anfang an einig gewesen. Wir hatten noch nicht einmal darüber sprechen müssen. Wir wollten ja nur ein bisschen zusammen spielen. Mehr nicht.

Vor allen Dingen wollten wir lieber nicht herausfinden, wie der andere wirklich tickt. Dieses stille Abkommen reduzierte das Ganze auf das Unwesentliche, und das schien gut so.

Außerdem glaubte ich nicht, dass Karl zu einem so anstrengenden Gefühl wie Liebe überhaupt fähig gewesen wäre. Er war so träge, dass ich manchmal Angst hatte, ihn nie wieder aus meinem Bett zu kriegen. Das kam vom vielen Kiffen. Im Grunde war das seine einzige Leidenschaft.

Karl arbeitete Teilzeit in einem Callcenter, aber abgesehen davon hatte ich das Gefühl, dass das Leben ziemlich an ihm vorbeirauschte, wenn es nicht gerade mit Pflanzen im Allgemeinen und Pflanzen, die man rauchen konnte, im Besonderen zu tun hatte. Karl kannte sich mit beiden Sorten aus, unter seiner Obhut wuchsen sie wie bescheuert.

Praktisch. Wo ich doch einen Garten hatte.

»Erde an Mona«, sagte Alf und warf mir den Milchlappen an den Kopf. »Hast du gehört, was ich gesagt habe? Bist du bereit für ein bisschen Spaß?«

»Klar«, antwortete ich zerstreut. Ich hatte keine Ahnung, wovon Alf sprach.

»Na dann«, sagte er und scheuchte mich von meinem Stuhl hoch, »zack zack, ab ins Bad. Haare waschen. Du kriegst einen sexy Wuschelkopf und darunter ein umwerfendes Make-up. Und dann gehen wir auf die Piste, holen dir ein paar Komplimente ab und stecken uns so nebenbei noch zwei bis dreißig Caipirinhas in den Kopf. Das wird dich aufmuntern.«

Ich ächzte. Tatendrang am Sonntagabend! Mit einem wild gewordenen Friseur, der am Montag frei hatte. Das konnte ja heiter werden.

Aber ich fügte mich. Vielleicht hatte Alf Recht, und ich musste mich wirklich einfach mal ablenken. Mit anderen flirten. Andere Mütter haben auch schöne Söhne.

Mich schön machen für jemanden, den ich noch nicht mal kannte. Warum nicht? Das hatte ich schon lange nicht mehr getan.

Ich schlurfte ins Bad und streckte mir selbst vor dem Spiegel die Zunge raus. »Hey Rittner«, befahl ich mir, »hab mal wieder Spaß. Und fang am besten gleich damit an.«

Als ich den Kopf unter die Dusche steckte, hatte Alf »Fußball ist unser Leben« aufgelegt. Und jetzt, fand ich, konnte es in der Tat keinen passenderen Text geben als »Ha-ho-heja heja he«. Nach der zweiten Strophe konnte ich den Refrain auswendig.

Zweieinhalb Stunden später sah ich aus, als wäre ich auf dem Weg zur Oscar-Verleihung. Oder zumindest zur Gala des »Goldenen Lenkrads«. Alf hatte alles gegeben, und ich sah wirklich gut aus. Zur Abwechslung mal.

»Wow«, sagte ich ehrfürchtig, als Alf mir nach getaner Arbeit den Spiegel hinhielt. Ich strahlte wie ein Weihnachtsstern. Nur nicht so kitschig. Sondern eben wirklich gut.

»Das will ich meinen. Und jetzt will ich kein Gejammer mehr hören«, stellte Alf klar. »Wir gehen ins Aurel, und du spendierst mir 'nen Caipirinha.«

»Is klar«, grinste ich. Alf arbeitete nun mal grundsätzlich nicht für lau. Aber das war es mir wert.

Im Aurel war es ruhig. Kein Wunder, es war nicht mal acht. Die meisten mussten sich noch vom Samstag erholen.

Hinter dem Tresen standen aufgeschichtet Unmengen von Caipirinha-Gläsern, in denen die Limetten schon ungeduldig auf ihre Taufe mit Cachaça warteten. Im Aurel wurde vorgesorgt. Hier wusste man, was sich gehörte. Und was die Gäste erwarteten: Prompte Druckbetankung, ohne viel Zirkus und Getue. Auch wenn die Limetten dann irgendwann nicht mehr ganz frisch waren. Das wurde gern in Kauf genommen.

Wir setzten uns an die Bar, hinten an die Kurve beim Fenster, von der man den vorderen Teil des Ladens am besten im Blick hatte und gleichzeitig nach draußen auf den Platz sehen konnte. Tresenmann Gerrit verlor man von hier nie aus den Augen. Die Nachschublogistik war zu jeder Zeit gesichert.

Außerdem hatte man hier selten jemanden hinter sich, der einem die Ellbogen oder die Knie oder sonst irgendwelche Körperteile in den Rücken rammte. Ich verabscheue Körperkontakt mit Unbekannten. Wer wusste schon, wo die ihre Extremitäten vorher hingesteckt hatten.

Der erste Caipirinha zeigte kaum Wirkung, aber mit dem zweiten wurden Alf und ich ausgelassener. Wir diskutierten alles Mögliche. Unsinniges Zeug größtenteils. Wenn wir uns mal nichts mehr zu sagen hatten, unterhielt uns Gerrit mit zickigen Kommentaren über die anderen Gäste.

Davon hatte er eine Menge auf Lager. Gerrit hatte nicht wirklich eine Dienstleistungsmentalität und verdrehte meistens die Augen, wenn jemand etwas bestellte. Er konnte einem Angst machen, wenn man ihn nicht kannte.

»Haben die alle kein Zuhause?«, schimpfte er, als der Laden gegen halb zehn immer voller wurde. Seine Schonfrist war vorbei, und die Zeiten, in denen der allgemeine Geräuschpegel eine ruhige Unterhaltung erlaubte, auch.

»Du musst schon lauter sprechen«, brüllte Gerrit jetzt einem Gast entgegen, »sonst werd ich nie verstehen, was du eigentlich von mir willst.« Die Höflichkeit in Person. Wie immer. Ich kicherte.

Dann blieb mir der Rohrzucker im Hals stecken. Der Gast, den Gerrit angeschrien hatte, war Niels.

Alf und ich erkannten ihn in exakt demselben Moment.

»Oh, nein«, stöhnte Alf.

Ich hingegen brachte nicht einen einzigen Laut heraus. Stattdessen bekam ich augenblicklich weiche Knie. Und Herzrasen. Und einen heißen Kopf. Es war doch nicht zu fassen. Der Kerl brachte mich noch immer völlig aus dem Konzept. Ich starrte ihn an.

Niels, du Arsch.

Über sechs Monate lang hatte ich vor diesem Moment Angst gehabt. Und ihn mir gleichzeitig so sehr gewünscht. Ausgerechnet jetzt war er also da. Einfach so.

Murphys Gesetz.

Ausgerechnet heute.

Mannomann. Was sollte der Scheiß?

Mein Verstand setzte aus. Ich war nur noch Chemie. Durch meine Blutbahnen schossen Dinge, deren Existenz ich lange nicht mehr wahrgenommen hatte. Atome. Elektronen. Ionen. Kleine grüne Männchen, die mit meinen Blutkörperchen Fußball spielten. Und zwar mindestens so brachial wie die deutsche Nationalmannschaft bei der WM 1974. Nur dass es hier nichts zu gewinnen gab. Ich konnte nur verlieren.

Ach, was weiß denn ich.

Niels stand mit dem Rücken zu uns, hatte den Kopf gesenkt und kramte in seiner Hosentasche. Er war offensichtlich allein. Und er trug seine Jeansjacke. Wie immer.

Die, in der ich mich vergraben hatte, als wir gemeinsam an der Elbe spazieren gewesen waren. Wahrscheinlich hatte er mindestens fünf davon. Oder er wusch sie nie. Ausgeblichener als vor einem halben Jahr war sie jedenfalls nicht.

Jetzt drehte er sich leicht um. Der typische Orientierungsblick. Die Umgebung scannen. Fühler ausstrecken. Gefahren wittern. Die Lage checken. Bloß nichts dem Zufall überlassen.

Er trug immer noch die gleiche Frisur. Überhaupt war alles gleich. Die schlaksige Figur, der leicht spöttische Gesichtsausdruck, der trotzige Zug um den Mund. Niels.

Jetzt hatte er uns gesehen. Mich gesehen. Er sah mir geradewegs in die Augen, und ich starrte zurück.

Lange. Zu lange.

So lange, dass Alfs Blick irritiert zwischen uns hin und her pendelte.

Erst war ich wie gelähmt. Meine Mundwinkel zuckten nervös. Ich hatte Druck auf den Ohren und fühlte mich wie unter einer Dunstglocke. Alles war plötzlich ganz weit weg. Zeitlupe. Wie im Film.

Dann wollte ich Niels anlächeln. »Hallo« sagen. Mit ihm sprechen. Endlich mit ihm sprechen!

Zu spät. Niels drehte sich wieder weg. Er nahm sein Bier entgegen und verschwand im Gewühl. Ich war fassungslos.

»Das gibt's doch nicht, oder?«, stammelte ich.

Kein Zeichen von Niels. Kein Zeichen des Erkennens. Nichts.

Nichts.

Kein Wort. Kein Lächeln. Kein verlegenes Grinsen.

Nichts.

Nichts!

Noch nicht einmal ein gönnerhaftes Nicken.

Scheiße, verdammte. Elende Scheiße.

Jetzt kroch die Wut in mir herauf. Ich war kurz davor, loszuheulen. Einfach so. Ich verlor eine Träne in meinem Caipirinha und sah Alf an.

Sogar er konnte nicht glauben, was gerade passiert war. Ihm war vor Erstaunen der Unterkiefer runtergeklappt. Ein starkes Stück für jemanden, der normalerweise viel darauf gab, stets gefasst und eloquent zu wirken.

»Mona«, sagte er dann ruhig, »ich glaube, das ist der gestörteste Mensch, von dem ich jemals gehört habe. Und ich habe immerhin eine Menge Filme mit John Malkovich gesehen.«

Ich schniefte. »Vielleicht hat er uns nicht erkannt«, sagte ich.

Ich hatte keine Ahnung, warum ich das von mir gab. Ich glaube, ich sagte es nur, weil mir die Tatsachen einfach nicht in den Kopf wollten. Ich konnte mir schlichtweg nicht vorstellen, dass jemand sich wirklich so verhalten würde.

»So ein Quatsch«, sagte Alf jetzt. »Hast du seine Augen gesehen? Der hat dich genau erkannt. Er hat sogar *mich* erkannt. Und mich hat er immerhin nur zweimal getroffen.«

»Recht hast du«, erklärte ich bestimmt, stand auf und stellte meinen Caipirinha auf den Tresen zurück. Es war der dritte. »Und deshalb gehe ich jetzt da hin und haue ihm ein paar rein.« Ich war blind vor Wut.

»Das wirst du schön fein sein lassen«, fuhr Alf mich entsetzt an und legte mir beschwichtigend seine Hand auf den Arm. »Das bringt doch nichts.«

Ich versuchte die Hand abzuschütteln. »Lass mich«, zischte ich, machte mich los und stolperte in den Raum.

Ein Glas zerschellte auf dem Steinboden.

Richtig so. Scherben bringen Glück.

Niels stand hinten. Er hielt lässig sein Bier (alkoholfrei?) in der Hand und schien völlig unbeteiligt an dem, was um ihn herum vor sich ging. Wachsam war er trotzdem, denn als er mich auf sich zukommen sah, sah es so aus, als wollte er einen Schritt zurückweichen.

Aber dann drehte er sich um und legte einer Frau, die neben ihm stand, die Hand auf die Schulter.

Es war die behutsame Berührung einer ersten Begegnung. Eine Berührung, die nicht dazu diente, Vertrauen oder Sympathie zu zeigen. Nein, solche Berührungen sahen anders aus.

Die hier war lediglich dafür gedacht, überhaupt auf sich aufmerksam zu machen.

Es gab keinen Zweifel: Niels hatte vorher noch kein Wort mit der Trulla gewechselt. Er kannte sie nicht. Und jetzt zog er eine Show mit ihr ab. Extra für mich.

Wie schön.

Sie schien auf jemanden zu warten, jedenfalls hielt sie zwei Drinks in den Händen, und jetzt beugte sie sich überrascht zu Niels, und er rief ihr irgendetwas ins Ohr. Die Frau lachte und warf ihre langen dunklen Haare in den Nacken. Sie verhielt sich wie eine, die es nötig hatte. Blöde Kuh. Sie war das genaue Gegenteil von mir. Klein und zierlich und unglaublich doof.

Ich verlangsamte mein Tempo. Mein Hirn arbeitete auf Hochtouren, aber meinen Körper hatte der Mut längst verlassen. Natürlich würde ich Niels *nicht* auf die Fresse hauen. Stattdessen reckte ich das Kinn und setzte ein strahlendes Lächeln auf. Es fühlte sich an, als hätte jemand meine Mundwinkel mit zwei Paketschnüren an den Ohren festgebunden. Es tat fast weh.

Dann schwebte ich hocherhobenen Kopfes an Niels vorbei.

Ich spürte, wie er mir hinterherblickte.

Danach sank ich aufs Klo und fing an zu schluchzen.

Zum Glück schluchzte ich nicht lang; für solcherlei Ausfälle waren die Damentoiletten im Aurel schlichtweg nicht geeignet. An den Innenseiten der Kabinentüren waren kleine Spiegel angebracht, und man hatte gar keine andere Wahl, als sich selbst beim Pinkeln ins Gesicht zu starren. Dabei auch noch zu heulen, war wohl das Lächerlichste, was man sich antun konnte. Darauf wollte ich lieber verzichten.

Mit zusammengekniffenen Augen fixierte ich den goldenen Rahmen um den Spiegel.

Der Spruch »Aus Scheiße Gold machen« kam mir in den Sinn. Er bekam in diesem Zusammenhang eine ganz neue Bedeutung.

Dann fiel mir wieder ein, wie gut ich eigentlich aussah. Der Spiegel bewies: Alfs Werk hatte kaum gelitten unter den Geschehnissen der vergangenen Minuten. Der Lippenstift saß perfekt, der blonde Wuschelkopf zeugte von meinem unbeugsamen Eigensinn, und meine Wimpern stießen an meine Stirn, wenn ich nicht aufpasste.

Das tröstete mich irgendwie. Ich schnäuzte mir ein letztes Mal die Nase und griff zu meiner Puderdose.

Aus Scheiße Gold machen. So sei es.

Dann stolzierte ich wieder in den Schankraum.

Niels schäkerte immer noch mit der dunkelhaarigen Tussi, eine zweite Tussi stand daneben und war offensichtlich gelangweilt. Eine Tussi kommt eben selten allein.

Als ich mich an den dreien vorbeidrückte, gab ich mir alle Mühe, Niels nicht zu berühren. Trotzdem streifte mich seine Jeansjacke. Ich ignorierte es und ging zurück zu Alf. Er war hochgradig erleichtert, mich unverletzt zu sehen.

»Na?«, fragte er grinsend. »Hab schon gehört, du hast gekniffen.«

Wie, schon gehört? Der hatte doch wohl nicht mit Niels gesprochen in der Zwischenzeit?

Ich riss die Augen auf und gab ein entsetztes Gurgeln von mir.

»Keine Panik«, sagte Alf. »Ich hab Gerrit hinter dir hergeschickt, um nach dem Rechten zu sehen. Er ist immerhin größer als du. Und bestimmt viel stärker als Niels. Er hätte dich beschützt.«

»Phht«, machte ich und prostete Gerrit zu, der hinter dem Tresen stand und grinsend den Daumen hochhielt. Sie waren ja alle so gut zu mir.

Bis auf Niels. Er erschien innerhalb der nächsten anderthalb Stunden viel zu oft an der Bar. Und orderte jedes Mal ein Bier und zwei Drinks. Sagte jedenfalls Alf.

Ich hatte dem Rest des Ladens mittlerweile den Rücken zugedreht und starrte lieber nach draußen. Ich wollte gar nicht sehen, was da passierte. Es reichte, dass Alf mir berichten konnte.

Niels schien sich also gepflegt zu betrinken. Mit zwei stumpfen Tussis und Beck's. Niels, der sonst nur Alkoholfreies zu sich nahm. Und den ich deshalb noch nie betrunken gesehen hatte. Weil er eigentlich viel zu viel Angst hatte, dann die Kontrolle über sich selbst zu verlieren und endlich mal auszusprechen, was ihn wirklich bewegte. Oder Scheiße zu bauen. Letzteres war ihm heute bereits zur Genüge gelungen.

Aber er setzte noch einen drauf: Gegen halb eins saß er mit Stumpftussi Nummer eins direkt neben mir an der Bar und fing an, sie abzuknutschen.

Das Schlimmste war, es schockierte mich nicht einmal. Irgendwie hatte ich es geahnt.

Irgendwie war es pure Logik.

Es musste so sein.

Es war das Einzige, was ihm übrig blieb, dem Arschloch. Eins plus eins macht zwei. Und Eins minus eins macht null.

Das war also der große Tag gewesen. So hatte ich mir das nicht vorgestellt. Und Komplimente hatte ich auch keine bekommen. Außer von Alf.

»Hältst dich prima«, hatte er mir zwischendurch immer wieder zugeflüstert. »Du siehst total souverän aus. Als würde er dir am Arsch vorbeigehen. Sehr gut. Weiter so.«

Sogar Gerrit war in Sachen Freundlichkeit zum Schluss über sich selbst hinausgewachsen. Er schien zu spüren, dass ich Unterstützung nötig hatte.

»Mona«, sagte er zum Abschied, »ich weiß zwar nicht, was zwischen dir und diesem Typen gelaufen ist, aber du warst bestimmt das Beste, was ihm je passiert ist. Ich werd ihm mal ein bisschen mehr berechnen, als er verzehrt hat.«

Dann klimperte er verheißungsvoll mit seinem großen Geldbeutel, zwinkerte mir zu und öffnete das nächste Bier für Niels, der seine Zunge mittlerweile in der Tussi versenkt hatte, als würde er nach Gold graben.

»So«, sagte Alf irgendwann, »Schluss mit lustig. Heim ins Reich.«

Ich ließ mich anstandslos von ihm aus dem Laden schieben, nachdem er letztendlich doch darauf bestanden hatte, die Rechnung selbst zu bezahlen.

»Wie finanzierst du das eigentlich ständig?«, fragte ich ihn vor der Tür.

»Trinkgeld«, intonierte Alf lässig.

Wie gesagt: Was Friseure können, können nur Friseure.

Als ich später durch meine dunkle Wohnung tapste und Katze sanft mit den Füßen vor mir herschob, um ihn in Richtung Bett zu bugsieren, fühlte ich mich wie ein Eisblock. Irgendetwas in mir war tot. Endgültig. Das Leben war nun mal kein Ankreuzfrühstück.

Außerdem wollte ich sowieso nie wieder frühstücken. Wenigstens weinte ich nicht, als ich einschlief. Mein Gesicht brannte, aber Tränen waren da nicht mehr. Mein Vorrat war aufgebraucht. Es war an der Zeit.

Am Montag meldete ich mich krank. Es wäre keine gute Idee gewesen, in die Redaktion zu fahren. Wahrscheinlich hätte ich alle nur angebrüllt. Auch die Popstars, und man weiß ja, wie sensibel Künstler sind.

Ich war quasi schon wütend aufgewacht und hatte als Erstes Katze angeschrien, weil er mal wieder ein verklebtes Haarbüschel direkt neben meinem Bett ausgespuckt hatte. Der nahm auch wirklich nicht die geringste Rücksicht. Ich scheuchte ihn einmal quer durch die Wohnung und sperrte ihn dann im Bad ein. Das hatte er jetzt davon. Hausarrest. Ohne Frühstück.

Basta.

Und dann war mir sofort wieder der vorherige Tag eingefallen. Niels, du Eierkopp.

Als ich genauer darüber nachdachte, was abgelaufen war, musste ich doch noch ein bisschen weinen. Vor lauter Wut.

Was hatte der sich eigentlich dabei gedacht? Ich kam mir so verarscht vor. Gott, was kam ich mir verarscht vor!

Hatte ich denn nur geträumt, dass wir uns einmal wichtig gewesen waren? So wichtig, dass wir keine fünf Minuten voneinander lassen konnten? Hatte ich ihm vielleicht nie auch nur das Geringste bedeutet?

Ich ertrug den Gedanken nicht, aber ich wusste, dass ich mich wohl oder übel an ihn gewöhnen sollte, wenn ich vor mir selbst nicht als komplette Idiotin dastehen wollte.

Heulend schlich ich ins Bad, befreite Katze und vergrub mein nasses Gesicht in seinem Fell. Er war so erstaunt über die plötzliche Zuneigung, dass er sich nicht einmal wehrte.

Dann füllte ich ihm eine extra große Portion Stinkefutter in seine Schale, sank an den Tisch und sah ihm beim Fressen zu. Er setzte sich noch nicht einmal hin zum Essen. Wahrscheinlich hatte er Angst, dass ich ihm die Schale gleich wieder entreißen würde. Jedenfalls schielte er aus den Augenwinkeln immer wieder prüfend zu mir herüber.

Er kannte seine Pappenheimer. Und meine Stimmungsschwankungen.

Den Rest des Tages verbrachte ich im Bett und las in dem Buch von dem Norweger, dessen große Leidenschaft es war, Listen zu erstellen.

Der Typ machte sich ständig Listen, für alles Mögliche, und erst recht, wenn eine Entscheidungsfindung anstand. Nicht schlecht!

Listen konnten einem wirklich einen klareren Überblick verschaffen. Das sah ich ebenso. An meiner Kühlschranktür hing seit geraumer Zeit eine magnetische Stecktafel, die in der Redaktion über Jahre hinweg für die Themenübersicht genutzt worden war, bevor sie wegen frischer Winde unter neuer Führung und so weiter und so weiter ausgemustert wurde. Ich hatte sie mir gleich entzückt unter den Nagel gerissen.

Auf den Steckkärtchen hatte ich alles notiert, was in meinem kleinen Leben anstand: auf den roten Kärtchen fehlende Drogerieartikel, auf den gelben einzukaufende Lebensmittel; auf den blauen bevorstehende Briefwechsel, Behördengänge, Abholungen und Überweisungen, auf den pinkfarbenen anzurufende Personen. Auf den grünen (!) fällige Maßnahmen im Garten, auf den weißen die Putzarbeiten in der Wohnung.

Die zwei unteren Reihen der Tafel hatte ich für das noch zu Erledigende reserviert, alle anderen Kärtchen steckten kreuz und quer in den Reihen darüber.

So eine Stecktafel hatte etwas äußerst Beruhigendes. Solange die zwei unteren Reihen nicht mehr Kärtchen beheimateten als die zwölf Reihen darüber, hatte ich mein Leben im Griff. Und es war ein ziemlich befriedigendes Gefühl, nach getaner Arbeit das Steckkärtchen aus der unteren Reihe wieder ganz nach oben zu verfrachten.

Mit Spießigkeit hatte das übrigens überhaupt nichts zu tun.

Ich war eben jemand, der immer mal wieder Ansporn und Erfolgserlebnisse brauchte. Und da war es ja wohl das Schlaueste, was man tun konnte, sich diese Erfolgserlebnisse selbst zu verschaffen.

Wo man doch sonst nichts geschenkt bekommt im Leben.

Während ich so dalag und über Listen nachdachte, fiel mir ein, dass mir auch in Sachen Eske eine Liste vielleicht weiterhelfen würde.

Ich musste einfach nur aufschreiben, was mir an ihr gefiel und was nicht! Und dann könnte ich einwandfrei entscheiden, ob ich mich jetzt schon mit ihr versöhnen oder vielleicht noch ein wenig warten sollte, weil ihre Verfehlungen mir gegenüber sich häuften und uns beiden eine Kontaktsperre gut tun würde.

Der Plan war gut. Ich setzte ihn gleich in die Tat um und holte mir für den Anfang einen großen weißen Bogen Papier, der Beginn eines jeden großartigen Werkes auf dieser Welt.

Wenig später stand darauf Folgendes:

Dinge, die ich an Eske nicht mag.

1. Ihre Art, vor anderen Leuten Witze auf meine Kosten zu machen, insbes. über meine Figur

2. Dass sie immer so cool tut, obwohl ich genau weiß, dass sie eigentlich auch nur jmd. zum Kinder kriegen will

3. Ihr Unverständnis für meine geordnete Lebensweise sowie für die Zeit, die diese in Anspruch nimmt (s. Stecktafel!) und die dementsprechend nicht im Familieneck verbracht werden kann

4. Ihr Unverständnis mir gegenüber in Sachen Niels (manchmal auch Männer im Allgemeinen)

5. Wenn sie im Familieneck oder im Monsun betrunken vom Barhocker kippt, dann heulend aufs Klo rennt, ich ihr hinterherlaufe und fürsorglich sage, »Ich bring dich jetzt besser nach

Hause«, und sie mich dann mit den Worten »Du gönnst mir meinen Spaß nicht!« beschimpft
6. Ihr schwarzes Shirt mit dem einen völlig fehl platzierten, funktionslosen und somit komplett überflüssigen weißen Knopf am Halsausschnitt
7. Ihre Umzugspläne

Dinge, die ich an Eske mag.
1. Ihre Witze über andere Leute
2. Mich mit ihr zu betrinken
3. Mit ihr über Männer zu reden
4. Ihre stoische Gelassenheit bei allem, was es zu erledigen gibt, und dass sie trotzdem immer alles gebacken kriegt, wenn auch auf den letzten Drücker
5. Ihre Holzclogs mit den Blumen drauf (könnte ich mir mal wieder ausleihen)
6. Dass wir im Grunde das gleiche Problem haben (weil beide niemanden zum Kinder kriegen finden)

Als ich die Liste näher studierte, erkannte ich, dass sie mir überhaupt nicht weiterhalf, weil ich alles, was ich an Eske hasste, gleichzeitig an ihr liebte.

Irgendwie.

Und dass am Ende nur ein einziger Punkt in der »Ich-mag-nicht«-Liste übrig blieb, der kein Pendant in der »Ich-mag«-Liste hatte: Eskes Umzugspläne.

Ich war also genauso schlau wie vorher.

Scheißspiel.

Ob das wohl immer so war?

Ich beschloss, die Probe aufs Exempel zu machen, und erstellte eine Niels-Liste.

Dinge, die ich an Niels nicht mag.

1. Seine Art, mich von einer Minute zur anderen ohne erkenntlichen Grund auszubremsen

2. Dass er nicht wirklich zusammenhängende Sätze sprechen kann

3. Dass er mir nie etwas von sich erzählt hat (s. o.), das über liebeskrankes Geplänkel hinausging

4. Dass er nie mit mir geschlafen hat

5. Seine Vorliebe für Blümchen (die Sängerin, nicht die Pflanzen, fand sie »niedlich«, uuuääääähhh)

6. Dass er keine Möbel besaß (und vielleicht noch immer nicht besitzt?)

7. Dass er Poster von halb nackten Weibern an seinen Wohnungswänden hängen hatte (und vielleicht noch immer hat?)

8. Seine Unzuverlässigkeit

9. Dass er ausgerechnet hierher gezogen ist

10. Dass er nicht mehr mit mir redet

11. Dass er mir das Gefühl gibt, ich wäre ihm scheißegal. Und auch immer scheißegal gewesen

12. Dass er scheinbar keinen Alkohol zu sich nimmt und ich ihn nie betrunken gesehen habe (macht mir Angst)

13. Dass er, wenn er Alkohol zu sich nimmt, vor meinen Augen mit einer fremden Frau knutscht (macht mir auch Angst)

14. Seine bodenlose Gestörtheit insgesamt (macht mir am allermeisten Angst)

Dinge, die ich an Niels mag.

1. Seine geheimnisvolle Art

2. Dass er mir »Prinzessin Horst« geschenkt hat (das wundersamste Pixi-Buch aller Zeiten)

3. Seine Art zu schreiben

4. Seine Lippen, seinen Hals und seine Hände einschl. der Art, mich zu küssen und im Arm zu halten und zu streicheln

5. Dass er mir das Gefühl gegeben hat, ich wäre etwas ganz Besonderes für ihn und dass das immer so bleiben würde

6. Dass er mir das Gefühl gegeben hat, ich würde ihn glücklich machen und dass er mich auch glücklich machen will

7. Seine Art, Dinge zu tun, die auf diese Art eben nur Männer tun (wirklich wegen des Spiels ins Fußballstadion gehen, sich in seine Höhle zurückziehen und schmollen, keine Gefühle zeigen und trotzdem verletzt sein, sich missverständlich ausdrücken, ständig Bockmist bauen etc.)

8. Seine Vorliebe für kleine drollige Kneipen

9. Dass er so autark ist und niemanden zu brauchen scheint bzw. seine Fähigkeit, sich selbst zu genügen

10. Seine Unberechenbarkeit

11. Seine Jeansjacke(n)

12. Seine kurzen Haare und sein Grinsen und seine Schlaksigkeit

13. Seine Fähigkeit, im Auto zu schlafen

14. Seine viel versprechende Karriere (hätte die Möglichkeit, eine Familie zu ernähren) und seine Intelligenz (dem Inschenör is nix zu schwör)

Endstand: 14:14. Und dabei blieb es.

Aaaaaaargh.

Listen waren scheiße.

Um zu vergessen, rief ich Eske an und lud sie für den Abend zum Essen ein. Es war an der Zeit, sich mit ihr zu versöhnen.

Ich kochte Sahnehähnchen. Mit doppelt so viel Sahne, wie eigentlich nötig gewesen wäre. Mir doch egal. Meinetwegen konnte ich demnächst zweihundert Kilo wiegen.

Warum schön sein? Und, vor allen Dingen, für wen? Brachte doch eh nix.

Triumphierend versteckte ich noch einen Mozzarella zwischen den Hühnerbrüsten, bevor ich sie in den Ofen schob.

»Ich hab's dir doch immer gesagt«, keifte Eske Kopf schüttelnd, nachdem ich sie beim Essen von Niels' Arschlochaktion in Kenntnis gesetzt hatte. »Meine Fresse. Hätt'ste ihm mal ein paar aufs Maul gehauen, echt. Der hat's doch nicht anders verdient.«

»Ich wollte ja«, nuschelte ich zwischen Sahnehuhn und Prosecco. »Aber hinterher hab ich mich einfach nicht mehr getraut.«

»Selbst Schuld«, sagte Eske. »Was willst du jetzt tun?«

Auf diese Frage war ich nicht vorbereitet.

»Wie – was will ich jetzt tun?«, fragte ich perplex. Was gab es denn zu tun?

Eske winkte ab. »Wenn du *nichts* tun willst, umso besser. Alles reine Energieverschwendung. Ich dachte nur. Du guckst so böse.«

»Ich *bin* ja auch böse«, erklärte ich und schenkte Prosecco nach. »Dann werde ich ihm wohl die Autoreifen aufschlitzen müssen.«

»So ein Quatsch«, sagte Eske. »Wir drehen das Ding mit der Stinkbombe.«

»Ich könnte ihm auch lauter Porno-DVDs ins Haus bestellen«, schlug ich vor. »Die sind nicht billig. Und die hat er bestimmt nötig.«

»Schade, dass er kein Häuslebauer ist«, sinnierte Eske. »Dann könnten wir ihm in den Beton scheißen. Das stinkt angeblich noch nach zehn Jahren, und du kannst die ganze Bude wieder abreißen.«

Ich seufzte. »Der und Häuslebauer? Der schiebt doch schon

Panik, wenn er sich nur für ein paar Minuten auf einer Parkbank niederlassen soll.«

»Er ist und bleibt eben ein Schwachmat«, fasste Eske zusammen. »Und so was wird jetzt auch noch mein Nachbar. Sehr unangenehm.«

»Davon will ich nichts hören«, warnte ich sie. »Du willst es so.«

»Ja ja«, wehrte Eske ab. »Schon recht.«

»Wann kriegst du die Schlüssel?«, erkundigte ich mich.

»Übermorgen«, erklärte Eske. »Am Nachmittag ist Vertragsunterzeichnung. Wir treffen uns in Behnkes Büro.«

»Ah ja?«, machte ich.

Das ging ja fix. Wahrscheinlich konnte Behnke junior es kaum abwarten, Eske den Vertrag aufgerollt in ihr üppiges Dekolleté zu stecken. Oder Schlimmeres. Ich erinnerte mich nur zu gut an seine Glotzaugen. Der böse Blick. Hua.

Ich erschauerte. Wenn das mal gut ging.

»Soll ich mitkommen?«, fragte ich Eske.

»Nee«, wehrte sie ab. »Das schaff ich schon allein.«

Bingo. Tsss.

»Dann wirst du also im nächsten Monat schon zwei Mieten zahlen, oder was? Du hast doch deine alte Wohnung noch nicht mal gekündigt!«

Eske griente. »Da muss ich durch«, erklärte sie. »Geht nicht anders. Aber es lohnt sich. Glaub mir. Und was meinst du, was wir auf der Dachterrasse für coole Parties schmeißen können!«

»Mit Horstblick«, maulte ich.

Fantastische Aussichten.

»Sabbel nicht«, rügte mich Eske und kippte uns den letzten Liter Schokoladenpudding auf die Dessertteller.

In einem anständigen Haushalt gab es nun mal keine Reste.

Am Samstag lud Eske mich zum Frühstücken ins Monsun ein. Recht so, es war das Mindeste, was sie tun konnte, um mich milde zu stimmen. Regine, die Wirtin, ließ auf Eskes neue Wohnung eine Flasche Sekt springen.

Ich war gerade dabei, den letzten Schluck in unsere Gläser tröpfeln zu lassen, als Eske begann, unruhig auf ihrem Stuhl hin und her zu rutschen. Dann setzte sie sich aufrecht hin, drehte ihren Kopf so, dass nur ich noch ihr Gesicht sehen konnte, hielt sich die Hand vor den Mund und beugte sich zu mir herüber.

Das typische »Guck da jetzt nicht so genau hin, aber da vorne ist ...«-Gebaren.

Bingo.

»Guck da jetzt nicht so genau hin, aber da vorne ist Behnke junior«, raunte Eske mir zu.

Wenn's nur das war.

Hannelore Hoger hätte ich lieber gesehen. Die wohnte auch bei uns im Viertel, und Bella Block war eindeutig eine Kultfigur. Schlau und kompetent. Aber auch charmant.

Wie ich.

Vielleicht hätte ich Frau Hoger sogar um ein Autogramm gebeten, wenn *sie* es gewesen wäre.

Aber es war ja nur Behnke junior.

Ich seufzte.

»Wie schön«, entgegnete ich und hob den Kopf.

Behnke junior stand im Eingang. Er steckte sich soeben vom Tisch neben der Tür eine Zeitung unter den Arm (*Süddeutsche*, Angeber) und sah sich dann suchend um. Jetzt hatte er Eske erkannt. Kein Wunder, denn sie saß noch immer kerzengerade da (Brust raus, is klar) und strahlte ihn an, als hätte er ihr soeben drei Monatsmieten erlassen.

Behnke junior fühlte sich gleich willkommen geheißen und

setzte sich alsbald geschmeidigen Schrittes in Bewegung. Natürlich in unsere Richtung.

Ich stöhnte. Wie gut, dass der Sekt schon alle war. Ich konnte also jederzeit gehen, wenn mir das hier zu bekloppt wurde. Oder zu intim. So, wie Eske und Behnke junior sich begrüßten, erkannte ich schnell, dass ich ab sofort überflüssig war.

»Frau Groot!«, schnarrte Behnke junior galant. »Sieht man sich einmal, sieht man sich immer, was? Hahaha!«

Nee, is klar.

»Ja hallo!«, zirpte Eske. »Das trifft sich ja gut! Sie kommen mir gerade recht!«

Wenigstens hielt Eske mich da raus. Ihr Glück.

»Der erste Sekt ist schon leer, aber Ihnen zu Ehren ordere ich doch gleich nach. Wenn Sie mögen ... Wir wollten ja sowieso noch auf die Wohnung anstoßen. Hahaha.«

Hahaha.

»Huiuiui«, unkte Behnke junior, »und das am frühen Vormittag!«

Ansteller. Ich verwettete meinen Arsch darauf, dass er nur kokettierte. So war es dann ja auch.

»Aber wenn ich so nett eingeladen werde«, setzte er nach.

Und pflanzte sich neben Eske. *Neben* Eske. Obwohl er sich dafür erst an mir vorbei und dann zwischen den eng beieinander stehenden Tischen hindurchquetschen musste.

Ich verzog den Mund. Eindeutiger ging es ja wohl nicht.

Behnke junior hatte sich kaum niedergelassen, da schoss auch schon Regine an unseren Tisch. Frische, unverbrauchte Gäste waren ihr die liebsten. Sie nickte anerkennend, grinste und warf sofort die Rechenmaschine in ihrem Kopf an, als Eske den zweiten Sekt bestellte. Da hatte sich die zuvor gespendete Flasche doch schon wieder amortisiert! Das alte Prinzip von Investition und Umsatzoptiminierung. Regine war entzückt.

»Und, haben Sie schon mit dem Umzug begonnen?«, erkundigte sich Behnke junior bei Eske, nachdem Regine sich beflissen entfernt hatte.

Mich sah er noch nicht mal mit seinem heute zur Abwechslung bundfaltenbehosten Arsch an. Na ja, abgesehen von dem Moment, als er sich an mir vorbeigeschoben hatte, um neben Eske Männchen zu machen.

»Am Nachmittag geht's los«, flötete Eske. »Aber vorher mussten Mona und ich einfach noch ein bisschen feiern.«

Sie zwinkerte und strahlte Regine an, die sich anschickte, die leeren Gläser aufzufüllen.

»Na«, sagte Behnke junior amüsiert, »Sie haben ja auch einiges ausgestochen an Bewerbern. Kompliment.«

Elende Süßholzraspelei, elende. Ich stellte meine Ohren auf Durchzug, während Eske und Behnke junior begannen, über den Hamburger Wohnungsmarkt im Allgemeinen, das Schlachtfeld Hamburg-Ottensen im Besonderen und AC/DC in der Unterhaltungsindustrie von heute zu diskutieren.

Gelangweilt griff ich nach Behnke juniors Zeitung. Es blieb mir auch nichts anderes übrig, denn Eske *versuchte* noch nicht einmal, mich irgendwie ins Gespräch einzubeziehen. Egoistisches Miststück.

Aber na gut.

Sie würde schon sehen, was ihr das letztendlich einbrachte. Nämlich eine in Sachen aktuelles Zeitgeschehen bestens informierte beste Freundin, die ab sofort alles besser wusste.

Wann kam ich sonst schon dazu, die *Süddeutsche* zu lesen?

Als Eske sich später trippelnd und hüftschwingend auf den beschwerlichen Weg zum Klo machte, hob ich noch nicht einmal den Kopf.

Eine peinliche Stille entstand. Insgeheim weidete ich mich an Behnke juniors plötzlichem Unwohlsein. Er patschte an seinem

Sektglas herum und räusperte sich. Scheinbar suchte er verzweifelt nach einem unverbindlichen, ja vielleicht sogar lustigen Kommentar, um die Situation erfolgreich zu meistern.

Zumindest in seinen Augen lustig.

Ich war gespannt, wofür er sich entscheiden würde, aber noch bevor er etwas sagen konnte, klingelte in unser Schweigen hinein ein Handy. Es war Behnke juniors.

Ich sah missbilligend von der Zeitung hoch, und Behnke junior lächelte mich notgedrungen entschuldigend an, während er in seinen Taschen kramte.

»Behnke«, singsangte er dann und hob lauschend die buschigen Augenbrauen gen pastellfarbene Monsun-Decke. Wäre er eine Frau gewesen, hätten sie dringend gezupft werden müssen, die Augenbrauen.

Männer hatten wohl doch das leichtere Leben.

»Ach, Herr Rusmann. Alles klar. *Sie* sind das!«, sagte Behnke junior dann.

Ich verschluckte mich augenblicklich an meinem Sekt. Rusmann. Rusmanns gab es in Hamburg genau zwei. Und einer von ihnen war Niels.

Innerhalb weniger Sekunden lief ich puterrot an. Der Sekt saß quer und würde gleich aus meiner Nase rausquellen, wenn ich nicht sofort hustete, aber ich unterdrückte den Hustenreiz. Husten hätte das Gespräch gestört, dem ich ganz genau zuhören wollte. Aber wirklich *ganz* genau.

Auf meiner Stirn bildeten sich kleine Schweißperlen.

»Tja, wir können die Arbeiten auf keinen Fall verschieben«, sagte Behnke junior jetzt. »Die Abbestraße wäre eigentlich schon im letzten Jahr fällig gewesen. Und wir haben das ja nun wirklich lange genug angekündigt. Aber das können Sie natürlich nicht ahnen mit Ihrer Dienstreise.«

Uah! Aaaaaaaaargh!

Abbestraße.

Der Typ am anderen Ende war also tatsächlich Niels.

Hatten sich alle Zufälle dieser Welt zusammengetan, um gemeinsam ein Festival der Fiesheiten zu feiern?

Ich sah sie buchstäblich da sitzen, die ganze verwanzte Zufallsfraktion, auf ihrem Olymp des Schicksals und der seelischen Grausamkeit, sich die Bäuche haltend und gegenseitig auf die Schulter klopfend ob ihrer eigenen bodenlosen Verschlagenheit.

Lasst uns mal wieder die Rittner ärgern, die hatte viel zu lang ihren Frieden und langweilt sich bestimmt zu Tode.

Örks.

Der Sekt brannte in meiner Nase. Es juckte und kribbelte.

»Herr Rusmann, machen Sie sich keine Sorgen«, erklärte Behnke junior, während ich verzweifelt mit tränenden Augen die *Süddeutsche* zerpflückte, um darunter nach einer Serviette zu fahnden.

»Wir arbeiten mit denen schon seit Jahren zusammen. Geben Sie Ihren Schlüssel einfach am Montagmorgen bei Frau Jensen ab. Die ist auf jeden Fall da. Ich habe vorhin mit ihr gesprochen, sie hat sich extra Urlaub genommen. Sie kennen ja die Jensen. Die muss immer allen genau auf die Finger gucken«, erklärte Behnke junior milde und lachte.

Wahrscheinlich war die Jensen die Else Kling der Abbestraße. Ich schüttelte mich innerlich. Aber Niels hatte keine anderen Nachbarn verdient. Erst recht nicht solche wie Eske.

»Alles andere regeln wir dann schon. Und wenn Sie am Donnerstag wiederkommen, haben Sie schicke neue Heizkörper. Der nächste Winter wird super!«, frohlockte Behnke junior.

Wow. Der hatte ja tatsächlich Humor, der Behnke. Respekt. Hoffentlich würde Niels sich an den schicken neuen Heizkörpern die Schamhaare wegsengen.

»Schönes Wochenende. Ja. Bis dann, Herr Rusmann.«

In dem Moment, als Behnke junior sein Telefon wieder in die Hosentasche steckte, spuckte ich Eske einen feinen körperwarmen Sprühregen aus Speichel und Sektresten in den Schoß.

Sie wollte sich gerade an mir vorbeischlängeln. Seitlich natürlich. Sodass Behnke junior einen schnellen Blick auf ihre Dinger erhaschen konnte.

Das hatte sie jetzt davon. Zack, feucht.

Uuuuuh.

Sie starrte mich entgeistert an. Genau wie Behnke junior. Die beiden passten wirklich hervorragend zusammen.

»Tschuldigung«, murmelte ich kleinlaut. »Ich habe mich verschluckt.«

Mit einem Ruck riss Eske mir die hart erkämpfte Serviette aus den Händen und rubbelte an ihrer Strickjacke herum. Behnke junior erkrankte sofort an Pfeifferschem Drüsenfieber, so weit stachen ihm die Augen aus dem Kopf. Immerhin bot er Eske nicht mit hängender Zunge seine Hilfe an. Ein Fünkchen Anstand muss sein.

»Was ist eigentlich los mit dir?«, zischte Eske mir zu und plumpste erschöpft neben Behnke junior auf die gepolsterte Bank.

Ich war mir nicht sicher, ob ich Eske an den eben gewonnenen Informationen teilhaben lassen sollte. Sie hätte deren Tragweite wahrscheinlich auch gar nicht erkannt, sondern einfach nur »ja, und?« gesagt und sich alsbald wieder in ihren Augen Wichtigerem zugewandt. Dem Sekt aller Voraussicht nach oder – waaaaah – Behnke junior.

Die beiden steckten schon wieder die Köpfe zusammen. Ich tat so, als würde ich weiter in der *Süddeutschen* lesen, und dachte nach. In meinem Hirn arbeitete es schneller als in Behnke juniors Nervenbahnen zwischen Schwanz und Sehnerv.

Vielleicht war das hier meine große Chance, Niels endlich auf die Schliche zu kommen! Das große Mysterium zu lüften! Etwas herauszufinden über das ganze Ausmaß seiner endlosen Gestörtheit!

Ich brauchte mir nur am Montag die Schlüssel bei dieser Jensen abzuholen. Und dann könnte ich mich seelenruhig ein wenig in Niels' Wohnung umsehen.

Gut, sie war wahrscheinlich weiterhin leer wie seine vorherige Wohnung in Hannover, aber vielleicht würde ich ja doch etwas finden, das mich schlauer machte.

Einen Haufen Frauenleichen zum Beispiel.

Arztberichte, dass Niels als Kind schwer misshandelt worden war.

Irgendwie so was.

Und selbst wenn ich nichts wirklich Aufregendes fand, so könnte ich doch etwas über Niels' Leben herausfinden.

Über seinen ganz normalen schizophrenen gestörten einsamen Alltag.

Was er gerade las. Was er für Musik hörte. Vielleicht sogar, ob er das Tape noch besaß, das ich ihm damals aufgenommen hatte. Im Idealfall würde ich natürlich einen Haufen Liebesbriefe finden, die er mir geschrieben und dann nie abgeschickt hatte, weil er sich nicht traute.

Umpf. Scheißgefühle. Ich war doch echt genauso bescheuert wie Niels.

Vielleicht sollte ich Hannelore Hoger mitnehmen. Die wusste, wo man nach Beweismaterial zu suchen hatte.

Auf der anderen Seite, Mitwisser waren gefährlich. Immer. Wahrscheinlich war es das Beste, die Sache allein durchzuziehen. Außerdem, was konnte mir schon groß passieren? War ich halt eine Angestellte der Heizungsfirma. Ob ich mir einen Werkzeugkasten besorgen musste, um glaubhaft zu wirken?

Gut, dass Eske keine Gedanken lesen konnte. Sie hätte mich

sofort in die Psychiatrie nach Ochsenzoll gebracht. Wahrscheinlich sogar ohne mich noch mal nach Hause zu lassen, um mir ein paar Klamotten und eine Zahnbürste zu holen.

»Woran denkst du gerade?«, fragte Eske prompt.

Ihr und Behnke junior waren die Themen ausgegangen. Beide glotzten mich erwartungsvoll an.

Ein Königreich für einen Geistesblitz.

»Ähm.« Ich räusperte mich.

»Puh, ist mir warm«, sagte Eske und schälte sich aus ihrer Strickjacke. Behnke junior bezog das gleich auf sich und grinste geschmeichelt.

Warm. Heizung. Blitz und Donner. Ha!

»Ich habe gerade darüber nachgedacht, dass meine Heizung dringend mal gecheckt werden muss«, erklärte ich mit Unschuldsmiene. »Die gluckert ganz fies.«

Ich hätte zum Theater gehen sollen. Mist. Beruf verfehlt. Ich gehörte eindeutig *vor* die Kamera und nicht dahinter.

Behnke junior lachte dröhnend. »Das habe ich nicht gewollt«, sagte er dann. »Tut mir Leid.«

»Hä?« War der Typ bescheuert?

»Na, dass Sie sich wegen meines Telefonats an einem Samstagvormittag jetzt mit so unangenehmen Dingen beschäftigen müssen.«

»Hä?« Eske guckte wie ein Auto.

Behnke junior fühlte sich sogleich bemüßigt, sie aufzuklären. In unserer Beziehung gibt es keine Geheimnisse, Schatz. So weit kommt das noch.

»Ich hatte eben einen Mieter am Apparat wegen der neuen Heizungen in der Abbestraße«, erklärte er ihr beflissen. »Sie sind ja schließlich nicht die Einzige, die schicke neue Körper kriegen soll. Obwohl Sie genau genommen natürlich noch nicht mal einen brauchen«, fügte er anzüglich hinzu, lachte wieder und heftete seinen stieren Blick erneut auf Eskes Oberweite. Und Eske lachte ebenfalls und warf den Kopf in den Nacken.

Filmreif. Ich fasste das alles nicht.

»Jedenfalls«, hob Behnke junior dann wieder an und tippte mir zugewandt auf den Tisch, »ich kann Ihnen guten Gewissens unsere Heizungsleute empfehlen. Zuverlässig, sauber, günstig. Und wenn's lediglich eine Kleinigkeit ist, dann kommen die auch mal nur für die Anfahrtskosten. Bei Stammkunden. Wenn Sie das über mich laufen lassen ...«

Behnke junior zwinkerte mir zu und drehte sich dann Beifall heischend zu Eske.

Nur für die Anfahrtskosten? Der war gut. Wusste doch jeder, dass einen Handwerkeranfahrtskosten arm machen konnten. Ich war schließlich Eigenheimbesitzerin. Mir konnte der nichts vormachen. Aber sei's drum.

»Wo sitzen die denn?«, erkundigte ich mich, ganz die Geschäftsfrau.

»In Fuhlsbüttel«, erklärte Behnke junior ernsthaft.

Fuhlsbüttel. Nee, is klar.

Altona-Fuhlsbüttel war eine halbe Weltreise. Der Typ hatte doch wirklich einen Lattenschuss. Das sah in diesem Fall sogar Eske so. Sie kriegte sich gar nicht wieder ein.

»Die sind so günstig, das rentiert sich«, verteidigte sich Behnke junior beleidigt. »Wirklich.«

»Gut«, zwitscherte ich und gab mir Mühe, meine entgleisten Gesichtszüge wieder unter Kontrolle zu bringen.

Eske fiel das ebenso schwer wie mir.

Ich ging zum Angriff über. »Und wie heißen die?«, fragte ich und winkte Regine nach einem Kugelschreiber.

Jetzt gingen die Pferde mit Eske durch. Der Sekt zeigte seine Wirkung. »Rrrröööööhrich«, schnarrte sie. »Gas – Wasser – Scheißeeeee!« Sie grölte vor Lachen.

Behnke juniors Miene verfinsterte sich schlagartig. In Gedanken entzog er Eske wahrscheinlich gerade ihren Mietvertrag. Aber er bewahrte die Fassung. Schließlich hatte er ein Gesicht zu verlieren. Und eine potenzielle Gespielin.

»So ähnlich«, nuschelte er peinlich berührt, während Regine mir einen Kuli in die Hand drückte.

»Also?«, sagte ich erwartungsvoll und brachte mich samt Kugelschreiber in Position.

»Kalt & Schaden«, knurrte Behnke junior und zog den Kopf ein.

Eske schlug mit beiden Fäusten auf den Tisch. Sie war kurz davor, sich vor Vergnügen rücklings auf den Boden zu schmeißen und mit den Beinen in der Luft herumzustrampeln.

Behnke junior zeigte sich unbeirrt. »Telefon 50 08 43 60. Nach Herrn Kalt fragen«, erklärte er tapfer.

Ich nickte verständig und notierte, so gut ich konnte. Mittlerweile wackelte der ganze Tisch. Eskes Aktionsradius hatte sich bedenklich erweitert. Ich hielt vorsorglich mit der linken Hand mein Sektglas fest.

Mein Gott, dieser Vormittag war ein Traum! Ich hatte mich schon lange nicht mehr so amüsiert.

Und diese Heizungsfirma war zweifelsohne ein Spitzenfall für www.bloedenamen.de. Hoffentlich hatte das noch niemand da eingegeben. Aber darum würde ich mich später kümmern.

Jetzt hatte ich etwas anderes zu besorgen. Einen Blaumann und eine Werkzeugkiste nämlich für meinen grandiosen Auftritt am Montagmorgen. Und zwar schnell.

Ich sah auf die Uhr. Es war kurz nach eins. Mir blieben noch knapp drei Stunden bis Ladenschluss. Eigentlich genug Zeit, wenn man denn wusste, wo man Blaumänner überhaupt kaufen konnte.

Ich hatte keine Ahnung.

Hastig stürzte ich meinen Sekt hinunter.

Eske musterte mich erstaunt. »Was'n *jetzt*?«, fragte sie verwundert.

»Ich hab vergessen, dass ich noch ganz viel einkaufen muss«, erklärte ich und guckte entschuldigend.

»Das kannst du in einer Stunde auch noch«, versetzte Eske und versuchte, mich wieder auf den Stuhl zu ziehen.

»Neee«, wehrte ich ab. »Ich hab keine Lust, mich abzuhetzen. Steht Katzenstreu auf'm Zettel und lauter schwerer Krempel. Werde mehrere Male gehen müssen.«

Eske seufzte. Es schien ihr nicht wirklich zu gefallen, mit Behnke junior allein bleiben zu müssen. Oder?

Behnke junior jedenfalls war hocherfreut. Zielsicher griff er nach der Sektflasche und schenkte ein bis zum Anschlag. Eskes Glas schien mir besonders voll.

Vielleicht sollte ich sie warnen, bevor ich ging.

»Kommst du grad mit raus?«, fragte ich sie also.

Sie schaltete sofort. Ein Wunder.

»Jo«, sagte sie und entschuldigte sich mit einem strahlenden Lächeln bei Behnke junior, bevor sie mich unterhakte und nach draußen zog.

»Danke für den Tipp mit Kalt & Schaden«, rief ich Behnke junior über die Schulter noch zu, bevor die Monsun-Tür hinter uns zuklappte. Eske schob mich an der großen Fensterscheibe vorbei aus der Sichtweite der restlichen Gäste.

»Bella«, sagte ich ernst und legte ihr die Hände auf die Schultern, »pass bloß auf mit dem Typen. Ich glaube, der versucht dich abzufüllen.«

Eske grinste. »Irrtum«, erklärte sie. »*Ich* fülle *ihn* ab.«

»Du willst also wirklich was von dem«, stellte ich fest.

»Na ja«, sagte Eske. »Irgendwie gefällt er mir. Und lustig ist er noch dazu.« Sie klatschte begeistert in die Hände. »Das mit Kalt

& Schaden war jedenfalls Welt. Fuhlsbüttel!« Sie fing schon wieder an zu kichern. Die war doch schon besoffen.

»Na dann«, griente ich. »Viel Spaß. Was ist mit später?«

»Ich ruf dich an«, sagte Eske und trippelte nervös von einem Bein aufs andere. »Was glaubst du«, raunte sie dann, »welche Strategie muss ich fahren bei dem?«

Ich schlug ihr auf die Schulter. »Keine«, sagte ich. »Den hast du längst im Sack. Der geiert dich doch die ganze Zeit an, dass ihm bald der Sabber aus dem Mund läuft.«

Eske grunzte entzückt. »Meinst du?«, fragte sie kokett.

»Und du weißt es längst«, ergänzte ich unbeeindruckt. »Also dann«, fügte ich hinzu. »Ich muss los.«

»Gut«, sagte Eske und zupfte an ihrem T-Shirt herum.

»Bauch rein, Brust raus«, befahl ich ihr und wandte mich zum Gehen. »Weißt du eigentlich, wo man Blaumänner kaufen kann?«, platzte es dann aus mir heraus.

Scheiße. Rittner. Erst denken, dann reden! Meine Fresse.

Eske prustete los. »Blaumänner? Was willst du denn mit einem Blaumann?«

»Ich muss einen besorgen für die Aufzeichnung nächste Woche. Für unseren Moderator. Keine Ahnung. Weiß der Henker, was die sich wieder ausgedacht haben«, erklärte ich und wunderte mich im gleichen Moment über mich selbst. Unter Druck hatte ich einfach die besten Ideen.

Eske verzog das Gesicht. »Seit wann machst du die Requisite?«, fragte sie. »Ist das nicht Praktikantenjob?«

»Manchmal muss man sich eben über das normale Maß hinaus engagieren«, entgegnete ich und lächelte huldvoll. Die Hilfsbereitschaft in Person. Cool. Fühlte sich gut an.

»Aha«, machte Eske. »Hinten am Ende der Neuen Großen Bergstraße gibt's so einen Herrenausstatter. Ich glaube, die haben auch Arbeitskleidung.«

Arbeitskleidung. Genau. Das war das Wort. So hieß das.

»Super. Danke«, sagte ich, drückte Eske einen Kuss auf die Wange und sprintete los.

3.

Eske.

Manchmal möchte ich Mona einfach nur eine reinhauen. Ich könnte das mittlerweile ganz gut, da ich morgens im Fernsehen jetzt immer so eine Art Frühstücksboxen mitmache. Ich habe inzwischen eine ganz ansprechende Technik. Mona wäre von meinem Aufwärtshaken beeindruckt. Meinem Freund sage ich lieber nicht, wie gut ich mich wehren könnte, wenn ich müsste. Er soll mich ruhig beschützen, falls es mal ernst wird.

Das kann übrigens nicht mehr lange dauern. Jedenfalls was ihn und Mona betrifft, denn jedes Mal, wenn er und Mona aufeinander treffen, ist die Stimmung zwischen mir und ihm danach deutlich gespannt. Mich wundert das nicht. Der muss ja seinen eigenen Geisteszustand anzweifeln, wenn er eine Freundin hat, die wiederum solche Freunde hat wie Mona. Ich verstehe nicht, warum Mona sich nicht einmal zusammenreißen kann.

Gestern Abend zum Beispiel. Ich koche jetzt sehr viel, weil Liebe ja bekanntlich durch den Magen geht, und hatte eigentlich den romantischen Abend geplant. Mona kam unangemeldet bei mir vorbei und wollte ins Familieneck. Nachdem sie sich eine angemessene Zeit bei mir gelangweilt hatte, ging mein Freund nach Hause. Na super! Er fand es gar nicht lustig, als Mona anfing, unter Zuhilfenahme eines Haushaltsgummis mit Oliven auf Tau-

ben zu schießen. Ich fand das eigentlich sehr amüsant. Nicht lustig fand ich wiederum, dass mein Freund sich so gar nicht amüsierte und ich mich wieder zwischen allen Stühlen fand.

Ich habe mich dann eine Weile im Bad eingeschlossen und gewartet, wie sich die Sache ohne mich entscheidet. Mona war leider noch da, als ich rauskam. Morgen muss ich wieder kochen, um mich mit meinem Freund zu versöhnen. So langsam ist mein Küchenrepertoire erschöpft.

Mona.

Eine Stunde später stand ich bei Herrenausstatter Wick vor einem Riesenständer. Voller Blaumänner natürlich. Ein Schelm, wer Böses dabei denkt. Versonnen zog ich einen Anzug nach dem anderen hervor.

Überraschendste Erkenntnis: Blaumänner waren gar nicht immer blau (im Gegensatz zu Eske und mir freitagabends im Eck). Hier gab es Blaumänner in allen Variationen: rot, gelb, weiß, orange und sogar beige. Todschick. Nur mit den Größen kam ich überhaupt nicht klar. Aber das konnte mir wirklich niemand zu meinen Ungunsten auslegen. Ich war eben eine Frau bei einem Herrenausstatter. Normal.

»Kann ich helfen?«, schnarrte es hinter mir. Ich drehte mich um. Vor mir stand eine zierliche ältere Dame mit weißblonden Haaren. Sie trug eine Brille an einer Metallkette und musterte mich über die Ränder ihrer schmalen Gläser. Himmel, hatte die stechende Augen. Ich bekam sofort ein schlechtes Gewissen. Warum eigentlich? Ich war doch nur Kundin!

»Ich suche einen Blaumann«, erklärte ich. »Also, äh, er muss nicht unbedingt blau sein. Aber er sollte nach Arbeit aussehen.«

»Was für eine Arbeit?«, erkundigte sich die Verkäuferin.

»Heizungen und so«, entgegnete ich. »Sie wissen schon. Gas – Wasser – Scheiße.«

Hups.

Die Verkäuferin hob pikiert die Augenbrauen. »Ah ja«, sagte sie. »Und er ist für Sie?« Sie sah an mir herunter.

»Ja, sicher«, bestätigte ich. »*Ich* gehöre zu den Leuten, die sich auch mal die Finger schmutzig machen«, hätte ich fast noch hinzugefügt, aber ich riss mich zusammen. Zu viel lügen war auch nicht gut.

»Da sind Sie bei uns genau richtig«, bestätigte die Verkäuferin verbindlich.

Hä? Was sollte *das* denn? *Natürlich* war ich hier genau richtig. War ich in einem Arbeitsbekleidungsladen oder nicht?

»Ich meine wegen der Größe«, fügte die alte Bratze hinzu und wies auf das riesige Firmenlogo an der Wand.

»Herrenausstatter Wick. Auch Übergrößen für den starken Mann«, stand da.

Waaaaaaaaaah.

»Bauchgröße, würde ich sagen«, resümierte die Verkäuferin munter und zog zielsicher einen Anzug vom Ständer.

Das war's dann wohl. Mein Tag war gelaufen. Ich verfiel sofort in eine tiefe Depression.

Bauchgröße. Das durfte doch wohl alles nicht wahr sein.

»Danke«, entgegnete ich knapp und guckte böse.

Die Verkäuferin ignorierte es. Sie war wirklich nicht sehr sensibel im Umgang mit weiblicher Kundschaft. Vielleicht waren Männer pflegeleichter, was das betraf.

Vielleicht konnte man denen ein abschätzendes »Bauchgröße« entgegenschmettern, ohne dass es Sanktionen gab. Vielleicht lachten die Männer dann nur dröhnend, sodass ihr dicker Bauch munter auf und ab hüpfte, und zwirbelten sich den Bart und sagten so was wie »Aber Sie wissen doch, ein Mann ohne Bauch ist wie ein Haus ohne Balkon!« und lachten dann wieder dröhnend, und dann war's das. Aber nicht mit mir. *Nicht mit mir.*

Schnaubend drehte ich mich um und stolperte mit dem Blaumann in der Hand in den Verkaufsraum. Ich fiel fast über die Stoffbeine und wurde obendrein von einem Anflug plötzlich auftretender Übelkeit nahezu dahingerafft.

Der Anzug stank. Der Geruch war eine Mischung aus Altkleidersammlung und Jutesack. Pfui Deibel.

Atemlos hielt ich mir die Nase zu.

»Anprobe hinten links!«, rief die Verkäuferin mir vergnügt hinterher.

Die hatte ja keine Ahnung.

Na ja. Vielleicht doch. Jedenfalls passte der Anzug wie angegossen. Bis auf die viel zu langen Arme und Beine, die mich aussehen ließen wie ein runder Zwerg in einer blauen Stoffkugel. Das Michelin-Männchen war nichts gegen mich.

Unglücklich schlich ich aus der Kabine zurück in das erbarmungslose Blickfeld meiner gegenwärtigen Erzfeindin.

»Na bitte«, sagte die Erzfeindin Nummer eins und musterte mich wohlwollend. »Passt doch. Und bei diesem Modell tragen die vielen Taschen auch gar nicht so auf.«

»Und ob sie das tun«, murmelte ich und schlenkerte unbeholfen mit den Armen. Genau. Alles nur Taschen.

»Wie bitte?«, fragte die Verkäuferin.

»Ach, nichts«, sagte ich. »Bisschen lang alles hier, oder?« Vorwurfsvoll hielt ich ihr den linken Arm und das rechte Bein entgegen. Immer Haltung bewahren.

»Tja«, sagte die Erzfeindin Nummer eins. »Das tut mir Leid, aber das ist schon die kürzeste Bauchgröße, die wir haben.«

Beflissen bückte sie sich und begann, die Hosenbeine hochzukrempeln. Sie hatte ein riesiges Haarloch auf dem Hinterkopf. Das kam vom vielen Toupieren. Nein, ich werde nicht spucken. Nein, ich werde nicht spucken.

Als hätte sie meine Gedanken geahnt, kam sie ruckartig wieder hoch. »Aber wir haben einen Änderungsdienst«, sagte sie. »Wir können Ihnen das gern kürzer machen. Das ist gar kein Problem.«

Wer würde hier wen gern kürzer machen, und zwar um mindestens einen Kopf?

»Nein, danke«, antwortete ich würdevoll. »Ich komm schon klar. Zur Not mache ich das eben selbst.«

»Wie Sie meinen«, nickte die Verkäuferin. »Aber das hätte mich auch gewundert. Praktisch veranlagt bleibt schließlich praktisch veranlagt.«

Und doof bleibt doof. Meinetwegen.

»Soll's der dann sein?«

Hatte ich eine Wahl? Ich sah auf die Uhr. Es war zwanzig vor drei, und eine Werkzeugkiste besaß ich auch noch nicht. »Ja, ich nehm den«, sagte ich. »Was kostet denn das gute Stück?«

Jetzt steckte die olle Schrapnelle mir auch noch ihre krakenähnlichen Finger in den Nacken.

»Neunundvierzigneunzig«, sagte sie, nachdem sie mir mit dem kratzenden Preisschild eine nicht unerhebliche Wunde zugefügt hatte. »Aber können Sie ja alles absetzen. Und ist auch tolle Qualität. Das Ding nehmen Sie wahrscheinlich noch mit in den Ruhestand.«

»Wundert mich, dass *Sie* da noch nicht sind – im Ruhestand«, wollte ich sagen, aber zum Glück hatte die Schnepfe sich schon in Richtung Kasse in Bewegung gesetzt, um mir möglichst schnell möglichst viel Geld abzuknöpfen. Man muss sich ja auch nicht unnötig aufregen.

»Übrigens«, sagte die blöde Kuh, nachdem sie mir mit zuckersüßem Lächeln die Quittung rübergeschoben hatte, »für eine Klempnerin haben Sie tolle Fingernägel. Kompliment.«

»Ich bin noch nicht so lange dabei«, knurrte ich schockiert und verließ fluchtartig diesen unwirtlichsten aller Orte.

Auf dem Weg zum Baumarkt überlegte ich, ob ich vielleicht auch ohne Werkzeugkiste auskommen würde. Neunundvierzigneunzig! Mein lieber Schwan. Ich hatte nicht vor, sämtliche Ersparnisse in diese Aktion zu investieren. Schließlich hatte ich Katze zu versorgen.

Crispin fiel mir ein. Er hatte nicht nur *eine* Werkzeugkiste, sondern gleich mehrere. In allen Farben und Ausstattungen. Wie Tischler so sind. Aber Crispin zu bitten, mir eine zu leihen, das konnte ich nicht bringen. Das wäre pietätlos gewesen.

Nicht zuletzt wollte ich mich ja samt der Werkzeugkiste wieder in das Umfeld desjenigen bewegen, der wiederum mich dazu bewogen hatte, Crispin zu verlassen.

Nein, das ging wirklich nicht.

Auch Alf brauchte ich in dieser Angelegenheit gar nicht erst in Erwägung zu ziehen. Er war, was das betraf, ähnlich veranlagt wie ich. Eine Werkzeugkiste wäre ihm nie ins Haus gekommen. Im Gegensatz zu sexy Handwerkern. Die waren immer gern gesehen. Auch wenn sie nie über Nacht blieben.

Ich glaube, insgeheim hatte Alf eh beschlossen, gar keinen Mann mehr zu wollen. Er konzentrierte seine Energie lieber darauf, sich zu so vielen Anlässen wie nur irgendwie möglich Backstage- und VIP-Pässe zu erschleichen. Mittlerweile hatte er es bis auf die MTV-Awards geschafft.

Außerdem faselte er davon, nach Berlin gehen zu wollen. Das prangerte ich an. Wer sollte dann meine Haare schneiden? Ich selbst vielleicht? Mit der Heckenschere aus irgendeiner Werkzeugkiste, die noch nicht einmal mir gehörte?

Vielleicht hatte Jan eine! Jan war sehr praktisch veranlagt. Und sehr häuslich. Jedenfalls seit seine studentische Freundin bei ihm eingezogen war. Ich bekam ihn kaum noch zu Gesicht. Er machte einen auf Cocooning und privat.

Erst vor ein paar Tagen hatte ich ihn gefragt, ob er auf einen Drink rumkommen wollte.

»Ich kann nicht. Daniela hat morgen Referat«, war seine Antwort gewesen.

Das sagte doch wohl alles.

Und dabei hatte ich gedacht, Jan und ich wären Freunde. Wahre Freunde. Mit so einer Freundschaft, die es zwischen Männern und Frauen eigentlich gar nicht gibt (wg. ohne Sex etc.). Letzteres scheint dann ja wohl auch zu stimmen.

Ich rief Jan an, aber er ging nicht ans Telefon. Ich schnaubte. Wahrscheinlich mal wieder am Poppen. Menschen in glücklichen Beziehungen waren einfach völlig unzuverlässig. Und egoistisch. Für ihre alten Kumpels unwiederbringlich verloren. Ich seufzte.

Aber apropos Poppen. Karl fiel mir ein. Volltreffer!

Da hätte ich auch eher drauf kommen können. Karl besaß eine Werkzeugkiste, hurra. Vielleicht bewahrte er nur Gras und Blättchen drin auf, aber ich hatte mal eine Werkzeugkiste gesehen in seiner Wohnung. Ganz sicher. Sie stand im Flur neben dem Anrufbeantworter. Ich wählte sofort Karls Nummer.

»Hallo?«

Karl klang ein wenig verschlafen. Wie immer. Oder angekifft. Sei's drum.

»Huhu, ich bin's!«

»Mona! Na? Alles klar bei dir?« Immerhin schien Karl sich zu freuen, dass ich anrief.

»Na ja«, sagte ich, »ich habe da ein kleines handwerkliches Problem. Du hast doch eine Werkzeugkiste, oder?«

»Klar«, antwortete Karl erfreut.

Der Typ war echt ein Schatz. Karl war klasse. Der half *wirklich* gern. Das hörte man ihm sogar an. Unfassbar.

»Sonderlich gut ausgestattet ist sie nicht«, fügte er hinzu, »aber für kleinere Sachen reicht's. Was ist denn kaputt?«

Ja, was war denn kaputt? Scheiße. Was war kaputt? Ich konnte ja wohl schlecht sagen, dass es eigentlich mein Hirn war, das schon lange eine Generalüberholung brauchte. Oder – noch schlimmer – mein Herz. Zack, gebrochen. Örks.

Niels, du Arschloch.

»Äh«, sagte ich und ging im Geist die Wohnung durch. Irgendwo musste doch wohl was kaputt sein, verdammt noch mal. Aber was Einfaches. Damit Karl keinen Verdacht schöpfte.

»Die Schublade an meinem Küchentisch«, sagte ich dann erleichtert.

Die Schublade fiel regelrecht auseinander, wenn ich mich recht erinnerte. Ich hatte bisher nicht die Notwendigkeit gesehen, sie zu reparieren. Kam auch ohne sie bestens zurecht. Hatte sie jedenfalls lange nicht benutzt. Hoffentlich hatte sie sich nicht selbst repariert.

»Schlimm?«, fragte Karl mitfühlend. Zucker.

»Ach, das geht schon«, sagte ich, »aber es nervt halt. Kann ich mir deine Werkzeugkiste leihen?«

»Was machst du heute Abend?«, fragte Karl statt einer Antwort.

»Vielleicht nachher Eske noch ein bisschen mit der neuen Wohnung helfen. Aber sonst bisher nichts«, antwortete ich ehrlich.

Das war das Schöne an Karl: Man konnte guten Gewissens zugeben, an einem Samstagabend noch nichts vorzuhaben. Machte überhaupt nichts.

Bei Karl brauchte es keine dämlichen Spielchen. Von wegen »Ich hab keine Zeit für dich, weil ich ja soo beschäftigt bin« oder

»Da musst du dich schon früher anmelden« oder »Du, ich bin schon verabredet«, auch wenn man es eigentlich gar nicht war und hinterher zu Hause saß und sich darüber ärgerte, dass man mal wieder auf die »Willst du gelten, mach dich selten«-Nummer angesprungen war. Nein, bei Karl konnte ich ganz ich selbst sein.

Na ja. Vielleicht nicht unbedingt eine von Rachegelüsten und verletzten Gefühlen getriebene dumme Nuss mit einem gebrochenen Herzen, unbezwingbarer Neugier, einer Bauchgröße und einem Blaumann. Aber eben durchaus eine genussfreudige junge Frau ohne Allüren und ohne Werkzeugkiste, die sich an einem Samstagabend schon mal gern gemütlich ankuschelte.

»Dann komm ich nachher rum«, verkündete Karl. »Ich helf dir, und danach können wir ja noch ein bisschen – ähm – in der Gegend rumliegen. Sag Bescheid, ab wann du da bist.«

»Schön«, sagte ich. »Bis dann.«

Erheitert legte ich auf. Das war also geklärt.

Fast. Denn erheitert war ich nur bis zu dem Moment, in dem mir einfiel, dass Karl die Werkzeugkiste am Sonntagmorgen wieder mitnehmen würde, wenn er mir am Abend half, die Schublade zu reparieren. Hmpf. Aber da würde mir schon was einfallen. Zielstrebig marschierte ich nach Hause. Schnell noch was kaputtmachen.

Eske meldete sich den lieben langen Tag nicht. Ich war gespannt, was das zu bedeuten hatte. Unter Umständen das Eine. Vollkontakt. Vollkontakt mit Behnke junior! Uuuuaaah. Aber ich gönnte es ihr. Wurde ja auch mal Zeit.

Außerdem gab mir das die Möglichkeit, über die Situation nachzudenken, in der ich mich befand.

Endlich war es also so weit: Mein Tag war gekommen. Ich würde Niels auf die Schliche kommen! Würde in sein Leben eindringen, so wie er in meines eingedrungen war, ohne dass ich es gewollt hatte. Ich war so wütend auf ihn!

Spätestens in dem Moment, in dem ich herausgefunden hatte, dass er – einfach so – hierher gezogen war, hatte ich ihm das Herz bei lebendigem Leibe herausreißen wollen. So wie er mir meines zerrissen hatte. Und Crispins noch dazu.

Und jetzt schien es, als hätte ich meine Risse in der Zwischenzeit doch nur notdürftig wieder geklebt und übergestrichen, und jetzt kamen sie ganz bröckelig wieder hervor, einer nach dem anderen, sodass man fast dabei zugucken konnte, und forderten mich heraus in die nächste Runde. Eine Runde, die diesmal ich gewinnen wollte.

Und in der Niels mich bemerken würde, wenn *er* sich schon nicht bei mir bemerkbar machte. Er würde schon merken, dass das hier mein Terrain war und er alles andere als willkommen!

Ich hatte mir lange genug mit angesehen, wie er sich mein Revier untertan machte. Ein Revier, das er ohne mich vielleicht nie kennen gelernt hätte. Und in dem er jetzt herumspazierte und so tat, als wäre ich gar nicht existent. Als hätte es mich nie gegeben. Und dann auch noch dieses Theater im Aurel! Vorhang auf, guck mal, ich knutsche. Eine andere. Nicht dich, ätsch. Applaus!!! Nicht dich, denn du bist mir viel zu nahe gekommen. Guck her, aber geh weg.

Komm her. Geh weg. Komm her. Geh weg. Aber nicht ganz. Bevor du ganz weg bist, komme ich hinterher. Wenn es sein muss, bis zu dir ins Viertel. Wo du bis dahin immer sicher warst und geborgen und ungestört. Wie gesagt, bis dahin. Pffft. Blödmannsgehilfe. Horst, elender. Oder doch armes Würstchen? Schizophrener Psycho? Anstaltspatient? Bemitleidenswerter Gestörter, der vielleicht Gründe für sein Verhalten hatte, die außerhalb schlichter Bekloppheit und Idiotie lagen?

Tja. Was auch immer: Ich fand, es war an der Zeit, das endlich herauszufinden. Und wenn Niels nicht reden wollte, dann mussten eben Taten folgen. Dann musste ich eben in Erfahrung bringen, was mit ihm nicht stimmte. Warum er so gestört war.

Oder vielleicht doch lieber schnöde Rache? Arschloch zu Arschloch, eins zu eins, bäng bäng?

Vielleicht die Wohnungstür sperrangelweit offen stehen lassen, wenn ich sein elendes Loch wieder verließ. Und dann den Pennern auf dem Platz einen zierlichen Hinweis geben. Nicht ohne vorher palettenweise Hochprozentiges in der Bude deponiert zu haben. Also Zeug, von dem auch hart gesottene Alkoholiker sofort im hohen Bogen speien. In der Mischung liegt die Kraft. Kotz dich frei! Heute für umsonst bei Rusmann in der Abbestraße! Platz ist genug!

Oder irgendwas mit all den blöden Sterilbeauty-Model-Postern anstellen, mit denen Niels bestimmt auch die Wohnung in der Abbestraße tapeziert hatte. Genau wie die ansonsten gähnend leere Wohnung in Hannover, in der ich ihn einmal besucht und die mir einen Mordsschrecken eingejagt hatte.

Vielleicht gleich Selbstschussanlagen montieren hinter seinen halb nackten Claudia Schiffers und Naomi Campbells und Pamela Andersons!

Selbstschussanlagen, die auch auf geringste Berührungen reagierten. Wie zum Beispiel auf klitzekleine fliegende Spermamengen. Und die dem wichsenden Horst dann ratzfatz! die Rübe wegballerten. Wie bei Tarrantino.

Aber nicht vergessen, bei letzterer Vorgehensweise noch eine Alternative parat zu haben. Schließlich war es bis heute nicht ausgeschlossen, dass der Horst schlichtweg keinen hoch bekam und sich deshalb dauerhaft lediglich mit seinen Sterilbeautys begnügte. Die ihm auch emotional nicht gefährlich werden konnten und vor denen er keine Angst haben brauchte, zu versagen oder etwas von sich preisgeben zu müssen.

Vielleicht hatte Niels in seinem ganzen Leben noch nie Sex gehabt. Vielleicht holte er sich noch nicht mal einen runter.

Also schnell noch was dazu ausdenken. Eine Selbstschussanlage im Klo vielleicht. Aufs Klo musste schließlich jeder mal. Auch ein Horst.

Speaking of Klo: Im selben Moment, in dem ich mir die Hose runterzog, klingelte es an der Tür. Prima Timing. Auf Karl war eben Verlass.

»Ich komme«, schrie ich aus dem Bad, so laut ich konnte. Es war nicht zu erwarten, dass Karl das hörte vor der Haustür, aber ich hatte es wenigstens versucht. Hochgeschwindigkeitspinkeln war noch nie mein Ding gewesen. Ich fluchte.

Es klingelte wieder. Karl schien ungeduldiger als sonst.

Kein Wunder, es regnete in Strömen. Pudelnass stand er vor mir. Ich zog ihn schnell aus, damit er sich nicht erkältete. Die Schublade konnte warten.

Es kostete mich einiges an Anstrengung, dafür zu sorgen, dass Karl seine Werkzeugkiste am nächsten Tag vergaß. Erst nach dem vierten Joint und der dritten Rückkehr in die durchgeschwitzten Laken hatte ich ihn so weit, und als die Tür hinter ihm ins Schloss fiel, war ich dementsprechend erschöpft. Aber für wahre Entspannung blieb keine Zeit. Eske rief an.

»Naaaaaa?«, gurrte sie verheißungsvoll. Ihre Stimmlage war ungefähr eine Oktave tiefer als sonst. Erotik pur.

Ich grinste. »Na?«, machte ich zurück und dann eine süffisante Pause.

Eske platzte am anderen Ende fast vor Mitteilungsbedürfnis. Konnte förmlich hören, wie sie sich für ihre breaking news in Position brachte. Aber ich erlöste sie schnell. Wie sich das für eine gute Freundin gehörte.

»Schieß schon los«, sagte ich amüsiert. »Wie war er?«

»Hmmmmmm«, machte Eske genießerisch.

»Vollkontakt?«, fragte ich.

»Und ob«, bestätigte Eske. »Voller geht's nicht.«

»Und? War gut?«

»Hmmmmm«, machte Eske wieder.

»Alles klar«, feixte ich. »Wie hat er's angestellt?«

»Oh, gut!«, erklärte Eske. »Er meinte, wenn auf die neue Wohnung anstoßen, dann stilecht. Deshalb hat er noch eine Flasche Sekt gekauft, und dann sind wir in der neuen Wohnung auf dem Fußboden herumgerollt.«

»Cooler Shit«, antwortete ich anerkennend. »Fantasie und Leidenschaft! Hätte ich Behnke junior gar nicht zugetraut. Respekt.«

»Geht so«, entgegnete Eske mit einem leidenden Unterton. »Mir tut alles weh.«

»Ohne Fleiß kein Preis«, konstatierte ich trocken. Das haben wir gern. Sich hinterher auch noch beschweren wollen! Ich glaub, es hackt. »Wie seid ihr verblieben?«

»Wir sehen uns nachher wieder«, verkündete Eske stolz. »Er kommt zum Essen.«

»Holla«, staunte ich. »Das wird doch wohl nichts Ernstes werden?«

»Vielleicht doch?«, sagte Eske mit Genugtuung. »Wer weiß das schon so genau.«

Waaaah.

»Ist der denn überhaupt solo?«, fragte ich. Sicher ist sicher.

»Mir ist nichts Gegenläufiges bekannt«, sagte Eske eingeschnappt. »Das will ich doch wohl hoffen. Ich muss jetzt Schluss machen. Beine rasieren.«

»Verletz dich nicht«, rief ich ihr noch hinterher.

Aber Eske hatte schon aufgelegt.

Den Rest des Sonntags verbrachte ich damit, mich in Gedanken auf den nächsten Tag vorzubereiten. Engagiert übte ich Blaumann anziehen und Werkzeugkiste aufmachen. Für alle Fälle. Wollte auf alle Eventualitäten vorbereitet sein.

Nach einer halben Stunde konnte ich die Werkzeugkiste auf- und zuschnappen lassen, dass es eine wahre Wonne war. Jean Pütz hatte zwei linke Hände gegen mich.

Danach machte ich einen kleinen Kontrollgang in die Abbestraße und checkte das Klingelschild der Jensen. Sie wohnte im Hochparterre. Perfekt. Ich würde noch nicht mal außer Atem sein, wenn ich bei ihr ankam. Sondern extrem entspannt. Und topfit. Handwerkerin eben.

Niels' Auto war nicht da. Zum Glück. Crispins schon. Ich schielte hinein.

Auf dem Armaturenbrett wackelte noch immer Cheshire vor sich hin, der gestreifte Pappkater mit dem Riesengrinsen.

Wie oft hatte ich wohl auf dem Beifahrersitz gesessen und Cheshires Kopf, der zwecks Wackelvermögen an einem dünnen Nylonfaden baumelte, einen liebevollen Stups verpasst, damit er sich nickend in Bewegung setzte? Der arme Cheshire war mittlerweile so ausgeblichen, dass von seiner gelben Farbe nichts mehr übrig geblieben war. Er war völlig verblasst.

Ob ich wohl auch schon zu verblassen begann in Crispins Erinnerung? Ich versuchte, mir Crispins Gesicht vorzustellen. Binnen eines Sekundenbruchteils sah ich ihn vor mir. Ich konnte ihn förmlich riechen. Seine kratzigen Bartstoppeln auf meiner Haut fühlen. Crispins Wangen, die ganz weich und warm waren, trotz seines markanten, teils schon faltigen Gesichts. Die leicht abstehenden Ohren, durch die es immer so lustig leuchtete, wenn Crispin in der Sonne stand oder vor einer Lampe oder Leuchtreklame.

Schnell weiter. Lieber keine Sentimentalitäten.

Auf dem Rückweg schaute ich auf einen Kaffee bei Jan und

Daniela vorbei. Sie waren ein Herz und eine Seele. Wie immer. Aber als Jan einen Witz zu Ende erzählte, den Daniela begonnen hatte, sah ich zu, dass ich wieder wegkam. Pärchen. Unerträglich. Immer die gleiche Leier.

Mein Auftritt am Montag musste perfekt getimt werden. Auf der einen Seite durfte ich auf keinen Fall in der Abbestraße auflaufen, während Niels noch gar nicht unterwegs war zu seiner Dienstreise. Auf der anderen Seite waren Handwerker Frühaufsteher. Morgenstund hat Gold im Mund, ja ja. Wer weiß, wann die anfangen würden mit ihrer Installiererei!

Also schälte ich mich schon um kurz nach sechs aus dem Bett. Eine knappe Stunde später wählte ich die Telefonnummer, die ich mir im Monsun notiert hatte.

»Kalt und Schaden, Kalt. Guten Morgen!«, posaunte es mir entgegen. Hua. Der Chef persönlich.

»Jensen aus der Abbestraße. Guten Morgen, Herr Kalt «, flötete ich zuckersüß.

Nicht zuckersüß genug anscheinend.

»Frau Jensen!«, sagte der Kalt erstaunt. »Wie klingen Sie denn? Sind Sie erkältet?«

Hmpf.

Ich räusperte mich. »Ja«, krächzte ich in leicht modifiziertem Tonfall und betete, dass ich jetzt ein wenig mehr nach Jensen klang. Scheiße. Wie sollte man auch jemanden imitieren, den man nicht kannte? Was für eine Schnapsidee.

»Na ja«, sagte der Kalt, »da können Sie ja von Glück sagen, dass wir mit der neuen Heizung vorm Herbst kommen, was?«

Dann lachte er dröhnend. Er war bestimmt ein Mann mit Bauchgröße. Ich fragte mich, ob er wohl einen Bart hatte, den er sich zwirbelte, während er lachte.

»Danach wollte ich gerade fragen«, erklärte ich und hustete

demonstrativ. »Wann fangen Sie wohl an heute? Ich muss dringend in die Apotheke, wissen Sie, aber ich will Sie ja nicht verpassen. Hinterher kommen Sie nicht ins Haus. Sind viele Leute nicht da.«

Der Kalt lachte wieder dröhnend. »Richtig schlecht scheint es Ihnen ja nicht zu gehen«, trompetete er. »Ganz die Alte, unsere Frau Jensen. Alles unter Kontrolle, was?«

Himmel, diese Jensen hatte ja wirklich ihren Ruf weg.

»Aber gehen Sie sich ruhig erst mal Medizin besorgen. Der Lehrjunge bestückt gerade den Wagen. In einer Stunde sind wir bei Ihnen.«

Nee, is klar. Harry, hol schon mal den Wagen. Autoritärer alter Sack. Wahrscheinlich hatte der Lehrjunge schon längst einen irreparablen Rückenschaden, während Kalt kaum noch über seinen dicken Bauch gucken konnte.

»Fein«, entgegnete ich gesetzt und hoffentlich extrem jensenmäßig.

»Bis dann, Herr Kalt.«

Klonk, aufgelegt.

Sehr gut. Erste Runde überstanden.

Vor der zweiten Runde hatte ich eindeutig mehr Angst. Nervös krempelte ich am Blaumann herum. Er stank noch immer dermaßen, dass ich nicht anders konnte, als ihn wiederholt mit dem stärksten Parfüm zu beträufeln, das ich besaß. Dieser Blaumann hätte mich noch viel mehr gekostet als nur den unverschämten Anschaffungspreis, wenn ich auf meiner letzten Shoppingtour nicht gerade erst ein neues Chanel-Proberöhrchen zugesteckt bekommen hätte.

Douglas. Come in and freak out. Super.

Konnten die ja nicht wissen, dass ich dieses Parfüm seit Jahren kaufte und deshalb für Proben längst nicht mehr qualifiziert war.

Triumphierend steckte ich das kleine Röhrchen in eine der vielen Blaumanntaschen. Auch Schlüssel, Kompaktpuder, Geld und Handy passten perfekt hinein. Dann machte ich mich auf in die Abbestraße.

Die bekloppte Werkzeugkiste wog schon nach zweihundert Metern Fußweg ungefähr so viel wie ich nach zweihundert Happy Meals. Ich musste sie immer wieder von einer Hand in die andere nehmen, um nicht unter ihr zusammenzubrechen. Gleichzeitig schlurften die Hosenbeine des Blaumanns alle zwanzig Meter aufs Neue über den Boden. Das Krempeln half gar nichts. Der Stoff war nicht fest genug. Er stank also nicht nur, sondern war zu allem Übel auch noch völlig unpraktisch. Von wegen Qualität. Ich schnaubte.

Niels' BMW parkte direkt vor der Tür. Auf dem Rücksitz lag eine Wolldecke. Wahrscheinlich hatte Niels gerade kürzlich mal wieder auf einer seiner Mammut-Touren durch die Republik irgendwo am Autobahnrand gepennt. Extremhorsting par excellence: Immer auf der Durchreise. Überall zuhaus. Und nirgendwo daheim. Spinner.

Mit Herzklopfen schielte ich hoch zur obersten Etage. Links waren noch Fenster gekippt. Mist.

Zusätzlich zum Balkon nach hinten hatte Niels' Haus auch nach vorn zur Straße einen begehbaren Vorsprung. So eine Art Rundum-Terrasse, die nicht nur von seiner, sondern auch von allen anderen Wohnungen im obersten Stockwerk betretbar war. Deshalb musste Niels definitiv seine Fenster schließen, wenn er wegfuhr. Immer.

Auch wenn in seiner Wohnung wahrscheinlich nichts drin war, das irgendjemand ernsthaft hätte klauen wollen.

Es war also davon auszugehen, dass Niels noch da war. Und mir blieb nichts anderes übrig, als zu warten. Die Zeit lief. Schiet. Entnervt sah ich mich um.

Niels' kleine beschauliche Straße war recht exponiert. Es gab keine Bäume zum Verstecken und kein Café, in das ich hätte einkehren können. Der türkische Kulturverein im Erdgeschoss von Niels' Haus war geschlossen. Kein Wunder, es war ja auch noch nicht mal acht Uhr morgens.

Und selbst wenn er geöffnet gewesen wäre: Ich bin mir nicht sicher, ob die türkischen Kulturvereinsmitglieder eine dicke blonde Frau in einem stinkenden Blaumann überhaupt reingelassen hätten.

Wahrscheinlich hatten sie so etwas noch nie gesehen und Angst, ich würde ihnen mit einem ganz besonders fiesen Werkzeug aus meiner beeindruckenden Werkzeugkiste ordentlich einen überbraten.

Ratlos drückte ich mich in den nächsten Hauseingang und holte mein Telefon aus der Tasche, um die Zeit zu überprüfen. Es war kurz nach halb acht. Verdammt noch mal. In einer halben Stunde würden Kalt und sein Lehrjunge hier auflaufen. Und wenn Niels dann noch nicht den verdammten Schlüssel bei der verdammten Jensen abgegeben hatte und über alle Berge war, dann konnte ich meinen verdammten Superplan vergessen.

Noch während ich das Telefon wieder in den Stinkeblaumann zurücksteckte, fuhr ein Taxi vor. Es hielt genau vor Niels' Haus. Ich hielt die Luft an und presste mich in den Eingang, so weit es nur eben möglich war. Dann ging alles ganz schnell.

In dem Moment, in dem Niels die Tür öffnete, riss auch hinter mir jemand die Haustür auf. Mit einem lauten Scheppern flogen die Werkzeugkiste und ich zwei Meter weit in den fremden Hausflur. Die Kiste öffnete sich noch im Flug, und Tausende von Werkzeugen und Kleinteilen verteilten sich im hohen Bogen klirrend auf den Fliesen. Ich landete mit dem Hintern mitten in einem Haufen Dachpappstifte. Erschüttert schrie ich auf. Aua.

»Oh, mein Gott. Entschuldigung«, hauchte die zierliche dunkelhaarige Frau mit der Kurzhaarfrisur und dem beeindruckenden Schlüsselbund in der Hand, an der ich knapp vorbeigesegelt war. Zum Glück. Ich glaube, sie hätte einen Zusammenprall mit mir nur schwerlich unbeschadet überstanden. Ich konnte ihr ansehen, dass sie sich ihren Start in die neue Woche ebenfalls anders vorgestellt hatte.

In Windeseile rappelte ich mich auf und stürzte zur Tür. Gerade noch so konnte ich durch die fast blinden Scheiben sehen, wie der Taxifahrer wieder in den Wagen stieg, nachdem er Niels' Gepäck im Kofferraum verstaut hatte. Niels saß vorne. Er hatte seine Jeansjacke an. Wie immer.

Erleichtert begann ich, meine Siebensachen (schön wär's gewesen, siebenhundert vielleicht?) wieder zusammenzusuchen. Die Frau setzte an, mir zu helfen, aber ich entließ sie mit einem strahlenden Lächeln.

»Lassen Sie mal, das geht schon«, sagte ich und schob sie quasi aus der Tür. »Ist ja nichts passiert.«

»Tut mir wirklich Leid«, sagte die Frau noch einmal bedauernd. »Ich habe Sie einfach nicht gesehen.«

»Das passiert mir sonst nie«, griente ich. »Aber war ja meine Schuld«, setzte ich nach.

Hach. Ich war doch einfach nicht kaputtzukriegen.

»Na dann«, sagte die Frau und stieg mit für ein Persönchen ihrer Größe erstaunlich festen Schritten die Stufen zur Straße hinunter.

Am Fuße der Treppe drehte sie sich noch einmal um.

»Wir können ja mal zusammen – äh – was trinken gehen«, sagte sie dann fast schüchtern, starrte mich bewundernd an und wurde puterrot. »Britta Gänslein. Vierter Stock.« Dann nahm sie die Beine in die Hand und verschwand in Windeseile um die Ecke.

Nee, is klar. Auch das noch. Was war hier eigentlich los? Die ganze Abbestraße war ja wohl voll von Gestörten! Ich schüttelte mich.

Schade, dass ich Eske nicht davon erzählen konnte. Britta Gänslein wäre der perfekte Gast für ihre Lesbensendung gewesen.

In Gedanken sah ich die Gänslein schon bei Fritjof Holland auf der Bühne sitzen, verlegen mit ihrem Schlüsselbund spielen und »Ich gehe mit meiner Neigung ganz offen um« hauchen. Insertierung zum Bild: *»Britta, 32, Angestellte aus Hamburg: Frauen in Blaumännern machen mich einfach an!«*

Hitverdächtig.

Irgendwie schien mich dieses Lesbending extrem zu verfolgen in letzter Zeit. Vielleicht musste ich mir ernsthaft Gedanken machen.

Aber es blieb keine Zeit, länger darüber nachzusinnen. Frau Jensen und Niels' Schlüssel warteten auf mich. Also krempelte ich meinen Blaumann in Form und stiefelte zielstrebig über die Straße.

Als die Jensen mir die Tür öffnete, fiel ich fast in Ohnmacht. Es war die Verkäuferin von Herrenausstatter Wick.

Es dauerte ein wenig, bis ich den Schock überwunden hatte. Auch die Jensen rang für einen Augenblick um Fassung. Aber sie hatte sich schnell wieder gefangen.

»*Sie* sind das«, sagte sie peinlich berührt.

»Kalt und Schaden«, knirschte ich und bemühte mich, ganz professionell heizungsbauermäßig zu wirken. »Ich wollte den Schlüssel für Herrn Rusmann holen. Er müsste hier abgegeben worden sein.«

»Nicht nur der«, sagte die Jensen und drehte sich zu einer dunklen Kommode mit zierlichen Holzfüßchen um, die im Wohnungsflur stand. »Das halbe Haus ist auf den Beinen.«

Sprach's und drückte mir vier Schlüsselbunde in die Hand. Prost Mahlzeit. Ach du Scheiße.

»Sie sind Auszubildende bei Kalt und Schaden?«, fragte sie dann und beäugte mich neugierig.

»Erstes Lehrjahr«, brummte ich Zähne knirschend. »Arbeitsbeschaffungsmaßnahme. Mit einem Japanologie-Studium kommt man heutzutage nicht mehr weit.«

»Ah ja«, machte die Jensen und starrte auf meine Hosenbeine. Irrte ich mich, oder umspielte da tatsächlich ein amüsiertes Lächeln ihren perfekt geschminkten Mund?

»Fangen Sie oben an?«, erkundigte sich die Jensen.

»Wie immer«, antwortete ich routiniert und drückte mir in Gedanken selbst die Daumen.

Puh. Glück gehabt. Die Jensen nickte zustimmend. »Gut«, sagte sie. »Wir sehen uns ja wohl später. Viele Grüße an den Chef.« Dann schloss sie die Tür. Uff.

Ratlos starrte ich auf die vier Schlüsselbunde, die ich so fest umklammert gehalten hatte, dass man schon von den Abdrücken in meiner Haut perfekte Nachschlüssel hätte anfertigen können. Himmel.

Jetzt war guter Rat teuer. Da will man den kleinen Finger und kriegt gleich die ganze Hand! In ein paar Minuten würde der wahre Kalt hier sein und bei der Jensen um die Schlüssel klingeln. Ich musste ihn abfangen. Und vor allen Dingen vorher herausfinden, welcher dieser Schlüssel zu Niels gehörte.

Flugs sprintete ich zur Haustür und scannte die Straße. Noch kein Handwerkerauto in Sicht. Wenigstens etwas. Also machte ich mich auf in den vierten Stock. Ich hatte solches Herzrasen, dass ich befürchtete, jeden Moment einfach tot umzufallen.

Oben angekommen, hatte ich die Qual der Wahl. Drei Wohnungstüren waren da, und an keiner war ein Namensschild.

Ich bemühte mich, die Sache logisch anzugehen und zu überlegen, welche der Wohnungen wohl Niels' war, indem ich mir die Grundrisse des Hauses und den Straßenverlauf vorzustellen versuchte. Keine Chance. Mein eh nur spärlich vorhandener Orientierungssinn war der Aufregung einfach nicht gewachsen und ließ mich schändlich im Stich.

Aber vor einer Wohnung lag eine Fußmatte. Das war ein eindeutiger Hinweis! Nie im Leben hätte Niels sich um etwas so Profanes – oder gar Heimeliges – wie eine Fußmatte gekümmert! Die rechte Wohnung schied eindeutig aus.

Vorsichtig schlich ich zur mittleren Tür und lauschte. Aus der Wohnung kam kein Laut. Todesmutig setzte ich den ersten Schlüssel an. Fehlschlag. Auch vom zweiten Schlüsselpaar wollte keiner passen.

Dann riss jemand eben jene Tür ruckartig auf. Vor Schreck fielen mir sämtliche Schlüssel runter. Sie landeten klirrend auf der Schwelle.

»Was soll das denn werden?«, bölkte mich ein Typ an, der sich offenbar direkt aus der Dusche mal eben kurz auf den Weg gemacht hatte, um die mutmaßlichen Einbrecher in ihre Schranken zu weisen. Und zwar gänzlich unbewaffnet. Mutig. Wow.

Wie ein Racheengel stand er im Türrahmen und starrte mir geradewegs ins Gesicht. Gott, war der unfreundlich. Und sexy. Er trug gerade mal ein Handtuch. Und sonst nichts als glitzernde Tropfen auf der Haut. In seiner Leistengegend lugten keck die Ausläufer eines Tattoos über das weiße Frottee. Mir lief sofort das Wasser im Mund zusammen.

»Äääääääääh«, machte ich. »Kalt und Schaden«, stieß ich dann atemlos hervor. »Ich wollte in die Wohnung von Herrn Rusmann. Wegen der Heizung.« Damit wies ich hilflos auf die Schlüssel, die diesem ganz normalen griechischen Durchschnittsgott akkurat verteilt zu Füßen lagen.

Jetzt rang er sich zu einem Grinsen durch. Uaaaaaaaaah. *Sexy.*

»Ach so«, sagte er. »Das war dann wohl die falsche Wohnung.«

»Das kann man so sehen und so sehen«, dachte ich, aber ich sprach es lieber nicht aus. Ich hatte dazugelernt.

»Tut mir Leid«, murmelte ich und bückte mich, um die Schlüssel aufzusammeln.

Meine Fresse, hatte der Kerl schöne Füße. Am liebsten hätte ich mir gleich seinen großen Onkel in den Mund gesteckt. Aber, wie gesagt, ich hatte ja dazugelernt.

Und ein Zeitproblem. Seufzend klaubte ich die letzten Schlüssel von seinem linken kleinen Zeh.

»Rusmann wohnt nebenan«, sagte der ganz normale griechische Durchschnittsgott und nickte in Richtung linke Tür. »Ich bin heute den ganzen Tag da. Klingeln Sie nachher einfach, wenn Sie bei mir ranmüssen.«

Zonk. Die Tür war zu.

Zum ersten Mal beneidete ich den Lehrjungen von Kalt und Schaden. Der durfte da ran und ich nicht!

Aber davon abgesehen hatte ich Glück. Schon der erste Schlüssel, den ich in Niels' Wohnungstür steckte, passte. Die Tür war noch nicht mal abgeschlossen, sondern lediglich zugezogen worden. Sesam, öffne dich. It's magic!

Zum Triumphieren blieb mir keine Zeit, denn just in dem Moment hörte ich es unten im Erdgeschoss gehörig rumpeln. Kurz darauf ertönte Kalts dröhnende Stimme. Ich erkannte sie sofort wieder.

Hastig zog ich Niels' Tür zu, steckte den richtigen Schlüssel in eine der vielen Blaumanntaschen und raste wie der geölte Blitz die Treppen runter.

Der Kalt sah genauso aus, wie ich ihn mir vorgestellt hatte: Bauchgröße. Eindeutig. Aber einen Bart hatte er nicht. Überhaupt hatte er insgesamt sehr wenig Haare. Kalt stand im Hauseingang und bemühte sich, einen Holzkeil zwischen Tür und Fliesen festzustecken. An der Wand im Flur lehnte bereits ein Heizkörper, und der Lehrjunge schickte sich soeben an, den zweiten hereinzuschleppen.

»Kalt und Schaden?«, fragte ich scheinheilig und setzte meine Werkzeugkiste ab. So, als würde ich den lieben langen Tag nichts anderes tun als Werkzeugkisten zu parken. Die Werkzeugkiste und ich, wir waren quasi miteinander verwachsen.

Jawohl.

»Jau«, dröhnte Herr Kalt. »Und selbst?«

»Hamburger Wasserwerke«, sagte ich souverän. »Ich hab meine kleine Tour durchs Haus fast beendet. Sie können schon mal die Schlüssel haben. Hat die Jensen mir in die Hand gedrückt.«

»Ah jau«, machte Kalt wieder.

»Nur im vierten Stock muss ich gleich noch mal ran«, ergänzte ich beiläufig und drückte Kalt drei der vier Schlüsselbunde in die Hand. »Bei Rusmann. Aber ich muss schnell das passende Ersatzteil besorgen. Den Schlüssel geb ich Ihnen dann rüber, sobald ich da fertig bin. Stündchen höchstens.«

»Ah jau«, wiederholte Kalt.

Speaking of breaking news.

Wenigstens machte er mir keinen Ärger. Dann flitzte ich aus dem Haus.

»He, Sie S-pezialistin«, brüllte Kalt mir hinterher. Er s-tolperte über den s-pitzen S-tein. Ganz der Hanseat. »Sie haben Ihre Werkzeugkiste vergessen! Oder soll ich etwa drauf aufpassen?« Dann lachte er dröhnend.

Wie senil kann man sein. Mit hochrotem Kopf klemmte ich mir die bekloppte Kiste unter den Arm und machte mich auf zum nächsten Schlüsseldienst. Ich ließ sowohl von Haus- als auch von Wohnungstür jeweils zwei nachmachen. Ein Paar davon befestigte ich gleich an meinem Schlüsselbund. Vorausschauende Planung, sag ich nur, und war daraufhin erfüllt von einer tiefen, nur selten empfundenen Genugtuung.

Eine Dreiviertelstunde später drückte ich dem Lehrjungen von Kalt und Schaden Niels' Originalschlüssel in die Hand.

Kalt hatte ihn losgeschickt zum Frühstück holen, er lief mir noch vor dem Haus in die Arme und hatte die Hände voller Bäckertüten. Etwas zu essen hatte der arme Kerl auch bitter nötig. Er war ganz klein und mickrig und ging schon ganz gekrümmt vom vielen Heizkörperschleppen. Hoffentlich warf der Kalt ihm überhaupt ein paar Bröckchen hin von seinem Cheffrühstück.

Was für ein Schicksal.

Nur mir war es mal wieder extrem wohlgesonnen gewesen. Also das Schicksal. Hätte im Nachhinein betrachtet auch ins Auge gehen können, die Nummer.

Zum Beispiel, wenn ich im vierten Stock an der mittleren Tür hätte klingeln müssen, um Kalt die Schlüssel zu überreichen. Wäre bestimmt nicht gut angekommen beim ganz normalen griechischen Durchschnittsgott, die Situation. Passierte selten, dass jemand innerhalb von einer Stunde die Anstellung wechselte, und dann auch noch von Kalt und Schaden zu den Hamburger Wasserwerken! Schwein gehabt.

Pfeifend schlich ich nach Hause, entledigte mich des Stinkeblaumanns und fuhr in die Redaktion. Es war kurz nach zehn, und es war ein ganz normaler unerträglicher Montag. Wohl kaum jemand hatte an diesem Morgen schon so viel geschafft wie ich. Früher Vogel fängt den Wurm. Ha.

Bis zum Feierabend dauerte es eine halbe Ewigkeit. Die Minuten krochen, und die Popstars nervten. Ganze fünf Mal wurde mein Interviewtermin mit der jüngsten Entdeckung am Popstarhimmel verschoben. Auch eine Art, Hypes zu kreieren. Da wurde ja der Hund in der Pfanne verrückt. Und ich erst mal.

Ich konnte es kaum abwarten, meinen Schreibtisch zu räumen und Niels' Wohnung zu stürmen. Das Sondereinsatzkommando Rittner kommt auch ohne Durchsuchungsbefehl, ätsch. Pünktlich gegen sechs machte ich mich auf den Weg zurück nach Ottensen. Um halb acht schloss ich andächtig Niels' Wohnungstür auf.

Als sie aufgeschnappt war, hielt ich einen Moment inne. Ich wollte den historischen Moment mit der ihm gebührenden Feierlichkeit auskosten. Dann huschte ich in den Wohnungsflur und zog die Tür hinter mir sanft wieder zurück ins Schloss.

Vorsichtig sah ich mich um.

Ich hatte mich nicht getäuscht. Niels hatte sich wirklich nicht geändert. Auch in dieser Wohnung empfing mich die große Leere.

Sie hatte den Charme einer Lagerhalle: Kalt. Unbewohnt. Kein Zuhause, sondern ein Provisorium für unliebsame Zwischenstopps. Und diesmal sah ich noch nicht mal halb nackte Sterilbeauties an der Wand. Die Wände waren so unbestückt wie der gesamte Rest der Wohnung.

Wie damals in Hannover lief es mir kalt den Rücken herunter. In Gedanken befand ich mich plötzlich wieder genau dort. Auf der Isomatte, auf die Niels mich bei meinem Besuch verfrachtet hatte, um mich auch in der eindeutigsten aller Situationen auf Distanz zu halten. *Gerade* in der eindeutigsten aller Situationen.

Das hatte Niels ständig getan: Immer wieder war er einen Schritt zurückgewichen, just in jenem Moment, wenn er überschäumend und rücksichtslos alle Grenzen der Unverfänglichkeit überschritten und mich dazu gebracht hatte, ihm ebenfalls näher zu kommen. Immer und immer wieder war er mir durch brennende Reifen entgegengesprungen und hatte mir dann im nächsten Augenblick eimerweise Wasser ins Gesicht geschüttet. Wie im Zirkus.

Coole Nummer.

Vielleicht war es für Niels ein Spiel gewesen. Ein ziemlich zermürbendes Spiel für ahnungslose Idiotinnen wie mich. Das Spiel von Macht.

Ein Hin und Her von Stärke und Schwäche, purer Provokation und absoluter Hingabe. Mit eingebautem Flux-Kompensator oder wie das hieß. Zack, ausgebremst und weggebeamt.

Plötzlich wurden mir die unfairen Regeln dieses Spiels so offensichtlich wie selten zuvor, und die Erkenntnis, dass ich noch immer darin gefangen war, ärgerte mich.

Niels war ja noch nicht einmal in der Nähe! Und dennoch genügten allein die Ahnung, der Duft, der eisige Hauch seiner Anwesenheit, um mir das so bekannte Gefühl des Ausgeliefertseins so viel deutlicher zu machen, als mir lieb sein konnte. Ein Scheißgefühl war das.

Scheißspiel.

Meine Wangen brannten, als ich endlich zu sortieren begann, was ich sah.

Links von der Eingangstür lagen Bad und Küche. Das Bad war klein, der typische hamburgische Fall von »Ich war mal eine Speisekammer«. Selbst wenn Niels gewollt hätte, viel war da nicht unterzubringen.

Und dennoch. Zu einem regelmäßig aufgesuchten Junggesellen-Klo gehörte bei geistiger Gesundheit seines Bewohners ja wohl wenigstens eine angegilbte »Pinkeln-nur-im-Stehen«-Postkarte, ein Haufen alter Zahnbürsten mit Borsten in alle Himmelsrichtungen (gern in einem Plastikbecher mit blödem Gesicht, wahlweise auch einfach in einem Whiskyglas o. ä.) oder ein beknackter Seifenspender in Form einer nackten Frau.

Hier gab es nichts davon.

Über dem simplen weißen Duschvorhang (immerhin) hing traurig ein angegrautes Frotteehandtuch. Ein in seiner weiteren Ausbreitung abrupt unterbrochener leichter Rostrand auf der breiten Seite des Waschbeckenrandes deutete daraufhin, wo Niels' Rasierschaum stand, wenn er nicht gerade damit auf Reisen war. Der weiß gekachelte, leicht schmuddelige Fußboden bot keinerlei Halt für nasse Füße. Er war nackt wie die Wände. Krankenhaus-Atmosphäre pur.

Vorsichtig öffnete ich den Spiegelschrank über dem Waschbecken. Ich fand drei Päckchen Taschentücher, eine unangebrochene Tube Zahnpasta, eine Nagelschere mit verbogener Spitze.

Und Pillen. Ohne Schachtel und Beipackzettel. Gänzlich nackt lagen sie da in ihren zeitlosen, knisternden Hüllen aus Aluminiumfolie und weißem Kunststoff.

Neugierig nahm ich sie in die Hand.

»Nystatin«, stand auf der Rückseite der Packungen.

Davon hatte ich noch nie gehört.

Vielleicht ganz profane Kopfschmerzmittel. Oder Vitamine. Oder Magnesium, Eisen, Zink. Was weiß ich.

Vielleicht aber auch ein Hinweis auf eine unheilbare Krankheit! Krebs oder Lepra oder Ebola! Oder AIDS!

Vielleicht hatte Niels nur noch zwei Jahre zu leben und sich deshalb nicht auf eine Beziehung mit mir eingelassen.

Und schon gar nicht auf Sex.

Verzicht aus Liebe!

Genau.

Selbstlos, heldenhaft, schmerzbeladen!

Ich war schwer beeinduckt. Das musste recherchiert werden. Gewissenhaft notierte ich »Nystatin« in meinem Hirn, indem ich das Wort fünf-, sechsmal laut vor mich hin murmelte. Dann machte ich mich auf in die Küche.

Für deren Inspektion brauchte ich nicht lange: Niels besaß

drei Teller, drei Kaffeebecher, zwei Gläser, vier Löffel, drei Messer und eine Gabel. Eine saubere. Zwei dreckige vegetierten in der Spüle vor sich hin, samt eines undefinierbaren Gebildes, das vor Urzeiten ein so gut wie keimfreier Küchenlappen gewesen sein musste. Iiiiiiiek.

Im Kühlschrank lagen ein angebissenes Fladenbrot, ein wenig Schafskäse (lose verpackt, vom Türken) und drei Flaschen Beck's Alkoholfrei. Viel mehr gab es nicht zu sehen.

Niels' Situation hatte sich im Vergleich zu Hannover lediglich insofern gebessert, als dass der wackelige Küchentisch gegen einen Nachfolger ausgetauscht worden war, um den sage und schreibe zwei komplette Stühle herum standen. Wow.

Zwei Stühle! Wofür brauchte Niels plötzlich zwei Stühle? Vielleicht hatte er doch eine Freundin, mit der er sonntags am Küchentisch saß und Kaffee trank!

In heller Aufregung durchsuchte ich den Rest der klapprigen Schränke. Kaffee fand ich nicht, aber dafür eine angebrochene Packung Cornflakes und einen Blasen- und Nierentee. O Gottogott. Niels schien wirklich in einem desaströsen gesundheitlichen Zustand zu sein.

Deprimiert machte ich mich auf den Weg in das nächste Zimmer.

Das Heiligste. Niels' Schlafzimmer. Auch wenn es diese Bezeichnung nicht wirklich verdiente. Möblierung wie gehabt: Matratze und ein Haufen Klamotten auf dem Fußboden. Fertig. Das Bettzeug war zerwühlt. Neben dem Kopfende lagen ein paar Bücher.

Input! Endlich Input!

Triumphierend hockte ich mich hin und durchforstete den kleinen Stapel.

Aber ich hatte mich zu früh gefreut.

Das war alles nur Fachliteratur. Fachchinesisch!

Es ging ausschließlich um Programmiersprachen und Chipentwicklungen und die Entwicklung eines hoch komplizierten Mautsystems für die Lkw-Abfertigung auf Autobahnen. Oder so ähnlich. Na super.

Dem Inschenör war also wirklich nix zu schwör. Dem Programmierer-Inschenör erst recht nicht. Und Niels sah sich wahrscheinlich als der Daniel Düsentrieb von Ottensen. Hochbegabt.

Von der nicht vorhandenen emotionalen Intelligenz mal abgesehen.

Ich seufzte, als ich das vermeintlich letzte Druckwerk hochhob, eine Imagebroschüre von der Firma, in der Niels angestellt war. Das Unternehmen sah auf dem Prospektumschlag wie ein Urlaubsparadies aus mit der großen grünen Wiese vor dem Hauptgebäude und den Sonnenstrahlen, die sich in seinen Fenstern brachen.

Und darunter lag sie.

Wie erdrückt unter all den Schriften, die trotz ihrer geringeren Bedeutsamkeit viel größer und schwerer waren als sie selbst, blinzelte mir vorwurfsvoll »Prinzessin Horst« entgegen.

Die Prinzessin. Das Pixi-Büchlein, das Niels mir geschenkt hatte und das das Tüpfelchen auf dem i gewesen war, damit ich mich rettungslos in ihn verliebte.

Mit einem Mal waren sie wieder da, die Königskinder, Prinzessin Horst und Prinz Daniela, auf ewig miteinander verwoben, ineinander verschränkt, aufeinander angewiesen, vollständig nur im Wechselspiel der Gegenseitigkeit, im Neben- und Miteinander.

Ich schluckte.

Mein Exemplar von »Prinzessin Horst« war längst die Elbe hinaufgetrieben, zusammen mit allem anderen, was mich an Niels erinnert hatte.

Zögerlich nahm ich das Büchlein in die Hand.

Es sah abgewetzt aus. Die Umschlagrückseite, auf der Pixi seinen kleinen Lesern erklärte, wie man sich bunte Namensschilder für die Kinderzimmertür basteln konnte, hatte ein großes Eselsohr in der oberen äußeren Ecke.

Meine Lieblingsseite hatte einen Fettfleck:

GROSSES PIXI-REVUE INTERVIEW!
Pixi-Revue: König, wünschen Sie sich vielleicht einen Jungen?
König: Ja!
Pixi-Revue: Danke für das Interview!

Fettfleck hin oder her, die Stelle war einfach großartig. Ich kicherte.

Für eine gefühlte Ewigkeit saß ich da, vor Niels' Matratze, und blätterte mich durch Prinzessin Horst. Immer und immer wieder, von vorn nach hinten, von hinten nach vorn, von der Mitte in alle Richtungen.

Niels hatte sie aufbewahrt, die Prinzessin. Sie lag neben seinem Bett! Ich hatte ihm also doch etwas bedeutet.

Ich musste ihm einfach etwas bedeutet haben!

Oder sah er in der Prinzessin nicht mehr als das, was sie für viele andere war – ein extrem niedliches Kinderbüchlein, dessen Message, mal philosophisch betrachtet, äußerst poststrukturalistische Züge hatte und für Kinder deshalb eigentlich noch gar nicht zu begreifen war?

Ich bezweifelte, dass Niels jemals von den Poststrukturalisten gehört hatte. Er war Techniker, kein Philosoph. Und ich bezweifelte auch, dass er seinen Kopf »nur so« Nacht für Nacht neben der Prinzessin parkte.

War das jetzt mein Triumph? Die Entdeckung meines ganz persönlichen Friedens? Oder doch nur ein Hirngespinst meiner blühenden Fantasie? Ein Ergebnis meiner vielzähligen Überinterpretationen, die ich mir im Grunde zurechtbiegen konnte, wie ich es wollte?

Ich dachte so schnell, dass die Synapsen im meinem Hirn einander überholten und sich überschlugen vor Eifer. Auf einen grünen Zweig kam ich nicht.

Schließlich riss ich mich verwirrt los.

Sorgfältig auf ihre Reihenfolge achtend, stapelte ich die Bücher wieder auf dem Teppich.

Auf zu neuen Ufern.

Aus dem eigentlichen Wohnzimmer hatte Niels ein Arbeitszimmer gemacht. Ich staunte, denn es gab nicht nur einen Schreibtisch, sondern auch ein Regal. In Hannover hatte Niels' Rechner noch auf dem Boden gestanden, aber hier thronte er auf einem richtigen Tisch mit Tastaturablage und integrierter Kabelführung.

Ein hässliches Möbel zwar, aber immerhin ein Möbel.

Ehrfürchtig starrte ich es an.

Neben dem Monitor lag ein Stapel Papiere. Interessiert blätterte ich sie durch. Ich fand:

1. eine Rechnung von einer BMW-Werkstatt für einen neuen Blinker
2. ein altes Vorlesungsverzeichnis
3. eine Ausgabe vom »Kicker«
4. eine Konzertkarte für Herman van Veen
5. die Ausgabe der »piste« von vor ungefähr sechs Monaten, in der zufällig Alf und ich abgelichtet waren (Irgendeine Party. Alf hatte von hinten die Arme um mich geschlungen und streckte der Fotografin die Zunge raus. Ich grinste debil und machte das »Victory«-Zeichen, eindeutig viel zu besoffen, um noch fotografiert zu werden)

6. eine Menükarte von Joey's Pizza-Service

7. einen ALDI-Prospekt mit dem letzten Rechner-Sonderangebot

8. einen Kassenbon von Budninkowsky (Rasierschaum, Mülltüten, Shampoo) mit einer eilig darauf gekritzelten Mailadresse (postfuerpia@gmx.de)

9. die Buchungsbestätigung und Rechnung für einen Flug nach Rom (den Daten nach zu urteilen die Dienstreise)

10. diverse Tankquittungen

11. eine Postkarte

Neugierig inspizierte ich die Postkarte. Sie kam aus Horst von Niels' Mutter. Drauf stand Folgendes:

»Hallo Niels! Ein kleiner Gruß aus Walkenhorst. Hoffe, du bist nicht zu sehr im Stress. Freue mich schon auf deinen nächsten Besuch. Mama.«

Hmmm-hmmm. Niels im Stress?

Nur weil er darüber nachdachte, wie man Brummifahrern am besten die Cents aus der Tasche zog?

Abfällig legte ich die Stirn in Falten und die Postkarte zurück auf den Tisch.

Ob Niels' Mutter überhaupt ahnte, was ihr Sohn für einer war?

Oder hatte Niels vielleicht ein ernst zu nehmendes Mutterproblem und kam deshalb nicht mit Frauen klar?

Gott, war das spannend. Ich hatte Herzklopfen.

Und ziemliche Angst.

Die »piste«! Warum zum Teufel bewahrte Niels über ein halbes Jahr lang ein längst abgelaufenes Veranstaltungsmagazin auf? Mir fiel dafür nur ein Grund ein. Das Foto von Alf und mir.

Das war gruselig.

Hastig durchblätterte ich das Exemplar.

Wenigstens hatte Niels das Foto nicht schwarz umrandet und einen Totenkopf daneben gemalt.

Mit Argusaugen inspizierte ich die Seite. Keine besonderen Merkmale eigentlich. Aber der Knick in der Mitte ließ darauf schließen, dass das Heft über längere Zeit genau an dieser Stelle aufgeschlagen gewesen sein musste.

Bäh.

Einer plötzlichen inneren Eingebung folgend raste ich zurück ins Schlafzimmer und riss ruckartig die Bettdecke von der Matratze. Fehlanzeige. Nicht die kleinste Spur von Sperma auf dem braunen (iiiiiiieeeeek!) Frotteebettlaken.

Na gut. Dann eben nicht.

Zurück im Arbeitszimmer machte ich mich über das Regal her.

Der Ordner sprang mir sofort ins Auge. In mein drittes wahrscheinlich.

Irgendwie war mir klar gewesen, dass in diesem Ordner etwas auf mich wartete.

Er trug ein großes »M« auf dem Rücken. »M« wie »meins« oder »Mietangelegenheiten« oder »Modellbauentwürfe«.

Oder Mona.

Seelenruhig nahm ich ihn aus dem Regal und schlug ihn auf. Was ich fand, überraschte mich nicht sonderlich.

Niels hatte unseren kompletten Mailverkehr abgeheftet. Alles.

28. Oktober 1999. 30. Oktober 1999, 16.04 Uhr. Re: 30. Oktober 1999, 16.21 Uhr. Re: 30. Oktober 1999, 16.35 Uhr. Und so weiter und so weiter.

Ich las.

Und dann weinte ich.

Lautlos. Dicke Tränen rollten mir über das Gesicht, während Niels' und meine Geschichte an mir vorüberzogen.

Das erste behutsame Kennenlernen. Noch unbedarft, ein Kessel Buntes scheinbar ohne Ziel, pure Neugier. Die Faszination von Worten, wenn sie nur geschrieben stehen und keinen Nachhall haben in der reellen Welt.

Dann die ersten Anspielungen.

Die ersten vorsichtig eingeflochtenen, liebevollen Bemerkungen, wie zufällig fallen gelassen und doch so gezielt platziert.

Veränderung des Tonfalls nach dem ersten Treffen: Von behutsam zu überschäumend, rasend verliebt, Bemühung romantischster Bilder, Kitsch ohne Reue. Die Königskinder auf der Bühne ihrer eigenen Projektionen mit einem Hofstaat aus überwältigenden Gefühlen, rücksichtsloses Aufeinanderzustürmen, atemloses Ineinandereindringen.

Irgendwann die erste Trennung.

Eine gute Woche Pause nur, dann Überbrücken der erneut geschaffenen Distanz mit Schallgeschwindigkeit, doppelt brachial.

Zwischendurch immer und immer wieder Niels' kleine Fluchten. Ausflüge in seine andere Welt. Kühl. Ablehnend. So plötzlich und heftig wie eine Flutwelle, die unerwartet über einen hereinbricht und alles mit sich zu reißen scheint, für das es bisher zu schwimmen lohnte.

Ebbe, ruhige See und Springfluten, immer und immer wieder.

Bis zum Vollcrash im Mai 2000.

Das war jetzt fast genau ein Jahr her.

Peng. Aus. Vorbei.

Hätte man meinen sollen, aber es war dann doch etwas nachgekommen: Niels' Umzug ins Viertel und sein damit einhergehendes Schweigen.

Im September hatte ich ihm noch einmal geschrieben.

Ich hatte es nicht mehr ausgehalten.

Meine Mail war das letzte Dokument im Ordner, eine verzweifelte Mischung aus Nichtverstehen, bodenloser Angst, in seinen Grundpfeilern erschüttertem Urvertrauen und dem wahnsinnigsten aller Gefühle: der scheinbar einen und großen und bedingungslosen Liebe.

Und der unerfüllten.

Mäh.

An Niels' Antwort auf diese Mail erinnerte ich mich noch genau:

Re: Looping
Was nicht ist, ist nicht. Sei stark. Sei eine Frau.

Ausgerechnet diese seine Mail hatte Niels im Ordner nicht abgeheftet. Ich hätte schreien können vor Verzweiflung.

Was dann passierte, änderte alles.

4.

Eske.

Was kann ich tun, um Mona und damit mir das Leben zu erleichtern? Mona braucht eine Aufgabe, die sie von mir ablenkt. Es reicht nicht mehr, dass sie ihre Erlebnisse aufschreibt. Darin hat Mona jetzt schon so viel Übung, dass es sie einfach nicht genügend auslastet. Sie hat zu viel Zeit, die ich gefälligst mit ihr verbringen soll. Prinzipiell spricht ja nichts dagegen, die Zeit mit seiner besten Freundin zu verbringen, aber ich habe nicht jeden Tag Lust, mich beschimpfen zu lassen: Ich wäre langweilig geworden, meine Nichtraucherpläne würden nerven, und vor allem würde ich nicht genug Zeit mit ihr verbringen. Woran das wohl liegt!

Jedenfalls habe ich Mona jetzt zum Essen bei mir und meinem Freund in dessen Wohnung eingeladen. Es kommt auch noch ein guter Freund von ihm. Was für ein verzweifelter Versuch von mir, Mona an den Mann zu bringen! Der Typ ist Mona zweifellos nicht gewachsen, was nicht körperlich gemeint ist, denn er ist sehr groß und kräftig und sieht auch gut aus. Vielleicht reicht es ja, dass er für einige Wochen Monas Boytoy ist. Mona ist meines Erachtens momentan nicht in der Position, auch noch Ansprüche stellen zu können.

Mein Freund war erstaunlich kooperativ, als ich ihm nach seiner anfänglichen Skepsis erklärte, dass bei Gelingen des Projektes ich auch viel ausgeglichener und dementsprechend viel netter zu ihm wäre. Hoffentlich erscheint Mona nüchtern.

Mona.

Ich weiß nicht genau, was mich ritt, als ich den Ordner kurzerhand zuschlug, ihn mir unter den Arm klemmte und mit ihm Niels' Wohnung verließ. Ich nehme an, es war schlicht ein Anfall debiler Sentimentalität: Meine persönliche Auflage von Niels' und meinen Mails hatte ich die Elbe hinaufgeschickt, und jetzt wollte ich eine neue.

Der Plan schien simpel und ungefährlich: Gleich am nächsten Morgen würde ich im Copyshop an der Friedensallee die ganze Soße einfach einmal durch den Kopierer jagen und den Ordner dann in aller Seelenruhe wieder zurückbringen. War ja auf Dienstreise, der Horst.

Aber da hatte ich die Rechnung ohne Eske gemacht.

Sie lief mir auf dem Weg in ihre neue Wohnung mitten vor Niels' Haustür in die Arme.

Scheißendreck.

»Was machst *du* denn hier?«, fragte sie verwundert. Sie hatte eine Flasche Wein unterm Arm.

»Äääääääh«, machte ich.

Ich war wie vor den Kopf geschlagen, und mir fiel einfach keine Ausrede ein.

Jedenfalls keine, die schlauer war als »Ich arbeite jetzt nebenberuflich als Marktforscherin und habe soeben ausgerechnet in Niels' Haus meine ersten erfolgreichen Gespräche zum Thema ›Deodorants: Notwendiges Übel oder ein Stück Lebensqualität?‹

geführt, die ich jetzt zu Hause akribisch auswerten, mir damit in der Branche einen guten Namen machen und dadurch schon bald zur Regionalleiterin aufsteigen werde.«

Noch einmal machte ich in einem hilflosen Versuch den Mund auf, aber raus kam nichts außer eines verzweifelten Gurgelns.

Es erinnerte mich stark an die unangenehmen Geräusche, die meine Bettnachbarin im AK Altona von sich gegeben hatte. Ihr Verdauungsproblem war nicht leicht zu ertragen gewesen für eine frisch Operierte wie mich.

Übrigens auch Niels' Schuld, die OP. Mir war aus lauter Wut und Ärger und Aufregung über ein halbes Jahr lang sprichwörtlich die Galle hochgekommen. Hatte mich dann auf den freundlichen, aber bestimmten Rat eines ganzen Ärztegeschwaders hin von meiner Galle trennen müssen. Letztlich doch alles psychosomatisch.

Misstrauisch beäugte Eske mich und meinen papiernen Schatz.

»Was hast'n da?«, fragte sie dann, bückte sich blitzschnell, um ihre Weinflasche abzustellen, und riss mir den Ordner ohne Vorwarnung aus der Hand.

Prost Mahlzeit.

Eske brauchte nicht lange, um anhand der Beweislage alle erforderlichen Zusammenhänge herzustellen. Sie legte unverzüglich eine eins a Gesichtsgrätsche hin.

»Ich brech ins Essen«, stöhnte sie.

Wenn hier einer Grund gehabt hätte zu speien, dann wäre das ja wohl ich gewesen.

Eske regte sich tierisch auf.

»Wo kommt *das* Zeug denn her?«, keifte sie. »Ich dachte, die Dinger hätten wir allesamt in die Elbe geschmissen! Im Original! Du hast mich angelogen! Oder wie soll ich das verstehen? Was hast du vor damit? Den Ordner bei Niels in den Briefkasten schmeißen? Damit seine sentimentale Ader geweckt wird? Wegen der guten alten Zeiten? Sag mal, *spinnst* du eigentlich?«

»Das ist nicht ...«, hob ich schwach an.

»›Das ist nicht so, wie du denkst‹, schon klar«, äffte Eske und zeterte weiter. »Mona, du gehörst wirklich in die Anstalt! Verdammt noch mal! Was soll der Scheiß?«

»Der Ordner gehört Niels«, sagte ich resigniert, während Eske kurz nach Luft schnappte.

»Hä?«

»Der Ordner gehört Niels«, wiederholte ich, klappte ihn in Eskes Armen zu und nahm ihn ihr aus der Hand.

Eske ließ es verdattert geschehen. »Was?«

»Der-Ord-ner-ge-hört-Niels«, intonierte ich noch einmal deutlich. »Er stammt aus seiner Wohnung. Ich habe ihn da rausgeholt. Ich habe einen Schlüssel.«

Ätsch.

Eske verstand überhaupt nichts mehr. Ihr war der Unterkiefer runtergeklappt, und auf ihrer Stirn hatte sich wieder diese unsägliche Falte gebildet.

»Jetzt verstehe ich überhaupt nichts mehr«, sagte sie überflüssigerweise.

»Ich erklär's dir«, entgegnete ich beflissen. Ich klang ganz ruhig. »Du erinnerst dich vielleicht: Monsun. Behnke junior. Kalt und Schaden. Handwerker. Der Horst war am Telefon wegen Dienstreise und Schlüsselübergabe. Wegen der Heizung. Ich hab zugehört, während du auf dem Klo warst. Und dann hab ich mir den Schlüssel bei der Nachbarin geholt.«

Eske kiekste entsetzt. »Das hast du nicht wirklich getan«, bölkte sie. »Sag, dass das nicht wahr ist.«

»Doch«, sagte ich trotzig, kramte in meiner Hosentasche und hielt ihr zwei Schlüssel hin. Einmal Haustür, einmal Wohnungstür.

Das Paar an meinem Schlüsselbund verschwieg ich lieber.

Eske warf theatralisch die Arme in die Luft. »O Herr, lass Hirn vom Himmel«, ächzte sie.

Dann wurde sie böse. Aber mächtig böse.

Sie schrie mich an. So Sachen wie wenn Behnke junior das rausfände und ich hätte sie nicht alle und wäre eine hinterlistige dumme Kuh und würde ihre junge Liebe aufs Spiel setzen und mich strafbar machen (Spießerin!) etc. etc.

Und das mitten auf der Straße. Hoffentlich sah Britta Gänslein nicht just in diesem Moment aus dem Fenster in ihrem vierten Stock. Falls ja, musste sie denken, ich wäre ab sofort wieder zu haben. Es sah verdammt nach Ärger aus. Irgendwann rollte sogar die Weinflasche quer über die Straße, weil Eske sie beim Toben über den Bürgersteig aus Versehen mit dem Fuß gestreift hatte.

Entnervt zog ich den Kopf ein.

»Es ist doch nichts passiert«, verteidigte ich mich und bemühte mich um ein unschuldiges Gesicht. »Niemand hat mich gesehen. Reg dich nicht auf. Alles in Butter.«

»Nichts ist in Butter«, motzte Eske empört. »Du hast echt Humor. Was hast du damit vor?«, fragte sie dann und wies auf den Ordner.

»Kopieren«, erklärte ich. »Wegen der Erinnerung.«

»Damit du dir alle bisher geleistete Liebeskummerarbeit schön wieder kaputtmachst, ja? Das kommt überhaupt nicht in Frage.«

Mit diesen Worten nahm sie mir den Ordner erneut ab und hielt fordernd die Hand auf.

»Los los«, befahl sie, »her mit den Schlüsseln. Der Ordner wird zurückgebracht. Und zwar jetzt. Von mir persönlich, wenn es sein muss.«

Ich knirschte mit den Zähnen.

»Mona!«, brüllte Eske. »HER MIT DEN SCHLÜSSELN! Aber dalli! Sonst verpfeif ich dich bei Behnke junior. Und das meine ich ernst!«

Das konnte ich sehen. Eskes Augen funkelten. Sie war extrem in Fahrt. Und gnadenlos. Behnke junior musste ihr wirklich wichtig sein. Mein Seelenheil vielleicht auch, aber in diesem Moment besaß ich nicht die Reife, das gebührend zu würdigen.

Die blöde Zufallsfraktion hatte es wieder mal geschafft, mich in die Bredouille zu bringen. Aber so richtig. Und es hätte alles so schön werden können. Business as usual.

Eske stand noch immer vor mir, wippte ungeduldig mit dem linken Fuß und wedelte mir mit ihrer ausgestreckten Hand vor dem Gesicht herum.

»Ich zähl bis zehn«, drohte sie, »dann ruf ich Behnke junior an.« Ungeduldig klopfte sie auf die Tasche ihrer Jeansjacke, wo sie ihr Handy aufbewahrte.

»Ja doch«, murmelte ich und drückte ihr die Schlüssel in die Hand. Meinetwegen. Gleichzeitig befühlte ich heimlich den Schlüsselbund in meiner anderen Hosentasche. Wenn Eske wüsste. Die hatte ja keine Ahnung!

Und ich hatte ein schlechtes Gewissen.

Eilig zog Eske mich hinter sich her. In Niels' Haus schob sie mich unsanft die Treppen hoch. Währenddessen fluchte sie ununterbrochen vor sich hin. Sie beschimpfte mich am laufenden Band und hielt mir dann doch wieder die Schlüssel hin.

»Deine Fingerabdrücke sind ja schon dran an der Tür«, erklärte sie knurrend.

Während ich Niels' Wohnungstür aufschloss, spähte sie unruhig durch die Gegend.

»Beeil dich«, zischte sie nervös.

Aber ich ließ mir Zeit. Wie ein Profi. Fließende Bewegungen, keinerlei Hektik. Bloß nicht stressen lassen.

Letztlich fand ich es gar nicht so schlecht, dass Eske Niels' Wohnung zu Gesicht bekam. Ich war mir ziemlich sicher, dass das seine Wirkung haben würde. Vielleicht würde Eske jetzt endlich begreifen, warum Niels mich so aus der Bahn geworfen hatte.

So war es dann auch. Fast zumindest. Eske stiefelte ebenso fassungslos durch die Räume wie ich. Sie versuchte, sich nichts anmerken zu lassen, aber ihre Blicke sagten alles. Verstohlen sog sie alles in sich auf: die Leere, die Kälte, die Provisorien, das Fehlen jeglicher persönlicher Note.

»Wie lange wohnt der hier noch mal?«, erkundigte Eske sich, während sie sich aus der Küchentür wieder in Richtung Flur drehte. Es sollte beiläufig klingen, aber ich wusste, dass Eske die Haare zu Berge standen. So wie mir vorher. Die Falte auf ihrer Stirn sprach Bände.

»Seit dem letzten Sommer«, antwortete ich und zuckte mit den Schultern. »Weißt du doch.«

»Starker Tobak«, stellte Eske fest und schüttelte ungläubig den Kopf.

Ich hatte es immer gesagt. Aber sie hatte mir ja nicht glauben wollen. Das hatte sie jetzt davon.

Dann schlug Eske unverzüglich einen geschäftsmäßigen Ton an.

»Wo stand der Ordner?«, erkundigte sie sich und lugte in das Arbeits-Wohn-Unheilszimmer.

Schweigend wies ich auf das Regal.

»Schicker Brüllwürfel«, entgegnete Eske prompt und nickte in Richtung des rechten Regalendes.

Den Ghettoblaster, der dort stand, hatte ich zuvor nur aus den Augenwinkeln wahrgenommen. Er war groß und sah aus, als würde er tüchtig Krach machen, wenn es Not tat. Und er war vor allen Dingen eines: tragbar. Transportabel. Beweglich. Sein überdimensionaler Griff stand keck vom Gehäuse ab. Wie ein höhnendes Mahnmal.

»Schau her«, schien der Griff zu sagen, »schau her. Ich mache dich frei. Flexibel! Unabhängig! Ich brauche keine Wurzeln. Ich hinterlasse keine Spuren, keinen Kabelsalat, keine Verwirrung. Ich diene für den Moment. Ganz wie du es willst.«

Mich fröstelte. Niels hätte sich wahrscheinlich lieber die Finger abgehackt, als sich in seiner Wohnung eine feste Stereoanlage zu installieren.

Im Regal unter dem Brüllwürfel lag eine Hand voll CDs. Herman van Veen, schon wieder. Ein paar dämliche House-Compilations. Die Tindersticks. Und Emiliana Torrini. Ausgerechnet. Mir blieb fast das Herz stehen.

Once in a house on a hill
A boy got angry
He broke into my heart
For a day and a night
I stayed beside him
Until I had no hope
So I came down the hill
Of course I was hurt
But then I started to think.

So viel Geschmack hatte ich dem Horst gar nicht zugetraut! Und so viel Gefühl auch nicht. Für einen Moment war ich Niels wieder zugetan.

Und traurig.

Neugierig nestelte ich am Tuner herum, um herauszufinden, welchen Radiosender Niels eingespeichert hatte. Aber entweder war der Brüllwürfel kaputt oder ich, jedenfalls konnte ich keinen Mucks aus dem Gerät herausholen. Frauen und Technik. Ich lach mich tot.

»Hilf mir mal«, jammerte ich kläglich und sah hoch zu Eske.

Sie stand am anderen Ende des Regals. Der M-Ordner lag vor ihr auf dem Boden, und sie hatte ihre Nase neugierig in einen weiteren Ordner gesteckt. Sie war sehr vertieft. Die Falte auf ihrer Stirn war so steil wie der Grand Canyon. Ein Krater.

»Haaaallloooo«, nölte ich.

Eske fuhr zusammen, als hätte ich sie bei etwas ganz Schlimmem erwischt.

Hatte ich wohl auch.

So fahrig wie sie den mysteriösen zweiten Ordner wieder ins Regal schob und so wie sie versuchte, seinen Rücken dann mit ihrem Körper zu verdecken, während sie sich langsam in meine Richtung schob – da *musste* etwas faul sein. Man nannte mich nicht umsonst »die Beobachterin«.

»Was war das für ein Ordner?«, fragte ich Eske lauernd.

»Ach, nichts weiter«, wiegelte sie ab und machte eine wegwerfende Handbewegung. Ganz und gar nicht typisch für Eske.

Verräterisch.

»Was ist denn? Kriegste nicht in Gang, oder was?«, fragte sie dann und fummelte scheinheilig an den Brüllwürfel-Knöpfen herum.

»Mach du mal«, sagte ich und überließ ihr das Feld. »Irgendwie zickt das Radio. Will wissen, welcher Sender eingestellt ist.«

Dann drehte ich Eske den Rücken zu und schlenderte unauffällig das Regal ab. Währenddessen ertappte ich mich dabei, wie ich tatsächlich zu pfeifen begann. Unmöglich.

Ich begann oft zu pfeifen, wenn ich mich unsicher fühlte und jemand in der Nähe war, der meine Unsicherheit vielleicht mitkriegen würde, wenn ich *nicht* pfiff, sie aber, *wenn* ich pfiff, nur mitkriegte, wenn er eine extrem gute Menschenkenntnis besaß. (Hat das hier irgendjemand verstanden?)

In der Firma zum Beispiel, wenn ich jemandem im gruseligen Treppenhaus begegnete. Da pfiff ich mir regelmäßig die Lunge aus dem Hals. Hauptsächlich bei Vorgesetzten.

Das war so eine Sache mit dem Pfeifen.

Seltsamerweise hatte ich schlechte Laune bei Crispin immer daran erkannt, dass er plötzlich vor sich hin pfiff. Bei guter Laune pfiff er nie! Bei schlechter Laune pfiff er ständig.

Irgendwann war ich so konditioniert gewesen, dass ich schon beim geringsten hörbaren Ausatmer, den man auch nur annähernd mit einem Pfeifen in Verwandtschaft hätte bringen können, auf Habacht-Stellung ging. In die totale Defensive. Rein prophylaktisch. Meistens war darauf tatsächlich ein handfester Streit gefolgt, weil ich mich angemacht fühlte. Ganz egal, was Crispin gesagt hatte.

Die Redewendung »jmd. anpfeifen« erhielt damit in meinen Augen eine ganz eigene Logik. Zu Recht? Vielleicht war Pfeifen schon vor Jahrhunderten eine weithin anerkannte Übersprungshandlung bei Übellaunigkeit gewesen, und der Begriff hatte sich daraus entwickelt! Ergo hatte ich vielleicht gerade ein lang verborgenes sprachgeschichtliches Geheimnis gelüftet!

Prima.

Ach ja: Prima fing mit P an.

Und »P« stand auch auf dem Rücken von jenem Ordner, den Eske so interessiert studiert hatte. Drittes Regal von oben, Mitte. Genau neben dem leeren Platz, den der M-Ordner links von ihm hinterlassen hatte.

Es war ein einfaches »P«, sonst nichts weiter. Genau wie das »M« auf meinem Ordner.

Potzblitz.

Paaaaaaaaargh.

Panik!

Ich pfiff, so laut ich konnte, und streckte meine Hand aus.

Kurze Zeit später lag ich flennend auf dem Fußboden, während Eske neben mir kniete, mir über die Haare strich und unablässig vor sich hin murmelte wie eine Mutter, die ihr verstörtes Kind tröstet.

Wäre sie nicht gewesen, ich weiß nicht, was ich getan hätte.

Vielleicht hätte ich den Brüllwürfel aus dem Fenster geworfen und Emiliana Torrini gleich hinterher. Ohne das Fenster vorher aufzumachen natürlich.

Vielleicht hätte ich aber auch die ganze Nacht und länger in Niels' Wohnung auf dem Fußboden gelegen und in dem Ordner geblättert und mir die Eingeweide aus dem Leib geheult. Oder ich hätte mich ins Familieneck geschleppt und dermaßen gesoffen, dass Aram gleich am nächsten Tag bei der Schufa vorstellig geworden wäre, um mich und meine staatshohe Verschuldung ordnungsgemäß anzuzeigen.

Es wäre mir egal gewesen.

Wahrscheinlich wäre mir alles egal gewesen.

Mein Problem lag woanders.

Denn es gab keinen Zweifel:

Ich war nicht allein.

Es hatte nicht nur Mona gegeben in Niels' Leben.

Sondern auch Pia.

Pia, 27, Werberin aus Berlin.

Postfuerpia@gmx.de.

Kotz.

Die Situation war so simpel wie ihr Beweis eindeutig: Niels hatte mit dieser Pia die gleiche Nummer abgezogen wie mit mir.

Genau die gleiche: Er hatte sie erst heiß gemacht, durch Dutzende Mails und ein paar Treffen zur Unvorsichtigkeit und dann zur Verliebtheit verführt – und eiskalt abgezogen in dem Moment, als sie begonnen hatte, die Sache wirklich ernst zu nehmen.

Offenbar hatten sie und der Horst sich sogar im gleichen Chatroom kennen gelernt, in dem ich damals auf ihn getroffen war.

Niels hatte also auch nach mir noch dort gewildert. »Buster« hatte er sich da genannt, schloss ich aus Pias Zeilen. Nicht mehr

»Rockster« wie bei mir. Die ersten Mails zwischen ihm und Pia waren auf ungefähr drei Monate nach Niels' Umzug in die Nachbarschaft datiert.

Wenigstens war ich zuerst da gewesen.

Aber was half mir das?

Mit Pia hatte Niels geteilt, was er auch mit mir geteilt hatte: Zeilen so zärtlich wie ein sacht bewegtes Seidentuch auf nackter Haut. Und Minuten später Zeilen so brutal wie ein Boxer im Siegesrausch, kalt wie ein Schockfroster. So tot wie ein Stück rohes Fleisch, dem man die Haut abzog und es dann, verdorben, stinkend und endgültig blutleer, als zweiten Gang nach einer köstlichen Vorspeise auf einen Teller klatschte, der zuvor mit einem liebevollen warmen Lächeln serviert worden war.

Nur dass diese ominöse Pia sich weitaus besser im Griff gehabt haben musste als ich: Ihr Ordner war längst nicht so voll wie meiner. Sechs Wochen nur umfasste die Zeitspanne, die Niels abgeheftet hatte.

Der endgültige Bruch war schneller gekommen.

Die letzte Mail im Ordner stammte – wie im M-Ordner – nicht von Niels. Aber Pias letzte Nachricht klang anders als meine: Da war kein Zeichen mehr von verstehen wollen oder von verzweifelten Fragen. Diese Pia hatte es kurz und schmerzlos gehalten.

»Dann fick dich doch selbst«, lautete ihr letzter Satz an Niels.

Wahrscheinlich war sie psychisch stabiler als ich. Oder dünner. Oder Antialkoholikerin.

Hmpf.

»Das ist krank«, stellte Eske fest, nachdem wir die beiden Ordner aus Niels' Wohnung geschleppt und uns in meinem Wohnzimmer systematisch darüber hergemacht hatten.

»Ach«, brummte ich missgelaunt.

Mir tat alles weh, so sehr hatte ich geheult. Nur meine Augen fühlten sich seltsam klar und wach an nach der gründlichen Bewässerung. Auch wenn sie bestimmt nicht so aussahen. Wahrscheinlich waren sie so rot wie der Wein, den Eske und ich innerhalb weniger Minuten vernichtet hatten.

Jetzt schüttete ich Wodka pur aus Eierbechern in mich hinein. Immer schön einen nach dem anderen. Ei, ei, ei, verarscht. Wohlsein.

Mit jedem Wodka änderte sich meine Gemütslage.

Ich wusste einfach nicht, was ich fühlen sollte.

Hass?

Mitleid?

Eifersucht?

Gleichgültigkeit, ja.

Gleichgültigkeit wäre gesund gewesen.

Leider war ich nicht bekannt dafür, die gesunde Lebensweise kultiviert zu haben.

Also rauchte ich Kette und trank und überflog immer wieder die Zeilen auf dem Papier vor mir. Sie hüpften übermütig vor meinen Augen auf und nieder, bis Eske mir den P-Ordner vor der Nase zuschlug.

»Mona«, sagte sie ernst, »das hier ist nicht gut. Das ist gar nicht gut. Ich weiß nicht, was ich dir raten soll außer: Vergiss es. Versuch es zu vergessen. Gib mir die Ordner. Den Rest erledige ich für dich.«

»Kommpgaanichinnetüte«, protestierte ich so nachdrücklich wie ich konnte. »Ichregeldassselbs.«

»Keine Chance«, erwiderte Eske, baute sich drohend vor mir auf und steckte prüfend die Hand in ihre linke Gesäßtasche, in der sie die Schlüssel zu Niels' Wohnung versenkt hatte. »Du hast genug Mist gebaut. *Ich* bringe die Ordner zurück. Heute Nacht noch. M links, P rechts, so war's doch, oder? Und die Schlüssel spül ich's Klo runter. Wenn Behnke junior irgendwas von der Aktion spitzkriegt, reiß ich dir den Kopf ab.«

»Wasisneingtlichmiddem?«, erkundigte ich mich interessiert.

»Wir waren heute Abend ursprünglich auf einen Wein in der neuen Wohnung verabredet. Aber *das* hast du mir ja wohl gründlich versaut. Ich hab ihm noch nicht mal abgesagt«, schimpfte Eske. »Der ist bestimmt angepisst«, fügte sie hoffnungsvoll hinzu.

»Machddochnix«, versuchte ich sie zu trösten. »Willssugeltn, machdichseltn.«

Eske seufzte. »Is klar«, sagte sie. »Los jetzt. Her mit den Ordnern.«

»Geehtnochnich«, widersprach ich ihr lauthals. »Mussersnochinn Koppischopp. Willdasbehaldn.« Eifrig klappte ich auch den M-Ordner zu und streichelte geradezu liebevoll seinen grauen Pappdeckel.

»Nein«, sagte Eske.

»Doch«, antwortete ich trotzig.

»Nein!«

»Jawoooohl.«

»NEIN. Immer einmal mehr nein. Ende der Diskussion.«

»Menno«, beschwerte ich mich. »Immer willst *du* alles bestimmen.«

»Es ist zu deinem eigenen Besten«, sagte Eske und klemmte sich die Ordner unter den Arm. »Schluss jetzt. Lass uns ins Eck schrubben. Das bringt dich auf andere Gedanken. Und auf dem Rückweg mach ich die Dinger hier klar.«

Zerknirscht gab ich klein bei. Es blieb mir nichts anderes übrig. Außerdem war ich genau in der richtigen Stimmung, um mir im Eck die Lampen auszuschießen. Das würde nicht billig werden. Aber alles hatte nun mal seinen Preis.

Im Eck war die Hölle los, alle waren da. Ungewöhnlich für den Wochenanfang, aber mir war es recht. Rocko war bereits so betrunken, dass er und ich uns kaum noch verständigen konnten. Außer auf neue Schnapsrunden. Hauptsache.

Als Rocko begann, ausufernd mit Eske zu flirten (bzw. es zumindest versuchte, was ihm auf Grund seiner Sprachschwierigkeiten nicht einwandfrei gelang und Eske dementsprechend amüsierte), gesellte ich mich lieber zu meiner Nachbarin Susa. Sie wohnte im dritten Stock unseres kleinen quietschgelben Altbaus und arbeitete als Marketingschnalle für eine Unternehmensberatung in der City.

Auf den ersten Blick war Susa um einiges gesetzter und stromlinienförmiger als Eske und ich, und Letzteres nicht nur, weil sie im Gegensatz zu uns groß und schlank war und bei Bedarf sogar in elegante graue Businesskostümchen passte.

Auch sonst war Susa ein bisschen anders: Sie dachte über jede Entscheidung ziemlich lange nach und fällte sie dann meistens ganz rational durch nüchternes, detailliertes Abwägen. Für mich und meine Impulsivität war das manchmal schwer zu ertragen. Außerdem kannte Susa Leute, die Anzüge trugen, in Designerlofts lebten und in München ins P1 gingen. Hossa.

Im Laufe der Zeit hatte sich allerdings herausgestellt, dass Susa auch anders konnte, wenn sie wollte. Sie brauchte zwar ein wenig Anlauf, um aus sich herauszukommen, aber wenn es dann so weit war, stand ich oft fassungslos davor.

Als ich sie zum ersten Mal richtig lachen gehört hatte, zum Beispiel.

Wir waren im Taxi unterwegs gewesen auf dem Weg in die Astra-Stuben, und irgendwer hatte einen Witz gemacht. Er war noch nicht einmal wirklich gut gewesen. Aber Susa hatte gelacht, wie sie es vorher noch nie getan hatte: Laut, dreckig und gemein. Richtig gemein. Wie eine empört meckernde Ziege, der man provozierend an ihrem Bart zog. Dazu hatte sie sich dermaßen auf die Oberschenkel geschlagen, dass die ganze Rückbank wackelte und der Taxifahrer es mit der Angst bekam. Er warf besorgte Blicke in den Rückspiegel und drückte tüchtig auf die Tube, um uns möglichst schnell wieder loszuwerden.

In dem Moment hatte ich das Gefühl, Susa zum ersten Mal so zu erleben, wie sie wirklich war.

Auf der anderen Seite konnte Susa extrem launisch sein. So gut wie der Abend angefangen hatte, so seltsam hatte er geendet: Irgendwann war sie einfach abgehauen. Ohne sich zu verabschieden. Mit *meinem* Geldbeutel, den ich in ihrer Jacke geparkt hatte, weil ich – wie so gern, wenn ich groß ausging – mit einer Hose ohne Hosentaschen bekleidet war (trägt ja alles nur auf). Und ohne ihren Bruder Gregor aus München, der eigentlich bei ihr hätte pennen sollen.

Ich zeigte daraufhin Herz und ließ Gregor auf meinem Sofa übernachten. Jeden Tag eine gute Tat.

Na ja. Ganz uneigennützig war das nicht gewesen. Hätte mich fast in ihn verknallt und in seine strahlend blauen Augen mit den hundert Meter langen tiefschwarzen Wimpern. Aber dann erzählte Susa mir, dass er nicht nur Koch (schlecht für die Figur), sondern auch ein Horst (schlecht für das seelische Wohlbefinden) war. Und antibakterielle Müllbeutel benutzte.

Horror.

Hatte daraufhin schleunigst Abstand genommen.

Susa war ebenfalls Single. Wie eigentlich jede anständige Frau. Allerdings hatte sie schon seit Monaten einen Schwarm. Wir wussten nichts über ihn, noch nicht einmal seinen Namen. Wir wussten nur, dass er im Familieneck gern ein Bier zu sich nahm. Susa hatte sich bisher noch nicht getraut, ihn anzusprechen, aber so, wie sie ihn immer anhimmelte, konnte es nicht mehr lange dauern.

Ansonsten teilten Susa und ich vor allem die Leidenschaft für den kleinen Portugiesen schräg gegenüber an der Friedensallee. Bei schönem Wetter saßen oder standen wir hier stundenlang auf der Straße herum und spülten knusprig getoastete Mozzarellabrötchen mit Milchkaffee hinunter.

Nach einer langen Nacht manchmal auch eimerweise frisch gepressten Orangensaft, von dem wir vermuteten, dass er kurzerhand mit Schale zubereitet wurde, weil er immer ein wenig bitter schmeckte. Wenn unser kleiner Portugiese zumachte, öffnete das Familieneck. Und andersrum. Da kann man sich ja wohl denken, wie Susas und meine perfekten Wochenenden aussahen, die wir uns zwischendurch immer mal wieder gönnten. Dann trennten wir uns nur zum Mittagsschlaf.

Eske trug Susas Ansprüche an meine Zeit mit Fassung. Meistens kam sie irgendwann einfach dazu, und dann machten wir eben zu dritt weiter.

So wie jetzt im Familieneck. Eske hatte die Schnauze voll von Rocko.

»Mit nach Hause nehmen werde ich ihn ja eh nicht«, erklärte sie mit stolzgeschwellter Brust und stellte resolut das Tablett mit dem Tequila vor uns auf dem Stehtisch ab.

»Ach«, sagte Susa. »Das sind ja ganz neue Töne.«

»Eske hat'n Neuen«, klärte ich sie auf. Ganz indiskret. »Endlich mal«, wollte ich noch süffisant hinzufügen. Aber ich riss mich zusammen. Ich wollte den Tequila trinken und ihn nicht ins Gesicht geschüttet bekommen.

So etwas machte Eske gerne mal, daran musste man sich gewöhnen. Erst vorletzte Woche hatte sie Manni (Kumpel von Rocko und Thomas) ein frisch gezapftes Glas Bier (0,4l) über den Kopf gekippt. Einfach so. Ohne Vorwarnung.

»Hat genervt«, hatte sie auf meine Frage nach dem Warum nur knapp geantwortet und gleichgültig mit den Schultern gezuckt. Thema abgeschlossen.

Manni sprach seitdem nicht mehr mit ihr. Auch jetzt saß er beleidigt in der Ecke und versuchte, uns zu ignorieren. Klappte natürlich nicht. Ich prostete ihm zu.

Eske grinste wie ein Honigkuchenpferd.

»Na los«, sagte Susa und stupste sie mit dem Ellbogen an. »Erzähl schon. Wer isses?«

»Der Makler von meiner neuen Wohnung. Beziehungsweise der Verwalter.«

Susa zog die Augenbrauen hoch. »Was denn jetzt?«, wollte sie wissen. »Makler oder Verwalter?«

»Verwalter. Aber er übernimmt auch die Vermietungen.«

»Musstest du Courtage zahlen?«, fragte Susa misstrauisch.

»Nee«, sagte Eske. »Wieso?«

»Sein Glück«, trumpfte Susa auf. »Das ist illegal. Verwaltungen dürfen für Vermietungen aus eigenen Beständen keine Vermittlungsgebühr nehmen.«

So war Susa.

»Hat er ja auch nicht«, stellte Eske fest. Dann ging sie nahtlos zu einem schwärmerischen Ton über.

»Er ist riiiiesengroß *(dazu fuchtelte sie so mit den Händen herum, dass ich vorsichtshalber meinen Tequila festhielt)* und mag AC/DC. Und Kinder. Und – tadaaaaaa *(jetzt breitete sie ihre Arme aus und gebärdete sich wie Luciano Pavarotti on stage)* – mich. Und das Beste: Er hat einen festen Job, so was wie Humor und eine Wohnung. Genau genommen ja sogar mehrere. Außerdem ist er hilfsbereit und charmant. Und sexy. Na ja. Zumindest ein bisschen. Wow! Super, oder?«

Beifall heischend ließ Eske die Arme sinken.

»Und? Hat er auch eine Freundin?«, fragte Susa. »Oder gar eine Frau?«

»Quatsch«, sagte Eske entrüstet und zog einen Flunsch.

»Hmmm«, machte Susa skeptisch.

Mein Reden.

Aber Eske ließ sich nicht den Wind aus den Segeln nehmen.

»Auf Behnke junior«, sagte sie enthusiastisch und hob ihr Schnapsglas. »Wie war eigentlich die Hochzeit?«, fragte sie dann und wandte sich Susa zu.

Susa hatte just am Wochenende mal wieder eine ihrer Kolleginnen vermählt. Susas Bekannte heirateten alle naselang. Eigentlich war sie ständig zu irgendwelchen Trauungen unterwegs. So war das wohl unter Unternehmensberatern. Aber die gingen ja auch ins Valentino's. Oder eben ins P1. Da wunderte mich gar nichts mehr.

»Ganz okay. Mein Tischherr war nett«, erklärte Susa. »Modedesigner aus Paris. Er hat gesagt, wenn ich mal an der Seine bin, kann ich ihn jederzeit besuchen kommen. Aber das Beste an ihm war, dass er irgendwas an den Füßen hatte. Vom Pferd gefallen oder so. War mit Krücken da, konnte nicht tanzen. Musste *ich* dann auch nicht. Praktisch.«

»Und?«, erkundigte ich mich. »War er sexy?«

»Na ja«, sagte Susa zögernd.

»Behindert halt«, ergänzte Eske.

Waaaaaah.

Als ich gegen zwei Uhr nach Hause wankte, fühlte ich mich schlecht. Ich hatte zu viel geraucht, zu viel getrunken, erst zu viel geheult und dann viel zu viel gelacht. Mein ganzer Körper war in Aufruhr. Besonders der Bauch. Und der Kopf. Und die Lunge. Und die Füße. Trotzdem ging ich nicht gleich ins Bett.

Ich setzte mich ins Arbeitszimmer und starrte nach draußen auf die Hauptstraße. Die Straße, die Niels jeden Tag entlangfuhr, um zur Arbeit zu kommen. Ob er überhaupt wusste, dass er regelmäßig ganz dicht an meinem Schreibtisch vorbeischepperte in seinem blöden blauen BMW? Und was diese Pia jetzt wohl gerade tat?

Schlafen wahrscheinlich. Wie jeder vernünftige Mensch.

Versonnen kritzelte ich »postfuerpia@gmx.de« auf die kleine weiße Fläche meiner fast leeren Zigarettenschachtel, da, wo man sie aufklappte.

Dann fasste ich einen Entschluss und fuhr meinen Rechner hoch, die alte Möhre. Ein Wunder, dass ich mit dem Kopf noch nicht schnarchend auf der Tastatur aufgeschlagen war, als das Ding endlich bereit war, Dienst zu tun. Wenig später hatte ich folgende Mail in meinem Ausgangsordner:

Liebe unbekante Pia.
Ich glaube, wirham einn gemeinnsamn Bekanten.
Er heiß Niels un wohnt jetz bei mir umme Ecke.
Vielleich solten wir darüber mal konferiren. Jawol.
Viele Grüße unnbekanterweise.
Mona.

Ich fackelte nicht lang, sondern schickte das Ding einfach ab. Zack, weggebeamt.

Als Nächstes klemmte ich die Zweitschlüssel zu Niels' Wohnung von meinem Schlüsselbund ab und verstaute sie in meiner frisch reparierten Krimskramsschublade unter dem Küchentisch. Wertvolle Dinge müssen entsprechend gelagert werden.

Danach schleppte ich mich ins Schlafzimmer, legte mir den schnurrenden Katze auf den Bauch und schlief innerhalb von Sekunden ein. Ohne Abschminken. Ätsch.

Als ich am nächsten Tag in der Redaktion meine Mails abfragte, hatte Pia bereits geantwortet. Und das nicht unfreundlich, sondern durchaus interessiert. Oder wie sonst sollte ich die acht Fragezeichen deuten, aus denen Pias Mail im Wesentlichen bestand?

Ich beschloss, aufs Ganze zu gehen:

Würde gern mit dir darüber sprechen, habe aber unter den gegebenen Umständen keine Lust auf rein elektronischen Verkehr,
schrieb ich zurück.
Ruf mich an, wenn du magst.
Darunter notierte ich meine Telefonnummer.

Wenn diese Pia mit Niels auch nur annähernd dasselbe erlebt hatte wie ich, dann würde sie sofort verstehen, warum ich auf E-Mails besser verzichten wollte. Und dann würde sie mich anrufen. Da war ich mir sicher.

Also wartete ich.

In den nächsten sechs Tagen dachte ich viel nach: über den Horst und mich, den Horst und Pia, Crispin und mich. Wie schon erwähnt, eigentlich hatte ich gedacht, diese Phase längst hinter mir gelassen zu haben. Aber es war ja nicht das erste Mal, dass es anders lief, als man sich das vielleicht so vorstellte. Eigentlich lief sowieso *immer* alles anders, als man sich das so vorstellte.

Folgende Ereignisse bekam ich deshalb während jener Woche nur am Rande mit:

1. Eske verbrachte drei (in Ziffern: 3!) aufeinander folgende Nächte mit dem Verwalter. Höchst Besorgnis erregend! Aber sie sagte dazu nur, Behnke junior sei »hot« und sie würde mir die Freundschaft kündigen, wenn ich ihn ihr madig machte. Nun ja. Hielt meinen Mund. Hatte genügend eigene Probleme.
2. Noch am Dienstag festgestellt, dass mein Chef in einem ziemlich neuen Auto durch die Gegend fuhr, auf dessen Heckscheibe in großen Lettern »Abi '67« prangte. Das war es dann

ja wohl mit der Autorität. Ich für den Rest der Woche aufmüpfig. Chef sauer. (Noch ein Problem mehr.)
3. Jan stritt sich am Mittwoch zum ersten Mal überhaupt mit Daniela. Ohne Grund, behauptete Jan, aber das glaubte ich ihm nicht. Ich an seiner Stelle hätte mich schon längst mit Daniela gestritten. Eine Frau, die in einer überhitzten, verrauchten Kneipe einen heißen Kakao bestellte (klein, ohne Sahne) und sich dann beschwerte, er würde nicht schmecken und sie hätte einfach keinen Spaß mit den ganzen Besoffenen um sie herum, hatte meines Erachtens nichts anderes verdient. Jan ebenfalls sauer (auf mich *und* auf Daniela).
4. Am Donnerstag stellte Karl fest, dass in seiner Werkzeugkiste ein ganz besonderer Schraubenzieher fehlte. Ich konnte ihm dessen Verbleib nicht erklären. Karl richtig sauer (auch zum ersten Mal überhaupt). Lud ihn zur Wiedergutmachung für den folgenden Sonntag zum Essen ein.
5. Ebenfalls am Donnerstag Crispin im Viertel mit fremder Frau gesichtet. Ich sauer. Dachte aber positiv und hoffte darauf, dass sie »nur eine Bekannte« war. Nach fünf Stunden fest davon überzeugt.
6. Susa am Freitag im Familieneck auch ohne Eskes und mein Zutun von Rocko und Thomas zum Mittrinken genötigt. Grund: Susas T-Shirt mit dem Aufdruck »Junger Mann zum Mitreißen gesucht«. Hatte ihr geraten, eigenen Stil zu beweisen, um in die Runde vorzustoßen. Susa glücklich, auch, weil sie endlich herausfand, dass ihr geheimnisvoller Unbekannter auf den außerordentlich spannenden Namen Rainer hörte. Uaaah. Verkniff mir aber die Bemerkung, dass ich noch keinen Typen mit diesem Namen getroffen hatte, der etwas taugte. Wollte dem jungen Glück nicht im Wege stehen.
7. Ebenfalls am Freitag Tequila im Familieneck ausverkauft. Skandal! Rocko allerdings gar nicht sauer. Kurzfristiges Aus-

weichen auf Absinth sorgte endlich mal für willkommene Abwechslung und unverbrauchte Stimmung. Aram höchst erfreut (Absinth teurer als Tequila), Eske betrunkener als ich. Im Grunde einziges Erfolgserlebnis.

8. Alf am Samstag zugesagt, mit ihm zu seinem nächsten Geburtstag über ein Wochenende nach New York zu fliegen (Freitag hin, Sonntag zurück). Etwa zeitgleich in der »Mutter« auf dem Tresen »Ein bisschen Frieden« gegrölt und dazu Luftgitarre gespielt. Nur knapp dem Hausverbot entkommen (schnell vorgetäuscht, mir wäre schlecht, und fluchtartig Laden verlassen. Danach auf Stresemannstraße fast überfahren worden und versucht, neu installierten Blitzer abzubauen). Alf erst begeistert, dann genervt.

Wäre ich nicht die ganze Zeit so extrem horstig drauf gewesen, hätte es eine gute Woche sein können. Aber so war ich am Ende ein Wrack.

Ein Wrack, das auch noch jemanden verköstigen sollte, wohlgemerkt. Zum Glück hatte ich Karl erst auf neun bestellt. War ja Sonntag. Da will Mutti auch mal ihre Ruhe haben.

Bis nach der *Lindenstraße* blieb ich stumpf im Bett liegen, aber pünktlich um zehn nach sieben verfiel ich in hektische Betriebsamkeit. Shit. Hatte nicht mal eingekauft. Gähnende Leere im Kühlschrank! Aber das war vielleicht gar nicht so schlecht. Musste schließlich ab sofort sparen (Flug nach New York im Dezember!).

Zuversichtlich durchstöberte ich die Tiefkühlfächer nach Unverdorbenem. Ich fand zwei Päckchen Spinat, ein Päckchen Hackfleisch, ein halbes Pfund Butter, irre viele Aufbackbrötchen (hatte immer darauf gehofft, einen Mann an einem Sonntagmorgen damit beeindrucken zu können; leider sahen sie meistens schon vorher zu, dass sie wieder wegkamen) und haufenweise Wassereis in

Plastikschläuchen. Ich verschenkte das Wassereis kurzerhand an die Nachbarskinder (brauchte es nur über den Zaun werfen, das Zeug ging weg wie warme Semmeln) und stieg dann in den dritten Stock, um mir von Susa ein paar Kartoffeln zu schnorren.

Zwei Stunden später kauten Karl und ich zufrieden auf Frikadellen im Spinatbett herum. Lecker.

»Duuu?«, sagte Karl wieder anderthalb Stunden später.

Wir lagen im Bett, ich hatte meine Nase in Karls Armbeuge vergraben und hielt ihm den Aschenbecher, während er an seinem Joint danach nuckelte.

»Hmmm?«, machte ich schläfrig.

Mein Kopf war leer. Ich hatte mich nur auf das Gefühl in meinem Unterkörper konzentriert: Kleine angenehme Schauer, die wie friedlich plätschernde Wellen immer wieder bis ganz hinunter zu meinen Zehenspitzen schwappten und dafür sorgten, dass meine Beine sich ganz leicht anfühlten. Ein schönes Gefühl. Irgendwie kriegte Karl das immer hin. Auf die eine oder andere Art. Oft nicht ganz jugendfrei, aber in diesem Fall heiligte wohl der Zweck die Mittel. Mmmmh.

»Was magst du eigentlich an mir?«, fragte Karl jetzt.

Erstaunt setzte ich den Aschenbecher auf seinem Bauch ab und stützte mich auf meine Ellbogen, um ihn anzusehen.

Was war denn mit dem los? Das war neu.

»Äh«, sagte ich unsicher. »So was hast du mich noch nie gefragt.«

»Jetzt tu ich's aber«, beharrte Karl. »Sag schon.«

»Ich mag deine Werkzeugkiste«, sagte ich.

Uuuh.

»War ein Scherz«, fügte ich schnell hinzu und musste lachen, als ich Karls zerknirschten Gesichtsausdruck sah. Dann drückte ich ihm einen Kuss auf die spärlich behaarte Brust und legte meinen Kopf darauf.

Ich konnte sein Herz schlagen hören. Es schlug ziemlich schnell.

»Also gut«, begann ich nach einer kleinen Pause. Nachdenken muss erlaubt sein.

»Ich mag, dass ich mich immer wohl fühle, wenn wir zusammen sind. Ich mag auch, dass du so ruhig bist und im Gegensatz zu mir eigentlich nie Panik schiebst. Ich mag, dass du mir zuhörst und wie du mich in den Arm nimmst. Und so weiter, du weißt schon. Und dann mag ich noch, dass man sich so auf dich verlassen kann und dass du nichts auf dieses ganze Gehabe gibst, das die anderen Jungs so gern an den Tag legen. Reicht das?«

»Hm«, machte Karl und drehte die Spitze des Joints vorsichtig in den Aschenbecher. »Und was magst du an mir nicht?«

»Dass du so viel kiffst«, erklärte ich spontan.

Da musste ich nicht lange nachdenken.

»Und dass man deshalb mit dir eigentlich kaum was unternehmen kann. Weggehen und Ausflüge und so. Warum tust du das eigentlich?«

Karl zuckte mit den Schultern. »Ich weiß nicht«, sagte er ruhig. »Ich kann mich nicht erinnern.«

Dann atmete er tief ein, fuhr mit seiner Hand über meinen Rücken, drückte sie flach auf meine Haut, sodass es auch um sie herum ganz warm wurde, und schloss die Augen.

Noch während ich überlegte, was ich dazu sagen sollte – oder ob ich dazu überhaupt etwas sagen sollte –, klingelte das Telefon.

Der Anrufbeantworter war an. Wie immer und erst recht am Sonntagabend. Eigentlich brauchte ich mich nicht weiter kümmern.

Aber als ich begriff, was drauf gesprochen wurde, war es vorbei mit der Ruhe.

Piiiiieeeeep.

»Hej. Hier ist Pia«, hörte ich eine muntere Frauenstimme. Augenblicklich schoss ich im Dunkeln aus dem Bett und raste in Richtung Wohnzimmer. Der Aschenbecher klapperte auf dem Dielenboden.

»Schade, ich dachte, Sonntagabend wär die richtige Zeit«, plapperte Pia weiter.

Ich fiel fast über Katze. Er strich wie immer genau vor meinen nackten Füßen herum und dachte gar nicht daran, mir Platz zu machen.

»Wenn du so weitermachst, kommst du ins Heim«, knurrte ich ihn an und hechtete in die Richtung, in der ich das Telefon vermutete.

Glück gehabt. In letzter Sekunde erwischte ich den grünen Knopf.

»Hallo?«, keuchte ich in den Hörer.

»Hej«, sagte Pia wieder. »So außer Atem?«

»Aber hallo«, antwortete ich grinsend.

Sie klang nett, diese Pia. Fröhlich. Selbstbewusst. Hellwach.

Ganz und gar unverhorstet eigentlich.

»Schön, dass du doch da bist, geheimnisvolle Unbekannte«, sagte sie vergnügt. »Bin fast vom Glauben abgefallen, als deine Mail kam«, fügte sie hinzu.

Mir fiel nicht ein, was ich dazu sagen sollte. Eine peinliche Pause entstand. Kurz nur.

Dann nahm Pia den Faden wieder auf.

»Also. Niels, der Spinner, ja? Leg los. Erinnere mich nur ungern an ihn. Aber neugierig bin ich trotzdem.«

»Und ich erst mal«, bekräftigte ich.

Ich wusste kaum, wie ich anfangen sollte, ohne total paranoid zu wirken und mich vollends lächerlich zu machen. Aber es nutzte ja nichts. Curiosity killed the cat. Auf in den Kampf.

So kurz und so verständlich wie möglich versuchte ich Pia also zu erklären, was zwischen Niels und mir vorgefallen und wie ich schließlich an ihre Mailadresse gekommen war. Dass ich schon seit längerem vermutete, Niels habe gehörig einen an der Klatsche, und dass ich jetzt natürlich erst recht herausfinden wollte, ob es wirklich so war und ob sie, Pia, das ebenso sah. Oder vielleicht mehr wusste als ich.

Pia wusste vielleicht nicht mehr, aber sie wusste genug.

So viel musste ich ihr letztendlich gar nicht erklären, denn während ich berichtete, grunzte sie immer wieder zustimmend. Manchmal unterbrach sie mich einfach und beendete den Satz, den ich hatte aussprechen wollen.

Meine Vermutung war richtig gewesen:

Pias und meine Niels-Geschichte glichen einander wie ein Ei dem anderen.

Dieselben Mechanismen, dieselbe Strategie, dasselbe Auf und Ab. Dasselbe Mysterium und dieselben Unverschämtheiten.

Nur dass Niels am Ende seiner grandiosen Vorstellung auf Pias Bühne nicht in ihre Nachbarschaft gezogen war, um sie zu guter Letzt noch mal so richtig dranzukriegen.

Pia war es deshalb sehr viel leichter gefallen als mir, Niels zu vergessen. Sie hatte das Kapitel längst abgehakt und schien überhaupt insgesamt psychisch sehr viel stabiler als ich. Sie war schon lange über den Berg.

Trotzdem klang Pia nachdenklich, als sie mir berichtete, wie auch sie auf Grund des Horst-Alarms kurz davor gewesen war, sich von ihrem langjährigen Freund zu trennen. Nick hatte er geheißen.

»Letztendlich ist das dann wegen etwas anderem in die Brüche gegangen«, erklärte sie mir, »aber wenn Niels auch nur eine Woche länger an mir rumgegraben hätte, ich hätt's getan. Ich hätte Schluss gemacht.«

»Vielleicht war's deshalb bei euch schneller vorbei«, vermutete ich, »weil du's *nicht* getan hast. Vielleicht gehört das zu seiner Strategie dazu.«

»Vielleicht«, bestätigte Pia. »Kann schon sein.«

»Gut gemacht«, sagte ich zu ihr und seufzte. »Crispin zu verlassen war vielleicht der größte Fehler meines Lebens.«

Mona »sentimental-aber-zu-spät-ätsch« Rittner.

Herzlichen Glückwunsch.

»So ein Schwachsinn«, entrüstete sich Pia prompt. »Das mit euch wird schon seinen Grund gehabt haben. Irgendwas ist da doch wohl eh schief gelaufen. Sonst hättest du dich ja gar nicht erst auf Niels eingelassen.«

Jajajaja.

Das hörte ich nicht zum ersten Mal. Den Spruch konnte ich mittlerweile runterbeten wie damals im Konfirmandenunterricht den Katechismus.

In der Zwischenzeit war ich aus der Kirche ausgetreten. Etwas blind zitieren zu können bedeutete schließlich nicht, es wirklich begriffen zu haben.

So viel dazu.

Dann fiel mir etwas ein.

»Wie siehst du eigentlich aus?«, fragte ich spontan.

»Hm«, machte Pia. »Normal, denk ich mal. Lange dunkle Haare, einsachtundsechzig, sechzig Kilo. Braune Augen. Und du?«

»Genau andersrum«, antwortete ich. »Blond, grüne Augen. Weniger Haare, mehr Kilos.«

Bauchgröße. Haha.

»Am Äußeren kann's also nicht gelegen haben«, stellten Pia und ich dann lauthals fest. Gleichzeitig.

Zwei Doofe, ein Gedanke.

Wir lachten.

»Und was machen wir jetzt?«, fragte ich.

»Hast du die Wohnungsschlüssel noch?«, erkundigte sich Pia zielstrebig.

Das Zweitpaar von Niels' Wohnungsschlüsseln lag friedlich schlummernd in meiner Krimskramsschublade. Ich fragte mich, ob Eske das Erstpaar wirklich ins Klo geworfen hatte, nachdem die Ordner wieder an ihrem angestammten Platz gelandet waren.

»Jo«, bestätigte ich. »Klar. Die geb ich so schnell nicht mehr her.«

»Ich will diese Bude sehen«, erklärte Pia, »und dich kennen lernen. Ich komm dich besuchen. Was hältst du davon?«

»Cool«, konstatierte ich. »Brillante Idee! Ich guck morgen mal auf den Bundesliga-Spielplan. Wir sollten uns ein Wochenende raussuchen, an dem Werder Heimspiel hat. Wegen sturmfreier Bude und so. Dann ist Niels im Stadion.«

»Guter Plan«, sagte Pia anerkennend. »Ich ruf dich wieder an. Sag mal«, fragte sie dann unvermittelt, »hast du eigentlich eine Rechtschreibschwäche?«

Bitte was?

»Wie kommst du denn darauf?«, fragte ich empört.

»Alles klar«, sagte Pia. »Dann warst du besoffen bei deiner ersten Mail. Hätte mich auch gewundert. Würde nicht zu Niels passen. Ich glaube, der Typ hat einen Sprachfetisch. Der holt sich doch auf richtige Zeichensetzung einen runter.«

Hmpf. Das tat ich normalerweise auch.

Da sieht man mal wieder, was Alkohol aus einem Menschen machen kann.

Nachdem Pia aufgelegt hatte, tapste ich im Dunkeln durchs Wohnzimmer, um das Telefon auf seine Ladestation zu bugsieren. Mein Festnetzapparat war schon lange nicht mehr so beansprucht worden. Das Gehäuse war ganz warm, so sehr hatte ich es an mein Ohr gepresst. Fast anderthalb Stunden hatten Pia und ich miteinander telefoniert.

In dem Moment, als ich mich umdrehen wollte, um zurück ins Schlafzimmer zu schleichen, spürte ich heißen Atem in meinem Nacken und Sekundenbruchteile danach eine warme Hand auf der linken Schulter. Ich erschrak zu Tode und schrie auf.

Karl. Mist. Den hatte ich ganz vergessen.

Im nächsten Moment wurde mir bewusst, dass ich splitterfasernackt war. Gut, dass Bildtelefone noch nicht zum allgemeinen Standard gehörten. Wer sollte sich das auch leisten.

»Mona«, sagte Karl leise.

Ich drehte mich um.

»Karl«, murmelte ich vorwurfsvoll. »Ich dachte, du schläfst längst.«

»Geht so. Ich ... ähm – ich habe ziemlich viel – also ich konnte ziemlich viel mithören.«

Na toll.

Scheißendreck.

Der musste mich doch für völlig bekloppt halten.

Karl kannte die Geschichte mit Niels und Crispin nur ansatzweise. Er wusste, dass ich irgendwie auf die Schnauze gefallen war, hatte sich aber im Detail nie sonderlich dafür interessiert. Ich hatte ihn ja auch nicht gerade ermuntert, mich danach zu fragen. Es war mir lieber, dass andere nicht mitbekamen, wie sehr mich meine eigene Blödheit noch immer beschäftigte.

Karl sagte zunächst nichts weiter, sondern zog mich an der Hand hinter sich her zurück ins Schlafzimmer.

Er hatte eine Kerze angezündet. Ihre Flamme warf zuckende Schatten an die weiße Wand. Ich stürzte sofort ins Bett und zog mir die Decke bis unter die Nasenspitze. Zu nackt, um mich länger als nötig im Freien aufzuhalten. So spärlich erleuchtet es auch immer sein mochte.

Karl setzte sich neben mich.

Mein Gesicht sprach offenbar Bände.

»Du musst kein schlechtes Gewissen haben«, sagte Karl entwaffnend. »Wir haben ja keine Beziehung. Also nicht so richtig, meine ich. Deal ist Deal. Es ist völlig in Ordnung, wenn du dich mit anderen Männern beschäftigst.«

Hä?

»Das am Telefon war eine Frau«, entgegnete ich schnell. Vielleicht hatte Karl doch nicht alles mitgekriegt! Vielleicht dachte er, ich hätte nur mit einem anderen telefoniert!

Nur? Hatte ich eigentlich den Schuss nicht gehört?

»Ich weiß«, erklärte Karl. »Wie gesagt, ich habe mitgehört.«

Manno.

»Deshalb will ich dir jetzt auch sagen, was ich *nicht* in Ordnung finde«, setzte Karl an. »Du hast mir nie genau erzählt, was damals passiert ist und warum es dich so mitgenommen hat. Du hast mir nie erzählt, was an diesem Niels für dich so toll war und warum er dich so fasziniert hat. Und du hast mir nie erzählt, dass du da immer noch nicht drüber weg bist.«

»Bin ich doch«, protestierte ich.

»Is klar«, sagte Karl. »Glaubst du doch wohl selber nicht.«

Es sprudelte nur so raus aus ihm. Ich war baff. Vorsichtig spähte ich in den Aschenbecher. Da glomm kein Joint, und es war seit meinem überstürzten Aufbruch aus dem Bett auch kein Stummel hinzugekommen. Karl war hellwach. Munter geradezu. Es war beängstigend.

Er begann, mich auszufragen. Fragte nach fast allem, was Niels betraf und Crispin und mich. Manchmal musste ich lange nachdenken, bis ich auf seine Fragen die richtigen Antworten fand. Es war anstrengend. Ich hatte das Gefühl, in der Schrankwand in meinem Kopf immer wieder nach dem richtigen Ordner suchen zu müssen. Manche Sachen lagen im falschen Ordner. Illusionen und Hoffnungen zum Beispiel in der Tatsachen-Akte. Halbherzige Selbstbetrugsschreiben im »Erledigt«-Ordner. Und manche Sachen waren längst in der Ablage unter einem Haufen anderer Notizen verschwunden, aber noch lange nicht bearbeitet gewesen.

Und dann wusch Karl mir richtig den Kopf.

»Weißt du was? Du wärest überhaupt nicht in der Lage dazu, dich auf jemand anderes einzulassen«, fuhr er mich an. »Du kreist nur um diese eine Sache. Und deshalb kratzt alles bei dir immer nur an der Oberfläche. Man kommt einfach nicht an dich ran. Du redest laut, aber du sagst gar nichts.«

Ein Zitat. Die Fantastischen Vier.

Ich fühlte mich alles andere als fantastisch.

Das war gemein.

»Vielleicht ist es noch nicht an der Zeit dafür«, sagte ich verzweifelt.

»Es ist längst an der Zeit«, widersprach Karl. »Ich kann dir genau sagen, wo dein Problem liegt: Du kannst einfach keine Niederlagen ertragen. Du musst immer gewinnen. Und das letzte Wort haben. Weil du es so gewöhnt bist. In deinem Leben hat doch immer alles geklappt. Und jetzt beißt du dir endlich mal die Zähne an etwas aus, aber statt es einfach hinzunehmen, musst du immer noch einen draufsetzen. Mann, Mona. Einzustecken gehört nun mal dazu. Werd erwachsen.«

Ich versuchte mich zu wehren, so gut ich konnte.

»Aber du musst doch zugeben, dass Niels sich alles andere als normal verhält«, argumentierte ich schwach.

»Das mag ja sein«, sagte Karl. »Aber *du* verhältst dich auch nicht normal. Jede Frau mit ein bisschen Stolz hätte den Vollhorst längst abgeschrieben.«

Das tat weh. Deshalb wurde ich jetzt laut.

»Und *du*?«, erwiderte ich biestig. »Du machst doch auch

nichts anderes. Statt irgendwas anzupacken oder Pläne zu haben oder dich auch nur ein bisschen mit dir selbst zu beschäftigen und mit deinen Problemen, dröhnst du dir lieber am laufenden Band mit deinem Zeug den Kopf zu. Und versuchst dir einzureden, deine Lethargie wäre lediglich Entspannung. So relaxed, haha, ganz easy drauf. Ich bin wenigstens *fähig* zu fühlen! Und wenn es Scheißgefühle sind. Aber ich lasse sie wenigstens zu! Und weißt du was? So bekloppt es auch klingt, das kann auch sehr schön sein. Ich hab keine ständige Dunstglocke um den Kopf wie du. Ich erkenne wenigstens, wenn es mir schlecht geht.«

»Das tue ich auch«, sagte Karl.

Dann zog er sich an und ging.

Hatte nicht gedacht, dass es mir *so bald* wieder schlecht gehen würde.

Nachdem ich die Kerze ausgeblasen hatte, lag ich noch eine Zeit lang wach und dachte darüber nach, was Karl gesagt hatte.

Vielleicht hatte er Recht. Vielleicht kam ich wirklich schlichtweg nicht damit klar, dass mir jemand einfach so die kalte Schulter zeigte.

Es stimmte, in meinem Leben hatte es nur wenige wahre Probleme gegeben.

Vielleicht wollte ich auch nur endlich mal ein richtiges Problem haben. Eines, an dem ich herumknapsen und an dem ich mich aufhängen konnte und mir im Kehrschluss sagen, wie gut ich doch damit klarkam eigentlich, auch wenn es in Wirklichkeit gar nicht so war.

Selbstbestätigung mal anders quasi.

Crazy.

Bedeutete das vielleicht, dass das, was ich für Niels empfunden hatte, am Ende gar keine Liebe gewesen war, sondern nur eine Projektion derselben?

Verliebt in die Liebe? Die eventuelle?

Und das noch lange, nachdem die Projektion sich längst aufgelöst hatte im harten Licht der Realität?

Warum war es mir nicht wie Pia gelungen, die komplette Nummer einfach unter »ferner liefen« abzulegen und mich lieber um Männer zu kümmern, die es wirklich wert waren?

Männer wie Crispin.

Oder vielleicht auch wie Karl?

Vielleicht war ich besessen?

Vielleicht war *ich* die emotional Gestörte?

Der Gedanke beunruhigte mich.

Ich dachte lieber nicht länger darüber nach.

Zack, eingeschlafen.

5.

Eske.

Mona stellt meine Geduld und unsere Freundschaft auf eine harte Probe. Immerhin rede ich wieder mit ihr. Obwohl sie das wirklich nicht verdient hat, denn das Essen bei meinem Freund lässt sich mit Worten kaum beschreiben. Fiasko trifft es noch am ehesten.

Wie gehofft, erschien Mona nicht nur einigermaßen nüchtern, sondern auch einigermaßen pünktlich. Sie kam an, zog ihre Jacke aus, setzte sich an den Tisch und fing an zu essen und zu trinken. Sie redete kein Wort, sondern summte die ganze Zeit vor sich hin, was für eine seltsame Stimmung am Tisch sorgte. Selbst der Kumpel von meinem Freund, der nicht der Hellste war, merkte sehr schnell, dass Mona eine gewaltige Macke hat. Dass er nicht Monas sexuelle Erfüllung für die nächsten Wochen werden würde, war klar.

Nach einer Stunde legte Mona sich aufs Sofa, rauchte in der Nichtraucherwohnung meines Freundes Kette und wartete auf ihren Rausschmiss. Ich habe versucht, mich da rauszuhalten, ich war ja nicht der Gastgeber, aber ich konnte meinen Freund gut verstehen, als er mich aufforderte, Mona sofort aus der Wohnung zu entfernen. Ich brachte Mona noch nach unten, und sie erklärte mir, dass dies nur ein psychologisches Experiment gewesen sei, welches sie im Zuge ihrer Recherchen fürs Buch machen müsste. Ich habe selten so einen Schwachsinn gehört.

Mona.

Karl meldete sich die ganze darauffolgende Woche nicht. Dabei wäre ich sogar bereit gewesen, ihm zu verzeihen.

Zum Glück hatte ich ausreichend Abwechslung. Am Freitag stand Lukas' Geburtstagsparty an, und am Donnerstag hatten mein Kollege Mags und ich einen Pressetermin der besonderen Art: Katalogpräsentation eines großen schwedischen Möbelhauses mit anschließendem traditionellen Krebsessen.

Als die Einladung auf meinen Schreibtisch geflattert war, war mir sofort klar gewesen, dass ich Mags mitnehmen würde.

Der Event war wie für uns geschaffen, denn Mags und ich waren ein Dreamteam. Insbesondere wenn es darum ging, sich zu allen möglichen und unmöglichen Ereignissen inner- und außerhalb der Redaktion völlig danebenzubenehmen.

Mags war nach langer schwerer Zeit als Praktikant in unserer kleinen Redaktion mittlerweile zum Volontär aufgestiegen und mir treu ergeben. Seit wir gemeinsam ein Projekt durchgezogen hatten, bei dem er, wie er mir immer wieder mit glänzenden Augen beteuerte, »mehr gelernt hätte als in den ganzen anderthalb Jahren davor«, konnte ich mich kaum retten vor seiner grenzenlosen Zuneigung.

Natürlich nutzte ich das schamlos aus.

Nur in letzter Zeit wurde er manchmal aufmüpfig, wenn ich ihn mit so erquicklichen Aufgaben betraute, wie zweihundert Seiten unnütze Playlisten abzufilmen oder mir Sachen hinterherzutragen, die ich vergessen hatte, wenn ich oben im Schnitt saß.

Aber das war gut so. Er musste eben langsam lernen, sich durchzusetzen.

Außerdem beruhten die Bewunderung und die Zuneigung auf

Gegenseitigkeit. Es gab Tage, da ging ich nur wegen Mags ins Büro und weil ich wusste, dass er meine schlechte Laune im Handumdrehen in den Griff bekommen würde. Mittlerweile ließ er sich nicht mehr ins Bockshorn jagen, wenn ich auf jeglichen Außenimpuls unwirsch und bockig reagierte.

Am Anfang hatte er das ständig persönlich genommen und die Schuld bei sich gesucht. Mags war noch sehr jung, aber jetzt entwickelte er von Tag zu Tag mehr Selbstbewusstsein. Und Vertrauen in seine Fähigkeiten, die er zweifelsohne hatte. Insbesondere was Zeitmanagement betraf. Er quetschte so viel in einen Tag, dass mir schon vom Zuhören schwindlig wurde, wenn er am Telefon seine Termine absprach.

Wir verstanden uns so gut, dass wir uns darauf geeinigt hatten, irgendwann gemeinsam Kinder zu haben.

Die ideale Lösung für Mags' Familiensinn und die beste Prophylaxe bzgl. einer potenziellen Torschlusspanik meinerseits (immerhin bald dreißig).

Mags' Freund wusste noch nichts davon, aber Eske war jetzt schon neidisch.

Es würde ein hübsches Kind werden, denn Mags war groß und dunkelhaarig, mit blauen Augen, sehr heller Haut und einer lustigen Himmelfahrtsnase. So eine Art kräftiges männliches Schneewittchen.

Er freute sich wie ein Kind, als ich ihn am Montag von unserem bevorstehenden Ausflug in Kenntnis setzte.

»Hoffentlich gibt's da Geschenke«, strahlte er, klatschte in die Hände und sprach in den nächsten drei Tagen von nichts anderem mehr.

Mags' Begeisterungsfähigkeit haute mich regelmäßig aus den Latschen. Es gab fast nichts, für das er sich nicht begeistern konnte. Alles, was er tat, tat er mit aufopfernder Hingabe. Auch und gerade im Job.

So war ich auch mal gewesen, vor fünf oder sechs Jahren.

Mittlerweile war ich abgeklärter.

Oder abgestumpfter?

Und ich hatte vor allen Dingen keine Ahnung, ob das gut war oder schlecht.

Das schwedische Möbelhaus lag in Moorburg. Ziemlich weit weg für meine Verhältnisse, trotzdem beschlossen Mags und ich, mit dem Auto zu fahren und nicht mit der Bahn. Hätte ich gewusst, was uns erwartete, ich hätte mich anders entschieden.

Aber das kann ja niemand ahnen.

Zur Feier des Tages fuhren wir über die Köhlbrandbrücke. Ganz schön kompliziert: Erst durch den Elbtunnel und dann die Autobahn wechseln. Mehrere Male.

Der Käfer mit dem durchgerosteten Auspufftopf hustete sich gequält über die Aus- und Auffahrten, während mir immer wieder Staub oder kleine fiese Tiere in die Augen flogen. Die Kombination Kontaktlinsen/Cabrio war nicht gerade förderlich für sicheres Reisen.

Nach kurzer Zeit hatte ich blutrot unterlaufene Augen und etwa die Hälfte der Strecke blind zurückgelegt. Fahren nach Gefühl. Eine Kunst für sich.

»Guck doch nicht so gequält«, schrie Mags in den Fahrtwind hinein, als er meine angespannte Miene sah.

»Doch«, brüllte ich zurück. »Das ist anstrengend hier.«

Ich machte drei Kreuze, als wir endlich auf den Parkplatz rollten. Ich war nass geschwitzt.

Im Foyer des Möbelhauses tummelte sich bereits ein ganzer Haufen möbelinteressierter Journalisten. Hauptsächlich Frauen. So viel zur Emanzipation. Es gab Sekt und Orangensaft und Wraps an runden Stehtischen. Eine Einlasskontrolle hingegen gab es nicht, unsere Einladung wollte niemand sehen. Wir hätten also gut und gern noch massenhaft Freunde mitbringen können.

Die PR-Dame des Hauses erkannte mich sofort. Immerhin. Sie war nett. Artig begrüßte ich sie, stellte ihr Mags vor und bedankte mich für die Einladung. Ganz wohlerzogen.

Ein Traum.

Hinter dem Sektbüfett hatte sich eine fragwürdige Kombo junger Männer aufgebaut. Sie trugen entweder Jeans und karierte Hemden oder Arbeitskluften – orangefarbene Bauarbeiteranzüge samt Schutzhelmen. Und Blaumänner.

Waaaah. Blaumänner.

Ich bekam sofort ein schlechtes Gewissen.

Dazu hatten sich die Typen riesige Trommeln und seltsame Rhythmusinstrumente umgehängt. Alles in allem sahen sie aus wie eine schlechte Imitation der Village People.

Lediglich der mit dem Lederoutfit fehlte, aber bei der Katalogpräsentation eines schwedischen Möbelhauses gehörte das Leder nun mal nur auf die Möbel.

Pünktlich um kurz nach acht fingen die Village People an zu trommeln. Sie machten einen ohrenbetäubenden Lärm, während sie sich grinsend durch das irritierte Publikum bewegten und dann irgendwann auf der Rolltreppe Platz nahmen, mit deren Hilfe sie nach oben in die Möbelausstellung verschwanden, während ihr Getrommel leiser wurde und sich immer weiter entfernte.

Künstlerisch wertvoll, zweifellos.

Die folgende Ansprache verstand ich kaum, weil es kein Mikrofon gab, aber das war nicht weiter tragisch. Kurz danach wurden wir ebenfalls eine Etage höher geschickt, Möbel angucken, während die Krebse im Restaurant bereits darauf warteten, geknackt zu werden.

Mags war enttäuscht. »Das war's schon?«, fragte er unbefriedigt. »Ich dachte, wir sehen, wie die die Möbel herstellen. Oder entwerfen.«

Ich lächelte nachsichtig über so viel jugendlichen Optimismus.

Beim Schlendern durch die Wohnwelten legten wir Tempo vor. Wie gesagt, die Krebse. Wir sahen erst ein, dass wir zu schnell waren, als wir zum wiederholten Male ins Dunkle tapsten. Nach Ladenschluss wurde Strom gespart, das Licht in den einzelnen Abteilungen ging regelmäßig erst dann an, wenn der Großteil des Journalistenpulks sie erreicht hatte. Wir als Vorhut zählten nicht.

Aber wenigstens übernahm man hier ökologische Verantwortung. Das nahm ich wohlwollend zur Kenntnis.

Um nicht den Anschein zu erwecken, nur wegen der Krebse gekommen zu sein, legten wir in der Stuhlausstellung eine wohlverdiente Pause auf zwei innovativen Bürosesseln ein und ließen die höflich schlendernden Kollegen an uns vorbeiziehen, um kurz darauf wieder vorzupreschen und in der Bettenabteilung das Spiel zu wiederholen. Mags nahm Anlauf und warf sich mit Schwung auf ein Kinderbett. Es knackte laut. Klang nach durchgebrochenem Lattenrost.

Dann stürmten wir erwartungsfroh das Restaurant, wo Mags meinen Begrüßungsaquavit gleich mit hinunterkippte.

Na super. Begrüßungsschnaps, das klang nach mehr. Und ich musste fahren! Zähneknirschend bemerkte ich die unzähligen Rot- und Weißweinflaschen, die sich auf den langen, liebevoll eingedeckten Tischen geradezu stapelten.

Wir waren nicht mal die Ersten. Einer saß da schon: Ein bärtiger Mann mit einem dicken Bauch, einem komischen Papierhut auf dem Kopf und einem Latz um den Hals. Er nickte uns spitzbübisch zu.

Mags und ich tauschten viel sagende Blicke, stellten aber schnell fest, dass uns das gleiche Schicksal erwartete: Hut und

Lätzchen lagen auf jedem eingedeckten Platz bereit, unter ihnen ein Faltblatt mit skandinavischen Trinkliedern und einer Anleitung zum Krebse knacken. Es sah verdammt kompliziert aus.

Das Restaurant füllte sich schnell. Manche Redaktionen waren offenbar mit der kompletten Belegschaft erschienen, die Grüppchen schnatterten zu vertraut miteinander, um sich gerade erst gefunden zu haben. Alte Hasen wahrscheinlich. Die hatten bestimmt gewusst, dass man hier ohne Probleme mit einem ganzen Bus anrollen konnte, um sich tüchtig zu laben. Es ging doch nichts über Berufserfahrung.

Neben uns nahm eine etwa achtköpfige Truppe Platz. Allerdings nicht ohne den Sicherheitsabstand zu wahren: Mein linker, linker Platz war frei. Ich fühlte mich wie eine Aussätzige. Warum wollte niemand neben mir sitzen?

Andererseits wäre kaum Zeit gewesen, sich mit etwas anderem als den Krebsen zu beschäftigen. Sie auseinander zu nehmen erforderte Mags' und meine totale Konzentration.

»Wo ist dieser blöde Darm?«, zischte ich mit einem Blick auf das Faltblatt, das angewiesen hatte, eben jenen vor dem Krebsverzehr zu entfernen.

Mags zuckte verzweifelt mit den Schultern und machte sich brachial daran, einen Kneifer durchzubrechen. Es knackte laut, und eine salzige Flüssigkeit spritzte mir ins Gesicht.

Dann ergriff jemand das Wort, der sich Erik nannte. Er ging von Tisch zu Tisch und übte mit den Leuten die skandinavischen Trinklieder. Hier ein Schnaps, da ein Schnaps.

Mags nickte jedes Mal, wenn die Bedienungen mit dem Tablett voll Aquavit in seine Nähe vorstießen. Zusätzlich zum Weißwein ließ er sich auch noch ein, zwei schwedische Bierchen kredenzen.

Fasziniert beobachtete ich, wie sich der ganze Haufen hanseatisch-zurückhaltender Medienvertreter allmählich in einen Pulk lärmender Kinder verwandelte, der mit Krebsschalen um sich warf und unter Eriks Anleitung begeistert das kürzeste Trinklied aller Zeiten grölte.

Es kam aus Finnland, und sein Text bestand aus einem Wort: »Nu« (was nichts anderes bedeutete als »jetzt«).

Wieder bereute ich es schwer, mit dem Käfer angereist zu sein.

»Lass ihn doch stehen, wir fahren mit der Bahn zurück«, schlug Mags vor.

Der hatte leicht reden. Und ab dem heutigen Abend drei Wochen Urlaub.

»Ich muss doch arbeiten«, wehrte ich pflichtbewusst ab. »Obwohl. Könnte mich krank melden«, sinnierte ich dann kurz.

»Ach ja?«, fragte Mags süffisant. »Was hättest du denn?«

»Ist doch klar«, sagte ich und setzte mir ein Schalentier auf den Kopf. »Krebs.«

Tssss.

Als Erik an unserem Tisch Halt machte, beugten Mags und ich uns interessiert in seine Richtung.

»Dieses Trinklied«, erklärte Erik der Truppe neben uns, »hat genau die gleiche Melodie wie ein altes deutsches Volkslied. Also. Welches deutsche Volkslied endet auf ›fallera‹?«

Große Ratlosigkeit in den Gesichtern.

Niemand in der betreffenden Redaktion schien sich mit Musik auszukennen. Im Gegensatz zu uns. Wir waren Musikjournalisten!

»*Bums* fallera«, krähte Mags also stolz und im Brustton der Überzeugung.

Ich spuckte vor Entsetzen meine Apfelschorle über den Tisch. Der sich anschließende Lachkrampf war der schlimmste, den wir seit Monaten gehabt hatten.

Der totale Kontrollverlust.

Wir hielten uns die Bäuche, schnappten nach Luft, die Tränen liefen uns die Wangen hinunter, und einmal fiel Mags fast vom

Stuhl. Dazu schrien wir immer wieder »*Bums* fallera« und vergruben die nassen Gesichter verzweifelt in den Lätzchen, wenn es zu schlimm wurde.

Eigentlich war es die ganze Zeit über ziemlich schlimm. Mags' Papierhut baumelte ihm mittlerweile über dem linken Ohr, und die Leute begannen, sich umzudrehen. Unsere Nachbarn starrten fassungslos über den Tisch. Aber wenigstens nahmen sie jetzt Kontakt auf.

Um ehrlich zu sein, stellten sie uns genau zwei Fragen: »Was habt *ihr* denn genommen?«, lautete die erste (Tonfall: neidisch), »Von welcher Redaktion seid ihr?« die zweite (Tonfall: misstrauisch).

»ELLE Decoration«, raunte ich und schlug verschämt die Augen nieder.

Nicht kleckern. Klotzen.

Als wir uns halbwegs beruhigt hatten, näherte sich von hinten links die PR-Dame. Sie hatte einen kleinen blonden Mann im Schlepptau.

»Das ist Herr Müller«, klärte sie uns auf und rückte geschäftig den Stuhl neben mir zurecht.

»Dann nehmen Sie mal hier Platz«, sagte sie dann jovial und entfernte sich schnell, bevor der arme Herr Müller es sich anders überlegen konnte.

Er grinste schief und setzte sich vorsichtig hin. »Ich habe schon gehört«, sagte er, »Sie sind die Lustigsten hier.«

Na bitte. Es geht also auch ohne Alkohol. Hoch erfreut prostete ich Herrn Müller mit meinem Mineralwasser zu.

Wenige Minuten später tauchten die Trommler wieder auf. Während ihrer Darbietung verteilte die PR-Dame kleine Rasseleier und etwa dreißig Zentimeter lange Holzstöcke.

Aaaaah. Gleich war Mitmachen angesagt beim Trommeln. Darauf stand ich. Super.

Ich bekam ein grünes Rasselei.

»Ich möchte ein schwarzes«, sagte Mags zielstrebig, »kann ich ein schwarzes haben?«

»Sie kriegen ein schwarzes«, sagte die PR-Dame. »Aber das müssen Sie nachher wieder abgeben. Nicht mitnehmen«, fügte sie dann streng hinzu und musterte Mags wissend.

»Hmpf«, machte Mags und guckte enttäuscht.

Wir rasselten uns geradezu in Rage. Wie alle anderen. Richtig cool war das.

Manche begannen, mit ihren Holzstöcken auf den Lampenschirmen herumzutrommeln, die daraufhin bedenklich hin und her schwankten. Andere schlugen damit auf die Gläser und Flaschen oder steckten sich ihre Rasseleier in den Mund und wackelten dann mit dem Kopf hin und her.

Hilfe.

Ich kam mir vor wie bei einer Gruppentherapie. Alle lächelten sich gegenseitig an und machten ordentlich Krach und hatten wirklich Spaß. Wie Mags und ich.

Das Restaurant verwandelte sich langsam, aber sicher in einen Hexenkessel. Die Bedienungen kamen kaum nach mit der Schnapsversorgung. Nur Herr Müller schlürfte ein wenig sauertöpfisch an seinen Krebsen. Wer zu spät kommt, den bestraft eben das Leben.

Als wir uns schließlich erschöpft in Richtung Ausgang bewegten, trafen wir die PR-Frau wieder. Sie verteilte die Geschenke. Es gab für jeden einen Hängeschrank im Selbstbauset.

»Danke für den schönen Abend«, sagte ich zu ihr und gab ihr die Hand. »Wir haben uns echt amüsiert.«

»Das war wohl nicht zu übersehen«, antwortete die PR-Frau trocken. »Sie sollen zwischendurch blau angelaufen sein.«

»Ist der Ruf erst ruiniert«, murmelte Mags daraufhin und klemmte sich noch einen zweiten Hängeschrank unter den Arm, sobald die PR-Frau sich für einen Moment umdrehte. Ich brauche nicht zu erwähnen, dass dabei ein verräterisches Rasseln aus seiner Jackentasche drang.

Meine Fresse. So aufmüpfig hatte ich Mags noch nie erlebt. Langsam war es auch mal gut mit seinem Selbstbewusstsein.

Er rülpste ohne Unterlass und rasselte dazu mit seinem geklauten Rasselei, während ich versuchte, auf dem blöden Parkplatz die Ausfahrt zu finden.

Irgendetwas stimmte nicht mit der Ausschilderung. Oder mit mir. Jedenfalls landeten wir in einer Sackgasse, die zu einem Privatgrundstück führte. Eine Hauptstraße war weit und breit nicht in Sicht.

»Hups«, machte ich und glotzte ratlos auf das Backsteinhaus vor uns. »Wir müssen wenden. Glaubst du, ich kann hier wenden?«

»Keine Ahnung«, lallte Mags und umklammerte seine Hängeschränke, »ich war hier noch nie.«

Ach.

»Aber das wird schwierig«, verkündete er dann. »Guck mal nach hinten.«

Nervös drehte ich mich um. Den Scheinwerfern nach zu urteilen, waren ungefähr acht Autos einfach hinter uns hergefahren. Und jetzt war die Sackgasse total verstopft.

Unfähiges Journalistenpack.

Es dauerte zwanzig Minuten, bis alle zurückgesetzt hatten. Trotzdem machten wir auf dem Rückweg einiges an Zeit wieder wett, denn die korrekte Ausfahrt entließ uns fast direkt auf den Ring 2. Nach zehn Minuten geradeaus fahren waren wir zurück in der City.

»Ich glaube, wir haben vorhin einen ganz schönen Umweg gemacht«, knurrte ich pikiert, und Mags krümmte sich wieder vor Lachen.

Nachdem er ausgestiegen war, fiel mir auf, dass ich den ganzen Abend nicht ein einziges Mal an Niels gedachte hatte. Na ja, außer als mir die Blaumänner der Village People aufgefallen waren vielleicht. Es geschehen noch Zeichen und Wunder. Was für eine gelungene Veranstaltung.

Am folgenden Tag schlug ich in der Redaktion vor, den anstehenden Betriebsausflug mit der nächsten Katalogpräsentation des schwedischen Möbelhauses zu kombinieren. Es musste ja überall gespart werden. Mein Vorschlag wurde einstimmig angenommen.

Lukas' Geburtstagsparty wurde nicht halb so lustig wie der Abend mit Mags. Es fehlte einfach das schwedische Element. Aber Eske wurde von meinen Erzählungen so inspiriert, dass sie beschloss, ebenfalls eine Party zu geben.

»Wir müssen meine Wohnung einweihen«, verkündete sie, während sie versuchte, ihren rechten Turnschuh von Lukas' klebendem Küchenfußboden zu lösen.

Ein Großteil der Partygäste hatte sich bereits wieder verabschiedet. Eigentlich waren wir nur noch aus Höflichkeit da. Und weil Lukas gerade seinen Kühlschrank freigegeben hatte. Lukas lehnte an seiner Wohnungstür und versuchte mit großen Gesten eine Zwanzigjährige, die er in sein Bett zerren wollte, vom Gehen abzuhalten. Er war ein Idiot.

Hatte ihm als Geschenk den Hängeschrank mitgebracht. War gespannt, ob er ihn überhaupt zusammensetzen konnte.

Friedlich kaute ich auf einem großen Stück Brot herum. »Wie wäre es mit dem nächsten Wochenende?«, fragte Eske und schenkte sich noch einen Wodka ein.

»Perfekt«, nuschelte ich mümmelnd und steckte mir eine Olive in den Mund. »Dann kannst du gleich Pia kennen lernen.«

»Pia?«, fragte Eske erstaunt. »Wer zum Teufel ist ... neeeee, ne?«

»Jeeee«, sagte ich und nickte. »Ich hab Sonntag mit ihr telefoniert. Bestimmt anderthalb Stunden oder so.«

Eske schüttelte den Kopf. »Mona, Mona«, sagte sie nachdenklich. »Was versprichst du dir eigentlich davon?«

»Ich weiß nicht«, entgegnete ich ehrlich. »Informationen, nehme ich an. Aber sie ist nett. Mit der haben wir bestimmt viel Spaß.«

»Meinetwegen«, antwortete Eske und seufzte. »Hauptsache, ihr benehmt euch. Behnke junior kommt natürlich auch. Also keine Verwüstungen in der Wohnung, hörst du? Willst du Karl mitbringen? Der ist immer so ruhig. Hat bestimmt einen guten Einfluss auf dich.«

Määäh.

»Glaub nicht«, sagte ich ausweichend.

»Dann eben nicht«, antwortete Eske gleichgültig. »Mädchen, Mädchen. Manchmal frage ich mich wirklich, was du eigentlich willst.«

Immer musste sie noch einen draufsetzen.

Und das war noch nicht alles.

»Ach ja«, ergänzte sie, als wir uns schließlich von Lukas' Kühlschrank verabschiedet hatten und auf dem Heimweg im Familieneck einkehrten, »Crispin werde ich auch einladen. Er soll meine neue Küche bauen. Dann kann er sich das gleich mal angucken.«

Eske war gnadenlos. Wahrscheinlich würde sie maßlos enttäuscht sein, wenn Crispin nicht gleich auf der Party geschäftig seinen Zollstock auseinander klappte und noch vor dem ersten Bier anfing, die alten Einbauschränke rauszureißen.

Crispin war ein guter Tischler, aber bekloppt war er nicht.

»Na super«, maulte ich und winkte Aram nach einem Schnaps. Exfreund-Alarm. Auch das noch.

Irgendwie kam ich gar nicht wieder raus aus dem Sorgenertränken. Erst recht nicht, als dann auch noch Lukas wieder auftauchte. Seine Zwanzigjährige hatte sich verdünnisiert, aber er war bester Knutschlaune und versuchte sein Glück jetzt ausgerechnet bei mir.

Das ist der Nachteil an Stammkneipen: Es wusste einfach jeder, wo man im Zweifelsfall zu finden war.

»Küsst du mit mir?«, fragte Lukas, riss die Augen auf und spitzte seine wulstigen Lippen.

Eske fiel fast vom Barhocker. Sie grunzte vergnügt.

»Nein«, sagte ich so bestimmt wie ich noch konnte.

Lukas jaulte auf. »Warum denn nicht?«, jammerte er. »Bist du verliebt in einen anderen?«

»Nein«, sagte ich.

»Bist du zu betrunken?«

»Nein.«

»Habe ich dir irgendwas getan?«

»Nein, verdammt.«

»Hast du Herpes?«

»Nein.«

»Hast du sonst irgendein Problem?«

Hmpf.

»Übernimm du das mal«, sagte ich zu Eske und ging aufs Klo.

Als ich wiederkam, war Lukas verschwunden. Eske hatte ganze Arbeit geleistet.

Pia war begeistert, als ich sie zu Eskes Party einlud. Noch viel größer wurde ihre Begeisterung, als ich sie obendrein davon unterrichten konnte, dass Werder Bremen am betreffenden Wochenende ein Heimspiel hatte. Am Sonntag zwar erst, aber egal. Am Samstag würden wir ja eh damit beschäftigt sein, uns für die

Party schön zu machen. Da war keine Zeit für Horst-Recherchen.

»Super«, kiekste Pia. »Dann gehen wir Sonntag auf Mission. Hach, ich freu mich. Wird bestimmt aufregend!«

Wie Recht sie damit haben sollte, stellte sich erst heraus, als es so weit war.

Den ganzen Samstagvormittag schleppten Eske und ich ununterbrochen Getränkekisten hin und her. Zum Schluss kam ich nur noch unter Schmerzen in den fünften Stock. Dann war es Zeit, zum Bahnhof zu humpeln und Pia abzuholen.

Ich war gespannt auf sie. Nervös starrte ich im Bahnhof Altona auf die Ankunftsanzeige. Noch sieben Minuten. Ich holte mir einen Kaffee, ließ mich für einen Augenblick von dem großen Bildschirm in der Bahnhofshalle bedröhnen und verbrachte den Rest der Zeit damit, das Treiben in der Halle zu beobachten.

Der Bahnhof Altona hatte was.

So chaotisch es in ihm auch zugehen mochte, er wirkte fast luftig, warum auch immer. An seiner Architektur lag es nicht, dafür klebte die Decke viel zu weit unten. Vielleicht hing es damit zusammen, dass in der Halle ständig Zug herrschte (aber dafür waren Bahnhofshallen ja auch da). Von Gemütlichkeit also eigentlich keine Spur, trotzdem fehlte dem Bahnhof Altona das Bedrückende, wie es zum Beispiel der Berliner Bahnhof Zoo im Überfluss hatte.

Im Bahnhof Zoo war mir immer unheimlich zu Mute. Da marschierte ich nur im Stechschritt zum Gleis, um nicht an einer plötzlichen Angstattacke zu ersticken und röchelnd zu krepieren, während Massen anderer Leute gleichgültig über mich hinweg trampelten. Und der Ursprung dieses unangenehmen Gefühls lag beileibe nicht nur an Christiane F.

Der Bahnhof Zoo schien die Menschen zu schlucken und einer Hochgeschwindigkeitsgehirnwäsche zu unterziehen, während der in Altona sie nur heranwinkte, ihnen für einen Augenblick Unterschlupf oder kurzweilige Unterhaltung bot und sie dann durch einen der vielen Ausgänge oder mit Hilfe eines anderen Zuges wieder entließ, auf zu neuen Abenteuern.

Vielleicht lag es daran, dass Altona ein Sackbahnhof war. Er war entweder Beginn oder Ende einer Reise oder eines Reiseabschnitts, aber nie nur ein Zwischenstopp von vielen, auf den man unter Umständen lediglich durch das Zugfenster herabblickte. Er markierte immer irgendetwas. Ankommen oder wegfahren oder eine neue Ebene erreichen.

Hier war man früher oder später mittendrin.

Wie Pia.

»Hier ist ja was los«, strahlte sie, als sie erhitzt und mit geröteten Wangen vor mir stand.

Wir hatten uns gleich erkannt, außer ihr waren nur alte Säcke und Ökofrauen und Uniformierte jeglicher Couleur aus dem Zug ausgestiegen.

Aber als wir uns dann begrüßten, wäre es mir fast lieber gewesen, sie hätte sich auch als Ökofrau entpuppt.

Ich war fassungslos.

Pia hatte gnadenlos untertrieben, als sie auf meine Frage nach ihrem Aussehen mit »normal« geantwortet hatte.

Die Frau war schön.

Schön schön schön schön schön.

Punkt.

Ich fühlte mich in ihrer Gegenwart sofort wie ein überfütterter, aus dem Nest gefallener Vogel (Nestboden durchgekracht wahrscheinlich).

Pia war ein Stück kleiner als ich, deutsche Durchschnittsgröße. Aber alles andere war nicht so durchschnittlich.

Sie war schlank und hatte lange Beine, die sie durch braune, spitze Stiefeletten mit halbhohen Absätzen (Prada, ist klar) noch betonte. Über den Hüftjeans trug sie eine klimpernde Gürtelkette, die aus einzelnen ineinander verflochtenen silbernen Ringen bestand. Der ihr locker bis zur Mitte des Oberschenkels herabhängende übrig gebliebene Endzipfel des Gürtels ließ darauf schließen, dass ihr Hüftumfang meinen ungefähr um die Hälfte unterschritt. Dazu trug sie ein Krepptop mit langen Ärmeln, das um sie herumflatterte wie ein Hinweisschild auf die Formen, die sich schmeichelnd darunter abzeichneten.

Ihre dunklen Haare waren lang, glatt und glänzend, von jenem unverschämten Schlag, aus dem man »für den Abend« im Handumdrehen eine umwerfende Hochsteckfrisur zaubern konnte. Ihre Haut war makellos, auch ohne Make-up, und auf dem Mund und in den Augen trug sie einen viel versprechenden Glanz.

Sie war eine von jenen, die sich morgens nur in die Wangen kneifen und kurz auf die Lippen beißen mussten, um natürliche Schönheit via Durchblutung zu generieren und sofort perfekt auszusehen.

Warum kriegen manche Leute eigentlich alles?

Gut, ich konnte jetzt nicht sagen, dass ich *nichts* hatte.

Rein mengentechnisch betrachtet hatte ich natürlich Oberwasser. Aber der Unterschied zwischen Quantität und Qualität war in diesem Fall doch ziemlich offensichtlich.

Die Jungs auf der Party am Abend würden durchdrehen.

Noch dazu wirkte Pia nicht einmal affektiert. Ausgelassen hüpfte sie neben mir her durch die Bahnhofshalle und hakte sich bei mir unter. Ihr Ellbogen, der wie ihr ganzer Arm überhaupt kein Gewicht zu haben schien, stieß mir beim Gehen immer wieder in die Speckröllchen über der Jeans.

Ich versuchte, mir davon nicht die Laune verderben zu lassen. Es gelang mir erst, nachdem ich festgestellt hatte, dass ich die besseren Zähne hatte.

Wir gingen Kaffee trinken, aber ich hielt mich erst mal an Apfelschorle wegen der drohenden Koffeinablagerungen auf dem Gebiss. Was man hat, das muss man pflegen.

Es gab keinen Zweifel: Pia war nett.

Sie hatte ein offenes, helles Lachen, gegen das sich mein Gegacker ausnahm wie das Scheppern einer blechernen Mülltonne.

Egal. Mut zur Lücke.

Wir lachten viel, während wir im Aurel saßen, uns ein wenig kennen lernten und schließlich über den Horst lästerten. Es war unfassbar, wie ähnlich er sich Pia gegenüber verhalten hatte im Vergleich zu seinem unverschämten Abenteuer mit meiner Wenigkeit.

Seine Launen; seine Unzuverlässigkeit; sein ständiges Herumgezappel, die Unruhe und die Hummeln im Hintern; das fordernd und im nächsten Moment alles blockierend umgesetzte Prinzip des »ganz oder gar nicht«; die Unfähigkeit, Konflikte auszutragen – all das hatte auch Pia erlebt.

»Da muss man sich doch wirklich fragen, ob der noch alle beisammen hat«, resümierte Pia irgendwann und schüttelte den Kopf.

»Er ist eben bindungsgestört«, erklärte ich ihr ernsthaft und rezitierte grob ein paar Checklistenpunkte aus meinem amerikanischen Hausfrauentherapiebuch über Männer, die nicht lieben können (oder so ähnlich). Ich konnte es so gut wie auswendig, alle 256 Seiten.

Ich hatte das simple und gleichzeitig so effektive Werk zu meinen schwersten Leidenszeiten zufällig in einer Münchner Bahnhofsbuchhandlung entdeckt. Seit Beginn meiner sich dahinschleppenden Rekonvaleszenzphase leistete es mir immer wieder wohlwollenden therapeutischen Beistand. Ausschließlich diesem glücklichen Umstand war es zu verdanken, dass ich nicht dem endgültigen Wahnsinn anheim gefallen war. Das Buch hatte den

Horst ganz zweifelsfrei als hochgradigen Bindungsphobiker entlarvt. Schwein gehabt. So brauchte ich dann auch die Schuld für sein schockierendes Verhalten wenigstens nicht bei mir selbst zu suchen.

Allerdings musste ich seit Pia eh davon ausgehen, dass sein Verhalten überhaupt *gar nichts* mit mir zu tun hatte.

Wenn er sich Pia gegenüber genauso benommen hatte wie mir, dann *konnte* er nur gestört sein.

Ich meine, Pia war ein Traum: Schön, schlau, charmant. Sie hatte zwar nicht denselben Humor wie ich und von guter Musik keine Ahnung (in ihrem Kalender fanden sich Konzertkarten für Enrique Iglesias), aber so etwas störte Männer meiner Erfahrung nach generell nicht. Niels *musste* gestört sein, wenn er sich so eine entgehen ließ.

Mir sollte es recht sein, denn übersetzt hieß das für mich so viel wie: Wenn er auch bei einer wie Pia den Horst rausließ, dann hatte sein Verhalten mir gegenüber wenigstens nichts mit meinem dicken Hintern zu tun.

Das war immer meine größte Sorge gewesen. Komplexe, was will man machen. Und etwas anderes, das gegen mich sprach, fiel mir nun wirklich nicht ein.

Pia folgte meinen Ausführungen in Sachen Bindungsphobie aufmerksam.

»Was die Diagnose betrifft, stimme ich voll und ganz zu«, bekräftigte sie schließlich. »Aber sagt das Buch auch, *warum* jemand so wird?«

Nein, das sagte es nicht. Hatte dieses Manko aber erfolgreich verdrängt. Man soll ja nicht den Ast absägen, auf dem man sitzt. Oder die Hand beißen, die einen füttert. Oder so.

»Nee, leider nicht«, seufzte ich. »Ich meine, das kann bestimmt viele Gründe haben. Schlechte Kindheit und so.«

Pia rümpfte skeptisch die Nase. Sogar das sah bei ihr zum Anbeißen aus. Wenn ich ein Mann gewesen wäre, meine ich. Musste aufpassen, was ich dachte. Britta Gänslein, sag ich nur!

»Immerhin sind seine Eltern geschieden«, fügte ich hinzu.

Pia sah erstaunt von ihrem Kaffee hoch.

»Das hat er dir erzählt?«, fragte sie verwundert. »Ich weiß gar nichts über seine Familie. Nichts.«

Hoppla.

»Was ist mit Kunz«, fragte ich, »kennst du Kunz?«

Pia schüttelte den Kopf. »Nie gehört«, antwortete sie und kräuselte wieder ihre Nase. »Wer ist das?«

Potzblitz. Pia schien also noch weniger zu wissen als ich. Da ging sie hin, meine sagenhafte Informationsquelle.

»Kunz ist sein bester Kumpel«, erklärte ich beflissen. »Der hat ihn manchmal in Hannover besucht. Natürlich hat Niels das nie gepasst.«

Niels hatte sowieso überhaupt *nie* etwas gepasst, das auch nur im Entferntesten seine Unabhängigkeit und Autonomie gefährdet oder ihn zu irgendetwas verpflichtet hatte. An Besuch störte ihn wahrscheinlich schon, dass man dann irgendwann neues Klopapier besorgen musste.

»Hätte nicht gedacht, dass der überhaupt so was hat wie Freunde«, murmelte Pia ungläubig. »Mir gegenüber hat er nie, nie, nie irgendwelche anderen Leute erwähnt. Außer bekloppten Kollegen vielleicht.«

»Was war bei dir mit Anfassen?«, erkundigte ich mich.

Das Thema hatten wir während unseres ersten Telefonats ausgeklammert. Ich hatte mich schlichtweg nicht getraut. Gestatten, Rittner, verklemmt.

»Du meinst Sex?«, fragte Pia unverblümt.

»Na jaaa.«

»Fehlanzeige«, seufzte Pia.

Man konnte ihr ansehen, dass sie so etwas nicht gewohnt war.

Ich grinste.

Das war die endgültige Rehabilitation meines Hinterns. Ich leistete stille Abbitte bei ihm.

Verzeih, Popo. Es gibt gewiss Männer, die auch dich zu schätzen wissen. (Und Frauen. Britta Gänslein. Waaaah!)

Aber nicht noch dicker werden.

»Und bei dir?«, wollte Pia wissen.

»Nix«, machte ich. »Knutschen bis zum Umfallen, Händchenhalten ohne Ende, aber das war dann auch Ende der Fahnenstange.«

Wenn man denn in diesem Fall überhaupt von Stange sprechen konnte. Die Sache mit der Potenz war weiterhin ungeklärt.

Pia nickte bedrückt. »Genau so«, bestätigte sie und pustete ratlos in ihren Milchkaffee. »Obwohl, knutschen – na ja. Das konnte er nicht besonders gut. Irgendwie wirkte er dabei immer so abwesend. Genossen hat er's meiner Meinung nach nicht.«

Ich schwieg verwirrt, denn *das* kannte ich anders.

Hilfe, was hatten Niels und ich geknutscht.

Nach seinem ersten langen Kuss war ich unten an der Elbe fast in Ohnmacht gefallen, so wacklige Beine hatte ich gehabt. Wie ein Teenager, der zum ersten Mal eine fremde Zunge in den Hals gesteckt kriegt und auf dem Gefühl sofort zum Mond fliegen könnte.

»Dann müssen wir eine ziemlich unterschiedliche Auffassung davon haben, was gut knutschen ist«, sagte ich, als ich den Spaziergang durch den Irrgarten meiner Erinnerungen beendet hatte. »Waaaas?«, kreischte Pia. »War er bei dir gut, oder was?«

Ich zuckte mit den Schultern. »Ich fand ja. Aber vielleicht lag das auch nur daran, dass ich so verliebt in ihn war.«

»Hm«, machte Pia. »Ich weiß ja nicht. Bist du dir sicher, dass wir den gleichen Typen meinen?«

Da war wohl der Wunsch Vater des Gedanken. Aber Verwechslung war eindeutig ausgeschlossen. Rückgabe leider auch. Und Umtausch erst recht.

Was hätte ich darum gegeben, das Gefühl, das ich bei Niels gehabt hatte, endlich wieder zu spüren.

Natürlich bei einem anderen. Ich bin doch nicht blöd.

»Was ist eigentlich mit deinem Ex-Freund?«, erkundigte sich Pia, als hätte sie meine Gedanken erraten. »Du hast dich wirklich wegen des Horsts von ihm getrennt?«

Ich nickte.

»Scheiße«, sagte Pia.

»Kannste laut sagen«, entgegnete ich. »Das Schlimmste daran ist, Crispin und Niels sind jetzt auch noch Nachbarn. Manchmal parken sie sogar ihre Autos nebeneinander.«

»Uff«, machte Pia. »Wie ätzend. Harter Stoff.«

»Na ja«, erklärte ich, »nur für mich. Die kennen sich ja nicht.«

»Zum Glück«, sinnierte Pia. »Mein Ex hätte den längst zu Brei geschlagen. Der hatte 'n Hang zum Kloppen. Deshalb hab ich auch Schluss gemacht.«

Crispin hatte nie einen Hang zum Kloppen gehabt. Crispin, mein Crispin. Elende Horstscheiße, elende.

»Crispin kommt heute Abend auch zu Eske«, kündigte ich an. »Wirst ihn sehen.«

»Cool«, erklärte Pia. »Ich freu mich.«

Ich freute mich auch. Crispin. Ich hatte ihn lange nicht mehr getroffen. Vielleicht würden wir eine Gelegenheit bekommen, länger miteinander zu sprechen. Endlich mal wieder. Vielleicht würden wir uns zum Essen verabreden. Vielleicht würde sich noch heute Abend herausstellen, dass unsere Trennung nichts als ein groß angelegtes Missverständnis gewesen war. Vielleicht würde ich noch im Laufe der nächsten Woche nach Las Vegas fliegen und heiraten.

Ich seufzte.

»Hasi!«, schnarrte im selben Moment eine sonore Stimme aus

dem Off und riss mich jäh aus meinen wunderbaren (völlig bescheuerten, Anm. d. Übers.) Gedanken.

Waaah.

Flint.

Auch das noch. Der große Blonde auf Freiersfüßen.

Flint hatte ich über Susa kennen gelernt. Hing auch ohne Unterlass beim Portugiesen rum, schüttete Milchkaffee in sich hinein und war ständig auf Brautschau; meistens in Begleitung seines besten Freundes Michi.

Flint und Michi waren ein bisschen wie Pat und Patachon: Flint groß und breitschultrig, mit einem niedlichen Gesicht, das eine einzige Knautschzone war. Wenn er Grimassen zog, konnte er es zusammenklappen wie ein chinesischer Faltenhund. Süüüß. Hatte mich bereits mehrere Male dabei ertappt, darüber nachzudenken, wie sich so etwas wohl küssen ließ. Aber Flints andauernde wirklich verzweifelte Suche nach einer Gespielin hielt mich auf Distanz.

Es machte einfach keinen Spaß, jemanden zu küssen, der auf der Suche nach der einzigen großen Liebe langsam resignierte. Da musste man immer Angst haben, auf der Reservebank zu landen und nach Lust und Laune eingewechselt zu werden.

Nee nee.

Flint arbeitete als freiberuflicher Fotograf und schlug sich, wenn es sein musste, auch mit kleinen Katalogaufnahmen durch. Das hielt ich ihm zugute. Er war keiner von denen, die ständig das Gefühl haben mussten, große Kunst zu machen, bevor sie überhaupt ihre Ausrüstung zusammensuchten. Allerdings schlug auch Flint ab und zu über die Stränge. Manchmal gab er sich als Hausfotograf von Daimler aus. Nur wer genau nachfragte, erfuhr, dass er damit die Gebrauchtwagenklitsche an der Friedrich-Ebert-Straße meinte.

Flints Freund Michi war auch jetzt dabei. Er war gut anderthalb Köpfe kleiner als Flint mit einem minimalen Bäuchlein und einem Hang zu engen T-Shirts. Fashion Victim. Kam irgendwie aus der Branche.

Michi war ruhiger als Flint. Auch nicht unattraktiv. Aber auch Single.

Ich hatte das Gefühl, Flint infizierte ihn so langsam mit seinem Suchvirus. Die beiden hatten einfach immer und überall ihre Fühler ausgestreckt und nahmen bei ihrer Bewertung vorbeiflanierender Bunnys (so nannten sie Frauen gemeinhin) überhaupt keine Rücksicht auf anwesende Ladys.

Ladys wie Susa oder mich zum Beispiel, die sich im Rahmen der ausufernden Fleischbeschau vielleicht auf den Schlips getreten fühlten.

Pardon, auf den Rocksaum.

Wahre Gentlemen waren jedenfalls was anderes.

Nur Michi versuchte manchmal noch, die Sache auszubügeln. Aber unterm Strich waren die zwei für Susa und mich wie zwei Kinder: Man hat sie unheimlich lieb, aber dann und wann will man ihnen auch unheimlich gern ein paar auf die Fresse hauen.

Letzteres hätte ich während der nächsten Minuten am liebsten sofort getan.

Flint und Michi fiel angesichts meiner Begleitung natürlich sofort alles aus dem Gesicht. Ein wenig zu beflissen machten sie Smalltalk mit mir, der sie als Insider outen sollte, und ein wenig zu sehr drehten sie sich dabei in Pias Richtung.

Sei's drum. Was blieb mir anderes übrig.

»Ach ja«, sagte ich, »das ist mein Besuch Pia. Pia, das sind Flint und Michi. Pia arbeitet in einer Werbeagentur, Flint ist Fotograf und Michi macht in Mode.«

Diese detaillierte Art der Vorstellung hatte ich mir schon länger angewöhnt.

So blieb wenigstens das olle »Und? Was machst du so?« aus.

Man konnte es stattdessen unmittelbar präzisieren auf »Und? Was fotografierst du so?« oder »Und? Bist du in der Agentur in der Grafik oder im Textbereich oder in der Projektbetreuung?«.

Das sorgte von vornherein für einen familiären Touch. Der war ja heutzutage wieder gern gesehen.

»Und? Woher kommst du so?«, fragte Flint Pia.

Hmpf.

»Berlin«, sagte Pia und lächelte Flint an.

»Berlin!«, echoten Flint und Michi entzückt wie aus einem Munde.

Ich rollte mit den Augen.

Eine Stunde später war klar, dass Flint und Michi sich auf Eskes Party um Pias Gunst prügeln würden, wenn es sein musste. So viel zur wahren Männerfreundschaft.

Aber das Schauspiel würden wir uns nicht entgehen lassen. Per SMS informierte ich Susa, so schnell es ging. Pia sagte ich erst mal nichts. Eine wie sie würde die zwei auch ohne Vorwarnung gut in den Griff bekommen.

Als Pia und ich gegen neun in Susas kleiner Küche einfielen, saßen Flint und Michi bereits geschniegelt und gebügelt am Tisch. Sobald Pia den Raum betrat, strafften sie ihre Schultern und saßen viel gerader als sonst. Aber schon nach dem zweiten Pre-Party-Prosecco waren sie wieder in sich zusammengefallen.

Sie löcherten Pia mit Fragen. Susa und ich zogen eine Grimasse und ließen sie allein, um uns im Wohnzimmer heimlich die Fotos anzusehen, die Susa auf meiner letzten Dinnerparty gemacht hatte.

Heimlich deshalb, weil Flint und Michi nicht eingeladen gewesen waren.

Insbesondere Flint konnte so etwas äußerst übel nehmen, und wir wollten ihn vor Pia nicht brüskieren. Der Abend würde aufregend genug für ihn werden.

Als wir wieder in die Küche kamen, redete Flint mit hochrotem Kopf eifrig auf Pia ein und fuchtelte ihr ausladend vor der Nase herum, während Michi gelangweilt seinen kleinen Kalender aus der Tasche gezogen hatte und wie wild kreuz und quer mit dem Kugelschreiber darin herumstrich.

»Was machst 'n da?«, fragte ich Michi interessiert und setzte mich auf den Stuhl neben ihm. »Immer im Dienst, was?«

Michi war ein Arbeitstier. Pflichtbewusst und organisiert. Der ideale Ernährer.

Aber ich persönlich erwartete von einem Ernährer immer noch, dass er größer war als ich. Oder zumindest breiter. Michi war leider nur genauso groß wie ich. Und schmaler. Trotz des Bäuchleins.

Michi war raus.

»Nee«, wehrte Michi ab. »Ich hab nur 'n Frauennamen aus meinem Buch gestrichen. Damit ich die nie, nie wieder anrufe.«

»Warum denn nicht?«, fragte ich.

Sollte er doch froh sein, dass er überhaupt eine hatte zum Anrufen!

»Was ist denn mit der?«

»Nix«, beteuerte Michi mit einem Seitenblick auf Pia. »Die ist doof«, fügte er nach einer kleinen Pause mit Nachdruck hinzu.

»Wieso denn?«, hakte ich nach.

»Die hat 'n Pferd und wohnt in Volksdorf«, erklärte Michi mit Grabesstimme.

Jungs.

Und da wunderten sie sich, dass sie nichts an den Start kriegten.

6.

Eske.

Mein Gott, was für ein Abend! Das war wie in alten Zeiten. Tja, gelernt ist gelernt. Mein Freund ist ein Arsch, und Mona ist meine beste Freundin. Da Mona diesmal ausnahmsweise weder Grund noch Anlass für den Streit zwischen mir und meinem Freund war, konnte ich mich mal wieder ganz unbeschwert mit ihr betrinken. Wir entschieden uns für den Klassiker: Saufen im Familieneck.

Warum wir letztendlich auf dem Kiez gelandet sind, weiß ich nicht mehr. Meine Erinnerung setzt erst wieder gegen sechs Uhr morgens ein. Da haben wir versucht, den Mann bei Lucullus darauf aufmerksam zu machen, dass wir ihm bereits ausreichend Geld gegeben, aber dafür mit Sicherheit nicht genug Pommes bekommen hätten. Wie dieser Disput ausgegangen ist, ist unklar. Es bleibt eine Lücke von ca. drei Stunden.

Am Tag danach bin ich, unter anderem um diese Frage zu klären, zum Mittagsschlaf bei Mona eingekehrt. Mona konnte mir nicht helfen, aber das macht nichts, denn ich liebe es, meine Tage, die zu nichts mehr zu gebrauchen sind, in Monas Bett vorm Fernseher zu verbringen. Ich weiß nicht, wann ich das letzte Mal so gelacht habe. Mona weiß gar nicht, wie gut sie es als Single hat. Ich bin neidisch. Natürlich nicht so neidisch, dass ich mit meinem Freund Schluss machen werde.

Ich werde lieber ausnüchtern und mich mit ihm versöhnen. Da es mir sowieso so schlecht geht, dass ich nicht rauchen kann, wird es heute auch keinen Streit darüber geben, wann ich endlich damit aufhöre.

Mona.

Bei Eske war noch nichts los. Nur Behnke junior lümmelte sich auf dem abgewetzten Sofa im Wohnzimmer. Er hatte ein debiles Grinsen im Gesicht, und ein Hemdzipfel hing ihm aus der Hose. Auch Eske machte einen extrem entspannten Eindruck dafür, dass gleich etwa fünfzig bis achtzig Gäste in ihre neue Wohnung poltern und aufmerksame Bewirtung erwarten würden.

Nun ja. Es sollte ihnen gegönnt sein.

Obwohl es erst Ende April war, hatte Eske die Tür zur Dachterrasse sperrangelweit aufgerissen.

»Bier und so is draußen«, sagte sie stolz und wies in die entsprechende Richtung.

Geschickt. So musste sie einfach jeder beneiden. Keine Chance, die Dachterrasse zu übersehen. Sogar ein paar Blumentöpfe hatte Eske schon aufgestellt.

Sie nahm Pia freundlich auf. Na ja, auf ihre Art eben.

»Soooooo«, sagte sie und musterte Pia von oben bis unten, »du bist also die zweite, die auf den Schizo reingefallen ist.«

Pia guckte betroffen.

»Auf den Schrecken erst mal ’n Bier, wah?«, verkündete Eske dann jovial und schlug Pia auf die Schulter. »Willkommen. Fühl dich wie zu Hause.«

Beim Bier holen zeigte ich Pia die Balkonfront rechts von der Dachterrasse.

»Dreimal darfst du raten«, forderte ich sie auf und lehnte mich süffisant über die Brüstung.

Pia stellte sich neben mich und reckte den Kopf.

»Der da. Eins tiefer«, mutmaßte Pia und zeigte prompt auf den richtigen Balkon.

Den leeren.

Bingo.

Horst-Allüren waren einfach nicht zu übersehen, wenn man sich erstmal mit ihnen beschäftigt hatte.

»Gut gemacht«, lobte ich.

Pia seufzte. »Beck's Alkoholfrei«, sagte sie. »War ja klar. Aber morgen gucken wir uns das von innen an«, fügte sie hinzu und flatterte aufgeregt mit den Ärmchen. »Gott, ich bin neugierig.«

Damit war das Thema erst mal gegessen, weil Flint auf die Terrasse geschossen kam und Pia erneut mit Beschlag belegte.

Ich schlenderte zurück ins Wohnzimmer. Behnke junior erzählte Michi wilde Geschichten aus seiner Jugend. Er war tatsächlich gebürtiger Hamburger. Der dritte oder vierte, den ich kennen lernte. Gebürtige Hamburger waren selten. Eine bedrohte Spezies quasi.

»Ich will auch so was«, quengelte Susa, als wir aus der Küchentür beobachteten, wie Eske Behnke junior von hinten die Arme um den Oberkörper legte und ihre Wange an sein Gesicht schmiegte. Behnke junior umschlang Eskes Oberarme mit seinen Händen und wiegte sie leicht hin und her.

Zärtlich geradezu.

Es war wirklich ein hübsches Bild.

Idylle.

»Ruhig Blut«, ermahnte ich Susa. »Noch ist Behnke junior

nicht verifiziert. Heute Nacht werden wir sehen, was Eske an ihm hat.«

So eine Party musste man erstmal überstehen. Aber kalt gelassen hatte mich die Szene auch nicht.

Ich ertappte mich dabei, wie ich durchs Küchenfenster auf die Straße schielte und mich fragte, ob und wann Crispin auftauchen würde.

Mit Karl hatte ich bisher nicht wieder gesprochen.

Mir war noch immer unklar, ob er Recht gehabt hatte mit seinen Vorwürfen.

Vielleicht schon. Aber was sollte ich mit dieser Erkenntnis tun?

In Therapie gehen?

Kokolores. Würde mir doch wohl nicht die Party verderben lassen durch krumme Gedanken!

»Was ist eigentlich mit diesem Rainer?«, fragte ich Susa also interessiert.

Man muss auch mal hoffnungsvoll in die Zukunft blicken.

Susas Miene verdüsterte sich.

»Nichts ist mit dem«, sagte sie kurz angebunden. »Ich hab Schluss gemacht.« Mit diesen Worten machte sie auf dem Absatz kehrt und stürzte zurück ins Wohnzimmer.

Ich griente und beschloss, ein andermal nachzufragen, was Susa zu dieser Entscheidung bewogen hatte.

Aber Schluss mit jemandem zu machen, mit dem sie noch keine zehn Worte gewechselt hatte, das war ihre Spezialität.

Etwa zwei Stunden später war die Bude gerammelt voll. Überall waren Leute. Eske war mindestens so aufgedreht wie die antike Anlage, die auf ihre alten Tage noch mal richtig was zu tun bekam. Aber es lohnte sich, die Stimmung war prächtig.

Jan und Daniela hatten sich wieder versöhnt und standen

knutschend in den Ecken herum. Sie ließen keine fünf Minuten die Finger voneinander.

Alf und Lukas lehnten nebeneinander an der hinteren Wohnzimmerwand. Die Art, wie sie sich immer wieder verstohlen umsahen und ihre Kommentare zischend unter gehobenen Augenbrauen formulierten, ließ darauf schließen, dass sie ununterbrochen lästerten.

Michi hatte zwischenzeitlich noch ein paar Versuche unternommen, Pia aus Flints Klauen zu befreien, sich aber mittlerweile darauf konzentriert, möglichst schnell möglichst viel Schnaps durcheinander zu trinken.

Pia ließ Flint gutmütig gewähren.

»Taugt der was?«, hatte sie mir zwischenzeitlich zugeraunt, als sie auf dem Weg zum Klo an mir vorbeigehuscht war.

»Er ist jedenfalls kein Horst«, gab ich aufmunternd zurück, und Pia grinste.

Das glaubte ich wirklich. Flint war alles andere als ein kommunikationsunfähiger Bindungsphobiker. Er wollte ja lieben und heiraten und Kinder kriegen und all das.

Hätte er längst haben können. Aber Eske hatte er ja nicht gewollt. Dabei waren Susa und ich so bemüht gewesen, sie einander schmackhaft zu machen. Irgendwie hatte es nicht geklappt.

Selbst schuld.

Behnke junior wirkte ein wenig verloren zwischen all den Leuten, die er nicht kannte, aber er nahm es gelassen, die Attraktion des Abends zu sein. Alle kamen persönlich bei ihm vorbei, um ihn in Augenschein zu nehmen. Er blieb tapfer und nickte sogar verständig, als Alf ihn davon in Kenntnis setzte, dass er dringend eine neue Frisur bräuchte.

»Das trägt man doch so nicht mehr«, tadelte Alf kritisch und fuhr Behnke junior kopfschüttelnd mit spitzen Fingern durch den Schopf. »Wer macht denn so was bloß?«

Lukas hing an Susas Lippen und versuchte, sie betrunken zu machen.

Zwecklos, weil Susa längst betrunken war. Genau wie ich. Summend schritt ich immer wieder durch die Räume, legte hier ein Päuschen ein und da eine neue Platte auf.

Und dann kam Crispin.

Die Situation war klassisch.

Erst sah ich ihn.

Und als ich ihm dann am Hals hing, die Tussi dahinter.

Örks.

Peinlich berührt machte ich mich los.

»Hallo«, hauchte ich kleinlaut.

»Hi«, sagte Crispin langgezogen.

Er klang ganz anders als sonst. So weltmännisch.

Nicht arrogant. Aber auch nicht sonderlich liebevoll. Nebensächlich eher.

»Haaaaiiiiiiiiiii.«

Verdammt.

»Das ist Pamela«, sagte er und zog seine Begleitung neben sich.

Pa-me-la. Allein der Name schon!

Klein. Rothaarig. Dünn wie ein Strich.

Sie trug eine Hose mit Leopardendruck.

Das muss man sich mal vorstellen.

Hatte Crispin eigentlich den Verstand verloren? Manno.

»Tach«, presste ich hervor, rang mir ein falsches Lächeln ab und stapfte angepisst aufs Klo.

»Uuuuuuh«, machte Eske hinter mir.

Blöde Kuh. Die hatte gut reden.

Pamela war ein Biest. Sie ließ Crispin nicht eine Sekunde aus den Augen.

»Die kennt doch hier sonst keinen«, sagte Susa beschwichtigend. »Das muss doch nichts heißen.«

Ich schnaubte.

»Glaubst du ja wohl selber nicht«, entgegnete ich und beobachtete mit düsterer Miene, wie Crispin auf die Dachterrasse schlenderte, um noch ein Bier zu holen.

Nein. Zwei Bier. Astra. Was dagegen?

Wenigstens hatte diese Pamela Geschmack. Haha.

Irgendwie lief das hier nicht richtig für mich. Ich hatte mir das anders vorgestellt.

Alf plauderte mit Crispin, als wäre nichts geschehen. Als wäre er Crispins Kumpel. Dabei war Alf der Kumpel von Crispins Ex-Freundin Mona Rittner.

Verrat!

Die beiden lachten und stießen miteinander an.

Plötzlich fühlte ich mich verlassen von Gott und der Welt.

Eske kam zu mir.

»Na, meine kleine Goldmarie?«, frohlockte sie gut gelaunt. »Oder sollte ich eher sagen: Adlerauge?«

»Hör auf«, brummte ich misslaunig und drehte ruckartig mein Gesicht zur Seite, um ihren Krallen zu entgehen.

»So schlimm?«, fragte Eske.

Ich nickte.

»Geh doch einfach hin«, sagte Eske. »Du bist doch sonst nicht so.«

»Das hier ist nicht *sonst*«, entgegnete ich. »Das ist mir noch nie passiert.«

»Mein Gott, Mona, dann wird es aber Zeit. Vergiss nicht, mein Herzchen: *Du* hast *ihn* verlassen.«

Mit diesen Worten drückte sie mir ein neues Astra in die Hand und entschwand.

Ich verzog mich in die Küche und suchte nach etwas Essbarem. Alles leer. War wahrscheinlich auch besser so.

Dann stand Crispin plötzlich hinter mir.

»Na?«, machte er.

»Na?«, warf ich zurück.

»Guck nicht so böse, Mona.«

Obwohl er jetzt schon seit über fünf Jahren in Deutschland war, hatte Crispin noch immer diesen niedlichen britischen Akzent. Ich liebte ihn dafür.

Was für eine gequirlte Scheiße.

Ich riss mich zusammen. Mit der Miesmuschelnummer würde ich auch nicht weiterkommen.

»Ich guck gar nicht böse«, erklärte ich und versuchte ein Lächeln. »Wie geht's dir?«

»Oh, gut«, sagte Crispin. »Ich habe viel Arbeit. Das ist sehr gut.«

»Bist du verliebt?«, platzte es im nächsten Moment aus mir heraus.

Warum hatten meine Eltern mir eigentlich nicht beigebracht, in Anwesenheit von Männern meinen Mund zu halten? Wie sich das für eine gehorsame Frau gehörte?

Crispin drehte seine Bierflasche in der Hand.

»Ich glaube schon«, sagte er.

»Schön«, presste ich hervor. »Viel Glück.«

Dann stürzte ich aus der Küchentür. Ich brauchte frische Luft.

Auf dem Flur rannte ich fast Pamela um. Sie war schon wieder auf Verfolgungstour.

»Crispin läuft dir schon nicht weg«, blaffte ich sie an.

Draußen atmete ich tief durch.

Ich hätte meine Situation gern nüchtern betrachtet, aber das war nicht so einfach. Bitterböse kniff ich die Augen zusammen und versuchte in der Dunkelheit den Horstbalkon zu orten.

Es brannte Licht dahinter. Helles, ungemütliches, gleißendes Bindungsphobikerneurotikerlicht.

»Du Arsch«, schrie ich in seine Richtung. »Du hast alles kaputtgemacht!«

»Hoppsa«, sagte Pia hinter mir. »Was ist denn hier los?«

Aufgebracht trat ich von einem Bein auf das andere.

»Ich bin sauer«, stieß ich hervor. »Verdammt sauer. Auf diesen Scheißtypen da hinter dem Balkon.«

Das »hinter dem Balkon« brüllte ich fast und hob dazu den Kopf in Horstrichtung.

Jetzt stand auch Eske auf der Dachterrasse. Sie runzelte sorgenvoll die Stirn.

Ja, macht euch nur endlich auch mal Sorgen um mich. Supermona hat ein Problem. Ein verdammtes beschissenes Problem. Und das nicht erst seit heute. Wer hätte das gedacht.

»Mona«, versuchte Eske mich zu beschwichtigen. »Das bringt doch nichts. Komm rein. Wir brauchen dich als DJ.«

Nice try. Darauf würde ich nicht reinfallen.

»Nein«, schrie ich. »Ich will Rache.«

Dazu fuchtelte ich dermaßen unkoordiniert mit meiner Bierflasche herum, dass ihr Hals an der Brüstung zerbrach. Ein Schwall Bier ergoss sich auf meine Turnschuhe.

Das machte mich noch wütender, und ich trat heftig gegen die Betonwand. Es tat weh, aber das war mir egal.

Eske musste sich bemühen, ernst zu bleiben, aber als sie sah, dass ich die abgebrochene Flasche nicht aus der Hand legte, näherte sie sich mir vorsichtig.

Wahrscheinlich hatte sie sich daran erinnert, wie wenig koordiniert meine ansonsten ganz anständige Motorik sein konnte, wenn ich nur genug getrunken hatte.

»Mona«, sagte sie noch einmal. »Mach keinen Scheiß. Komm rein. Der hat das doch nicht verdient, dass du überhaupt noch an ihn denkst.«

»Genau«, bekräftigte Pia hilflos.

»Das weiß ich«, brüllte ich laut. »Das weiß ich, und ich krieg's trotzdem nicht hin. Scheiße. Der Typ ist ein Blutsauger. Ein Vampir. Ein Energiefresser. Ich setz den außer Gefecht!«

Schwungvoll drehte ich mich um und schleuderte die Flasche mit dem abgebrochenen Hals in Richtung Horstbalkon. Ich weiß nicht, ob ich getroffen hatte, aber es schepperte ordentlich. Ich verbuchte den Wurf kurzerhand als Volltreffer.

Man braucht auch mal ein Erfolgserlebnis.

»Nimm das«, schrie ich der Bierflasche hinterher. »Und das noch dazu!«

Ich bückte mich und griff nach einem der Blumentöpfe.

Eske kiekste entgeistert.

»Mona!«, schrie sie, aber es war zu spät.

Krachend flog der Blumentopf gegen irgendeine Balkonmauer oder Hauswand.

Behnke junior lugte vorsichtig um die Ecke.

»Die dreht durch«, zischte Eske entsetzt. »So hab ich sie noch nie erlebt«, fügte sie fast entschuldigend hinzu.

»Dann wird's aber Zeit«, zitierte ich sie schäumend.

Zack. Ein weiterer Blumentopf hatte seine besten Tage gesehen.

Zum nächsten kam ich nicht mehr, weil Behnke junior und Flint auf mich zustürzten und mir die Arme festhielten.

Dabei hatte ich doch gerade erst angefangen.

»Lasst mich los«, zeterte ich, aber gegen die geballte Manneskraft hatte ich nicht den Hauch einer Chance.

»Ruhe da oben«, brüllte es von irgendwoher.

»Halt's Maul«, brüllte ich zurück.

Fast war ich selbst überrascht darüber.

Ich, Mona Rittner, warf mit Blumentöpfen um mich und schrie »Halt's Maul«.

Wow!

Es war, als hätte ich einen kleinen Teufel auf meiner Schulter sitzen, der mich anfeuerte.

Und irgendwie war das gar nicht schlecht.

Also für mich jetzt in meinem Zustand und so weiter und so weiter.

Go, Mona, go! Go, Mona, go!

Ruckartig schoss ich zurück in Richtung Brüstung.

Die Bewegung kam plötzlich für Behnke und Flint, sie verloren mich kurz. Aber den nächsten Blumentopf schaffte ich trotzdem nicht mehr.

Das Letzte, was ich sah, bevor ich gewaltsam zurück in die entsetzte Partygesellschaft geschoben wurde, waren die Vorhänge, die sich sacht hinter dem Horstbalkon schlossen.

Er drückte sich also mal wieder.

Feigling.

Aber so würde er mir nicht davonkommen.

So nicht.

Bevor ich nach Hause ging, nahm ich Pia das Versprechen ab, dass sie mich dabei unterstützen würde, dem Horst eins auszuwischen.

»Aber nicht zu schlimm«, sagte sie und riss die Augen auf.

»Mal sehen«, antwortete ich.

Mitleid war nicht angebracht. Weder mit dem Horst noch mit mir. Jetzt hieß es, die Dinge in die Hand zu nehmen.

Dann instruierte ich Susa, Pia später die Ersatzschlüssel zu meiner Wohnung zu geben, die ich bei ihr deponiert hatte, und verließ hoch erhobenen Kopfes das rauschende Fest.

Die meisten Leute machten mir respektvoll Platz. Wahrscheinlich hatten sie Angst, dass ich jederzeit wieder anfangen könnte, mit Gegenständen um mich zu werfen.

Behnke junior beäugte mich argwöhnisch, während ich durch die Spalier stehende Menge auf die Tür zuschritt.

Man konnte ihm genau ansehen, dass er sich fragte, ob Eske mit Freunden wie mir nicht schlecht beraten war. Oder ob Gefahr bestand, dass Eske vielleicht ähnlich hysterisch gestrickt wäre.

»No worries«, sagte ich zum Abschied zu ihm und gab ihm einen sachten Hieb mit dem Ellbogen. »Eske ist psychisch stabil.«

Am nächsten Morgen stellte ich erstaunt fest, dass das Sofa im Wohnzimmer leer geblieben war. Ein Kontrollanruf bei Susa brachte schnell die unanständige Wahrheit ans Tageslicht.

»Die ist bestimmt mit Flint mit«, mutmaßte Susa und gähnte. »Jedenfalls sind sie zusammen weg von der Party.«

Das war ja abzusehen gewesen.

Aber gut. Meinetwegen.

»Alles klar«, sagte ich. »Komm runter. Kaffee trinken.«

Wir hatten uns gerade die erste Tasse eingeschenkt, als es Sturm klingelte.

»Bin ich zu spät?«, keuchte Pia und flitzte an mir vorbei in die Küche.

»Zu spät für was?«, fragte Susa erstaunt. »Kaffee ist noch da, falls du das meinst.«

»Für unsere Mission, meine ich«, erklärte Pia.

Ich stellte fest, dass die Nacht durchaus an ihr gezehrt hatte. So frisch wie am vorherigen Tag sah sie jedenfalls nicht aus. Es gab also doch noch so etwas wie Gerechtigkeit.

Aber selbst das leicht Verlebte stand Pia gut. Ihre Frisur hatte etwas Verwegenes, und ihr ungeschminktes Gesicht leuchtete. Zweifellos frisch durch die Laken gezogen. Die Haut rund um ihren Mund war gerötet. Gepeelt von unzähligen Bartstoppeln. Flint hatte ganze Arbeit geleistet.

»Hä?«, machte Susa.

»Wir gehen doch heute auf Horst-Tour«, erklärte ich Susa, öffnete die Schublade unter meinem Küchentisch, wühlte mich durch Dachpappstifte (für die schnelle Reparatur) und Unmengen von Kordeln (Katzes liebstes Spielzeug) und klimperte kurz darauf verheißungsvoll mit zwei Schlüsseln.

»Ach ja«, machte Susa.

Sie war offenbar bestens im Bilde. Eske und Pia mussten ihr nach meinem Abgang alles genauestens erzählt haben.

Ich konnte es ihnen nicht verdenken.

Minimierung eines potenziellen Gefahrenherdes durch flächendeckende Informationspolitik.

Gut, gut.

»Aber mit *meinen* Schlüsseln?«, wunderte sich Susa dann und zog die Augenbrauen hoch. »Wie soll das denn gehen?«

»Hups«, machte ich und kramte nach dem richtigen Schlüsselpaar. Sah so aus, als müsste ich meine Krimskramsschublade dringend mal wieder aufräumen. Aber für so was blieb mir angesichts der aktuellen Lage wirklich nicht die Muße.

Ich schielte auf die Stecktafel an meiner Kühlschranktür. Die unteren beiden Zeilen waren verdächtig dicht zugemüllt mit bunten Erinnerungstäfelchen.

So viel zu tun. Und so wenig Zeit.

»Bist alles andere als zu spät«, klärte ich Pia auf. »Werder spielt um vier, jetzt ist es zwölf. Außerdem war der Horst gestern Abend zu Hause. Licht war ja an, wenn Sie sich erinnern wollen. Vielleicht ist er noch nicht mal losgefahren ins Stadion. Zeit für Kaffee ist.«

»Und für die neuesten Infos«, setzte Susa nach und schenkte Pia ein. »Los, erzähl. Wie war's mit Flint?«

Pia lachte vergnügt.

»Schön war's mit ihm«, sagte Pia. »Wir waren noch unten an der Elbe.«

»Ihr wart bitte *was?*«, fragte Susa und riss die Augen auf.

»Unten an der Elbe. Wegen der Romantik«, erklärte Pia.

Ein starkes Stück. Jedenfalls für April.

»Da ist Flint dann auf einem Stein ausgerutscht und hat einen dicken Knöchel gekriegt.«

So viel zur Romantik. Ich lach mich tot.

»Hatte echt Schmerzen, glaube ich. Und dann hab ich ihn im Taxi nach Hause gebracht. Bis nach oben, weil er ja nicht so gut laufen konnte. Den Rest kann man sich denken.«

Der Satz hätte von mir stammen können.

»Und?«, fragten Susa und ich wie aus einem Mund. »Wie war er?«

Pia schürzte die Lippen und rollte ihre Augen genießerisch gen Decke.

»Mmmmmh«, machte sie. »Guuuuuut.«

»Ja und? Weiter?«, quengelte Susa.

»Nix weiter«, sagte Pia bestimmt. »Der Rest bleibt unter uns, haben wir beschlossen.«

»Spielverderber«, maulte ich.

»Na jaaa«, lenkte Susa ein. »Kann man ja auch verstehen. Lass sie doch, wenn sie nichts erzählen will.«

Stimmt.

Susa konnte nichts dagegen sagen. Der musste man ja auch immer alles aus der Nase ziehen. Gegen sie war ich, Mona »Klemmig« Rittner, ein wandelndes Kamasutra.

»Ich find das doof«, sagte ich trotzig und zündete mir eine Zigarette an. »Will das wissen. Ohne mich wär das schließlich gar nicht passiert.«

»Vielleicht ein andermal«, sagte Pia bestimmt.

Wenigstens hatte sie Prinzipien.

Sah so aus, als konnte man wirklich gut mit ihr auskommen.

»Werdet ihr euch wiedersehen?«, fragte Susa verträumt.

Pia lächelte geheimnisvoll.

»Wenn sie kein Pferd hat, stehen die Chancen gut, denke ich«, antwortete ich statt ihrer.

»Hä?«, machten Pia und Susa.

»Ach, nichts«, winkte ich ab. »War nur so 'n Spruch.«

Pia und Susa tauschten verständnislos Blicke.

Ich hüllte mich in Schweigen, guckte unschuldig unter die Decke und nippte an meinem Kaffee.

»Zieh dich lieber an«, empfahl Pia mir dann streng. »Wir müssen bald los. Um sechs geht mein Zug zurück nach Berlin. Ich will mich in Ruhe umtun beim Horst.«

Ach ja. Ich trug immer noch mein Nachthemd. Das hatte ich ganz vergessen.

»Am besten was Unauffälliges«, schrie Pia mir hinterher, als ich im Schlafzimmer stand und meinen Kleiderschrank begutachtete.

In diesem Moment erinnerte sie mich verdammt an Eske.

Vom Regen in die Traufe.

Als wir die Abbestraße hinunterschlenderten, sah ich schon von weitem Crispins metallicblauen Kastenwagen auf dem Bürgersteig stehen. Seine Gegenwart verursachte sofort ein unangenehmes Ziehen in meiner Bauchgegend.

Mein Ausraster fiel mir wieder ein. Die vergangene Nacht. Mona »Blumentopf« Rittner.

Wie peinlich.

Unvermittelt begann ich zu pfeifen.

Da war es wieder.

Uaaaah.

Pia musterte mich amüsiert.

»Da hat aber jemand Spaß«, kommentierte sie und grinste.

Ertappt.

Ich hob den Kopf in Richtung des Renaults. »Crispins Auto«, erklärte ich ihr knapp.

Pia nickte verständig.

»Hatte das eigentlich was mit ihm zu tun, dass du gestern Abend so ausgeflippt bist?«, fragte sie dann vorsichtig. »Crispin war mit einer anderen da, oder?«

Ich nickte. »Dabei hatte ich mich so auf ihn gefreut«, seufzte ich.

»Liebst du ihn noch?«, wollte Pia wissen und sah mich geradeheraus an.

Du liebe Güte.

War das nicht ein bisschen zu intim dafür, dass wir uns kaum kannten?

Ich zögerte.

»Los, Puppe«, sagte Pia, »vergiss nicht: Wir sind beide horstgeschädigt. Wir müssen zusammenhalten.«

Frauenpower, ja ja.

Als wolle sie das unterstreichen, bog im nächsten Moment Britta Gänslein um die Ecke. Sie zog im Stechschritt auf der gegenüberliegenden Straßenseite an uns vorbei und verschwand hinter der nächsten Häuserzeile.

Sie hatte mich glatt übersehen. Vielleicht erkannte sie mich aber auch nicht wieder ohne Blaumann. So oder so: Glück gehabt.

»Na?«, machte Pia und stupste mich an. »Jetzt sag schon.«

»Ich weiß nicht«, antwortete ich ehrlich. »Aber ich vermisse ihn. Das auf jeden Fall.«

»Das gehört dazu«, sagte Pia lakonisch. »Mit der Zeit wird es besser. Gib euch Zeit. Und mach den Horst nicht dafür verantwortlich.«

»Er *ist* dafür verantwortlich«, beschwerte ich mich.

Pia sah mich prüfend an.

»Mona«, sagte sie dann tadelnd. »Du bist keine fünfzehn mehr.«

Hmpf.

»Bullshit«, stieß ich im nächsten Augenblick hervor und zog Pia hastig hinter den nächsten Baum.

Keine hundert Meter vor uns ragte Niels' bejeanster Hintern aus seinem dunkelblauen BMW. Er wackelte hin und her.

So wie ich Niels kannte, hatte er auf dem Rücksitz mit Sicherheit keine Frau deponiert. Wahrscheinlich räumte er also irgendetwas auf oder ein oder aus.

Vorsichtig lugten wir hinter dem Baum hervor.

»Oooooh«, flüsterte Pia staunend wie ein kleines Kind. »Die Jeans kenn ich noch. Die war damals schon so verwaschen.«

»Ich glaube, der hat gar keine andere Hose«, bemerkte ich düster.

Niels' Oberkörper kam langsam zum Vorschein, wenig später sein blonder Schopf. Er hatte eine Decke unter dem Arm und deponierte sie im Kofferraum.

Vielleicht bereitete er sich mal wieder auf eine Nacht im Auto vor. Survivaltraining für Oberspinner.

Jetzt hielt er prüfend eine dunkelgrüne Wasserflasche hoch und befand sie wohl für gut, jedenfalls verstaute er sie gleich darauf wieder im Innenraum des Wagens.

Er sah nicht anders aus, als ich ihn in Erinnerung hatte. Seine Bewegungen waren kontrolliert und hölzern. Seine Miene war unbewegt.

Man konnte ihm nicht ansehen, ob er gut gelaunt war oder sich auf seinen Ausflug freute oder vielleicht schlecht geschlafen hatte, weil bei der neuen Nachbarin eine Höllenparty gestiegen war und ihn fast ein Blumentopf erschlagen hätte.

Man konnte ihm gar nichts ansehen.

Wie so oft.

Dann stieg er ein, ließ den Wagen an und setzte souverän aus der engen Parklücke.

Zwei Minuten später standen Pia und ich aufgeregt vor Niels' Haustür und setzten den Schlüssel an.

»Ich sichere schon mal das Treppenhaus«, gackerte ich albern und zog Pia verschwörerisch hinter mir her.

Rambo lässt grüßen.

Noch einmal zwei Minuten später stürmten wir das Privatrefugium des Horsts wie ein mobiles Einsatzkommando mit Schießbefehl.

Wir waren zwar nicht vermummt, aber dafür extrem entschlossen.

Schade nur, dass wir so wenig Gewalt anwenden mussten, um uns die heiligen Hallen untertan zu machen. Die Wohnungstür war nur zugezogen, wie beim letzten Mal.

»Et voilà«, sagte ich und hieß Pia willkommen, indem ich mich in den Flur stellte und einladend die Arme ausstreckte.

»Krass«, sagte Pia, als sie die leere Küche sah.

»Crazy«, sagte sie im Schlafzimmer.

»Ich glaub das nicht«, kam es dann dumpf hallend aus dem Bad.

»Sieht echt aus, als würde hier gar keiner wohnen«, urteilte sie, zurück auf dem Flur.

»Hab ich doch gesagt«, trumpfte ich auf. »Aber das Heftigste kommt ja noch«, erklärte ich wissend. »Da rein.«

Ich zeigte auf die angelehnte Wohnzimmertür.

Pia näherte sich vorsichtig.

»Gruselig«, flüsterte sie und stieß gegen die Tür, die sich langsam öffnete.

Wenigstens knarzte sie nicht. Das wäre das Tüpfelchen auf dem i gewesen. Filmreif.

Aber das hier war nun mal kein Film.

Ungeduldig schob ich Pia in den Raum, der leer war bis auf den Computertisch und das Regal.

Pia stürzte sofort auf die Wand zu und scannte das Regal auf die beiden Ordner ab, von denen ich ihr erzählt hatte. Fassungslos zog sie den P-Ordner heraus.

»Der Typ hat ja wohl den heftigsten Schuss weg, von dem ich je gehört habe«, murmelte sie kopfschüttelnd, während sie ihn hastig durchblätterte.

Ich nickte.

Dann erschrak ich zu Tode. Ich riss die Augen auf.

»Pia«, raunte ich entsetzt, »ich glaube, wir haben ein Problem.«

»Hä?«, machte Pia abwesend. »Wir? Der Horst, der hat ein Problem. Wir doch nicht.«

»Doch«, zischte ich. »Dreh dich mal um.«

Verständnislos sah Pia in Richtung Fenster.

»Ach du Scheiße«, stieß sie dann hervor.

Die Balkontür stand offen.

Wahrscheinlich war sie zuvor nur angelehnt gewesen, und jetzt hatte ein Windstoß dafür gesorgt, dass sie sperrangelweit in den Raum hineinstand.

Im April die Balkontür offen stehen zu haben, das passte zu Niels. Ein Schwall von Kälte ergoss sich in den Raum. Mich fröstelte. Gleichzeitig stieg mir die Hitze ins Gesicht.

»Mist«, fluchte Pia. »Vielleicht ist Niels nur mal kurz Zigaretten holen.«

»Er raucht nicht«, erinnerte ich sie dumpf.

Wenn Niels geraucht hätte, wäre er allerdings der einzige Mensch auf der Welt gewesen, der in Ottensen mit dem Auto Zigaretten holen fuhr. Insofern lag Pia gar nicht so falsch.

»Was auch immer«, klagte ich hektisch, »weit wird er wohl nicht sein.«

Wie Recht ich doch hatte.

Im nächsten Moment hörten wir ein Geräusch an der Tür.

»Scheiße Scheiße Scheiße«, kiekste Pia und schob den Ordner fahrig zurück ins Regal. »Los, schnell, schschschsch. Raus hier!«

Panisch schob sie mich auf den Balkon.

»Aber wo sollen wir denn hin?«, flüsterte ich heiser.

Mein Herz klopfte mir bis zum Hals.

Der Balkon war nicht groß. Niels würde uns sofort entdecken, wenn er sich auch nur annähernd im Radius seiner Balkontür aufhielt.

»Da rüber«, befahl Pia leise, aber scharf und wies auf die Trennwand rechts neben uns, die Niels' Balkon von dem seines Nachbarn trennte.

O Gottogott. Der ganz normale griechische Durchschnittsgott. Bloß nicht auch das noch.

»Wie soll ich denn da rüberkommen?«, jammerte ich skeptisch.

Die Trennwand war hoch, und ich war extrem unsportlich.

Na ja. Gar nicht mal unsportlich, aber nun mal viel zu klein für mein Gewicht, hahaha.

Eine unglückliche Kombination, zumal ein weiteres Geräusch aus Niels' Wohnung davon zeugte, dass der Feind unaufhörlich näher rückte.

Hilfehilfehilfehilfehilfe.

Leise und behänd hob Pia die Kiste Beck's Alkoholfrei hoch und stellte sie vor die Trennwand.

»Da drauf«, herrschte sie mich an, »und dann Fuß her.«

O Gottogott.

Ich auf der kleinen Pia?

Ich war bestimmt anderthalb mal so schwer wie sie.

Wenn nicht gar Schlimmeres.

»Ich trau mich nicht«, klagte ich verzweifelt.

»*Mona!* Verdammt noch mal!«

Pias Blick ließ keinen Widerspruch zu. Sie funkelte mich an. »Hoch da! Hopp!«

Ich ächzte.

Nun gut. Sie hatte es nicht anders gewollt.

Zögernd krallte ich meine Finger um die Oberkante der Trennwand. Nachdem ich auf der Bierkiste stand, konnte ich über sie drübergucken. Das machte sie zwar für mich nicht weniger kompliziert, aber wenigstens hatte ich die Gewissheit, dass es auf der anderen Seite festen Boden gab.

Auf dem anderen Balkon stand genau hinter der Trennwand ein Tisch. Ein Wink des Himmels! So würde ich mir wenigstens nicht alle Knochen brechen.

Sondern nur ein paar.

Ich biss die Zähne zusammen und hob meinen linken Fuß. Pia ergriff ihn und hielt von unten gegen, während ich versuchte, mich an der Wand hochzuziehen.

Das würde nie klappen.

Nie im Leben.

»Zieh!«, feuerte Pia mich mit verzerrter Stimme an. »Zieh, Mann! Du bist doch kein Sandsack!«

Bin ich wohl, widersprach ich in Gedanken, aber ich zog.

Ich zog und zog und zog, während Pia von unten schob und schob und schob. Irgendwann war ich in der Lage, meinen rechten Arm so weit vorzudrücken, dass ich mir die Trennwand quasi in die Achselhöhle klemmen konnte.

Da hing ich also und strampelte verzweifelt mit den Beinen. Es tat verdammt weh.

Unter Aufbietung meiner letzten Kraftreserven schob ich meinen Oberkörper nach links, Millimeter für Millimeter, sodass ich halb seitlich an der Wand baumelte. Sie knirschte verdächtig.

Pia erlöste mich, indem sie sich mein rechtes Bein schnappte und es mit Wucht nach oben drückte.

Etwa zur gleichen Zeit machte es »ratsch«. Meine Hose. Dem Geräusch nach zu urteilen, war die Naht am Hintern mitten durch.

Bockmist, elender.

Mal ein ganz anderer Fall von Arschkarte gezogen.

Aber irgendwann hatte mein rechtes Bein die harte Kante der Trennwand überwunden. Uff.

Der Schweiß rann mir in Strömen.

Ich zog das linke Bein nach und tastete vorsichtig nach dem Tisch unter mir.

Hoffentlich würde er halten!

Er hielt.

Ich stand. Auf sehr wackeligen Beinen zwar, aber dafür auf sechs.

Hurra.

»Hilf mir«, keuchte Pia und bewegte suchend die Finger ihrer linken Hand, die bereits über die Trennwand ragten.

Ich beugte mich über die Wand und versuchte, ihr unter die Arme zu greifen.

Daher kam das also.

Japsend zog ich sie zu mir herüber.

Pia hielt angestrengt die Luft an, während sie mir langsam entgegenfiel.

In der nächsten Sekunde brach unter uns mit viel Getöse der Tisch zusammen.

Wir schrien leise auf und landeten krachend auf dem Betonboden des Balkons.

Ich hatte eines der Tischbeine unter dem Steißbein. Der Schmerz trieb mir die Tränen in die Augen. Auch Pia rieb sich den Knöchel.

»Autschautschautsch«, nölte sie und verzog das Gesicht.

Ein Bild des Jammers.

»Schsch«, machte ich leise und legte mir den Zeigefinger auf den Mund.

Im selben Moment hörten wir, wie sich auf dem Balkon nebenan etwas regte.

Es konnte nur Niels sein.

Der Feind höchstpersönlich.

Wir hielten den Atem an und kauerten uns mit eingezogenen Köpfen gegen die Trennwand, die zum Glück endlich aufgehört hatte, verräterisch hin und her zu wackeln.

Ich stellte mir Niels vor, wie er mit verwundertem Gesicht auf den Balkon trat und versuchte, den Lärm zu orten.

Aber Niels verweilte nicht eine Sekunde länger draußen, als wenn es gar keinen Lärm gegeben hätte.

Ignorant.

So war er eben.

Völlig abgeschnitten von der Außenwelt.

Schmorend im eigenen Saft bis zur totalen Gehirnerweichung.

Der Geräuschfolge nach zu urteilen, trat er lediglich kurz hinaus, hielt für einen Moment inne und zog sich gleich darauf wieder in seine Wohnung zurück, um im nächsten Moment die Balkontür bedächtig zu schließen. Ich hörte, wie er den Hebel umlegte und die Tür verschloss.

Pia und ich sahen uns erleichtert an.

Buuuuuh.

»Glück gehabt«, stieß ich leise hervor, als ich wieder sprechen konnte.

Pia nickte. »Das war knapp«, murmelte sie und grinste. »Gott, siehst du fertig aus«, fügte sie süffisant hinzu.

Ja ja.

»Du nicht so«, sagte ich neidisch. »Wieso bist du eigentlich so stark?«

Pia hob ihre rechte Hand, ballte die Faust und drückte mit der linken Hand prüfend gegen ihren Oberarm.

»Jahrelange Übung«, erklärte sie, »ich hab mir mein Studium als Fitnesstrainerin finanziert.«

Auch das noch.

Ich seufzte.

Mein Nebenjob war weniger gesund gewesen. Ich hatte bei einer Kleinanzeigenzeitung gearbeitet und telefonisch Inserate entgegengenommen. Sex und Autos hauptsächlich. Von wegen, Männer telefonieren nicht gern. Ich hatte nie wieder so viel mit Männern telefoniert wie in jenen Tagen. Und Muskeln hatte ich da nicht gestählt. Nur meine Nerven und meine Kenntnisse in Sachen Abkürzungen. Ich kannte alles: GV, ns, sm, dom./dev., KFI, eFH, eas, ZV, BmB, PT. Und Schlimmeres. Auf dem Gebiet konnte mir niemand mehr was vormachen. Hatte dieses Spezialwissen allerdings bis heute noch nirgendwo anders anbringen können.

»Und jetzt?«, fragte Pia. »Wir sitzen hier fest.«

»Zumindest ist der griechische Durchschnittsgott nicht zu Hause«, stellte ich fest. »Bei dem Lärm wäre der sonst längst hier aufgelaufen.«

»Wer?«, fragte Pia verwirrt.

»Der Typ, der hier wohnt«, erklärte ich. »Ein sexy Boy. Aber ziemlich übellaunig. Und sonntags offenbar schon früh auf den Beinen.«

»Wir sind eben Glückskinder«, sagte Pia, erhob sich ächzend und versuchte aufzutreten. »Mein Knöchel tut so weh«, beschwerte sie sich kläglich. »So ein Scheiß.«

»Dann passt du ja jetzt noch viel besser zu Flint«, wollte ich sagen, aber ich war mir nicht sicher, ob Pia in unserer Situation Verständnis haben würde für solcherlei Humor.

Ich befreite mich von der Tischplatte und stand ebenfalls auf. Konnte mich kaum bewegen. Tat es trotzdem, und der Riss in meiner Hose wurde noch einmal länger.

Pia musterte mich und kicherte. »Très chic«, kommentierte sie belustigt und schnalzte mit der Zunge.

Ist ja gut, ist ja gut.

»Wir haben Wichtigeres zu regeln«, tadelte ich sie und holte mein Telefon aus der Hosentasche.

Ich legte den Kopf schief und horchte in Richtung Trennwand. Von nebenan kam kein Mucks mehr.

Vielleicht war Niels nur die offene Balkontür eingefallen, und jetzt hatte er sich tatsächlich auf den Weg ins Weserstadion gemacht! Jedenfalls war das unsere einzige Chance, aus dieser Nummer noch rauszukommen.

»Was hast du vor?«, fragte Pia neugierig und klopfte sich den Dreck von den Klamotten.

Ihr Prada-Outfit war natürlich unversehrt geblieben im Gegensatz zu meiner kostenbewussten Allerweltsstaffage. Würde mich bei H&M beschweren müssen. Vielleicht konnte Michi mir sagen, an wen ich mich da wenden musste.

»Lass mich nur machen«, erklärte ich erhaben und tippte Eskes Nummer.

Ganz der Profi.

Pia sah vielleicht besser aus als ich, aber ich hatte hier den Heimvorteil. Und die Situation besser unter Kontrolle. Ich war das geborene Alphatier. Ich wusste, was zu tun war.

Wuff.

»Hallo?«

Eske klang verschlafen.

»Moin«, sagte ich. »Na, gute Party gehabt?«

»Mona!«, seufzte Eske. »Du warst das Gespräch des Abends nach deinem Abgang. Geht's dir wieder besser?«

»Wie man's nimmt«, antwortete ich ausweichend. »Ähm. Bist du angezogen?«

»Wo denkst du hin?«, entrüstete sich Eske. »Es ist noch nicht mal zwei. An einem Sonntag. Wieso fragst du? Willst du mich zur Wiedergutmachung all deiner Verfehlungen etwa zum Brunch einladen?«

»Ähm«, machte ich wieder. »Wenn du uns hier rausgeholt hast, mach ich das gern.«

»Rausgeholt?«, wiederholte Eske verständnislos.

»Pia und ich brauchen deine Hilfe«, sagte ich kleinlaut und mit weinerlicher Stimme.

Von wegen Alphatier.

Ich fühlte mich wie ein Welpe, der aus lauter Jux und Dollerei auf den Teppich gepisst hat. Und gleich würde das gnadenlose Frauchen kommen und dem kleinen dummen Hund mit der Zeitung einen überbraten.

Winsel.

»Mona?«, bölkte Eske.

Auf einmal klang sie hellwach.

»Mona, verdammt, wo steckst du? Was ist schon wieder los?«

»Ich bin nebenan«, erklärte ich zerknirscht. »Neben dem Horst-Balkon. Hinter der Trennwand.«

»Juhuuuu!«, schrie Pia, »hier sind wir! S-O-S!« Sie hüpfte wie ein Gummiball vor der Trennwand auf und ab und winkte hektisch in Richtung Eskes Dachterrasse.

Wenn sie so weitermachte, konnten wir ebenso gut gleich die gesamte Nachbarschaft zu Hilfe rufen.

»Pschschscht«, machte ich entsetzt und gab ihr einen Klaps gegen den Bauch. »Lass das.«

Pia schwieg beleidigt.

Eske stöhnte.

»Sag jetzt nichts«, bat ich sie. »Hilf uns einfach nur. Bitte bitte hilf uns. Wir erklären dir das nachher.«

»Was ist denn los?«, hörte ich im Hintergrund Behnke junior. Er schien noch im Halbschlaf.

»Nichts. Schlaf weiter«, raunte Eske ihm zu.

»Warte mal«, befahl sie mir dann, und ich wartete.

»So«, sagte sie irgendwann. »Ich bin jetzt auf der Terrasse. *Wo* seid ihr?«

Pia und ich beugten uns über die Balkonbrüstung und lugten um die Ecke. Eske stand in ihrem in der Luft hängenden Swimmingpool und starrte entgeistert in unsere Richtung.

Sie trug nur einen Bademantel, und selbst auf die Entfernung konnte ich sehen, dass ihre Haare ihr kreuz und quer vom Kopf standen. Sie bildeten so eine Art Heiligenschein.

Zu Recht. Im Vergleich zu Pia und mir hatte Eske bestimmt wenig auf dem Kerbholz an diesem Sonntagmittag. Mal abgesehen vom regen Sexleben mit Behnke junior vielleicht.

»Mona«, schimpfte Eske, »ich glaub das nicht.«

»Nicht schimpfen«, bat ich. »Wirklich, wir müssen hier weg.«

»Also gut«, konstatierte Eske resigniert. »Unter einer Bedingung.«

»Die da wäre?«

»Ich will nachher wirklich Brunch. Und lückenlose Aufklärung.«

»Kriegst du«, versprach ich eifrig. »Kriegst du.«

So war Eske. Schlug auch noch Kapital aus unserer misslichen Lage. Nun ja.

»Na dann. Was soll ich tun?«

»Hast du die Schlüssel noch?«, fragte ich sie. »Die Horst-Schlüssel? Oder hast du sie wirklich das Klo runtergespült?«

»Natürlich habe ich das wirklich getan«, sagte Eske entrüstet. »Was denkst du von mir?«

Ich knirschte mit den Zähnen.

»Mist«, brummte ich.

»Nein«, sagte Eske dann.

Im Geist konnte ich genau sehen, wie sie dazu mit den Augen rollte und sich auf ihrer Stirn wieder die schlimme Falte bildete.

»Nein, ich habe sie noch nicht das Klo runtergespült. Ich weiß nicht genau, wo ich sie hingetan habe, aber entsorgt habe ich sie noch nicht.«

Gott sei Dank.

»Gut«, sagte ich. »Pass auf. Bitte geh runter und guck nach, ob Niels' blöder BMW noch irgendwo in der Gegend rumsteht. Und wenn nicht, dann komm doch bitte hoch in seine Wohnung und mach uns die Balkontür auf. Wenn er noch da ist, ruf uns wieder an.«

Dann legte ich einfach auf.

Das Gemecker würde ich mir früh genug anhören müssen.

Und außerdem sollten Pia und ich uns schnellstens überlegen, wie wir zurück auf unseren Ausgangsbalkon kommen konnten.

»Jetzt bist du dran«, sagte ich also zu Pia. »Wie kommen wir wieder da rüber? Den Tisch hat's ja wohl gerissen.«

»Tja«, nickte Pia. »*Ich* komm auch ohne hoch.«

Ich guckte unglücklich aus der Wäsche. Sollte mehr Sport treiben. Ich beschloss, ab sofort mit dem Fahrrad zur Arbeit zu fahren. Musste mir nur schnellstmöglich ein Fahrrad kaufen. Vielleicht würde das in meinem Fall sogar die Krankenkasse übernehmen.

»Wir warten einfach, bis Eske da ist«, schlug Pia vor. »Sie kann uns die Bierkiste reichen. Oder einen von den Stühlen.«

Gute Pia. Kluges Kind.

»Das hätte ich auch vorgeschlagen«, sagte ich gnädig, und Pia grinste.

Es dauerte weniger als fünfzehn Minuten, bis Eske mich wieder anrief.

»Kein Horstauto weit und breit«, vermeldete sie artig. »Ich komm jetzt rein.«

Gott sei Dank.

»Die Rettung naht«, informierte ich Pia.

Wir klatschten uns ab. Es ging doch nichts über Verbündete in aller Welt.

»Wie scheiße kann man eigentlich sein?«, war das Erste, was Pia und ich wenige Augenblicke später von Eske zu hören bekamen.

Zu sehen war sie nicht hinter der Trennwand, aber ich konnte mir genau vorstellen, was für ein Gesicht sie wohl zog. Ihre Kraterfalte hätte sofort Dr. Müller-Wohlfarth auf den Plan gerufen, wenn er zugegen gewesen wäre. Samt seiner neuen Kosmetikserie.

Im besorgten Laufschritt hätte Müller-Wohlfarth sich auf Eske gestürzt und sie mit dem neuesten Anti-Aging-Produkt aus seinem riesigen Anti-Aging-Koffer eingeschmiert, von oben bis unten. Wie seinerzeit mit Kühlsalbe aus seinem großen Erste-Hilfe-Koffer die Fußballspieler auf dem Platz.

Ich fragte mich schon länger, weshalb ausgerechnet Müller-Wohlfarth plötzlich das Bedürfnis verspürt hatte, statt feuchter Umschläge auf Fußballerwaden lieber Pasten auf alternden Damen zu verteilen.

Susa hatte mich darauf aufmerksam gemacht. Sie war von einer Münchner Schickimicki-Unicef-Veranstaltung mit säckeweise Proben der Müller-Wohlfarthschen Druidenkunst zurückgekehrt. MW hatte sie ihr persönlich aufgeschwatzt. Man kann sich vorstellen, wie wahnsinnig Susa sich darüber gefreut hat.

Aber wahrscheinlich hatte MW schon länger die Schnauze voll gehabt von Fußballerwaden. Die wurden ja mit den Jahren auch nicht hübscher. Da wollte er sich vielleicht lieber um Sachen kümmern, die wenigstens nicht ganz so haarig waren.

Noch nicht, denn sogar wir Ladies bekamen ja im Laufe der Zeit zunehmend Haarprobleme.

Uns blieb eben nichts erspart.

Ich zum Beispiel ging längst nicht mehr ohne Pinzette aus dem Haus. In Situationen angespannter Erwartung war es mein liebstes Ritual, hoch konzentriert die aktuelle Behaarungslage zu sondieren.

Auch jetzt fuhr ich mir versonnen mit der linken Hand über das Kinn, um etwaige Stoppelchen zu orten, während Eske sich um einen Stuhl für Pias und meine Rettung kümmerte.

Ich nahm ihn dankbar entgegen. Die Stoppeln konnten warten, hatte keine akute Bedrohung feststellen können. Die erste gute Nachricht des Tages. Wahrscheinlich auch die einzige.

»Du erst«, wies Pia mich an, »dann kann ich noch schieben.«

Hmpf.

Eske krümmte sich vor Lachen, noch bevor ich mein voluminöses Hinterteil ganz über die Trennwand gehievt hatte.

Die Hose. Verdammt.

»Ich hab noch nie einen so langen Riss an einer so ungünstigen Stelle gesehen«, gluckste Eske. »Und dann auch noch an so einem Hintern.«

Alte Bratze. Und so was will meine Freundin sein.

Ich verzog beleidigt das Gesicht.

Eske ignorierte es. Das war ihr gutes Recht, immerhin hatte sie uns aus einer extrem misslichen Lage befreit.

Wahrscheinlich würde sie mir das bis an mein Lebensende vorhalten und mich von nun an mit allem Möglichen erpressen.

Keine schöne Zukunftsperspektive. Ich seufzte.

»So, meine Damen. Ein bisschen dalli, wenn ich bitten darf«, befahl Eske, nachdem Pia und ich unter ihren gestrengen Augen wohlbehalten auf dem Horstbalkon gelandet waren. »Abmarsch. Ich will raus aus diesem Loch. Immerhin halten wir uns meiner Interpretation nach illegal hier auf. Ist es nicht so?«

Sie sah mich böse an.

Ich zog den Kopf ein.

»Aber ich hab mich doch noch gar nicht in Ruhe umgeguckt«, jammerte Pia bedauernd und stürzte ins Wohnzimmer. Vor Niels' Schreibtisch machte sie Halt und begutachtete ihn prüfend.

»Nichts da«, beschied Eske.

Sie ließ sorgfältig den Hebel an der Balkontür einrasten und zupfte prüfend an den Vorhängen herum, um ihre Ausgangslage wieder herzustellen. Niels musste sie etwa zur Hälfte zugezogen haben, nachdem er die Tür geschlossen hatte.

Diese Zeit reichte Pia völlig, um die Postkarte von Niels' Mutter zu entdecken.

»Da schau an«, sagte sie triumphierend und hielt sie hoch. »Aus Horst. Von Mutti«, fügte sie hinzu, nachdem sie sie umgedreht und überflogen hatte. »Ob Niels wohl ein Mama-Söhnchen ist?«

»Hab ich auch schon überlegt«, bekräftigte ich erfreut und verzog viel sagend den Mund.

»Ist ja auch völlig egal«, antwortete Eske, nahm Pia die Karte ungeduldig aus der Hand und legte sie zurück auf den Stapel Papiere. »Abmarsch. Los jetzt. Oder ich zeig euch an. Das mach ich wirklich.«

Entschlossen scheuchte sie uns aus der Wohnung.

»Nur zuziehen, die Tür«, wies ich Eske an, als sie sich anschickte, in ihrer Hosentasche nach dem Schlüssel zu kramen.

»Das glaube ich nicht«, beschied Eske besserwisserisch. »Eben war sie durchaus abgeschlossen. Am besten hältst du dich ab sofort hier raus. Und damit meine ich das ganze Haus. Kapiert?«

Ich schwieg von da an und sagte auch in jenem Moment nichts, als Eske vor dem Haus ohne Worte suchend in meine Hosentaschen griff, das zweite Schlüsselpaar fand und beide Bunde mit ausladender Geste im nächsten Gulli versenkte.

Eske war einfach zu schlau für meine erbärmlichen Betrugsversuche.

Ich hatte mich im Geiste soeben mit Bedauern von den Schlüsseln verabschiedet, als der griechische Durchschnittsgott um die Ecke schlenderte. Er trug eine Brötchentüte und die »Bild am Sonntag« unter dem Arm.

Zum Glück war es noch zu kalt, um auf dem Balkon zu frühstücken. Sonst hätte er sich erstmal um einen neuen Tisch bemühen müssen.

Dumm an einem Sonntag.

»Was ist jetzt mit Brunch?«, fragte Eske, nachdem wir einen Moment lang schweigend um den Gulli herumgestanden hatten.

Pia war ebenfalls in Trauer, das konnte ich sehen.

Nur Eske ignorierte die Tragik der Situation. »Auf nüchternen Magen werde ich eure halbgaren Entschuldigungen jedenfalls nicht ertragen«, fügte sie angesäuert hinzu und musterte mich mit scharfem Blick. Ich glaube, sie war wirklich genervt.

Wäre ich an ihrer Stelle aber auch gewesen.

Ich war eine schlechte Freundin.

Ein verbohrtes Miststück, das wegen eines Idioten sogar schon begonnen hatte, seine beste Freundin zu hintergehen.

Nicht schön. Gar nicht schön.

Eine Einladung zum Brunch war mit Sicherheit das Mindeste, das ich jetzt für Eske tun konnte. Und dann würde ich mir in aller Ruhe noch etwas anderes überlegen, das sie freuen würde.

Schade, dass sie schon einen Kerl hatte.

Vielleicht eine gute Flasche Tequila?

Aber erst eine Grundlage schaffen. Brunch also.

»Geht klar«, nickte ich. Dann wies ich kläglich auf mein Hinterteil. »Aber ich muss erst nach Hause. Umziehen. So geh ich nirgendwo hin.«

Eskes Miene hellte sich schlagartig auf.

»Eigentlich sollte ich dich in diesem Aufzug einmal quer durchs ganze Viertel jagen«, verkündete sie mit Genugtuung.

Mich schauderte.

Was für ein Albtraum.

»Aber ich bin ja kein Unmensch«, stellte die beste Freundin von allen dann großzügig fest. »Muss eh noch kurz hoch. Behnke junior Bescheid sagen. Zwanzig Minuten, Monsun?«

»Jo«, sagte ich erleichtert, und Eske verschwand winkend in der Haustür.

Ich wies Pia an, mir auf dem Weg zu meiner Wohnung von hinten Deckung zu geben.

Muss extrem meschugge ausgesehen haben, wie wir so hintereinander herschrubbten, aber wenigstens würde man eher Pia für bekloppt halten als mich. Sie würde nicht darunter leiden. Schließlich war sie fremd im Viertel. Und außerdem konnten schöne Menschen sich generell sehr viel mehr herausnehmen als Normalos wie ich. Das war sogar wissenschaftlich erwiesen.

Es war an der Zeit, dass ich auch mal was davon hatte.

Genau zweiundzwanzig Minuten später saßen Pia und ich im Monsun, bestellten bei Regine dreimal großes Frühstück mit Rührei und eine Flasche Sekt und warteten auf Eske.

Zweiunddreißig Minuten später warteten wir immer noch. Verschämt knabberte ich an einem Salatblatt aus der Deko.

Nichts als Hunger in der Welt.

Zweiundvierzig Minuten später waren Pia und ich noch immer zu zweit. Ich wunderte mich. Der Sekt wurde warm, Pia wurde ungeduldig, und Regine wurde unleidlich.

»Stimmt was nicht mit dem Frühstück, oder warum esst ihr nicht?«, erkundigte sie sich serviceorientiert.

»Warten auf Eske«, klärte ich sie auf.

»Fangt wenigtens mit dem Rührei an«, mahnte Regine. »Das wird doch nur kalt.«

War es schon, aber das sagte ich lieber nicht laut. Lustlos stocherte ich darin herum.

Zweiundfünfzig Minuten später begann ich, mir Sorgen zu machen. Resigniert schenkte ich Pia und mir Sekt ein. Auf den Schrecken.

Fünfundfünfzig Minuten später klingelte mein Handy. Es war Eske.

»Bella, wo bleibst du?«, fragte ich erstaunt.

»Zu Hause«, sagte Eske. »Ich bleibe zu Hause, bis du fertig bist mit deinem Film.«

Sie klang gar nicht freundlich.

Im Gegenteil. Sie klang so, als hätte sie geweint.

»Was ist denn los?«, fragte ich besorgt.

»Was los ist? Die Kacke ist am Dampfen, das ist los«, bölkte Eske unwirsch.

Pia riss fragend die Augen auf. Ich zuckte ratlos mit den Schultern.

»Behnke junior hat uns aus dem Küchenfenster bei der Schlüsselentsorgung beobachtet«, setzte Eske nach.

Oh, nein.

»Ich hab versucht, ihm alles zu erklären, aber er denkt jetzt, wir würden unter einer Decke stecken und ich hätte ihm die große Liebe nur deshalb vorgespielt, damit du an die Schlüssel kommst und deine hirnrissige Aktion durchziehen kannst.«

Jetzt schluchzte Eske wirklich. Sie weinte.

Sehr sogar.

Hölle. Höllehöllehöllehölle.

Ich schluckte.

»Vielen Dank, Mona. Echt. Vielen Dank.«

Ich wusste nicht, was ich sagen sollte.

»Behnke hat soeben das Haus verlassen. Ich glaube nicht, dass er wiederkommt. Und tschüss.«

Dann machte es »klack«, und Eske hatte aufgelegt.

Der Rest des Frühstücks verlief in gedrückter Stimmung. Aß Eskes Frühstück gleich mit auf und bekam zusätzlich zur schlechten Laune Bauchschmerzen. Ich machte mir Vorwürfe, und Pia machte das nicht besser. Sie philosophierte pausenlos darüber, wie und warum der Horst zum Horst geworden war.

Ich hörte ihr nur mit einem Ohr zu, aber je länger Pia ihre Theorien aufstellte, desto wütender wurde ich auf Niels.

Er war schuld an allem.

Und deshalb war *ich* jetzt schuld daran, dass Eske unglücklich war.

Ich versuchte drei-, viermal, sie anzurufen, aber sie ging nicht ran. Ich deaktivierte meine Rufnummernkennung, um sie vielleicht als unbekannter Teilnehmer überlisten zu können, aber auch das klappte nicht.

Klar. Eske war ja nicht blöd.

Dann war es an der Zeit, Pia zum Bahnhof zu bringen.

»Kopf hoch«, sagte sie zum Abschied und kniff mir aufmunternd in die Wange. »Das wird sich alles einrenken. Hat doch jeder gesehen, wie verknallt die beiden sind. Behnke junior kriegt sich bestimmt wieder ein. Halt mich auf dem Laufenden. Wir telefonieren, rachetechnisch. Horst rules!«

Dann sprang sie behänd in den Zug.

Pias Wort in Gottes Ohr.

Aber ihre Zuversicht half mir, also klingelte ich auf dem Rückweg bei Eske.

»Ja?«, röhrte sie unwillig in die Gegensprechanlage.

Klang nicht so, als würde es ihr schon wieder besser gehen.

»Ich bin's«, sagte ich schmeichelnd. »Bitte lass mich rein. Ich mach alles wieder gut.«

»Verfatz dich«, antwortete Eske.

Manno.

Noch während ich bedröppelt in den Hauseingang gedrückt überlegte, wie ich sonst an Eske herankommen könnte, bretterte Crispin auf seinem Motorrad an mir vorbei.

Ich erkannte die Maschine sofort. Schon ihr Geräusch machte mir Angst. Ich hatte mich nie draufgetraut, obwohl Crispin mehr als einmal versucht hatte, mich dazu zu überreden.

Jetzt hatte eine zierliche Frau von hinten die Arme um ihn geschlungen und schmiegte sich an ihn.

Pamela.

Ihr Gesicht unter dem Helm erkannte ich nicht, aber dafür die geschmacklose Leopardenhose, die sie schon am Vorabend auf der Unglücksparty getragen hatte.

Na fein.

Da hatte sie also wieder zugeschlagen, die verdammte Zufallsfraktion, und ich fühlte mich allein, schuldig, ungeliebt und hässlich. Innerlich wie äußerlich.

Pamela hatte zwar eine Leopardenhose, aber sie hatte auch Crispin.

Ich hatte keine Leopardenhose und keinen Crispin. Und keine beste Freundin mehr. Und nach Karls Abgang obendrein noch nicht mal mehr eine Affäre.

Stattdessen war ich besessen von einem Typen, der wie ein

Phantom lebte und mich langsam, aber sicher in den Wahnsinn trieb.

Und all diesen Leuten, die mein Schicksal zu sein schienen, konnte ich noch nicht mal ausweichen, weil ich mir ein Großstadtviertel zur Heimat gemacht hatte, gegen das das platteste Kuhdorf ein anonymer Moloch war.

Noch bevor ich völlig verheult zu Hause eintraf, hatte ich beschlossen, meinen Job aufzugeben, die Wohnung zu verkaufen, all meine anderen irdischen Güter einer wohltätigen Organisation zu spenden und mich zukünftig darauf zu konzentrieren, seltene Samen auf Sumatra zu sammeln (von Pflanzen natürlich).

Katze war begeistert. Er wedelte erfreut mit seinem buschigen Schwanz, als ich ihm von unserer bevorstehenden Reise ins Land der Exoten berichtete und seine Transportbox aus dem Gartenhaus kramte.

Nur Alf hielt mich durch seinen Anruf davon ab, noch in derselben Stunde den Flug zu buchen und Eske einen erschütternden Abschiedsbrief zu schreiben.

»Was für ein Spackentango«, stöhnte er, als ich ihm erklärt hatte, was vorgefallen war. »Lass mich mal machen. Ich sprech mit Eske.«

Alf, du Guter.

Erleichtert verstaute ich meinen großen Koffer wieder auf dem Kleiderschrank und hörte sogar auf zu weinen.

Wegrennen brachte ja eh nichts. Man muss den unangenehmen Situationen auch mal ins Gesicht sehen können.

Genau.

Für den Rest des Tages beschäftigte ich mich deshalb mit der Ausarbeitung einer Liste möglicher Racheaktionen an Niels. Ich hatte leichte Anlaufschwierigkeiten, aber ich kam bald in Form. Nach dreieinhalb Stunden las sich die Liste wie folgt:

Wie wir uns an Niels rächen können.

1. Auto zerstören (komplett. leider zu pubertär!!)

*2. Porno-*DVDs *bestellen (Am besten teure Importe. Aber viel zu harmlos, macht ihm vielleicht sogar Spaß!)*

3. Die Stinkbombe auf dem Balkon (viel zu harmlos!!!!!)

4. Seinen Arbeitgeber anrufen und ihn verunglimpfen (gut! aber nicht gut genug!)

5. Seine Mutter anrufen und ihn verunglimpfen (auch in Kombination mit 4. noch nicht gut genug!!)

6. Während eines Heimspiels von Werder Bremen das Weserstadion kapern und eine laute Durchsage machen und ihn verunglimpfen (mit voller Namensnennung!!! sehr gut! macht aber nur Spaß, wenn Marco Bode da ist)

7. Eine Anzeige in der Zeitung schalten und ihn verunglimpfen (volle Namensnennung bestimmt verboten; schlecht!!!)

8. Ihn wissen lassen, dass Pia und ich uns kennen und ihn durchschaut haben und alle Frauen vor ihm warnen (Schwierigkeit: s. Punkt 7, außerdem Kombischaltung in Amica *und* Allegra *und* tina *und* Brigitte *und* Petra *und* Cosmopolitan *und* Elle *und* Frau im Spiegel *und* Joy *und* Glamour *und* Gala *bestimmt teuer!)*

9. Einen Schlägertrupp engagieren und ihn verkloppen lassen (bestimmt auch teuer!!!)

10. Supersexy sein, alle Männer verrückt machen, berühmt werden und Niels mit Nichtachtung strafen (nur für Pia realisierbar!)

11. In Windeseile dreißig Kilo abnehmen, supersexy sein, alle Männer verrückt machen, berühmt werden und Niels mit Nichtachtung strafen (nicht realisierbar! ungesund!!!)

12. In Windeseile dreißig Kilo zunehmen, nur noch rauchen und trinken, Kontakt zu sämtlichen Freunden abbrechen, völlig verwahrlosen und binnen zwei Monaten einsam und ver-

lassen sterben, nicht ohne einen offenen Brief an Niels zu hinterlassen, der ihm die Schuld an allem gibt (sehr wirkungsvoll! dramatisch!!!! aber wahrscheinlich übertrieben! älter werden außerdem schon scheiße genug, tot sein vermutlich richtig ätzend)

13. Beim nächsten Treffen einfach zu ihm hingehen, ihm sagen, wie scheiße er ist, ihm höchstpersönlich eine runterhauen, tosenden Applaus und grenzenlose Sympathie von allen Umstehenden ernten und dann hocherhobenen Hauptes davonstolzieren (anstrengend! erfordert Mut!!! und Versöhnung mit Eske wg. Rückendeckung)

Der Tatsache, dass ich hier ausgerechnet dreizehn Punkte zusammentrug, maß ich keine Bedeutung bei.

War ich abergläubisch?

Nein. Also.

Außerdem würde bestimmt auch Pia noch Alternativen beisteuern.

Befriedigt pinnte ich die Liste über das Katzenklo und wandte mich leichterer Lektüre zu. Ich war soeben im Begriff, in der aktuellen *Brigitte* das Horoskop aufzuschlagen, als mein Handy piepste.

Die SMS kam von Alf.

»Bei Eske weiterhin Land unter«, schrieb er. »Noch keine Chance für dich. Mach dich auf harte Zeiten gefasst. Ich gebe mein Bestes.«

Danach wollte ich mein Horoskop lieber nicht mehr lesen. Man soll sein Schicksal ja nicht herausfordern. Ich steckte die *Brigitte* für den folgenden Arbeitstag in meine Bürotasche und ging ins Bett.

7.

Eske.

Diesen Monat habe ich es mir leicht gemacht. Damit Monas Probleme, die sie angeblich gar nicht hat, mich nicht belästigen können, habe ich den Telefonkontakt so gut wie abgebrochen. Ich gehe einfach nicht mehr ran. Leider hat mein Telefon zu Hause kein Display, sodass ich quasi gar nicht mehr zu erreichen bin. Das ist mir egal. Meine Ruhe vor Mona zu haben, geht vor. Ich kann durchaus nicht ans Telefon gehen, wenn es klingelt, und mich danach nicht zerfleischen beim Gedanken daran, wer es wohl gewesen sein könnte. Rittner ist da ganz anders.

Wo auch immer sie ist, als Erstes wird das Handy auf den Tisch gelegt. Zwischendurch guckt sie immer wieder drauf, ob sie nicht doch ein Klingeln verpasst hat. Auf jede SMS wird sofort geantwortet. Jede noch so unwichtige Person wird auf einmal die wichtigste in ihrem Leben, sobald sie Mona eine SMS geschrieben hat. Wie andere Leute Fingernägel kauen oder sich eine Spritze setzen, so verhält sich Mona zu ihrem Handy. Was habe ich mich schon darüber aufgeregt! Ich erinnere mich nur ungern an diesen peinlichen Vorfall im Kino. Sicher, der Film war nicht gut und das Gespräch war nur kurz, aber es trieb mir trotzdem die Schamesröte ins Gesicht. In Zukunft gehe ich mit Mona nur noch in die Kneipe.

Mona.

Der nächste Tag war ein typischer Montag. Alles ging schief.

Ich schrieb Eske eine wirklich nette Entschuldigungsmail, aber sie antwortete mir nicht.

Mags war immer noch im Urlaub, und ich musste meinen Kaffee selbst holen.

Gegen elf wurde ich beim *Brigitte*-Lesen erwischt und daraufhin für den Nachmittag zum Takeprotokoll bei der Aufzeichnung verdonnert.

Dort machte ich mich zum Gespött der ganzen Crew, als ich mich vor dem Monitor über das zu dunkle Bild beschwerte und mir daraufhin ausgerechnet Nico, der Chef vom Dienst, vorschlug, ich könnte ja vielleicht meine Sonnenbrille abnehmen. Das allgemeine Gelächter verstummte erst, als meine roten Augen dahinter zum Vorschein kamen. Einzige Genugtuung. Musste trotzdem bis zum Schluss bleiben.

Wenigstens der Käfer sprang an, aber auf dem Weg nach Hause trat ich auf einmal ins Leere.

Das Gaspedal war weg.

Weg!

Spurlos verschwunden.

So was war mir noch nie passiert.

Ich trat und trat und trat, aber der Platz unter meinen Schuhsohlen blieb leer.

Und ich befand mich soeben im dicksten Feierabendverkehr und im dicksten Regen mitten auf dem Theodor-Heuss-Platz vor dem Bahnhof Dammtor.

Das hieß fünfspurig. Und es hieß eine Menge Ärger.

Irritiert warf ich meinen Warnblinker an und rollte mit letzter Kraft zwischen die mittleren beiden Spuren vor der großen

Kreuzung. Ich hatte Glück, der Käfer passte genau auf die kleine weiß schraffierte Fläche vor der Verkehrsinsel, aber trotzdem hupten mich die anderen aus.

Was dachten die sich eigentlich? Dass ich hier mal eben so aus Spaß Halt machte, um nach dem Weg zu fragen oder mir die Fingernägel zu polieren?

Es war doch nicht zu glauben. Hirnis, allesamt.

Verwirrt stieg ich aus und hockte mich vor der offenen Fahrertür auf den nass glänzenden Asphalt, um im Fußraum nach dem verlustig gegangenen Gaspedal zu fahnden.

Es war gar nicht verloren, sondern klebte am Fußboden fest. Ich fasste darunter, und es klackerte munter hin und her, aber gänzlich ohne Widerstand. Es fühlte sich nicht so an, als würde es sich in Bälde kurzerhand wieder aufrichten und ich einfach weiterfahren können.

Seufzend hockte ich mich zurück ins Auto und rief die Bullen an.

»Mein Gaspedal ist weg«, beschwerte ich mich. »Ich krieg die Karre allein nicht geschoben, kein Schwein hält an und will helfen, und ich steh mitten auf einer Kreuzung.«

»Ihr Gaspedal ist weg?«

»Na ja. Es klebt auf dem Fußboden irgendwie.«

»Ach so. Gaszug gerissen, meinen Sie. Behindern Sie den Verkehr?«

Verkehr? Was ist das?

»Nicht direkt«, gab ich zu. »Aber ich glaube, ich befinde mich durchaus in einer gefährlichen Situation.«

»Rufen Sie sich einen Abschleppdienst«, war der knappe Kommentar von 110.

Und für so was zahlte man Steuern.

Fluchend kramte ich in meiner Geldbörse nach der Notrufnummer der Kfz-Versicherung, und schon eine Stunde später hakte ein freundlicher Mitarbeiter von Abschlepp-Schröder mein Käferchen auf den Mechanismus des großen bösen gelben Abschleppwagens.

Trotz meiner schlechten Laune versuchte ich, so höflich wie nur möglich zu dem ebenfalls sehr höflichen Abschlepper vom Dienst zu sein.

Immerhin war ich extrem abhängig von ihm. Im wahrsten Sinne des Wortes. Und deshalb sagte ich ihm sogar, dass ich von Abschlepp-Schröder schon viel Gutes gehört hätte.

Das war noch nicht mal gelogen. Karl hatte mir mit leuchtenden Augen berichtet, dass Abschlepp-Schröder einsame Spitze war. Warum, das hatte ich mittlerweile vergessen, aber vermutlich hatte es irgendetwas mit bekifft Auto fahren zu tun gehabt.

Karl.

Ich seufzte.

»Jau«, sagte der freundliche Abschlepp-Schröder-Mitarbeiter in breitestem Hamburger Slang, nachdem ich den Anlass für seine späte Antwort schon fast wieder vergessen hatte, »wir Schröders geben uns alle Mühe. Wir schleppen alles ab. Vom Fahrrad bis zum Panzer.«

»Was denn, Fahrräder auch?«, staunte ich beeindruckt.

Erst später fiel mir auf, dass das wahrscheinlich die falsche Reaktion gewesen war.

Der Mitarbeiter von Abschlepp-Schröder musste mich für bekloppt halten. Oder für eine Kriegsfetischistin, die Panzer längst als Gebrauchsgegenstände in ihren Alltag integriert hatte.

Aber damit hätte er ja nicht so Unrecht gehabt. Man denke nur an die Liste über dem Katzenklo.

Ergeben kraxelte ich auf den Beifahrersitz des Abschleppwagens. Wir hatten uns kaum in Bewegung gesetzt, da klingelte mein Handy.

Unsere Producerin. Auch das noch.

Die Chefin!

Hoffentlich hatte ich beim Takeprotokoll nichts versaubeutelt.

»Mona!«, rief sie aufgeregt in den Hörer. »Alles klar bei dir? Kann ich dir irgendwie helfen? Das ist doch dein Auto, das da gerade abgeschleppt wird! Ich bin genau dahinter.«

»Äh«, sagte ich. »Keine Sorge. Alles unter Kontrolle. Ist nur der Gaszug. Wir fahren in die Werkstatt.«

»Du Arme«, beschied die Chefin mit ein wenig Mitleid in der Stimme. »Halt durch. Wir brauchen dich noch. Bis morgen.«

Wenn ich denn überhaupt jemals wieder arbeiten konnte und mir in meinen nassen Klamotten nicht den Tod holte.

Aber das Quäntchen Mitleid tat gut. Und das »Wir brauchen dich noch« irgendwie auch.

Als Nächstes rief Jan an.

»Mona«, japste er. »Wo bist du? Wo hast du wieder geparkt? Du wirst gerade abgeschleppt!«

Und da behaupte noch mal jemand, Hamburg wäre eine Großstadt.

»Ich weiß«, antwortete ich resigniert. »Ich sitze mit im Abschleppwagen.«

»Hups«, machte Jan. »Unfall?«, fragte er besorgt. »Bist du okay?«

»Gaszug gerissen«, erklärte ich professionell. »Mir geht's gut. Den Umständen entsprechend, sozusagen.«

»O weh. Ruf an, wenn du mich brauchst.«

Der gute alte Jan.

»Geht klar«, bestätigte ich und legte grinsend auf.

Wir hatten gerade mal anderthalb Kilometer zurückgelegt und waren noch nicht mal in der Schanze. Im Schanzenviertel hatte ich eine Menge Bekannte. Ich war gespannt, wer als Nächstes anrufen würde.

Es war Karo.

»Mein Gaszug ist gerissen, aber es geht mir gut, und es besteht nicht der geringste Anlass zur Sorge«, informierte ich sie statt einer Begrüßung.

»Mona, bist du das?«, fragte Karo verwirrt. »Geht's dir gut? Wovon zum Teufel sprichst du? Bist du schon betrunken? Schade. Wollte mit dir in die Villa Verde gehen.«

»Bin um zehn da«, sagte ich nur. »Kann's brauchen.«

Dann stellte ich das Handy aus und konzentrierte mich darauf, die Einfahrt zur Werkstatt an der Barnerstraße zu orten, um dem Fahrer rechtzeitig Bescheid geben zu können.

Wenigstens Käferchen musste schnell wieder gesund werden. Wo *ich* doch schon so krank war.

Auf dem Weg in die Villa klingelte ich erneut bei Eske in der Abbestraße. Ihr Türsummer blieb stumm.

»Wer nicht will, der hat schon«, maulte ich enttäuscht zu mir selbst und trat verstohlen gegen den linken Vorderreifen von Niels' BMW. Er stand im absoluten Halteverbot. Fast hätte ich die Bullen gerufen, aber in diesem Fall hatte ich seltsamerweise ein ernst zu nehmendes Problem damit, andere meine Arbeit machen zu lassen.

Mal was ganz Neues. Außerdem wollte ich mir ja viel lieber etwas wirklich Originelles ausdenken.

Karo war schon da, als ich die Villa Verde betrat.

Die Villa war einer der jüngsten Barzuwächse unseres Viertels. Bolek, ehemals Cocktailmixer in einer von Hamburgs versnobtesten Adressen, hatte es in die Selbstständigkeit getrieben. Und somit auch zu uns nach Ottensen.

Das Ergebnis war ein Laden, der mit Snobs zum Glück nicht

allzu viel am Hut hatte. Er war nicht groß, aber extrem spärlich möbliert, und deshalb bot er sogar Platz zum Tanzen, wenn man es draufanlegte.

Eske und ich legten es gern und oft darauf an, denn Boleks DJs kamen unserer seit kurzem auflebenden Retrospektivität sehr entgegen. Kaum eine Platte, die sich hier munter zwischen Tresen und der großen Fensterscheibe drehte, war jünger als dreißig Jahre. Für die Gäste galt das, glaube ich, ebenso (von seltenen, ihrem Alter vorauseilenden Ausnahmen wie mir mal abgesehen).

Ein DJ gefiel Eske und mir besonders gut. Wir hatten ihn den Discomann getauft, obwohl seine Musik mit Disco nichts zu tun hatte. Eher mit gutem alten Rock'n'Roll. Der Discomann hatte immer einen Elvis für uns dabei, und dazu trug er mit Stolz einen Beatles-ähnlichen Pottschnitt, der lustig im Takt wippte.

Das Schönste an der Villa war der lange Tresen, der ganz aus beleuchtetem Marmor bestand. Das orangerote Licht wärmte den Stein von innen, sodass man sich vor allem an kälteren Tagen gern an ihn anlehnte, aber auch bei Plustemperaturen kam ich selten darum herum, irgendwann daran Halt zu suchen. Boleks Drinks konnten mörderisch sein, wenn er wollte.

An diesem Abend wollte er, und auch der Discomann gab sein Bestes.

Es war abzusehen gewesen, dass dabei am Ende nichts Vernünftiges herauskommen würde. Zu allem Übel mussten wir uns mit dem Trinken auch noch beeilen, denn Karo ging es nicht gut, und sie wollte ihr Problem möglichst schnell abhaken.

Ihr Problem hieß Immo. Wie immer. Es war eine unendliche Geschichte.

Seit vier Jahren schlichen Immo und Karo umeinander herum, aber Immo wollte und wollte sich einfach nicht von seiner Freundin trennen, und auf Karos und seine seltenen gemeinsamen Momente folgte deshalb immer wieder Immos Rückzug.

Seit ein paar Wochen war Immos Freundin jetzt auf Reisen, und das führte nicht gerade dazu, dass Karos Problem kleiner wurde. Sie hatte sich bis jetzt etwa zwei Dutzend Mal geschworen, Immo nie wieder sehen zu wollen, aber durchgehalten hatte sie das bisher nie.

Diesmal war der Fall allerdings anders gelagert.

»Ich kann das nicht«, jammerte Karo. »Ich weiß überhaupt nicht, was mit mir los ist.«

»Versuch es zu erklären«, munterte ich sie auf. »Du musst es versuchen. Los.«

Karo seufzte und drehte ihr Glas in den Fingern. »Zum ersten Mal habe ich das Gefühl, jetzt ist es bald wirklich so weit mit Immo und mir. Ich meine, wir sehen uns jeden zweiten Tag, er sagt mir ständig, wie wichtig ich für ihn bin, und er ist liebevoll wie noch nie. Anders als sonst. Ganz anders. Ich meine, so was merkt man doch. Und außerdem hat er gesagt, dass er mit seiner Freundin sprechen will, wenn sie wieder in Hamburg ist. So konkret ist er noch nie geworden.«

»Aber das ist doch toll«, sagte ich verwundert. »Wo ist das Problem?«, fügte ich perplex hinzu.

Warum freute Karo sich denn nicht?

Mit starrem Blick beobachtete sie, wie ich meine Zigarette ausdrückte. Sie sah wirklich verzweifelt aus.

»Das Problem ist, dass ich nicht weiß, ob ich das wirklich will«, sagte sie dann.

Ich fiel fast vom Stuhl. »Bitte *was*?«, fragte ich ungläubig. »Seit vier Jahren willst du nichts anderes! Meinst du das ernst?«

»Leider ja«, sagte Karo und machte eine Pause.

Ich starrte sie weiter an.

Karos Gedanken waren lange, lange Zeit oft um nichts anderes gekreist als darum, ob und wann sie und Immo endlich ein Paar würden. Und jetzt das. Was sollte man dazu sagen?

»Ich kann's nur so erklären, dass ich auf einmal irgendwie die Hosen gestrichen voll habe«, fuhr Karo fort. »Ich hab Angst. Ich bin mir auf einmal nicht mehr sicher, ob ich ihn wirklich will, verstehst du? Jetzt, wo es so konkret wird. Manchmal geht er mir sogar schon auf die Nerven. Dann weiche ich ihm aus und bin lieber allein und speise ihn mit irgendwelchen Ausreden ab.«

Hilfe. Das waren ja Horst-Allüren!

Ich war erschüttert.

Aber wenigstens hatte Karo erkannt, dass sie ein Problem hatte. Vom Horst konnte man das nicht behaupten.

»Ich bin dreiunddreißig und hatte noch nie eine ernsthafte Beziehung. Das ist doch nicht normal, oder?«, fragte sie bittend und sah mich an.

Meine Karo!

Meine sensible, schlaue, kontaktfreudige Karo.

Wie ein Häufchen Elend saß sie da. Fahrig und angstvoll.

»Nein. Normal ist das nicht«, bestätigte ich und strich ihr die langen dunklen Haare aus dem Gesicht, die auf dem besten Wege in ihr Avernaglas waren. »Denkst du schon länger darüber nach?«

Karo nickte. »Seit Wochen schon. Und deshalb bin ich zu dem Schluss gekommen, dass ich etwas tun muss. Ich meine, ich *will* nicht allein sein. Ich will Immo doch eigentlich. Man kann sich doch nicht vier Jahre lang vertun.«

»Vielleicht willst du ihn nur, wenn du ihn nicht kriegen kannst«, sagte ich.

»Und wenn das so sein sollte, dann habe ich erst recht ein Problem«, argumentierte Karo. »Ich meine, dann wird es beim Nächsten doch wieder so laufen und beim Übernächsten und beim Überübernächsten. Eigentlich ist es bisher bei allen so gelaufen. Ich will das nicht mehr.«

»Was willst du also tun?«, fragte ich und winkte Bolek nach zwei neuen Avernas.

»Hab schon was getan«, erklärte Karo. »Morgen hab ich einen Gesprächstermin auf der Couch. Ich will herausfinden, was mit mir los ist. Das wird ja wohl gehen. Das *muss* gehen.«

Nachdem Karo gegangen war, hing ich sinnierend über dem Marmortresen. Bolek versorgte mich hingebungsvoll, und ich dachte gar nicht daran, nach Hause zu gehen. Hätte eh nicht schlafen können. Stattdessen grübelte ich darüber nach, wovor Karo Angst haben könnte.

Verlust der Unabhängigkeit?

Die konnte man auch mit Kerl behalten. Mit Immo erst recht. Der war doch unentwegt in eigener Sache auf Achse. Ein Heimchen am Herd wollte er bestimmt nicht.

Nähe?

Auch das konnte ich mir nicht vorstellen.

Karo war nicht nur eine gute Zuhörerin, sondern auch selbst so offen und ehrlich, dass man gar nicht drum herumkam, sich ihr innerhalb von Minuten nahe zu fühlen. Mit ihren Gefühlen, auch mit den ganz großen, hielt sie nie hinterm Berg. Allein das produzierte von vornherein so viel Nähe, dass ich mich schon öfter gefragt hatte, wie sie überhaupt damit klarkam, denn jedermann belatscherte sie mit seinen Problemen.

Mit Karo musste man meistens im Voraus Termine machen, weil alle sich um sie rissen und ihre Ratschläge und ihre Wärme wollten. Karo war belagert von Menschen, die ihre Nähe als etwas Einzigartiges empfanden.

Wie konnte sie da Angst vor Nähe haben?

Oder war das vielleicht ihre ganz persönliche Vermeidungsstrategie? Nähe an alle zu verteilen, ohne dafür zu sorgen – oder sogar um zu verhindern –, dass sie selbst welche erhielt?

Zumindest nicht von dem *einen*, von *dem* besonderen Menschen?

Je länger ich darüber nachdachte, desto trauriger wurde ich für Karo. Und für mich. Und für den Horst.

Hatten wir eigentlich alle einen Lattenschuss?

Warum war es so schwer, sich zu verlieben und eine ganz einfache normale Beziehung zu führen und darin so glücklich zu sein, dass alles andere nur noch ein Klacks war?

Vielleicht hatten wir alle viel zu hohe Erwartungen?

Vielleicht hatten wir immer die Hoffnung, dass noch jemand Besseres kommen würde. Und vielleicht gaben wir uns deshalb gar nicht erst die Mühe, in das zu investieren, was vielleicht ausbaufähig war.

Lieber die Taube auf dem Dach als den Spatz in der Hand, aber Hauptsache einen Vogel.

»So viele Apotheken. Das kann doch nicht gesund sein«, lamentierte der Typ neben mir am Tresen.

Gesund.

Wer oder was war heutzutage schon noch gesund?

Ich jedenfalls nicht. Ich war mittlerweile betrunken.

Und komplett unzurechnungsfähig, wie nur wenig später offensichtlich wurde, denn auf dem Weg nach Hause versuchte ich, Niels' Auto aufzubrechen.

Die Scheißkarre war mir lang genug ein Dorn im Auge gewesen, und jetzt war ich der festen Überzeugung, dass mein Briefkastenschlüssel schon in das BMW-Schloss passen würde, wenn ich es nur lang genug versuchte.

Aber da hatte ich die Rechnung ohne die Anwohner der Abbestraße gemacht, denn die riefen die Bullen. Und die Bullen wiederum nahmen mich fest.

So fest, dass ich den Rest der Nacht auf der Wache verbrachte.

Ich wurde behandelt wie eine Schwerverbrecherin, obwohl ich

noch nicht einmal etwas kaputtgemacht hatte. Niemand wollte mir glauben, dass ich eine talentierte Jungautorin war und der versuchte Autodiebstahl lediglich Recherchezwecken hatte dienen sollen.

Erst als ich mir die Stiefel samt Socken auszog, hinter der Glasscheibe auf allen Vieren herumzukriechen begann und winselnd an der Tür kratzte, gab man mir mit mitleidigem Blick meinen Personalausweis zurück und ließ mich laufen.

»Arme Irre«, hörte ich den Dienst habenden Wachmann noch murmeln, bevor sich die Eingangstür hinter mir schloss. »Und so was hat noch nicht mal Vorstrafen.«

»*Noch* nicht«, triumphierte ich in Gedanken und humpelte mit den Stiefeln in der Hand barfuß nach Hause.

Nächstes Mal werde ich nüchtern sein, wenn ich die große Vergeltung plane.

Am nächsten Abend wollte Eske noch immer nicht mit mir sprechen. Also kam ich endlich dazu, die *Brigitte* zu Ende zu lesen, nachdem ich in der Redaktion so sehr daran gehindert worden war.

Fast noch konsequenter als bei meinem gescheiterten Erstversuch zwang ich mich, sie von vorn durchzublättern statt auf der letzten Seite beim Horoskop anzufangen. Konnte ja niemand ahnen, dass mich nur wenig später das Horoskop keinen Deut mehr interessieren würde.

Aber so war es. Denn was ich ungefähr in der Mitte dieser *Brigitte* fand, war spannender als jedes Horoskop.

Es war das Beste, was mir seit Monaten widerfahren war.

Es war vielleicht meine Rettung.

Es war Niels' Diagnose!

Die Beweislage war jedenfalls erdrückend.

Ich war so fasziniert, dass mir heiß und kalt zugleich wurde.

Endlich schien ich gefunden zu haben, wonach ich gesucht hatte!

Gründe.

Gründe für Niels' Verhalten.

Wissenschaftlich belegte, medizinisch ausgeleuchtete, diagnostisch erforschte Gründe.

Der mehrseitige Artikel handelte von Frauen, die unter einer neurologischen Störung litten, weil in ihrem Gehirn irgendein Transmitter oder Botenstoff oder sonst was Wichtiges nicht ausreichend vorhanden war. Oder nicht funktionierte. Oder so.

»ADHS« hieß diese Störung.

Attention Deficit Hyperactive Syndrome.

So wie ich es verstand, war es so ungefähr das, was dabei herauskam, wenn hyperaktive Kinder erwachsen wurden.

Die Frauen berichteten von ihren Schwierigkeiten, sich zu konzentrieren und ihren Tag zu überstehen. Manche nahmen Medikamente, um ihr Leben überhaupt geregelt zu kriegen, und andere erzählten, dass sie schlichtweg schlafen gingen, wenn sie sich überfordert fühlten.

Und genau das passierte ADHSlern ständig.

Sie fühlten sich eigentlich immer überfordert, weil alle Impulse gleichzeitig auf sie zuschossen und ihnen die Fähigkeit fehlte, zwischen wichtig und unwichtig zu unterscheiden.

Sie konnten sich nicht an Termine oder Absprachen halten. Sie waren unzuverlässig und launisch und hatten große Schwierigkeiten, sich selbst zu verstehen und ihre Wünsche und Gefühle zu steuern oder zu formulieren. Sie waren impulsiv und leicht ablenkbar, und ihre Stimmungsschwankungen brachten ihre Mitmenschen zur Weißglut.

Oft waren sie nicht in der Lage dazu, Bindungen oder Verpflichtungen einzugehen, weil schon in der nächsten Minute ein weiterer Impuls dafür sorgen konnte, dass sie alles davor schlichtweg vergaßen. Entscheidungen treffen zu müssen war für sie deshalb mit das Schlimmste, was es gab auf der Welt. Und das Schwierigste.

Ich konnte kaum glauben, was da vor mir lag.

Sollte es das sein?

Sollte das Niels' Problem sein?

Hatte ich endlich herausgefunden, warum er so war, wie er war?

War er also wirklich krank?

Nicht nur so umgangssprachlich, sondern eben wirklich?

Nachdem ich den Artikel zum ersten Mal überflogen hatte, zwang ich mich dazu, ihn in aller Ruhe noch einmal zu lesen. Ich machte mir Notizen und unterstrich all das, was auf Niels zutraf. Es war eine ganze Menge.

Dann sprintete ich an den Schreibtisch, fuhr den Rechner hoch und wählte die in der Brigitte empfohlene weiterführende Website an.

Beinahe ehrfürchtig tippte ich die Buchstaben ein.

Fünf Stunden und eine Schachtel Zigaretten später war ich ADHS-Expertin.

Ich wusste alles.

Ich wusste, dass ADHS manchmal auch ASS hieß. Ich wusste, welcher Professor federführend in der ADHS-Forschung war und wie man ADHS medikamentös behandeln konnte.

Ich wusste, dass die Ursprünge von ADHS nicht primär in falscher Erziehung oder psychologischen Fehlentwicklungen auf Grund traumatischer Erlebnisse zu suchen waren, aber ich wusste auch, dass ADHS durch posttraumatische Belastungsstörungen jeglicher Art oder durch familiäre Probleme (Scheidungen?) noch verstärkt werden konnte.

Ich wusste, dass ADHS-Kinder Schwierigkeiten hatten, ein gesundes Selbstbild zu entwickeln und immer unter dem Bewusstsein litten, »anders« zu sein als die anderen. Ich wusste, dass sie hochintelligent sein konnten, aber dennoch vielleicht auf der Sonderschule landeten oder sich nur durch Schummeln im akzeptablen Leistungsbereich halten konnten.

Ich wusste, dass Lügen und Ausreden ein Weg für sie waren, Normalität vorzugaukeln.

Ich wusste, dass ADHS-Patienten auf Grund ihres Leidens nicht selten Depressionen entwickelten, die ihr Leben noch schwerer machten, als es eh schon war. Und ich wusste, dass Menschen mit ADHS große Schwierigkeiten hatten, Kontinuität in ihr Leben zu bringen – sei es im Job, an ihrem Wohnort oder in Beziehungen.

Ich wusste, dass ADHS-Patienten gerne umzogen und überdurchschnittlich oft ihren Job wechselten. Oder ihren Partner. Oder ihre Prioritäten oder Interessen oder Pläne.

Ich wusste, dass insbesondere männliche ADHSler häufig auch körperlich unruhig waren und herumzappelten und ihre Finger nicht still halten konnten oder ständig auf Achse waren. Ohne Ruhepol, ohne Mittelpunkt.

Immer unterwegs. Hummeln im Hintern eben.

Ich wusste, dass ADHSler ständig neue Stimulation brauchten und deshalb zwar mit vielem anfingen, aber selten etwas zu Ende brachten.

Ich wusste, dass manche ADHSler die besten Ideen hatten, wenn sie Auto fuhren.

Ich wusste, dass sie eine geringe Frustrationstoleranz hatten, den Nervenkitzel liebten und Smalltalk hassten, weshalb sie gesellschaftlichen oder familiären Verpflichtungen vorzugsweise aus dem Weg gingen.

Ich wusste, dass genau diese ADHSler sich trotz ihrer Konzentrationsschwierigkeiten mit faszinierender, alles andere ausschließender Leidenschaft auf etwas stürzen konnten, das ihnen für den Moment ausreichend Input zu bieten schien.

Gameboys oder Computerspiele zum Beispiel.

Ob Chatten auch dazugehörte?

Und obendrein wusste ich auch noch, dass bei ADHSlern schon durch Kleinigkeiten Panik ausgelöst werden konnte oder ein dermaßen abrupter Stimmungswechsel, dass gar nichts mehr ging.

Exakt wie bei Niels. Alles exakt wie bei Niels. Alles.

Na ja. Fast alles.

Mit gerunzelter Stirn ackerte ich mich durch die Linksammlung, die die Metasuchmaschine ausgespuckt hatte, nachdem mir die zu Beginn durchackerte Website zu eng geworden war.

Bald hatte ich herausgefunden, dass ADHS medikamentös behandelt werden konnte. »Ritalin« hieß das teilweise umstrittene Mittel, mit dem die Erkrankung gemeinhin therapiert wurde.

Mir fielen die Medikamente in Niels' Badezimmerschrank wieder ein. Nystatin hatte draufgestanden. Nicht Ritalin. Definitiv nicht Ritalin.

Trotzdem. Vielleicht war Nystatin etwas Ähnliches?

Dieser Frage musste dringend nachgegangen werden, also hinterließ ich einen Eintrag in einem der ADHS-Foren und bat um baldige, lückenlose Aufklärung.

Gegen halb drei morgens machte ich mich erschöpft an den vorletzten Link. Es ging um ADHS bei Männern.

Und diese Männer waren auch wie Niels: Ständig auf dem Sprung, immer auf der Suche nach einem neuen Kick, wie von einer seltsamen Kraft vorangetrieben, süchtig nach Risiko und Abwechslung und nicht in der Lage dazu, Dinge ordnungsgemäß abzuschließen.

Immer Neues bitte und bloß keine Wiederholungen.

In ihrer extremen Ausprägung, wenn sie Jobs, Wohnorte und

Beziehungen wechselten wie andere ihre Unterhosen, wurden sie auch »Hunter« genannt.

O Gottogottogott.

War Niels ein »Hunter«?

Horst Hunter.

Auch nicht schlecht.

Hilfe.

Seufzend machte ich mich daran, einen vierseitigen Fragebogen downzuloaden, der Anhaltspunkte bieten konnte für eine etwaige ADHS-Diagnose.

Auf den ersten drei Seiten beantwortete ich 43 von 57 Fragen ohne zu zögern mit einem unmissverständlichen »ja«.

Danach wurde es schwieriger, weil es größtenteils um Details aus der Kindheit ging, und über die hatte Niels nie auch nur ein Wort fallen lassen. Wie eigentlich über alles, das ich ihm nicht konkret aus der Nase gezogen hatte, und das war nun mal viel zu wenig gewesen, weil ich in seiner Anwesenheit eh kaum noch klar hatte denken können. Schade eigentlich.

Auf der anderen Seite konnte ich sowieso nicht mehr.

Ich war fertig mit den Nerven.

Einschlafen konnte ich trotzdem nicht.

Bis weit in den Morgen hinein lag ich wach, während meine Gedanken Karussell fuhren. Es klackerte und rumpelte in meinen Gehirnwindungen.

Welcome, Ladys and Gentlemen, to the ride of horrors.

Welcome to the world of pain and worries.

Scheißendreck.

Am Donnerstagmittag rief ich aus der Redaktion Alf an und fragte ihn erneut in Sachen Eske um Rat.

»Darling«, sagte Alf, »ich glaube, diesmal hast du den Bogen wirklich überspannt. Ich hab sie noch nie so wütend erlebt.«

»Ich weiß«, jammerte ich und wickelte die Telefonschnur so eng um meinen rechten Zeigefinger, dass er aussah wie ein Rollbraten. »Sie reagiert auf nichts. Ich kann mich auf den Kopf stellen. Sie geht nicht ran und macht nicht auf und antwortet nicht auf Mails. Sogar im Büro lässt sie sich verleugnen. Was soll ich tun?«

»Ganz einfach«, konstatierte Alf.

Ah ja? Der hatte leicht reden.

»Mach es wieder gut. Klär die Situation auf. Und zwar bei Behnke junior persönlich. Heute noch«, schlug er vor.

»Meinst du, das hilft?«, fragte ich verzweifelt.

»Wenn Behnke junior dir glaubt, dann ja. Und wenn nicht, dann nicht«, schlussfolgerte Alf trocken.

»Aber du glaubst, das klappt?«, fragte ich, erneut um Bestätigung heischend.

»Ich glaube nicht, dass Behnke sonderlich nachtragend ist«, urteilte Alf. »Und ich glaube auch nicht, dass Eske es ihm nicht wert wäre, dir zu verzeihen. Das kriegst du schon hin. Ich weiß doch, wie charming du sein kannst, wenn du willst.«

Wahrscheinlich hatte Alf Recht. Es war wohl wirklich an mir, die Initiative zu ergreifen. Auch wenn es mich einiges an Überwindung kostete.

Von den Nerven mal abgesehen.

»Na gut«, stöhnte ich also. »Ich versuch Behnke aufzutreiben.«

»Mach das«, stimmte Alf zu. »Ach ja, und – Mona?«

»Ja?«

»Spar dir die Nummer mit dem Augenaufschlag und dem Schmollmund. Du willst ihn nicht rumkriegen. Er gehört Eske. Alles klar?«

Krrrrk.

Gleich nach dem Auflegen stürzte ich mich online auf die Gelben Seiten. Ich hatte Glück, unter »Immobilien« und »Behnke«

gab es nur einen Hit. An der Palmaille. Uuuuuh. Erste Adresse. Auch das noch.

Mit Herzklopfen wählte ich die angegebene Nummer.

»Behnke Immobilien, Mühlkamp, guten Tag«, surrte es mir entgegen.

»Rittner. Guten Tag«, sagte ich nervös. »Ich – äh – ich suche Behnke jun... – also den Juniorchef. Also Behnke – äääh – junior.«

»Worum geht es denn?«, fragte die weibliche Telefonstimme am anderen Ende freundlich.

»Es geht – äääääääh – um eine Wohnung in der Abbestraße.«

»Tut mir Leid, aber die ist längst vermietet«, wiegelte die Telefonstimme ab. »Wir hatten Dutzende von Bewerbern.«

»Ich weiß«, sagte ich, »also – äh – nee, weiß ich nicht, aber darum geht es auch nicht. Es geht um eine schon vermietete Wohnung. Also – äh – um die Mieterin darin, um genau zu sein. Nein, um die Mieterin geht es auch nicht, also – ähm – eigentlich geht es ... es geht um die Heizung.«

Die Telefonstimme machte eine misstrauische Pause.

»Wie, sagten Sie doch gleich, war Ihr Name?«, fragte sie dann.

»Rittner«, sagte ich wahrheitsgemäß. »Und die Mieterin, um die es geht, heißt Groot. Ich rufe quasi in ihrem Auftrag an. Wegen der Heizung«, fügte ich dann noch einmal hinzu. Zur Sicherheit.

Es ging zwar lediglich um die menschliche Wärme, aber Notlügen waren in diesem Fall ja wohl erlaubt.

Und zweckmäßig, denn endlich ließ die Telefonstimme mich durch. Oder sie tat zumindest so.

»Warten Sie einen Moment«, sagte sie und stellte mich in die Warteschleife.

Im Hintergrund dudelte »Veronika, der Lenz ist da« von den Comedian Harmonists.

Ob das auf Behnke juniors Mist gewachsen war?

Ich befürchtete es fast.

Wenn der Typ so weitermachte, dann würde er von mir schon bald den großen Sympathiepreis erhalten.

Aber halt.

Erst musste ich ihn mit Eske versöhnen. Wenn das klappte, dann war er vielleicht sogar reif für das Bundesverdienstkreuz.

»Behnke«, schnarrte es am anderen Ende, just in dem Moment, als ich aus lauter Nervosität und Aufregung einen meiner Fingernägel halbiert hatte.

Autsch.

Ich räusperte mich und setzte mich gerade hin.

»Hier ist Mona«, sagte ich. »Die Freundin von Eske. Ich – ähm.«

»Ähm was?« Behnke junior klang verärgert.

Oh weh. Jetzt schon.

»Ähm. Ich wollte einen – einen Termin mit dir machen«, krächzte ich kleinlaut.

»Wieso?«, fragte Behnke junior unwirsch.

Ich rollte mit den Augen. Das konnte er sich ja wohl denken.

»Weil ich mich entschuldigen will für das, was passiert ist. Eske hat gar nichts damit zu tun. Wirklich nicht. Ehrlich. Es ist alles meine Schuld.«

»Ach«, sagte Behnke junior, aber er klang gar nicht mehr so unfreundlich. Eher spöttisch.

Ziemlich gemein sogar.

»Ist das denn die Möglichkeit«, fügte er überflüssigerweise ironisch hinzu.

Blödmann.

»Ja, ist es«, zischte ich. »Und ich will das erklären. Weil Eske hat das gar nicht verdient, dass du sauer auf sie bist. Ich bin schuld. Ich ich ich. Eske fand dich von Anfang an gut. Sie ist wirklich verknallt in dich. Und das nicht, weil du der Verwalter bist und viele Schlüssel hast.«

»Ach«, sagte Behnke junior wieder. »Und das soll ich glauben, ja?«

»Ja«, sagte ich verzweifelt. »Bitte. Es ist die Wahrheit. Ich erzähl auch alles. Ganz genau. Heute Abend noch. Oder sofort, wenn es sein muss.«

Ich überlegte, welche Ausrede ich mir einfallen lassen konnte, um aus dem Büro zu verschwinden und vor Behnke junior an der Palmaille zu Kreuze zu kriechen.

Magenkrämpfe?

Durchfall?

Fieber?

Schwindel?

ADHS, plötzlich und unerwartet?

Akutes Dauer-Horst-Syndrom?

Und danach konnte ich mich gleich in die Elbe stürzen. War ja nicht weit.

»Lass mal«, sagte Behnke junior abwehrend.

Da ging er hin, der große Sympathiepreis.

War Eske ihm so egal?

»Wenn das so ist, dann hol ich mir die Informationen lieber von Eske selbst«, fügte Behnke hinzu. »Alles Weitere sehen wir dann.«

Zonk, aufgelegt.

Verwirrt ließ ich den Hörer sinken.

Was hatte das jetzt bitte schön zu bedeuten?

Ich seufzte.

Alf schmunzelte, als ich ihm von dem Gespräch erzählte.

Er schien nicht sonderlich überrascht. Seine Menschenkenntnis war mir von jeher unheimlich gewesen.

»Sei nicht so ungeduldig, Mona«, riet er mir. »Warte jetzt einfach mal ab.«

Ich hätte gern widersprochen, aber dazu hatte ich einfach keine Kraft mehr. Die Nacht war zu viel gewesen.

Alles Doch Heftig Stressig.

Gegen zehn nach sechs fiel ich im 37er Bus in tiefen Schlaf. Hätte Lukas mich nicht angerufen, weil er mal wieder pleite war und Geld von mir leihen wollte, ich wäre erst am Schenefelder Platz wieder aufgewacht.

Aber so erkaufte ich mir ein freies Gewissen, indem ich Lukas an der Bushaltestelle fünfzig Euro in die Hand drückte, und weil ein gutes Gewissen ja bekanntlich das beste Ruhekissen ist, legte ich mich zu Hause sofort ins Bett.

Als ich um neun wieder aufwachte, machte ich eine Mail für Pia fertig mit den wichtigsten Erkenntnissen der vergangenen Nacht und den bedeutendsten ADHS-Links. Zwischendurch stellte ich fest, dass das Modell meines Wasserkochers den Namen »Alaska« trug. Manche Leute hatten doch wirklich den Schuss nicht gehört.

Dann kletterte ich ermattet zurück ins Bett. Harald Schmidt war mal wieder in Bestform. Im Gegensatz zu mir. Ich bewunderte seine Witze und seine langen schmalen Finger und wollte gerade erneut entschlummern, als mein Telefon piepste.

Eine SMS von Pia.

»Das nenne ich neue Erkenntnisse«, hatte sie getippt. »Halte Diagnose für mehr als gerechtfertigt. Was machst du am Wochenende?«

»Mich erholen«, antwortete ich.

»Vergiss es«, schrieb Pia zurück, »wir fahren nach Horst zu Mama Rusmann. Das Geheimnis von Niels' Kindheit erforschen. Mehr morgen aus der Firma. Ich mail dir.«

Warum war ich darauf eigentlich nicht längst selbst gekommen?

Als ich am Freitagmorgen in die Redaktion kam, hatte Pia die Details ihres großen Planes bereits zu Papier gebracht und über den Mailserver direkt neben meinen Morgenkaffee gebeamt.

Die Logistik war denkbar einfach: Niels' Heimatadresse in Walkenhorst bei Bremen hatten wir sogar beide noch auf dem Zettel. Boschstraße 3. Niels »Industriegebiet« Rusmann.

Uuuuh.

Außerdem lebte Niels' Mutter nach der Trennung von ihrem Mann meines Wissens allein; sie irgendwie in ein Gespräch zu verwickeln, erschien uns deshalb nicht sonderlich schwierig. Man wusste ja, wie ältere Damen so sind.

Noch dazu hatte Werder Bremen am verhängnisvollen vergangenen Wochenende Heimspiel gehabt; mit etwas Glück war also davon auszugehen, dass Niels das kommende in Hamburg bleiben würde.

Nur in der Art und Weise, wie wir bei Frau Rusmann auftreten sollten, waren Pia und ich uns uneinig.

Pia wollte mit der Tür ins Haus fallen.

»Wie sollen wir sonst auf ADHS zu sprechen kommen?«, argumentierte sie. »Wir können die arme Frau Rusmann ja wohl schlecht einfach so über ihren Sohn ausfragen. Wir spielen einfach mit offenen Karten. Vielleicht versteht sie uns sogar, wenn wir ihr erzählen, wie Niels uns behandelt hat.«

Mir war diese Vorgehensweise nicht geheuer.

Und peinlich noch dazu.

Außerdem war die Bekanntgabe unserer wahren Identität und Motivation unvereinbar mit dem geplanten Rachefeldzug.

Also weigerte ich mich, dem Plan in dieser Form zuzustimmen.

»Dann denk dir was Besseres aus«, antwortete Pia. »Aber schnell. Wenn Niels' Auto morgen noch in Hamburg ist, wird die Aktion gestartet. Dann fahre ich Sonntag ganz früh hier los und hol dich ab. Alles klar?«

»Alles klar«, schrieb ich zurück. »Ich mach mir Gedanken.«

Und das tat ich dann auch.

Leider so sehr, dass ich zu spät in die Redaktionskonferenz kam und vor versammelter Mannschaft zusammengeschissen wurde.

Aber man muss auch Opfer bringen, und das mit dem Gedanken machen war nun mal nicht so leicht.

Bis zum Abend hatte ich eine recht magere Liste von Alternativen für unseren Ausflug nach Horst zusammengetragen, um Pia und mich bei Frau Rusmann einerseits glaubwürdig zu machen und andererseits an alle notwendigen Informationen zu kommen.

Sie lautete wie folgt:

1. Einfach die Wahrheit sagen. (abgelehnt, weil peinlich und unpraktisch)

2. Zufällig als Marktforscherinnen, Vertreterinnen einer politischen Partei, Spendensammlerinnen, Zeuginnen Jehovas ... vor der Tür stehen und das Gespräch behutsam auf Niels und/oder ADHS bringen. (risikoreich, weil Erfolg kaum kalkulierbar)

3. Sich als in Sachen »ADHS bei Kindern« recherchierende Studentinnen tarnen. (Vorteil: man konnte gleich das Gespräch auf ADHS bringen; Nachteil: Wenn Frau Rusmann nicht ganz doof war, würde sie sich schnell fragen, wie wir ausgerechnet auf sie gekommen waren; mögliche Umgehung des Nachteils nur durch extrem konstruierte und daher wackelige Argumentationsstränge, z. B. die Arbeit an einer wissenschaftlichen Studie über die mutmaßlich horrende Zahl unentdeckt gebliebener Fälle von ADHS, zu deren Zweck man bei angeblich zufällig ausgewählten Müttern nach potenziellen Symptomen ihrer Kinder fahndete; alles in allem nicht sehr glaubwürdig!)

Und das war es dann auch schon.

Ich war nicht sehr glücklich mit dieser Liste, und das nicht nur, weil eine Liste mit lediglich drei Punkten an sich gar keine Liste war.

Ich druckte sie aus und ging sie immer wieder durch, während ich mich vom 37er zurück ins Viertel schaukeln ließ. Eigentlich hätte ich bis 16 Uhr Käferchen abholen können, aber nach meinem verpatzten Auftritt bei der Konferenz hatte ich mich nicht getraut, die Redaktion auch nur eine Minute früher als 18 Uhr zu verlassen.

Missgelaunt drückte ich mich also auf die harte Sitzbank des Busses, grübelte über die anstehende Mission und hoffte während der ganzen Fahrt, dass sich niemand neben mich setzte.

Freitagsstimmung war was anderes, zumal ich noch immer nicht wusste, ob Eske sich später im Familieneck zu unserem traditionellen Freitagsstammtisch überhaupt blicken lassen würde.

Als ich mich gegen zehn durch die Tür des Familienecks schob, waren alle schon da. Sogar der DJ hatte bereits sein Miniaturkabuff unter der Decke bezogen, ich war also extrem spät dran für einen Freitagabend.

Verpasst hatte ich trotzdem nichts, noch herrschte im Laden gesittete Murmelatmosphäre. Sogar Rocko hielt sich kerzengerade auf seinem Barhocker, und ein schneller Kontrollblick auf seinen Zettel hinter der Bar bestätigte meine Vermutung, dass auch er noch nicht allzu lange anwesend sein konnte.

»Bring Bier und 'ne Runde Tequila mit!«, brüllte er mir statt einer Begrüßung entgegen und klatschte begeistert in die Hände, während ich am Tresen artig Schlange stand, um meinen Jungferndrink zu bestellen.

Die Barfrau winkte ab, als ich ihr meine Bestellung durchgeben wollte. »Schon gut«, sagte sie nur, »hab schon gehört.«

Dann war sie wieder weg, Tequila suchen.

Na bitte.

Irgendetwas funktionierte immer, so beschissen ein Tag auch gewesen sein mochte. Man musste eben nur lang genug warten.

Michi und Flint standen feixend mitten im Raum herum. Wahrscheinlich auf Bunny-Sichtung. Susa hatte es längst aufgegeben, sich mit ihnen unterhalten zu wollen. Sie zog es vor, Rainer, der mutterseelenallein im hinteren Bereich der Bar in sein trauriges Bier starrte, von hinten mit gehässigen Blicken zu durchbohren.

Schräg hinter Susa hing Manni mit düsterem Blick auf der Bank an der großen Fensterscheibe. Ich lächelte ihn an und hob die Hand, aber er hatte offenbar beschlossen, Eske und mich bis auf weiteres nicht mehr zu kennen. Meinetwegen.

Apropos. Eske.

Sie war die Einzige, die fehlte.

Ich seufzte.

»Hierher«, schrie Susa und winkte wild, als ich mir mit dem albernen kleinen braunen Kellnerinnentablett, sechs Tequilagläsern samt Orangenscheiben darauf, und zwei Flaschen Bier in der Hand den Weg durch die Menge bahnte.

Ach was.

Wo sollte ich denn bitte schön sonst hin?

Geübt lieferte ich die Ladung Schnaps bei Rocko ab, stieß auf die Schnelle mit ihm an, stürzte den Tequila hinunter, verzog schmatzend das Gesicht, erwiderte Rockos anerkennendes Nicken mit einem huldvollen Lächeln und klemmte mich alsbald zwischen Susa und Manni.

»Auf eine Horrorwoche«, sagte ich also und hielt Manni und Susa mein Bier hin.

Klonk klonk, und ab dafür, du Scheißwoche.

»Kannst du laut sagen«, stöhnte Susa. »Ich hab letzte Nacht so wenig geschlafen, dass ich gleich tot umfalle.«

Ich grinste zufrieden.

Wäre Susa gewesen wie ihre Unternehmensberaterfreunde, die ins P1 oder ins Valentinos gingen, dann hätte sie jetzt mit Sicherheit mit einem Kornsack aus der Mikrowelle unterm Kreuz im Bett gelegen und sich nicht auch noch im verrauchten Eck die Nacht um die Ohren geschlagen.

Sie war eindeutig eine Besondere ihrer Art.

»Was war denn?«, erkundigte ich mich. »Vollmond? Oder hat Monsieur dich wach gehalten?«

Unauffällig nickte ich in Rainers Richtung.

Natürlich drehte er sich ausgerechnet in dem Moment zu uns um, als wir ihn abschätzig anstarrten.

Wie peinlich.

Susa schnaubte. »Hör mir auf mit dem. Der ist abgemeldet. Aus, Ende, vorbei. Hab ich doch gesagt. Schluss.«

»Was hat er dir eigentlich getan?«, fragte ich.

»Nix«, sagte Susa. »Aber er ist ein Vollhorst, so viel weiß ich zufällig.«

»Von wem?«

Susa knirschte mit den Zähnen. »Von meiner Kollegin Anita«, erklärte sie dann und nahm einen kräftigen Schluck aus ihrer braunen, feucht glänzenden Bierflasche. »Sie war drei Jahre mit ihm zusammen. Dann hat er sie verlassen, aber trotzdem steht er immer noch dauernd bei ihr auf der Matte. Ich hatte ihn neulich in der Firma zufällig am Telefon. Anita war auf dem Klo.«

»Hups«, machte ich.

»Am Tag, nachdem er mir seine Telefonnummer gegeben hatte, wohlgemerkt«, fügte Susa giftig hinzu. »Weil er mit mir essen gehen wollte. Haha. Anita sagt, er hätte ständig irgendwelche Bräute am Start, aber sie bräuchte nur mit dem Finger zu schnippen, und dann würde er sofort wieder nach ihrer Pfeife tanzen.«

»Ist diese Information verifiziert?«, fragte ich misstrauisch.

Auch Ex-Freundinnen waren schließlich nicht immer ganz koscher.

Sah man ja an mir.

Diese Pamela sollte mir jedenfalls nicht im Dunkeln begegnen, wenn sie nicht wollte, dass ich ihr ihre dämliche Leopardenhose über beide Ohren zog.

»Ist doch völlig egal, ob das verifiziert ist«, wehrte Susa ab. »Das reicht mir schon. Außerdem bin ich kein Second-Hand-Shop für Vollhorsts.«

Wenigstens war davon auszugehen, dass solchen Typen zunehmend das Handwerk gelegt wurde, seit es Handys mit Rufnummernkennung gab.

Was für eine unerfreuliche Begebenheit.

»Mach dir nichts draus«, versuchte ich Susa aufzumuntern. »Bei dem Namen kann da ja nichts bei rumkommen.«

Hatte ich es nicht gleich gesagt?

»Aber was hat dich dann wach gehalten?«, hakte ich nach, um Susa auf andere Gedanken zu bringen.

»Ein furchtbarer Traum«, erklärte Susa ernsthaft. »Wirklich schrecklich. Ich erzähl ihn dir. Aber du darfst nicht lachen.«

»Tu ich schon nicht«, versicherte ich glaubhaft, aber das war leider gelogen.

Letztendlich konnte ich nicht anders. Ich lachte so sehr, dass ich hinterher aufs Klo musste, um mir quietschend die Wimperntusche von den Zähnen zu rubbeln.

Es wäre aber niemandem anders gegangen, der sich ernsthaft vorzustellen versuchte, wie Susa sich im siebten Stock eines Kaufhauses eine Leiche kaufen wollte, aber komplette Leichen aus waren.

Sie bekam nur noch einen weißen Korpus, den sie sich nach Hause liefern ließ, und einen schwarzen Kopf, den sie gleich mitnahm, sich unter den Arm klemmte und für den Rest des Tages durch die ganze Hamburger Innenstadt trug, weil sie ja auch noch andere Besorgungen zu erledigen hatte.

Und als sie dann nach Hause gekommen war, hatte sie feststellen müssen, dass der Reißverschluss des schwarzen Kopfes nicht auf den Reißverschluss des weißen Korpus' passte, und sich daraufhin so geärgert, dass sie davon aufgewacht war.

Als ich vom Klo kam, kicherte ich immer noch.

Plötzlich stand Eske vor mir.

»Was ist denn so lustig?«, fragte sie kühl und zog die Augenbrauen hoch.

Die Falte. Himmel, diese Falte.

»Ähm«, machte ich.

Scheiße. War die immer noch wütend?

»Sie hatte einen ganz komischen Traum«, sagte ich und wies hilflos in Susas Richtung.

»Ich hab auch was geträumt«, sagte Eske. »Ich hab geträumt, dass Behnke junior mit Blumen bei mir gewesen ist und sich in aller Ruhe alles erklären lassen und mir dann verziehen hat und mir gesagt hat, dass er mich ganz doll liebt und will und sexy findet.«

Ich schluckte. Eske war also tatsächlich noch immer sauer.

Außerdem brauchte sie sich bei diesen Ansprüchen wirklich nicht wundern, wenn es nie etwas wurde mit ihren Kerlen.

»Aber die Wahrheit ist«, verkündete Eske dann und fiel mir um den Hals, »die Wahrheit ist, dass ich das gar nicht geträumt habe, sondern dass es wirklich passiert ist. Und deshalb hab ich Behnke nach einer leidenschaftlichen Nummer erst mal nach Hause geschickt und will dir jetzt auch verzeihen. Ich halt das nicht aus so.«

Eske. Meine Eske.

»Oh, Mann«, stöhnte Manni hinter uns, während Eske und ich uns in den Armen lagen und uns gegenseitig versicherten, wie sehr wir einander vermisst hatten. »Frauen. Ihr seid doch alle krank.«

»Wir sind nicht krank«, antworteten Eske und ich wie aus einem Mund und starrten Manni empört an. »Wir sind Freundinnen. Ätsch.«

»Selber ätsch«, sagte Manni und streckte uns die Zunge raus, bevor er drei Jägermeister servieren ließ.

»Auf die Freundschaft«, sagte er, schob uns zwei der kleinen Gläser zu und hob entschuldigend die Schultern.

»Auf die Freundschaft«, erwiderten Eske und ich und gaben Manni von links und rechts ein Küsschen auf die Wange.

Im Laufe dieser Nacht gewann ich nicht nur Eskes Freundschaft zurück, sondern auch die Erkenntnis, dass Eske manchmal einfach schlauer war als ich.

Ich hatte eigentlich gar nicht erst damit anfangen wollen, um sie nicht gleich wieder auf die Palme zu bringen, aber sie erkundigte sich ganz von allein nach dem aktuellen Stand in Sachen Niels.

»Ich will dich damit nicht schon wieder nerven«, sagte ich ausweichend, aber Eske schüttelte den Kopf.

»Einer, der uns dazu bringt, dass wir uns streiten, hat wirklich ein paar an den Hals verdient«, erklärte sie bestimmt. »Außerdem: Hättest du damals nicht nach einem Kerl für mich gesucht, wärest du ihm nie begegnet. Was auch immer du vorhast, ich bin dabei, so gut ich kann.«

Das waren ja ganz neue Töne.

Aber so war sie wohl, die Liebe. Mir konnte es nur recht sein, auch wenn ich davon ausgehen musste, dass es nicht meine, sondern Behnkes Liebe war, die Eske so einer Art Gehirnwäsche unterzogen hatte.

»Ehrlich?«, fragte ich ungläubig.

»Ehrlich«, bestätigte Eske. »Wenn«, schränkte sie dann ein,

»wenn es Behnke junior und Niels' Wohnung komplett außen vorlässt. Das hab ich Behnke versprochen.«

»Du hast mit ihm schon darüber geredet?«, fragte ich entsetzt.

»Was denkst du denn?«, entrüstete sich Eske. »*Ein* Eklat reicht ja wohl. Aber Behnke ist mittlerweile hochgradig amüsiert von der Geschichte. Erinnert ihn irgendwie an den Club der Teufelinnen, sagt er. Ist sein Lieblingsfilm.«

Eske grinste.

Mit ihrem Behnke hatte sie wirklich unverschämtes Glück gehabt.

Ich war neidisch.

Aber auch voller Tatendrang.

»Na gut«, sagte ich also, zog die Liste hervor, die ich mir im Bus in die Hosentasche gesteckt hatte, und berichtete Eske von den neuen Erkenntnissen.

Sie pfiff immer wieder leise durch die Zähne, während ich sämtliche ADHS-Symptome herunterbetete und den am Wochenende anstehenden Ausflug in die Walkenhorster Wallachei skizzierte.

Eske erkannte schnell, was bei Mama Horst zu tun war. Ein kurzer Blick auf die Liste genügte ihr.

»Mona«, sagte sie tadelnd, »da hättest du wirklich von allein draufkommen können. Kombiniere die Punkte zwei und drei! Et voilà.«

»Hä?«, machte ich und überflog erneut die Liste.

Als was sollten Pia und ich also auftreten?

Als unter ADHS leidende Zeuginnen Jehovas? Oder was?

»Ist doch klar«, sagte Eske und zwinkerte mir zu. »Ihr sammelt natürlich Spenden für ADHS-Kinder. Vereinsgründung zur Früherkennung und so.«

Bingo.

Eske war eine Heldin und ich ein paar Dutzend Euro ärmer, als ich gegen halb vier nach Hause wankte.

Der Punkt war allerdings: Als ich diese Euros noch besessen hatte, war ich eindeutig unglücklicher gewesen.

So hatte am Ende doch alles seinen Sinn.

Am nächsten Tag stand ich zeitig auf. Ich vertrieb meinen Kater, indem ich in den Garten stürzte und drei Stunden Unkraut jätete, bis mir der Schweiß rann.

Gartenarbeit war bestens geeignet, um vorhandene körperliche Gebrechen zu vergessen: Sie wurden dann von zunehmenden Rückenschmerzen in den Hintergrund gedrängt. Außerdem konnte ich wunderbar denken, während ich die Hände in den Dreck steckte. Die Frische draußen tat gut, und es war höchste Zeit, mein kleines Gärtchen frühjahrsfit zu machen, wenn ich die Grillsaison zeitig eröffnen und mir damit die Zuneigung meiner Freunde sichern wollte.

Auch Katze genoss die ersten wirklich warmen Sonnenstrahlen des Jahres sichtlich. Erst hatte er mir nicht glauben wollen, dass die Terrassentür tatsächlich länger als nur ein paar Minuten geöffnet bleiben würde, und meine Aktivitäten misstrauisch beobachtet.

Aber dann war er vorsichtig auf die Holzbohlen geschlichen und hatte sein Näschen schnuppernd in die Erwartungen schürende Frühjahrsluft gesteckt. Der Wind fuhr ihm in sein weiches, langes Fell und ließ ihn aussehen wie eine aufgeplusterte Wollkugel, während er schon wenig später begann, sein den Winter über vernachlässigtes Revier abzuschreiten.

Ich sah ihm eine Weile zu und vergaß darüber sogar die Brennnesseln, die ich nur Augenblicke zuvor noch voller Aggression und persönlicher Abneigung hämisch aus dem Boden gerissen hatte.

Katze war manchmal besser als Kino, und ich war immer furchtbar verliebt in ihn in diesen Augenblicken der stillen Anbetung, in denen ich mich nur auf ihn konzentrierte, sein lustiges Gesichtchen und sein noch lustigeres Benehmen.

Auch heute lächelte ich nachsichtig, während ich beobachtete, wie der erste Vogel der Saison ihm zunächst eine Heidenangst machte und dann seinen monatelang verschütteten Jagdinstinkt weckte. Aufgebracht maunzend, schoss Katze als wehendes Bündel dem kleinen tiefschwarzen Vogelkörper hinterher und wälzte sich schließlich, die Sinnlosigkeit seines Vorhabens einsehend und stattdessen alle viere in die Luft streckend, wohlig im noch feuchten Gras.

Ich schaffte immerhin zwei Beete, sah mich danach aber nicht mehr im Stande, das Unkraut wegzuräumen. Auf dem mit einer Mischung aus Natursteinplatten und roten Ziegeln gepflasterten Gartenweg sah es aus wie nach einer ökologischen Hinrichtung.

Ich verschob das Aufräumen auf das folgende Wochenende, um mich während der nächsten Tage bei jedem Blick durch die Terrassentür an den Ausmaßen meiner Anstrengungen ergötzen zu können.

Stolz wie Oskar kochte ich mir einen starken Kaffee und schleppte mich danach unter die Dusche. Während das heiße Wasser die schwarze Erde von allen nur erdenklichen Körperteilen spülte, ging ich im Geiste die Dialoge zwischen mir, Pia und Frau Rusmann durch, die ich während der Gartenarbeit ersonnen hatte.

Eske hatte Recht gehabt: Das mit den Spenden würde funktionieren. Easy. Die Geschichte war absolut wasserdicht, wenn man sie geschickt anlegte.

Es kostete mich dennoch einiges an Mühe, Pia darauf einzuschwören. Sie wollte immer noch am liebsten die Ehrlichkeitsnummer fahren, aber schließlich konnte ich sie davon überzeugen, dass die paar Notlügen sowohl unserem Seelenheil als auch dem von Frau Rusmann nur förderlich wären.

»Und wenn sie tatsächlich was spendet, können wir das ja wirklich irgendeiner wohltätigen Organisation zukommen lassen«, schlug ich zum Ende des Telefonats vor.

»Na ja«, sagte Pia, »wir könnten damit auch meine Tankfüllung bezahlen. Wird bestimmt nicht billig. Und was ist mit Infomaterial?«

»Hä?«, machte ich.

»Na, Infomaterial zu unserem krummen Verein. Prospekte zur ADHS-Früherkennung e.V. Du willst da doch wohl nicht mit leeren Händen antanzen, oder? Ein paar Papiere müssen schon sein.«

Ach du je.

»Daran habe ich überhaupt nicht gedacht«, jammerte ich entsetzt.

»Na«, sagte Pia tadelnd. »Wie gut, dass du eine Werberin an deiner Seite hast. Ich fahr gleich in die Firma und friemel uns was zusammen. Wir haben neulich gerade so 'ne bekloppte Broschüre für was Ähnliches gemacht. Es ging um Blutschwämme, glaube ich.«

Ich schüttelte mich.

Blutschwämme. Uah. Hoffentlich war das kein schlechtes Zeichen.

Hinterher war Niels' Mutter eine herrschsüchtige oder sogar mordende alte Bratze! Wie bei Norman Bates!

Eine, die mit der Axt in ihrer Bude hockte und nur darauf wartete, dass Opfer klingelten, damit sie sie zerhacken und einfrieren konnte.

Vielleicht hatte Niels jahrelang unter ihrer Fuchtel gelitten und war deshalb zum Horst geworden!

»Wahrscheinlich muss ich nur ein bisschen was ersetzen und das Logo anpassen. Ich mail dir das nachher«, riss Pia mich aus meinen unschönen Gedanken, »das kannst du dir dann ausdrucken und uns eine Spendenbüchse basteln. Dafür bist du verantwortlich.«

»Okay«, sagte ich und ging einkaufen.

So eine Spendenbüchse besorgte sich schließlich nicht von allein.

Ich schaffte es samstags nur selten zum Einkaufen, woran eigentlich immer der Freitagabend schuld war, aber heute hatte ich alle Zeit der Welt. Es war erst eins, als ich meinen Einkaufswagen durch den Minimal an der Barnerstraße schob, und erstaunt stellte ich fest, wie ruhig der Laden sein konnte, wenn nicht alle Spätaufsteher auf einmal sich am Tiefkühlfach um die billigsten Pizzen prügelten.

Summend schlich ich durch die Gänge und fühlte mich wie eine Hausfrau aus der Werbung.

Ich prüfte sorgfältig das Obst, bevor ich es in die leise raschelnden Plastiktüten packte.

Am Kaffeeständer griff ich nach einem Päckchen ganzer Bohnen und schüttete sie eigenhändig in die elektrische Mühle.

An der Käsetheke nahm ich mir die Zeit, ein Stück fremdländischen Neusortiments zu verkosten, und in der Weinabteilung wägte ich detailliert ab, ob ich am Ende der Prozedur einen aktuellen Bordeaux (Château L'Eglise, simpel in der Aufmachung, erfreulich im Preis) oder doch lieber einen spanischen 1990er Reserva (recht teuer, aber dafür verziert mit einem hübschen schmalen Goldbändchen, das wie ein Gitternetz um die Flasche gewunden war) mein Eigen nennen würde.

Am Ende entschied ich mich für beide. Man muss sich auch mal was gönnen.

Obendrein leistete ich mir eine Fernsehzeitung.

Eske nannte diese Art von Magazinen in Anbetracht unser

beider beruflicher Orientierung lapidar »Fachzeitschrift« und schleppte regelmäßig eine von ihnen nach Hause.

Für mich persönlich war das gleichbedeutend mit unermesslichem Luxus.

Wer hatte schon die Zeit, sich auch noch um so etwas zu kümmern?

Wer wachte morgens auf und schlug sich an den Kopf und dachte, oh mei, schon wieder eine Woche rum, ich brauch ja dringend noch eine neue Fernsehzeitschrift?

Ich jedenfalls nicht. Ich hatte einfach keinen Sinn dafür übrig, wenn ich auf die Schnelle das Nötigste besorgen ging. Nein, wenn ich eine Fernsehzeitschrift kaufte, dann bedeutete das für meine Verhältnisse das Größtmögliche an Entspannung und Freizeit.

Wäre der Ausflug nach Horst nicht gewesen, ich hätte wahrscheinlich den Rest des Wochenendes mit meiner Fernsehzeitschrift im Bett gelegen.

Natürlich hätte ich im Programm trotzdem nichts Anständiges gefunden. Aber ich hätte wenigstens ganz gepflegt damit tun, die Zeitung mit einem seufzenden »Ach, das Fernsehprogramm wird ja auch immer schlimmer« zur Seite legen und mich in aller Seelenruhe einem guten Buch widmen können. Dass die *Lindenstraße* sonntags um zwanzig vor sieben lief, wusste ich auch ohne Fachzeitschrift.

Nachdem ich meine Einkäufe im Kühlschrank verstaut hatte, machte ich noch einen Abstecher zu ›Büro Dietz‹ an der Bahrenfelder Straße und erstand dort einen Quittungsblock. Ich wusste zwar nicht, wie eine Spendenquittung auszusehen hatte, wenn man sie beim Finanzamt einreichen wollte, aber vielleicht würde die Rusmann sich mit einer regulären Quittung zufrieden geben. Und falls nicht, konnten wir sie im Notfall immer noch damit vertrösten, dass wir ihr später eine zuschicken würden, die ordnungsgemäß maschinell erstellt war. Es konnte niemand von uns verlangen, einen Computer samt Drucker dabeizuhaben auf unserer anstrengenden Sammlungstour für den guten Zweck.

Auf dem Rückweg stellte ich befriedigt fest, dass Niels' BMW erwartungsgemäß die Abbestraße blockierte und Walkenhorst somit an diesem Wochenende horstfrei war.

Ganz plangerecht.

Ha.

Danach schaute ich beim Portugiesen vorbei. Susa und Flint standen mümmelnd an einem der Stehtische und teilten sich geschwisterlich die Morgenpost. Auf dem Tisch standen zahlreiche leere Milchkaffeegläser, und Flint hatte das Kreuzworträtsel schon halb gelöst.

Das sprach zwar nicht für Flints Intelligenz, denn das Mopo-Rätsel war nie sonderlich anspruchsvoll, aber es sprach für seine Zielstrebigkeit an diesem Mittag.

Das Ziel war offenbar, so wenig wie möglich zu sprechen.

»Hallo Hase«, sagte Flint zerstreut und gab mir zwei kurze Küsse links und rechts auf die Wange. Sein Knautschgesicht schaute verdrossen in die Weltgeschichte.

»Hallo Hase«, erwiderte ich und nahm Susa in den Arm. Auch sie war nicht sehr gesprächig. Beide litten noch deutlich unter dem vorherigen Eck-Abend.

Ich dachte an meinen Garten und freute mich.

Susa und Flint hatten noch nicht einmal einen Balkon! Da sah man mal wieder, wie die Lebensumstände einen beeinflussen konnten.

Ich hätte gern damit angegeben, dass ich bereits Schwerstarbeit geleistet hatte, aber es war klar, dass ich mich damit nicht beliebt machen würde.

»Und?«, erkundigte ich mich also unverfänglich bei Susa, um

wenigstens etwas Konversation zu machen, »was hast du so vor am Wochenende?«

»Weiß noch nicht«, sagte Susa, rührte versonnen in ihrem Milchkaffee – nach meinen Berechnungen der vierte – und zuckte mit den Schultern. »Eigentlich wäre morgen ja der ideale Tag zum Einkaufen.«

»Aber morgen ist Sonntag«, wies ich Susa zurecht. »Da haben die Läden zu.«

»Das ist ja gerade die Scheiße«, erklärte Susa.

Abgesehen davon war aus ihr und Flint nicht viel herauszuholen. Lediglich als ich erwähnte, dass Pia am nächsten Tag nach Hamburg kommen würde und wir einen gemeinsamen Ausflug planten, erwachte Flint kurzzeitig aus seiner Lethargie.

»Geht ihr denn am Abend noch irgendwo hin?«, fragte er hoffnungsvoll.

Ich zuckte mit den Schultern. »Weiß nicht«, entgegnete ich leichthin. »Kann schon sein.«

»Dann sag mir Bescheid«, bat Flint. »Oder frag Pia, ob ich ihre Handynummer haben kann. Ich will sie anrufen. Bitte.«

Ich wiegte den Kopf und musterte Flint prüfend.

Den armen Tropf hatte es doch am Ende nicht gar erwischt?

»Nicht was du denkst«, maulte Flint, wich meinem Blick aus und vergrub sich wieder in sein Kreuzworträtsel. »Sie soll nur in meine Kumpeldatei.«

Seine rechnergestützte Kumpeldatei pflegte Flint hingebungsvoll. Das Programm dazu hatte er selbst geschrieben, und jeder, der in seinen Dunstkreis geriet, wurde darin verewigt, sobald Flint ihn – oder sie – denn für gut befunden hatte. Ich war bereits aufgenommen und kannte das Spiel. Die Notierung der relevanten Daten hatte eine halbe Stunde gedauert, und meine Lieblingsstellung beim Sex war dabei so ungefähr das Einzige gewesen, das Flint nicht abgefragt hatte, um es tabellarisch zu erfassen.

Ich rollte mit den Augen, während Flint unbeteiligt tat, um sein Interesse an Pia als marginal zu vertuschen. Aber ich hatte ihn natürlich längst durchschaut.

»Weiblicher Vorname, drei Buchstaben«, frotzelte ich und tippte mit dem Zeigefinger auf die Zeitung, »P-I-A.«

Dann sah ich zu, dass ich Land gewann.

Die Spendenbüchse zu basteln war gar nicht so leicht.

Erst versuchte ich es mit einer antiken Metalldose, die ich vor Jahren auf dem Flohmarkt erstanden hatte. Sie war oval, beherbergte das hochkitschige Bildnis eines Lipizzaners der Spanischen Hofreitschule in Wien samt Reiter und war mit einer Schicht dünnen grünen Samtes bezogen, auf der nichts, aber auch wirklich gar nichts kleben wollte. Außerdem sorgten die goldenen Umrandungen auf dem Deckel und am Fuße der Dose dafür, dass sie alles andere als für Spenden gemacht aussah.

Auch bei meinem nächsten Versuch, der Verwandlung einer extra gekauften Bierdose, scheiterte ich kläglich. Sie stank auch nach dem dritten Spülgang noch immer nach Bier, und sie wirkte nicht Vertrauen erweckend. So würden wir bei Frau Rusmann jedenfalls keinen Fuß an die Erde bekommen.

Schließlich beschränkte ich mich darauf, meine kleine metallene Geldkassette, in der ich Briefmarken und ausländisches Kleingeld aufbewahrte, mit dem von Pia gemailten Logo zu versehen und den Quittungsblock ordnungsgemäß unter der Plastikeinlage mit den Münzfächern zu verstauen.

Derart gerüstet, legte ich mich ermattet ins Bett und dämmerte selig weg. Als ich wieder aufwachte, hatte ich eine SMS von Karl auf meinem Telefon.

»Habe eben an dich gedacht«, hatte er geschrieben, »hoffe, es geht dir gut. Würde dich gern bald wiedersehen. Habe viel nachgedacht. Kuss. P. S.: Der Schraubenzieher ist wieder aufgetaucht.«

Karl.

Wie sollte ich auf seine Nachricht reagieren?

Woher sollte ich wissen, was in dieser Situation das Richtige zu tun war?

Woher wussten wir überhaupt, wie wir auf all das reagieren sollten, was uns den ganzen Tag über begegnete?

Eine chinesische Weisheit besagte, dass alle Entscheidungen gut waren, die man vom Herzen her traf.

Genau betrachtet war das nicht sehr hilfreich.

Wie viele seiner Entscheidungen traf man schon vom Herzen her?

Die meisten traf man doch einfach in Sekundenschnelle. Weil sie eben notwendig waren. Man traf sie kurz und schmerzlos, ohne viel nachzudenken, ohne viel Aufhebens und Getue.

Und ohne Herz.

Wenn man Auto fuhr, blinkte, Gas gab und bremste.

Wenn man stumpf vor sich hin arbeitete, ans Telefon ging oder sich anzog.

Wenn man abwusch, den Chef grüßte, einkaufen ging oder ein Bier bestellte.

Meistens sogar wenn man sich unterhielt.

Es gab so viele Entscheidungen zu treffen, und es gab so viele Rollen zu erfüllen, in denen diese Entscheidungen von einem erwartet wurden.

Ich staunte nicht schlecht, als ich im Geiste eine Liste jener Rollen aufstellte, die ich im Laufe einer Woche zu erfüllen hatte. Ich war:

1. Raucherin
2. Verkehrsteilnehmerin

3. Kundin und Verbraucherin
4. beste Freundin (von Eske und Karo)
5. gute Freundin (von Susa, Flint und Michi) oder zumindest Freundin (von Jan und Lukas und vielleicht auch von Karl)
6. Liebhaberin (zumindest ab und zu)
7. Ex-Freundin (von Crispin)
8. (entfernte) Bekannte (von vielen)
9. Arbeitnehmerin und damit gleichzeitig
10. Kollegin
11. Untergebene (von mindestens drei Chefs) und
12. Vorgesetzte (nur von einer Praktikantin, aber immerhin)
13. Stammkneipengängerin
14. Steuerzahlerin
15. Musik- und Bücherfreundin
16. Frauchen von Katze
17. Hobbygärtnerin
18. Ottenserin, aber auch
19. Altonaerin oder, noch allgemeiner,
20. Hamburgerin
21. Angehörige der Randgruppe »Zwischengröße«
22. ein rachsüchtiges Miststück

Zweiundzwanzig Rollen für sieben Tage. Nicht schlecht.

Beim Nachrechnen stellte ich fest, dass ich mindestens acht dieser Rollen so gut wie komplett herzlos erfüllte, ohne dass es jemals jemandem auffallen würde.

Traurig eigentlich.

Vielleicht sollte ich diese Rollen zukünftig schlicht von meiner Liste streichen, aber das war nicht so einfach.

Jedenfalls nicht, was zum Beispiel die Rollen »Verkehrsteilnehmerin« und »Steuerzahlerin« betraf.

Ich konnte kaum den ganzen Tag einfach nur zu Hause sitzen

und mich weigern, Steuern zu bezahlen. Obwohl Letzteres wahrscheinlich dazu geführt hätte, dass ich mich irgendwo versteckt halten und verbarrikadieren müsste, um nicht sofort verhaftet zu werden, und damit wäre dann auch meine Karriere als Verkehrsteilnehmerin beendet.

Aber was redete ich überhaupt?

Eins stand immerhin fest: Bei Punkt 22 war ich mit Herz und Seele dabei.

Rachsüchtiges Miststück. Ha.

Das hatte nicht jeder auf seiner Liste.

Ich rief noch einmal Pia an und machte mit ihr ab, dass sie mich am nächsten Tag gegen elf einsammeln würde.

»Moment«, warf Pia ein, »hast du gecheckt, ob Niels in Hamburg ist und nicht in Horst?«

»Hab ich«, bestätigte ich stolz, »hab ich. Alles easy, ganz nach Plan. Und unsere Spendenbüchse ist der Hit.«

»Gut. Elf also. Dann sind wir spätestens zur besten Kaffeezeit in Horst«, frohlockte Pia und gluckste.

»Hoffentlich hat die Rusmann Kuchen da«, ergänzte ich.

Dann umklammerte ich zufrieden die Metallkassette und schaltete den Fernseher ein.

Anderthalb Spielfilme später träumte ich lebhaft von Frau Rusmann, die mich mit der Axt durch einen dunklen Keller jagte und mir den Kopf abhacken wollte, um ihn im siebten Stock eines Kaufhauses an Susa zu verkaufen.

8.

Eske.

Ich verstehe nicht, warum Mona mich nicht unterstützen will. Ich versuche doch nur, an unsere Gesundheit zu denken. Wir leben schließlich beide nicht gesund. Zu viel Alkohol, zu viel Essen, zu wenig Schlaf und zu wenig Sport. Ich meine deshalb, dass man sich seinen Teint nicht noch zusätzlich durch haufenweise Zigaretten ruinieren muss. So langsam sollten wir uns beide ernsthaft Gedanken um unsere Gesichtshaut machen. Eigentlich tun wir das zwar schon, aber eben nicht genug. Wir wissen beide, dass die Sonne der erste Feind des feinen Teints ist, und haben Solarium ersatzlos gestrichen. Wir wissen auch, dass bei Pflegeprodukten schnell am falschen Ende gespart werden kann: Die Haut um die dreißig ist eine anspruchsvolle und verträgt am besten ganz teure Kosmetik.

Dennoch, nur von reichhaltigen Cremes und reichhaltiger Ernährung lässt sich die Visage nicht ewig frisch und faltenfrei erhalten. Also habe ich auf Grund von optischen Gesichtspunkten beschlossen, dass Mona und ich das Rauchen aufgeben. Große Unterstützung erhalte ich dabei von meinem nicht rauchenden Freund, keine jedoch von Mona. Trotzdem, gestern wollte ich wirklich aufhören. Zur Not auch alleine, aber Mona rauchte mir so lange etwas vor, bis ich auch wieder anfing. Immerhin war ich ganze drei Stunden überzeugter Nichtraucher. Ich bin mir nicht sicher, ob Mona als Freundin noch tragbar ist. Sie schadet meiner Gesundheit.

Mona.

Pia war skeptisch, als ich ihr am nächsten Tag die Metallkassette vorführte.

»Das soll klappen?«, fragte sie zweifelnd. »Ich weiß ja nicht.«

»Erst mal müssen wir überhaupt in Horst ankommen«, sagte ich ebenso skeptisch und musterte besorgt Pias Auto.

Es war ein klappriger grüner Polo, der jeden Moment auseinander zu brechen drohte. Er hatte so viele Rostflecken wie andere Leute Sommersprossen, und der Beifahrersitz ächzte, als ich mich darauf fallen ließ.

»Er heißt Poldi«, sagte Pia beleidigt und ließ den Motor an, der sich nur zögernd und laut rasselnd in Bewegung setzte. Schon vom Geräusch bekam ich eine Rauchvergiftung.

Zwölf Minuten später (kein Stau im Elbtunnel, hurra) schepperten wir auf der A7 in Richtung Bremen, während ich sorgfältig Pias Informationsmaterial begutachtete. Sie hatte sich alle Mühe gegeben. Der Krempel sah überzeugend aus und sehr professionell. Wow.

Die »ADHS-Früherkennung e.V.« war ein Traum aus Wohltätigkeit, Wissenschaft und beinahe hypnotischer Wortgewalt.

»Wahnsinn«, resümierte ich anerkennend und klopfte Pia auf die Schulter.

Sie grinste. »Gelernt ist gelernt«, erklärte sie. »Musst das jetzt nur noch auswendig lernen. Du bist die Wortführerin. Ich trage lediglich die Spendenbüchse. Your turn, Baby.«

Mit diesen Worten überließ sie mich meinem Schicksal. Worauf hatte ich mich da bloß eingelassen!

Wir kamen hervorragend durch. Gegen eins legten wir eine ausgedehnte Kaffeepause ein und passierten pünktlich um kurz vor zwei das Ortseingangsschild von Walkenhorst.

Wie auf Kommando verdüsterte sich in genau diesem Moment der Himmel.

Filmreif.

Dicke Regenwolken hingen bleischwer und so niedrig über der Stadt, dass man glauben mochte, man könnte sie durch einen Pieks mit dem Regenschirm zum Platzen bringen. Binnen Sekunden fing es dermaßen an zu schütten, dass wir für einige Minuten am Straßenrand anhielten, um uns selbst und Poldi oder sogar noch andere gänzlich Unbeteiligte nicht in Gefahr zu bringen.

Was sollte das werden? Das jüngste Gericht? Ich schüttelte mich, und mich gruselte es leicht, während die feuchte Regenluft Poldis Innenraum in eine dampfende Höhle verwandelte.

Walkenhorst war nicht groß, trotzdem verfuhren wir uns auf dem Weg in die Boschstraße diverse Male. Sie lag ziemlich versteckt, aber mit jedem neuen Versuch rückten wir ein paar Blöcke näher an sie heran.

Walkenhorst sah genauso aus, wie ich es mir vorgestellt hatte. Es besaß jene Mischung aus ländlicher Verschlafenheit und urbanen Accessoires, die die Leute aus dem Umland vermutlich vermehrt dazu bewog, sich bei einem Ausflug nach Horst mit den Worten »Ich fahr mal kurz in die Stadt« zu verabschieden.

Trotz akkurater stadtplanerischer Bemühungen wie verkehrsberuhigten Zonen samt Pollern und großen Kreuzungen wirkte der Ort an diesem Sonntagmittag nahezu ausgestorben. Laut Internet hatte er eine Einwohnerzahl von etwa achtzigtausend, aber wo diese achtzigtausend sich aufhielten, das blieb mir ein Rätsel.

Wir sahen nur vier von ihnen, und die machten keinen sehr glücklichen Eindruck. Hätten sie sich von einem Hochhaus stürzen wollen, um ihrem traurigen Walkenhorster Dasein ein Ende zu setzen, dann hätten sie keine Auswahl gehabt, denn Hochhäuser gab es hier nicht.

Bis auf einen einzigen Bau, der ghettoartig aus den Ansammlungen mehr oder weniger schmucker Ein- und Mehrfamilienbauten (samt zu Gewerbeflächen umfunktionierten Erdgeschoss- oder Hochparterreeinheiten) herausstach. Dieser Bau war abgrundtief hässlich. Abscheulich geradezu. Und er war der Einzige seiner Art weit und breit.

»Das ist es bestimmt«, frotzelte Pia und griente, während sie sich über meinen Schoß beugte, um die Anfahrtsbeschreibung von routenplaner.de in Augenschein zu nehmen. Pias Orientierungssinn war um Klassen besser als meiner, also überließ ich ihr das Papier bereitwillig.

»Um Gottes willen«, sagte ich und schielte entsetzt auf den grauen Wohnklotz, bei dessen Anblick einen der soziale Brennpunkt schon von weitem ansprang. »So schlimm wird's ja wohl nicht sein.« Ich war nicht der Meinung, dass Niels ein Ghettokind war. Erst recht nicht in einer Stadt, in der es gar kein Ghetto gab bis auf ein einziges Gebäude.

Nein, nein. Aus irgendeinem Grunde war ich der festen Überzeugung, dass Niels ähnlich aufgewachsen war wie ich: in einem Einfamilienhaus mit Garage und Vorgarten.

Einem Haus, in dem die engagierte mittelalte Hausherrin für dekomäßige Todsünden wie Tontiere im Garten, Strohkränze an der Haustür oder geschmacklose kunterbunte Fensterbilder sorgte, ohne sich vom mitleidigen Lächeln ihrer halbstarken Brut aus der Ruhe bringen zu lassen.

Ich erinnerte mich daran, wie ich mir Niels' Wochenenden in Horst vorgestellt hatte. Unsere Art, hauptsächlich über SMS zu kommunizieren, hatte meiner Fantasie freien Raum gelassen. Und sie hatte mich bestens bedient.

Noch heute sah ich Niels als einsamen Cowboy in kalten Nächten unter sternklarem Himmel auf einer Wiese vor seinem Elternhaus stehen, an seinen BMW gelehnt, wie er fror und nach oben starrte und an mich dachte.

So wie ich gleichzeitig in meinem Bett schlaflos neben Crispin gelegen und an Niels gedacht hatte.

Genau so hatte Niels für mich ausgesehen, so und nicht anders, besonders natürlich in jenen Phasen, in denen er mich keine fünf Minuten unbehelligt gelassen, mich in den Schlaf gepiept und am nächsten Morgen geweckt hatte. Dann war mir seine Silhouette vor dem Sternenhimmel in meinen Vorstellungen zum Greifen nah gewesen, und ich hatte mich ihm so verbunden gefühlt, dass es gar keine Rolle spielte, ob es wirklich so war.

Ich hatte schlichtweg nie daran gezweifelt. Nie.

Blöder Fehler. Ganz blöder Fehler.

Der blödeste Fehler meines Lebens.

Niels' Elternhaus war in meinen Vorstellungen immer ein flacher Bungalow gewesen, mit einer weißen Haustür und einem weißen Briefkasten und einem dunkel gedeckten Dach sowie einer Bewegungsmelderlampe neben dem kleinen Weg durch den Vorgarten, die jeden Besucher sofort ankündigte.

Weiß der Henker, wie ich darauf gekommen war.

Vielleicht war mir schon damals unterbewusst klar gewesen, dass jede Art von Annäherung für Niels Gefahr bedeutete und sämtliche seiner Fluchtinstinkte aktivierte. Aber ausgerechnet eine Bewegungsmelderlampe als Metapher für eine derartige Phobie, das schien mir jetzt doch etwas weit hergeholt.

In diesem Moment wurde mir vielleicht zum ersten Mal bewusst, dass ich dieses Bild und dieses Haus und unter Umständen auch diesen Niels nie wirklich gesehen, sondern mir nur erschaffen hatte.

Trotzdem, das Einfamilienhaus war es. Ganz bestimmt. Da war ich mir sicher.

Also lachte ich und lästerte mit Pia über das Walkenhorster Ghetto und sponn herumalbernd wilde Theorien über einen Niels, der sich seine ganze Kindheit über nie getraut hatte, Besuch mitzubringen in die heruntergekommene Vierzig-Quadratmeter-Wohnung und der deshalb ganz schlimme Minderwertigkeitskomplexe hatte und ernste zwischenmenschliche Defizite.

Aber als wir dem Bau immer näher kamen, verging uns allmählich das Lachen.

Wenige Augenblicke später gaben wir keinen Mucks mehr von uns. Wir hörten nur noch Poldis schnaufenden Motor und die nachlassenden, trotzdem noch immer schweren Regentropfen auf dem Wagen und die Scheibenwischer, die von Zeit zu Zeit über die Windschutzscheibe ächzten.

»Sag, dass das nicht wahr ist«, murmelte Pia und setzte den Blinker an.

Blick-black, blick-black.

Ich hob den Kopf und starrte auf das Straßenschild. Boschstraße. Eine Sackgasse. Wie passend.

Wir waren angekommen.

Die dunklen Büsche rechts und links der Straßeneinfahrt zogen langsam an meinen Augenwinkeln vorbei wie ein unscharfer Film, während ich meinen Blick auf das Wohnsilo richtete, das sich unheilvoll vor uns auftürmte.

Ich hatte so etwas Hässliches noch nie gesehen.

Schweigend tuckerten wir daran vorbei in einen Wendehammer, der hauptsächlich als Garagenzufahrt diente. Zehn, zwanzig, dreißig, ach, was weiß ich wie viele Garagen säumten die trostlose geteerte Fläche.

Das Gebäude Boschstraße 3-bis-schießmichtot war das einzige Wohnhaus der kurzen Straße. Es umfasste mehrere Hausnummern; die Eingänge lagen schräg versetzt zur Straße und trugen die Klingelschilder der Bewohner wie einen öffentlichen Anschlag zur Schau.

Ich kann mich nicht erinnern, wie viele Stockwerke das Gebäude hatte, aber ich erinnere mich, dass ich fassungslos die zahlreichen weiteren Parkplätze vor dem Haus betrachtete. Ich kam schnell zu dem Schluss, dass allen Menschen, die hier aufwuchsen, das Auto nach nur kurzer Zeit wirklich als das höchste Hab und Gut erscheinen musste.

Kein Wunder, dass Niels und sein Wagen unzertrennlich waren. Auf einem dieser Parkplätze also stellte er seinen bekloppten BMW ab, wenn er in Horst war.

Vielleicht sogar auf jenem, in den Pia soeben einbog.

»Da sind wir«, stellte sie überflüssigerweise fest, drehte den Schlüssel um und zog in weiser Voraussicht die Handbremse an.

Das war gut. Ich hätte Poldi sonst womöglich allein durch Gedankenkraft dazu gebracht, sich wieder in Bewegung zu setzen und diesen unwirtlichen Ort auf der Stelle zu verlassen.

»Mona«, sagte Pia dann unvermittelt, »was machen wir eigentlich, wenn Niels' Mutter eine wahre Furie ist und er allen Grund dazu hatte, so zu werden, wie er ist?«

Potzblitz! Pia quälten also exakt die gleichen Gedanken wie mich.

»Glaubst du das denn?«, fragte ich zurück.

Pia zögerte. »Ich weiß nicht«, antwortete sie nachdenklich. »Wirklich nicht. Aber vielleicht hoffe ich es irgendwie. So ein bisschen zumindest. Ich meine, das würde ja bedeuten, dass Niels kein Arschloch ist. Kein richtiges jedenfalls. Es würde bedeuten, dass er lediglich die Arschkarte gezogen hat. Und Arschlöcher wünsche ich mir natürlich so wenige wie möglich auf der Welt.«

Ich seufzte.

Pia hatte Recht.

Insgeheim hoffte auch ich ein wenig darauf, dass Niels' Mutter ein Drachen war. Ein Drachen, dem man es sofort ansehen würde, dass er ein junges Leben bis ins Mark versauen konnte. Ich wollte so gern eine Entschuldigung für Niels' Verhalten! Eine, die mir sein Gebaren plausibel machte und nichts mit Pia zu tun hatte und schon gar nicht mit mir oder damit, dass Niels vielleicht doch nur ein gemeines, dreckiges, unterentwickeltes Arschloch war.

Ich gab mir einen Ruck. »Es bleibt uns nur eines übrig«, erklärte ich, nahm den Stapel Infomaterial sowie die Metallkassette in die linke Hand und legte entschlossen die rechte an den Öffner der Wagentür, »wir müssen es überprüfen. Auf in dem Kampf.«

»Jo«, sagte Pia und nickte. »Nützt ja nix. Muss ja.«

»Aber gut, dass wir drüber gesprochen haben«, fügte ich noch hinzu.

Dann stiegen wir aus.

Um es kurz zu machen: Pias und meine Hoffnung erfüllte sich nicht. Im Gegenteil. Unsere Theorie war völlig für den Arsch, denn Frau Rusmann war ein Traum, offen und mehr als höflich uns überraschenden Besuchern gegenüber. Trotz der kleinen Wohnung, in der sie seit Jahren leben musste.

Zwar fragte sie, warum wir denn ausgerechnet am heiligen Sonntag kämen zum Sammeln, aber sie klang dabei eher interessiert als misstrauisch, und meine längst zurechtgelegte Antwort auf ihre Frage war argumentativ unschlagbar: Am Sonntag waren eben die meisten Leute zu Hause, und nicht zuletzt waren Pia und ich in unserem anderen Leben einfache Angestellte, die sich der Problematik nur ehrenamtlich widmen konnten. Das aber mit Leib und Seele und dem Verzicht auf freie Tage.

»Außerdem«, setzte ich nach, »stecken wir unser Geld lieber

in vernünftige Projekte als in professionelle Drücker, die für die gesammelten Spenden am Ende noch Provision verlangen oder sich gleich die Hälfte davon in die eigene Tasche stecken.«

Genau genommen war das noch nicht mal gelogen.

Na ja. Bis auf die ›vernünftigen Projekte‹ vielleicht.

Trotzdem hatten wir damit gewonnen. Mit Ehrlichkeit fuhr man eben immer noch am besten, erst recht, wenn sie von lauter Lügen umgeben war. Ha.

Frau Rusmann öffnete uns also Tür und Tor und ihr großes, warmes Herz. Wir brauchten ihr nicht viel mehr zu erklären, bis sie uns aus dem dunklen Treppenhaus in ihre Wohnung winkte, mit Tee und Keksen abfüllte und sich geduldig die Probleme von ADHS-Kindern zu Gemüte führte.

Frau Rusmann war blond wie Niels, hatte aber sonst auf den ersten Blick nicht viel mit ihm gemein. Schon gar nicht, was ihr Verhalten betraf: Sie forderte uns herzlich auf, Platz zu nehmen, und wuselte sogleich geschäftig vor sich hin plappernd in ihrer Küche herum, nachdem wir ihre Frage nach einem Tee mit einem wohl erzogenen »Wenn es nicht zu viel Mühe macht?« beantwortet hatten.

Pia bot sogleich ihre Hilfe an und sprang Frau Rusmann hinterher, während ich mich nervös in den Sessel drückte und das Infomaterial vor mir ausbreitete wie ein Lexikonvertreter, der die in Schweinsleder gebundene Ausgabe mit Blattgoldintarsien an die Hausfrau bringen will.

Wenn ich das hier sauber über die Bühne brachte, dann hatte ich vielleicht Talent für so was! Zumindest genossen Pia und ich vom ersten Moment an Frau Rusmanns Vertrauen.

Das war viel wert, aber es überraschte mich nicht wirklich. Schließlich hatte ich zweieinhalb Jahre als Talkshowredakteurin gearbeitet. Wer diese harte Schule hinter sich hatte, der wusste genau, wie man sich das Vertrauen von Leuten erschleichen konnte, um sie dann, wie im alten Rom, dem Publikum zum Fraß vorzuwerfen. Und hinterher so zu tun, als hätte man nichts davon geahnt, dass auch die Erzfeinde von Anfang an in die ausufernde Gesprächsrunde geladen worden waren, samt ihrer fiesen Schimpfwörter und Beleidigungen. Was für eine Überraschung, ja ja.

Vielleicht lag es aber auch an Pia und ihrer Schönheit, dass es uns so leicht gefallen war, an unser Ziel zu gelangen. Wer misstraute schon einem schönen Menschen? Niemand. Um das zu erkennen, musste man nicht Psychologie studiert haben, sondern nur die Werbung einschalten. Die zwischen den Talkshows lief.

Fernsehen bildet also doch.

Obwohl Frau Rusmann nicht den Eindruck machte, als könnte man sie leicht über den Tisch ziehen, schien sie unser Anliegen nicht einen Moment lang in Frage zu stellen. Sie hörte aufmerksam zu, und ganz nebenbei ebnete sie mir sogar schon bald den Weg, um sie über Niels auszufragen. Sie war äußerst kooperativ.

Im Gegensatz zu ihrem rätselhaften Sohn, von dem ich bislang keinerlei Spuren gefunden hatte.

Niels war nicht existent in diesem Wohnzimmer, obwohl ich bei jeder Gelegenheit suchend den Blick durch das Zimmer schweifen ließ, so konzentriert, wie es nur eben ging, ohne bei der ganzen ADHS-Schwafelei den Faden zu verlieren. Auch Pia machte ohne Unterlass Stielaugen, aber sie vergaß nicht, zwischendurch betroffen zu nicken, wenn Frau Rusmanns Blick sie streifte.

»Himmel«, unkte Frau Rusmann und schüttelte den fast modisch frisierten Kopf, als ich ihr auseinander setzte, mit welchen Schwierigkeiten unerkannte ADHS-Patienten im Erwachsenenalter zu kämpfen hatten, »da habe ich ja Glück gehabt mit meinem Sohnemann.«

»Wieso?«, platzte ich heraus, während Pia sich an ihrem Tee verschluckte und gurgelnd den Kopf in den Nacken warf, um nicht quer über den niedrigen Couchtisch zu spucken, »hat der auch ADHS?«

Ich versuchte, Pia unter dem Tisch auf den Fuß zu treten, um sie auf die Notwendigkeit angemesseneren Benehmens hinzuweisen, aber ich verfehlte sie und stieß stattdessen mit dem Knöchel an eines der Tischbeine.

Autsch.

Frau Rusmann lachte hell.

Hoffentlich nicht über mich.

Dann verneinte sie. »Davon gehe ich mal lieber nicht aus«, sagte sie und griff nach einer der Informationsbroschüren. »Ein Zappelphilipp war mein Niels auch. Wie Jungs halt so sind. Aber das war's dann wohl schon. Programmiert heute unglaublich kompliziertes Zeug.«

Sie klang stolz.

Wenn die wüsste.

»Viele ADHSler sind hochintelligent«, warf ich ein, nahm Frau Rusmann ihre Broschüre aus der Hand und blätterte schnell vor zu jener Seite, auf die Pia die von uns unbeantwortet gebliebenen Checklisten-Fragen kopiert hatte. Dann hielt ich sie Frau Rusmann auffordernd unter die Nase. »Traf etwas von dieser Liste auf ihn zu?«

Überrascht nahm Frau Rusmann mir das Heft aus der Hand und überflog die Liste.

Ich konnte förmlich hören, wie Pia den Atem anhielt. In gespannter Erwartung beugte sie sich näher zu Frau Rusmann. Dazu zog sie die Nase kraus.

Flint wäre sofort mit Herzchen in den Augen unter dem Tisch zusammengebrochen. Mir fiel ein, dass ich Pia noch seine Telefonnummer geben musste. Von wegen Kumpeldatei.

Aber erst gab es das hier zu vollenden.

So sehr ich auch versuchte, in den nächsten Sekunden jede Regung von Frau Rusmann wahrzunehmen, ich konnte nicht erkennen, ob die Fragen in der Broschüre sie an Niels erinnerten. Ich beobachtete sie schärfstens, aber Frau Rusmann blieb cool.

Nicht cool im Sinne von kühl, sondern cool im Sinne von unbeeindruckt und unbetroffen. In diesem Moment erinnerte sie mich extrem an Niels.

Der Apfel fällt nicht weit vom Stamm.

»Also wissen Sie«, sagte sie dann leichthin und klappte die Broschüre zu, »so eine Phase kann jedes Kind mal haben.«

Das war keine Information, die uns in Sachen Niels wirklich weiterbrachte.

»Schon«, entgegnete ich also, »nur wenn es nicht bei einer Phase bleibt, dann wird es gefährlich.«

»Das glaube ich«, nickte Frau Rusmann verständnisvoll. »Aber dafür sind Sie ja jetzt da, um den Leuten das begreiflich zu machen. Noch Tee?«

Das war's für die Rusmann mit dem Thema Niels.

Pia ließ sich einschenken, während ich unruhig auf meinem Sessel hin und her rutschte und überlegte, wie ich Niels wieder ins Gespräch bringen könnte, ohne dass unser immenses Interesse an ihm auffallen würde.

Ich hatte gerade beschlossen, es bei der stolzen Frau Mama über die berufliche Ebene zu versuchen (»Mein Vater ist ja auch Programmierer. Was programmiert Ihr Sohn denn so?«), als Frau Rusmanns Telefon klingelte.

Sie erhob sich sofort. Ziemlich schnell sogar für ihr Alter. Von Verkalkung war bei ihr nicht viel zu spüren.

»Annegret Rusmann«, meldete sich Frau Rusmann. Korrekt und komplett. Ganz die alte Schule.

»Hallo Niels!«, rief sie dann erfreut. Wirklich erfreut. Auf diese Art erfreut, wie sie nur Mütter beherrschen.

Mir schoss unverzüglich die Hitze ins Gesicht. Meine Nerven.

Die verdammte Zufallsfraktion schon wieder. Machten die eigentlich nie Urlaub?

Pia riss die Augen auf und starrte mich erschrocken an.

»Das ist aber schön, dass du dich meldest«, plapperte Frau Rusmann weiter. »Ich habe gerade von dir gesprochen.«

Pia machte den Mund auf, als wollte sie etwas sagen.

Ich legte meinen Zeigefinger an den Mund.

Peace, Pia. Pschscht. Zuhören jetzt. Nur zuhören. Nichts als zuhören.

»Was?«, sagte Frau Rusmann und lachte wieder. »Nein, meine Damen sind noch nicht hier. Ich habe gerade zwei junge Frauen zu Gast, die für eine gute Sache sammeln. Sie sind sehr nett.« Dazu drehte sie sich um und zwinkerte uns zu.

Ich verzog das Gesicht zu einem gequälten Grinsen.

Hilfe.

»Wird schon nicht«, beschwichtigte Frau Rusmann dann ihren depperten Sohn, der sie wahrscheinlich gerade davor warnte, Nepp aufzusitzen. »Wie sieht's bei dir aus? Was macht der Ärger in der Firma? Hat der Kulhaus sich beruhigt?«

Kulhaus. Who the fuck is Kulhaus?

»Was sagt denn euer Betriebsrat dazu?«, bohrte Frau Rusmann weiter. »Die müssen sich doch da kümmern. Der kann doch nicht einfach Tarifgesetze außer Kraft setzen.«

Ich zog viel sagend die Augenbrauen hoch.

Bingo. Betriebsrat. Super Anknüpfpunkt.

Ich war auch Betriebsrätin. Da würde ich gleich doch allein schon aus Solidaritätsgründen nachhaken müssen.

Niels machte es uns wahrhaft leicht heute. Wurde ja auch Zeit.

»Hör mal«, sagte Frau Rusmann und hob entschuldigend die Schultern, »ich will den Besuch hier nicht so lange warten lassen. Wollen wir nachher noch mal sprechen? – Ach so. Gut, dann sehen wir uns nächstes Wochenende. Mach's gut, Niels. Ja. Bis dann.«

Klonk, aufgelegt.

Pia atmete hörbar aus, und ich bemühte mich, ganz relaxt und locker zu wirken, als Frau Rusmann sich uns wieder zuwandte.

»Das war mein Sohn«, erklärte sie lächelnd. »Er klang sehr gesund«, fügte sie hinzu.

Verdammt. Die Frau war nicht nur nett, sie hatte auch noch Humor.

Was zum Teufel hatte Niels also dazu bewogen, ein dermaßen bescheuertes Verhalten an den Tag zu legen, wie er es Pia und mir gegenüber praktizierte?

Die Erziehung seiner Mutter bestimmt nicht.

»Gibt es in seiner Firma Probleme?«, fragte ich beflissen. »Wegen des Betriebsrates, meine ich. Ich bin auch im Betriebsrat.«

»Na, da rühren Sie ja in einer Menge Töpfe«, versetzte Frau Rusmann anerkennend. Dann seufzte sie. »Die wollen demnächst ihre Mitarbeiter nach einem anderen Tarifvertrag einstellen. Mehr Arbeit, weniger Geld. Das Unternehmen steht seit Wochen Kopf.«

»Verständlich«, nickte ich. »Manchmal hat man wirklich den Eindruck, die da oben können machen, was sie wollen.«

Oha. Platitüden-Alarm hoch drei.

Aber egal. Irgendwas hatte ich ja sagen müssen, und dieser Satz passte immer. Bei fast jedem smalltalktauglichen Thema: Steuerpolitik oder Preisentwicklung oder Chefschelte oder Verspätungen im Flugverkehr. Sogar beim Wetter.

Es klingelte an der Tür. Ich zuckte zusammen, so sehr hatte ich mich darauf konzentriert, noch etwas Schlaues hinzuzufügen, aber es war zu spät.

»Huch, schon halb vier?«, wunderte sich Frau Rusmann und sah auf die Uhr. »So was. Das sind meine Sonntagnachmittags-Damen. Wir machen am Wochenende immer einen drauf«, erklärte sie scherzend und stand erneut auf. »Was für ein Projekt genau wollen Sie mit den Spenden finanzieren?«, rief sie uns aus dem Flur zu, bevor sie die Tür öffnete.

»Eine umfassende Informationskampagne«, schrie ich zurück. »ADHS gehört in den zentralen Blickpunkt der Gesellschaft!«

»Klingt vernünftig«, nickte Frau Rusmann bei ihrer Rückkehr zustimmend.

Im Schlepptau hatte sie vier schnatternde Gestalten ihrer Altersklasse, die unternehmungslustig mit ihren Handtaschen schlenkerten und uns neugierig musterten.

»Meine Lieben«, forderte Frau Rusmann die quietschfidele Runde ohne Umschweife auf, »ich bitte euch, einmal tief in die Tasche zu greifen. Für einen guten Zweck.«

Die Ladys ließen sich nicht lang bitten, als Pia ihnen mit einem unwiderstehlichen Lächeln die Metallkassette entgegenhielt. Dann steckte auch Frau Rusmann uns einen Schein zu und schob uns in den schmalen Flur, von dem zwei weitere Türen abgingen.

Sie waren beide geschlossen.

Ob eine davon zu Niels' früherem Zimmer führte?

»Viel Glück bei Ihrem Projekt«, sagte die Rusmann noch freundlich.

Sekunden später fiel die Tür hinter ihr ins Schloss.

Schweigend stapften wir die Treppen hinunter.

»Puuuuuh«, machte Pia, als wir unten auf der Straße standen.

»Ist doch hervorragend gelaufen«, murmelte ich und musterte die Ausbeute in der Metallkassette.

Die Rusmann hatte fünfzig Euro lockergemacht! Ihr Schein lag obenauf.

Ich kniff verwundert die Augen zusammen.

Für fünfzig Euro mehr Miete im Monat bekam man in Walkenhorst wahrscheinlich schon so eine Art Palast. Wohnte die

Rusmann also tatsächlich freiwillig in diesem trostlosen Klotz? Arm wie eine Kirchenmaus war sie offenbar nicht.

»Versteh ich auch nicht«, brummte Pia, als ich sie darauf aufmerksam machte.

»Wir müssen den Tatsachen ins Gesicht sehen«, sagte ich, als wir mit Poldi die Boschstraße verließen, »die Rusmannsche Sippe hat generell einen Schuss weg.«

»Und Niels ist wirklich ein Arschloch«, ergänzte Pia düster. »So sieht's aus.«

Wir konnten es drehen und wenden, wie wir wollten, aber es blieb dabei, bis wir wieder in Hamburg eintrafen: Niels' Mutter war ein lebenslustiger, fröhlicher und herzensguter Schatz, weder einsam noch paranoid noch von erdrückender Mutterliebe, und es war nicht davon auszugehen, dass sie die Schuld hatte an Niels' Horstigkeit.

Also war Niels ein Idiot.

Nichts als ein gestörter, bekloppter Blödmannsgehilfe.

Und ADHS hatte er wahrscheinlich auch nicht.

Noch nicht mal das.

Irgendwie wurde ich plötzlich mächtig sauer.

Ich lud Pia noch auf einen Kaffee ein, bevor sie nach Berlin zurückfuhr. Als wir in der Küche saßen und darüber konferierten, was wir jetzt tun wollten, fielen mir das ADHS-Forum und mein Nystatin-Posting wieder ein, also fuhr ich den Rechner hoch, und Pia und ich steckten vor dem Monitor neugierig unsere Köpfe zusammen.

Es hatte jemand geantwortet auf meine Frage nach dem mysteriösen Medikament in Niels' Badezimmerschrank!

Allerdings war diese Antwort mehr als ernüchternd:

»Nystatin wird bei Darmbeschwerden verabreicht«, hatte ein Dr. M. B. aus F. angemerkt, »aber mit ADHS hat es nun wirklich nichts zu tun.«

Hmpf.

»Das war's ja wohl«, sagte Pia und sah mich an. Ihre dunklen Augen blitzten übermütig. »Niels, deine Schonfrist ist vorbei«, schrie sie dann.

Richtig so. Keine Krankheit hieß keine Rücksicht hieß furchtbare Rache.

Das hatte Niels jetzt davon.

»Genau, du Arsch«, brüllte ich und hob meine Hand.

Pia und ich klatschten uns ab.

»Ach ja«, fiel Pia ein, während sie ihre Jacke anzog, »hast du mal Flints Telefonnummer für mich?«

Hossa. Das hatte ich fast vergessen.

»Flint will deine auch haben«, erklärte ich Pia, während ich ihr Flints Nummer auf eine alte Einkaufsliste kritzelte. »Du sollst in seine Kumpeldatei.«

»Ah ja«, griente Pia. »Dann hoffe ich doch mal, dass in dieser ›Kumpeldatei‹ nicht allzu viele Frauen stehen. Männer natürlich erst recht nicht.«

Mit diesen Worten steckte sie sich den Zettel in die Hosentasche und griff nach ihren Autoschlüsseln.

»Jetzt brauchen wir nur noch einen detaillierten Racheplan«, resümierte sie zum Abschied.

»Und ansonsten bitte möglichst wenig Ärger«, ergänzte ich in Gedanken, während ich durch das Fenster beobachtete, wie Pia Poldi gut zuredete und die beiden schließlich knatternd und eine riesige Abgaswolke hinter sich herziehend aus meinem Gesichtsfeld verschwanden.

Was den Ärger betraf, so hatte ich nicht vergessen, dass längst nicht alles in meinem Leben so geritzt war, wie ich es gern gehabt hätte.

Also beschloss ich spontan, Karl zu besuchen. Die Aussprache war lange überfällig.

Karl öffnete mir in Boxershorts und T-Shirt. Er hatte den ganzen Sonntag lümmelnd im Bett verbracht und sah fürchterlich verstrubbelt aus. Aber niedlich. Aus dem Wohnungsflur kam mir eine ganze Graswolke entgegen.

Was auch immer Karl aus unserem Streit mitgenommen hatte, weniger kiffen tat er deshalb nicht.

Obwohl. So was musste ich gerade sagen. Ich benahm mich ja auch nicht unbedingt so, als hätte ich mir das zu Herzen genommen, was Karl mir vorgeworfen hatte.

Scheiß Verbohrtheit.

»Hallo«, sagte ich schüchtern. Ich fühlte mich unsicher.

Karl ging es ebenso. »Hej«, antwortete er und grinste schief. Dann zog er mich durch die Tür. »Komm rein«, sagte er und nahm mich in den Arm.

Es war schön, seine Hände wieder auf meinem Rücken zu spüren, und das sagte ich ihm auch.

Mehr redeten wir an diesem Abend nicht mehr.

So viel zur Aussprache.

Den Racheplan zu erstellen, war kompliziert. Pia und mir war völlig unklar, wie wir Niels zu fassen kriegen sollten, denn wir waren dabei beschränkt auf das, was wir über ihn wussten. Und das war weiterhin nicht viel, wie folgende Liste beweist:

Was wir über Niels wissen.

Niels mag:

1. sein Auto

2. seinen Job

3. Fußball (Werder Bremen)

4. (Walken-)Horst (wahrscheinlich auch seine Mutter)

5. autark und unabhängig sein

6. einer von vielen sein, z. B. in Fußballstadien, Kantinen oder auf der Autobahn (Gemeinschaftsgefühl ohne Verpflichtung, lt. Fritz Riemann in »Grundformen der Angst« Hinweis auf eine schizoide Persönlichkeitsstruktur, hurra)

Niels verabscheut:
1. formelle Anlässe (Familien- oder Weihnachtsfeiern etc.)
2. mit bzw. vor anderen reden zu müssen
3. nicht unabhängig zu sein oder sich festzulegen
4. etwas oder jemandem verpflichtet zu sein
5. aufzufallen (vor allem negativ)

Diese Liste war eine mehr als dürftige Grundlage, aber sie war besser als nichts, und noch dazu wussten wir immerhin, wo Niels wohnte und wo er arbeitete.

Das war viel wert, auch wenn wir keine Ahnung hatten, was wir mit diesen Informationen anstellen konnten.

In einem waren Pia und ich uns von Anfang an einig: Niels' ganz persönlicher Untergang sollte an seinem Geburtstag besiegelt werden.

Aber wie?

Bis zum 29. Juni blieb uns nicht mehr viel Zeit, deshalb beraumten wir für das kommende Wochenende in meiner Wohnung ein Racheplanerstellungs-Seminar an.

Um dem Ganzen einen seiner Wichtigkeit angemessenen Touch zu geben, erstellte ich sogar förmliche Einladungen samt Seminar- und Anfahrtsplan sowie Antwortfax:

Einladung zum Racheplanerstellungs-Seminar
Dozentinnen: Pia Korte, Mona Rittner (beide horstgeschädigt)

Ziel des Seminars:
In diesem Seminar wollen wir verdeutlichen, wie wichtig es ist,

zweifellos identifizierten Horsts ein für alle Mal das Handwerk zu legen. In zwei Brainstormings und mit Hilfe von Gruppenarbeit wollen wir Wege aufzeigen, wie dem gemeinen Horst begegnet und gleichzeitig der eigene Seelenfrieden wiederhergestellt werden kann. Ziel des Seminars ist die Erstellung eines detaillierten Rache-Schedules anhand eines realistischen Fallbeispieles mit anschließender Verantwortlichkeitenverteilung zu seiner Durchsetzung.

Zeitplan:
Samstag, 12.5.2001
14.00 Anreise und Einchecken
14.30 Kaffee und gegenseitiges Kennenlernen
15.00 Einführungsgespräch: Darlegung der Problematik, Zielbestimmung
17.00 Brainstorming I
19.00 Abendessen, anschließend Ausklang des ersten Seminartages im »Familieneck«

Sonntag, 13.5.2001
10.00 gemeinsamer Brunch im »Monsun«, Friedensallee
11.30 Brainstorming II (evtl. Gruppenarbeit)
14.00 Kaffeepause (mit Keksen)
14.30 Zusammenfassung und Präsentation der Ergebnisse
15.30 Festlegung weiterer Vorgehensweise; evtl. Aufgaben- u. Verantwortungsverteilung
16.30 Seminarende u. Abreise

Eske sagte sofort erfreut zu. Sie wollte sogar Alf aktivieren.

»Wegen der männlichen Sichtweise«, erklärte sie.

Es war nicht sehr wahrscheinlich, dass wir die ausgerechnet von Alf bekommen würden, also fragte ich auch bei Jan an.

Er war der Einzige gewesen neben Alf und Eske, der Niels jemals zu Gesicht bekommen hatte, und nicht zuletzt seiner liebevollen Zuwendung war es zu verdanken, dass ich damals vor lauter Liebeskummer nicht gestorben war. Jan hatte es verdient, dabei zu sein.

»Klar mache ich mit«, bekräftigte er amüsiert. »Kann ich Daniela mitbringen?«

Ich grinste. »Logo«, sagte ich.

»Und was ist mit Lukas?«, erkundigte sich Jan.

Ach du Schreck.

Aber egal. Lukas war gerne mal fies. Ich sprach da aus Erfahrung. Vielleicht würde er helfen können.

»Meinetwegen«, seufzte ich also ergeben.

Auch Susa wollte teilnehmen. Seit Rainer war sie generell schlecht auf Typen zu sprechen.

»Ich freu mich«, hatte sie auf ihr Antwortfax gekritzelt und darunter ein diabolisch grinsendes kleines Teufelchen mit Riesenhörnern gemalt.

Entzückend.

Nur Karo hatte Sorge, dass ein derartiges Engagement mit ihrer Therapie kollidieren könnte. Sie hatte mit Hilfe der Sitzungen immerhin schon herausgefunden, dass irgendetwas mit ihrer Vaterbindung nicht stimmte, und sie wollte ihre therapeutischen Fortschritte nicht durch eine – Zitat – »völlig neurotische, terroristisch angehauchte Verschwörungsaktion« gefährden.

Ich sah es ihr nach, konnte sie aber davon überzeugen, unter Umständen wenigstens einen kleinen (harmlosen und psychologisch vertretbaren) Verantwortungsbereich bei der Umsetzung des Racheplanes zu übernehmen.

Ich fragte Pia, ob wir auch Michi und Flint einweihen sollten, aber Pia lehnte das kategorisch ab.

»Nein«, beschied sie energisch. »Flint hält mich schon für bekloppt genug. Ich will ihm wenigstens eine Chance geben, sich in mich zu verlieben.«

»Bist *du* denn in *ihn* verliebt?«, fragte ich perplex.

»Vielleicht ein bisschen?«, antwortete Pia geheimnisvoll.

Tss. Was war das denn für eine Aussage?

Als Letztes überlegte ich, ob ich auch Mags einladen sollte zum Seminar.

Auf der einen Seite hielt ich es nicht für gut, Privates mit Beruflichem zu vermischen; auf der anderen Seite hatte Mags immer gute Ideen.

Letztendlich wurde mir die Entscheidung abgenommen, denn Mags erwischte mich, als ich in der Redaktion einen weiteren Satz Seminarpläne kopierte und sie für alle Teilnehmer fein säuberlich auf sexy Klemmbrettern festtackerte (es ging nichts über organisiertes Arbeiten). Also war auch er am Ende des Tages mit im Boot.

Das Seminar wurde ein großer Erfolg.

Meine Wohnung war schon nach der Kennenlern-Runde so zugequalmt, dass man kaum noch etwas sehen konnte. Alle (bis auf Daniela, die immer wieder demonstrativ hustete und mit den Armen wedelte) rauchten, als würden sie dafür bezahlt, und zerbrachen sich im Brainstorming I ordentlich die Köpfe.

Grundlage für das Brainstorming war unsere Zielformulierung, die ich ganz professionell als »Mission Statement« bezeichnet und mit einem dicken schwarzen Edding auf einer großen Papptafel festgehalten hatte. Die Tafel lehnte im Wohnzimmer für alle sichtbar auf meiner blauen Chaiselongue, und Pia tippte mit meinem zum Zeigestock umfunktionierten Spielzeugmaschinengewehr immer wieder mahnend dagegen, wenn einer unserer Teilnehmer einen Vorschlag machte, der unsere Mission vermutlich nicht zu erfüllen vermochte.

Mags warf sich kreischend in die Ecke, als er die Überschrift »Mission Statement« las.

Sie kam natürlich nicht von ungefähr: In unserer Firma war erst kürzlich ein solches Statement an alle Mitarbeiter verteilt worden, ein Sammelsurium reichlich schwammiger Formulierungen, von denen niemand genau wusste, was sie uns eigentlich sagen sollten.

Einen Satz daraus hatte ich allerdings übernommen:

»Wir werden jeden Tag besser.«

Das sah ich nämlich genauso.

Zumindest was mein Privatleben betraf.

Davon abgesehen sah unser Mission Statement wie folgt aus:

Mission Statement:

1. Wir wollen uns an dem Horst rächen, weil er zweien von uns sehr wehgetan hat (ohne Grund!!!).
2. Wir wollen ihm zeigen, dass wir viel schlauer, raffinierter und reifer sind als er und ihn durchschaut haben.
3. Wir wollen ihm sein eigenes Verhalten vorführen und ihm klarmachen, dass es sich nicht lohnt, ein Arschloch zu sein. Nie.
4. Wir wollen dem Horst verdeutlichen, dass Hamburg-Ottensen uns gehört. Wir waren zuerst da.
5. Wenn wir dem Horst ebenfalls wehtun müssen, um all dies zu erreichen, dann werden wir das in Kauf nehmen, aber Dritte werden wir nach Möglichkeit verschonen.
6. Wir wollen all dies effektiv und vor allem mit Stil erledigen.
7. Außerdem werden wir jeden Tag besser.

Nicht nur das Mission Statement, sondern auch mein Spielzeugmaschinengewehr sorgte für dauerhafte Erheiterung.

Es war silberfarben mit großen roten Lichtern links und rechts neben dem Lauf, die ratterten und blinkten, wenn man auf den Abzug drückte, und es war sehr fragwürdig programmiert worden.

Das Ding ballerte vom Moment des Abdrückens an los wie irre und machte einen Höllenlärm. Auf den ersten Blick war dieser Umstand zwar völlig korrekt und zweckmäßig, aber der Teufel steckte im Detail: Erst wenn man den Abzug wieder losließ, verkündete ein eingebauter Sprachchip lauthals »Attention! Drop your gun!«.

Fair war diese Reihenfolge nicht, denn genau betrachtet hatte man seinem Gegenüber ja schon längst die Rübe weggeblasen, bevor man ihm überhaupt eine Chance gelassen hatte, sich zu ergeben. Überhaupt erinnerte mich das Ganze schwer an die US-amerikanische Außenpolitik.

Aber diese Reihenfolge war eben auch wahnsinnig effektiv.

Gut, über den Stil konnte man sich streiten, aber Stil war ja *immer* eine Geschmacksfrage.

Do it the American Way. Why not?

»Genau so muss unsere Rache funktionieren«, erklärte ich also. »Niels darf keine Chance haben, sich ihr zu entziehen.«

Zustimmendes Murmeln. Dann machten wir uns an die Arbeit.

Dutzende von Ansätzen wurden diskutiert, dann verworfen, dann wieder hervorgeholt und modifiziert, dann wieder verworfen. Die meisten von ihnen waren entweder nicht effektiv genug oder zu kindergartenmäßig oder zu aufwändig.

Es war aber auch verdammt schwer, alles unter einen Hut zu kriegen. Insbesondere Werder Bremen einzubinden in den Plan war eine echte Herausforderung.

Jan schlug eine Stadiondurchsage im Weserstadion vor. Ich wies ihn darauf hin, dass ich diese Idee auch schon gehabt, aber wieder zu den Akten gelegt hatte. Sie war einfach zu unspektakulär.

»Dann müsste man eine Kamera haben, um Niels auf dem Stadionmonitor zu zeigen«, argumentierte Eske, »sonst kriegt ja gar niemand mit, wer er ist.«

Recht so.

»Wie wäre es, wenn wir ihm eine andere Frau auf den Hals hetzen? Die soll ihn dann so verarschen, wie er euch verarscht hat«, schlug Susa vor.

Lukas, Jan und Daniela grunzten erfreut; Pia, Eske und ich guckten skeptisch. Mags enthielt sich. Er knibbelte lieber an seinem Klemmbrett herum.

»Oder am besten noch einen Schwulen«, ergänzte Alf. »Woher wissen wir eigentlich, dass Niels keine Schwuchtel ist?«

»Glaub ich nicht«, widersprach Pia. »Warum sollte er dann ständig versuchen, im Internet Bunnys an Land zu ziehen?«

Bunnys? Ich runzelte die Stirn. Wenn da mal nicht jemand mit Flint telefoniert hatte.

»Außerdem gefällt mir die Idee eh nicht«, stellte Pia dann fest.

»Viel zu harmlos«, bekräftigte ich. »Und wir haben kaum was davon. Es sei denn, wir statten unseren Lockvogel ebenfalls mit einer versteckten Kamera aus. Das könnte man dann vielleicht mit der Stadionnummer verbinden.«

»Zu teuer«, befand Eske und rümpfte die Nase. Auch Pia schüttelte den Kopf.

»Was'n dann?«, motzte Susa und wedelte ungeduldig mit der Hand. »Zeig noch mal die Liste.«

Ich schob ihr meine Unterlagen vor die Nase.

»Ich finde, die Rache sollte etwas mit Niels' Arbeit zu tun haben«, sagte Daniela plötzlich in die Stille hinein. »Da kann er wenigstens nicht weglaufen.«

Susa hob den Kopf, und alle musterten Daniela überrascht. Es war so gar nicht ihre Art, mit Geistesblitzen zu glänzen. Normalerweise.

»Daniela hat Recht«, sagte Jan, als wolle er sie verteidigen, noch bevor sich überhaupt irgendjemand zu ihrem Vorschlag geäußert hatte.

Alf hob die Augenbrauen. Das war zwar nicht als Zustimmung zu interpretieren, aber immerhin als eine Art Erlaubnis, den Gedanken weiterzuverfolgen. Sogar Lukas beugte sich interessiert vor, und Pia legte erwartungsvoll den Kopf schief.

Eske schnippte mit den Fingern. »Habt ihr nicht erzählt, dass da irgendetwas war? Also mit seiner Firma?«, fragte sie Pia und mich.

Eine halbe Stunde später hatte mein Drucker zwei Artikel aus dem Internet ausgespuckt, in denen ein gewisser Dr. Kulhaus ein ganzes Unternehmen zur Weißglut brachte, weil er dessen Angestellte künftig nach den Tarifen der IG Chemie und nicht mehr nach denen der IG Metall entlohnen wollte. Oder andersrum. Völlig egal. Frau Rusmann hatte nicht übertrieben: In Niels' Firma war die Hölle los.

»Und was soll uns das jetzt helfen? Das hat uns die Rusmann auch schon gesteckt«, sagte Pia gelangweilt und schenkte sich und Mags Kaffee nach.

Mags klapperte absichtlich mit seiner Kaffeetasse, als Pia sich mit der Kanne näherte. Ich gab ihm einen strafenden Klaps. Alter Witz. Und hier nicht angemessen. Auch wenn Mags abgesehen davon brillant war, wie er im nächsten Moment beweisen konnte.

»Hmmm«, sagte er und klapperte noch mehr mit seiner Tasse, um mich zu provozieren, »wenn in dieser Firma so ein Zwist herrscht, dann ist man dort vielleicht einer Veranstaltung zugeneigt, die die Stimmung wieder heben könnte.«

»Wie meinen?«, fragten Pia und ich wie aus einem Mund.

»Was für eine Veranstaltung?«, fragte Eske und stopfte sich ein paar Kekse in den Mund. Sie hatte die Tüte natürlich lange vor der offiziellen Kaffeepause aufgerissen.

»*Was* für eine Veranstaltung ist doch egal«, ließ sich Daniela wieder verlauten. »Wichtig ist nur, dass Niels da ist. Und wir auch. Und dass er von da nicht einfach so wegkann.«

»Moment«, sagte Mags belehrend und musterte Daniela, die ob ihres eigenen unerwarteten Mutes am liebsten sofort in Jan hineingekrochen wäre. »Ganz so egal ist es nicht, was das für eine Veranstaltung ist. Denn natürlich wollen wir Niels in ihrem Rahmen ganz leicht nach unserer Pfeife tanzen lassen können.«

Mags machte eine bedeutungsvolle Pause.

Pia quietschte vergnügt und fegte vor Aufregung fast die Kaffeekanne über den Boden, die sie eben erst wieder abgesetzt hatte.

»Wie soll das denn gehen?«, brummte Eske, bevor sie ihre unegalen Finger wieder in der Kekstüte versenkte.

»Na los. Jetzt sag schon«, drängelte Susa ungeduldig und ließ die Unterlagen sinken.

»Ist doch klar«, sagte Mags und zögerte die Fortsetzung seiner Antwort künstlich hinaus, indem er genüsslich an seinem Kaffee schlürfte. »Eine Wohltätigkeitsveranstaltung muss es sein. Mit einer Tombola, bei der natürlich Niels den Hauptpreis gewinnt. Und einer Bühne, auf der wir ihn im Notfall festschrauben können, wenn es sein muss.«

Wow. Mir blieb der Mund offen stehen.

Eine Wohltätigkeitsveranstaltung mit Tombola!

Auf dem Urlaubsparadies-Firmengelände seines Unternehmens!

Und Niels als Hauptpreisgewinner uns ausgeliefert auf der dazugehörigen Bühne! Bei schönstem Sonnenschein, unter blauem Himmel, auf der grünen Wiese vor dem Hauptgebäude, mit bunten Girlanden und einer Kapelle, die fröhliche Melodien spielte, wo niemand etwas Böses ahnte und dann unverhofft eines Besseren belehrt würde. Wir würden Niels solariumgebräunte, hässliche Stripperinnen auf den Hals hetzen, die ihn an den Stuhl fesselten, während Pia und ich den lieben Kollegen und Vorgesetzten in aller Ruhe seine bodenlose Gestörtheit vorführten!

Großartig. Mags, du Genie!

Sein Vorschlag kam bestens an. Nicht nur bei mir.

»Moment«, sagte Alf, nachdem Pia und ich aufgehört hatten, uns vor Begeisterung auf dem Boden zu wälzen. »Zu wessen Gunsten soll die Veranstaltung denn bitte durchgeführt werden?«

»Ist doch klar«, sagte ich, stand auf, ging an mein Plattenregal und zog die Platte mit den babyblauen Trainingsanzügen hervor. »Zur Förderung des deutschen Fußballnachwuchses.«

Ha-ho-heja-heja-he.

Ich hatte es ja immer gesagt!

Auch Pias Augen glänzten.

»Sport ist super«, bekräftigte sie erfreut. »Sport zieht immer, und Fußball erst recht. Sport und Wohltätigkeit, das ist eine unschlagbare Kombination, um eine angeschlagene Unternehmenskultur wieder auf Vordermann zu bringen! Ich kenne mich damit aus. Ich bin schließlich Werberin.«

»Was sagst du dazu?«, erkundigte sich Eske bei Susa, deren Meinung auf Grund ihrer Marketingkenntnisse nicht zu unterschätzen war.

Susa machte ein ernstes Gesicht, aber dann grinste sie. »Könnte klappen«, urteilte sie knapp, woraufhin Mags aufsprang, in indianermäßiges Geheul ausbrach und begann, wie ein Derwisch um uns herumzuhüpfen. Unter diesen Umständen rief ich vorsichtshalber das offizielle Ende des ersten Seminartages aus. Es war eh kurz vor sechs. Eckzeit.

Trotzdem konnte sich niemand so recht vom Thema befreien:

Im Familieneck wurden die wildesten Vorgehensweisen zur Verwirklichung unseres Ziels diskutiert. Eske und Susa kümmerten sich mit jedem Schnaps intensiver darum, auch die Leute, die wir überhaupt nicht kannten, von den Rahmenbedingungen des Racheplanes in Kenntnis zu setzen, sodass jeder sich an seiner Erstellung beteiligen konnte.

Sogar Rocko, Thomas und Manni steuerten die eine oder andere gute Idee bei. Manni hatte gute Kontakte zu einem Veranstaltungsverleih und bot uns an, sich um die Bühne und die Tontechnik zu kümmern. Thomas' Kenntnisse als Architekt waren zunächst nicht gefragt, aber dann kam jemand auf den Gedanken, dass er einen Grundriss vom Veranstaltungsort anfertigen könnte, damit wir über alle potenziellen Fluchtwege des Horsts informiert wären. Und Werbefilmer Rocko bot an, das Geschehen in einem kleinen Film festzuhalten. Zur Erinnerung.

»Und zur künstlerischen Verarbeitung«, fügte er hinzu, während er die rechte Hand hob, um mehr Tequila zu bestellen. »Ich wollte schon immer mal was zum Hamburger Kurzfilmfestival einreichen.«

Wunderbar! Vielleicht würden wir sogar noch einen Preis gewinnen mit unserer Aktion, und Niels würde auf sämtlichen Kurzfilmfestivals der Welt zum Gespött der Leute. Die zusätzliche internationale Komponente gefiel mir außerordentlich gut.

Nur Pia war irgendwie nicht so recht bei der Sache. Um genau zu sein, war sie gar nicht mehr da. Ich konnte sie jedenfalls nicht finden, als ich sie von den neuesten Entwicklungen in Kenntnis setzen wollte.

»Ach ja«, schrie Mags mir ins Ohr, während er versuchte, Alf zu beweisen, dass er eine halbe Stunde und länger auf einem Bein stehen konnte, »ich soll dir sagen, sie ist bei Flint. Aber zum Seminar ist sie morgen pünktlich.«

Für das Brainstorming II teilten wir uns in drei Gruppen auf. Jede bekam die Aufgabe, einen ihrer Meinung nach hieb- und stichfesten, realistischen Schlachtplan auszuarbeiten, mit dessen Hilfe wir unser Vorhaben in die Tat umsetzen konnten.

Aus diesen drei Plänen wollten wir dann am Ende einen noch viel hieb- und stichfesteren herausfiltern und auch gleich festlegen, wer in ihm wann welchen Schritt zu verantworten hätte.

Nach langem Hin und Her sah dieser Plan wie folgt aus:

Racheschedule
»HORST GO HOME«

Veranstaltungsdatum: Freitag, 29. Juni 2001 (Niels' Geburtstag)!
Bis dahin Folgendes erledigen:

1. Briefbögen, Visitenkarten und Unternehmensbroschüre einer dynamischen Sportmarketing-Agentur drucken (spezialisiert auf den Bereich Fußball). Geschäftsführerinnen: Pia und Mona. Wichtig: Fiktive Agentur wird demnächst ihr fünfjähriges Bestehen feiern (in Unternehmensbroschüre einbauen)! Natürlich soll aus Anlass dieses Jubiläums richtig auf die Kacke gehauen und ordentlich was fürs Renommee getan werden. – Verantwortlich: Pia (Deadline für Druckprodukte: Mi., 16. Mai, Finanzierung: Spende von Fr. Rusmann).

2. Konzept für eine Wohltätigkeitsveranstaltung erstellen, deren Erlös der Förderung des deutschen Fußballnachwuchses zugute kommen soll (Kontakt mit dem DFB aufnehmen!). – Verantwortlich: Mona (Deadline: Mi., 16. Mai).

3. Direkte Durchwahl von Dr. Kulhaus in Niels' Firma recherchieren (Vorzimmerdame muss umgangen werden!). – Verantwortlich: Susa (kann sich zur Not als Headhunterin ihrer Unternehmensberatungsfirma ausgeben. Deadline: Do., 17. Mai).

4. Kulhaus anrufen und ihm die Wohltätigkeitsveranstaltung unterjubeln. Wichtigster Punkt von allen!!! – Verantwortlich: Pia (wg. Agenturerfahrung; Deadline: je nach Erfolg. Erstversuche ab Do., 17. Mai).

Um das Telefonat mit Kulhaus argumentativ zu stützen, erstellten wir zu diesem Punkt zusätzlich einen Gesprächsleitfaden, der wie folgt aussah:

Leitfaden für Gespräch mit Dr. Kulhaus:
Argumente müssen aus dem Effeff kommen!!! Pia muss vor Gesprächsbeginn (spätestens Mittwochabend!) telefonisch abgefragt werden. – Verantwortlich: Eske!

Vorzubringende Argumente:
a) Herr Dr. Kulhaus, Ihre Unternehmenskommunikation ist angeschlagen. Intern wie extern (wie hätten wir sonst davon gehört?). Sie sollten mal wieder auf den Putz hauen. Eine neue Strategie muss her! Ihre Mitarbeiter brauchen Motivation, Ihr Unternehmen braucht positive Presse! Und Sie brauchen das beides auch, und zwar ganz schnell. Sonst rollt nämlich Ihr Kopf. Das wissen Sie ja selbst.

b) Wir helfen Ihnen bei der Lösung Ihres Problems! Sehen Sie: Ihre Mitarbeiter motivieren Sie am besten durch umsonst Spachteln und Picheln. Positive Presse hingegen be-

kommen Sie am besten durch Wohltätigkeit. Warum diese Dinge nicht zu Ihrem Vorteil kombinieren, und dann auch noch so, dass es Sie kaum etwas kostet?

c) Wohltätig wofür? Klarer Fall: Für Sport natürlich. Sport, das ist Dynamik! Im Sport liegt die Zukunft! Sport – die Heilung der kranken Gesellschaft! Wer fit ist, konsumiert mehr! Nichts hat ein so gutes Image wie der Sport. Natürlich wissen Sie das, Sie sind ja ein Profi. Aber warum nutzen Sie dieses Wissen dann nicht auch in dieser Situation für sich? Herr Dr. Kulhaus, es reicht nicht, Fußballstadien mit ein wenig Bandenwerbung auszustaffieren. Das bringt Ihnen zwar Präsenz, aber keine Berichterstattung! Und auch keine motivierten, zufriedenen Mitarbeiter, die Ihnen Ihre verquere Gehaltspolitik verzeihen. Also, wie wäre es mit einem Engagement im Bereich Fußball? Fußballnachwuchs sogar? Genau! Kinder ziehen immer!

d) Nein, natürlich sollen Sie sich nicht mit einem Sponsoring-Vertrag langfristig binden. Davon hätten ja Ihre Mitarbeiter auch gar nichts. Aber es gibt da ein Konzept unserer Agentur, das könnte Ihnen gefallen. Da könnten Sie ohne viel Tamtam einsteigen. Wir wollen nämlich unser Fünfjähriges feiern, wissen Sie, und dafür suchen wir noch einen starken Partner. Mit einem Firmengelände.

e) Also: Stellen Sie uns Ihr Firmengelände für ein großes wohltätiges Sommerfest zur Verfügung! Tun Sie was für Ihren guten Namen, für Ihre Mitarbeiter, für Ihren Bekanntheitsgrad. Man muss sich das vorstellen: Ein großes Fest für einen guten Zweck. Spektakulär! Mit einer prominenten Fußballmannschaft als Paten! Was für eine Presse das gäbe!

Unsere Agentur zeigt der ganzen Welt, was sie kann, und Sie zeigen der Welt Engagement. Und Zeitgeist! Und Ihre Mitarbeiter sind hinterher so duhn, dass sie Ihre Gemeinheiten schlichtweg vergessen haben und zukünftig wieder doppelt so gern für Sie arbeiten. Und doppelt so viel natürlich auch!

f) Die prominenten Paten? Ja, die sind angefragt. HSV und St. Pauli? Halten wir nicht für angebracht. St. Pauli steht nicht gut da; wenn Sie uns fragen, dann steigen die ab. Und der HSV ist von der Konkurrenz bestens versorgt, das wissen Sie so gut wie wir. Da hat bei Ihnen wohl jemand geschlafen, was? Na ja, noch ist es ja nicht zu spät, den Fehler wieder auszubügeln. Denn Sie wollen ja sicherlich zeigen, dass Sie über die Stadtgrenzen hinaus denken, oder? Herrgott noch mal! Sie sind ein international operierendes Unternehmen! Warum dann nicht ein auswärtiges Team unterstützen?

g) Nein, die Nationalmannschaft haben wir leider nicht im Angebot. Die WM 2002, wissen Sie. Jetzt schon total im Stress, die Armen. Aber wie wäre es zum Beispiel mit Werder Bremen?

h) Nicht ganz billig? – Na ja. Also die Bewirtung auf dem Fest könnten Sie übernehmen und vielleicht die Anreise der Mannschaft und ein paar Preise aus Ihrem Elektronikbereich für die große Tombola. Hier ein guter Föhn, da ein Fernseher oder Mixer – das lässt sich natürlich prima verlosen. Ist ja auch gleich wieder Werbung für Ihre Produkte! Aber um den Rest – ja, da kümmern wir uns. Die ganze Pressearbeit, die Organisation, die Dekoration, der Friseur fürs Wohltätigkeitshaareschneiden, das Fernsehen kommt auch – das alles ist bei uns in den besten Händen!

i) Das Einzige, was Sie dann noch tun sollten, ist, eine Anwesenheitspflicht für all Ihre Mitarbeiter auszurufen. Es soll schließlich voll werden. Und nur so kann Ihr Unternehmen mit gutem Beispiel vorangehen und einen engagierten Eindruck machen. Aber keine Angst! Wenn's was umsonst gibt, kommen die gern! Bestimmt! Dafür sorgen wir schon!

j) (Stärkstes Argument von allen! Quasi unser As im Ärmel!) Und, mal unter uns gesagt, Herr Dr. Kulhaus, Sie wissen ja, dass wir auch was davon haben wollen. Was nützt es uns, wenn unsere eigene Jubiläumsveranstaltung nichts wird? Hm. Eben. Also. Denken Sie darüber nach! Vertrauen Sie uns! Wir verstehen was von unserem Handwerk! Ich mache gern einen Termin mit Ihnen! Wie wäre es mit einem Termin? Herr Dr. Kulhaus, wann passt es Ihnen? (Sobald Termin im Sack, Sache gelaufen wg. Pias Schönheit).

5. Werder Bremen dazu bewegen, als Paten auf der Wohltätigkeitsveranstaltung zu erscheinen. Wahrscheinlich schwerste Hürde! – Verantwortlich: Eske (kennt sich am besten von uns allen beim Fußball aus. Deadline: n. n., nach Erfüllung der Punkte 1–4, aber weit vor dem 29. Juni).

6. Frau Rusmann anrufen und sich als Niels' bisher geheim gehaltene Freundin (»wir wollten warten, bis wir uns sicher sind, dass es was Ernstes ist«) ausgeben. Sie fragen, ob sie nicht Lust habe, Niels zu seinem Geburtstag zu überraschen, nach Hamburg zu kommen, ihn von der Arbeit abzuholen und dann umgeben von »seinen« Frauen groß auszuführen (»Damit man sich auch endlich mal kennen lernt. Welch schöneren Anlass könnte es hierfür geben?«). Dann mit Frau Rusmann auf der Veranstaltung auftauchen und dafür sorgen, dass ihr Niels' Schmach nicht entgeht. – Verantwortlich: Karo (Verantwortlichkeit in Abwesenheit festgestellt, aber unumgänglich: Susa keine Lust, Eske zu spröde, Daniela zu schüchtern, Monas und Pias Stimme Fr. Rusmann bekannt! Deadline: erst kurz vor der Veranstaltung am 29. Juni, um auszuschließen, dass die Rusmann sich Niels gegenüber verplappert).

»Das verstößt gegen unser Mission Statement«, warnte Alf, als wir am letzten Punkt angelangt waren. »›Dritte werden wir nach Möglichkeit verschonen‹«, zitierte er und nahm mir die Spielzeug-MP aus der Hand, um mit ihrer Hilfe entrüstet auf das Plakat zu tippen.

»Ich finde, das ist ein Grenzfall«, verteidigte ich das Vorhaben, Frau Rusmann einzubinden. »Sie ist nun mal die einzige Person, von der wir wissen, dass sie Niels wirklich etwas bedeutet. Und deshalb brauchen wir sie vor Ort.«

»Außerdem hilft es der Frau doch vielleicht, wenn sie erfährt, wie ihr Sohn wirklich drauf ist«, half Eske mir.

Gute Eske.

»Sodass *sie* dann wiederum Niels helfen kann«, griff ich ihr Argument auf. »Vielleicht ist der Typ so abgeschnitten von seiner Außenwelt, dass es ihm überhaupt nichts ausmacht, vor seinen Kollegen und Fußballidolen bloßgestellt zu werden.«

»Glaubst du doch wohl selber nicht«, murmelte Susa.

Ich ignorierte es. »Aber ausgerechnet seine Mutter, daran wird er bestimmt zu knacken haben«, fuhr ich fort und sah erwartungsvoll in die Runde.

Die Begeisterung hielt sich in Grenzen. Sogar Pia machte ein skeptisches Gesicht.

»Ich weiß nicht«, sagte sie zögernd. »Frau Rusmann ist so nett. Vielleicht sollten wir ihr das wirklich ersparen.«

Ich seufzte.

»Also ich bin auf Monas Seite«, wiederholte Eske. »Wir wollen dem Horst das Handwerk legen. Das ist unser Anliegen, und wenn Frau Rusmann dazugehört, dann gehört sie eben dazu.«

»Ich bin dagegen«, meldete sich Lukas zu Wort.

Typisch. Wenn mir in dieser Runde jemand in den Rücken fiel und das dann noch nicht einmal begründete, dann war es natürlich Lukas. Und kein anderer. Idiot.

»Ich hätte da noch eine grundsätzliche Frage, mit deren Beantwortung sich das Problem vielleicht von allein löst«, meldete sich jetzt Daniela zu Wort, zum ersten Mal an diesem zweiten Seminartag. Sie klang ganz entspannt und ruhig, und das, obwohl Jan sich gerade auf den Weg zum Klo gemacht hatte und sie so ganz ohne ihre bessere Hälfte dasaß.

Wow. Vielleicht emanzipierte sie sich so langsam.

»Na?«, fragte Mags neugierig und beugte seinen Kopf so weit vor, dass er fast an Danielas Stirn stieß und sie unwillkürlich ein paar Zentimeter zurückwich. Ich gab Mags einen tadelnden Klaps und zog ihn wieder in meine Richtung. Er hatte natürlich gleich durchschaut, wie man Daniela aus dem Konzept bringen konnte.

Daniela räusperte sich. »Mit der Veranstaltung, das ist ja alles schön und gut«, sagte sie dann, »aber was soll denn mit Niels überhaupt passieren? Ich meine den Moment, in dem er auf die Bühne geholt wird. Was soll da abgehen?«

Betretenes Schweigen in der Runde.

»Gute Frage«, sagte Pia und vergrub ihren Hals noch weiter unter dem Tuch, das sie umgelegt hatte, um Flints zahlreiche

Knutschflecke zu verdecken. Sie war zwar pünktlich gewesen, aber in der ersten halben Stunde ihrer Anwesenheit kaum ansprechbar.

»Äh«, meldete sich erstaunt Eske zu Wort. »Ich dachte, Mona und Pia halten eine flammende Rede über seine Gestörtheit.«

»Auf Grund welcher die beiden dann selbst als gestört abgestempelt werden«, ergänzte Alf unbeeindruckt. »Mal im Ernst, das funktioniert doch nicht. Wenn man die Nummer nicht hautnah miterlebt hat, dann sieht das eher so aus, als wärt ihr zwei verschmähte Frauen, die sich aus lauter Gram und verletztem Stolz zum Affen machen. Und so lange, wie ihr brauchtet, um alles zu erklären, hört euch eh niemand zu.«

»Stimmt«, bekräftigte Mags. »Ich hab ja so schon genug Probleme, Mona zu verstehen. Obwohl ich sie und die Geschichte kenne.«

»Herzlichen Dank«, knurrte ich.

»Mags und Alf haben völlig Recht«, stellte Jan fest, der mittlerweile vom Klo zurückgekehrt war und jetzt im Türrahmen lehnte, wo ihm Katze schnurrend um die Beine strich. »Ich meine, ich weiß zwar nicht, wie das bei Frauen ist, aber vor Männern könnt ihr auf die Art keinen Blumentopf gewinnen. Die werden sich eher über euch totlachen als über Niels.«

»Und außerdem ist es nicht raffiniert genug«, schloss Daniela Jans Ausführungen.

Ich glaub, es hackt.

»Was *wäre* denn raffiniert?«, fragte ich süffisant.

»Ich weiß was«, schrie Mags und schnippte mit dem Finger. »Der Horst soll doch sowieso den Hauptpreis gewinnen in der Tombola. Wie wäre es, wenn dieser Preis was ganz Fieses ist?«

»Moment«, warf Susa ein. »Da gibt es *noch* ein Problem. Wie wollt ihr dafür sorgen, dass Niels wirklich auf die Bühne kommt und sich den Preis abholt?« Stirnrunzelnd starrte sie mich an. »Ich meine, wenn der dich oder Pia oder schlimmstenfalls noch euch beide zusammen irgendwo da herumspringen sieht, dann wird ihm der Arsch auf Grundeis gehen. Wahrscheinlich wird er versuchen, abzuhauen. Jedenfalls wird er kaum freiwillig eine Bühne betreten, auf der ihr ihm einen Preis überreichen wollt. Der kann doch auch zwei und zwei zusammenzählen.«

»Diesen Punkt habe ich längst bedacht«, trumpfte ich auf und kramte nach meinen Notizen, die ich mir noch in der Nacht nach meiner Rückkehr aus dem Familieneck gemacht hatte. Unterm Strich halfen sie mir überhaupt nicht, denn ich konnte sie nicht mehr lesen, aber ich hatte die Strategie noch im Kopf. *So* besoffen war ich dann auch wieder nicht gewesen. Rache macht schlau und trainiert das Gedächtnis.

»Natürlich werden Pia und ich zu Beginn der Veranstaltung nicht in Erscheinung treten« erklärte ich förmlich. »Für alle Fälle werden wir Perücken tragen, aber wenn alles gut geht, wird Niels uns bis zum Showdown überhaupt nicht zu Gesicht kriegen. Und wir werden die Fußballmannschaft impfen. Die sollen Niels auf unsere Weisung hin unauffällig beschatten und ihn zum verabredeten Zeitpunkt auf die Bühne schaffen. Notfalls mit Gewalt. Wir sind immerhin die Veranstalter. Wir haben das Sagen. Und die Fußballer haben die Muskeln.«

»Na toll«, maulte Mags. »Und wie willst du das den Fußballern gegenüber begründen, dass du schon vorher weißt, wer den Hauptpreis gewinnt und dann auf die Bühne soll? Das ist doch Schiebung. Das ist kein Fairplay. Das kannst du mit Sportlern nicht machen.«

»Die kriegen natürlich eine andere Begründung für ihren unverzichtbaren Einsatz«, sagte ich triumphierend. »Nämlich dass Niels Geburtstag und außerdem für die Veranstaltung ganz viel gemacht und getan und organisiert hat und wir und der deutsche

Fußballnachwuchs ihm viel zu verdanken haben. Und dass wir ihn deshalb natürlich auf der Bühne ehren wollen, vor allen Leuten, aber dass wir genau wissen, wie schüchtern und bescheiden er ist und deshalb vielleicht zu seinem Glück gezwungen werden muss.«

»Wow«, sagte Mags ehrfürchtig. Er war kurz davor, vor mir auf die Knie zu gehen, aber Katze hinderte ihn daran, indem er ihm flugs zwischen die Beine kletterte und es sich in der Kuhle von Mags' Schneidersitz gemütlich machte. Schade.

»Und wenn Niels dann erst mal auf der Bühne ist, dann wird er uns nicht mehr entkommen. Die Fußballer werden einen Teufel tun und ihn fliehen lassen, ob er nun was gewinnt oder nicht«, setzte ich nach. »Zeichen ist Zeichen und Weisung ist Weisung. Das werden wir den Jungs schon klarmachen.«

»Das ist super«, sagte Pia. »Ich wollte schon immer mal elf starke Jungs befehligen.« Dazu zog sie eine unwiderstehliche Schmollschnute und probte den umwerfenden Augenaufschlag.

Lukas stöhnte erregt auf. Es klang sehr echt.

Auch an Jan ging Pias Auftritt nicht spurlos vorüber.

»Alles klar. Das klappt«, sagte er trocken, woraufhin Daniela ihm mit ihrem Klemmbrett eins überzog.

»Wer moderiert eigentlich die Verlosung, wenn ihr nicht in Erscheinung tretet?«, erkundigte sich Susa beiläufig.

»Immer der, der fragt«, frohlockte Alf, und Susa riss entsetzt die Augen auf. »Guck nicht so«, wies Alf sie zurecht. »*Ich* kann nicht. Ich mache ja den Wohltätigkeitsfriseur. Ich bin unabkömmlich. Beziehungsweise unabkämmlich, wenn du so willst.« Er kicherte.

»Also moderiert Susa«, wiederholte ich und vermerkte auch das in unserem Plan. Susa protestierte zunächst, aber ich versprach ihr im Gegenzug, sie auf der nächsten Eigentümerversammlung unseres kleinen gelben Hauses zu vertreten. Während der letzten war sie eingeschlafen, und deshalb war Susa sehr damit geholfen, dort erst mal nicht wieder auftauchen zu müssen.

»Das wäre also geklärt«, stellte Eske beflissen fest. »Zurück zum Ausgangspunkt. Was passiert auf der Bühne?«

»Das mit dem Preis finde ich gut«, erklärte Lukas. »Das hat was. Sehr subtil.« Es war das erste Konstruktive, das er während des ganzen Seminars von sich gab.

»Wie wäre es mit Therapiestunden?«, fragte Mags. »Er könnte doch Therapiestunden gewinnen. Am besten natürlich bei Pia und Mona.«

»Nicht schlecht«, meinte Eske.

»Nee«, wehrte Jan ab, »*zu* subtil. Die Bedeutung davon kriegt vielleicht Niels mit, aber niemand im Publikum. Nicht peinlich genug für ihn.«

»Eine Wochenendreise zu zweit, wo *wir* die Begleitung vorgeben, weil er ja eh keine eigene hat?«, schlug Pia vor.

Auch diesem Vorschlag mochte niemand so recht zustimmen. Ich sah betreten auf den Boden, weil mir nichts Besseres einfiel, und strich Katze über den Kopf, um mich und die anderen davon abzulenken.

»Manno«, quengelte Eske. »Ich hab keine Lust mehr. Lass uns die Therapiestunden nehmen.«

»Nein«, sagte ich. »Nein nein nein. Nicht gut genug. Uns wird ja wohl ein peinlicher Preis einfallen.«

Wir schwiegen. Und dachten.

»Gummipuppe«, warf Daniela plötzlich unvermittelt ein.

Mir fiel vor Schreck mein Klemmbrett aus der Hand.

»Gummipuppe?«, wiederholte ich ungläubig.

Diese Daniela machte mich echt fertig. Jan tätschelte ihr stolz die Hand.

Stille Wasser.

»Gummipuppe«, sagte jetzt auch Eske mit kreisrunden Augen.

»Das ist es«, sagte Alf. »Gummipuppe. Et voilà.«

»Wow«, sagte Mags schon wieder ehrfürchtig und starrte Daniela an. »Geil.« Ich wurde sofort eifersüchtig.

»Das passt«, sagte sogar Lukas.

»Das ist perfekt«, murmelte Susa.

»Jedenfalls ist es ziemlich peinlich«, fügte Mags hinzu. »Ziemlich sehr peinlich.«

»Jepp«, antwortete ich. Warum war ich darauf nicht selbst gekommen? »Erst recht, wenn die, die sie überreichen, durchblicken lassen, dass der Preis auf seinen Gewinner zugeschnitten ist und nur für ihn bestimmt.«

»Und die, die sie überreichen, sind natürlich du und ich. Daraus kann man was machen«, bejahte auch Pia.

Jan lachte sich eh schon tot, während Daniela sich über ihren Treffer ganz im Stillen freute. Irgendwie war sie ja doch cool.

»Können wir mit dem Ding noch irgendwas machen?«, fragte Eske.

»Wir müssen sie auf jeden Fall schon aufgeblasen auf die Bühne bringen«, erklärte Susa. »Alles andere wird sich finden. Falls die Leute dann nicht eh schon brüllend zwischen den Stühlen liegen. Mona und Pia werden schon ein paar gemeine Sprüche dazu einfallen. Oder?«

Klar. »Wir können Niels zum Beispiel gleich die Info mit auf den Weg geben, wogegen er die Puppe umtauschen kann, falls seine Potenzprobleme ihrem Gebrauch entgegenstehen«, äußerte ich nüchtern.

Eske kreischte begeistert. »Genau«, schrie sie. »Bei Potenzproblemen kann er sie gegen eine Schwanzpumpe eintauschen.«

»Oder gegen eine dritte Kaffeetasse«, ergänzte Pia in Anspielung auf Niels' Wohnung.

»Oder gegen einen Termin in einer ADHS-Sprechstunde«, fügte ich hinzu.

Hach, der Möglichkeiten waren viele.

»Und wer besorgt das Teil?«, fragte Lukas lauernd.

»Mona«, antworteten die anderen wie aus einem Mund, und Lukas lehnte sich zurück und lächelte zufrieden.

Lukas, du Arsch.

9.

Eske.

Ich bin gespannt, was sich Mona als Nächstes einfallen lässt. Das Pech, Single zu sein, treibt bei ihr seltsame Blüten. Sie hat sich jetzt für einen Sprachkurs bei der Volkshochschule angemeldet. Natürlich musste es ein lässiger Sprachkurs sein. Das ist vornehmlich Spanisch, weil sich dahinter eine baldige Südamerikareise vermuten lässt. Mona behauptet, nur coole Typen seien in diesen Kursen. Echte Traveller eben. Echt toll!

Als Mona gestern Abend ihren unglaublich abgefahrenen Sprachkurs besuchte, besuchte ich mal wieder das Familieneck und traf dort auf die üblichen Verdächtigen. Gemeinsam überlegten wir, welches wohl der nächste Schritt in Monas Selbstfindungsprozess wäre. Natürlich sollte er außergewöhnlich sein, wegen des Images. »Stricken für den Frieden« war damit raus. Immerhin blieben zum Schluss zwei Vorschläge übrig, die wir Mona unterbreiteten, als sie endlich zu uns stieß. Während wir eine Menge Spaß hatten und Thomas deshalb sogar sein Bier über den Tisch spuckte, machte Mona ein blödes Gesicht und faselte dummes Zeug. Sie meinte, sie wolle nichts mehr hören von »seltene Samen suchen auf Sumatra« oder »sechsmonatiger Heidschnuckenherdenbetreuung in der Lüneburger Heide«. Letztendlich war es zumindest für mich ein gelungener Abend. Ich habe mich schon lange nicht mehr dermaßen auf Monas Kosten amüsiert.

Mona.

In den nächsten Tagen lief es wie am Schnürchen. Ein Rädchen griff ins andere, und zunächst war alles denkbar einfach.

Bis auf die Nummer mit der Gummipuppe vielleicht.

Ich hatte mir vorgenommen, diese unangenehme Aufgabe so schnell wie möglich hinter mich zu bringen. Das war zwar ein bisschen wie das Pferd von hinten aufzuzäumen, aber ich hatte das Gefühl, mit gutem Beispiel vorangehen zu müssen und allen Beteiligten damit zu zeigen, wie ernst es mir war.

Deshalb täuschte ich schon am Dienstag in der Redaktion einen Arzttermin vor und kam mir nur wenig später selten dämlich vor, als ich mitten am helllichten Tag auf dem Kiez in einem der vielzähligen Sexshops stand (dem größten natürlich, wegen der Anonymität) und das Sortiment an künstlichen Gespielinnen in Augenschein nahm.

Ich war die einzige Kundin in dem entgegen aller Erwartung grell ausgeleuchteten Laden, und die beiden stockschwulen Verkäufer amüsierten sich königlich über mich. Sie standen am anderen Ende des Raumes und ließen mich nicht eine Sekunde aus den Augen, während ich versuchte, wie eine souveräne Sextouristin auszusehen. Es blieb beim Versuch, denn angesichts der feilgebotenen Absonderlichkeiten fielen mir fast die Augen aus dem Kopf.

Was es hier alles gab!

Fasziniert inspizierte ich unter Vorgaukelung routinierter Gleichmütigkeit Dinge, die so aussahen, als gehörten sie nur in Zusammenhang mit einem Arztkoffer in Körperöffnungen jeglicher Art. Da nutzten auch die bunten Farben nichts, die den meisten dieser Produkte eine gewisse Verspieltheit verleihen sollten.

Wer zum Teufel steckte sich solche Sachen zwischen die Beine? Oder auf den Schniedel?

Mich gruselte, als ich in der Pumpenabteilung auf Gerätschaften stieß, bei deren Anblick ich nie wieder Sex haben wollte. Nie, nie wieder. Schon gar nicht mit einem Typen, bei dem sich in dieser Umgebung auch nur *irgendetwas* regte außer dem Wunsch, sofort für die Rechte der Frau auf die Straße zu gehen.

Zum Glück überzeugte Karl mich noch am selben Abend davon, wie prima Sex trotz der Perversionen um uns herum sein konnte.

Lediglich der Gedanke, dass uns möglicherweise »Babsi« (so hieß das allerhässlichste Gummipuppenmodell, das ich hatte finden können) aus ihrer Pappschachtel im untersten Kleiderschrankregal beim Akt zusah, hielt mich davon ab, Karl vor Begeisterung den Rücken komplett zu zerkratzen.

Konnte nur hoffen, dass das nicht doch auf eine unterschwellige Stimulation meiner Lustzentren durch den unanständigen vormittäglichen Aufenthalt zurückzuführen war.

»Ich habe übrigens noch viel über unseren Streit von neulich nachgedacht«, sagte Karl vorsichtig, als die Sternschnuppen vor meinen Augen langsam zu zucken aufhörten und ich wieder Luft bekam.

»Echt?«, fragte ich ehrlich erstaunt.

Danach, wie unser letztes Zusammentreffen ausgefallen war, war ich mir sicher gewesen, dass Karl diesen unangenehmen Moment verdrängt hatte und ihn nie wieder anzusprechen gedachte. Wie ich mittlerweile auch.

»Und? Was ist dabei rausgekommen?«, erkundigte ich mich dann.

»Dass jeder von uns aus seiner Sicht völlig Recht und den anderen irgendwie durchschaut hat«, erklärte Karl ernsthaft. »Und dass wir vielleicht so eine Art Deal abschließen sollten, um uns gegenseitig zu helfen. Ich meine, wir haben irgendwie beide eine ziemliche Macke. Also warum nicht zusammen was dagegen tun?«

Eine Art Deal?

Das klang gefährlich.

Und nach Regeln. Und Verpflichtung. Uuuuuh.

»Was für einen Deal?«, fragte ich also misstrauisch.

Irgendwie war mir gerade nicht nach Verpflichtung. Oder?

»Dass wir an unseren Macken arbeiten. Aber eben mit dem anderen. Manchmal werden einem Dinge viel klarer, wenn noch jemand anders mit draufguckt.«

»Du meinst so eine Art gegenseitige Therapie?«, fragte ich skeptisch.

Das war nicht unbedingt meine Vorstellung von einer Affäre, in der jeder sein Leben lebte. Das war intim. Ein bisschen *zu* intim für Leute wie Karl und mich, die sich außerhalb des Bettes nicht allzu viel zu sagen hatten.

Obwohl. Vielleicht hatten wir uns ja doch etwas zu sagen, wenn wir erst einmal anfingen, ernsthaft miteinander zu sprechen. Vielleicht hätten wir uns sogar eine ganze Menge zu sagen, wenn wir begannen, uns ehrlich füreinander zu interessieren.

Und war nicht Intimität genau das, was ich mir insgeheim wünschte?

Was sich eigentlich *jeder* wünschte?

Intimität mit jemandem, der einem zuhörte und einen lieb hatte, obwohl er die ureigensten Probleme und Unsicherheiten seines Gegenübers genau kannte?

Bei dem man sich nicht zu verstellen brauchte und keine Show abziehen musste und trotzdem sicher sein konnte, dass der andere einen dafür nicht verachtete? Sondern dennoch mehr für einen empfand als irgendjemand sonst? Den man nicht nur streifte, sondern in den man hineinkriechen konnte, ohne Angst haben zu müssen, nicht reingelassen zu werden? Und der noch dazu fantastisch im Bett war?

Und war es in dem Fall nicht ganz gleich, welcher Art das »mehr« war, das man füreinander empfand?

Vielleicht reichte es sogar, dass es ein ganz kleines »mehr« war an Sympathie oder Zuneigung oder Interesse?

Vielleicht konnte auch aus einem so friedlichen und unauffälligen »mehr« Liebe werden.

Oder wurde vielleicht aus Intimität irgendwann ganz automatisch Liebe?

Brauchte man für die Liebe vielleicht gar kein Herzklopfen und keine weichen Knie und schon gar nicht dieses rasende, völlig bekloppt und irre machende Verlangen, das ich Niels gegenüber gefühlt hatte?

Oder waren diese Überlegungen typisch für Leute wie mich, die sich mit ihrem Verlangen so richtig auf die Fresse gepackt hatten und von da an den bequemeren, den unspektakuläreren, den ungefährlicheren Weg gehen wollten?

Ich wollte doch lieben!

Ich wollte lieben, seit ich denken konnte.

War es vielleicht an der Zeit, etwas, aus dem Liebe werden konnte, zu hegen und zu pflegen und aufzupäppeln, statt darauf zu warten, dass sie einem irgendwann urknallmäßig vor die Füße fiel?

Und schlug Karl mir gerade genau das vor?

Das Hegen und Pflegen und Aufpäppeln?

Das viele Denken strengte mich an.

Meine Gedanken schlugen Purzelbäume.

Karl drehte seinen Kopf zu mir.

»Was ist?«, fragte er und strich mir die Haare von der feuchten Stirn. Wahrscheinlich sah ich aus, als hätte ich soeben vier dreihundert Jahre alte Eichen im Akkord gefällt. Jedenfalls fühlte ich mich so.

»Ich denke nach«, seufzte ich und steckte meinen Zeigefinger in Karls Bauchnabel.

Ganz feucht und warm war es da drin.

Und Karl zuckte nicht zusammen, so wie ich es getan hätte, wenn er meinem Bauchnabel auf diese Art näher gekommen wäre. Ich wäre zusammengezuckt, aus Angst davor, dass er denken könnte, meine Güte, hat die einen tiefen Bauchnabel, da passt ja ein halber Liter rein, weil sie so einen dicken Bauch hat.

So war das.

Bisher war ich nur bei einem einzigen Menschen nicht zusammengezuckt, wenn er mich unerwartet irgendwo berührt hatte. Das war Crispin gewesen, weil ich wusste, dass ich für ihn schön war, wie ich war, ob ich nun sechzig Kilo wog oder neunzig oder Schlimmeres.

»Im Gegenteil. Die anderen beneiden mich. Du hast viel mehr Vergnügungsfläche«, hatte er immer zu mir gesagt mit seinem herzzerreißenden britischen Akzent, wenn ich ihn wieder fragte, ob es ihn nicht störte, dass ich einfach keine gängige Größe war in Zeiten von Flohfrauen.

Ich hatte ihm das geglaubt, und das tat ich noch. Auch wenn seine Neue ein pieksdünnes Frettchen war.

Crispin hatte mich aufrichtig geliebt. Da war ich mir sicher.

Aber Crispin war auch Vergangenheit.

Und vielleicht war es an der Zeit, sich um die Gegenwart zu kümmern.

»Siehst süß aus, wenn du so nachdenkst«, murmelte Karl jetzt und fuhr mit seiner Hand sacht über meinen Hals.

Ich wollte doch lieben.

Vielleicht war es tatsächlich an der Zeit, daran zu arbeiten.

Was zögerte ich eigentlich noch?

»Also gut«, sagte ich, zog meinen Finger aus Karls Bauchnabel, verschränkte die Arme auf seinem Brustkorb und legte meinen Kopf darauf. »Wie stellst du dir das genau vor?«

»Na ja. So, dass wir beide was tun halt. Ich will weniger kiffen und mir Sachen vornehmen und die dann auch durchziehen. Und du müsstest eben an deinem Horstproblem arbeiten.«

»Würde Rache auch dazugehören zu dieser Problemarbeit?«, fragte ich.

»Gegenfrage: Meinst du, dass du das brauchst, um dich besser zu fühlen und mit der Geschichte endlich abzuschließen?«, versetzte Karl.

Ich nickte. »Ich glaube schon«, sagte ich.

Karl kräuselte die Stirn. »Hm«, machte er. »Wahre Größe würdest du damit nicht gerade beweisen.«

Das ärgerte mich. »Na und?«, schnappte ich. »Wieso sollte ich jemandem gegenüber wahre Größe beweisen, der das noch nicht mal bemerken würde? Da würg ich ihm doch lieber einen rein, damit er sieht, wo der Hammer hängt.«

»Mona, Mona«, seufzte Karl. »Du und dein Stolz, ihr seid eine fragwürdige Kombination.«

»So sind wir eben«, erwiderte ich trotzig.

»Na gut«, sagte Karl. »Aber ich habe keine Ahnung, ob der Deal dann funktioniert. Eigentlich hatte ich mir das anders vorgestellt.«

»Wie denn, um Himmels willen?«

»So, dass jeder von uns sich zusammenreißen muss. Ich weniger kiffen, du weniger horsten. Aber wenn du dich rächen darfst, dann ist das definitiv ein Ungleichgewicht.«

»Und wenn ich verspreche, dass es bei einem Racheversuch bleibt und das Thema danach wirklich gegessen ist?«, bohrte ich nach. »Ich meine, der Versuch kann ja auch in die Hose gehen. Und dann muss ich eben ohne Rache damit fertig werden.«

»Kuhhandel«, beschied Karl. »Wenn du mir schon so kommst, hast du wahrscheinlich längst den perfektesten aller Rachepläne in der Schublade.«

Ich biss mir auf die Lippen.

Kannte er mich bereits so gut?

Ich hatte ihn unterschätzt, dessen war ich mir mittlerweile sicher.

»Trotzdem akzeptiert«, fügte Karl dann hinzu. »Unter einer Bedingung.«

»Die da wäre?«

»Ich will ab sofort mindestens einmal pro Woche einen Statusbericht zu deiner Befindlichkeit und deinem Gefühlszustand in dieser Angelegenheit. Und zwar so lange, bis die Sache komplett abgeschlossen ist.«

»Schriftlich?«, fragte ich entsetzt.

»Schriftlich«, bestätigte Karl. »Via Mail. Schwarz auf weiß.«

»Aber warum?«, jammerte ich. »Was soll denn das?«

»Ganz einfach«, erklärte Karl und gab mir einen schnellen Kuss auf die Wange, »ich will wissen, wie es sich anfühlt, so verbohrt zu sein. Oder so gekränkt.«

»Das ist sadistisch«, blockte ich mürrisch ab. »Du bist gemein.«

»Mag sein«, erwiderte Karl. »Aber es muss sein. Und Deal ist Deal.«

»Und was tust *du* dabei?«, fragte ich.

»Das Gleiche«, sagte Karl leichthin. »Buchführung über Befindlichkeit und Joints.«

»Da gibt es bestimmt massenhaft Zusammenhänge«, konstatierte ich.

Ganz die Therapeutin. Haha.

»Mein Reden«, antwortete Karl. »Bei dir gibt es auch Zusammenhänge. Es wird Zeit, dass du sie erkennst.«

»Selbsthilfegruppe ahoi«, brummte ich zynisch.

»Tssss«, machte Karl tadelnd. »Mona, es ist ein Angebot, mehr nicht. Wenn du nicht willst, sag es«, fügte er scharf hinzu. »Aber ein bisschen Selbstreflektion hat noch niemandem geschadet. Was hast du schon zu verlieren?«

Hmpf.

»Weiß nicht«, nuschelte ich dumpf.

»Na also«, resümierte Karl und knuffte mich in die Seite.

Ich zuckte zusammen.

»Und das gewöhn ich dir auch noch ab«, verkündete er dann und sorgte zielstrebig dafür, dass Babsi in ihrem Versteck erneut Stielaugen bekam.

Im Moment der Momente musste ich plötzlich an Karl den Großen denken.

Manchmal hatte ich echt nicht alle Tassen im Schrank.

Am nächsten Abend war es Eskes Aufgabe, Pia telefonisch in Sachen Kulhaus-Argumentation abzufragen. Ich wollte dabei sein, aber Eske lehnte das kategorisch ab.

»Ich mach das allein. Keine Diskussionen. Du nervst bestimmt nur, wenn du dabei bist«, wies sie mich zurecht.

»Aber vielleicht kann ich helfen. Immerhin sind die meisten Argumente eh von mir«, maulte ich.

Eske rollte mit den Augen.

»Eben drum«, beschied sie. »Bleib zu Hause. Ich meld mich dann.«

Das tat sie selbstverständlich nicht. Ich wartete und wartete, aber um kurz vor Mitternacht wusste ich immer noch nicht, ob Pia ihre Sache gut machte. Also rief ich Eske an.

»Wer stört?« Ihre Stimme klang verschlafen und unwirsch.

»Ich«, erklärte ich ungehalten. »Wie war's?«

»Na, bestens natürlich. Sonst hätte ich mich längst gemeldet.«

Klonk. Aufgelegt.

Eske konnte echt unverschämt sein.

Den ganzen Donnerstag über saß ich wie auf glühenden Kohlen in der Redaktion. Bei jedem »pling« einer eingehenden Mail betete ich, dass sie von Pia kommen und einen positiven Bescheid mit sich bringen möge, was ihre Kontaktaufnahme zu Kulhaus betraf. An seine Durchwahl zu kommen war Pia zwar leichtgefallen, aber das hieß ja noch lange nicht, dass er auch mit ihr reden wollte.

Die Erlösung kam erst am späten Nachmittag, und sie kam auch nicht per Mail, sondern telefonisch.

»Der Fisch hängt am Haken«, jubelte Pia statt einer Begrüßung. »Montag in einer Woche habe ich einen Termin.«

Strike.

Ich ballte meine linke Hand zur Faust und reckte sie brüllend gen Bürodecke, sodass Mags missbilligend von seinem Schreibtisch hochsah und sich (nicht zum ersten Mal an diesem Tag) an die Stirn tippte. Um ihn an unserem Triumph teilhaben zu lassen, stellte ich Pia auf laut.

»Dreimal hat er mich abgewürgt, aber beim vierten Mal hatte er keine Chance mehr«, verkündete Pia stolz.

Mags bekam vor Erstaunen kugelrunde Augen. Er sah aus wie eine Comicfigur nach Kindchenschema mit Basedowscher Krankheit.

»Und als ich erst mal die Worte ›positive Presse‹ und ›Mitarbeitermotivation‹ rausgehauen hatte, hörte der Typ sogar auf, mich zu unterbrechen«, fuhr Pia fort. »Das hat er davor ständig getan«, ergänzte sie empört. »Zum Termin will er einen Kostenvoranschlag und eine Liste aller Redaktionen, die von der Veranstaltung berichten könnten. Und Werder Bremen findet er super. Das wäre eine Mannschaft, die seit Jahren Kontinuität und Stehvermögen beweise, hat er gesagt. Genau wie sein Unternehmen.« Pia kicherte. »So hatte ich das noch gar nicht gesehen.«

»Um so besser«, frohlockte ich. »Vorzüglich.«

»Das Ganze hat mich natürlich sehr erschöpft«, fügte Pia abschließend hinzu. »Den Kostenvoranschlag machst am besten du.«

War klar, dass die Sache einen Haken hatte.

»Mach dir darum keine Sorgen«, tröstete mich Mags, nachdem Pia aufgelegt hatte. »Ich helf dir. Ich konnte schon immer gut mit Zahlen.«

»Danke«, seufzte ich. »Das kann ich von mir nicht behaupten.«

»Ich weiß«, versetzte Mags und hielt mir eine Drehkalkulation vor die Nase, die aus der Buchhaltung zurückgekommen war, weil ich mich auf ihr gehörig verrechnet hatte. Wie so oft.

»Korrigieren. Und dann unterschrieben an mich zurück«, wies Mags mich an, und ich fragte mich (ebenfalls nicht zum ersten Mal an diesem Tag), wer hier eigentlich der Volontär war und wer die erfahrene Redakteurin.

In den kommenden Tagen kümmerten Mags und ich uns im Büro um alles außer um das, wofür wir bezahlt wurden. Stundenlang zogen wir uns in großspurig verkündete Meetings zurück, telefonierten Cateringservices ab, zerbrachen uns die Köpfe über die Deko auf dem Fest und nahmen Kontakt zum Deutschen Fußballbund auf, der sofort erfreut seine Schirmherrschaft zusagte und uns für die Einladungen und Pressemitteilungen ohne mit der Wimper zu zucken sein Logo zur Verfügung stellte.

Allerdings wäre es vom DFB auch ziemlich dumm gewesen, dies nicht zu tun, denn schließlich hatte er, wenn alles glatt ging, ein ordentliches Sümmchen an Erlösen für seine Jugendarbeit zu erwarten.

Das Logo mailte ich gleich an Pia weiter. Sie beauftragte in ihrer Agentur umgehend einen Grafiker (der ihr noch etwas schuldete, weil Pia ihn bereits mehrere Male während der Arbeitszeit beim Chatten erwischt hatte) mit dem Entwurf einer Einladung.

Ich brütete über dem Text für eine Pressemitteilung, während Mags knallharte Verhandlungen mit »Kochen ohne Klümpchen« führte, dem Catering- und Partyservice, der uns auch bei unseren Aufzeichnungen gut versorgte. Zwischendurch löcherte Mags die Requisiteurin bezüglich spottbilliger, aber effektiver Dekoideen und kam immer mal wieder bei mir vorbei, um stolz die Ergebnisse seiner Bastelstunden zu präsentieren, bis wir uns für eine einfache Variante aus Krepppapier in den Unternehmensfarben (blau-weiß) entschieden.

Manni holte auf mehrfaches Drängen meinerseits tatsächlich ein unschlagbares Angebot für eine Bühne samt Tontechnik ein, und weil das so günstig ausfiel, beschlossen wir, die Bühne auch noch mit Rollrasen auszulegen und darauf ein paar Fußbälle festzukleben, um unserem wohltätigen Thema treu zu bleiben.

Zum Termin mit Kulhaus sollte alles so perfekt durchgeplant und aufbereitet sein, dass er keine andere Wahl hatte, als zuzusagen.

Und wir uns dann mit ganzer Kraft um das nächste große Problem (Werder Bremen) kümmern könnten.

Bereits am Dienstagabend stellte ich zufrieden fest, dass die Gesamtkosten, die wir Kulhaus am folgenden Montag präsentieren würden, kaum mehr als 6.000 Euro betragen sollten. Es zahlte sich eben aus, im Namen einer renommierten Film- und Fernsehproduktion – wahlweise im Namen der Wohltätigkeit – überall Spottpreise heraushandeln zu können.

»Du?«, fragte Mags just in dem Moment, als ich kurz vor Feierabend den Kostenvoranschlag ausdruckte, um ihn noch einmal Korrektur zu lesen, »was machen wir eigentlich, wenn es am 29. Juni regnet?«

Gute Frage.

Verdammt gute Frage.

Nein. Verdammt ätzende Frage, denn ich hatte keine Antwort auf sie.

»Ähm«, machte ich perplex, während der Drucker böse einen Papierstau verkündete und sein lebensbedrohliches Leid grell piepend in die Welt hinausschrie.

»Maul«, herrschte ich ihn an und schlug ihm mehrere Male scheppernd auf den Papiereinzug, woraufhin er beleidigt schwieg und fortan seinen Dienst komplett versagte.

»Ich weiß nicht«, sagte ich verärgert. »Wenn es regnet, haben wir ein Problem.«

»Vielleicht ja auch nicht«, erwiderte Mags leichthin. »Die haben doch garantiert eine Lagerhalle oder so was.«

»Aber die ist bestimmt vollgestopft bis oben hin mit irgendwelchen Elektroprodukten«, widersprach ich. »Sonst wäre es ja keine Lagerhalle.«

»Kluges Mädchen«, sagte Mags und schlug mir auf die Schulter. »Ganz übergeschnappt bis du also doch noch nicht.«

Hmpf.

Pia sagte erst mal gar nichts, als ich sie am Telefon von unserem Planungsfehler in Kenntnis setzte.

»Was machen wir denn jetzt?«, jammerte ich verzweifelt. »In Hamburg regnet es doch eigentlich immer. Wie konnten wir das übersehen?«

»Wie konntest *du* das übersehen«, korrigierte Pia mich streng. »*Du* bist hier die Hamburgerin.«

Haha.

Ich hörte Pia glucksen.

»Entspann dich«, sagte sie dann. »Alles längst geregelt. Im Gegensatz zu dir ist dem Kulhaus das Problem nämlich sofort aufgefallen. Deshalb ist *der* ja auch Big Boss. Und du nicht«, ergänzte sie süffisant.

Ja ja.

»Und?«, fragte ich ungeduldig. »Wie lautet die Lösung?«

»Es gibt sogar zwei Lösungen«, trumpfte Pia auf. »Lösung 1: Kantine im Hauptgebäude. Das ist aber ziemlich hässlich grauorange, sagt der Kulhaus. Lösung 2: der Gespensteranbau.«

»Gespensteranbau?«, wiederholte ich verständnislos.

»Gespensteranbau«, bestätigte Pia. »Die wollten irgendwann groß expandieren und haben angebaut. Und dann ging ihnen das Geld aus. Schlechte wirtschaftliche Lage und so. Bis heute steht das Ding quasi im Rohbau da rum und wird nicht genutzt.«

»Und deshalb heißt das Gespensteranbau«, ergänzte ich begeistert.

Mein Gott, hatten wir ein Glück. Das musste ja wohl eine Art Vorsehung gewesen sein. Für einen Moment überlegte ich, ob ich aus lauter Dankbarkeit nicht vielleicht doch wieder in die Kirche eintreten sollte.

»Nee«, sagte Pia. »Deshalb nicht.«

»Hä?«, machte ich abwesend. »Wie jetzt?«

»Das heißt deshalb Gespensteranbau, weil beim Bau einer von den Bauarbeitern draufgegangen ist. Von einem Pfosten erschlagen. Deshalb Gespensteranbau.«

Ich schluckte.

So viel zu Glück und Gott und Vorsehung.

»Und deshalb hat es auch nie eine offizielle Einweihung gegeben für das Gebäude«, setzte Pia ihre Erläuterungen fort. »Wenn du mich fragst, wäre dem Kulhaus die Regenvariante ganz recht. Damit er diesen unglückseligen Klotz endlich reinwaschen und einer Funktion zuführen und damit rechtfertigen kann.«

»Das will ich nicht«, protestierte ich sofort. »Da bin ich abergläubisch. Das ist ein schlechtes Omen. Ich kann mich nicht in einem Gebäude rächen, bei dessen Bau schon jemand umgekommen ist. Vielleicht liegt da ein Fluch drauf, und dann sterben wir auch.«

»Papperlapapp«, wiegelte Pia ab. »Ganz oder gar nicht. Keine Rückzieher mehr. Die Kantine ist außerdem nicht nur unschön, sondern auch viel zu klein. Sagt Kulhaus. Also, wenn Regen, dann Gespensteranbau.«

»Vielleicht regnet es ja nicht«, sagte ich hoffnungsvoll.

»Genau«, beschied Pia. »Vielleicht regnet es ja nicht.«

Dann legte sie auf und ließ mich mit meinem unguten Gefühl allein.

Ich war kaum zu Hause angekommen, da piepste mein Handy. Eine SMS von Karl.

»Heute ist Stichtag«, hatte er getippt. »Die Woche ist rum. Ich warte noch heute Abend auf deinen Statusbericht. Kuss. Karl.«

Auch das noch.

Wenn es kam, dann kam es knüppeldicke.

Also Zeit für Selbstreflektion. Meinetwegen.

Seufzend kippte ich Katze sein Stinkefutter in die Schale, entkorkte einen Rotwein und ließ mich an meinem Schreibtisch nieder.

Ich hatte keine Ahnung, was Karl von mir erwartete.

Seltsamerweise war es immer einfacher, irgendwelche Erwartungen zu erfüllen, als ins Blaue hineinzuagieren. Aber je mehr Rotwein ich in mich hineinschüttete, desto leichter fiel mir das mit der Bläue, und gegen elf schickte ich Karl folgende Zeilen:

Meine Befindlichkeit in Sachen Horst.
Stand: Dienstag, 22. Mai 2001, ca. 20-23 Uhr.

Meine Befindlichkeit in Sachen Horst ist momentan eher zwiespältig. Der Racheplan läuft gut, viel besser, als ich es erwartet habe, und es ist toll zu sehen, was man so auf die Beine stellen kann. Vor allem, wenn einem sämtliche Freunde dabei helfen. Natürlich wäre es noch viel toller, wenn man so ein Erlebnis einfach nur so hätte. Ohne dass es dazu dient, jemand anders eins auszuwischen. Aber es hat nun mal alles seine Schattenseiten. Alles. Ich habe bestimmt auch meine Schattenseiten. Eine davon ist wahrscheinlich, dass ich in dieser Angelegenheit nicht locker lasse. Aber ich finde es nun mal scheiße, dass ich jemandem wirklich all meine Liebe und so weiter geben wollte und der nimmt sie erst, aber schmeißt sie dann ohne Begründung weg und hängt sich mir im nächsten Moment vor die Nase wie die Möhre an der Stange dem Esel (super Bildnis). Dafür gibt es in meinen Augen keine Gnade. Erst recht nicht, wenn die Nummer zur Masche wird und sich bei einer anderen wiederholt, wie bei Pia und mir. Das macht mich sehr wütend. Und ich werde genau genommen jeden Tag wütender. Um ehrlich zu sein, bin ich jetzt schon wieder sehr viel weniger zwiespältig als zu Beginn dieses Pamphletes. Der Horst ist ein Arschloch, und da gehört ein Stock reingesteckt und ein paarmal kräftig umgedreht. So viel zu meiner derzeitigen Befindlichkeit.
Mona.

Noch bevor ich mir das letzte Glas Wein eingeschenkt hatte, kam eine Antwort von Karl.

Liebe Mona,
genau genommen hat der Horst »die Nummer« gar nicht wie-

derholt, das weißt du besser als ich. Eure Geschichte war mit Sicherheit etwas sehr Besonderes, ganz egal, ob es da noch eine Pia gab oder nicht. Aber vielleicht fühlte Niels sich deinen großen Gefühlen einfach nicht gewachsen. Wenn man die annimmt, dann trägt man nämlich plötzlich eine große Verantwortung, und es ist nicht jedermanns Sache, sich die einfach unter dem Deckmäntelchen der Liebe in die Schuhe schieben zu lassen, wenn man sich nicht ganz sicher ist. Vielleicht hat Niels darunter noch sehr viel mehr gelitten als du. Hast du schon jemals darüber nachgedacht, dass du vielleicht das Arschloch bist und nicht der Horst?
Karl.
P. S.: Joints während der vergangenen Woche: sieben.
Joints heute Abend: drei. Du beschäftigst mich.

Ich schnaubte. Das war ja wohl die Höhe. Elendes therapeutisches Latschen-Zimt-Yogitee-Gewäsch, elendes.

Noch dreimal wütender als vorher löschte ich die Mail aus meinem Speicher und schaltete den Fernseher ein, um mich mit Harald Schmidt abzulenken.

Der konnte auch ein ganz schönes Arschloch sein, wenn er wollte. Selbst wenn er dafür einen Anzug trug. Und er hatte viel Spaß dabei und ganz nebenbei eine großartige Karriere samt Werbeverträgen für guten Kaffee (mit Betonung auf der letzten Silbe). Also. Es war hip, ein zivilisiertes Arschloch zu sein, egal, ob nun Kaffee oder Rotwein trinkend. Prost.

Mittwoch und Donnerstag kümmerten Eske und ich uns hingebungsvoll um eine Aufstellung unserer Medienkontakte. Die Liste, die wir erstellten, war beeindruckend: Kannten wir in einer Redaktion ausnahmsweise mal niemanden, so kannten wir zumindest jemanden, der dort jemanden kennen würde. Auch Alf steckte uns ein paar Visitenkarten von Kundinnen seines Salons zu, und weil Alfs Salon teuer war, standen auf diesen überdurchschnittlich oft die Nummern von Redaktions- oder zumindest Ressortleiterinnen.

Letztendlich sah unsere Liste eher aus wie ein Stammbaum, weil von jedem Kontakt wieder andere Kontakte abgingen. Die Verzweigungen und Verästelungen waren fast so verwirrend wie die Besitzverhältnisse in der Medienlandschaft selbst, aber Eske und ich bemühten uns sehr, den Überblick zu behalten. Sorgfältig notierten wir Namen, Durchwahlen, Mailadressen und, um unsere Insiderkompetenz noch zu unterstreichen, wo immer möglich auch die Mobilnummern sämtlicher möglicher Ansprechpartner.

Freitagabend konnten wir die Liste noch um mehrere Online-Redakteure ergänzen. Sie feierten im Eck den Ausstand eines Kollegen, der passenderweise zum 1.6. bei der dpa anfangen würde. Somit hatten wir sogar die Nachrichtenagenturen gedeckelt.

Rocko bestätigte uns seine Bereitschaft, die Veranstaltung kostenlos zu dokumentieren und Niels' Unternehmen mit Hilfe des Materials zu einem flotten Imagefilm zu verhelfen, schriftlich auf einem Bierdeckel. Daran änderte auch die Tatsache nichts, dass Behnke junior später im Eck auftauchte und Rocko somit der Illusion beraubte, Eske würde vor lauter Dankbarkeit die Nacht mit ihm verbringen.

Gegen Mitternacht tauchten Pia und Flint im Eck auf. Arm in Arm.

»Was machst du denn hier?«, fragte ich perplex. »Ich dachte, du wolltest erst am Sonntag kommen!«

»Dreimal darfst du raten«, strahlte Pia und drückte Flint einen Kuss auf die Wange. »Ich bleibe das ganze Wochenende hier. Bei Flint.«

Alles klar. Dann war es also offiziell.

Ich seufzte. Jetzt hatte Eske Behnke junior, und Pia hatte Flint. Und ich?

Ich hatte noch nicht mal Karl, auf den ich zu allem Überfluss auch noch sauer war.

Aber wenigstens hatte ich einen Plan, wie ich den drankriegen konnte, der Schuld war an meiner Misere.

Niels würde sich warm anziehen müssen. Eigentlich konnte er schon mal anfangen, sich einen neuen Job und eine neue Wohnung zu suchen. Und zwar in einer anderen Stadt, in die seine Schmach so schnell nicht vordringen würde. Am besten gleich in Walkenhorst.

Horst Go Home!

Genau.

Am Sonntag trafen Pia, Eske und ich uns im Monsun zu unserem letzten Vorbereitungstreffen für Pias Termin mit Kulhaus. Stolz drückten wir Pia die Redaktionsliste in die Hand, bewunderten ihren Einladungsentwurf und gingen den Kostenvoranschlag noch einmal mit ihr durch. Alles war perfekt, das musste sogar Eske zugeben.

Der 21. Mai konnte kommen. Wir waren bereit.

Und Kulhaus war Feuer und Flamme.

Eine Stunde nach Terminbeginn schickte Pia mir am Montag ein simples »Ja!« auf mein Handy.

Mags und ich täuschten daraufhin gleich nach der Mittagspause eine Lebensmittelvergiftung vor und köpften in dem Holzhäuschen auf dem Spielplatz hinter unserem Firmengebäude heimlich die Flasche Prosecco, die ich bis dato für besondere Gelegenheiten in meinem Aktenschrank aufbewahrt hatte.

Jetzt hatten wir nur noch eine Hürde zu nehmen: Werder Bremen.

Das war Eskes Baustelle. Laut Liste war Werder ihr Zuständigkeitsbereich. Eigentlich konnte ich mich also zurücklehnen und sie machen lassen. Ich hatte trotzdem Angst, dass wir an dieser Hürde scheitern würden. Oder vielleicht gerade deshalb.

Es hatte alles so gut geklappt bisher! So gut, dass es fast unheimlich war. Die Werder-Spieler waren das Einzige, das uns noch fehlte in unserem großen Plan. Aber genau sie waren auch diejenigen, die die ganze Aktion erst rund machten, und das nicht nur wegen des signierten Fußballs, den sie hoffentlich für die Tombola mitbringen würden.

Was also, wenn es uns nicht gelingen würde, Niels' große Idole auf die Veranstaltung zu locken?

Zwar lagen wir terminlich ganz gut im Rennen, Werder hatte am 29. Juni kein Bundesligaspiel, und es waren immerhin noch über vier Wochen bis zur Veranstaltung. Aber nur weil der DFB unser Vorhaben unterstützte, bedeutete das ja noch lange nicht, dass die Bremer Bundesligamannschaft nichts Besseres vorhatte, als genau diesen Tag auf einer Hamburger Wohltätigkeitsveranstaltung zwischen lauter gestörten Ingenieuren wie Niels zu verbringen.

»Das lass mal meine Sorge sein«, verkündete Eske siegessicher, nachdem ich sie noch vom Spielplatz aus davon in Kenntnis gesetzt hatte, dass sie die ihr zugedachte Aufgabe nunmehr schleunigst zu erledigen hätte. »Ich weiß schon, wie ich's anfang. Gib mir ein paar Tage Zeit. Diesmal darfst du übrigens gern dabei sein«, fügte sie großzügig hinzu. »Aber erst in der Endphase.«

Diese Großzügigkeit legte sie natürlich nicht ohne Grund an den Tag, aber das wurde mir erst klar, als es so weit war.

Bis dahin hatte ich noch eine Menge zu erledigen: Urlaub einreichen für den 29. Juni zum Beispiel. Und weitere Statusberichte verschicken an Karl. Zwei an der Zahl, denn Eske ließ sich Zeit. Wie immer.

Mein erster Statusbericht wurde nicht sehr nett und auch nicht sehr lang. Er bestand nur aus einem einzigen Satz: »Ich sehe es nicht ein, mich von dir beschimpfen zu lassen«, lautete er. Karl reagierte darauf, indem er am nächsten Abend bei mir vor der Tür stand, um die Dinge klarzustellen.

»Ich wollte dich damit nicht beschimpfen«, sagte er ruhig, während ich wie ferngesteuert in der Küche herumfuhrwerkte und vermied, ihn anzusehen.

»Hast du aber«, erwiderte ich bockig und schaufelte brüsk einen Löffel Kaffee nach dem anderen in die Maschine.

Es war schon viel zu spät für Kaffee. Aber immer nur Schnaps trinken half ja auch nicht.

»Eigentlich wollte ich dich nur noch mal zum Nachdenken bringen«, erklärte Karl.

Er beobachtete mich unverhohlen, ich konnte seine Blicke auf meinem Rücken spüren. Das machte mich noch unsicherer, und ich legte beim Kaffeeeinfüllen noch ein wenig Tempo zu.

»Wenn du mich fragst, ist mir das gelungen«, fuhr Karl fort. »Oder warum bist du so nervös?« Er stand auf, legte von hinten die Arme um mich und hielt meine Hände fest. »Und wenn du mit dem Kaffee so weitermachst, werden wir ihn nicht überleben«, fügte er hinzu.

In diesem Moment fühlte ich mich plötzlich, als würde ich sowieso überhaupt nichts mehr überleben. Zum ersten Mal seit Wochen hatte ich auf einmal das Gefühl, dass ich im Begriff war, etwas ganz furchtbar Dummes zu tun.

Es war kein schönes Gefühl. Ich versuchte es wegzuschieben, aber gleichzeitig sah ich mir selbst dabei zu, wie es beim Versuch blieb. Dann setzte auch dieser Reflex aus, und ich fing an zu heulen.

Es wurde nicht besser, als Karl mich zu sich umdrehte. Im Gegenteil, ich schluchzte so sehr, dass es mich schüttelte, und ich wusste noch nicht einmal genau, worüber. Ich verlor die Kontrolle, und das gefiel mir so wenig, dass ich darüber noch mehr in Tränen ausbrach.

Ich vergrub mein Gesicht an Karls Hals, und er legte seine Hände in meinen Nacken, während ich weiterweinte. Karl sagte nichts.

Nichts jedenfalls, was ich gern gehört hätte, wie »Es wird doch alles gut« oder »Ich bin ja bei dir« oder »Schschsch« oder »Heile, heile Gänschen«. Lediglich ein gemurmeltes »Na endlich« vermeinte ich zu hören, während ich Karls Hemd langsam in ein Feuchtbiotop verwandelte.

In diesen Minuten zweifelte ich zum ersten Mal ernsthaft an unserem großen Plan.

Ich fühlte Karls warme Hände auf meinem Gesicht und fragte mich, ob es nicht vielleicht doch schlauer war, die ganze Sache abzublasen und die Vergangenheit zu vergessen und stattdessen mit Karl zusammen zu sein und mit ihm die Liebe zu lernen.

Aber dann fiel mir wieder ein, wie wütend ich auf Niels war und was er alles kaputtgemacht hatte und wie er sich breit machte in meinem Hoheitsgebiet, und dass ich nun mal niemand war, der sich so etwas gefallen ließ und auf den letzten Metern kniff.

So wie Niels gekniffen hatte, den ich dafür verachtete, wie ich noch niemanden verachtet hatte.

»Besser?«, erkundigte sich Karl, nachdem ich endlich von seinem Hemd abgelassen und stattdessen drei Taschentücher verschlissen hatte.

Aus den Augenwinkeln konnte ich sehen, wie Katze sich unbeobachtet wähnte und anschickte, einen Inspektionsspaziergang auf dem Küchentisch zu absolvieren. Eine Pfote hatte er bereits auf die Tischplatte gelegt und tat unschuldig, indem er vom Stuhl scheinbar unbeteiligt und gedankenverloren die Wand anstarrte.

»Irgendwie schon«, antwortete ich und klatschte laut in die

Hände, um Katze von seinem Vorhaben abzuhalten. Er sprang auf den Boden und landete dabei fast in seinem eigenen Wassernapf. Jetzt musste ich lachen. Trotz allem.

Dieses Vieh wusste ganz genau, wann es an der Zeit war, sich absichtlich grotesk zu verhalten und dadurch Sympathie zu generieren.

Ich hingegen wusste zwar, wann ich mich grotesk verhielt, aber ich tat das selten absichtlich, und zu Sympathiebekundungen meiner Umwelt führte es nie.

War das vielleicht der Unterschied zwischen Mensch und Tier?

»Gut«, sagte Karl. »Hier.« Er holte einen kleinen Zettel aus seiner Hosentasche. »Mein Statusbericht für diese Woche.«

Sorgfältig faltete er das Papier auseinander, bevor er es an mich weiterreichte. Es war der Beleg für ein Einschreiben, adressiert an die Universität Hamburg, Fachbereich Sozialwissenschaften. »Ich habe mir überlegt, dass Kiffen und Callcenter nicht alles sein kann im Leben. Ich werde studieren.«

Ich musterte Karl überrascht, soweit mir das aus meinen verheulten Augenschlitzen überhaupt möglich war.

»Wenn sie mich denn nehmen«, fügte er hinzu.

»Das werden sie«, sagte ich ehrlich überzeugt. »Bestimmt.«

Wow. Als Dreißigjähriger unter lauter Erstsemestern, das war bestimmt nicht leicht. Aber bewundernswert.

Mein nächster Statusbericht an Karl fiel entsprechend wohlwollend aus. Ich erwähnte meine Befindlichkeit darin nicht mit einem Wort, schon allein deshalb, weil ich mir Zweifel nicht erlauben konnte. Stattdessen setzte ich Karl detailliert unseren Racheplan auseinander. Er ließ sich nichts anmerken, selbst wenn ihm auffiel, dass ich damit lediglich das Ziel verfolgte, vom Wesentlichen abzulenken.

In den Tagen nach diesem Statusbericht wurden Pia und ich langsam ungehalten, was Werder Bremen betraf. Eske hatte noch immer nichts verlauten lassen. So wie ich sie kannte, war zu befürchten, dass sie ihre Mission in der Zwischenzeit möglicherweise schlichtweg vergessen hatte. Aber das hatte sie nicht. Behauptete sie zumindest.

»Locker bleiben«, sagte sie lässig, als ich sie am Donnerstag anrief. »Es ist doch erst der siebte. Ich hab alles im Griff. Kauf dir am Samstag eine Morgenpost, nimm dir Montagmorgen frei und komm zum Frühstück zu mir. Dann wirst du ja sehen.«

Ihr Wort in Gottes Ohr.

Vor Freitag, sonst der Wochentag, auf den ich mich am meisten freute, graute mir.

Susa war übers Wochenende nach Frankfurt gefahren, um ihre Freundin Sandra zu besuchen, die dort in einem riesigen »Schöner Wohnen«-Loft mit einem stinkreichen Typen lebte, für den sie Mann und Kind verlassen hatte, und jetzt trotzdem unglücklich war.

Eske und Behnke junior gingen romantisch essen und würden es danach womöglich gar nicht mehr woandershin schaffen, bevor sie sich in Eskes Wohnung wieder auf dem Fußboden rollten.

Und Pia und Flint nonstop beim Knutschen zusehen zu müssen war auch nicht das Wahre. Ich beschloss, Karo zum Essen einzuladen.

»Ich kann nicht«, erklärte sie mir bedauernd, als ich sie anrief. »Ich treffe mich mit Immo.«

»Waaaas?«, entrüstete ich mich. »Ich denke, du willst ihn nicht? Was ist mit deiner Therapie?«

»Das gehört zur Therapie«, erläuterte Karo gelassen. »Er wird mir sagen, dass er wegen mir endlich seine Freundin verlassen hat, und ich werde ihm sagen, dass das sehr schade für ihn ist, weil ich nunmehr weder willens noch in der Lage bin, ihm seine Freundin zu ersetzen.«

»Ich glaube dir kein Wort«, antwortete ich. »Das will ich sehen.«

»Nichts ist«, beschied Karo. »Du bleibst zu Hause.«

Natürlich tat ich das nicht. Ich ging ins Kabana im Schanzenviertel. Das Kabana war für Alf in etwa dasselbe wie für mich das Familieneck, und als ich den Laden in dieser Nacht verließ, versprach der Barkeeper, ab der kommenden Woche meinen Lieblingswhisky ins Sortiment aufzunehmen.

Kurz bevor ich ins nächstbeste Taxi sprang, kaufte ich mir bei einem der nächtlichen Mopo-Verkäufer noch eine Morgenpost. Wie Eske mir befohlen hatte. Nur zum Lesen war ich nicht mehr in der Lage.

»Das hättet ihr mir auch mal sagen können«, weckte mich am nächsten Morgen Pia und fegte zeternd an mir vorbei in die Küche. Ich gähnte und zog den Bademantel enger um meinen geschundenen Körper.

»Wovon zum Teufel sprichst du?«, fragte ich und fiel wiederholt über Katze, der laut maunzend seinen Hunger beklagte.

»Davon«, maulte Pia und zog eine Morgenpost aus ihrer Jeansjacke.

Es war die gleiche Ausgabe, die ich irgendwo in meinem Schlafzimmer unter den Klamotten des Vortages vergraben hatte.

»Ich mach mir hier tagelang Sorgen, ob das alles klappt, und dann habt ihr's schon längst in trockenen Tüchern!«

Ich verstand nur Bahnhof.

»Ich verstehe nur Bahnhof«, murmelte ich also und gähnte.

Pia schlug vorwurfsvoll raschelnd die Zeitung auf. »›Hansestädte tun was für den Fußballnachwuchs: Werder Bremen als prominente Paten zu Gast‹«, zitierte sie. »›Die Hamburger Morgenpost verlost 5x2 Eintrittskarten inklusive Tombolalose für Wohltätigkeitsveranstaltung am 29. Juni.‹«

Hoppsala. Bitte was?

»Gib mal her«, sagte ich schnell und nahm Pia die Zeitung aus der Hand.

Tatsache. Eine Viertelseite über unsere Veranstaltung, bestens platziert, mitten im Hamburgteil. Samt des Fotos einer mir unbekannten Band namens »Andi and the Archies«. »Von AC/DC bis ZZ Top: Da rockt das Firmengelände!«, lautete die Bildunterschrift. Und der Frontmann der Truppe war Behnke junior.

Ich fasste das alles nicht.

»Eske«, japste ich erschüttert. »Das kann nur von Eske kommen.«

»Dann werden wir der kleinen Eske wohl jetzt mal einen Besuch abstatten«, beschied Pia kurzentschlossen und stand auf. »Anziehen, aber dalli.«

Ich fügte mich seufzend in mein Schicksal.

Was zum Teufel hatte Eske sich wohl dabei gedacht?

Nachdem sie uns weder ihre Haustür öffnete noch an irgendeines ihrer Telefone ging, beschlich mich das ungute Gefühl, dass System dahinter steckte.

»Ich gehe morgen zu ihr zum Frühstück«, sagte ich zu Pia. »Ich finde heraus, was das soll.«

»Ich komme mit«, erklärte Pia grantig. »Hab eh Urlaub Montag und Dienstag. Wollte mal wissen, wie es mit Flint an einem Wochentag ist. Und dich kriegen wir auch noch«, knurrte sie und versetzte Niels' BMW, der wie immer auf dem Bürgersteig geparkt war, einen abschätzigen Tritt.

Zusammengeknüllt auf dem Rücksitz lag, wie so oft, eine braune Wolldecke, und auf dem Beifahrersitz verteilten sich Kassettenhüllen und eine Wasserflasche. Wie immer. Ansonsten konnten aus diesem Wagen keinerlei Rückschlüsse auf seinen Besitzer gezogen werden.

Änderte sich in Niels' Leben eigentlich nie etwas?

Im selben Moment heulte eine Alarmanlage los.

Ich zuckte zusammen, und Pia sprang einen halben Meter zurück auf die Straße, sodass sie vom erstbesten passierenden Auto erschrocken angehupt wurde. »Was ist das denn?«, wunderte sie sich. »Hatte der die schon immer?«

Ich hob die Schultern und verschwieg lieber, dass Niels die Alarmanlage unter Umständen meinetwegen installiert hatte.

Aber immerhin. Es war eine Veränderung. Hm-hm.

Dann sah ich zu, dass wir Land gewannen, bevor die spitzfindigen Bewohner der Abbestraße ein weiteres Mal die Polizei auf den Plan riefen.

Eske blieb das gesamte Wochenende unerreichbar, aber als sie uns am Montagmorgen die Tür öffnete, tat sie ganz unschuldig.

»Pia!«, flötete sie scheinheilig. »Was machst du denn hier? Gar nicht daheim in Berlin?«

»Erstes Beziehungstraining mit Flint«, versetzte Pia und musterte Eske misstrauisch. »Aber eigentlich sollten *wir* hier die Fragen stellen.«

Dazu legte sie mit einer filmreif dramatischen Bewegung die verhängnisvolle Morgenpost auf den Tisch. Fehlte nur noch, dass sie ihre Marke zückte und sich mit »Korte, Mordkommission« vorstellte.

Mona, hol schon mal den Wagen. Aber nimm unseren. Brauchst keinen klauen. Und bitte erst recht keinen Horst-BMW mit Alarmanlage. Ich kicherte. Pia sah mich böse an.

»Ach, das«, sagte Eske gespielt beiläufig. »Das wird sich euch gleich erschließen. Los, ausziehen, Kaffee trinken, Brötchen essen. Entspannt euch.«

Während Pia und ich uns am Küchentisch niederließen, holte Eske aus dem Wohnzimmer ihr uraltes amerikanisches schnurloses Telefon, ein riesiges graues Ungetüm mit einer Plastikantenne, mit dem man immer so aussah, als hielte man sich einen Ytongstein an den Kopf, wenn man telefonierte. Es war schon lange nicht mehr uneingeschränkt funktionstüchtig und unterbrach Gespräche gerne mal, wobei man bei Eske nie so genau wusste, ob es nicht vielleicht eher *sie* war, die ein Gespräch einfach abbrach, weil es ihr zu lange dauerte oder sie vielleicht langweilte. Es war ihr durchaus zuzutrauen, dass sie lediglich *vorgab*, ihr Telefon hätte die Aussetzer zu verantworten.

Allen Besuchern, die sich über das Gerät mokierten, tischte Eske eine neue erfundene Geschichte dazu auf, lauter Gründe, warum sie es nicht so ohne Weiteres gegen ein neues eintauschen konnte.

Weil sie darüber schon mit Monica Lewinsky telefoniert hatte, als diese noch Praktikantin im Oval Office gewesen war zum Beispiel und Eske sich verwählt hatte, während sie eigentlich ihre alte Gastfamilie in den Staaten anrufen wollte.

Oder weil sie damit unter schwierigen Lebensumständen jedes Anrufgewinnspiel gewinnen würde (natürlich nur, wenn sie persönlich ohne weitere Zuhörer anrief und zuvor ein bestimmtes Ritual durchführte) und es deshalb quasi als Notgroschen für schwierige Zeiten aufbewahrte.

Mir hatte sie erzählt, dass es ihr ein alter Nachbar auf seinem Sterbebett vermacht hätte mit dem Hinweis, dass sie eines Tages einen sehr wichtigen Anruf darüber erhalten würde, allerdings nicht vor dem Jahre 2010.

»Wo denkst du hin«, entrüstete sie sich auch jetzt, als Pia sie fragte, ob sie sich nicht vielleicht ein moderneres Telefon zulegen sollte. »Das stammt aus der Originalrequisite von Dallas. Damit hat J. R. jahrelang seine fiesesten Operationen angeleiert.«

»Echt?«, staunte Pia und strich andächtig über die Tasten, die vom vielen Draufherumdrücken schon ganz abgerubbelt waren, sodass man die Zahlen darauf nunmehr erraten musste.

»Und ihr werdet gleich erleben, dass es uns noch dazu Glück bringt«, ergänzte Eske voller Genugtuung, ließ sich uns gegenüber an den Küchentisch fallen, spreizte vorbereitend ihre Finger, platzierte das Telefon direkt vor sich, mit den Tasten nach oben, griff dann mit großer Geste nach ihrem Notizbuch und schlug es auf.

»Achtung. Es geht los!«, verkündete sie geheimnisvoll und wählte eine Nummer, die ich nicht erkennen konnte, obwohl ich einen langen Hals machte.

Pia und ich sahen uns ratlos an. Ich zuckte mit den Schultern.

Dann kam Leben in Eske. Sie saß auf einmal kerzengerade da und hatte ein zuckersüßes Lächeln aufgesetzt.

»Hallo«, zirpte sie in den Hörer. »Groot von der Agentur Sportslife Berlin United.«

Ich knirschte mit den Zähnen. Ein blöder Name, aber es war uns auf die Schnelle nichts Besseres eingefallen.

»Wir haben letzte Woche schon einmal miteinander telefoniert, Sie erinnern sich vielleicht, es ging um die Veranstaltung am 29. Juni in Hamburg. Ja, genau. Wir hatten die Mannschaft angefragt für die prominente Patenschaft und ob die Spieler vor Ort sein könnten.«

Daher wehte also der Wind. Pia riss die Augen auf. Eske grinste von einem Ohr zum anderen. Auch, als sie jetzt den Hörer zwei Meter weit davon weghielt, weil sich am anderen Ende jemand gehörig aufregte. Ich konnte das Zetern quer über den Tisch hören.

»Oh, nein«, hauchte sie dann bestürzt in den Hörer. »Das ist ja furchtbar.«

Ich hielt die Luft an.

»Warten Sie mal kurz, ich überprüfe das eben«, sagte Eske im nächsten Moment und griff nach der Morgenpost, nicht ohne gehörig damit zu rascheln und den Anschein zu erwecken, sie würde hastig darin blättern.

»Oh, mein Gott. Sie haben Recht«, stellte sie dann entsetzt fest. »Das ist ja – o wei. Das muss unsere Praktikantin gewesen sein.«

Jetzt klang Eske so, als müsste sie sich schwer beherrschen.

»Eine Sekunde bitte«, presste sie hervor und legte den Hörer auf den Tisch, sodass die Sprechmuschel nach oben zeigte. Dann erhob sie sich in einem Höllentempo von ihrem Stuhl, trampelte so laut es ging einmal quer durch die Küche, blieb im Türrahmen stehen, drehte sich wieder um und brüllte dann Pia und mich an.

»Tanja! Verdammt noch mal! Warst du das mit den Pressemitteilungen für den 29.? Ich habe gesagt, du sollst sie *nach* meinem Okay rausschicken! *Nach* meinem Okay, wenn Werder zugesagt hat, nicht davor! Was willst du eigentlich noch alles falsch machen? Wie stehen wir denn jetzt da?«

Pia hatte den Kopf eingezogen, so echt klang Eskes Anschiss. Fast fühlte auch ich mich schuldig.

»Wie viele Pressemitteilungen hast du rausgeschickt? *Alle?*«

Jetzt kreischte Eske regelrecht. Ihre Stimme überschlug sich. Pia und mir stand vor Erstaunen der Mund offen.

»Die komplette Liste?«, echauffierte sich Eske weiter und machte auf Rumpelstilzchen. Sie schlenkerte wild mit den Armen und raufte sich die Haare. Bühnenreif.

»Hat das Abendblatt veröffentlicht? Was, der Weserkurier in Bremen auch? – Du liebe Güte, das ist eine Katastrophe für uns! Und für Werder erst recht! Aber du hast ja noch nie zugehört, wenn man dir was gesagt hat! Das war's für dich in diesem Laden, Tanja! Ich habe die Schnauze voll von dir, und zwar endgültig! Du bist gefeuert! Fristlos! Und tschüss! Pack deine Sachen!

Du hast hier ab sofort Hausverbot! Hast du gehört? *Haus-Verbot!*«

Dann trat Eske über die Schwelle zurück in die Küche und knallte mit einem lauten Rums die Küchentür zu, dass die Wände wackelten, bevor sie laut hörbar tief durchatmete, gemessenere Schrittes wieder auf ihren angestammten Platz zurückkehrte und erneut nach dem Telefon griff.

»Entschuldigen Sie«, surrte sie dann mit Honig in der Stimme. »Aber das musste ich kurz klären.« Sie seufzte und schüttelte den Kopf.

»Mit dieser Praktikantin haben wir schon andere Probleme gehabt, aber das schlägt dem Fass den Boden aus. So etwas macht uns unsere ganze Reputation kaputt, mal ganz abgesehen von dem Schaden, den Sie jetzt haben. Ich meine, wie sieht das denn aus, wenn die ganze norddeutsche Presse das Engagement von Werder Bremen ankündigt und hinterher können die Spieler das gar nicht erfüllen? Ach, es tut mir so Leid. Ich weiß gar nicht, wie wir das wieder gutmachen können.«

Eske legte eine Pause ein und machte ein verständnisvolles Gesicht, während die Stimme am anderen Ende sich langsam wieder erholte und das Wort ergriff.

»Sieht es denn wirklich so schlecht aus für den Termin?«, fragte sie dann einfühlsam und wiegte den Kopf. »Ich meine, wenn Sie es *irgendwie* dazwischen – das dauert ja nun auch nicht – wir haben selbstverständlich ein Hotel im Budget, aber wenn die Truppe noch am selben Abend zurück – so weit ist Hamburg ja zum Glück nicht von Bremen. Ja, das wäre natürlich die beste Lösung. Für uns *und* für Sie. Wenn man da jetzt eine Gegendarstellung oder eine Korrektur – Sie wissen ja, wie die Presse ist. Die wittern da dann gleich wieder Knatsch mit dem DFB – ach, daran will ich gar nicht denken. Ja, die Schirmherrschaft haben die längst übernommen.«

Meine Fresse. Was war Eske doch für ein raffiniertes Luder.

Pia war mittlerweile völlig out of order. Sie hielt sich an der Tischkante fest und hatte ein kreidebleiches Gesicht. Ob das von unterdrücktem Lachen oder wahrem Entsetzen herrührte, war nicht erkennbar.

Auch ich war nicht in der Lage, mich für eine dieser beiden Möglichkeiten zu entscheiden. Stattdessen bekam ich vor lauter Aufregung einen Schluckauf.

»Ja«, schwadronierte Eske weiter, »meinen Sie, Sie könnten mit dem Trainer – in einem Meeting mit dem Geschäftsführer? – Soll ich nicht vielleicht mit den beiden – ach so. Das verstehe ich natürlich. Ja, das machen Sie doch mal. Sie sind ja so ein Schatz! Ich weiß gar nicht, wie ich Ihnen danken soll. Es tut uns so Leid! Aber vielleicht kriegen wir das gemeinsam irgendwie wieder hin. Ja. Ich zähl auf Sie. Falls nicht, müssen wir uns was anderes überlegen. Aber als Letztes stirbt ja bekanntlich die Hoffnung, nicht wahr? – Viertelstunde? – Ja, prima. Ja, ich bin am Platz. Welche Nummer hatte ich Ihnen letztes Mal gegeben? – Ja, unter der Nummer ist super. Das ist die richtige. Nein, in Berlin haben wir unser Hauptbüro, aber diese Veranstaltung wird natürlich von Hamburg aus koordiniert. Alles andere würde ja auch keinen Sinn machen, nicht wahr? Ich bin Ihnen so dankbar. Bis gleich. Bis gleich, danke.«

Dann legte Eske auf.

Pia und ich sagten erst mal gar nichts. Wir standen unter Schock.

Eske feixte. »Na?«, machte sie. »Hab ich zu viel versprochen? Klappt doch alles vorzüglich!«

Dann griff sie in aller Seelenruhe nach einem Brötchen. Die Werdertante rief wieder an, noch bevor sie die erste Hälfte gegessen hatte.

»Du gehst ran und stellst die durch«, schmatzte Eske mit vollem Mund und schob mir das klingelnde Telefon zu. »Ich bin schließlich wichtig.«

Für Widerrede blieb mir keine Zeit. Mit zitternder Stimme hob ich ab.

»Agentur Sportslife Berlin United, guten Tag«, krächzte ich. »Frau Groot? Einen Moment bitte.«

Dann schob ich das Telefon zurück zu Eske, die durch energisches Schlucken ihren Mund in Sekundenschnelle leerte. Obwohl sie ihn wie immer viel zu voll genommen hatte.

»Groot«, meldete sie sich. Sie klang sehr geschäftsmäßig. Wenige Sekunden später breitete sich ein glückliches Lächeln auf ihrem Gesicht aus.

»Aber das ist ja fantastisch«, jubelte sie. »Das ist toll. Ach, wie wunderbar. Mein Tag ist gerettet. Ach, was sage ich! Die Agentur ist gerettet! Sie wissen ja gar nicht, was das für uns bedeutet! – Natürlich ist mir klar, dass der Zeitplan knapp ist. Ich verspreche Ihnen, es wird keine Verzögerungen geben. Anreise bis 15 Uhr, Abreise ab 18 Uhr. Kein Problem. Dafür verbürge ich mich persönlich. Vielen Dank. Ja, ich schicke Ihnen alles zu. Vielen, vielen Dank. Auf Wiederhören.«

Eske ließ Beifall heischend den Hörer sinken und sah erwartungsvoll in die Runde. Pia brach in Freudengeschrei aus und fiel Eske um den Hals, und als sie wieder frei war, drückte auch ich ihr einen dicken Kuss auf die Wange.

»Girlpower rules«, sagte Eske zufrieden und machte das Victory-Zeichen.

»Eske rules«, sagte ich und klatschte sie ab. »Aber eine Frage hätte ich da noch«, fiel mir ein, als Eske den ersten Sektkorken knallen ließ. »Wie zum Donner hast du die Morgenpost dazu gebracht, uns eine Viertelseite zu geben? Ich denke, da kennst du nur über vier Ecken jemanden?«

»Behnke junior kennt da über nur *eine* Ecke jemanden«, sagte

Eske und zwinkerte. »Er hat die Sache in die Hand genommen. Es ist eine Art Deal.«

»Und wie lautet der?«

Ich erinnerte mich leicht schaudernd an meinen Deal mit Karl. Bisher hatte er mir noch nicht viel gebracht. Außer dass ich an meinem eigenen Verstand zweifelte.

»Dass Behnke juniors Band ihren ersten Auftritt auf unserer Veranstaltung absolviert. Aber das passt doch. Man braucht doch Musik bei so was.«

Ja, richtig. Die Band. Andi and the Archies.

»Und?«, fragte ich gefasst. »Was spielen die so?«

»Stand doch schon in der Zeitung«, sagte Eske verwundert. »AC/DC und ZZ Top. Hauptsächlich.«

O Herr, lass Hirn vom Himmel. Ich stöhnte auf.

»Ach was«, sagte Pia entzückt, »das wird bestimmt lustig. Aber ich hätte da auch noch eine Frage«, ergänzte sie und tickte mit ihrem Zeigefinger mahnend auf den Tisch. »Abendblatt und Weserkurier. Haben die wirklich veröffentlicht?«

»Papperlapapp«, wiegelte Eske ab. »Die haben ja noch nicht mal die Pressemitteilung gekriegt. Ausgetrickst. Selbst wenn die bei Werder das noch peilen sollten – jetzt isses zu spät.«

Sie hob ihr Glas. »Auf Werder Bremen«, sagte sie stolz.

»Auf Werder Bremen«, echoten Pia und ich.

»Und auf mein Seelenheil«, fügte ich in Gedanken hinzu.

Jetzt hatten wir ihn im Sack, den Horst. Und jetzt hieß es abwarten. Aber das war gar nicht so leicht.

Es waren zwar noch zwei Wochen und vier Tage bis zum Tag der Tage, aber von dieser Nacht an begann ich, schlecht zu schlafen. Egal wie müde ich war, nach dem Zubettgehen wälzte ich mich stundenlang umher, die Gedanken in meinem Kopf jagten einander wie Katze seinen eigenen Schwanz, und mein Herz klopfte laut. Wenn ich dann am nächsten Morgen aufwachte, oft vor meiner Zeit, was sehr ungewöhnlich war, fühlte ich mich keinen Deut besser als am Abend zuvor.

Im Job konnte ich mich nur schlecht konzentrieren. Wann immer besondere Aufgaben verteilt wurden, die ich sonst mit Begeisterung an mich riss, sank ich während der Konferenz in mich zusammen, tat so, als wäre ich eigentlich gar nicht anwesend und hatte immer eine Ausrede parat, wenn es doch jemand wagte, mich anzusprechen. Munter wurde ich nur, wenn Mags und ich in unseren regelmäßig während der Arbeitszeit stattfindenden konspirativen Treffen auf den 29. Juni hinarbeiteten.

Ging ich abends aus, dann hatte ich nur zwei Möglichkeiten: Entweder verließ ich den Ort des Geschehens deprimiert und gelangweilt spätestens um zehn und wälzte mich wieder im Bett herum, oder aber ich betrank mich ausufernd.

Letzteres folgte in diesen Nächten einem ganz eigenen Rhtythmus, der sich unablässlich wiederholte: Wenn ich mit dem Trinken begann, bedurfte es nur wenig, bis ich jenem angeschwipsten Zustand verfiel, in dem die Euphorie zu Hause ist. Dann liebte ich mein Leben und alles, was dazugehörte und sogar mich selbst.

Zwei Drinks weiter sah das Ganze schon anders aus, denn dann erhob sich mein noch nüchternes Ich über das angetrunkene und beobachtete es argwöhnisch und verwies es hämisch darauf, wie viele Brüche und Fragen da doch waren, wenn man nur etwas genauer hinsah.

Manchmal gab es in diesem Zustand plötzlich seltsam lichte Momente, dann konnte ich auf einmal ganz klar und frei denken und sah alles, was mein Tun sowie den Lauf der Welt bestimmte, vor mir ausgebreitet, logisch aufgereiht und durchschaubar, so simpel und schlüssig, dass es eigentlich ein Kinderspiel sein müsste, alles zum Guten zu führen. Dann war jede Frage gleichzeitig fast schon ihre Antwort, nur weil die Frage gestellt worden war.

Gerade diese Momente jagten mir allerdings eine Höllenangst ein, sodass ich schnell weitertrank, bis ich schlichtweg keine Fragen mehr hatte und die beiden Ichs wieder vereint waren, allein schon, weil sie sich gegenseitig stützen mussten, um heil aus der Sache rauszukommen.

Am nächsten Tag fühlte ich mich dann immer schlecht.

Mit dem Racheplan erging es mir ähnlich. Manchmal erschien er mir als die einzig logische Konsequenz aus allem, was geschehen war, als gerechtfertigt und notwendig; und dann wieder fand ich ihn plötzlich völlig überflüssig und dumm und sogar lächerlich.

Früher, als man noch in Stämmen lebte und eine Ehre und einen Status zu verteidigen gehabt hatte, da war es völlig in Ordnung gewesen, sich zu rächen. Da hatte es einem sogar Anerkennung gebracht und die Vorherrschaft in der Sippe und darüber hinaus. Dadurch hatte man überhaupt erst überlebt!

Aber heute, heute war es böse, sich zu rächen. Böse und unklug, weil man dadurch ganz offensichtlich zeigte, wie sehr man getroffen und verletzt worden war, und sich dadurch ins eigene Fleisch schnitt, weil es eben heutzutage nicht mehr dazugehörte, das zu zeigen, und man sich dadurch erneut angreifbar machte.

Heute war man kultiviert und löste Konflikte, indem man darüber sprach und den Fehler vielleicht sogar bei sich selbst suchte oder in dem, was man ausstrahlte, und dann daran arbeitete und zusah, dass einem so etwas nicht wieder passierte.

Aber wenn der andere einem keine Chance gab, mit ihm darüber zu sprechen, was war dann? Ganz egal, ob man selbst vielleicht etwas dazu beigetragen hatte, dass es so gelaufen war, wie es gelaufen war? Ich meine, wie sollte man das überhaupt erkennen, wenn der andere es einem nicht sagte?

Vielleicht war Rache in dem Moment noch immer nicht vernünftig, aber vielleicht war sie dann zumindest angebracht, und man konnte sich entscheiden, ob man sie durchführen wollte oder nicht. Man hatte die Wahl.

Und die Freiheit, eine Wahl zu haben, bedeutete ja schließlich nicht automatisch, vernünftig zu sein.

Diese Überlegungen teilte ich Karl am 19. Juni in meinem vorletzten Statusbericht mit.

Zum Vernünftigsein war es eh schon viel zu spät.

Für den Sonntag vor dem 29. Juni beriefen wir in meiner Wohnung ein Vorbereitungstreffen für alle Beteiligten ein. Diesmal waren auch Karo, Rocko, Thomas und Manni sowie Behnke junior (in seiner Eigenschaft als Bandleader, uaaah) dabei.

Sogar Flint und Michi hatte Pia mittlerweile eingeweiht. Flint reagierte angemessen und verkündete, uns auf der Veranstaltung bis aufs Blut zu verteidigen, wenn es sein musste. Dazu hob er den linken Arm und ließ seinen vom Fototaschentragen immerhin vorhandenen Bizeps spielen.

Michi lehnte es ab, Gewalt jeglicher Art anzuwenden, aber er sagte immerhin zu, Pia und mich für den großen Tag als Modeberater auf einer Shoppingtour zu begleiten, um uns den nötigen seriösen Anstrich zu verpassen.

Als es so weit war, wollte er uns in Ensembles à la Vorstandsetage stecken, mit knielangen Röcken und taillierten Jäckchen, unter denen keck die einen Knopf zu weit geöffnete weiße Bluse hervorblitzte. Was bei Pia ausssah, als wäre sie darin geboren worden, war an mir der totale Horror.

Die meisten Kostüme sahen an mir aus wie eingelaufen, mit dem Charme einer Schwesterntracht, in der ich noch nicht einmal meine Arme anständig an den Körper legen konnte, weil sich sämtliche Jacketts weigerten, den Platzbedarf meiner Schultern auch nur annähernd zu berücksichtigen.

»Von den Knien abwärts sieht's super aus«, versuchte Michi mich zu trösten, was meine ohnehin schon schwer angeschlagene Stimmung keinesfalls besserte.

Aber dann entdeckte Michi in einer Boutique des Viertels ein schlichtes braunes Kleid mit Organzaärmeln voller gestickter Blüten und einem Ausschnitt zum Niederknien, und als ich damit aus der Umkleide schritt, fühlte ich mich plötzlich wieder on top of the world.

»Schönste«, sagte Michi ehrfürchtig, während ich mich vor dem Spiegel der Boutique drehte, der mich um mindestens zwei Konfektionsgrößen schmaler machte. »Schönste! Das ist es. Das hat Klasse. Und Eleganz. Und trotzdem siehst du irgendwie so – so sinnlich aus. Fast schon lasziv, möchte ich meinen. Üppig. Wunderbar!«

»Das nehm ich«, sagte ich sofort zur Verkäuferin, drückte Michi meine Kreditkarte in die Hand und wies ihn an, die Summe mit seinem Zeigefinger zu verdecken, während ich den Kopf in eine andere Richtung drehte und die Rechnung unterschrieb.

Der Drops war gelutscht.

Ganz abgesehen davon passte das Kleid hervorragend zu dem brünetten Pagenkopf, den Alf, Pia und ich mir im teuersten Zweitfrisurenstudio der Stadt ausgesucht hatten. Keine Frage: In dieser Montur würde mich auf den ersten Blick selbst meine Mutter nur an dem Feuermal meines rechten Zeigefingers erkennen.

Und dennoch würde Niels klar werden, was er verpasst hatte, sobald ich mich ihm auf der Bühne zu erkennen gab.

Üppige Sinnlichkeit! Verführerische Opulenz! Betörende Laszivität! Welcher Mann träumte insgeheim nicht davon?

Mehr als einmal versuchte ich mir in den nächsten Tagen bildlich vorzustellen, wie wir Niels drankriegten, aber ich hatte immer größere Schwierigkeiten, sein Gesicht vor mir zu sehen oder seine schlaksige Figur. Oder mich an das Gefühl zu erinnern, wie es überhaupt war, mit ihm zusammen zu sein. Es gelang mir einfach nicht, und ich glaubte fest daran, dass das gut war.

Alles andere hätte mir nur im Weg gestanden.

Über das Vorhaben, Niels' Mutter am Freitag dabeizuhaben, stimmten wir während unserer sonntäglichen Konferenz demokratisch ab. Jan wurde zum Wahlleiter berufen, weil er Politik studierte, und sammelte die Stimmzettel ein. Die Auszählung ergab eine knappe Mehrheit gegen die Anwesenheit von Frau Rusmann.

Eske und ich fügten uns nur widerwillig.

»Komm schon, Mona«, sagte Pia. »Davon abgesehen ist alles dabei, was du wolltest. Man kann nicht alles haben.«

Schade eigentlich.

Am Ende unseres Treffens hatten wir einen detaillierten Zeitplan für den Veranstaltungstag erstellt. Jeder sollte wissen, wann er was zu tun hatte.

Pia hatte bei einer Begehung des Firmengeländes mit Thomas eine Skizze erstellt, die sie uns in Kopie aushändigte. Sogar die Bühne war bereits verzeichnet. Unser Headquarter, in dem Pia und ich uns mit bestem Blick auf das Geschehen aufhalten konnten, bevor wir in Aktion traten, war ein Konferenzraum im ersten Stock.

Die Wettervorhersage ließ hoffen; trotzdem gab es einen Alternativplan für den Fall, dass es regnete. Die Werdermannschaft bekam einen weiteren Konferenzraum als Garderobe sowie Eske und Daniela als Betreuerinnen zugeteilt. Karo und Lukas würden Lose für die Tombola verkaufen, während Susa die Veranstaltung moderierte. Mags war für die Deko zuständig und zusammen mit Behnke junior dafür, dass Manni Bühne und Tontechnik anständig aufbauen ließ.

Alf würde sich unter dem Vordach des Haupteingangportals seinen Arbeitsplatz zum Wohltätigkeitshaareschneiden einrichten. Jan und Michi waren für die Pressebetreuung verantwortlich, während Rocko sein Kamerateam im Auge behielt und die lückenlose Dokumentation des Geschehens garantierte.

Flint wurde zum Hoffotografen ernannt und dazu verdonnert, vor allem die Presseleute zu fotografieren, damit sie sich selbst wie VIPs fühlten und ergo wohlwollend von der Veranstaltung berichteten. Allerdings hatte er sich selbstverständlich sofort auf die Bühne zu konzentrieren, wenn Niels sie betrat (oder vielmehr dazu gezwungen wurde, sie zu betreten), und von dieser Sekunde an ein konstantes Blitzlichtgewitter auf ihn loszulassen, was hoffentlich sämtliche Pressefotografen dazu animieren würde, es ihm gleichzutun.

Kulhaus würde Pia noch im Laufe der Woche eine Liste sämtlicher Tombolagewinne zukommen lassen, die dann neben der Bühne aufgebaut und von Susa entsprechend angekündigt werden sollten. Außerdem beschlossen wir, den bereits verschickten Presseeinladungen am kommenden Mittwoch noch eine Mail hinterherzujagen, in der wir unsere Kontakte explizit wissen ließen, dass Büfett und Getränke auf der Veranstaltung nicht zu verachten und vor allen Dingen umsonst sein würden.

Mehr blieb uns nicht zu tun.

Als ich am Abend noch einmal die Liste durchging, stellte ich fest, dass ich auf ihr alle Menschen finden konnte, die mir in meinem Leben etwas bedeuteten. Abgesehen von meiner Familie waren sie alle dabei.

Nur Karl und Crispin fehlten, aber das Erstaunliche war, dass ich sie auch gar nicht dabeihaben wollte. Irgendwie gehörten sie nicht dazu.

Trotzdem verfasste ich am Dienstag noch einmal einen Statusbericht an Karl. Ich schrieb darin, dass wir schon den nächsten

Statusbericht vielleicht nicht mehr brauchen würden, und überbrachte ihn Karl persönlich.

»Das heißt ja immerhin, dass die anderen nicht ganz überflüssig waren«, stellte Karl daraufhin fest und lachte mich an.

»Bestimmt nicht«, sagte ich und drückte ihm einen Kuss auf den Mund.

Trotzdem hatte ich in der Nacht das Gefühl, dass mir irgendetwas fehlte.

10.

Eske.

Achtung. Mona kommt wieder in ihre heiße Phase. Sexuell ist sie das ja immer, aber ich meine jetzt ihr Buch. Sie will es endlich fertig stellen. Faszinierend, wie jemand jeden Tag so viel schreiben kann.

Überhaupt finde ich den Gedanken komisch, dass Mona Leute, die sie noch nicht einmal kennt, an ihrem Seelenleben teilnehmen lässt. Mindestens genauso komisch sind aber auch die Leser, die sich an dem Leben des anderen ergötzen. Muss sich nicht jemand, der so ein Buch liest, vorkommen, als würde er in einem fremden Tagebuch schnüffeln? Nicht verbotenerweise, natürlich, er hat das Buch ja gekauft. Bestenfalls. Aber es bleibt doch pervers oder zumindest fragwürdig. Jemand bezahlt, und dann darf er zugucken. Buchläden sind ergo so eine Art Seelenstrich und Buchhändler die Zuhälter.

Die Frage ist, was ist meine Rolle dabei? Undercoveragentin bei der Sittenpolizei? So eine Art weiblicher James Bond des Buchhandels? Das ist vielleicht ein bisschen überzogen, aber mir würde das gefallen. Darauf einen Martini. Geschüttelt, nicht gerührt.

Oder vielleicht doch lieber Sekt oder Bier und Schnaps oder alles auf einmal. Dem Anlass entsprechend. Denn wenn Mona es wirklich schafft, das Buch zu Ende zu schreiben, ist die Geschichte mit dem Horst vielleicht wirklich ad acta gelegt. Ich habe mich die ganzen letzten Monate nicht getraut, danach zu fragen, aus Angst, alte Wunden aufzureißen. Aber sie hat lange nichts von ihm erzählt und scheint damit tatsächlich auf dem Wege zu sein, wieder die beste Freundin zu werden, die ich so gerne mag. Das wird auch Zeit. Ich habe es satt, Rücksicht zu nehmen.

Mona.

Als ich am 29. Juni aufwachte, fühlte ich mich, als hätte mir in der Nacht jemand eine Bratpfanne über den Kopf gehauen. Ich duschte ausdauernd und versuchte, dem Tag einen Anstrich von Normalität zu geben, indem ich, wie an jedem Morgen, mit Katze das lustige Föhnspiel spielte.

Es bestand darin, dass Katze gespielt misstrauisch den Kopf durch die Schlafzimmertür steckte, sobald er das Brummen des Föhns vernahm, und dann immer weiter geduckt auf mich zuschlich. So lange, bis ich ihn abrupt mit dem pustenden Föhn attackierte, dass seine langen weichen Haare im warmen Luftstrom nach hinten flogen und sein Gesicht aussah, als würde er sich durch den Windkanal eines Wirbelsturms kämpfen.

Diesen Zustand hielt Katze mal länger aus und mal kürzer, aber die anschließende Reaktion war letztendlich jedes Mal dieselbe: Er schoss mit allen vier Pfoten gleichzeitig in die Luft, rückwärts, als würde ihn die Kraft des Föhns die Bodenhaftung kosten und nach hinten werfen, was natürlich völliger Blödsinn war, aber wie ich hatte Katze einen Hang zum Dramatisieren und nutzte jede Gelegenheit, ihn auszuleben.

War er dann wieder auf seinen wollenen Pfoten gelandet, die immer so aussahen, als hätte er flauschige Puschen an, maunzte er mich vorwurfsvoll an, gab vor, beleidigt zu sein und verschwand für einige Sekunden aus meinem Blickfeld. Gleich darauf pirschte er sich dann erneut an mich heran, um die zweite Spielrunde einzuläuten.

Das lustige Föhnspiel war wirklich lustig. Katze und ich hatten es bestimmt schon tausend Mal gespielt, und auch heute verfehlte es seine Wirkung nicht: Ich amüsierte mich königlich.

Mehr noch, ich wurde dabei immer ruhiger, denn eines war mir plötzlich sonnenklar: Ganz egal, wie dieser Tag ausging, am nächsten Morgen würde ich wieder hier stehen und mit Katze das lustige Föhnspiel spielen und mich darüber freuen können. Und das war ein gutes Gefühl.

Das Einzige, was jetzt noch einen Anflug von Panik in mir auslösen konnte, war die Tatsache, dass ich keine Haarnadeln fand, um den brünetten Pagenkopf an meinem hellblonden Schopf festzutackern. Aber dann erinnerte ich mich daran, dass Alf in seinem Friseurkoffer bestimmt massenhaft davon bereithielt. Also zwängte ich alle Haare, die lang genug dafür waren, in ein Gummiband, stülpte mir die Perücke einfach so über den Kopf, verließ in meinem neuen Kleid mit Babsi unter dem blütenbestickten Arm die Wohnung und sprang in das erstbeste Taxi.

Auf dem Parkplatz des Firmengeländes stach mir als Erstes Niels' BMW ins Auge, auf dessen dunkelblauem Lack sich das grelle Mittagslicht brach und mich blendete.

»Scheine, kleine Sonne«, murmelte ich entschlossen und huschte über den Rasen in Richtung Haupteingang.

Überall wurde bereits schwer gewerkelt. Die Bühne war fast

fertig; darauf stand Mags und kämpfte mit einem Schwung Rollrasen, während um ihn herum zwei Techniker Boxen rückten und Behnke junior mit Manni darüber diskutierte, auf welcher Seite der Bühne Schlagzeug, Mikrofone und Monitore für die Band am besten aufgehoben wären.

Als Mags mich sah, zwinkerte er mir nach dem ersten Erstaunen ob meines Aufzugs verschwörerisch zu und deutete mit seinen Händen an, dass ihm mein Kleid gefiel, bevor er von der Bühne sprang und auf mich zulief.

»Pia ist schon oben, und ein paar andere auch«, raunte er mir zu.

Während er mich umarmte, nahm ich aus den Augenwinkeln wahr, dass sich an vielen Fenstern zum Hof bereits die Angestellten erwartungsfroh die Nasen platt drückten, was vielleicht auch damit zusammenhing, dass soeben der Transporter von »Kochen ohne Klümpchen« auf den Hof gerollt war und der Fahrer begann, den Prosecco kistenweise daneben zu stapeln.

So oder so, für mich war es höchste Zeit, zu verschwinden. Nur für den Fall, dass auch Niels ein Büro mit Aussicht besaß.

»Große Ereignisse werfen ihre Schatten voraus«, flüsterte ich Mags ins Ohr, klopfte viel sagend auf die Tüte unter meinem Arm, in der die welthässlichste Gummipuppe schlummerte, und lief im Sauseschritt zum Kabuff des Pförtners, der mich wohlwollend mit einem Besucherausweis ausstattete und dann von einem Kollegen in unser Hauptquartier geleiten ließ.

Pia und Susa saßen bei Kaffee und Orangensaft im Konferenzraum auf den Tischen, baumelten mit den Beinen und gingen gemeinsam die Moderation durch, während Karo und Eske das Wechselgeld für die Losverkäufe aus den Papierrollen schlugen und in die Portokassen schaufelten, die ihnen soeben Kulhaus' Sekretärin überbracht hatte. Samt eines ganzen Haufens von

Produktaufklebern als Losersatz, deren Artikelnummern als Gewinnzahlen fungieren sollten.

Eske schlug mir auf die Finger, als ich meine Hand nach den Aufklebern ausstreckte.

»Nicht anfassen«, zischte sie mir zu. »Die sind geordnet.«

Ah ja.

»Unter meiner Perücke ist es so warm«, jammerte Pia, die mit den mausblonden falschen Haaren und ihrem Vorstandsetagenkostümchen nunmehr zu einer Schönheit auf den zweiten Blick geworden war, was mich ein wenig irritierte.

»Alf schon da?«, fragte ich, aber die anderen schüttelten den Kopf.

Dann betrat ein älterer Herr im Anzug den Konferenzraum. Als sein Blick an Pia hängen blieb, stutzte er.

»Frau Korte?«, fragte er irritiert. »Haben Sie eine neue Frisur?«

Hoppla. Ich zog leise Luft durch meine Zähne.

Das fing ja gut an. Die Veranstaltung hatte noch nicht mal begonnen, und schon war uns ein Fehler unterlaufen in unserem Superplan, denn natürlich hatte Pia keine Perücke aufgehabt, als sie bei Kulhaus zum Termin erschienen war.

Aber Pia tat ganz unbeschwert.

»Dr. Kulhaus!«, säuselte sie augenblicklich und sprang behänd vom Tisch auf ihn zu, als hätte sie nur auf ihn gewartet, was ihm offensichtlich schmeichelte. »Öfter mal was Neues«, erklärte sie dann. »Sie wissen ja, wie Frauen sind«, fügte sie anschmiegsam wie ein Kätzchen hinzu und bedachte ihn mit einem ihrer Augenaufschläge.

Meiner Beobachtung nach hätte Kulhaus am liebsten mit einem »Das andere stand Ihnen aber sehr viel besser« reagiert, jedenfalls zuckte es in seinem Gesicht verdächtig, aber selbstverständlich war er viel zu höflich und diplomatisch und zu gewandt auf gesellschaftlichem Parkett, als dass ihm eine solch unbedachte Bemerkung jemals über die Lippen gekommen wäre.

»Wie sieht es aus bei Ihnen?«, erkundigte er sich jetzt freundlich, »haben Sie alles, was Sie brauchen?«

»Alles in bester Ordnung«, versicherte Pia optimistisch. »Aber gut, dass Sie kommen, da können Sie gleich unsere zweite Geschäftsführerin kennen lernen.«

Damit meinte sie ganz klar mich. Ich setzte ein Lächeln auf und drehte Eske und ihren blöden Aufklebern demonstrativ den Rücken zu, um meinen geschäftsführerischen Pflichten nachzukommen.

»Herr Dr. Kulhaus, das ist Mona Rittner, Mona, das ist Herr Dr. Kulhaus«, stellte Pia uns förmlich einander vor.

»Sehr erfreut«, sagte ich und schüttelte Kulhaus kräftig die Hand.

Das brachte mein gewagtes Dekolleté in Wallung und den Kulhaus daraufhin erst recht, denn er fiel fast mit der Nasenspitze hinein und schaffte es daraufhin kaum mehr, mir in die Augen zu sehen.

Das machte mich für einen Moment unsicher. Ich war solche Blicke nicht gewohnt, die waren für Frauen wie Pia reserviert oder für Oberweiten wie die von Eske, aber doch nicht für mich! Ich merkte, wie ich sofort knallrot anlief, und drehte mich Hilfe suchend zu Pia um, so ruckartig, dass mir fast die Perücke vom Kopf fiel.

Pia erkannte die Lage sofort, hakte Kulhaus freundschaftlich unter und zog ihn zur Fensterfront.

»Bisher läuft alles wie am Schnürchen«, erklärte sie ihm und wies mit ausladender Geste nach draußen.

»Das kann ich sehen«, nickte Kulhaus wohlwollend. »Hervorragend. Es wird sich lohnen. Die Mitarbeiter freuen sich.«

»Na ja«, erwiderte Pia amüsiert, »sie haben ja auch nicht wirklich eine Wahl.«

Kulhaus lachte und schob mit dem Zeigefinger seine Brille hoch, die ihm mittlerweile fast bis aufs Kinn gerutscht war.

»Da haben Sie Recht«, stimmte er Pia zu. »Anwesenheitspflicht ist Anwesenheitspflicht.«

Dabei sah er plötzlich so verschlagen aus, dass ich mir bestens vorstellen konnte, wie er seine Mitarbeiter durch die Ausnutzung sämtlicher legaler Tricks und Nischen in puncto Tarif- und Arbeitsrecht zur Weißglut brachte.

Gegen 14 Uhr waren alle da. Bis auf Alf und Werder Bremen. Ich rief Alf auf dem Handy an.

»Bin gleich da«, schrie er mir ins Ohr. »Hab verpennt. Wann hat man schon mal einen Freitag frei!«

»Beeil dich«, schrie ich zurück. »Du wirst gebraucht. Wann hat man schon mal eine Perücke auf!«

Ich wurde langsam nervös. Pia und ich durften unseren Konferenzraum nicht verlassen. Wir hatten nichts zu tun, außer zu warten, also lungerten wir ohne Unterlass vor den großen Fenstern herum.

Als um exakt halb drei ein großer weißer Bus vorfuhr, atmeten wir auf.

»Die Fußballer«, kreischte Pia und fasste mich aufgeregt am Arm.

Uns fielen fast die Augen aus dem Kopf. Anständig angezogen sahen sie auch aus der Ferne einfach anbetungswürdig aus. Ein durchtrainierter Körper nach dem anderen schob sich aus der Tür des Busses auf den Rasen.

Neidisch beobachteten wir, wie Eske und Daniela die Mannschaft um sich scharten und ihnen dann unter dem Staunen der ersten Mitarbeiter, die sich so langsam auf dem Hof versammelten, den Weg ins Gebäude wiesen.

Keine zehn Minuten später stand Eske im Raum. Sie hatte vor Aufregung ganz rote Bäckchen und strahlte über das ganze Gesicht.

»Die sind ja soooo nett«, schwärmte sie und klatschte in die Hände. »Und so diszipliniert.«

»Gut«, versetzte Pia trocken. »Sie sollen ja auch gehorchen.«

»Wann weist du sie ein in ihre Sonderaufgabe?«, erkundigte sich Eske interessiert. »Ich habe ihnen schon gesteckt, dass da noch was auf sie wartet, und jetzt sind sie natürlich neugierig.«

»Nimm sie einfach mit runter, sobald Susa mit ihrer Moderation angefangen hat. Ich komm dann zu euch«, erklärte Pia. »Die Mannschaft muss erst kurz auf die Bühne, aber dann geht's los. Hoffentlich kommt Niels rechtzeitig«, fügte sie hinzu.

»Er muss ja schon unten sein, damit ich denen überhaupt zeigen kann, wer er ist.«

»Der ist schon unten«, vermeldete ich prompt, denn Niels schlängelte sich soeben inmitten eines Pulks von Kollegen über den Rasen in Richtung Getränkeausschank, samt seiner Jeansjacke, die mir sofort ins Auge gesprungen war. Niels' Frisur sah von hier oben total Scheiße aus, völlig bekloppt, aber mehr konnte ich von ihm nicht erkennen.

Trotzdem rutschte mir das Herz in diesem Moment ganz tief in die Hose.

Pardon, in den Rocksaum. Mal wieder.

Eske bemerkte das natürlich sofort.

»Wird schon«, sagte sie jovial und schlug mir auf die Schulter. Dann verließ sie den Raum.

»Besorg mir ein Autogramm von Marco Bode!«, schrie ich ihr hinterher, aber das hörte sie wahrscheinlich nicht mehr, weil just in diesem Augenblick Andi and the Archies anfingen, einen ohrenbetäubenden Lärm zu veranstalten.

Ich schickte sofort ein Stoßgebet nach dem anderen gen Himmel. Hoffentlich war das nur der Soundcheck!

»Glaub ich nicht«, zerstörte Pia meine laut geäußerte Hoffnung. »Behnke junior hat gesagt, so was bräuchten sie nicht.«

Nur Alf, der mir in der nächsten Sekunde eine Haarnadel in die Kopfhaut rammte, hielt mich davon ab, in exakt diesem Moment in Ohnmacht zu fallen.

Keine fünf Minuten später saß meine Perücke so fest, dass man mich an ihr ohne Probleme aus dem Fenster hätte abseilen können, und Alf bezog mit großem Tamtam seinen Arbeitsplatz für das Wohltätigkeitshaareschneiden unter dem Vordach des Haupteingangs. Er war der Einzige, den Pia und ich von unserem Beobachterposten nicht im Blickfeld hatten.

Davon abgesehen lag das Gelände vor uns wie auf dem Präsentierteller. Es füllte sich schnell, und immer mehr Stimmengewirr zog durch die gekippten Fenster zu uns herauf. Flint leistete ganze Arbeit. Er fing sämtliche Pressevertreter ab, sobald sie sich auf Jans Liste hatten abhaken lassen, und zog sie in Zweier- oder Dreiergrüppchen auf den Rasen, um sie mit vielen theatralischen Gesten und anspornenden Zurufen zu fotografieren wie Supermodels. Die meisten fühlten sich tatsächlich geschmeichelt und setzten sich nach der Prozedur zufrieden schnatternd Richtung Bar in Bewegung, wo Michi sie mit einem Begrüßungsprosecco in Empfang nahm und dann wiederum in kleinen Grüppchen dem Foto- und Interviewtermin mit Werder Bremen zuführte.

Auch Rockos Kamerateam hatte bereits mit seiner Arbeit begonnen; von Zeit zu Zeit sah ich zwischen den Menschenansammlungen die lange metallene Stange des Mikrofons hervorblitzen, dem der Tonassistent wegen des leichten Windes einen hübschen grauen Puschel angezogen hatte. Rocko schien in sein Team eine Menge Vertrauen zu haben, denn statt an seiner Seite zu bleiben und es zu instruieren, hatte er sich längst an die Bar verzogen und machte, flankiert von Thomas und Manni, einen Prosecco nach dem anderen platt.

Neidisch beobachtete ich, wie auch Eske kurz bei ihnen Halt machte, um sich im Vorübergehen zu stärken. Ihre blond gefärbten Haare sahen im gleißenden Sonnenlicht aus wie goldenes Lametta. Die Betreuung von Werder Bremen hatte sie wohl Danicla überlassen, jedenfalls schob sie sich jetzt wie Karo und Lukas mit einem Karton voller Tombolalose über den Platz. Das erstaunte mich.

»Was macht sie denn jetzt?«, wunderte sich auch Pia, die neben mich ans Fenster getreten war und mir einen Orangensaft reichte, weil ich vom vielen Kaffee schon ganz zittrige Finger hatte.

Das fragte ich mich ebenfalls, denn mittlerweile steuerte Eske schnurstracks auf Niels zu, der sich in der Zwischenzeit aus seinem Kollegenpulk gelöst hatte und von seiner Position etwas abseits den Werder-Bus anstarrte. Fast tat er mir ein wenig Leid, wie er so verloren dastand und den Trubel um sich herum kaum zu ertragen vermochte, aber für sentimentales Getue blieb in diesem Moment wahrlich keine Zeit.

»Was zum Teufel macht die da?«, schrie ich entsetzt, während Eske sich immer zielstrebiger in Niels' Richtung vorarbeitete.

»Ist doch klar«, sagte Susa hinter mir beiläufig. »Ihm das Gewinnerlos andrehen. Wie soll er den Hauptpreis absahnen, wenn er gar nicht teilnimmt an der Supertombola?«

Jajaja.

Das war ja schön und gut und richtig. Aber hätte Eske dafür nicht Karo vorschicken können oder Lukas, der, wie ich es überblicken konnte, eh wie Falschgeld durch die Gegend schlich und sich so gar keine Mühe gab, seine Lose loszuwerden?

Immerhin hatte Niels Eske schon getroffen, damals, bei unserer allerersten Begegnung, als ich noch geglaubt hatte, Eske vielleicht mit ihm verkuppeln zu können.

Was, wenn Niels sie erkannte, während sie sich keinen Meter vor ihm aufbaute und ihn auch noch ansprach, um ihm sein ganz persönliches Los unterzujubeln?

Ich biss mir auf die Lippen.

Gut, es war dunkel gewesen und das Eck und das Aurel voller Kerzenschein, als ich Niels und Eske einander vorgestellt hatte. Und Eske war nicht, wie jetzt, eine kecke Blondine gewesen, sondern eine eher unauffällige Brünette. Die Chancen standen gut, dass das genügen würde, um die Begegnung glimpflich ablaufen zu lassen.

Trotzdem, das Risiko hätte nicht sein müssen.

Während Niels in seinen Taschen nach Kleingeld kramte, verfluchte ich Eske und ihren Hang, aus lauter Jux und Dollerei aufs Ganze zu gehen. Wahrscheinlich hatte sie es sogar darauf angelegt, diejenige zu sein, die Niels mit ihren Losen traktierte. Nur wegen des Nervenkitzels.

Volltreffer. So musste es sein, denn als Eske sich jetzt wieder von Niels entfernte, drehte sie sich um und hob grinsend den Daumen in unsere Richtung.

Dumme Nuss.

Ich atmete tief durch. Wenigstens schien alles glatt gegangen zu sein.

»So«, sagte Susa geschäftig, »Uhrenvergleich. Es ist jetzt vier Minuten nach drei. Ich geh runter und eröffne. Um exakt sechzehnhundert seid ihr dran. Wie lautet das Codewort?«

»Der beste Preis von allen«, rezitierten Pia und ich wie aus einem Mund und klatschten Susa ab.

»Ich geh mal zu den Werderjungs«, fügte Pia hinzu. »Drück mir die Daumen, dass sie spuren.«

Im nächsten Moment war ich allein.

Was in den folgenden Minuten in meinem Kopf vorging, weiß ich nicht mehr. Ich weiß nur, dass mir schlecht war.

Vielleicht ahnte ich bereits, dass etwas schief gehen würde, jedenfalls rumorte es in meinem Bauch, und das Blut pochte mir gegen die Schläfen, während wie aus weiter Ferne Fetzen von Susas Eröffnungsmoderation an mein Ohr drangen. Die Leute lachten und applaudierten, bevor Kulhaus das Wort ergriff und zu einer ausschweifenden Dankesrede ansetzte. Ich zwang mich, ihr so gut wie möglich zuzuhören.

Was uns betraf, so erwähnte Kulhaus lediglich die Agentur, nicht aber Pia und mich persönlich. Wie besprochen. Dreimal verhaspelte er sich beim Versuch, unseren bekloppten Firmennamen auszusprechen, aber er hielt sich tapfer an die Abmachung, die Pia mit ihm unter dem Deckmäntelchen der Bescheidenheit getroffen hatte. Der Typ war eben ein Profi.

Im Gegensatz zu mir, denn noch während Susa mit Ehrfurcht in der Stimme einen Werderspieler als Glücksfee für die Tombola ankündigte und Andi and the Archies mit einem sehr eigenwilligen Tusch die Eröffnungszeremonie abschlossen, fiel mir ein, dass ich das Wichtigste fast vergessen hatte.

Babsi lag noch immer, platt wie eine Flunder, in ihrer Pappschachtel.

Es war höchste Zeit, ihr ein wenig Leben einzuhauchen.

Noch bevor ich sie aus ihrem Karton gefingert hatte, stand Pia wieder im Raum.

»Werder geht klar«, vermeldete sie stolz. »Zur Not schleifen sie Niels an den Haaren auf die Bühne. Die Jungs sind super. Susa übrigens auch. Die macht das prima da unten. Findest du nicht?«

»Hmm-mmh«, murmelte ich und hielt mir stöhnend die Nase zu.

Babsi stank dermaßen nach Plastik, dass ich nicht umhin kam, eine Art Brechreiz in mir aufsteigen zu spüren.

Wie konnten Männer nur. Wie konnten sie nur?

»Ich geh wieder runter«, informierte mich Pia. »Kulhaus will irgendwas. Wir treffen uns in exakt zwanzig Minuten unten bei Alf am Haupteingang. Alles klar?«

»Alles klar«, antwortete ich halbherzig und begutachtete entsetzt die seltsamen Vorrichtungen vorne und hinten zwischen Babsis Beinen.

Ihre weit geöffneten Lippen, die in einen rosafarbenen Kunststoffschlauch mündeten, mochten ihren Zweck ja noch erfüllen. Aber wie sollte das da unten funktionieren, wo lediglich zwei stecknadelkopfgroße Löcher in das Plastik gebohrt worden waren?

Sie befanden sich zwar jeweils in der Mitte eines angedeuteten Schlitzes, der wie perforiert in den Kunststoff eingestanzt war, aber auch durch mehrmaliges Drücken und Ziehen ließ sich an der Perforation nichts anheben oder gar lösen.

Ich seufzte. Wahrscheinlich war Babsi schlicht noch Jungfrau. Wie sich das eben gehörte für eine fabrikneue Gummipuppe. Ihre aufgerissenen Augen ließen nicht vermuten, dass sie sich darauf freute, diesen Zustand bald durch einen bemitleidenswerten Loser ändern zu lassen.

Armes Ding.

Abschätzend hielt ich sie hoch.

»Buh«, machte ich dann fast liebevoll in ihr dümmliches Gesicht und drehte sie um. Das Ventil zum Aufpusten trug sie wie eine riesige Warze auf dem Rücken. Es sah nicht anders aus als das eines billigen aufblasbaren Wasserballs, wie ich ihn als Kind besessen hatte.

Nicht sonderlich revolutionär, aber sei's drum. Primitiv war eben primitiv.

Während draußen Andi and the Archies »Highway To Hell« zum Besten gaben, legte ich Babsi vorsichtig auf den Fußboden, kniete mich über sie, holte tief Luft und begann zu pusten, bis mir schwarz vor Augen wurde.

»Was machst du denn da?«, hörte ich im nächsten Moment eine männliche Stimme fragen, die mir irgendwie bekannt vorkam. Als ich den Kopf hob, traf mich fast der Schlag.

Im Türrahmen stand Niels.

Ich spürte, wie für einen Moment mein Herz aufhörte zu schlagen. In meinem Kopf rauschte es, und meine Wangen brannten, als hätte mir jemand einen tiefgefrorenen Fisch quer über das Gesicht gezogen.

»Was machst du denn hier?«, stammelte ich.

Das konnte doch wohl nicht wahr sein.

»Das frage ich dich«, erklärte Niels ruhig.

Ich konnte kaum seine Augen sehen, so sehr hatte er sie zusammengekniffen. Dann drehte er sich um, sah kurz in den Flur hinaus, trat einen Schritt weiter in den Raum und schloss die Tür hinter sich.

»Lass das«, hätte ich am liebsten geschrien, »mach die Tür wieder auf«, aber meine Kehle war wie zugeschnürt.

Ich hatte Angst.

Große Angst sogar. Angst vor Niels, der fast lässig dastand, mit seinen Händen tief in der Jeansjacke; der so ruhig geklungen hatte und dessen gehetzt-nervöser Blick mich jetzt trotzdem an ein Tier erinnerte, dem als einzige Fluchtmöglichkeit der Weg über die Lichtung geblieben war.

Ich hatte in diesem Moment so große Angst vor ihm, dass ich für einen Moment sogar vergaß, wer er war. Ich vergaß alles um mich herum, warum ich überhaupt hier war, was wir vorgehabt hatten, alles, woran ich denken konnte, war, dass ich hier rauswollte. Und zwar sofort.

»Hier muss wohl dringend was geklärt werden«, sagte Niels

jetzt, so schneidend scharf, dass seine Worte wie Gewehrschüsse klangen, die mit einem windigen Pfeifen links und rechts an meinen Ohren vorbeisausten.

»Wieso?«, versuchte ich unschuldig zu tun, aber es klang so erbärmlich, dass ich mir noch nicht einmal selbst einreden konnte, damit auch nur einen Zentimeter an Boden zu gewinnen.

Verflixt. Das hier war verkehrte Welt.

Niels hatte derjenige sein sollen, der sich schämte und vor Peinlichkeit verging und einmal in seinem Leben darüber nachdachte, was er angestellt hatte.

Und jetzt?

War ich es, die in einem Konferenzraum auf dem feinen Stäbchenparkett hockte, mit einer halb aufgeblasenen Babsi vor mir und einem kaltschnäuzigen Niels über mir, der mich taxierte wie einen Haufen Dreck.

Ich traute mich nicht, den Kopf zu heben, in dem es fieberhaft arbeitete.

Was blieb mir zu tun? Was?

Wie war Niels hierher geraten?

Vielleicht hatte er das Klo gesucht.

Von dem er natürlich genau wusste, wo es war, schalt ich mich. Das hier war seine Firma. Er wusste, wo hier das Klo war.

Vielleicht hatte er also mich gesucht. Weil er etwas ahnte. Weil er etwas wusste?

Von draußen hörte ich, wie Susa die ersten Gewinne der Tombola verkündete.

Hier drinnen hingegen war es so still, dass die Geräusche auf der anderen Seite des Fensters aus einer fernen, unbekannten Welt zu kommen schienen.

Was jetzt?

Was jetzt?

Verzweifelt starrte ich an Niels vorbei auf die geschlossene Tür, als könnte ich sie dazu bewegen, sich wieder zu öffnen und Niels zurück auf den Flur zu entlassen, wie in einem Film, den man rückwärts laufen ließ.

Was hatte Niels hier zu suchen?

Was wollte er von mir?

Was?

Endlich setzte er sich in Bewegung. Schweigend ging er an mir vorbei. Ich drehte mich nicht nach ihm um; ich wusste auch so, dass er vor der Fensterfront stehen blieb und düster nach draußen starrte, wo die vermeintlich perfekte Inszenierung seines Untergangs ganz ungestört ohne ihn weiterlief.

Ob er wusste, was hier gespielt wurde?

Wenn ja, wie zum Donner war er darauf gekommen?

Oder war er zufällig hier?

Weil er mal kurz eben gucken wollte, wie das Ganze von hier oben so aussah?

Was für ein Schwachsinn.

Unsicher stand ich auf. Mein Kleid war staubig, meine Beine bestanden nur noch aus Wackelpudding, unter der Perücke fühlte es sich an wie in der Sauna, und für einen Moment verlor ich das Gleichgewicht. Meine Hände waren schweißnass und hinterließen feuchte Ränder auf der Tischplatte, an der ich mich festklammerte, um nicht lang hinzuschlagen.

Niels starrte weiter nach draußen, was mir die Gelegenheit gab, ihn für einen Moment schräg von hinten zu beobachten. Zögernd betrachtete ich ihn.

Er sah nicht gut aus.

Seine Haut war in einem desaströsen Zustand, wie so oft, überall schien sie sich aufzulösen und zu pellen wie nach einem starken Sonnenbrand. Von der geröteten Oberfläche lösten sich weißliche Schuppen, insbesondere um den Mund herum, wo die

Haut so trocken war, dass sie rau sein musste wie ein Kinn voller Bartstoppeln.

Ich hatte mich immer gefragt, ob Niels' Schwierigkeiten, Körperkontakt zuzulassen, mit seinem Hautproblem zusammenhingen.

Er hatte mir nie die Chance gegeben, diese Frage zu klären.

Das schien alles so lange her.

Mir fiel auf, wie fremd Niels mir war.

Es war nichts Vertrautes mehr an ihm.

Sein verkniffener Mund, der so wunderbar hatte küssen können, war mir fremd.

Sein Profil, von dem ich immer geglaubt hatte, dass ich es aus Hunderten anderer würde erkennen können, erschien mir plötzlich ganz und gar belanglos.

Ich schluckte. Was machte ich hier eigentlich?

Und wo zum Henker blieben die anderen, um mich zu retten?

Hatte denn niemand sein Verschwinden bemerkt?

Und wo waren die Werder-Spieler, die auf ihn aufpassen sollten?

Als hätte sie es geahnt, beantwortete mir Susa die Frage, denn ich konnte hören, wie sie die Mannschaft auf die Bühne bat, um sie beklatschen zu lassen.

Niels hatte genau den richtigen Moment gewählt, um sich aus dem Staub zu machen.

»Was soll das Theater, Mona?«, setzte Niels jetzt wieder an. Seine Stimme klang nicht mehr scharf. Sie klang verwirrt und ein bisschen ärgerlich. »Was habt ihr vor, du und Pia?«

»Äh«, machte ich hilflos.

Er hatte also auch Pia erkannt.

Scheißendreck.

»Nichts«, krächzte ich kraftlos.

Niels drehte sich zu mir um und sah mir geradewegs in die Augen. Ich fuhr zusammen und trat instinktiv einen Schritt zurück, was sogar Niels zu erschrecken schien; er nahm beide Hände hoch und wich ebenfalls zurück, als wollte er beteuern, dass er harmlos wäre und ich nichts zu befürchten hätte, jedenfalls keine körperliche Gewalt.

Diese Geste war fast rührend, aber Niels sorgte unverzüglich dafür, dass sich jegliches Gefühl von Sympathie oder Nähe oder was auch immer da jemals gewesen sein mochte zwischen uns sofort wieder aus dem Staub machte.

»Erzähl keinen Mist, Mona«, versetzte er. »Ihr wart in meiner Wohnung, ihr wart bei meiner Mutter, du hast sogar versucht, mein Auto zu klauen. Tickt ihr noch ganz richtig?«

Ich gab ein entsetztes Gurgeln von mir. Mehr war da für den Moment nicht zu wollen.

»Hier«, sagte Niels, fuhr mit der Hand in seine Jackentasche und hielt mir ein kleines Röhrchen entgegen.

Verdammt. Die Parfümprobe, die ich in den Stinkeblaumann gesteckt hatte, kurz bevor ich in Niels' Haus auf Patrouille gegangen war.

Sie musste herausgefallen sein, als ich mich gebückt hatte, um die Schlüssel von den Füßen des ganz normalen griechischen Durchschnittsgotts zu klauben.

Kleinlaut nahm ich das Röhrchen entgegen.

Murphys Gesetz. Da war es wieder.

»Glaub mir«, fuhr Niels bissig fort, »dieses Parfüm erkenne ich zehn Meter gegen den Wind. Als mein Nachbar mir von deinem Auftritt erzählt hat, konnte ich mir meinen Teil denken. Und die Jensen hat ihr Übriges dazu getan.«

Jensen, die alte Schabracke.

Ausgerechnet die Jensen hatte mich also verpfiffen, die mit ihren Krakenfingern und dem Haarloch auf dem Hinterkopf.

Ich schnaubte innerlich.

»Außerdem habt ihr den Sender an meinem Radio verstellt«, fuhr Niels süffisant fort, »und noch dazu hättet ihr euch lieber schon bei meiner Mutter mit euren Perücken tarnen sollen. Du und Pia im Doppelpack, ihr habt einen Wiedererkennungswert wie die lila Kuh.«

Draußen wurde laut gelacht. Wahrscheinlich hatte jemand mit Glatze bei der Tombola einen Föhn gewonnen.

Ich dachte an Katze und an das lustige Föhnspiel und biss die Zähne zusammen.

»Die Bullen konnten dich ebenfalls sehr gut beschreiben, selbst wenn sie mir deinen Namen nicht gesagt haben«, setzte Niels noch einen drauf. »Sei froh, dass ich wegen des Autos nicht im Nachhinein noch Anzeige erstattet habe.«

Ich rollte mit den Augen. War es jetzt mal gut?

»Also«, schloss Niels seine Beweisführung. »Was soll das Ganze? Was für eine Vorstellung soll das hier werden?«

Ich schwieg. Was sollte ich dazu sagen?

Dann schien irgendetwas in Niels »klick« zu machen, und es kam Leben in ihn.

Es war, als hätte jemand in seinem Innern einen Schalter umgelegt, ein Mechanismus, der mir bekannt war. Da war also doch noch etwas Vertrautes.

Niels' Launen hatten sich schon immer von einer Sekunde auf die andere um hundertachtzig Grad gedreht. Er war unberechenbar.

Für einen Moment fühlte ich mich in die Zeit zurückversetzt, als er mich mit hineingezogen hatte in seine Stimmungsumschwünge, so lange, bis ich schließlich selbst nicht mehr gewusst hatte, wie ich mich eigentlich fühlte, und meine eigene Laune von Niels' Zustand abhängig gewesen war.

Es war keine schöne Erinnerung, das erkannte ich in diesem Moment.

»Ich hab dich was gefragt«, schrie Niels mich an. »Verdammt noch mal, warum lasst ihr mich nicht einfach in Ruhe und kümmert euch um euren eigenen Kram? Was soll das, mir hinterherzuspionieren?«

Je lauter Niels wurde, desto klarer wurde mir auf einmal, was ich zu tun hatte.

Wer zum Teufel war ich denn, dass ich hier stand und mich zur Sau machen ließ von einem, der eine zwischenmenschliche Null war? Eine Doppelnull, um genau zu sein?

Ich wurde wütend.

Aber so richtig.

Endlich.

Ich dachte an Karl und sein »endlich«, als ich vor seinen Augen geweint hatte um Niels oder vielleicht auch um mich. Mir fiel ein, dass ich ganz vergessen hatte, ihn zu fragen, was er damit meinte.

»Das frage ich *dich*«, brüllte ich also zurück.

Niels zuckte kurz überrascht zusammen, aber an seinem abweisenden Gesichtsausdruck änderte sich nichts. Fast reglos ließ er mich weiterschreien.

»Woher besitzt du die Frechheit, dich in *mein* Leben einzumischen? *Du* warst es doch, der sich unbedingt vor meine Nase pflanzen musste! Hast du geglaubt, das kannst du so einfach mit mir machen? Dass du so einfach durchkommst mit der Nummer? So zu tun, als wärst du gar nicht mehr vorhanden und auch nie vorhanden gewesen und dich gleichzeitig hier breitzumachen, wo ich immer Angst haben muss, dir über den Weg zu laufen?«

Vor lauter Wut stieg mir erneut die Hitze ins Gesicht. Unter der Perücke juckte es.

Niels sagte nichts. Das provozierte mich noch mehr.

»Weißt du eigentlich, was du mir alles kaputtgemacht hast?«, schrie ich weiter. »Ich wollte dich ja vergessen, nichts lieber als das, aber du hast es ja nicht zugelassen! Was willst du hier? Doch nichts weiter als mir das Leben zur Hölle machen! Erst das ganze Geschwafel über Liebe und Sehnsucht und Gefühle, und dann die Nummer mit Pia und der Trulla im Aurel! Du bist ein gestörtes neurotisches schizophrenes Arschloch, nichts weiter! Du bist doch überhaupt nicht in der Lage dazu, Gefühle zu haben wie ein normaler Mensch!«

Ich fühlte, wie meine Wangen wieder zu brennen begannen und sich meine Augen mit Tränen füllten. Wütend ballte ich die linke Faust und versuchte, nicht loszuheulen. Niels nahm es hin.

»Na und?«, sagte er fast gleichmütig und zuckte mit den Schultern. »Was geht dich das an? Ich kann tun, was ich will, ich kann lassen, was ich will, ich kann wohnen, wo ich will! Und ich kann allein bleiben, wenn ich will, ohne mich zu rechtfertigen, und das will ich nun mal.«

»Das hättest du dir früher überlegen können«, brauste ich auf und funkelte ihn zornig an.

»Ich habe es mir ja zum Glück gerade noch rechtzeitig überlegt«, erwiderte Niels kühl. Er wendete sein Gesicht ab und sah wieder nach draußen.

Es musste bald an der Zeit sein für Pias und meinen Auftritt.

Welchen Auftritt?

Das hatte sich ja wohl erledigt.

Ich starrte Niels an.

Woher bloß nahm er diese Kälte? Diese bodenlose Arroganz?

Und wie hatte ich mich je in ihn verlieben können?

Wie?

Ich kämpfte erneut mit den Tränen, und Niels wurde zu einer verschwommenen Silhouette.

Im Grunde war er nie etwas anderes gewesen.

Noch nie hatte ich eine verschwommene Silhouette so deutlich vor mir gesehen.

»Warum bist du so, wie du bist?«, fragte ich ihn.

»Warum bist du so, wie du bist?«, äffte er mich nach.

Bäng. Bäng bäng.

Meine Fresse, was für ein Arschloch.

Fassungslos sah ich ihn an.

Von draußen erntete er auch noch tosenden Applaus.

»Gib einfach Ruhe«, sagte Niels nach einer Pause. Jetzt klang seine Stimme fast warm und schmeichelnd. »Sieh es endlich ein, ich bin der Falsche für dich. Ich bin der Falsche für jede. Ich bin einmal verlassen worden, und ich werde das nicht noch mal riskieren. Hast du verstanden?«

Seine letzten Worte klangen endgültig. Und fast drohend.

Mir blieb vor Erstaunen der Mund offen stehen.

Wie plump konnte man sein?

Das war doch wohl nicht Niels' Ernst.

»Das ist doch wohl nicht dein Ernst«, sagte ich also misstrauisch.

Bitte. Bitte bitte bitte, der wollte mir hier nicht erzählen, dass er deshalb so verkorkst war, weil ihn irgendwann einmal eine hatte sitzen lassen.

»Glaub es oder lass es bleiben«, sagte Niels barsch.

Sollte ich es glauben?

Oder sagte Niels es nur, damit ich endlich Ruhe gab?

Um mir vielleicht doch eine Erklärung zu liefern, auch wenn sie gar nicht stimmte?

Und wenn sie doch stimmte?

So simpel und so bekloppt konnte es doch nicht sein.

Oder?

Das war ja wohl wie aus dem Psychologielehrbuch.

Extreme Bindungsunfähigkeit wg. Verlustangst im Zusammenhang mit einer schizophrenen Persönlichkeit und umfassenden Minderwertigkeitskomplexen nach einem traumatischen Erlebnis mit anhaltender Schockwirkung, vgl. S. 189.

Nein, nein und nochmals nein.

Dann doch lieber ADHS.

Wieder starrte ich Niels an.

Er wich meinem Blick aus, seine Augenlider flatterten nervös, und er fuhr sich wiederholt mit der Zunge über den Mund, um seine Lippen zu benetzen, was auf Dauer dazu führen musste, dass die Haut um sie herum noch trockener wurde.

Es war eine Verlegenheitsgeste, die ich noch nicht an ihm kannte.

Meine Gedanken fuhren Achterbahn, während ich festzustellen versuchte, ob Niels wirklich meinte, was er da gesagt hatte.

Konnte die Lösung wirklich so einfach sein? So platt und so durchschaubar, dass man sie in einem Groschenroman erwartete, aber doch nicht im Leben?

So offensichtlich, dass man sie am liebsten gleich als albernes Klischee wegwischen und gar nicht erst in Erwägung ziehen wollte, weil sie von außen betrachtet eine Beleidigung war für den gesunden Menschenverstand und dessen Mindestmaß an Intelligenz und Selbsterkenntnis?

Auf der anderen Seite gab es Klischees nur, weil sie in der Wirklichkeit so oft aufgetaucht waren, dass sie überhaupt erst zu Klischees hatten werden können.

Uaaah.

Konnte ein hochintelligenter Mensch also tatsächlich einen solchen Raubbau mit sich selbst und seinen Gefühlen betreiben, ohne zu bemerken, was er da tat, und einzugreifen?

Oder es wenigstens zu versuchen?

War Niels, der nach außen hin immer den Eindruck von Kontrolliertheit und Beherrschung und stumpfer Regelmäßigkeit erwecken wollte, auch wenn das für ihn eine Qual war, tatsächlich so wenig in der Lage, sich selbst zu steuern, dass er eine schlechte Erfahrung gelten ließ, um künftigen Risiken aus dem Weg zu gehen?

Vielleicht musste er deshalb so kontrolliert sein und sein Leben immer in den gleichen Bahnen verlaufen lassen?

Weil er sonst Gefahr lief, durchzudrehen, auch ohne ADHS?

War er so wenig in der Lage, eine Niederlage zu akzeptieren, dass das sein ganzes zukünftiges Handeln bestimmte? Dass er all seine Sehnsüchte hintenanstellte, nur um sich nicht erneut auszuliefern?

Und wenn das so war, was war dann mit mir?

Mir wurde leicht übel, als mir plötzlich auffiel, dass ich auf dem besten Wege war, genauso zu werden wie Niels.

Nüchtern betrachtet war mein Verhalten ebenso horstig wie seins, denn ebenso wie er kam ich nicht damit klar, verloren zu haben.

Während Niels vor mir weglief, warum auch immer, war ich hinter ihm hergerannt, und ob ich das nun getan hatte, weil ich mich wirklich an ihm hatte rächen wollen oder weil ich insgeheim doch immer noch auf ein Happy End hoffte, war dabei eigentlich völlig egal.

Statt das Kapitel abzuschließen, hatte ich meine ganze Energie darauf verwandt, eine Fortsetzung zu erzwingen.

Weil ich es nicht ertragen konnte, dass sich etwas meiner Kontrolle entzog.

Die Erkenntnis traf mich hart und unerwartet.

Aber sie war wahrhaftig, und sie präsentierte sich mir in ihrer ganzen unbestechlichen Logik.

Ich, Mona Rittner, verhielt mich genauso dämlich wie Niels. Und wenn ich jetzt nicht sofort damit aufhörte, mit der ganzen Kraft meines Herzens, dann würde ich als größte Horstin der Geschichte in den weltweiten Horstalmanach eingehen.

Oder hieß es Horstine? Oder vielleicht Hörstin?

»Was weiß denn ich«, knurrte ich, während ich wie belämmert da stand, ein betretenes Gesicht machte und darüber nachdachte, dass meine Freunde den ganzen Quatsch auch noch mitgemacht hatten.

Da unten waren sie versammelt, alle miteinander, und hatten sogar Spaß daran, mich gegen einen Horst zu verteidigen, der die ganze Aufregung nicht wert war. Nur weil sie wollten, dass es mir gut ging.

Im selben Moment, in dem mir klar wurde, wie sehr ich sie liebte, wusste ich plötzlich, wie auch Karl dazugehörte und sich einfügte in das Puzzle, das ich mir seit Monaten zusammenzusetzen versucht hatte.

Ihn liebte ich auch. Aber nicht auf die Art, wie ich mir eingeredet hatte, ihn lieben zu wollen.

Ich wollte nicht mit ihm zusammen sein. Ich wollte ihn als Freund, »nur«, wie man so schön sagte, obwohl das mehr war, als ich mir in diesem Moment vorstellen konnte, und ich wollte die andere Liebe, die, die über das »Freundsein« hinausging, auch nicht mit ihm lernen.

Ich wollte diese andere Liebe überhaupt gar nicht lernen. Ich wollte sie weiterhin so, wie ich sie bei Niels kennen gelernt hatte, groß und wild und unerwartet und gefährlich. Ganz gleich, ob das möglicherweise erneutes Risiko bedeutete und erneutes Verletztwerden.

Ich wollte nicht vor dieser Art von Liebe davonrennen, so wie Niels es tat, und ich wollte auch nicht stattdessen mit jemandem zusammen sein, der mir die Sicherheit gab, geliebt zu werden und den ich nur deshalb ebenfalls lieben lernen müsste.

All das wurde mir mit einem Mal so deutlich, dass es mich erstaunte, nicht viel früher darauf gekommen zu sein.

Es war so einfach, und ich hatte es nicht gesehen.

Vielleicht hatte ich es nicht sehen wollen.

Niels riss mich aus meinen Überlegungen.

»Also?«, sagte er.

Seine Stimme klang kühl.

»Und jetzt: Der beste Preis von allen«, hörte ich von draußen Susas Stimme über den Platz hallen.

Ich hob den Kopf.

Niels war mir zum Greifen nah, aber ich wollte ihn nicht anfassen, nicht im Guten und nicht im Bösen. Nicht mehr. Nicht wie vorher.

Fast vergnügt betrachtete ich ihn, in aller Ruhe. Es war, als würde ich mich von ihm verabschieden.

Es war höchste Zeit.

Niels hielt meinem Blick nicht stand, wie eigentlich immer. Trotzdem vergingen Minuten, bis wir uns wieder rührten. Wir standen einfach da, nebeneinander, und sahen nach draußen, wo sich langsam Getuschel und Gemurmel erhob, weil auf der Bühne nichts mehr passierte.

Bis Susa die Situation rettete und kurzerhand einen Privatgig von Andi and the Archies als Hauptpreis an Dr. Kulhaus überreichte.

»Keine Erklärung?«, fragte Niels schließlich noch einmal schneidend in unser Schweigen hinein, aber ich schüttelte nur den Kopf.

Wie konnte er so etwas fragen?

Er, der mir so lange Zeit eine Erklärung schuldig geblieben war? Der mir vielleicht noch immer nicht die wahre geliefert hatte?

Ob es nun stimmte, was er gesagt hatte, oder nicht: Ich wollte diese Erklärung von ihm nicht mehr. Ich brauchte sie nicht. Und ich selbst wollte auch nichts mehr erklären.

»Nein. Keine Erklärung«, bestätigte ich.

Es gab nichts zu erklären.

Nicht, weil Niels und ich auf diese Art so gut wie quitt waren, sondern weil ich keine Energie mehr hatte und keine Lust.

»Dann lasst mich einfach in Ruhe«, wiederholte er jetzt.

Er hörte sich an wie aufgezogen.

Horstig halt.

Ein wenig triumphierte ich jetzt doch.

»Ist klar«, antwortete ich großzügig. »Komm mir nur nicht mehr in die Quere. Lass dir im Aurel am besten noch heute Hausverbot erteilen. Im Familieneck hast du's übrigens schon«, fügte ich schnell hinzu.

Nur damit keine Missverständnisse aufkamen.

»Nicht nötig«, entgegnete Niels brüsk. »Ich zieh weg von hier.«

Ach was.

War es also wieder mal so weit. Klar.

Niels würde sich vom verbrannten Acker machen, damit ihn niemand dazu zwingen konnte, sich ihm zu stellen. Wie es eben seine Art war.

Horst Hunter at his best.

»Wenn du so willst, hast du also gewonnen«, ergänzte Niels im nächsten Moment.

»Meinetwegen«, antwortete ich und lächelte ihn an.

Wahrscheinlich hätte ich jetzt sogar damit leben können, wenn er geblieben wäre.

Aber wenn ich nicht damit leben musste, konnte mir das nur recht sein.

So gesehen hatte ich vielleicht wirklich gewonnen.

Auch wenn mir das nicht mehr wichtig schien. Ich hatte schlichtweg keine Lust mehr auf dieses Spiel.

Ich war raus.

Game over.

Ich musterte Niels, wie er da stand und kontrolliert tat, und jetzt tat er mir wirklich Leid, aber ich wusste, es war nicht meine Aufgabe, ihm zu helfen.

Es war aus. Vorbei. Schluss. Und tschüss. Ich brauchte Niels nicht mehr.

Ich brauchte mich nicht mehr an ihm zu rächen, ich brauchte nicht mehr an ihn zu denken, und ich brauchte ihn schon gar nicht für mein Seelenheil.

Ich hatte genug von ihm, ein für allemal, und von der Horstigkeit im Allgemeinen sowieso. Es blieb mir nichts mehr zu tun, außer mich endlich mal um mich selbst zu kümmern.

Und außer vielleicht einen anderen Niels zu finden, irgendwann in diesem Leben. Wenn ich denn unbedingt wollte.

Und selbst, wenn ich nicht nach ihm suchte, würde er vielleicht eines Tages von ganz allein auftauchen.

Ein Niels, der kein Horst war. Und der vor allen Dingen nicht Niels hieß und nicht Karl und wahrscheinlich auch nicht Crispin.

So weh es auch tat, es war keiner von den dreien, und Eske wusste das wahrscheinlich schon länger.

Eske. Ich konnte es kaum abwarten, ihr und allen anderen von meinen neuen Erkenntnissen zu berichten.

»Tja dann«, sagte Niels.

»Tja dann«, wiederholte ich und lächelte immer weiter.

Ich hatte schlicht nichts Besseres zu tun, und außerdem waren mir gerade wieder Katze und das lustige Föhnspiel eingefallen, und auf einmal wusste ich, was den Menschen vom Tier unterschied, nämlich dass ich mich jetzt schon darauf freuen konnte, das lustige Föhnspiel morgen wieder zu spielen und Katze so richtig zu veräppeln.

Als Niels den Konferenzraum verließ, fiel er fast über Eske und Pia, die sich ihre Ohren am Türblatt platt gedrückt hatten.

Sie sagten nichts, als Niels an ihnen vorbeischlich. Er hatte es plötzlich sehr, sehr eilig.

»Kannst du uns das bitte erklären?«, fragte Eske.

»Kannst du mich bitte das nächste Mal von so einem Mist abhalten?«, fragte ich zurück.

Ihre Antwort kam erst, als wir im Familieneck standen und unser Bier in der Hand hielten. Es war voll und warm. Freitag halt.

»Unter einer Bedingung«, sagte Eske und kniff die Augen zusammen. »Falls mit Behnke junior was schief läuft, tust du das Gleiche für mich.«

»Hand drauf«, antwortete ich. »Ach ja«, fiel mir dann ein, »wie heißt Behnke junior eigentlich mit Vornamen?«

»Andreas«, sagte Eske.

Andi and the Archies. Logisch. Ich schlug mir an die Stirn.

Da hätte ich auch vorher drauf kommen können, aber das Gefühl war mir ja nicht neu. Ich kicherte.

»Das ist kein Name«, sagte ich. »Das ist ein Sammelbegriff.«

»Immer noch besser als Horst«, maulte Eske.

Und damit hatte sie Recht.

Für meine Freunde,
die mir die Welt bedeuten.

www.horstgohome.de

Ein Mann, zwei Frauen, drei Wünsche – eine gemeinsame Katastrophe

Clark Dunhill weiß, er ist der perfekte Mann: beruflich erfolgreich, extrem gut aussehend und hochintelligent (der Lauf der Dinge wird ihn Lügen strafen). Bislang hat er aber keine Frau gefunden, die ihm in allen Belangen das Wasser reichen kann. Es gibt nur eine Lösung: Er braucht zwei Frauen – eine kluge, gebildete Karrierefrau und eine umwerfend attraktive Schönheit.
Cass ist Finanzdirektorin, allergisch gegen Partnerschaft, aber auf der Suche nach einem geeigneten Samenspender. Köpfchen hat sie selbst, das tolle Äußere entdeckt sie bei Clark. Wäre er nicht derjenige, welcher?
Pollys Aussehen lässt die meisten Frauen vor Neid erblassen. Nichts wünscht sie sich sehnlicher, als eine Familie zu gründen – und zwar mit Clark ...

ISBN 3-404-15219-0

BASTEI
LÜBBE